普通高等学校汉语言文学专业21世纪课程国标教材 | 总主编 ◎ 肖百容

# 外国文学史

黄怀军 ◎ 主编

湖南师范大学出版社
·长沙·

图书在版编目（CIP）数据

外国文学史 / 黄怀军主编. --长沙：湖南师范大学出版社，2025.6.
-- ISBN 978-7-5648-5866-7

Ⅰ. I109

中国国家版本馆 CIP 数据核字第 2025Z6V036 号

# 外国文学史
Waiguo Wenxue Shi

黄怀军　主编

◇出 版 人：吴真文
◇策划组稿：李　阳
◇责任编辑：李永芳　李　阳
◇责任校对：李　开
◇出版发行：湖南师范大学出版社
　　　　　　地址/长沙市岳麓区　邮编/410081
　　　　　　电话/0731-88873071　0731-88873070
　　　　　　网址/https://press.hunnu.edu.cn
◇经销：新华书店
◇印刷：长沙市宏发印刷有限公司
◇开本：787 mm×1092 mm　1/16
◇印张：29.25
◇字数：690 千字
◇版次：2025 年 6 月第 1 版
◇印次：2025 年 6 月第 1 次印刷
◇书号：ISBN 978-7-5648-5866-7
◇定价：89.00 元

凡购本书，如有缺页、倒页、脱页，由本社发行部调换。
投稿热线：0731-88872256　微信：ly13975805626　QQ：1349748847

# 总　序

2018年1月，教育部颁布《普通高等学校本科专业类教学质量国家标准（中国语言文学类）》（以下简称《国标》），提出要"坚持以马克思主义为指导，培养学生具有坚定正确的政治方向、扎实的中国语言文字基础和较高的文学修养，系统掌握中国语言文学的基本知识，具有较强的文学感悟能力、文献典籍阅读能力、审美鉴评能力和运用母语进行书面、口语表达的能力"。《国标》的实施，有助于科学、规范、有效地推进中国语言文学类本科专业建设和人才培养工作。

湖南师范大学始终坚持将立德树人作为汉语言文学专业教学改革的根本旨归，以《国标》为指引，以传承和发展中华优秀传统文化为目标，以"读、说、写"三种核心能力为抓手，致力于培养卓越的中文人才。为了更好地贯彻落实《国标》，肖百容教授率领中国语言文学教学团队深入总结我国汉语言文学教育教学的实践与经验，组织精干力量编写了这套"普通高等学校汉语言文学专业21世纪课程国标教材"。可以说，这套国标教材既凝结了肖百容教授教学团队的集体智慧，也是湖南师范大学中国语言文学学科探索新时代汉语言文学教学改革、贯彻实施《国标》的努力实践。

这套教材有三个鲜明特点：**一是人文性强**。人文性是汉语言文学教育的本质特点之一。当代世界面临的挑战与情况日益复杂，人文教育变得越发重要，汉语言文学教育更应注意引导学生树立积极向上的人生观及价值观，塑造健全的人格，使学生形成宽广而深邃的视野、充满理性智慧而不失人伦情感的生命立场、清醒地了解自我责任而能推己及人的生命关怀。**二是实用性强**。这套教材在内容上努力降低理论重心，以实用的知识点传授为主，注重行文的简洁明快，避免使用较为艰涩和过于学术化的表达。在课程设计上，不仅注重学生语言技能的培养，还通过中外文学史、中外文学作品选读、文学理论等课程的设置，培养学生具备较好的思维能力、文学赏析能力和人文素养，具有很强的现实针对性。**三是时代性强**。教材内容紧贴新时代人类命运共同体的构建和中华文化"走出去"的战略要求，在坚定文化自信的视域下，将中华优秀传统文化教育融入汉语言文学专业教学的全过程，积极推进专业教育与其他人文社会学科知识教育双向融合，有利于培养"内外会通"的高质量人才。

这套教材是《国标》实施以来，湖南师范大学文学院编写的第一套汉语言文学专业国标教材，希望这套教材能够为全国高校本科汉语言文学类专业建设和人才培养发挥更加重要的作用。

肖百容

2025 年 3 月于湖南师范大学文学院

# 目 录
CONTENTS

引 论 ……………………………………………………………………（1）

## 上编　欧美文学

### 第一章　古代文学 ……………………………………………………（8）
  第一节　概述 ……………………………………………………（8）
  第二节　荷马史诗 ………………………………………………（15）
  第三节　古希腊戏剧 ……………………………………………（21）

### 第二章　中世纪文学 …………………………………………………（27）
  第一节　概述 ……………………………………………………（27）
  第二节　但丁 ……………………………………………………（34）

### 第三章　文艺复兴时期文学 …………………………………………（40）
  第一节　概述 ……………………………………………………（40）
  第二节　塞万提斯 ………………………………………………（50）
  第三节　莎士比亚 ………………………………………………（54）

### 第四章　17 世纪文学 …………………………………………………（66）
  第一节　概述 ……………………………………………………（66）
  第二节　莫里哀 …………………………………………………（72）

### 第五章　18 世纪文学 …………………………………………………（77）
  第一节　概述 ……………………………………………………（77）
  第二节　歌德 ……………………………………………………（85）

### 第六章　19 世纪前期文学 ……………………………………………（95）
  第一节　概述 ……………………………………………………（95）

第二节　拜伦 ……………………………………………………………… (103)

第三节　雨果 ……………………………………………………………… (109)

第四节　普希金 …………………………………………………………… (115)

第五节　惠特曼 …………………………………………………………… (121)

## 第七章　19世纪中期文学 ……………………………………………… (126)

第一节　概述 ……………………………………………………………… (126)

第二节　司汤达 …………………………………………………………… (137)

第三节　巴尔扎克 ………………………………………………………… (142)

第四节　狄更斯 …………………………………………………………… (150)

第五节　果戈理 …………………………………………………………… (155)

第六节　陀思妥耶夫斯基 ………………………………………………… (159)

## 第八章　19世纪后期文学 ……………………………………………… (164)

第一节　概述 ……………………………………………………………… (164)

第二节　哈代 ……………………………………………………………… (176)

第三节　易卜生 …………………………………………………………… (181)

第四节　列夫·托尔斯泰 ………………………………………………… (185)

第五节　马克·吐温 ……………………………………………………… (194)

第六节　左拉 ……………………………………………………………… (198)

第七节　波德莱尔 ………………………………………………………… (202)

第八节　王尔德 …………………………………………………………… (206)

## 第九章　20世纪前期文学 ……………………………………………… (210)

第一节　概述 ……………………………………………………………… (210)

第二节　高尔基 …………………………………………………………… (226)

第三节　肖洛霍夫 ………………………………………………………… (231)

第四节　劳伦斯 …………………………………………………………… (237)

第五节　罗曼·罗兰 ……………………………………………………… (241)

第六节　布莱希特 ………………………………………………………… (246)

第七节　海明威 …………………………………………………………… (249)

第八节　艾略特 …………………………………………………………… (254)

第九节　卡夫卡 …………………………………………………………… (259)

第十节　福克纳 …………………………………………………………… (263)

## 第十章  20世纪后期文学 ……………………………………………………… (267)

　　第一节　概述 ………………………………………………………………… (267)

　　第二节　萨特 ………………………………………………………………… (286)

　　第三节　贝克特 ……………………………………………………………… (290)

　　第四节　罗伯-格里耶 ……………………………………………………… (294)

　　第五节　海勒 ………………………………………………………………… (298)

　　第六节　纳博科夫 …………………………………………………………… (302)

　　第七节　马尔克斯 …………………………………………………………… (306)

　　第八节　昆德拉 ……………………………………………………………… (312)

　　第九节　贝娄 ………………………………………………………………… (317)

　　第十节　奈保尔 ……………………………………………………………… (321)

## 第十一章  21世纪初期文学 ……………………………………………………… (326)

　　第一节　概述 ………………………………………………………………… (326)

　　第二节　古尔纳 ……………………………………………………………… (355)

　　第三节　石黑一雄 …………………………………………………………… (359)

# 下编　亚非文学

## 第十二章　古代文学 ……………………………………………………………… (364)

　　第一节　概述 ………………………………………………………………… (364)

　　第二节　《旧约》 ……………………………………………………………… (371)

　　第三节　《摩诃婆罗多》《罗摩衍那》 ……………………………………… (377)

## 第十三章　中古文学 ……………………………………………………………… (383)

　　第一节　概述 ………………………………………………………………… (383)

　　第二节　迦梨陀娑 …………………………………………………………… (391)

　　第三节　紫式部 ……………………………………………………………… (395)

　　第四节　《一千零一夜》 ……………………………………………………… (399)

## 第十四章　近现代文学 …………………………………………………………… (405)

　　第一节　概述 ………………………………………………………………… (405)

　　第二节　泰戈尔 ……………………………………………………………… (411)

　　第三节　夏目漱石 …………………………………………………………… (417)

　　第四节　普列姆昌德 ………………………………………………………… (422)

  第五节 纪伯伦 …………………………………………………… (425)

**第十五章 当代文学** ………………………………………………… (431)

  第一节 概述 ……………………………………………………… (431)

  第二节 川端康成 …………………………………………………… (439)

  第三节 马哈福兹 …………………………………………………… (444)

  第四节 索因卡 ……………………………………………………… (448)

  第五节 库切 ………………………………………………………… (453)

**参考文献** ………………………………………………………………… (458)

**后 记** …………………………………………………………………… (459)

# 引 论

外国文学指除中国以外的世界各国从古到今的文学,学界通常分为欧美文学或西方文学和亚非文学或东方文学两大板块。"东方"与"西方"最初是地理概念,后来演变成为裹挟政治、经济、文化等方面内涵的概念。根据各自历史演变情况,本教材将欧美文学分为古代文学(含中世纪文学)、近代文学和现当代文学三大板块,将亚非文学分为古代文学(含上古文学、中古文学)、近现代文学和当代文学三大板块。

## 一、欧美文学

欧美古代文学板块包括古希腊古罗马文学和中世纪文学两章。

古希腊古罗马文学属于原始氏族社会末期和奴隶制社会时期的文学。古希腊文学是欧洲文学的源头,在思想上、艺术上都具有首创性,孕育了后世欧洲文学的各种元素。古希腊文学充溢着人类童年时代的自由意志和乐观精神,它所体现的人本意识即希腊主义成为欧洲文学的两大文化内核之一。同时,古希腊文学创立了后世欧洲文学几乎所有的文学样式,并以高度的艺术表现力为后世欧洲各种文学体裁树立了典范。其中,古希腊神话、荷马史诗和古希腊戏剧发展得最为充分。古罗马文学是在古希腊文学基础上发展起来的,但也具有自己的民族特色。古罗马文学是古希腊文学与欧洲近代文学之间的桥梁,对欧洲文学发展起了承先启后的作用。

欧洲中世纪文学指欧洲封建社会初期和中期的文学。公元5世纪中叶以后,欧洲许多国家和地区相继进入封建社会。基督教会是欧洲封建社会的主要精神支柱。基督教精神对后世欧洲文化产生了广泛而深远的影响,成为后世欧洲文学的又一文化内核。基督教宣扬的神本意识即希伯来主义与古希腊人本意识或希腊主义构成欧洲文化与文学的两大传统。中世纪文学主要包括教会文学、骑士文学、英雄史诗和城市文学等类型。教会文学虽然在当时占据统治地位,但对后世产生重大影响的还是各族的英雄史诗、骑士文学以及随着城市兴起而出现的城市文学。在中世纪文学中,意大利诗人但丁的创作具有划时代的意义,其代表作《神曲》最先体现两种不同的文化传统的冲撞和交融,既是中世纪文学的总结,又成为欧洲近代文学的序幕。

欧美近代文学板块包括文艺复兴时期文学、17世纪文学、18世纪文学和19世纪文学。欧美近代文学的主力军是资产阶级,其创作形象地反映了资产阶级取代封建阶级的历程,揭露了资本主义社会的丑恶和黑暗。近代文学思潮、流派和运动纷至沓来,探索并运用多种创作方法和艺术表现形式，确立多种文学体裁，极大地丰富了世界文学宝库。

14世纪初至17世纪初，欧洲不少地区先后出现资本主义生产关系的萌芽，近代国家也开始出现。这一阶段掀起的文艺复兴运动是资产阶级反对基督教会和封建制度的思想文化运动。文艺复兴运动催生了人文主义思想，以及以人文主义思想为主题的人文主义文学。人文主义思想以古希腊人本主义为内核，又吸收基督教文化的部分元素，如众生平等、博爱等，从而融汇古代两种文化，形成一种新的文化思想体系。人文主义文学是由资产阶级创作并反映资产阶级诉求的文学，它开创了欧洲文学的新纪元。人文主义文学发轫于意大利，流传到法国、西班牙，在英国最为兴盛。其中，西班牙小说家塞万提斯的长篇小说《堂吉诃德》和英国戏剧家莎士比亚的戏剧代表人文主义文学的最高成就。

17世纪欧洲文学的主流是兴起于法国而后流传全欧的古典主义。从政治倾向上说，古典主义是资产阶级和封建王权相互妥协的产物。古典主义文学以戏剧成就最高，法国喜剧家莫里哀是其中的杰出代表。17世纪中期，英国爆发资产阶级革命，催生了以弥尔顿为代表的清教徒文学即资产阶级革命文学。同时在欧洲多个国家流传的还有巴洛克文学。

18世纪欧洲资产阶级掀起了思想文化领域的启蒙运动，为夺取政权作舆论准备。资产阶级以理性作为衡量一切的尺度，并形成了以自由、平等、博爱为核心的人道主义。人道主义是古希腊人本主义和文艺复兴时期人文主义的延伸与发展。作为启蒙运动的重要组成部分，启蒙主义文学以强烈的战斗精神和独创的艺术形式在摧毁封建制度的斗争中发挥了巨大作用。启蒙主义文学的发源地和中心在法国，英、德、俄等国的启蒙主义文学也非常繁荣。在这一阶段，德国诗人歌德的创作代表全欧的最高水平，他的诗剧《浮士德》艺术地概括了自文艺复兴至19世纪前期欧洲资产阶级的精神发展历程。

欧美文学史所说的19世纪前期通常以爆发法国大革命的1789年为开端，大约在1830年结束。法国大革命推动19世纪初期欧洲民主运动的蓬勃发展，催生了一批资产阶级政权。由于在新建立的资本主义国家中启蒙主义者构筑的"理性王国"并未实现，对资产阶级革命的失望以及摆脱不完美现实的渴求油然而生。在这一背景下，张扬理想、抒发个体情感的浪漫主义文学思潮最先在德国和英国涌动，而后几乎在所有欧洲国家以及大西洋彼岸的美国传播。学界通常公认浪漫主义是真正意义上的第一股世界性的文学潮流。浪漫主义在艺术上冲破古典主义的藩篱，标举创作上的自由主义。英国的华兹华斯、拜伦，法国的雨果，俄国的普希金，美国的惠特曼等都是浪漫主义文学的杰出代表。

欧美文学史所说的19世纪中期通常指1830年法国第二波资产阶级革命爆发直至1870年普法战争结束的这段时间。随着资本主义制度的确立、巩固，资本主义社会固有的矛盾日益暴露，力图真实表现现实生活、暴露社会弊病的现实主义文学思潮涌现，并逐渐取代浪漫主义而成为欧美文学的主流。19世纪中期的欧美现实主义作家秉承人道主义思想，表现出强烈的批判性，以致高尔基称之为"批判现实主义"。现实主义文学最突出的成就是多采取典型化原则，塑造典型环境中的典型人物，从而达到了近代文学的最高峰。法国的司汤达、巴尔扎克，英国的狄更斯，俄国的果戈理、陀思妥耶夫斯基等人的创作都以自己的特色在世界文坛占有一席之地。19世纪三四十年代先后出现的英国宪章派文学和德国工人诗歌标志着世界无产阶级文学的诞生。它们也属于现实主义文学。

欧美文学史所说的19世纪后期，始自1870年前后，一直延续到1914年第一次世界大战爆发。这一时期里，欧美文坛的主流依然是现实主义文学，但与此同时，自然主义、象征主义和唯美主义等文学思潮也先后涌现。英国的哈代、挪威的易卜生、俄国的列夫·托尔斯泰、美国的马克·吐温等是此期现实主义文学的主要代表，法国的左拉是自然主义文学的理论家和创作代表，活跃于19世纪中期的法国诗人波德莱尔是象征主义文学的先驱和早期代表，英国的王尔德则是唯美主义文学的标杆人物。19世纪70年代的法国巴黎公社文学也属于此期现实主义文学的组成部分。

欧美现当代文学指1914年第一次世界大战爆发之后直至21世纪初叶的文学，通常分为20世纪前期文学、20世纪后期文学和21世纪初期文学三个部分。

20世纪前期指两次世界大战之间的时段。第一次世界大战尤其是俄国十月革命开辟了人类历史的新纪元，工人阶级开始作为人类社会的重要力量登上历史舞台。此期欧美文学包括现实主义文学和现代主义文学两个板块，现实主义文学又分为社会主义现实主义文学和传统现实主义文学，现代主义文学则囊括多种思潮、流派和运动。发端和繁荣于苏联的社会主义现实主义文学在无产阶级世界观指导下，从现实的革命发展中真实地、历史具体地描写现实，以社会主义精神教育人民。高尔基是其奠基人，肖洛霍夫则堪称苏联社会主义现实主义文学的杰出代表。在十月革命和苏联文学的影响下，欧美其他各国的无产阶级文学也取得了丰硕成果。传统现实主义文学指19世纪现实主义文学在20世纪的发展。与19世纪现实主义文学相比，它的题材范围更加广阔，表现手法更加多样。法国的罗曼·罗兰、英国的劳伦斯、德国的布莱希特和美国的海明威等人的创作虽然在不同程度上呈现出现代主义的色彩，但总体倾向是现实主义的。现代主义文学是20世纪前期欧美各种反传统的文学流派的总称，主要包括后期象征主义、表现主义、意识流小说、超现实主义、未来主义、迷惘的一代等。现代主义作家的思想倾向是多元的，其创作反映现代资本主义世界的危机意识，艺术上注重人物内心世界尤其是无意识领域的开掘，创造了一些新手法、新技巧。英美诗人艾略特、奥地利小说家卡夫卡、美国小说家福克纳是其中的杰出代表。

20世纪后期欧美文学由现实主义文学和后现代主义文学两部分构成，不过两者相互渗透、相互吸收的趋势日益明显。后现代主义文学是对第二次世界大战的各派现代主义文学的总称，主要有存在主义文学、荒诞派戏剧、新小说派、黑色幽默、魔幻现实主义等。法国的萨特、罗伯-格里耶，爱尔兰的贝克特，美国的纳博科夫、海勒，哥伦比亚的马尔克斯等是各种后现代主义文学流派的开山祖师或杰出代表。20世纪后期欧美文学的最大特征是打破以往文学发展的单一性，呈现出多元化的发展趋势，作家们不再囿于某种政治立场和艺术流派，更愿意写出符合人类生活本质的、能够为绝大多数读者所接受的作品。20世纪90年代以后，诸多具有移民身份或双语、多语身份的作家跻身于欧美文坛，他们的创作不再凸显单一的民族特性，而是关注全球化语境中各种文化的冲突与渗透。捷克裔法国作家昆德拉、犹太裔美国作家贝娄、印度裔英国作家奈保尔等堪称此类创作的代言人。

## 二、亚非文学

古代亚非文学包括原始社会末期到奴隶社会时期的文学，成就最大、影响最深的是古埃及文学、古巴比伦文学、古希伯来文学和古印度文学。其中，古埃及文学和古巴比伦文学是世界上最古老的文学。古埃及的宗教诗歌汇编《亡灵书》是人类最早的书面文学作品，古巴比伦史诗《吉尔伽美什》是人类第一部史诗。古希伯来的《旧约》是一部历史、文学作品总集，起初是犹太教的经典，后来又成为基督教《圣经》的组成部分。随着基督教被罗马帝国确立为国教，《旧约》对西亚北非和欧洲社会产生了深远影响，也为世界文学艺术提供了丰厚的题材与主题，古希伯来文学与古希腊文学一起成为欧洲文学的两大源头。古印度文学成就突出，既有诗歌总集《吠陀》，又有故事集《五卷书》，两大史诗《摩诃婆罗多》和《罗摩衍那》的成就与影响堪比古希腊荷马史诗。

中古亚非文学也属于古代文学，主要是封建社会时期的文学。亚非这一时期的文学达到了当时世界文学的高峰。中古印度文学、日本文学、波斯文学和阿拉伯文学成就辉煌。印度诗人、戏剧家迦梨陀娑的创作在世界古代文学中占有突出地位，他的戏剧《沙恭达罗》堪称世界古典戏剧的瑰宝。阿拉伯民间故事集《一千零一夜》是民间口头创作最壮丽的一座纪念碑。日本女作家紫式部的《源氏物语》是世界文学史上最早的长篇小说。波斯则涌现出菲尔多西、萨迪等一批闻名世界的诗人，前者的史诗《王书》、后者的哲理诗《果园》《蔷薇园》等都是享誉世界的作品。

亚非近现代文学板块指19世纪中期至20世纪前期的文学。之所以将亚非的近代文学和现代文学合为一体，一是亚非国家的资本主义生产方式和资产阶级发展不充分，近代和现代阶段总体上都处于现代化的历程中，两个阶段具有很强的延续性；二是亚非不少国家和地区在19世纪中期被殖民以后，直到第二次世界大战结束才最终获得独立，社会形态具有较明显的一致性。亚非近现代阶段具有代表性的是日本和印度文学，此外，阿拉伯地区的文学也较为发达。日本近代文学是亚非唯一在资本主义社会条件下兴起的资产阶级文学，它受欧洲近现代文学的影响，各种思潮流派迅速更迭。夏目漱石是日本近代杰出的现实主义作家。印度近代文学的主流是在民族解放斗争中产生的反帝反殖反封建的资产阶级民主主义文学，泰戈尔是其杰出代表。印度现代文学以现实主义创作为主，继承和发扬了近代文学反帝反封建的倾向。普列姆昌德是印度现代文学的主要奠基人。

亚非当代文学指第二次世界大战以后至21世纪初叶的文学。它是近现代文学的继续和发展。其中日本文学、阿拉伯地区文学和撒哈拉以南非洲文学成就最大。日本当代文学派别繁多。川端康成的创作给日本带来了世界性声誉。大江健三郎、村上春树等人的创作为20世纪末期21世纪初叶的日本文坛带来勃勃生气。阿拉伯地区当代文学有长足发展，埃及的马哈福兹是其杰出的代表。非洲黑人地区的文学在民族解放运动中获得新生。一批引人注目的民族作家的创作和"黑人性"文学主张,使撒哈拉以南非洲文学在当代世界文学中占有重要地位。尼日利亚的阿契贝、索因卡,南非的戈迪默和库切等是其中的佼佼者。

### 三、学习外国文学的意义与方法

学习外国文学,不仅要了解各民族文学历时性发展的客观事实,而且要站在世界文学的高度,通过对不同国家和民族的文学传统的观照,探究文学发展的规律和总体特征。在人类历史长河中,世界各民族创造了各具特色的文学。越是民族的,越是世界的,文学亦是如此。对于一个民族来说,吸收外来文学的养分,正是民族文学不断发展的一个重要条件。近代以来,由于资本主义的兴起和世界市场的开拓,各民族闭关自守的状况被打破,文学交流出现了崭新的局面。正如马克思、恩格斯在《共产党宣言》中所说:"各民族的精神产品成了公共的财产。民族的片面性和局限性日益成为不可能,于是由许多民族的和地方的文学形成了一种世界的文学。"① 世界文学不是各民族文学的量的叠加或平行组合,而是由各民族文学汇成的一个有机整体,宛如一曲文学的交响乐。

在此要特别谈谈20世纪亚非文学和欧美文学相互认同与交流的问题。尽管东西方文化与文学的交流古已有之,但真正全球意义上的文学遇合、认同和交流还是19世纪后期20世纪初期的事。随着国际对话的增多、文学交融的加深,亚非作家的视野日渐开阔,人生体验也逐步加深。一批亚非作家开始真正走向世界。如果说1913年泰戈尔获得诺贝尔文学奖还不能完全代表东方文学的崛起(此时印度属于英国的殖民地),那么,20世纪后期21世纪初叶日本的川端康成、大江健三郎,尼日利亚的索因卡,埃及的马哈福兹,南非的戈迪默和库切,以及中国的莫言等作家获奖,则真正表明东方文学开始复兴,开始赶上世界文学发展的步伐。值得一提的是,这些优秀作家的创作都体现了世界文学一体化与各民族文学多样化发展的对立统一。他们一方面热切要求与世界文学取得共同语言,趋向共同的人类文化,另一方面又强调和彰显本民族的文化传统和独特精神追求。

不过,20世纪亚非文学和欧美文学价值取向的互认互鉴有着重大区别。亚非文学对西方文学的认同主要是适应社会政治变革的需要。受特定历史语境的影响,20世纪初的亚非文学以民族独立、民主革命为基本内容,对社会政治问题表现出极大关注,亚非各国文学对西方富于理想和进取精神的浪漫主义文学、富于人道主义思想和批判精神的现实主义文学特别关注。作为各地区和国家现代文学的拓荒者和奠基人,如中国的鲁迅、日本的二叶亭四迷、印度的普列姆昌德等,主要是接受俄罗斯和北欧各国的现实主义文学的启蒙,而中国的郭沫若、印度的泰戈尔、黎巴嫩的纪伯伦、埃及的艾哈迈德等,则主要接受欧美浪漫主义文学的影响。在他们的带动下,亚非各国现代文学的发展大致保持了一致的步伐。而欧美文学对亚非文学的认同主要是适应思想文化变革的需要。现代西方各国作家热心从东方民族文学的多种发展形态及其内蕴的因素、哲学境界中觅取灵

---

① 马克思,恩格斯. 马克思恩格斯选集:第1卷[M]. 北京:人民出版社,2012:404.

感和表现手段。西方文学对东方文学的认同并非只是文学自身发展的需要，也是为了克服西方现代社会普遍存在的精神危机的需要。这就使西方文学特别关注东方各民族的古代文化遗产，包括宗教、哲学思想及其文学艺术中所表现的精微、神秘的感性直觉体验。这在列夫·托尔斯泰、斯特林堡、卡夫卡、黑塞、布莱希特、庞德和塞林格等人的创作中都有不同程度的体现。

中国学生学习外国文学，不仅有利于对文学本身作更广泛更深刻的研究，也有利于将中国文学纳入世界文学的范围中，确立它在世界文学坐标中的位置，站在更高的立足点上认识中国文学的传统和特色。同时，中国学生学习外国文学，还可以借鉴世界其他各族文学的长处，提高审美能力，对繁荣本国的文学实践提供思想和艺术资源。

学习外国文学必须运用辩证唯物主义和历史唯物主义的观点，坚持批判地继承的原则。所谓批判，不是简单的否定，而是进行科学的分析和考察；所谓继承，也不是全盘照搬，而是在实事求是地进行鉴别的基础上，对其思想、艺术的精华有所肯定，有所吸收，做到洋为中用。文学是一种社会意识形态，是一定的社会生活在作家头脑里的反映。它的使命在于帮助人类正确认识社会、认识生活、认识自我，并从中获得美的享受和陶冶。学习各时期的外国文学，要联系当时的社会历史条件，不能用今天的眼光和观点去苛求过去的作家。对待具体作家，要注意其世界观和创作个性，区别作家的思想和其作品实际提供的东西，评价他们在艺术表现上是勇于创新还是墨守成规，是促进文学发展还是抑制文学发展。

学习外国文学，应注意从文学史的发展过程、各时期重要的文学现象和思潮流派、重要作家及其代表作等三个方面入手，系统地掌握外国文学的基础知识和基础理论。作家作品是构成文学发展史的基本材料，一个时代的文学成就、一种文学思潮流派的创作特点主要体现在作家的作品上。因此，要学好外国文学，首先必须认真阅读和钻研作品。

文艺学、美学、哲学、政治学等理论是学习外国文学必需的武器，只有具备这些学科的理论基础，才能更好地掌握外国文学的知识。

# 上编 欧美文学

欧美文学又称西方文学。一般认为，欧美文学的源头是古希腊文学。欧美文学的两大传统是古希腊文学所体现的人本意识即希腊主义和中世纪基督教所宣扬的神本意识即希伯来主义，通称"两希"。

从近代开始，欧美文学的发展与演进同社会文化思潮密切相关。14世纪初至17世纪初，欧洲资产阶级掀起反封建反宗教的文艺复兴运动。18世纪，欧洲资产阶级又掀起启蒙主义运动。两大思想文化运动影响下形成的人文主义文学和启蒙主义文学构成此时期欧美文学的主体。19世纪初期欧洲各国民主运动蓬勃发展，由于新建立的资本主义制度并未实现启蒙主义者构筑的"理性王国"，对资产阶级革命和现实的失望情绪不断弥漫，张扬理想、抒发情感的浪漫主义文学应运而生。随着资本主义社会固有矛盾的日益暴露，旨在揭露社会弊端的现实主义文学思潮及时涌现，并延续至第一次世界大战爆发，一直成为欧美文坛的主流。俄国十月革命之后，无产阶级作为人类社会的重要力量开始登上历史舞台，社会主义现实主义文学在世界上第一个社会主义国家苏联诞生。随着对现代资本主义世界的危机意识的加深，标举思想多元、艺术创新的现代主义文学闪亮登场，并在第二次世界大战后演变成后现代主义文学。20世纪90年代至21世纪初，全球化趋势日益明显，流散作家跻身于欧美文坛，开始关注民族文化的渗透与冲突现象。

# 第一章 古代文学

古代欧洲文学又叫上古欧洲文学，专指古希腊和古罗马文学。在欧洲，古希腊、古罗马最早踏入文明的门限，并相继从原始氏族社会进入奴隶社会，创造了高度发展的文化和文学。古希腊、古罗马文学是欧洲最早的文学。

## 第一节 概述

古希腊文学是欧洲文学的开端，其内容丰富、脍炙人口的神话和高度发展的诗歌、戏剧、美学理论，对后世欧洲文学影响极为深远。古罗马文学是在继承古希腊文学的基础上发展起来的，具有自己的民族特色，同时它也是沟通古希腊文学与欧洲近代文学的桥梁。

### 一、古希腊文学

古希腊位于欧洲南部、地中海的东北部，包括希腊半岛、爱琴海诸岛和小亚细亚西海岸。这样的地理条件决定古希腊的工商业和航海业比较发达，它同埃及和西亚各国有着广泛的商业、文化联系。在古老、先进的东方文化的影响下，古希腊人逐步形成独特的文化。早在公元前 2000 年至公元前 1400 年，爱琴海南端的克里特岛出现灿烂的克里特文明；公元前 1400 年至公元前 1100 年间，希腊半岛上的迈锡尼地区出现繁盛的迈锡尼文明。公元前 1100 年，印欧种族的多利亚人从北方南迁，攻陷迈锡尼并定居下来，逐渐向奴隶制社会过渡。公元前 8 世纪至公元前 6 世纪奴隶制关系逐渐形成，希腊各地先后出现许多独立的奴隶制城邦国家。公元前 5 世纪左右，古希腊的奴隶制发展到全盛时期，在工商业发达的城邦，建立了奴隶主民主制的政治制度。这有利于激发广大自由民的创造精神，从而促进文学、艺术、科学、哲学等文化领域的全面发展。公元前 4 世纪以后，希腊奴隶制城邦逐渐衰微，后被马其顿征服。公元前 146 年，古希腊最终被罗马帝国吞并。

古希腊文化是在克里特—迈锡尼文化的基础上发展起来的，接受过古巴比伦和古埃及等东方文化的影响。总的来说，古希腊文化是奴隶社会的产物。正如恩格斯所说："只有奴隶制才使农业和工业之间的更大规模的分工成为可能，从而使古代世界繁荣，使希腊文化成为可能。没有奴隶制，就没有希腊国家，就没有希腊的艺术和科学。"① 希腊的奴隶制社会为希腊文化和文学的繁荣创造了条件。

古希腊文学从公元前12世纪至公元前2世纪，延续了一千多年，大致分为四个时期。

第一时期，从公元前12世纪到公元前8世纪。这是古希腊由氏族社会向奴隶制社会过渡的时期，史称"英雄时代"或者"荷马时代"。这一时期文学的主要成就是神话和荷马史诗。

希腊神话产生于原始社会的远古时代，是古希腊人集体的口头创作，是欧洲最早的文学形式，主要在荷马史诗和赫西俄德的《神谱》等作品中得以保留。希腊神话由神的故事和英雄传说两大部分组成。神的故事包括天地的开辟、神的产生和谱系、人类的起源等。相传宇宙之初混沌一团，混沌神卡俄斯生出地母盖亚、地狱和爱，以后又生出黑暗和黑夜，二者结合又生出空气和白昼。盖亚独自一人生出天空乌拉诺斯，乌拉诺斯一生下来就趴在母亲身上，天与地连在一起。他和母亲结合，生下六男六女共12个提坦巨神。乌拉诺斯成为第一代天神。乌拉诺斯仇视自己高大如山的儿女，将他们关进地狱。盖亚对此极为不满，鼓动儿女们起来斗争。提坦神克洛诺斯打败了父亲，使天与地分离，时间开始运行，混沌被战胜。克洛诺斯成为第二代天神，并娶妹妹瑞亚为妻，生下三男三女。克洛诺斯也担心自己被儿女推翻，便把生下来的孩子都吃掉。但最小的儿子宙斯被瑞亚保护了起来。长大后的宙斯设法让克洛诺斯把吃掉的兄姐都吐了出来，然后在兄姐的帮助下，经过十年的"提坦战争"，打败父亲，做了第三代天神。这一组神话叫作前奥林匹斯神系，显然是希腊蒙昧时代的产物，从中可以看到两性杂交、血缘家庭、吃人等母权制社会生活的痕迹。

奥林匹斯神系是指居住在希腊北部的奥林匹斯山上、以宙斯为众神之主的高度组织化社会化的神的大家族。宙斯娶姐姐赫拉为妻，与他的兄姐和子女一起分治天下。宙斯为雷电之神，赫拉为空气和婚姻生殖神，其兄波塞冬为海神，哈得斯是冥神，姐姐得墨忒尔为新地母，掌管农业五谷。他们加上宙斯的7个子女：太阳神阿波罗、月亮神和狩猎女神阿尔忒弥斯、智慧女神雅典娜、战神阿瑞斯、火与工匠神赫菲斯托斯、神使赫尔墨斯、爱与美神阿佛罗狄忒，被通称为十二主神。这一组神话反映了古希腊氏族社会晚期父权制社会的生活。

希腊神话中，"普罗米修斯造人"的故事也很古老。他用泥土按照天神的形象造出人，赋予他们生命，还教会他们各种技艺，又盗来众神所用的火种即"天火"送给人类，为此触怒宙斯。宙斯一方面叫赫菲斯托斯打造一个美女潘多拉，让她给人类带来各种不幸和灾难，同时又命令威力神和暴力神将普罗米修斯锁在高加索的悬崖上，每天派一只恶鹰啄食他的肝脏。这是古希腊人对发明和使用火的艰苦过程的一种艺术加工，表现了古希腊人渴望战胜自然、敢于反抗强暴的豪迈精神。普罗米修斯因此被马克思称赞

---

① 恩格斯. 反杜林论 [M] //马克思, 恩格斯. 马克思恩格斯选集：第3卷. 北京：人民出版社, 1972：220.

为"哲学日历中最高尚的圣者和殉道者"。

英雄传说起源于古希腊人的祖先崇拜。他们以自己部落英雄为原型，幻想出许多半人半神的英雄和他们的故事。英雄们大都是神和人结合所生的后代，智勇超群，体力过人，意志坚定，在同自然和社会的斗争中建立了丰功伟绩，实际上他们是部落集体力量和智慧的化身。英雄传说以不同地区的英雄或事件为中心，形成许多系列，如伊阿宋智取金羊毛、忒修斯渡海杀牛妖、佩尔修斯智斗女妖美杜莎、七雄攻忒拜、特洛伊战争，等等。最著名的英雄是为民建立十二大功勋的大力神赫拉克勒斯。

希腊神话最突出的特点是神人同形同性。希腊神话中的神不仅长着和人一样的形体，和人一样要吃、喝、穿、住，还有着和人一样的情感和欲望，只是他们长生不死，具有无比的威力。因此，希腊神话世俗性很强，体现了古希腊人热爱现实生活、以人为本、肯定人的力量的人本精神。此外，希腊神话丰富、系统，具有优美的艺术表现力。神的故事有谱系，英雄传说有系列，体现了古希腊人自觉的体系和逻辑思想。

希腊神话曲折地反映了古希腊的社会生活，是"通过人民的幻想用一种不自觉的艺术方式加工过的自然和社会形式本身"①，艺术地概括了古希腊人对自然和社会的认识，具有较高的认识价值和文学价值。同时，它为古希腊文学艺术提供了丰富的素材，成为整个希腊艺术的土壤。古希腊的诗歌、戏剧、雕塑、绘画等大都取材于神话。希腊神话对后世欧洲文学艺术影响深远。罗马神话直接承袭希腊神话。文艺复兴时期和古典主义时期，希腊神话得到普遍重视，欧洲许多文学家、艺术家都从神话中取材。至今希腊神话中的人物、故事已深入到人们的日常生活和语汇中。可以说，希腊神话已成为了解欧洲文学和西方精神的必备常识。

古希腊文学的最高成就是荷马史诗。荷马史诗之后，在公元前8世纪末至公元前7世纪初，出现了诗人赫西俄德（约生活在前8世纪）的两首叙事长诗《工作与时日》和《神谱》。他的叙事诗与荷马史诗同属一类，因为用的是同样的格律和方言，但内容和荷马史诗完全不同。《工作与时日》是古希腊流传下来的第一部以现实生活为题材的教谕诗。赫西俄德的弟弟贿赂当地法官，巧取豪夺父亲留下的大半财产，后来，弟弟又因不务正业，生活每况愈下，赫西俄德便写了这首劝谕诗告诫弟弟要勤俭务农，改恶从善。诗歌热情赞美了耕作劳动和正直生活的伟大。《神谱》收集了许多古代神话，叙述了诸神的由来、世系与斗争，是对希腊神话最早的系统整理。

第二时期，从公元前8世纪到公元前6世纪，是氏族社会进一步解体、奴隶制城邦国家形成时期，历史上称为"大移民时代"，或称"古风时代"。这一时期文学的主要成就是抒情诗和寓言。

由于私有制的确立、氏族社会集体意识的削弱、个人意识的强化、个人情感多方面表达的要求，于是抒情诗便取代史诗繁荣起来。抒情诗源于民歌，多在乐器的伴奏下吟

---

① 马克思.《政治经济学批判》导言[M]//马克思，恩格斯.马克思恩格斯选集：第2卷.北京：人民出版社，1972：113.

唱。根据伴奏乐器的不同，可以分为笛歌和琴歌两大类。笛歌包括挽歌、战歌和情歌，后世一般笼统地称为哀歌。琴歌分为独唱和合唱两种。独唱琴歌多是饮酒歌和爱情歌，多在朋友聚会时演唱。合唱琴歌多在宗教节日庆典上表演，常与舞蹈相伴，主要歌颂战争和竞技。最著名的抒情诗人是萨福（前612？—前592？）、阿那克里翁（前550？—前465？）和品达罗斯（前518？—前438）。萨福是古希腊最著名的女抒情诗人，因其文才被柏拉图誉为"第十位文艺女神"（希腊神话中缪斯是九位文艺女神的合称）。她共写了9卷抒情诗和1卷哀歌，但流传至今的只有些断章残句，成篇者只有《永生的阿佛罗狄忒》《给所爱》等。她的诗歌多半歌唱爱情，感情真挚，语言朴素自然，音乐性强。阿那克里翁有5卷诗作，多半歌颂爱情、美酒和大自然，以清新、优美、形式完整取胜。这种诗后来被称为"阿那克里翁体"。他和萨福的诗歌大多属于独唱琴歌。品达罗斯是合唱琴歌职业诗人，留下17卷合唱抒情诗。他的诗主要赞颂神和体育竞技，风格凝练庄重，形式完美，被17世纪古典主义诗人称为"崇高诗歌"的典范。

与此同时，古希腊民间还流传着许多以动物生活为主要内容的寓言，相传是由公元前6世纪的被释奴隶伊索所作。现在归于《伊索寓言》名下的作品，由后人收集改写而成，其中有些故事来源于西亚和北非地区。《伊索寓言》共收集了三四百个小故事，与抒情诗主要反映贵族奴隶主的思想感情不同，这些小故事主要是受欺凌的下层平民和奴隶的斗争经验和生活教训的总结，形式短小精悍、比喻恰当、形象生动、哲理性强。其中有的常被后人模仿和引用，成了人们熟知的典故，如《龟兔赛跑》《狐狸与葡萄》《农夫和蛇》《狼与小羊》等。

第三时期，公元前6世纪末到公元前4世纪初，是古希腊奴隶主民主制全盛时期，史称"古典时期"。在雅典，工商业奴隶主取得了对贵族奴隶主斗争的胜利，确立了奴隶主民主制。在公元前5世纪初的希波战争中，以雅典为盟主建立的希腊各城邦的海上同盟打败了波斯人的侵略，雅典成为全希腊政治、经济和文化的中心。这时期的文学以戏剧成就最大，散文和文艺理论也很繁荣。

这时期的散文主要指演说辞、历史和哲学著作。著名的历史著作有"历史之父"希罗多德（前485？—前425？）的《历史》，在文字方面注意修辞，常用史诗套语，叙述引人入胜。修昔底德（前460？—前400？）的《伯罗奔尼撒战争史》叙述严谨，文字洗练。色诺芬（前430？—前335？）的《希腊史》和《远征记》表现出历史纪实和文学虚构的双重倾向，文笔简洁，语言流畅。这时期著名的演说家有吕西阿斯（前445？—前380？）、苏格拉底（前436—前338）和狄摩西尼（前383—前322），他们的演说辞标志着散文的重大发展。

在文艺理论方面，柏拉图（前427—前345）和亚里士多德（前384—前322）是最杰出的代表。柏拉图是欧洲客观唯心主义哲学的创始人。他的主要文论著作是由40多篇对话组成的《文艺对话集》。他的文艺理论核心是"理念论"，认为现实世界是理念世界的影子，文艺是对现实的模仿，即影子的影子，因此，文艺是不真实的，而且是有害的，会培养人性中低劣的东西。他还认为艺术源于灵感，诗人必须进入灵感中的迷狂状态才

能创作出伟大的作品。他的"灵感说"或"迷狂说"对后来的浪漫主义文学乃至现代主义文学都有影响。亚里士多德是柏拉图的学生,他的文艺思想基本上是唯物主义的。他继承了柏拉图的模仿说,认为文艺的本质是模仿现实,但他认为现实世界本身是真实的,而不是柏拉图说的是理念的摹本,因而文艺是真实的。他还肯定文艺的认识作用和教育作用。他的理论与以后的现实主义文学有密切联系。亚里士多德的主要文论著作是《诗学》,该著作为西方文艺理论奠定了基础,是一部影响深远的权威性著作。

第四时期,公元前4世纪末到公元前2世纪。公元前4世纪末,马其顿王亚历山大征服希腊,直到公元前146年希腊被古罗马所灭,史称"马其顿统治时期"。这一时期,希腊文化传播到东方,并和东方文化相互交融,形成以希腊文化为中心的地中海文化圈,文化中心由雅典迁移至埃及的亚历山大城,又称"希腊化时期"。这一时期文学上的主要成就是新喜剧和田园诗。

田园诗又称牧歌,是一种描写牧人生活或农村生活的短小抒情诗,代表诗人是亚历山大城的忒奥克里托斯(前310—前250)。他的田园诗以理想化的牧人生活表现出对田园生活的向往、对大自然的赞美,多以爱情为主题,对后世欧洲的田园诗有很大影响。

古希腊文学在欧洲文学史上占有极其重要的地位。它孕育了后世欧洲文学发展的各种元素。在思想上,它体现的以人为本、执着现世和积极进取的人本意识成为欧洲文学的文化内核之一。在艺术上,它具有首创性。后世欧洲的现实主义和浪漫主义创作方法都可以溯源到希腊。欧洲文学中的主要体裁如史诗、抒情诗、寓言、悲剧、喜剧等都始于希腊。它形成的文艺理论也为后世欧洲文艺理论的发展奠定了基础。

## 二、古罗马文学

古罗马是由意大利半岛台伯河畔一座城市发展起来的奴隶制国家。公元前753年,聚居在意大利中部拉丁姆地区的拉丁民族建立罗马城邦。公元前7世纪后期到公元前510年,古罗马完成从氏族社会向奴隶社会的过渡,史称"王政时期"。公元前510年,罗马奴隶制贵族共和国建立。从公元前4世纪开始,罗马向外扩张,到了公元前2世纪中叶,终于成为一个强大的国家。公元前1世纪末,罗马进入帝国时期,到公元2世纪,帝国版图扩大到地跨欧、亚、非三洲。公元3世纪起,罗马帝国爆发全面危机,政治混乱,奴隶起义频繁。公元395年,罗马分裂成东、西两个帝国。公元476年以罗马城为首都的西罗马帝国被北方兴起的日耳曼人所灭。西罗马帝国的灭亡标志着欧洲奴隶社会历史的终结。

古罗马文学是在罗马帝国崛起的过程中逐渐萌生的。在对外扩张中,古罗马人接触到先进的希腊文化,在古希腊文学的直接影响下,古罗马文学于公元前3世纪中叶正式形成。在共和国晚期和帝国初期,罗马文学走向繁荣。与古希腊海洋民族不同,古罗马属于内陆民族,主要以耕牧方式生存,他们崇尚文治武功,强调国家观念、个人意志服从国家民族的责任感,比希腊文化更富有理性精神和集体意识。在帝国晚期,帝国统治下的西亚巴勒斯坦地区犹太人兴起的基督教广泛传播,最终被罗马帝国确立为国教。因此，后期罗马文化和文学都染上了基督教色彩。

古罗马文学主要指公元前3世纪中叶至公元5世纪下半叶古罗马共和国和帝国时期的文学，大致经历3个阶段。

第一时期，公元前3世纪中叶至公元前1世纪中叶，这是罗马共和国兴盛时期。这时期罗马文学的主要特征是模仿和改写希腊文学，主要成就是戏剧。

获释的希腊奴隶季维乌斯·安德罗尼库斯（约前280—前204）是古罗马文学史上第一个诗人和剧作家。他将荷马的《奥德赛》翻译成拉丁文，译介古希腊抒情诗，并于公元前240年编译一出古希腊悲剧和一出新喜剧。他的功绩主要在于把古希腊文学中的某些精品介绍给缺少书面文学传统的古罗马人，把古希腊文学的某些主要形式移栽到了缺少骨干文学类型的古罗马。安德罗尼库斯之后，出现了全能型作家、被尊为"罗马文学之父"的埃纽斯（前239—前169）。他写过悲剧、喜剧和讽刺诗。他的史诗《编年史》从埃涅阿斯离开特洛伊开始，一直写到作者生活年代的战争，对维吉尔的创作影响深远。

此期罗马文学的主要成就是世态喜剧。罗马喜剧继承了"希腊化时期"米南德的新喜剧以描写爱情和家庭生活为主的传统，同时吸收罗马民间的阿特拉笑剧和拟剧的表现技巧，反映罗马社会生活中的人情世态。代表作家是普劳图斯（约前254—前184）和泰伦提乌斯（约前190—前159）。普劳图斯是一位多产作家，据说他写过130部剧本，流传至今的有20部。他的喜剧大多根据古希腊新喜剧改编，用的是希腊题材，反映的却是罗马人的生活。他的主要作品是《孪生兄弟》《一坛黄金》《吹牛的军人》等剧作，前两部作品后来分别被莎士比亚和莫里哀借鉴和改编为《错误的戏剧》和《悭吝人》。这些作品情节巧妙，对话生动，富于动作感，充满戏谑成分，深受群众的欢迎。泰伦提乌斯只写过6部喜剧，都是根据希腊新喜剧改编的。这些作品以结构严谨、语言精练和人物性格鲜明见长，其代表作为《婆母》和《两兄弟》。

到了共和国末期，古罗马的散文和诗歌取得了较高的成就。散文的杰出代表是西塞罗（前106—前43）。他的演说辞讲究程式，注意修辞技巧，描写生动。他的哲学论文、修辞学著作和书信对罗马散文的发展和拉丁语文学语言的形成作出了重要贡献。诗歌主要是哲理诗和抒情诗。前者的代表是卢克莱修（约前98—前55），他的《论自然》着重阐述伊壁鸠鲁的哲学思想，从而间接地介绍了德谟克利特的原子论，表达了物质不灭、凡人不必惧怕死亡的生活观。后者的代表是卡图卢斯（约前87—前55），《诗歌集》是他传下的唯一诗集。他仰慕萨福，擅长写爱情诗，能抓住隐藏在人物心灵深处的爱的感觉，用娓娓动听的语言描述爱情的微妙，述说被爱情缠迷和受它牵导的事件。

第二时期，公元前1世纪末至公元1世纪初，是罗马历史上的奥古斯都时期。公元前31年，屋大维统一全国，建立起为时40多年的元首制，被尊为"奥古斯都"（神圣、庄严之意）。屋大维非常注意文化对政权的维护作用，利用文学培养公民对国家、民族的责任感，宣传罗马的历史使命。他的亲信墨克那斯把当时最有才华的作家聚集在自己的周围，组成所谓"墨克那斯文学集团"，为他的政权服务，其中成就最大的诗人是维吉尔、贺拉斯和奥维德。因此出现了罗马文学的"黄金时代"。这一阶段，诗歌发展达到

高潮，文艺理论也取得新的成就。

维吉尔（前70—前19）是古罗马最杰出的诗人，墨克那斯文学集团的成员。他写了3部诗歌：《牧歌》（前42—前37）、《农事诗》（前37—前30）和《埃涅阿斯纪》（前30—前19）。《牧歌》共10首短歌，是维吉尔的成名作，仿效希腊田园诗形式写成，讴歌牧人农夫在土地上的劳作，将土地视为最高的价值。《农事诗》共4卷，模仿赫西俄德的《工作与时日》，描绘意大利农村风光，赞颂农民生活和劳动，谈论种庄稼，种葡萄、橄榄，牧羊，养蜂，等等，是配合屋大维吸引农民回到农村的政策而写的农事教谕诗。

《埃涅阿斯纪》又名《伊尼德》，是维吉尔的代表作，也是世界文学史上第一部文人独立创作的史诗。全诗12卷，约10000行，是按照屋大维的旨意花了11年心血写成的。史诗依据罗马神话传说，以罗马的祖先埃涅阿斯的英雄事迹为主要内容，追述罗马建国的光荣历史。埃涅阿斯在特洛伊城失陷后，在母亲、爱神维纳斯的保护下逃出特洛伊，按神的旨意到意大利去建立一个新的国家。在漂流的第七年，他被海上风暴吹到北非的迦太基，与迦太基女王狄多结为夫妻。后来埃涅阿斯接到神谕，便不辞而别前往意大利，狄多因绝望而自焚身亡。埃涅阿斯来到西西里岛，由女巫带领游历地府，见到阵亡的特洛伊英雄们。亡父向他预示罗马未来光荣而辉煌的前景，从而坚定了他缔造罗马帝国的决心与信心。他到达意大利的拉丁姆地区，当地国王拉提努斯遵照神意要把女儿嫁给他，引起另一个求婚者鲁图利亚国王图尔努斯的愤怒，两人之间引发战争。最后，埃涅阿斯杀死图尔努斯，成为罗马的开国之君。史诗把屋大维写成是埃涅阿斯的儿子尤利乌斯的后裔，因而肯定了屋大维的"神统"，把罗马帝国的强大和称霸写成是神的意志，表达了罗马的民族自豪感，也体现了奴隶主的爱国意识。

《埃涅阿斯纪》的写作以荷马史诗为范本，前6卷类似《奥德修纪》，写主人公在海上的漂流；后6卷类似《伊利昂纪》，写特洛伊人与拉丁姆人的战争。《埃涅阿斯纪》也和荷马史诗一样，采用追叙形式，多用荷马式的比喻、对比、重复等手法。但《埃涅阿斯纪》仍表现出罗马文学的特色。比如主人公埃涅阿斯不仅勇敢、刚毅，还具有虔诚的品德，兼有敬畏神明、忠于国家、对人仁爱、对事公正等品质，是罗马理想统治者的体现。埃涅阿斯负有重大使命，是神的意志的执行人，而且为了国家能克服儿女私情，表现出较强的理性意识、集体意识、责任观念和自我牺牲精神，这与个体意识很强的荷马史诗不同。从《埃涅阿斯纪》开始，欧洲文学史上第一次出现责任与爱情冲突的主题。在艺术上，它也不像荷马史诗那样原始质朴、活泼明快，风格严肃哀婉、格律严整而富于节奏，在心理刻画上超过了荷马史诗。

贺拉斯（前65—前8）也是墨克那斯文学集团的成员，是奥古斯都时期著名的抒情诗人、讽刺诗人，罗马文学史上最重要的文艺理论家。他的《讽刺诗集》和《长短句集》嘲笑罗马社会吝啬、贪婪、淫靡之风，宣扬中庸的生活哲学。《歌集》是他的抒情诗的代表作，主要写爱情、友谊、醇酒、乡恋，其中"罗马颂歌"赞美纯朴、坚毅、正直、尚武、虔诚等帝国道德。全集内容丰富，题材多样，技巧纯熟，堪称罗马抒情诗的典范。他的《书札》共两卷，其中最重要的是第三封信，本是写给皮索父子的，后被称为《诗艺》。贺拉斯继承亚里士多德的模仿说，重申文学模仿自然的观点。他特别强调文学的教育作用，明确提出"寓教于乐"的原则。他提出"合式"的原则，要求文艺作品首尾一致，成为有机整体。《诗艺》是罗马文学史上最重要的文学理论著作，曾被17世纪欧洲古典主义作家奉为经典。

奥维德（前43—18）是奥古斯都时期最后一位大诗人。早期主要写作爱情诗。他最重要的作品是长诗《变形记》。全诗15卷，包括大小250多个故事，把古希腊罗马的神话故事、英雄传说和一些历史人物汇在一起，按照时间顺序，从开天辟地一直写到屋大维顺应天意建立统治。每个故事的最后，主人公都变形为草木虫兽或其他神怪和万物。诗句优美，想象丰富，结构巧妙，特别注意人物心理描写。由于它将希腊罗马神话作了系统整理，因而在后世有"神话辞典"之称。

第三时期，公元1至5世纪，即"帝国时期"。帝国初期是罗马文学的"白银时代"，大致始于公元17年，止于公元130年。

这一时期，出现了罗马文学史上最重要的悲剧作家塞内加（约前4—65）。他有9部悲剧传世，全系希腊悲剧的改编之作，这也是古罗马留存下来的仅有的悲剧作品。佩特罗尼乌斯（？—66）的小说《萨蒂利孔》仅有残片传世，在体裁上混合散文和诗歌，描述主人公恩科尔皮乌斯流浪和冒险的遭遇，在欧美文学中首创讽刺性流浪汉小说。塔西佗（56？—116）是古罗马最伟大的历史学家，与古希腊的希罗多德齐名，他的《历史》和《编年史》为罗马的散文增光不少。阿普列尤斯（124？—175？）的小说《金驴记》（又名《变形记》）是这一时期最出色的小说，也是罗马保留至今唯一完整的散文体小说。小说取材于希腊民间传说，叙述青年鲁齐乌斯吃错了魔药，变成一头驴子，经历许多苦难。作品通过他的所见所闻，广泛描写罗马帝国外省的生活，多方面揭示了富人欺压穷人的社会真相。有人称阿普列尤斯为"欧洲小说之父"。罗马帝国时代最后一位重要作家是希腊语讽刺散文家琉善（125？—200？）。他最著名的作品有《诸神的对话》和《真实的故事》。前者把诸神置于琐屑的日常生活中，神的尊严被剥殆尽；后者则以荒诞不经的航海游记形式，讽刺当时的历史、游记、诗歌、哲学、考据等作品。

公元3世纪以后，罗马帝国危机不断，文学随之衰落，代之而起的是基督教文学，欧洲文学已开始向中世纪过渡。

## 第二节　荷马史诗

荷马史诗是古希腊流传下来最早的完整的文学作品，包括《伊利亚特》（又译《伊利昂纪》）和《奥德赛》（又译《奥德修纪》）两部。相传它是在公元前9世纪至公元前8世纪之间由一位名叫荷马的盲诗人根据民间口头流传的短歌编成，故称荷马史诗。其主题是歌颂部落英雄，因而又被称为"英雄史诗"。荷马史诗是古希腊文学最大的成就，两千年来一直被看作欧洲叙事诗的典范。

## 一、作者与题材

关于荷马的身份问题，学界有两种对立的看法。一种认为荷马确有其人，他是小亚细亚附近希奥斯岛上的一位盲诗人。据说他创作的另一首诗歌《阿波罗神颂歌》的结尾提到这一点。古希腊历史学家修希底德认同这一说法。古希腊另一位历史学家希罗多德明确认定荷马的生活年代比自己早四百年，即公元前9世纪。另一种观点认为荷马并非一个真实存在的人，而是集合了古希腊那些游走于宫廷和民间的行吟诗人特征的虚构性代表。《奥德修纪》中描写的阿吉诺宫廷中的乐师谛摩多科斯身上就有他们的影子。

荷马史诗以特洛伊战争为题材。特洛伊战争已为考古发掘所证实。特洛伊（古希腊人称伊利昂）是位于小亚细亚西北海岸的一座富有的城市。大约在公元前12世纪，希腊半岛各部落（总称阿开亚人）组成联军，渡过地中海，攻陷特洛伊。这是一次部落战争。战后，小亚细亚一带便流传着许多歌颂战争及英雄事迹的短歌，经过长期传唱，内容逐渐丰富，故事逐渐神话化和系统化，公元前9至公元前8世纪，由荷马加工整理成两部完整作品。整理成的两部史诗最初仍然是口头流传。到了公元前6世纪中叶，雅典执政者庇士特拉妥又组织学者删改编订，正式写成文字。公元前3至公元前2世纪，埃及海岸新城亚历山大的学者将两部史诗均编订为24卷，这就是今天见到的最古老的荷马史诗定本。由此可见，荷马史诗是在一个相当长的历史过程中形成的，并非个人所作，而是由民间口头创作演变而成，是古希腊人民集体创作的艺术结晶。

根据传说，特洛伊战争是因为希腊美妇海伦被抢而引起的，古希腊人用神话故事"不和的金苹果"来解释海伦被抢事件。传说英雄阿喀琉斯的父亲佩琉斯与海神的女儿忒提斯举行婚礼，邀请了奥林匹斯山上的众神，唯独忘记邀请不和女神厄里斯。厄里斯便在宴会桌上扔下一个金苹果，上面写着"给最美的女神"，引起天后赫拉、智慧女神雅典娜和爱神阿佛罗狄忒的争夺。宙斯让她们去找特洛伊王子帕里斯判决。3位女神都向帕里斯许愿。赫拉许他成为最富有最有权力的国王，雅典娜许他成为人类中最有智慧最勇敢的战士，阿佛罗狄忒许他娶到世上最美丽的女子为妻。帕里斯把金苹果判给阿佛罗狄忒，由此引起赫拉和雅典娜对特洛伊人的不满。后来，帕里斯到斯巴达做客，在爱神的帮助下，拐走天下最美的女人——斯巴达王后海伦，引起希腊各部落的公愤。为了夺回海伦，他们推举迈锡尼王阿伽门农为统帅，发动十万大军，一千多条战船，进攻特洛伊。战争进行了10年，奥林匹斯山上众神也各助一方。最后希腊联军中足智多谋的奥德修斯献计，把一只内藏兵将的大木马遗弃在特洛伊城外。木马被特洛伊人当作战利品拖进城中。夜晚，木马中的兵将与城外的伏兵里应外合，终于攻陷特洛伊城。战后，希腊人各携财宝和奴隶返乡，但遭遇各不相同，有的一帆风顺，有的归家后即遭厄运，有的长期漂流海上，经历了种种风险和艰辛。

## 二、情节结构

《伊利亚特》题名原意是"伊利昂的故事"，是直接描写特洛伊战争的史诗。全诗24

卷，15693 行，主要写特洛伊战争第十年 51 天里发生的故事，以希腊联军最英勇的主将阿喀琉斯的两次愤怒为情节线索，歌颂作战双方英雄的威武和勇敢。为了平息太阳神阿波罗的愤怒，联军统帅阿伽门农交出自己的"床伴"、阿波罗祭司的女儿克律塞伊斯，却蛮横地抢走主将阿喀琉斯的"床伴"、美貌的忒拜公主布里塞伊斯。阿喀琉斯怒而罢战，从而导致希腊人在战场上节节失利。特洛伊主将赫克托耳带兵打到希腊人的船边，阿喀琉斯的好友帕特洛克罗斯借来他的盔甲穿上，被赫克托耳杀死，盔甲也被抢走。阿喀琉斯愤而参战，杀死赫克托耳。特洛伊老王普里阿摩斯用重金赎回儿子的尸体，为他举行 11 天的葬礼。

《奥德赛》题名原意是"奥德修斯的故事"，是描写人与自然的斗争以及争夺财富的斗争的史诗。全诗也分 24 卷，12110 行，主要写特洛伊战争结束后，希腊英雄奥德修斯回国途中海上十年的漂泊冒险经历，歌颂奥德修斯的机智、刚毅和冒险精神。奥德修斯到过食莲人的国土，又逃出独眼巨人波吕菲摩斯的山洞，遇到把人变成猪的女巫喀尔刻、以歌声迷人的人首鸟身女妖塞壬、海中巨怪卡律布狄斯和斯库拉。在太阳岛上，他所剩不多的同伴因偷宰神牛而被罚，只有他一人漂到神女卡吕蒲索的岛上并被扣留，后因宙斯旨意他才得以继续返乡之旅，可海神波塞冬又掀翻他的船只，最后在阿吉诺国王的帮助下才终于踏上自己的国土。奥德修斯在海上漂流期间，许多贵族都向奥德修斯的妻子佩涅洛佩求婚，企图夺取他的王位和财产。他回国后，在老牧人欧迈俄斯那里遇见出海一年寻找父亲的儿子帖雷马科斯。他装扮成乞丐，试探他的妻子是否忠贞。最后与儿子一起杀死求婚人，与妻子团聚，重新做了伊萨卡的国王。

### 三、思想主题

荷马史诗的思想内涵极为丰富，不仅艺术地再现了荷马时代广阔的社会生活，而且集中表现了其时希腊人的思想观念和精神。

首先，荷马史诗全面而生动地反映了从原始氏族社会向奴隶制社会过渡时期古希腊的社会生活，艺术地再现了当时的政治、经济、军事、风尚习俗等各方面的情况，具有极高的历史文献价值。从《伊利亚特》中可以看到，在经济方面，当时土地仍属公社所有，但土地占有已出现不平等现象。当时社会组织的细胞是父系氏族，由若干氏族组成部落，几个部落组成部落联盟。攻打特洛伊的希腊联军就是由 20 多个部落联盟组成的，战后自行解散。战时，部落联盟的管理实行军事民主制，最高权力属于民众大会，部落首领并不是统治者，他们的权力受到民众大会的限制。史诗中，阿伽门农就召开过这样的民众大会。这说明当时氏族组织还很有活力。但同时，氏族内部已经出现分化，部落首领已成为氏族贵族，他们拥有战争中掠夺的财物和俘虏，引起一般士兵不满。氏族贵族之间也因战利品分配不均发生内讧，阿伽门农和阿喀琉斯之间相互争夺女俘就是一例。这又说明私有财产现象已经出现，但私有制还未出现。当时农业和畜牧业比较发达，农作物有大麦、小麦，果木有葡萄、苹果，劳动工具多是铜制品，开始使用铁犁、铁耙。当时的商品交换还是物物交换，以牛为价值尺度。一副铠甲值 9 头牛，一口锅值 12 头牛，一个女奴值 4 头牛。此外，这部史诗还反映了当时田园操作、宗教祭祀、体育竞技、

家庭生活乃至葬礼仪式等具体情况。《奥德赛》反映的社会生活比《伊利亚特》要晚，更具体地描绘了奴隶制萌芽时期的生活图景。奥德修斯和求婚者的斗争实质上是维护私有权的斗争。在家庭组织上，一夫一妻制的家庭关系和道德规范业已确立。社会正在向以男性为中心而发展，妇女的地位比较低下。帖雷马科斯可以随意打断母亲的话，并加以责备。妇女被歌颂的美德是保持贞操，佩涅洛佩等候丈夫 20 年，是个贞妇的典型，而她丈夫却可以和其他女人同居。这说明从那时起就已经出现男女不平等现象，一夫一妻制仅仅是用来限制妇女的。还有，史诗中富有的氏族贵族开始拥有少数从事家务劳动的奴隶，但贵族和家奴还同桌吃饭。部落成员都具有崇高的道德观念，肯定劳动。王后在家中要织布和纺纱，公主和女仆一起去海边洗衣，许多英雄人物同时也是劳动能手。此外，史诗中还可以看到手工业和商业相当发达，社会上有殷勤好客、喜欢竞技的风尚，以及行吟诗人在宴会上吟诵特洛伊战争的歌谣等风貌。

其次，史诗通过塑造一系列宏伟高大的英雄形象，体现古希腊人的英雄主义和集体主义理想。史诗中的英雄都出身高贵，相貌俊美，武艺高强，机智敏捷，富于冒险精神。他们把为部落集体立功视为自己的职责和荣誉，视为实现人生价值的最高准则。阿喀琉斯是《伊利亚特》的中心人物。他是希腊联军中首屈一指的战将，是一个半人半神的英雄。他母亲曾预言他有两种命运，或是留在家中享福长寿，或是外出战斗而短命，他毅然选择第二种命运。他深知人可以通过建功立业在后世诗人的吟唱中化为不朽，彰显出一种藐视命运、视死如归的英雄性格。他勇猛异常，但又任性，暴躁易怒。他为了表示愤怒而退出战斗，不能顾全大局，但又时时关心战局的胜负，忘不了自己的氏族部落，最终还是以部落利益为重，重新参战。他对朋友极为忠诚，挚友被赫克托耳杀死后，他悲痛欲绝。母亲警告他：为朋友复仇将导致他在战场上丧生。他宣示："如果命运女神不让我保护我的被杀的朋友，我宁愿死去！"阿喀琉斯性格中有残忍的一面。与赫克托耳决战前，后者曾哀求：当决战一方死亡时，胜利一方不要凌辱他的尸体。但阿喀琉斯根本不加理睬，残暴地将赫克托耳的尸体挂在马后倒拖着跑了 3 圈。但当普里阿摩斯前来恳求归还儿子的尸体时，阿喀琉斯不仅宽待老王，而且为死者整容，并承诺在赫克托耳葬礼期间停战。这又表明他是一位极富同情心的英雄。这是一个具有多重性格的古代氏族英雄的典型。赫克托耳是特洛伊的主将。他的勇武虽不及阿喀琉斯，但更富于英雄主义和集体主义精神。他对弟弟帕里斯诱拐海伦招来城邦灾祸非常痛心。他认识到保卫城邦是战士的光荣职责，为部落利益而牺牲是一种荣誉，所以每次战斗他都身先士卒。在最后迎战阿喀琉斯前，他明知无法生还，预料妻儿未来可能遭到厄运，但他仍然深明大义，劝说妻子，告别父母，坚决参战直到牺牲。赫克托耳是一个清醒意识到自己光荣职责的氏族英雄形象，具有强烈的悲剧色彩。奥德修斯是古希腊有名的智多星，勇敢、坚毅、善用计谋，甚至十分狡诈。在 10 年的海上漂泊中，他与代表自然力的各种巨人、仙女、风神、海怪、水妖作战，靠自己的勇敢、毅力和智慧最终战胜它们。他的英雄行为的动力来源于他对故乡和部落集体的眷恋之情。他坚定谢绝了神女卡吕蒲索的挽留以及让他长生不老的诱惑，毅然踏上归途。正是这种怀归情绪表现了他对自己部落的感情。

不过，史诗中的英雄同时又体现出氏族贵族和早期奴隶主的个人意识。如阿喀琉斯因个人荣誉和利益受到损害，长时间拒绝参战，致使希腊联军遭遇严重伤亡。奥德修斯在漂泊中时时不忘个人私有财产，回到家乡后杀死所有求婚者，对帮助过求婚者的家奴也进行残酷的杀戮。

最后，史诗表现出古希腊人热爱生活、肯定人的力量的积极乐观的思想。古希腊人相信命运，相信神的意志决定一切，但在史诗中，人从来不是消极地屈从于命运和神，而是积极主动地与神灵和命运抗争。《伊利亚特》中，人神混战，诸神各助一方，宙斯每天早晨用天平称一称交战的双方，就预定了谁胜谁负。英雄们也明知凶多吉少，但仍要拼出个你死我活，甚至把支持对方的神打得落荒而逃。拼搏不仅是战时的美德，也是平时克服困难的武器。《奥德赛》强调人在受难中奋争的可贵。最大限度地发挥人的聪明才智，全力以赴，积极自主求索进取，百折不回，直到夺取胜利，这就是奥德修斯给后人的启示。史诗还处处表现出古希腊人对现实生活如比武、斗智、战斗、劳动或饮宴都抱有极高的热忱。他们从不贪图安逸，总是向往生活和斗争。在他们看来，人生就是施展智慧和才能的场所。例如奥德修斯就曾在阿吉诺国王面前夸耀自己的竞技能力和劳动本领：他和别人比赛割草；他结婚时的婚床就是他亲自做的；在卡吕蒲索岛上，他凭一人之力造船。古希腊人既不恐惧死亡，也不把希望寄托于来世。阿喀琉斯的亡魂就曾经感叹："我宁愿活在世上作人家的奴隶，侍候一个没有多少财产的主人，那样也比统率所有死人的灵魂要好。"由此可见，古希腊人对人生采取积极乐观的态度。

当然，史诗最后定型在奴隶社会晚期，思想上也存在一定的局限。这主要表现在对人物和事件的描绘带有明显的氏族贵族倾向，丑化平民并把早期奴隶主理想化。如《伊利亚特》第2卷中，普通士兵忒耳西忒斯在全军大会上发言，谴责军事贵族上层挑起这场大战只是为了自己掠夺战利品，战争对普通士兵毫无好处，因而主张收兵回家。他的发言反映了氏族平民的厌战情绪，但他的形象却被丑化了。《奥德赛》中主人公神奇的返乡之旅的实质是贵族对其财产、家庭和权力的捍卫。史诗认同的思想观念如奴隶对主人的绝对忠诚、主人对背叛者和侵害其私有财产者的严厉惩罚，都是特定时代特定阶层价值观念的体现。

## 四、艺术成就

荷马史诗虽是人类童年时代的艺术创作，但显示了高度的艺术技巧。荷马史诗的艺术特点可以概括为如下几个方面。

第一，史诗出现了现实主义和浪漫主义两种创作方法的因素。有关战争场面、家庭生活场面、劳动场面的描写都是写实的，可以说是朴素的现实主义。神话传说、理想人物、离奇经历、幻想故事的描写则是瑰丽的，可以说是浪漫主义的成就。真实的社会生活与幻想的情节交织在一起。

第二，结构完整，布局巧妙。两部史诗的故事时间跨度都是10年，即10年战争和10年漂泊，但都没有平铺直叙10年的经过，而是选取其中最能反映全貌或最能揭示结果

的几十天所发生的事件展开情节,采用高度集中的手法,把众多的情节组织进一个中心人物、一个事件和一小段时间里,形成主题明确、中心突出的整体格局。《伊利亚特》只写战争最后一年51天里发生的事情,以阿喀琉斯的两次愤怒为中心展开情节,具体描写集中在4天的激战。这样的安排,便于刻画英雄形象,歌颂英雄主义。阿喀琉斯发怒,退出战场,其他英雄便有表现英勇的机会;阿喀琉斯再次发怒,重上战场,扭转战局,突出他的决定性作用。《奥德赛》只取奥德修斯漂泊最后42天发生的事件组织情节,采用两条相互联系的线索:奥德修斯返乡是主线,其妻被求婚者纠缠、其子外出寻父是副线。两条线索时有交错。奥德修斯的10年海上冒险经历采用了倒叙手法,用第一人称表现出来,这样既使他10年的经历一览无余,又使得故事的叙述亲切感人。

第三,人物形象丰富多彩,个性鲜明。史诗中的人物众多,既有氏族英雄的共性,如勇猛顽强、武艺高超,又有各自的个性特点,如阿喀琉斯暴躁任性,英勇中显出凶猛,残忍之余又不乏同情心;奥德修斯智勇双全,机智而带狡黠;阿伽门农专横自私;墨涅拉俄斯温柔敦厚;狄俄墨得斯鲁莽肯听人劝;埃阿斯憨厚自信,等等。一般说来,史诗中的人物性格比较固定,缺少发展变化,这符合古人对英雄的理解,也体现了古典时代质朴的审美观念。史诗在塑造人物时多用动作和语言来刻画人物性格。如赫克托尔出战前与妻子告别的场面和他那刚柔并济的语言,就鲜明揭示了他既有感情也有理智、理智多于感情、为保卫城邦视死如归的性格特征。史诗有时也用侧面烘托法来写人物,如海伦之美,诗人没有具体描绘,只写了特洛伊长老们对她的美的赞叹:"为了这样一个女人,谁还怪得特洛伊和阿开亚的战士吃这么多年的苦呢?"

第四,语言质朴自然,比喻丰富多彩。史诗是人民的口头集体创作,语言大多是来自民间的日常语言,质朴、自然。史诗描绘事物、刻画人物大量运用比喻,比喻大多取自自然现象和狩猎、劳动等日常生活,真实而富有表现力,这种比喻被称为"荷马式比喻"。如称埃阿斯的战盾"像一堵墙",如称塞提斯从海里出来"像一层薄雾",如描写赫克托尔站在原地等待阿喀琉斯,"有如一条长蛇在洞中等待路人",等等。此外,史诗还常用重复的修辞手法,有重复的形容词,重复的句子,甚至重复的段落,这正体现了民间口诵艺术的特点。史诗还运用大量富有哲理性的民间谚语,如"聪明得太晚就是愚蠢到极点""狮子不跟人来讲条件,狼也不跟羊来分庭抗礼——它们始终是仇敌"等。

此外,两部史诗的美学风格也不相同。《伊利亚特》写战争,场面雄伟,气氛热烈,节奏急促,格调高昂悲壮,具有"阳刚之美"。《奥德赛》侧重个人生活经历,场景瑰丽,变化多端,节奏轻慢,格调平静舒缓,具有"阴柔之美"。

荷马史诗是古希腊人民智慧的宝库,是欧洲文学史上第一座丰碑,也是研究古希腊早期社会的重要文献。它对后世欧洲文学产生了深远的影响。作为人类童年时代的艺术珍品,荷马史诗至今"仍然能够给我们以艺术享受"而"显示出永久的魅力"。[1]

---

[1] 马克思.《政治经济学批判》导言[M]//马克思,恩格斯.马克思恩格斯选集:第2卷.北京:人民出版社,1972:114.

## 第三节 古希腊戏剧

古希腊戏剧包括悲剧和喜剧，喜剧又包括古典时期的旧喜剧和希腊化时期的新喜剧。作为古希腊文学的高峰之一，古希腊戏剧以深刻的思想、完备的形式、华美的语言和雄伟的艺术形象著称，并对后世文学产生了深远影响。

### 一、古希腊戏剧的起源和发展

古希腊戏剧起源于酒神祭典。古希腊民间为了祈求葡萄种植丰收、葡萄酒酿造顺利以及感谢神灵的保佑，每年春秋两季都要举行祭祀酒神狄奥尼索斯的庆典。春天播种时，参加祭祀活动的人们化装成半人半羊的山羊神歌队，一面唱着赞美酒神的颂歌，一面跳着简单的舞蹈。歌队长出来讲述酒神遇难的故事，回答歌队的问话，歌队伴以抒情歌唱。这种酒神颂歌也叫"山羊之歌"，后来发展为悲剧（"悲剧"一词的希腊文原意是"山羊之歌"）。秋天丰收时，参加祭祀活动的人们化装成鸟兽，举行游行，狂欢歌舞。这种谢神时的狂欢歌舞和滑稽表演就发展成喜剧（"喜剧"一词的希腊文原意是"狂欢之歌"）。酒神祭祀最初是在乡村举行，从公元前6世纪中叶起，雅典的执政者为了争取民众，把酒神祭典引入城市，举行祭典时的表演也逐渐成为独立的戏剧艺术形式。

在奴隶主民主制形成时期，城邦政治生活活跃。这种群众性的戏剧活动是最好的宣传场合。它适合雅典奴隶主民主政治的需要，因此受到执政者的提倡和扶持。到民主制最兴盛的伯里克利时期（前495—前429），政府兴建大型剧场，组织戏剧比赛，发放观剧津贴，鼓励公民看戏。这样，剧场成了自由民的政治讲坛和文化生活的中心之一。戏剧演出成了教育民众、争取民众的主要手段。

### 二、古希腊悲剧

古希腊悲剧兴起于雅典奴隶主民主制形成时期，而且随着这一政治制度的发展而发展，随着这一制度的衰落而衰落。

古希腊悲剧大多取材于古希腊神话，反映的却是现实生活。由于古希腊悲剧往往通过人与命运的冲突来表现主人公行为的崇高和悲壮，所以又称命运悲剧。在形式上，古希腊悲剧由演员对白和合唱队歌唱两部分组成；有固定的程式，包括开场白、入场歌、一系列戏剧场面、退场4个部分。演出不停顿，合唱队的歌唱主要用来说明剧情，抒情议论，烘托气氛，还起着分幕分场的作用。最初的悲剧还采用"三联剧"的形式，即3个剧用同一个题材，既相对独立又整体连贯。悲剧的台词用诗体写成。

古希腊悲剧在公元前5世纪进入繁荣时期，出现了许多悲剧作家和作品，但绝大部分作品已在中世纪结束前散失。今天谈论的古希腊悲剧实际上是指三大悲剧诗人埃斯库罗斯、索福克勒斯和欧里庇得斯留下来的32部作品。

埃斯库罗斯（约前525—前456）是雅典奴隶主民主制形成时期的悲剧诗人。他出身贵族，政治上拥护民主制，反对专制暴政。壮年时，他参加过抗击波斯人的马拉松战役（前490年）和萨拉米斯海战（前480年）。他从25岁起就参加戏剧比赛，生前共获奖17次。他写了70个剧本（一说90个），大部分以"三联剧"形式写成，但流传下来的只有7部完整的悲剧，即《乞援人》（前490）、《波斯人》（前472）、《七将攻忒拜》（前467）、《被缚的普罗米修斯》（前465）与《俄瑞斯忒斯》"三联剧"（前458）。《被缚的普罗米修斯》是《普罗米修斯》三联剧唯一流传下来的一部。它取材于普罗米修斯盗火给人类因而受到宙斯惩罚的神话。埃斯库罗斯使悲剧具有完备的形式，并在传统表演中增设了第二个演员，削弱合唱队的作用，加强了戏剧冲突，使对话成为戏剧的主要成分。他首先采用布景、定型的面具、鲜艳的服装和庄严的舞蹈，使戏剧的结构程式基本形成。至此，悲剧已经脱离祭典而成为一种独立的艺术，所以，埃斯库罗斯被誉为"悲剧之父"。

埃斯库罗斯的代表作之一《俄瑞斯忒斯》包括《阿伽门农》《奠酒人》《报仇神》3部，是流传至今的唯一一部完整的古希腊三联剧。悲剧以阿耳戈斯国王阿特柔斯家族的世仇为背景。《阿伽门农》写阿特柔斯之子阿伽门农奉宙斯之命献祭大女儿伊菲革涅亚，他的妻子克吕泰墨斯特拉发誓要替女儿报仇。特洛伊战争结束后，她伙同情夫埃吉斯托斯把刚到家的阿伽门农杀死在澡盆里。《奠酒人》写阿伽门农之子俄瑞斯忒斯遵照阿波罗谕旨回国为父复仇，在二姐厄勒克特拉的鼓动下，杀死凶手埃吉斯托斯和母亲克吕泰墨斯特拉，犯下弑母大罪，被复仇女神追踪逃亡。《报仇神》写俄瑞斯忒斯苦于复仇女神的追踪，便按照太阳神的指令前往雅典，雅典娜组织战神山法庭来审判俄瑞斯忒斯杀母一案，选出12位德高望重的长老来投票决定，定罪票与赦罪票持平，庭长雅典娜最终投票赦免被告。复报女神也在雅典娜的劝说下做了善心神。

《俄瑞斯忒斯》通过一个古老的神话故事反映母权制社会向父权制社会演变的过程，探讨这一过程中出现的伦理与道德、正义与法律的关系等问题。按照母权制时代的观念，克吕泰墨斯特拉和阿伽门农没有血亲关系，因此她杀死丈夫是无罪的，而俄瑞斯忒斯和母亲有血亲关系，因此他杀死母亲是有罪的。但父权制社会正在逐渐取代母权制社会。厄勒克特拉仇恨母亲背叛父亲并杀死父亲，便与弟弟合谋杀母，这表明子女要冲破母权制社会的约束，并限制母亲的权势和情欲，树立父亲的权威，建立男性统治的秩序。姐弟俩评价母亲的眼光已是男性文化视点，即女子应该恪守妇道，忠于丈夫，不可移情别恋，放纵情欲。为此，维护男性权威的太阳神阿波罗竭力支持俄瑞斯忒斯杀母，并亲自到法庭上为他辩护，认为他为父复仇的行为是正义行为。主持正义的雅典娜是一位女性神，但她只"拥护父亲和儿子的权利，而反对母亲的权利"。她把杀母无罪的一票投给俄瑞斯忒斯，正是这关键的一票宣告父权制最终战胜母权制。复仇女神的转变也具有象征意义，表明母权制最终退出历史舞台。同时，战神山法庭的建立和对俄瑞斯忒斯一案的成功审判，也表明一种以父权制为核心的新的秩序得到确立，新的法律取代了古老法律。《俄瑞斯忒斯》是一出崇高而壮丽的悲剧，场面庄严，情节紧张，结构宏伟，人物形象尤其鲜明生动,给人以强烈深刻的印象。

索福克勒斯(约前496—前406)是雅典奴隶主民主制繁荣时期的悲剧诗人,出生于科洛诺斯,父亲是制造盔甲的作坊主。他受过良好的教育,音乐与诗歌的造诣都很深。他是古希腊最成功的悲剧诗人,一生获奖24次。他和民主派领袖伯利克里交情很深,政治上属于温和民主派。据传他创作了123部悲剧,但现存的只有7部:《埃阿斯》(前442)、《安提戈涅》(前441)、《俄狄浦斯王》(前431)、《特拉喀斯少女》(前429)、《厄勒克特拉》(前418)、《菲罗克忒忒斯》(前409)和《俄狄浦斯在科洛诺斯》(前401)。他的创作使古希腊悲剧进入成熟阶段。他把同场对话演员增加到3个,让歌队参与剧情之中,成为全剧的有机组成部分,这样大大加强了戏剧的动作性。他打破了"三联剧"的形式,简练地在一出剧中表现复杂的戏剧冲突。他尤其注重和擅长结构艺术,首创"倒叙式结构",被称为"戏剧艺术中的荷马"。他的悲剧中很少出现神,而是靠人的独立行动构成剧情发展的动力,把重心完全转移到描写人的活动和遭遇上,按"应当是怎样"的原则刻画人物性格。

《俄狄浦斯王》是索福克勒斯的代表作。亚里士多德曾称它为"十全十美的悲剧"。它取材于古希腊神话中忒拜系统的英雄传说。忒拜国王拉伊俄斯从神谕中得知,他和王后伊俄卡斯忒所生的儿子将来会杀父娶母,他便用铁丝将刚生下来的婴儿的两脚脚踝刺穿,命令仆人将其抛弃荒山,但仆人将婴儿送给了科林斯国王的牧羊人,牧羊人又将婴儿转送给没有生养的科林斯国王作养子,取名俄狄浦斯,意为"双脚肿胀的人"。俄狄浦斯长大后,也从神那里得知自己将杀父娶母的可怕命运,便离开科林斯的"父母",逃往忒拜。他在一个三岔路口与一群陌生人发生冲突,失手打死一个老人,而老人正巧是他的生父。来到忒拜城郊,他猜破了人面狮身的女妖司芬克斯的谜语,为忒拜人解除灾难,被忒拜人拥戴为王,并娶了先王的妻子,也就是自己的生母。神的预言全都实现了。悲剧开始时,俄狄浦斯已经在位16年,这时忒拜发生瘟疫,神示说,这是由于杀害先王的凶手还没有受到惩罚。俄狄浦斯为了消除瘟疫,千方百计查访凶手,最后发现凶手竟是自己。伊俄卡斯忒上吊自杀。俄狄浦斯王悲愤欲狂,刺瞎双眼,自我流放。

《俄狄浦斯王》表现了个人意志与不可抗拒的命运之间的冲突,是一出典型的命运悲剧。俄狄浦斯是一位具有坚强意志和美好品德的英雄。他遵循一种高尚的道德原则,敢于同可怕的命运抗争,又出于忧国忧民的责任感努力追查凶手,并敢于为自己的行为承担责任。这样的人却注定要遭受命运的摧残,只能说明命运本身是不合理的。悲剧通过俄狄浦斯的英雄行为和高尚品质,充分肯定人的坚强意志和独立自主精神,肯定人对命运的反抗。悲剧表现的人与命运抗争而又无法摆脱命运的思想,也反映了当时民主派在社会灾难面前所感到的悲愤、迷惘的情绪。

《俄狄浦斯王》代表古希腊悲剧艺术的最高成就。首先,全剧采用倒叙手法,开场即形成悬念,从而使剧中矛盾冲突高度集中。先写俄狄浦斯认真追查杀害先王拉伊俄斯的凶手,再写俄狄浦斯为抗争杀父娶母的命运而逃往忒拜,却一步一步地落进命运为他预设的陷阱。这样,纷繁复杂的事件、盘根错节的矛盾通过倒叙手法完整严密地展示出

来，取得了强烈的艺术效果。另外，"突转"和"发现"手法的妙用也是悲剧结构艺术的一大特色。第一次突转是王后为解除俄狄浦斯的疑窦而回忆先王被害的细节，不意却使俄狄浦斯发现了自己的杀人嫌疑；第二次突转是科林斯报信人为了让俄狄浦斯回国继承王位而坦言他并非科林斯王后所生，从而让他顿悟自己并未摆脱可怕的厄运。这样，每一次"突转"就伴随着一次可怕的"发现"，逐步把主人公推向悲惨的境地和痛苦的深渊，激起观众极大的怜悯与恐惧。这种严密、完美的结构艺术，历来为剧作家所称道。

欧里庇得斯（约前485—前406）是在大悲剧家中最富民主倾向的作家。他的创作反映雅典奴隶主民主制发生危机时期的社会矛盾。他出身贵族，醉心于哲学探讨，被称为"舞台上的哲学家"。据传他写过92部剧本，共获头奖5次。他的作品多采用神话传说题材，按照"本来是怎样"的原则，通过人物的行动和心理刻画人物性格。他的作品提出一系列重要的社会问题，特别是战争问题和家庭问题，是欧洲文学史上"问题剧"的最早创始人，也是第一个关怀妇女并大量描写妇女的作家。在他现存的18部剧作中有12部是以妇女问题为题材的，其中最优秀的当推《美狄亚》。

《美狄亚》（前431）取材于希腊神话中伊阿宋的英雄传说。异邦女子美狄亚背叛自己的家庭，帮助伊阿宋夺取父亲的宝物金羊毛，同他一起来到伊奥尔科斯，在那里又为伊阿宋报了父仇。婚后他们定居科林斯并生了两个儿子。悲剧开始时，伊阿宋要遗弃美狄亚，另娶科林斯的公主，国王又下令驱逐美狄亚。美狄亚痛苦欲狂，起初和伊阿宋争吵，后来假意与他和解，用巫术和有毒的礼物杀死新娘和国王。为了处罚伊阿宋，她又在痛苦中杀死自己亲生的两个儿子，然后跳上龙车，飞往雅典。

剧中的美狄亚是一个热情、聪明、坚强、富有反抗性的女性。她不能忍受丈夫的背叛和当权者的压迫，在举目无亲、孤立无援的情况下，采取了骇人听闻的报复手段。这是她对不合理社会的抗议，也注定了她的反抗的悲剧性。她的悲剧具有深刻的社会意义，正是社会的压迫导致美狄亚骇人听闻的反抗。悲剧具体描写了美狄亚的不幸，精细地刻画了她内心剧烈而复杂的矛盾，特别是杀子之前，慈母之爱与弃妇之恨之间的思想斗争更是写得惊心动魄。她迟迟不忍下手，三番五次下不了决心，但她要使伊阿宋永远痛苦，自己就不得不承受加倍的痛苦。这种超乎寻常的爱和恨的激烈冲突，加强了悲剧气氛，更能引起观众对她的同情和对伊阿宋之流的憎恨。传说中的伊阿宋是个受人尊敬的英雄，而在悲剧中却是一个背信弃义、卑鄙自私的小人。为了个人权势，竟然遗弃为他牺牲一切的美狄亚。他的悲剧在于以不恰当的方式追求个人的利益，在于对别人的奉献的不尊重。伊阿宋的行为反映了当时社会道德堕落、妇女地位低下和家庭崩溃的普遍现象。

三大悲剧诗人的创作标志着古希腊悲剧发展的不同阶段，也显示了他们各自不同的风格特点。埃斯库罗斯的悲剧庄严、雄浑，抒情气氛浓重。索福克勒斯的悲剧质朴、简洁、结构完美。欧里庇得斯的悲剧华美而自然，以写实手法和心理刻画见长。在表现人与命运的冲突方面，3位剧作家也各有不同。在埃斯库罗斯的悲剧中，命运表现为一种凌驾于万物包括神明之上的神秘力量，冥冥之中主宰一切，人和神均无法抗拒。在索福克勒斯的悲剧中，命运虽然无法抗拒，但本身有不合理性，强调人对命运的抗争。在欧里庇得斯的悲剧中，命运取决于人本身，事在人为。此外，埃斯库罗斯与索福克勒斯悲剧中的主人公都是理想化的英雄，而欧里庇得斯悲剧中的主人公则是现实生活中的普通人。

### 三、古希腊喜剧

古希腊喜剧的产生晚于悲剧。它繁荣于雅典奴隶主民主制发生危机的时代。民主制条件下的言论自由是喜剧发展的必备条件。这一时期的喜剧一般称为"旧喜剧"，主要是政治讽刺剧和社会讽刺剧。它主要取材于现实生活，触及当时一些重大的政治和社会问题，讽刺的对象主要是危害城邦和社会的炙手可热的当权人物，这决定了喜剧具有比悲剧更为强烈的现实性和政治战斗性。在形式上，喜剧脱胎于酒神祭典中的"狂欢歌舞"，保留了民间滑稽剧的特点，情节、人物、语言、动作，非常夸张滑稽，甚至荒诞、粗俗，表演形式轻松，但主题非常严肃。和悲剧一样，喜剧也由演员对白和歌队合唱两部分组成，结构也有固定的程式，一般包括开场、进场、对驳、插曲、退场5个部分。对驳是全剧的主体，冲突双方通过辩论展开矛盾，揭示主题。

旧喜剧的代表作家是阿里斯托芬（约前446—前385）。他是唯一传下完整作品的旧喜剧作家，被称为"喜剧之父"。他生活在雅典民主政治危机时期，又逢雅典和斯巴达两大城邦爆发伯罗奔尼撒战争（前431—前404）。他站在自耕农立场，不满当权者的内政外交。据说他共写了44部喜剧，现存11部。阿里斯托芬的创作题材广泛，大部分都是描写现实的。如《云》（前423）嘲笑提倡思想自由并传授诡辩术的智者学派。《蛙》（前405）通过埃斯库罗斯和欧里庇得斯的比较，提出艺术的功用在于提高公民的道德。《鸟》（前414）是流传至今的唯一以神话幻想为题材的喜剧。它写两个雅典人不满生活的混乱，逃至鸟的国度，建立一个理想的社会云中鹁鸪国。这里众生平等，没有压迫与奴役，一切生活顺其自然，从而全面批判了雅典的城市生活。这是欧洲文学中最早的乌托邦思想的表现。

阿里斯托芬最有名的喜剧是反对内战的《阿卡奈人》（前425），写于伯罗奔尼撒战争爆发后的第六年，它鲜明地体现了作者对战争与和平问题的关注。剧中，雅典阿提卡的农民狄开俄波利斯厌恶战争，私下与斯巴达人订立30年和约。雅典的阿卡奈人不明战争的起因，指责狄开俄波利斯，用石头打他。他同阿卡奈人争辩，他并不想投靠斯巴达，但战争的爆发雅典也有责任，战争只对主战派的军官有利。一些阿卡奈人不服，请来主战派将领拉马科斯，狄开俄波利斯当场和他扭打，把他打败，并说服了阿卡奈人。狄开俄波利斯开放和平市场，显示和平的好处，拉马科斯奉命再度出征。酒神节来临，狄开俄波利斯赴宴归来，喜笑颜开，拉马科斯负伤而归，叫苦连天。剧中私人媾和、个人市场、酒代合约、人当猪卖以及把告密者当陶器运走等情节都非常荒诞，但表现的主题却非常严肃：只有结束内战，团结一致对付外敌，幸福的生活才会来临。该剧的政治作用在于扫除公民中的主战心理，主张重建希腊和平，创造安居乐业的社会条件。喜剧情节怪诞，但寓意深刻，针砭时弊。它抓住能揭示社会本质特征的一些生活现象和细节予以

夸大，构成强烈的讽刺，产生喜剧效果。

希腊化时期，古希腊出现新喜剧。新喜剧与旧喜剧没有直接的继承关系。这一时期，剧场已不再是群众性的政治文化中心，而是上层人士的娱乐场所。新喜剧正是迎合这样的需要而产生的。它回避重大的政治和社会问题，主要描写各种人物的悲欢离合，是一种世态剧。内容上，它开辟了喜剧反映生活的新领域；形式上，它取消了歌队，讲究情节的曲折和语言的雅致，注重人物性格的描写。

新喜剧的代表作家是米南德（前342—前291）。传说他写过100多部喜剧作品，但传世的只有1958年才发现的《恨世者》《萨摩斯女子》和一些残篇。他的剧作多写家庭生活和爱情故事，反映当时的人情风尚，宣扬宽容仁慈，人物性格鲜明，结构紧凑，语言接近口语。米南德的喜剧有助于我们了解人性的局限性和日常生活的复杂纠葛。他的作品被罗马剧作家改编和模仿，对后世欧洲的风俗喜剧影响深远。

# 第二章 中世纪文学

从公元 476 年西罗马帝国灭亡至 1640 年英国资产阶级革命，是欧洲封建社会的历史时期，史称"中世纪"。这一时期一般分为 3 个阶段。初期（5—11 世纪）是封建社会形成时期，中期（12—15 世纪）是封建社会兴盛时期，后期（16—17 世纪中叶）是封建社会解体和资本主义兴起时期。就文学史而言，中世纪文学只包括封建社会初期和中期的文学。从 14 世纪开始的文学主要是近代资产阶级文学，不属于中世纪文学范畴。

## 第一节　概述

### 一、中世纪欧洲历史与文化

据史料记载，在罗马帝国的北方，很早就有蛮族部落形成，其中人数最多的是凯尔特人、日耳曼人和斯拉夫人。日耳曼人的文化要高于其他部族。从公元 1 世纪末到公元 3 世纪，日耳曼各部落又结成不同的联盟，如东哥特、西哥特、汪达尔、法兰克、盎格鲁—撒克逊、伦巴德等。大约从公元 3 世纪起，日耳曼人大批越过罗马帝国边境。476 年，西罗马帝国终于在内部奴隶起义和外部日耳曼蛮族入侵的夹攻下灭亡。此后，日耳曼人在帝国废墟上建立起一系列大小不等的蛮族国家，为了争夺土地，在几百年的时间里不断发生战争。法兰克国王查理大帝（742—814）建立起一个强大的帝国。查理死后，他的 3 个孙子之间发生内战，公元 843 年订立的《凡尔登条约》将帝国一分为三：西法兰克（法兰西）、东法兰克（日耳曼）和意大利。欧洲大陆 3 个主要国家的疆域随着外族的定居和封建化而初步定型。盎格鲁—撒克逊人和朱特人也于公元五六世纪渡海侵入不列颠岛，原住民凯尔特人或被杀戮，或被赶入山区，或与入侵者融合成为英格兰的新主人。西罗马帝国灭亡后，东罗马帝国又支撑了近千年。从 7 世纪起，波斯人、斯拉夫人、阿拉伯人、突厥人先后入侵，1453 年土耳其人攻陷君士坦丁堡，东罗马帝国灭亡。欧洲封建社会进入晚期。

与亚非各国封建社会相比，欧洲封建社会最显著的特征是政教合一，基督教教会成为封建统治的主要支柱。基督教产生于公元 1 世纪罗马帝国统治下的西亚巴勒斯坦地区，最开始它是奴隶和穷苦人的宗教，提倡互敬互爱互助、上帝面前人人平等，反对暴政压迫，因而遭到罗马帝国当局的残酷迫害。后来富有者和上层人士加入进来，并取得了领导权，转而宣扬忍耐顺从、爱仇敌、服从天命、希冀来世的思想，帝国政府便不再镇压，转而采取扶植的政策，并于公元4世纪将其定为国教。进入中世纪后，热衷战争、愚昧无知的蛮族封建主逐渐接受基督教这一具有普遍影响的精神工具。教会也依附于封建王国的扩张势力并建立了以教皇为首的教阶制，形成严密的组织系统。通过传播教义，教皇一方面使封建统治神圣化，一方面控制世俗政权，使其拥有欧洲三分之一的土地，并利用宗教广设捐税，成为最大的封建主。特别在思想文化领域，教会占有绝对统治地位。哲学被当作"神学的婢女"，科学被看作"宗教的仆人"，文学艺术也被用来为宗教服务。诗歌是为了撰写圣歌和祈祷词，学音乐是为了唱圣歌，修辞学成了说教讲经的艺术，学散文是为了写忏悔录并为圣徒、教父服务，戏剧是为了搬演圣经故事和圣徒行迹。凡是与基督教教义相抵触的均被视为"异端"而加以扼杀。古代希腊罗马文化在蛮族入侵和破坏的基础上又遭到一场浩劫。教会的统治使中世纪长期只知道一种意识形态，即宗教和神学。社会生活的方方面面都浸淫着基督教精神。

　　基督教信仰上帝是唯一的神。它的主要思想武器是《圣经》。《圣经》由《旧约》和《新约》两部分组成。《旧约》原是希伯来人犹太教的经典，《新约》是基督教的经典，包括耶稣及其门徒的传说、言行录和书信。教会从《圣经》中演绎出神权至上、禁欲主义和来世思想作为三大基本教义，宣扬人类犯有原罪，应抛弃现世的一切享受和欲望，顺从上帝的安排，仁慈、宽恕、忍让、博爱、以德报怨，以此求得来世进入天堂。由于基督教在欧洲封建社会取得万流归宗的地位，《圣经》也成了人们信仰、生活和言行的准则，以及知识、真理的依据，甚至具有法律效力。

　　在中世纪的欧洲，古希腊罗马文化虽然遭到基督教会的摧毁，但并没有完全消失，而是和日耳曼文化、东方文化开始互动和融合。第一次融合是"加洛林文艺复兴"。8世纪时法兰克王国加洛林王朝的国王查理大帝（768—814年在位）崇尚文化，善待学者，兴修教堂、学校和图书馆，重写古代歌谣，支持改革旧有的拉丁文字，首次使欧洲古代文化、基督教文化和日耳曼文化大规模地融合起来。1096—1302年的9次十字军东征使欧洲结束了封闭状态，一方面吸收拜占庭基督教文化的因子和要素，另一方面又吸纳阿拉伯文化和伊斯兰文化因子。这些因素促成"12世纪文艺复兴"。13世纪以后，欧洲兴起研究古代文化的热潮。与此同时，民间世俗的文化活动也仍然活跃，并逐渐表现出反封建反教会的特点。

## 二、中世纪欧洲文学概况

　　中世纪初期，蛮族封建主仍处于没有文字记载的文学时期，只有教会使用拉丁文进行宗教宣传的教会文学，各民族的民间创作也只到9世纪以后才出现成熟的作品。随着蛮族国家的建立、民族地域的划定、民族语言逐渐形成，不少国家开始民族文学的历史。

　　欧洲中世纪文学主要包括教会文学、英雄史诗、骑士文学和城市文学4种类型。此外，还有民间歌谣、传说等。

教会文学是中世纪欧洲最正统的文学，多用拉丁文写成，大多取材于《圣经》，有基督故事、圣徒传、祷告文、赞美诗、宗教剧、奇迹剧等多种体裁。它的作者主要是僧侣，其主题是宣扬上帝的万能、基督的伟大，歌颂圣徒的德行，宣扬禁欲主义和来世思想，手法以梦幻、象征和寓意为主。11世纪法国流行的《圣徒阿列克西斯行传》是教会文学的代表性作品。有一些下级教士或非僧侣写的作品，虽然采用了教会文学的体裁，其内容却更近于世俗观念，表现下层的要求。如14世纪英国穷教士朗格兰（1332—1377?）的长诗《农夫彼尔斯的幻象》向"劳动者不得食，寄生者不劳而获"的社会提出抗议。教会文学中的一些基本精神，如仁爱、宽恕、救赎等，也一直为后世欧洲文学所承袭。教会文学艺术性差，公式化、概念化、矫揉造作和缺乏真实感是它们的通病，但它所采用的梦幻故事形式和象征、寓意的表现手法，也影响整个中世纪欧洲文学。

英雄史诗是在民间传说的基础上发展起来的民间文学。依据其内容和产生的时间，可以将中世纪英雄史诗分为早期史诗和后期史诗两类。

早期史诗是氏族社会末期的产物，反映封建化以前各民族的部落生活，歌颂氏族部落英雄，并带有神话色彩。如日耳曼人的《希尔德布兰特之歌》（仅存68行）、冰岛的《埃达》和"萨迦"（意为"话语"）、芬兰的《卡勒瓦拉》（又名《英雄国》）等。其中盎格鲁—撒克逊人的《贝奥武甫》是这类史诗中最早最完整的一部，共3100余行，分上下两部。它描写部落英雄贝奥武甫青年时在丹麦除海妖、老年时在瑞典斗火龙的故事，反映公元5至6世纪北欧盎格鲁—撒克逊人氏族社会解体时期的社会生活。贝奥武甫英勇无畏、大公无私、对氏族部落具有高度的责任感，甚至不惜献出生命，体现了氏族社会人民理想英雄的特点。这部史诗形成于公元8世纪，现存最早的手抄本是10世纪的，是英语文学中第一部重要作品。它受到基督教的浸染，如把当时人们无法理解的人的命运同上帝联系在一起，把海妖格兰德说成是该隐的后代等。

后期史诗是各民族高度封建化以后的产物，反映各民族建立封建国家的历史过程，歌颂具有民族意识的爱国英雄，体现了人民要求清除封建内乱、实现国家统一的愿望。这类史诗在中世纪中期极为盛行，仅法国已发现的就有一百余部，一般都以一定的历史事实为依据，先在民间流传，后由神职人员整理加工而成。最著名的有法国的《罗兰之歌》（1080?）、西班牙的《熙德之歌》（1140?）、德国的《尼伯龙根之歌》（1200?）以及俄罗斯的《伊戈尔远征记》（1185—1187）。

《熙德之歌》歌颂反抗阿拉伯人入侵的西班牙民族英雄罗德利戈·德比瓦尔，他在国王听信谗言而被流放的情况下仍然忠于君主，为民族独立屡立战功，连阿拉伯人都敬畏地称他为"熙德"（阿拉伯语"首领"的意思）。在这个人物身上，爱国、忠君、为保卫基督教信仰而战的观念是结合在一起的。

《尼伯龙根之歌》有9516行，产生于1200年左右，但诗中的故事发生在5世纪民族大迁徙的时代。史诗包括上下两部：《西格弗里特之死》和《克里姆希尔特的复仇》。尼德兰王子齐格夫里特早年曾杀死巨龙并沐浴龙血，因此刀枪不入。只因沐浴时一片菩提树叶飘落肩胛，致使肩胛成为他全身唯一的致命要害。他征服和占有了大量财富，其中

有尼伯龙根族的神秘宝藏、魔剑格拉墨和一件隐身衣。他用隐身衣帮助勃艮第国王巩特尔战胜并娶到冰岛女王布伦希尔特，自己也娶了巩特尔的妹妹克里姆希尔特。新婚之夜，他用隐身衣帮助巩特尔制服不肯圆房的布伦希尔特，并顺手拿走她的腰带和戒指。多年以后，在去往教堂的路上，克里姆希尔特和布伦希尔特两位王后因谁的身份尊贵理应走先的问题大起争执，克里姆希尔特拿出布伦希尔特的腰带和戒指佐证自己夫君的强悍。布伦希尔特得知巩特尔娶自己的真相，深感受了侮辱，便定计让侍臣哈根杀死齐格夫里特。事后，哈根把尼伯龙根族的宝物沉到莱茵河里。克里姆希尔特为了复仇，嫁给匈奴王艾柴尔，13年后定计杀死了巩特尔和哈根，寄居匈奴的东哥特王狄特里希的勇士希尔德布兰特又愤于克里姆希尔特的残忍而将她杀死。史诗的情节基础是日耳曼人在莱茵河上游所建立的勃艮第王国于437年遭到匈奴人毁灭的史实，并加入北欧关于英雄齐格夫里特以及强悍的冰岛女王布伦希尔特的传说。史诗的中心冲突是争夺尼伯龙根族的宝物以及对封建等级关系的维护。克里姆希尔特的复仇说明夫妻关系已经超越古代氏族部落时期的血缘之情，是封建关系的反映。

《伊戈尔远征记》成书于12世纪末，但直到18世纪末才发现一个16世纪的抄本。史诗讲述了1185年罗斯王公伊戈尔远征波洛夫人遭到失败被俘后又只身逃回的故事。作者对主人公伊戈尔的态度很矛盾：一方面欣赏伊戈尔为了国家挺身而出的行为，歌颂他在战斗中勇敢无畏的精神；另一方面也批评他为了追求个人荣誉而擅自出征的自私举动，指出伊戈尔的行为给罗斯带来的灾难。史诗对罗斯诸侯们的内讧进行强烈的遣责，而把基辅大公描写成一个捍卫全罗斯利益的英明统治者，号召罗斯诸侯团结起来，共同御敌。

《罗兰之歌》是这类史诗中最有代表性的作品，用诺曼语写成，全诗共4002行，取材于8世纪末法兰克国王查理大帝远征西班牙的史实。主人公罗兰是查理大帝的外甥和重臣。查理大帝在西班牙征战7年，只有信奉伊斯兰教的马席勒国王没有被征服。马席勒派使求和，查理大帝接受罗兰的建议，派赞成议和的大臣加奈隆（罗兰的继父、查理的妹夫）出使受降。加奈隆由此怀恨罗兰，受降时与敌人勾结叛变。当查理大帝班师回朝时，马席勒在山谷设重兵伏击罗兰率领的后卫部队。面对5倍于自己的敌军，罗兰英勇奋战，终因寡不敌众而全军覆没，自己也战死沙场。临终前他吹响号角，查理大帝闻讯回师，全歼敌军，回国后在骑士梯埃里的帮助下严惩叛国贼加奈隆和30个为加奈隆辩护的亲族。史诗歌颂罗兰的爱国精神与在抗击外敌时表现出来的勇敢行为，赞美查理大帝在内平叛臣、外御强敌、维护国家统一的斗争中的贤明和果敢，同时也谴责加奈隆叛卖祖国的丑恶行径。但史诗的内容也存在排斥异教的偏见。查理大帝是一个理想化的君主，是国家统一的象征。他对西班牙的战争是为了反对阿拉伯人的入侵，也是为了征服异教徒。为了歌颂这一形象，史诗几乎把他神化了。史诗的最后部分写他得到上帝和骑士的支持，表现拥护王权的倾向。罗兰是一个具有强烈爱国思想的英雄。为了保卫"可爱的法兰西"，他甘洒热血，宁死不屈。罗兰的爱国思想又与忠君思想结合在一起。他作战英勇，既是为了法兰西，也是为了国王。他很勇敢，面对数倍于自己的敌人毫不畏惧，在最危急时刻仍拒绝吹号求援，在死亡的晕眩中仍奋力击杀一名试图窃取他宝剑的敌人。

罗兰身上超越个人极限的勇敢精神代表的正是法兰西人民的民族自豪感。在艺术上,《罗兰之歌》风格粗犷自然、形象鲜明、叙事明快,善用重叠和对比手法。这些都体现了民间文学的创作特色。

谣曲是从民间口头文学发展而来的,题材比较宽泛,有的咏唱历史事件和神话传说,有的传唱文学作品和现实生活中的故事,大多表现劳动人民的思想感情。特别是俄国的英雄歌谣和英国的谣曲更多地反映了人民的愿望和他们对自己的英雄人物的赞颂。俄国的英雄歌谣产生于封建社会的早期,篇幅不长,中心人物是一些农民出身的勇士,其中最著名、最动人、被讲述得最多的是穆罗姆人伊里亚。他出身农民,是著名的三勇士的首领。他大公无私、力大无比,且正直善良、性情平和,但他决不容忍贵族和王公们的无礼,有极强的自尊心。最主要的是,他热爱祖国,是一个自觉地保卫祖国和人民的英勇战士。15世纪英国出现了民谣的繁荣,曾有一千多首民谣被记录下来。其中最有影响的是"罗宾汉谣曲",它歌颂不满封建主压迫、聚众起义的侠盗罗宾汉和他的伙伴们,赞扬他们劫富济贫、仗义疏财的侠义行为和反抗精神。

骑士文学是欧洲中世纪世俗封建主文学,盛行于12世纪至13世纪,是欧洲骑士制度的产物,反映骑士阶层的生活理想。骑士本是封建主豢养的武士,靠替封建领主征战,从国王或领主那里受封并获得采邑。从1096年开始的长达两百年的9次十字军东征中,骑士发挥了重要作用。他们接受东方文化的影响,形成一整套道德行为规范。以忠君、护教、行侠为信条,尚武,重视个人荣誉,爱慕、崇拜贵妇人,为博取所爱的贵妇人的欢心甘愿冒险,这就是所谓的骑士精神。骑士文学反映骑士精神,主要写骑士的征战冒险以及他们与贵妇人之间的爱情,主要体裁有骑士抒情诗和骑士传奇,在法国最为兴盛。

骑士抒情诗以法国南部普罗旺斯为中心。它受民歌的直接影响,中心主题是讴歌骑士之爱,即所谓骑士的"典雅的爱情"。种类有牧歌、夜歌、破晓歌、怨歌等,其中以破晓歌最为有名,多描写骑士与贵妇人夜间幽会、黎明前依依惜别的情景和感受,肯定现世的个人的爱情,与教会宣扬的禁欲主义和封建的婚姻制度完全相悖。恩格斯称破晓歌是"普罗旺斯抒情诗的精华"。骑士抒情诗的许多形式和抒情技巧对近代欧洲抒情诗的发展起了一定的推动作用。

骑士传奇的中心在法国北方的布列塔尼。这是一种长篇叙事诗,后来也有根据叙事诗改写的散文,大多写骑士为了获得荣誉、保护宗教或赢得贵妇人的爱情而到处冒险、同各种妖魔鬼怪或异教徒斗争。按照题材的来源,可以分为古代、不列颠和拜占庭3个系统。其中以凯尔特王亚瑟和他的圆桌骑士的故事为中心的不列颠系统流传最广。亚瑟是6世纪不列颠凯尔特族的领袖,反抗入侵不列颠的盎格鲁—撒克逊人。在传奇中,他被写成一个封建大国的君主,在卡美罗特城堡中的大厅里设有一张巨大的圆桌,安排150个座位,只有建立奇功的骑士才能入座,于是引出许多骑士冒险行侠的故事。12世纪法国诗人克雷蒂安·德·特罗亚(1135—1191)是骑士传奇的代表作家,他的《朗斯洛,或坐囚车的骑士》(1168)、《伊万,或带狮子的骑士》(1170)和《柏西瓦尔,或圣杯传奇》(1182—1190)都很有名。诗中塑造的伊万和朗斯洛是体现骑士精神理想的典型形象。为博得贵妇人的爱情，伊万出生入死，历尽艰险，而朗斯洛甘愿坐在牛车上当众受辱。中世纪法国封建统治阶级理想中的典雅爱情和骑士道德被渲染得淋漓尽致。《特里斯丹和绮瑟》（1160）本是不列颠一个分支的骑士传奇，后来也被添加进亚瑟王的传奇系列中来。特里斯丹是一位骑士，在护送国王的新娘绮瑟赴婚礼的途中，二人误饮魔水以致相爱不舍。他们因此被国王放逐，但终不能制止他们的爱情。最后这对情人都在痛苦中死去。这个故事肯定骑士的爱情，说明爱情的力量不可抗拒。骑士传奇以虚构为主，情节曲折离奇，具有浪漫风格，往往围绕一两个主人公的经历组成长篇故事，对人物形象和生活细节都有细致的描写，可以说是欧洲近代长篇小说的滥觞。欧洲文学史上"浪漫主义"（Romanticism）和"长篇小说"（Roman）两词都是由"传奇"（Romance）演变而成。

骑士文学虽然美化封建主阶级的生活和道德，但它对以性爱为基础的、现世的个人爱情生活的肯定不仅叛离了基督教会所宣扬的禁欲主义，也是对把婚姻看成是扩张势力的机会和手段的封建主婚姻关系的一种超越，而且它把作品中的女性形象理想化，把自古以来男性对女性的绝对占有变为对爱情的忠贞不渝的追求，这在某种程度上也是人类精神的升华。

城市文学又称市民文学，是11世纪以后随着西欧各国城市的兴起而出现的反映市民的生活和思想的世俗文学。城市文学大多为民间创作。它取材于日常的现实生活，主要揭露封建主和教会人士的恶德败行，也赞扬市民的机智，具有强烈的现实性和乐观精神，主要艺术手法是讽刺，风格生动活泼，因受教会文学影响也采用隐喻、寓意和象征等手法。法国的城市文学最为发达，包括韵文故事（或称故事诗）、讽刺叙事诗、寓言诗、抒情诗和城市戏剧等形式。在意大利，还出现了现实主义市民诗歌和俗语散文，后者的代表作品有百科全书式的著作《宝库》和介绍马可·波罗东方之行的《马可·波罗游记》。

韵文故事是用诗体写成的小故事，短小精悍，题材来自日常生活，情节滑稽逗笑，故事性和讽刺性强。它反映的生活面广阔，描写的人物上至骑士、法官和僧侣，下到农民、奴仆和乞丐。如《驴的遗嘱》，叙述一个教士将死驴埋在教会领地而被主教控告犯了渎神罪，教士急中生智，说该驴生前曾攒下20个银币，立下遗嘱将银币赠送主教。主教立即改口说上帝饶恕它的一切罪过。作品很好地讽刺了僧侣的贪婪和欺骗行为。农民也是韵文故事中经常出现的人物。如《农民舌战天堂》写一个农民死后，与天使辩论，证明农民的美德胜过圣徒，上帝不得不接他进天堂。《农民医生》写一个农妇遭到丈夫的毒打，她便想了个法子惩罚丈夫。她声称她的丈夫是一个高明的医生，但要打他时他才肯承认，结果这位农民挨了打，被迫当医生。最后他凭借自己的才智才摆脱窘境。这个故事赞扬了农民和市民的机智狡黠，下层妇女第一次在中古文学作品中占重要地位。后来法国剧作家莫里哀利用这个故事创作了喜剧《屈打成医》。英、德等国也产生了自己的市民韵文故事。英国的《赛丽斯太太》和德国的《神父阿米斯》也是脍炙人口的名篇。后者的作者是市民出身的流浪诗人史特里克尔（1215？—1250），描写了狡黠神父阿米斯的经历。阿米斯神父在为修建教堂而进行募捐时宣称,他只收那些不曾背叛丈夫的女人的钱,结果大批女人都来恳求他收下她们的捐献。

讽刺叙事诗在城市文学中取得的成就最高,最著名的作品是法国的《列那狐传奇》。《列那狐传奇》是在民间创作的动物故事的基础上发展起来的,约形成于12世纪后半叶到13世纪中叶。长诗由27组故事组成,以兽喻人,以动物故事讽喻社会现实,通过狐狸列那与各种动物之间的冲突,真实地展现了中世纪封建社会中各种社会力量之间复杂的矛盾和斗争。诗中的每一种动物都影射社会的某个阶层。昏庸的狮子诺布勒是国王的化身,贪婪、凶残的依桑格兰狼和布伦熊指贵族,骆驼缪萨尔是教皇,笨驴贝拿尔代表教会神甫,鸡、兔、鸟等代表平民百姓。中心角色列那则体现了市民的特点。它与猛兽之间的斗争反映了市民同贵族的矛盾,赞美市民的才干、机智,嘲讽封建势力的残酷、贪婪和愚蠢。如他欺骗依桑格兰狼在冰河里用尾巴钓鱼,致使其丢掉了冻在冰河里的尾巴。但是,列那狐欺凌小动物的故事又表现市民阶层内部的矛盾。作品既有鲜明的反封建反教会的倾向,对上层市民的丑行也有一定揭露意义。这部叙事诗以深刻的寓意性和鲜明的讽刺性充分体现了城市文学的独特风格。它流传广泛,后来欧洲各国都有不少续作,如《列那狐加冕》、《新列那狐》和《冒充的列那狐》等。

寓言诗的代表作品是《玫瑰传奇》,分为上下两部。上部的作者是吉约姆·德·洛利斯,约1230年完成,4300行,用隐喻的手法写一个爱情故事:"玫瑰"代表少女,"骑士"追求"玫瑰"而受到环境阻碍。40年后,市民诗人让·德·梅恩续写完下部,约18000行,叙述"骑士"在"理性"和"自然"的帮助下,借助"财富"终于获得"玫瑰"。下部突破了爱情题材的狭隘框架,写了许多重大社会问题,对教会和贵族进行了尖锐指责,对富有的商人和贪婪的高利贷者也进行了揭露,表达下层市民的社会政治观念。所以,《玫瑰传奇》下部是市民文学的重要成就,是欧洲最早反映出人文主义思想萌芽的作品之一,其寓意笔法为后人称道。

城市抒情诗出现在13世纪以后,代表作家是法国的吕特勃夫(?—1280)和维庸(1431—1480?)。吕特勃夫是中世纪欧洲第一位市民抒情诗人,他的诗歌主要以自己的贫穷生活为题材,讽刺对象主要有僧侣、骑士、法官和城市上层市民等,但把希望寄托在国王身上,重要作品有《吕特勃夫的贫困》和《吕特勃夫的婚姻》。维庸是优秀的市民抒情诗人。他出身低微,因被一位神父收养得以上大学,但他变成了一个放荡堕落的人,曾被判绞刑,因得到赦免被释放。他的重要作品有《小遗言集》(1456?)和《大遗言集》(1461),着眼于个人内心情感的抒发,反映了英法百年战争(1337—1453)之后破败的社会现实,但又认为无论是富贵者或贫贱者最后都免不了一死而长眠地下,表现了严重的颓废思想。

14世纪,城市戏剧在中世纪的杂耍表演与宗教奇迹剧、神秘剧的基础上发展起来,以法国的成就最高。当时巴黎出现了两个重要的剧团:法院书记剧团和愚人剧团。主要剧种有道德剧、愚人剧和笑剧。道德剧通过寓意的手法宣扬宗教道德或世俗道德。愚人剧则通过人物装疯卖傻来表现市民对封建贵族和教会的不满。相比之下,笑剧更具有现实意义，最初作为穿插于宗教剧中的"幕间剧"而演出，后来独立出来，于14世纪至15世纪在法、德等国广泛流行。笑剧主要反映市民的生活，表现人情世态，生活气息较浓，充满戏谑和嘲弄，生动活泼，深受群众欢迎。最优秀的笑剧是法国的《巴特兰律师》。巴特兰律师处境贫困而诡计多端，他用花言巧语从布商那里骗了一些布料，用装疯等欺骗手段来赖账。后来一个牧童偷吃主人的羊，求巴特兰律师为他出庭辩护。巴特兰叫他在法庭上只管装羊叫，保证能胜诉。法庭审判时，巴特兰才知道牧童的主人原来就是布商。布商一见律师，便一会儿追索布款，一会儿控告牧童，纠缠不清，而牧童只管装羊叫，二人把法庭闹得乌烟瘴气。巴特兰认为这是一群疯子，此案无法审理，法官宣布退庭。巴特兰的诡计得以成功。但当他向牧童索要酬金时，牧童仍旧装羊叫，巴特兰没有得到一分钱。这是一个骗中骗的故事。巴特兰以诡计取胜，而牧童又从他那里学会了欺骗，只有愚蠢的布商受到了讽刺嘲笑。作品赞扬以智谋取胜的人物，肯定智慧的力量，甚至肯定诡计，这是典型的市民意识的体现。

中世纪的欧洲文学几乎是在新的基础上从头开始的。这里所说的新基础，一是各民族原有的民间文学，一是基督教。由于基督教的统治地位，人本意识被神本意识所压制，基督教精神成为后世欧洲文学的又一文化内核。中世纪文学是欧洲文学发展史上不可缺少的环节，它与以古希腊文学为代表的古代文学形成两种截然不同的文学传统，构成后世欧洲文学的两大渊源。

## 第二节　但丁

但丁·阿里盖利（1265—1321）是意大利第一位民族诗人，也是中世纪最伟大的作家。他的创作标志着欧洲文学从中世纪向资本主义的过渡。关于他的历史地位，恩格斯曾作过科学的评价："封建的中世纪的终结和现代资本主义纪元的开端，是以一位大人物为标志的。这位人物就是意大利人但丁，他是中世纪的最后一位诗人，同时又是新时代的最初一位诗人。"[①] 但丁生活在欧洲文明的转型时期。意大利最早出现了资本主义因素，也最早产生资产阶级新文化。资产阶级和封建阶级两种文化思想以及欧洲两种文学传统都深深地烙印在但丁的创作中。

### 一、生平与创作

但丁出生于佛罗伦萨一个经商的小贵族家庭。他童年时母亲亡故，大约18岁时父亲去世。少年时代的但丁是在孤独的勤奋学习中度过的，是当时最博学的人之一。他是一个虔诚的基督教徒，又是古希腊、古罗马文化的崇拜者，特别景仰罗马诗人维吉尔。但

---

① 恩格斯．《共产党宣言》1893年意大利版序言［M］//马克思，恩格斯．马克思恩格斯选集：第1卷．北京：人民出版社，1995：269.

丁从少年时代起就倾心于一位名叫贝雅特丽齐的邻家姑娘，虽然一生只见过她两次面，但这种近乎骑士式的精神之恋却维系了一生，直接影响到他一生的创作。这位姑娘出嫁后不久染病去世，但丁悲痛万分，把为她写的一系列抒情诗和哀悼诗共31首用散文连成一体，取名《新生》（1292—1295）。这是他的第一部文学作品。这部作品属于"温柔的新体"诗派。这一派的诗以爱情为主题，抒发个人情感，表现市民对世俗生活的兴趣。《新生》没有触及重大的社会问题，并且带有中世纪文学的神秘色彩，但其中对纯洁爱情的歌颂，反映了摆脱禁欲主义束缚的愿望，引起同时代读者感情上的强烈共鸣，但丁因而被认为是第一个追求自己灵魂的近代诗人。

但丁时代的意大利处于分裂状态。城市之间和城市内部的党派斗争非常激烈。但丁从青年时代起就参加了代表市民阶级利益、以教皇为后台的圭尔甫党，积极投身于反对代表封建贵族利益、以皇帝为后台的吉伯林党的政治活动。1293年，圭尔甫党战胜基伯林党，佛罗伦萨建立行会民主政权。但丁以医药行会代表的身份担任过许多公职，1300年还被选为佛罗伦萨6个行政官之一。不久，圭尔甫党分裂为黑白两党①，内部斗争十分激烈。但丁属于白党，反对教皇扩张势力、干涉城邦内政。1302年，黑党在教皇逢尼法西八世和法国军队的支持下取得政权，对白党大肆进行迫害。但丁以反对教皇等罪名被判处终身流放。政治生活和放逐生活对但丁的思想和创作产生了巨大影响。在流放中，他几乎走遍整个意大利，祖国壮丽的山河加深了他的爱国思想，使他对意大利和整个基督教世界所面临的政治问题有更清醒而深刻的认识。在近20年的流放生活中，但丁始终坚持自己的政治理想，拒绝向反动势力屈服。他于1321年9月14日客死拉文那。后来佛罗伦萨人曾多次要求归还但丁的骨灰，但都遭到拉文那人的拒绝。

流放期间，但丁写了4部著作。《飨宴》（1304—1307）是用意大利俗语写成的具有百科全书性质的著作。但丁借诠释自己的诗歌，把当时各种科学文化知识通俗地介绍给读者作为精神食粮。书中推崇理性，阐明人的高贵在于美德，而不在于家庭门第，从而批判了封建等级观念和特权思想。《论俗语》（1304—1308）是用拉丁文写成的一部关于意大利语及其文体和诗律的著作。书中阐明了俗语的优越性和形成标准意大利语的必要性，批判了那种只推崇拉丁文而轻视人民语言的偏见，表现但丁对建立意大利民族语言的渴望。《帝制论》（1310—1312）是一部系统阐述但丁政治观点的拉丁文著作，其中心思想是渴望意大利统一。但丁在书中第一次从理论上论证了政教分离、教皇无权干涉政权的观点，他把意大利统一的希望寄托在神圣罗马帝国皇帝亨利七世身上，这在当时是一种不切实际的幻想。从1307年起，但丁开始创作他一生中最重要的作品《神曲》，直到去世前不久才完成。作品全面反映了作者的思想与艺术成就，既是中世纪文化的总结，又是近代文学的序曲。但丁因此成为享誉世界的伟大诗人。

## 二、《神曲》

《神曲》（1307—1321）是一部叙事长诗，是但丁的代表作。全诗分为《地狱》、《炼

---

① 黑党成员大多为封建贵族，而白党则在市民阶级中较有势力。编者注。

狱》（又译《净界》）和《天堂》3部，共14233行。但丁原给这部作品定名为《喜剧》。中世纪时，凡由纷乱和苦恼开始而结束于喜悦的故事都可称为喜剧，并不限于舞台剧本。《神曲》以悲惨、绝望的地狱开始，以光明、幸福的天堂结束，正符合喜剧的定义。同时，由于这部作品是用意大利语而非官方语言拉丁语写的，因此也不很严肃，故命名为《喜剧》。薄伽丘第一个为这部作品冠以"神圣的"一词，因为这部作品的伟大是前所未有的，像出自神人之笔。中国通译为《神曲》。

### （一）情节结构

《神曲》采用中世纪文学特有的梦幻形式，以自叙体形式描述诗人但丁神游地狱、炼狱和天堂的所见所闻所感。诗的开篇叙述道，但丁在"人生的中途"即35岁那一年迷途于一座黑暗的森林，正待要向一个光明的小山头走去，面前突然出现豹、狮、狼3只猛兽。在这危急关头，古罗马诗人维吉尔出现了，原来他受贝雅特丽齐的嘱托前来搭救但丁，并引导但丁游历地狱和炼狱；之后，他又由贝雅特丽齐引导游历天堂，沐浴上帝之光。

地狱形如漏斗，上宽下窄，共分9层。生前有罪的灵魂死后被罚在这里受刑，所犯罪孽越大，罪人所处的层数就越下。第一层是候判所，住着生前未受基督教洗礼即死去的异教徒。真正的地狱开始于第二层。从第二层到第五层，是所谓"上层地狱"，生前贪色、贪食、贪财、易怒的灵魂在这里受刑。第六层至第九层是"下层地狱"，关押着邪教徒、3种残暴者、10类欺诈者和叛国卖主者。

炼狱是一座平顶山，位于没有人烟的大海上，共分7层，分别住着犯有骄、妒、怒、惰、贪财、贪食、贪色7种罪过的灵魂，加上山门外的海滨和山顶乐园，也是9层，形似金字塔。罪行较轻的灵魂在此修炼，若断除孽根，便可升入天堂。游完炼狱，维吉尔便隐去，由贝雅特丽齐引导但丁游历天堂。

天堂分为九重，由月轮天、水星天、金星天、日轮天、火星天、木星天、土星天、恒星天、水晶天组成，居住着生前为善的灵魂，按其善行多寡，住在不同的层次中永享幸福。九重天之上是天府，住着上帝和天使。诗人仅在电光一闪的瞬间看见了圣父、圣子、圣灵三位一体的上帝。全诗随即结束。

### （二）思想主题

《神曲》表面上写"亡灵的境遇"，但着眼点是现实生活中的人。但丁曾说明自己的写作意图是"要使得生活在这一世界的人们摆脱悲惨的遭遇，把他们引到幸福的境地"[①]。可见他写幻游来世，是审视现世人生，从政治上、道德上探索意大利民族的出路以及整个人类的前途。诗中许多寓意性形象和故事都是由这一基本思想决定的。黑暗的森林喻指当时意大利的黑暗现实；但丁在森林中迷路意味着人类的迷惘；3头猛兽象征阻碍人类走向光明的淫逸、野心和贪欲；维吉尔象征理性，他引导但丁游历地狱和炼狱，说明人类应该在理性的指导下认识自身的罪恶和错误；贝雅特丽齐象征信仰，她引导但

---

① 但丁. 致斯加拉大亲王书[M]//伍蠡甫. 西方文论选：上卷. 上海：上海译文出版社，1979：162.

丁进入天堂，说明人类只有靠信仰才能到达真理和至善的境界。因此，作品的主题相当明确，那就是在这个充满矛盾斗争和苦难的时代，人应当凭借理性和信仰，从迷惘和错误中经过苦难和考验，洗心革面、弃恶从善，走向光明和幸福。这一主题强调对宗教的信仰，又肯定人的理性。这本身就带有矛盾性。围绕这一主题，作品中新旧时代两种思想杂然并存，因而全诗的思想内容具有两重性。

首先，作品表现但丁对宗教、教会以及教职人员的双重态度。他赞美理想的基督教，把基督、圣母、圣彼得、圣约翰、圣雅各、殉道者、神学家等人的灵魂都放进天堂，又对教会中贪婪、残忍、伪善的教皇和僧侣进行无情抨击。如作品开始出现在但丁面前的瘦母狼就代表贪得无厌的罗马教廷。"把金钱当作上帝"的教皇尼古拉三世同其他圣职买卖者一起被置于地狱第八圈第三沟，被倒栽在洞中受烈火烧烤。教皇逢尼法西八世、克乃门德五世当时还活在世上，但丁预先在地狱第八圈安排了他们受罚的位置。逢尼法西八世以欺骗的手段窃取教皇的权力，使罗马教廷成为"污血的沟，垃圾的堆"。克乃门德五世则把"教廷中的每一个职位都出卖了"。这些无耻的教皇，"日夜用基督的名义做着买卖"，是"穿着牧羊衣服的贪狼"。在地狱第九圈的路格利主教生前将政敌于谷霖及其4个无辜的儿孙关进塔楼，活活饿死。但丁还批判了教皇干预世俗政权、操纵政治的罪行，表达他反对政教合一、主张政教分离的态度。他感叹："今日罗马教堂，把两种权力抱在怀里，跌入泥塘里去了，把自己和它所抱的都弄污秽了！"

第二，作品表达但丁对封建统治阶级及其代表人物的矛盾态度。一方面，他无情地批判残暴的君王和封建贵族。他让马其顿的亚历山大、西西里的刁尼修、巴独发的阿左利诺这些"杀人劫财的暴君"在地狱第七圈的血水中受煮，将那些鱼肉百姓的豪门贵族、贪官污吏、高利贷者都安排在地狱各圈中受刑。这种揭露和抨击与文艺复兴时期人文主义思想家的反封建思想一脉相承。另一方面，但丁又热情讴歌和赞美理想中的君王和贵族。如他把祖国统一的希望寄托在封建贤君日耳曼皇帝亨利七世身上，并在天堂里为他留下位置。在第六重天里，他放上很多正直君王的灵魂，并让他们为祥云瑞气所环绕。

第三，作品表现但丁对世俗生活的双重态度。一方面，他从中世纪诗人的立场出发，表现当时占统治地位的禁欲主义和神秘主义的陈旧观念，把那些生前贪吃贪财、放纵情欲的灵魂如古希腊美人海伦和帕里斯、迦太基女王狄多等都放进地狱，把那些清心寡欲的灵魂放到天堂，炼狱山实则就是一座"禁欲山"，人只要克制情欲、苦修苦炼，就能上天堂。但他又在《神曲》中表现出对世俗生活加以肯定的反禁欲主义倾向。如在《地狱篇》第五歌中，他根据教会的道德标准，把生前犯了叔嫂通奸罪的保罗和弗兰西斯嘉放到地狱第二圈中受罚，但当弗兰西斯嘉述说他们不幸的遭遇之后，但丁又对他们真挚的爱情表示深刻的同情，"竟昏晕倒地，好像断了气一般。"他极力赞颂古希腊英雄尤利西斯（奥德修斯）远航探险所表现的百折不挠的进取精神，并借他的口指出：人不能"像野兽一般活着"，应该去"追求美德和知识"。但丁在谈论人的活动时，也认为要"克服惰性，因为生在绒垫上或者睡在被子里，是不会成名的；默默无闻地虚度一生，人

在世上不留下痕迹，就如同空中的烟雾、水上的泡沫一样"。诗人把古今很多英雄人物作为在生活和斗争中的光辉榜样来热情赞颂，这种追求荣誉与知识、肯定人现实生活中的活动的思想，也是属于新时代的。

第四，作品在对待人类文化的看法上也表现出双重性。一方面，但丁表达了虔诚的基督教思想，认为基督教是人类最伟大、最神圣的思想文化结晶。因此，《神曲》中有对中世纪经院哲学的热情阐述，有对神学思想的热烈讴歌。与此同时，但丁又对古希腊古罗马文化和进步的异教思想给予热情的赞美和高度的评价。如他出于宗教偏见，把古希腊古罗马作家和哲学家都放到地狱的第一圈，但又称荷马是"诗国里高贵的一派"，称维吉尔是"智慧的海洋""拉丁人的光荣"，并让他作为自己探索人生的引路人。这都体现了与中世纪神学教义完全不同的文化精神。

总之，《神曲》内容的两重性是但丁思想矛盾的反映，也是欧洲两种文化传统的碰撞在但丁身上的体现。这说明但丁力图在古代和中世纪两种文化中寻找契合点，使两者交融，但又显得茫然，难于取舍，也说明但丁在中世纪神学世界观中挣扎，力求解放，又无力而没有完全挣扎出来。这正是但丁作为中世纪的终结和新时代的开端这一过渡性的诗人的特点。而《神曲》的伟大之处，就在于它在中世纪文学中最先广泛反映时代的社会生活，透露新的时代新思想的曙光，因而在文学史上具有划时代的意义。

（三）艺术特点

《神曲》在艺术上也体现出两重性。它既对中世纪的艺术形式作了综合性的处理，又体现了近代文学新的艺术方法。

第一，结构严谨、匀称。全诗3部，每部33歌，加上序曲，合成100歌。每部布局也精心设计。地狱9圈，净界内外9级，天堂9重，外加天府合成10的完整数目。每部诗行大致相等，以3行为一节，奇偶连锁押韵（ABA，BCB，CDC），把各节连接起来。每部结尾都以"群星"作结。这种结构方式，包含了中世纪神学对数字的神秘解释，"三"即"三位一体"，"十"意味着"完美"，"一百"则代表"完美中的完美"。但这种结构也与人文主义思想家们对古代文化的认识有相似之处。例如，文艺复兴以后的文学家们在谈到古希腊艺术杰作的一般优点时，认为它在于"高贵的单纯和静穆的伟大"。《神曲》结构上的庄严肃穆、内容上的激烈动荡与古代艺术如出一辙。

第二，运用梦幻形式和象征、寓意手法，反映的却是现实生活的内容。全诗写但丁幻游三界，这本身就是中世纪教会文学常用的一种梦幻故事形式。但丁的幻游过程也是一个象征，寓指人类从苦难、迷惘的现实走向理想境界的道路。全诗各部都以"群星"作结，象征光明必然照耀人世。但是，但丁在三界中的见闻大都来自现实。例如他对宗教伪善者的揭发批判，对封建统治阶级的嬉笑怒骂，对世俗爱情生活和异教文化的肯定，以及对当时历史事件和各种人物所作的深刻评判，都是现实生活和时代精神的反映。

第三，人物形象和场景描写也具有两重性。《神曲》中的人物大多数苍白无力，是象征性的，这与中世纪宗教文学中的人物特点相似。然而，但丁在用寥寥数语勾勒人物性格特点方面也可以说是高手。如贪婪的教皇，残暴的君主，刚强高傲的法利那塔，渴求知识、勇往直前的尤利西斯,多情的弗兰西斯嘉,个性都很鲜明。诗中的场景描写,注意渲染背景,烘托气氛,调换色调,使人感到身临其境。如地狱阴森恐怖,是痛苦和绝望的境界,色调阴暗;净界宁静肃穆,是希望的境界,色调柔和;天堂是幸福喜悦的境界,色调光辉亮丽。各种不同场景以不同的自然景物加以烘托,显得真实、具体。写人状物时,《神曲》广泛采用形象化的比喻,如形容两队鬼魂相遇彼此接吻致意,就像蚂蚁在路上觅食时彼此相遇互相碰头探询消息的样子;形容禁食的灵魂瘦得两眼深陷无神,像宝石脱落的戒指;形容基督升天,光芒四射,像日光从云雾透出射在繁花似锦的草坪上一样。形象的比喻和生动的细节描写与人文主义文学现实主义的手法极为相似。

第四,运用意大利民族语言。这是但丁对意大利文学的重大贡献。在中世纪,教会使用的拉丁文是正统,文学作品都是用拉丁文写成。但丁打破陈规,第一个用意大利民族语言写作,不仅使文学摆脱教会的垄断,而且为意大利民族语言和民族文学语言的形成起到奠基作用。但《神曲》中的大量语言和词汇又带有强烈的中世纪语言那种烦琐、晦涩和象征的特点,充满了主观的呓语和神秘主义色彩。这说明但丁虽然已从封建社会的语言中脱胎出来了,但身上还带有中世纪语言的血污。

《神曲》代表欧洲中世纪文学的最高成就。它既是中世纪文学的总结,又是近代文学的序曲。

# 第三章 文艺复兴时期文学

文艺复兴运动是14世纪初到17世纪初在欧洲出现的以复兴古代希腊罗马文化为旗号的资产阶级反封建反教会的思想文化运动，目的在于摧毁以神本意识为中心的封建意识形态、建立以人本意识为中心的资产阶级人文主义新思想、新文化。文艺复兴在欧洲历史上是一个伟大的变革时期，对欧洲乃至人类社会历史的发展产生了重大而深远的影响。这一时期欧洲文学的主流是人文主义文学，它是欧洲近代文学的开端。

## 第一节 概述

### 一、文艺复兴与人文主义

文艺复兴运动是在欧洲资本主义生产关系开始形成的历史条件下发生的。早在14世纪的意大利就出现了资本主义生产关系的萌芽。15世纪以后，许多国家由于生产力的发展和生产技术的进步，先后出现了初具规模的手工业和发达的商业贸易，从中世纪城市市民中产生了最初的资产阶级。与此同时，中国的指南针、火药、造纸和印刷术的传入和运用，在航海、印刷和军事技术等方面引起划时代的变革，给新兴资产阶级提供了新的发展手段，开辟了新的活动场所。15世纪末，由于新航路的开辟和地理大发现，世界市场开始形成，资本主义得到进一步发展。资本原始积累以残酷而野蛮的手段迅速进行，一方面对内疯狂剥削劳动者，另一方面对外进行血腥的殖民掠夺。在这种"创业"过程中，资产阶级逐步成为具有经济实力的社会力量。这样，封建的生产关系就成了严重束缚资本主义生产关系发展的桎梏，资产阶级必然开始反封建的斗争。在中世纪占主导地位的基督教思想体系是封建统治阶级的精神支柱，因此，资产阶级的反封建斗争必然首先把矛头指向教会。当时资产阶级反教会的斗争有两种主要形式，即宗教改革和文艺复兴。1517年开始的以德国马丁·路德（1483—1546）为代表的宗教改革运动，是从教会营垒内部进行的伟大改革，它并不取消宗教，而是要建立适合资产阶级需要的教会和教派。文艺复兴则是资产阶级借助古希腊罗马文化中反映现实生活的文艺、朴素的唯物主义哲学和自然科学，以世俗的形式对封建制度和宗教势力所进行的斗争。

资产阶级在工商业贸易活动中发现了人的力量，特别是1453年东罗马帝国灭亡，大批学者携带古代手抄本逃往意大利，罗马废墟中也发掘出许多古代雕像，被湮没近千年的古代文化在西方重见天日，资产阶级发现古代文化所体现的肯定现世、肯定人的力量的积极乐观的精神同自己的观念十分接近，可以用来与神学抗衡。于是，资产阶级打起"回到希腊去"的旗号，掀起搜集、整理、研究古代文化的思潮，声称要把久被湮没的古典文化"复兴"起来，"文艺复兴"因此而得名。这场运动从意大利发端，后来席卷西欧各国。但"文艺复兴"（Renaissance）这一名称并不能充分而准确地表达这一运动的实质，因为资产阶级并不是要恢复旧的古代文化，而是要借古代文化反封建、反教会，建立自己的新思想、新文化，为自身的发展开辟道路。同时，这场运动也并不限于文艺领域，而涉及整个思想文化领域。

这场运动的发生与当时科学和技术的进步也有密切关系。哥白尼的"太阳中心说"，戳穿了神学的谎言，地理大发现扩充了人们的眼界，造纸和印刷术的运用更促进了文化的传播与普及。这些使人们重新发现了世界，也发现了自己。"自然的发现"和"人的发现"为这场运动确立资产阶级思想打下了基础。

文艺复兴运动是一场伟大的思想解放运动，具有巨大的历史进步性。恩格斯曾作过高度的评价："这是一次人类从来没有经历过的最伟大的、进步的变革，是一个需要巨人而且产生了巨人——在思维能力、热情和性格方面，在多才多艺和学识渊博方面的巨人的时代。"①

文艺复兴时期所形成的资产阶级世界观和思想体系被称为"人文主义"。这一名称来源于当时以研究古希腊古罗马典籍为内容而与神学相对立的"人文学科"。研究这些学科的学者被称为人文主义者。"人文主义"与"人道主义"在西方语言中都是同一个词（Humanism）。它是文艺复兴运动的中心思想，资产阶级反封建反教会的思想武器。它强调以人为本位，肯定人的价值，维护人的权利，注重人的尊严，以"人类的本性"作为观察历史的准绳，反对神的绝对权威。

具体而言，人文主义的内涵包括以下4个方面。第一，提倡人权，反对神权。教会竭力宣扬神是万物的主宰，人是上帝恭顺的奴仆。人文主义者则极力歌颂人的力量，肯定人的价值，要求人的权利与人格的尊严，赞美人是"宇宙的精华，万物的灵长"，认为"人是一切事物的权衡"。第二，提倡个性解放、个人幸福，反对禁欲主义、来世思想。教会鼓吹人生是苦难的深渊和罪恶的场所，人生在世要节欲苦修，忍受现世的痛苦，求得来世进入天堂。人文主义者则肯定现世生活的意义，人有追求财富、荣誉、爱情的权利，宣称"我是凡人，我只要求凡人的幸福"，人应当充分发展自己的个性，意志自由，不能有任何束缚。第三，提倡知识、理性，反对蒙昧主义、神秘主义。教会把宗教教义当作唯一真理，只要信仰，不要思想，只要盲从，不求论证，提出"无知乃信仰之母"。人文主义者则认为"知识是快乐的源泉"、"知识就是力量"，宣称理性是"人的天

---

① 恩格斯.《自然辩证法》导言［M］//马克思，恩格斯.马克思恩格斯选集：第4卷.北京：人民出版社，1972：444-445.

性"，主张发展科学文化，全面发掘人的聪明才智。第四，拥护中央集权，反对封建割据。这是人文主义者的政治要求。当时，封建贵族割据，战乱不休，妨碍资本主义的发展；人民起义也威胁着资产阶级的财产安全。而资产阶级自己还无力掌握政权，就迫切要求由"开明君主"建立以民族为基础的中央集权的统一国家，消灭割据，镇压人民起义，为资本主义的发展提供统一的国内市场。

人文主义作为新兴资产阶级的世界观和思想武器，产生于资本主义生产关系的基础上，其实质是个人主义，把个人放在一切社会关系的中心，充分肯定个人意志、个人利益。这是资产阶级对人类个体与社会关系的一种新的认识。这对于扼杀个人的基督教神权至上的思想是一种巨大的历史进步。但它所强调的人是抽象的，形式上是全人类，实际上是资产阶级。因此，人文主义者只是资产阶级的代表，他们往往只重视个人的利益和作用。

人文主义者承袭了古希腊古罗马文化中的人本主义精神，同时还保留了对上帝的承认。他们反教会，并不否定宗教，只是反对宗教中扼杀人性的部分和教会的神权统治，基督教文化中的众生平等、仁爱、宽恕、救赎等道德精神仍被他们作为传统而认可。从这个意义上讲，人文主义者对欧洲两种文化传统重新审视，兼容并蓄。

## 二、人文主义文学的基本特征

文艺复兴时期欧洲各国有3种文学同时并存，即人文主义文学、民间文学和封建文学，人文主义文学占主流地位。以人文主义思想为指导的人文主义文学是文艺复兴时期兴起的资产阶级新文学，是近代欧洲第一个文学思潮；它从内容到形式都开创了欧洲文学的新纪元。

人文主义文学具有如下基本特征。第一，表现人文主义思想，具有鲜明的反封建反教会色彩。人文主义作家旗帜鲜明地反封建反教会，猛烈抨击封建贵族和僧侣阶级的败德恶行，揭示人文主义理想和道德原则。有的作家对资本原始积累过程中产生的各种罪恶也予以揭露和批判。第二，自觉运用现实主义创作方法。人文主义作家摈弃中世纪文学带有神秘色彩的象征、梦幻手法，遵循艺术模仿自然的原则，把文学作为反映自然的"镜子"，真实且广阔地反映人生和社会现实。他们的现实主义创作并不排斥浪漫主义的想象和夸张。人文主义文学是欧洲现实主义文学发展的一个重要阶段。第三，形式丰富多样。人文主义作家继承和发展了以往欧洲的各种文学样式，并随着时代的变化而不断完善和创新，诗歌、戏剧、小说、散文都有新的发展和开拓，近代欧洲文学的许多体裁都在这一时期奠定了基础。第四，采用民族语言。人文主义作家打破了中世纪教会规定的必须用拉丁文写作的陈规，采用本民族语言写作，表现本民族人民的思想情感，既通俗易懂，又生动活泼，充满生活气息，体现了浓郁的民族特色，促进了民族语言的统一和民族文学的发展。

人文主义文学在欧洲三百年左右的发展历程大致可以分为3个阶段，每个阶段又表现出不同的主题。14世纪初至15世纪中叶为早期，以意大利小说家薄伽丘、英国诗人乔叟的创作为代表。此时的人文主义文学仅止于从感性层面认识人性和社会,通过表现人的感官欲望指斥宗教神权神学的罪恶与虚伪,讴歌人的本能欲望,提倡个性解放和享受现世幸福。15世纪下半叶至16世纪上半叶为中期,以法国小说家拉伯雷的创作为代表。此期的人文主义文学更注重从理性角度展示人的思想和行动,表现人之为巨人的真正价值。16世纪下半叶至17世纪初为晚期,人文主义文学进入对人类精神和灵魂层面的探讨阶段,以西班牙作家塞万提斯、英国戏剧家和诗人莎士比亚的创作为代表。此期人文主义文学除了继承前面两个阶段的主题之外,更重要的是开始关注人自身的矛盾,揭示人性的弱点及其与社会丑恶现象之间的关联。

### 三、各国人文主义文学

人文主义文学最早出现在14世纪的意大利,其后在法国、德国等地得到充分发展,并在16世纪末17世纪初的西班牙和英国达到繁盛。

#### (一)意大利文学

意大利是文艺复兴运动的发源地,人文主义思想在但丁的作品中已初露端倪,继之出现的是诗人彼特拉克和小说家薄伽丘,他们是欧洲人文主义文学的先驱。

弗兰齐斯科·彼特拉克(1304—1374)学识渊博,早年就热心于搜集古希腊古罗马的抄本,研读并推广古代典籍。他最先提出"人学"来对抗"神学",因而被认为是第一个人文主义者。他在文学上的主要成就是用意大利语写的抒情诗集《歌集》,包括366首十四行诗,分上下2篇,前者为恋歌,后者为哀诗,主要歌咏他对女友劳拉的爱情。诗集把女性的形体美、精神美和景物美糅在一起描写,冲破了中世纪禁欲主义思想的樊篱,表现出一种以热爱现实生活为中心的新型世界观和以渴望个人幸福为中心的新型爱情观,被誉为西方近代爱情诗的始祖。在艺术上,《歌集》抛弃了中世纪诗歌神秘的象征和抽象隐晦的风格,轻松明快、清新自然,是中世纪以来第一部展现世俗生活的欢乐和痛苦,把爱情描绘成有血有肉的情感的作品。在《歌集》的影响下,抒情诗成为一种抒发个人感情体验的重要文学形式,十四行诗也成为欧洲诗歌中一种重要的诗体。

乔万尼·薄伽丘(1313—1375)是第一个通晓希腊文的人文主义者。他的创作将意大利人文主义文学发展到一个新的高度。薄伽丘写过传奇、史诗、叙事诗、十四行诗、短篇故事集等。他晚年著述的《但丁传》是意大利研究但丁最早的学术著作,也是欧洲文学史上第一部人物传记。他的代表作是短篇故事集《十日谈》(1348—1353)。有人将它视为但丁《神曲》的姊妹篇,被称为《人曲》。作品开端叙述1348年佛罗伦萨流行黑死病,十名青年男女来到郊外一所别墅避难,他们在游玩、欢宴之余,商定每人每天讲一个故事,由轮流执政的"女王"或"国王"规定故事主题,由一人吟歌作为故事会的尾声,他们共讲了十天一百个故事,故名《十日谈》。这些故事以不同的题材,反映意大利现实生活,多方面地表现人文主义思想。

《十日谈》思想内容非常丰富。抨击天主教会,揭露教会的虚伪和腐败,是其基本主题。作品开头的两个故事具有提纲挈领的意义。一个作恶多端、丧尽天良的公证人临终忏悔时一通胡吹，死后竟被教会封为圣徒。一个犹太教徒在教廷驻地罗马暗中察访，发现从教皇到主教再到教士没有一个不是寡廉鲜耻之徒，没有一个不犯着贪财贪色的罪恶，教皇驻地的罗马已经"不是一个神圣的都城，而是一个容纳一切罪恶的大熔炉"。还有许多故事暴露僧侣们的虚伪和奸诈。他们口里喊着禁欲，自身却荒淫无耻；他们谴责高利贷者，说重利盘剥者死后将被打入地狱，而其目的却是为了掏出别人的不义之财，好去填满他们自己的钱袋。薄伽丘通过这些宗教伪君子形象，批判了基督教义的虚伪性和反人性，表达了当时市民阶级对神权的不满情绪。谴责禁欲主义，讴歌爱情和现世生活，宣扬幸福在人间，也是《十日谈》一项非常重要的内容。薄伽丘认为，禁欲主义是违反自然规律的，也是扼杀人的天性的，而人性的基本点之一就是对性爱的要求："在所有的自然力量中，爱情的力量最不受约束和阻拦。"更重要的是，真正的爱情是才智和高尚情操的源泉。白痴一般的青年西蒙就在爱情的感召下脱胎换骨，成了风度翩翩的大学问家。薄伽丘还把爱情提高到社会问题的高度来认识，通过公主绮思梦达和侍从纪斯卡多的故事，来要求平等，反对等级观念。此外，作品中有些故事赞扬商人和手工业者的才干、智慧和进取精神，塑造了和谐健美、全面发展的新兴资产阶级的理想人物。整部作品洋溢着乐观、明快、自由的思想，鲜明地表现了人文主义的战斗精神。但其中有些故事渲染情欲和庸俗的趣味，鼓吹享乐主义、利己主义，这反映了人文主义思想的另一个侧面。

《十日谈》是欧洲近代文学史上第一部现实主义作品。它以讲故事的形式展现现实生活，塑造人物形象。它采用框形结构，巧妙地包容和串联了一百个故事。这些故事，除了第一天和第九天没有命题外，其余八天的故事各在一个共同的主题下展开，使这框形结构浑然一体。作品语言也很有特色，以古典文学名著为典范，又吸收民间口语的特点，精练流畅，幽默风趣。每个故事的叙述又与讲述人的风格一致。它不仅为意大利散文奠定了基础，而且开创了欧洲短篇小说这一独特的艺术形式。《十日谈》问世后，很快被译成欧洲各国文字，深受欢迎。英国乔叟的《坎特伯雷故事集》、法国纳瓦尔的《七日谈》都是《十日谈》的模仿之作。德·维加、莎士比亚、莱辛、歌德、普希金、济慈等都曾从《十日谈》中汲取过创作素材。

15世纪后，意大利人文主义文学较有成就的作家是阿里奥斯托（1474—1533）和塔索（1544—1594）。前者的代表作是传奇体叙事长诗《疯狂的罗兰》（1516—1532），后者的代表作是叙事长诗《被解放的耶路撒冷》（1575）。两位作家的创作均反映了意大利文艺复兴晚期的社会生活，表现了晚期人文主义运动的深刻矛盾。

### （二）德国文学

这一时期的德国政治上四分五裂，经济凋敝。在罗马天主教、神圣罗马帝国和封建诸侯的三重压迫下，农民和城市平民甚至下层贵族都对现存制度不满，尖锐的社会矛盾导致宗教改革和农民起义的发生。德国人文主义文学的代表作品是埃拉斯慕斯（1466—1530）的《愚蠢赞》（1509）和胡登（1488—1523）的《蒙昧人书简》第2部（1517）。这两部作品都是很优秀的讽刺作品。前者通过"愚蠢夫人"的自白，揭露僧侣和世俗封建主的虚伪和迷信，抨击诸侯之间的内战。作品着力真实、具体、生动地叙述事实，不做评论，不附加任何道德说教，而是引导读者自己从中作出判断。后者则通过"反语"对教会的腐败和经院派学者的虚伪与空虚进行尖刻辛辣的讽刺。

马丁·路德（1483—1546）是德国宗教改革的领袖，他为德国语言文学作出的贡献主要体现在3方面。一是用德语翻译了《圣经》，使农民和平民能引用《圣经》的章句，对德语的统一和规范产生了一定作用，并奠定了德国文学语言的基础。二是他写了许多政论性小册子，如1517年写的反对售卖赎罪券的《九十五条论纲》，1522年写的《致德意志民族的基督徒贵族》、《论一个基督徒的自由》和《教会的巴比伦之囚的序幕》等，可视为宗教改革的政治、宗教和伦理纲领。这几篇文章是讨伐教皇和天主教会的檄文，言辞简明，气势磅礴，鼓舞人心，煽动性强。三是他为教会写的36首德语教会歌曲，语言简明精练，用词生动形象，富有民歌韵味，其中《我主是坚固堡垒》（1525）被恩格斯誉为"16世纪的马赛曲"，这首歌曲已成为宗教改革的标志。恩格斯肯定了路德对德国文学的贡献，说他"不但扫清了教会这个奥吉亚斯的牛圈，而且也扫清了德国语言这个奥吉亚斯的牛圈"①。

民间文学在16世纪的德国相当繁荣，其中以《梯尔·欧伦施皮格尔》（1515）、《约翰·浮士德博士的故事》（1587）和《希尔德镇的居民们》（1598）最为有名。欧伦施皮格尔是一个农民，喜欢恶作剧，以聪明机智愚弄了所有阶层的人，包括僧侣、贵族、行会的师傅等。浮士德博士是农民的儿子，拒不学习神学，把包括灵魂在内的一切卖给魔鬼，魔鬼为他服务24年，满足他了解日月星辰、探索宇宙规律和人类奥妙的要求。故事的作者本意是要借浮士德形象告诫世人不得产生背神的邪念，要坚定不移地相信耶稣，客观上却反映了文艺复兴时代平民追求知识和人世欢乐的进取精神。就艺术水平而言，民间文学中最优秀的作品是《希尔德镇的居民们》。相传，希尔德镇的居民是希腊一位智者的后裔，个个聪明机智，各地王公诸侯纷纷请他们为自己出谋划策，结果家中事物无人照管，故土日趋凋敝。为了能永远留在家里，希尔德镇的居民决定装傻，结果干出了一系列傻事。这部作品结构比较严谨，故事发生地点集中在一处，人物组合自成一体。其中很多小故事可以独立成篇，但彼此又有一定联系，已经接近中篇或长篇小说。

（三）法国文学

15世纪末，法国开始人文主义运动。16世纪法国建立了中央集权的君主国家，在王权的支持下，人文主义文学迅速发展。

弗朗索瓦·拉伯雷（1494—1553）是法国长篇小说的开创者，也是文艺复兴时期法国最重要的作家，具有民主倾向。其创作否定神权，肯定人，与民间文学有密切的联系，具有强烈的讽刺力量。他学识渊博，经历丰富，研究过古希腊古罗马文化，通晓许多学科，且是当代名医，堪称文艺复兴时期的"文化巨人"。他的长篇小说《巨人传》不仅

---

① 恩格斯.《自然辩证法》导言［M］//马克思，恩格斯.马克思恩格斯选集：第4卷.北京：人民出版社，1972：446.

代表法国人文主义文学的最高成就，而且为欧洲人文主义文学揭开新篇章。

《巨人传》（1532—1562）取材于民间故事，共分 5 部。前两部写巨人国王卡冈都亚和他的儿子庞大固埃的出生、教育、游学、文治武功和为约翰修士建立德廉美修道院的故事，后三部写庞大固埃和他的朋友巴汝奇探讨婚姻问题，并在巴汝奇的陪同下，为寻找象征真理的"神瓶"而游历各地的见闻。小说通过漫画式的形象和荒诞离奇的情节，全面地反映了人文主义的思想，既表现出反封建反教会的精神，也提出了人文主义的正面理想。

《巨人传》的思想内涵极为丰富。首先，小说体现了人文主义者对人的讴歌。小说中的人是巨人，出生奇特，形体伟岸，食量惊人，力大无比。对待生活，他们永远乐天自由。他们从来不拒绝美酒佳肴，也光明正大地追求人间爱情。他们唱歌、跳舞、游戏、学习、打仗、冒险，纵情享受生活。对待教会，他们极为不恭。卡冈都亚初到巴黎求学，一脚跨上作为神权象征的巴黎圣母院，解开裤子撒尿，还把钟楼的大钟摘下做马的铃铛。他们热爱和平，反对侵略战争。每当有侵略者入侵时，他们总是身先士卒，勇敢捍卫自己的祖国和人民。他们渴求知识，拥有丰富的智慧，有很强的分析和解决问题的能力。巨人形象表面上荒诞不经，实际上他们是充满自豪、自信和幸福的人的象征，也是人的庄严、人的价值和力量的本质体现。其次，小说揭露了封建社会的黑暗和天主教会的罪行。穷兵黩武的封建统治者，为了一些鸡毛蒜皮的小事，发动侵略战争，使人民蒙受巨大灾难。封建法律好比蜘蛛网，专捕小苍蝇，不敢惹大牛虻。法官是"穿皮袍的猫"，身上挂着张口的钱袋，靠贿赂过日子。压榨机式的税收制度专门榨取民脂民膏。而教会是万恶之源，比瘟疫还可怕。教皇是"对世界的一个威胁"。人们一旦碰了《教皇教令集》，便会染上各种疾病。小说特别突出了教会教育的陈腐。卡冈都亚曾受过经院教育的毒害，变得"呆头呆脑"，揭示教会教育窒息人的美好天性。最后，小说还通过卡冈都亚为约翰修士建立的德廉美修道院具体表现了人文主义的理想境界。德廉美在希腊文里意为"自由的意志"。这里环境优美，不奉行禁欲主义，每个人都有充分发展自我的权利。男女修士可以公开结婚，可以自由致富，可以受到良好的教育，唯一的院规是"随心所欲，各行其是"。这正体现了人文主义个性解放的内容。贯穿小说始终的人文主义思想是对知识的渴求。卡冈都亚一出生就开口大喊"喝"，到庞大固埃出生时的干渴如焚的时代，最后庞大固埃找到"神瓶"，得到的启示也是"喝"，首尾呼应，意味着畅饮真理、畅饮知识、畅饮爱情。

《巨人传》的情节离奇、想象丰富，继承和发展了民间文学惯用的夸张和讽刺手法，语言通俗诙谐，表现力强，人物和故事具有象征意义。它的缺点是结构松散，内容庞杂，有些地方流于粗野鄙俗，人物性格也不够丰满，这说明法国长篇小说还处于起步阶段。

16 世纪中期，法国人文主义文学以"七星诗社"的活动为主。"七星诗社"包括 7 名诗人，以龙沙（1524—1585）为首。他们主张革新法国诗歌，建立民族文学和统一的民族语言。他们肯定生活，歌颂自然和爱情，反对禁欲主义，但轻视民间文学和民间语言，有浓厚的宫廷倾向。龙沙是法国近代第一位抒情诗人，被称为爱情诗的圣手，代表作是《致爱伦娜的十四行诗》（1578）。

16世纪后期，法国出现了人文主义散文家蒙田（1533—1592）。他的散文集《随笔集》（1580—1588）共3卷107章，用漫谈的形式记录他的读书体会、旅游见闻、日常生活的感想。每篇讨论一个独立问题，反映他对社会、人类的思考和探索。内容广博，形式自由，文笔活泼。《随笔集》是法国文学史上第一部优秀的散文作品。蒙田也因此成为欧洲近代散文的创始人。

（四）西班牙文学

15世纪末至16世纪初，西班牙结束了反摩尔人侵略的斗争，实现了国家统一。1492年哥伦布发现美洲新大陆后，西班牙疯狂掠夺，一度称霸欧美两洲。16世纪中叶以后，由于王权日趋反动、教会势力猖狂，资本主义发展受到阻碍，加之不断的对外战争，西班牙国力急剧衰退。文坛上，骑士文学和教会文学流行，人文主义文学发展缓慢。

16世纪中叶，西班牙城市发达，产生了流浪汉小说。它以主人公流浪汉自述的生活经历为线索，描写城市下层平民的生活，从城市下层平民的角度观察、讽刺社会的种种丑恶现象。风格幽默俏皮，具有一定的思想意义和艺术价值。它不属于人文主义文学，但具有它的现实主义精神。流浪汉小说的代表作是无名氏的《小癞子》（1554），原名《托美思河的小拉撒路》。小说由主人公小癞子自述其半生的经历。他从小离家流浪，先为一个刻薄的盲人领路，继而服侍过吝啬的骑士、气派华贵实无分文的绅士、穿着破烂的修士、经销免罪符的僧侣和公差等人。这些人大多贪婪吝啬，靠欺诈为生。为了生存，他也学会了欺骗偷窃，最后靠老婆与大神父私通过上好日子。小说通过主人公的流浪史，讽刺西班牙市民社会各类人物的丑态，广泛而深刻地反映了社会风貌。小说人物性格鲜明，语言简洁，叙述生动，笔调幽默而辛辣。《小癞子》对欧洲近代小说特别是长篇小说的结构方法和人物描写，有过积极的启迪作用。

16世纪末17世纪初，西班牙人文主义文学出现繁荣，进入"黄金时代"，在小说和戏剧方面取得重大成就。洛佩·德·维伽（1562—1635）是文艺复兴时期西班牙杰出的戏剧家，西班牙民族戏剧的奠基人。据说他写过1800多部剧本，现存460多部。维迦的戏剧可分为两类：一类写爱情和家庭生活，一类写社会政治问题。他对戏剧理论也有建树，主张戏剧应满足当代观众的要求，不必拘泥于古典戏剧的陈规，悲剧和喜剧可以融合；认为戏剧的首要任务是逼真，非常重视情节安排的技巧。《羊泉村》（1609—1613）是维伽的代表作，取材于1476年4月羊泉村人民武装抗暴的史实。驻扎在羊泉村的骑士团队长费尔南企图污辱当地长老的女儿劳伦霞，青年农民弗隆多梭救出了劳伦霞。费尔南又破坏这对青年的婚礼，抢走新娘，还要绞死新郎，他的暴行引起全村人民的反抗。他们攻占城堡，杀死费尔南。国王命令法官进行审判，追查杀人者。全村三百多人众口一词回答是"羊泉村"。最后，国王赦免全村，把羊泉村收归自己管辖。作品揭露封建主的暴虐，歌颂为维护人的尊严和权利而进行的正义斗争，塑造人民英雄的群像，表现人民的反抗精神。同时作品也反映了作者对专制王权的肯定。剧中的村民自始至终拥护国王，国王被描绘成村民利益的保护者。维伽的戏剧情节曲折，场面生动，但人物性格刻画不够深刻。

这一时期小说最重要的作家是塞万提斯，他的长篇小说《堂吉诃德》代表了文艺复兴时期欧洲小说的最高成就。

**（五）英国文学**

英国是文艺复兴时期欧洲文学成就最大的国家。早在14世纪，英国人文主义文学就已露出曙光。杰弗利·乔叟（1340—1400）是14世纪英国最重要的诗人，英国人文主义文学的先驱，英国文学语言和现实主义文学的奠基人。他出生于富裕市民家庭，早年出使意大利，接触到那里的人文主义诗歌创作，最先表现出反对禁欲主义、追求个性自由的倾向。他的代表作《坎特伯雷故事集》（1387—1400）以诗体形式记述29位从伦敦到坎特伯雷朝圣的香客在旅途中所讲的24个故事。在总序里，作者简明扼要地介绍了来自不同社会阶层的众香客的容貌、举止和个性，所讲故事题材来源各不相同，真实地反映了14世纪英国的社会现实，表达了人文主义反封建反教会的思想。作品采用生动活泼的伦敦方言、幽默讽刺的手法，揭露教会对人民的压迫（《游乞僧的故事》），讽刺僧侣的欺骗（《法庭差役的故事》），否定封建礼教（《骑士的故事》），肯定妇女独立自尊（《巴斯妇人的故事》），反对买卖婚姻（《商人的故事》）等。但有的故事也夹杂放纵情欲、宣扬消极容忍的内容。长诗采用《十日谈》的框架结构，故事之间以短小的戏剧场面相连，人物性格鲜明、突出，对话滑稽、风趣。乔叟在作品中首创的十音节双韵诗体，即每行十个音节、两行一押韵，对后来的英国诗歌创作产生了深远影响。他被称为"英国诗歌之父"。

乔叟之后将近一个世纪，由于英法百年战争（1337—1453）和三十年战争（1455—1485），英国人文主义文学处于停滞状态。15世纪末16世纪初，统一的中央集权的都铎王朝建立，新航路的开辟和农村的"圈地运动"促使资本原始积累迅速进行，人文主义文学也同步发展。

托马斯·莫尔（1478—1535）是英国重要的人文主义者，空想社会主义的创始人。他曾担任英国下议院议长和最高法官，后因同情人民、反对圈地运动和国王亨利八世兼揽教权而被斩首示众。他用拉丁文写的对话体幻想小说《乌托邦》（1516）是近代空想社会主义小说的开山之作，于1551年译成英语。小说借作者和葡萄牙航海家的对话指出"圈地运动"中"羊吃人"的血腥事实，揭露英国资本原始积累的残酷性，并指出私有制是一切社会罪恶的根源。小说还描绘了一个叫"乌托邦"（希腊文构成的新词，意即"乌有之邦"）的理想社会。在这个社会里，一切财产公有，没有剥削和压迫，也没有暴政、战争和宗教狂热，人人和睦相处，男女平权，人人劳动，产品丰富，按需分配。作者以此和现实对比，表现人文主义者对理想社会的探求。

16世纪中叶到17世纪初，伊丽莎白女王执政（1558—1603），王权达到极盛。对外击败西班牙的"无敌舰队"（1588），资本主义经济迅速发展，国家统一强盛，促进了人文主义文学的繁荣。这一时期的英国文学成为欧洲以至世界文学的高峰之一。

埃德蒙·斯宾塞（1552—1599）被认为是伊丽莎白时代成就最高的诗人。他的代表作、长诗《仙后》（1589—1596）描写仙后葛罗丽亚娜派遣12名骑士解除灾难的冒险事迹。全诗思想复杂，既有人文主义者对生活的热爱，又有新柏拉图主义的神秘思想，还带有清教徒的伦理道德观念和资产阶级的爱国情绪。长诗艺术成就很高，首创了九行诗节，前八行十个音节，第九行十二个音节，按 ababbcbcc 押韵。这种格律诗被称为"斯宾塞诗节"，成为英国诗坛重要的诗歌形式。

弗兰西斯·培根（1561—1626）是这一时期最重要的散文作家、哲学家，曾提出"知识就是力量"这一著名口号。他对文学的主要贡献是《随笔集》3卷（1597，1612，1625），收录散文58篇。这些散文涉猎广泛，说理透彻，警句迭出，如"善择时即省时"、"读书使人充实，讨论使人机智，笔记使人准确"，充满人生经验。培根被公认为英国随笔式散文或议论文体的创始人。

1611年出版的英王钦定版《圣经》是这一时期最重要的散文。译文洗练简洁，句式平衡，富有节奏，庄严质朴，是英国资产阶级革命前夕文化生活中的一件大事，对后世的英语作家产生了深远影响。

戏剧是英国人文主义文学的主要成就。16世纪初，一些学校已有模仿古罗马古典戏剧的演出活动。16世纪中叶以后，戏剧成为增强民族意识、鼓舞斗志的重要形式，同时也适应城市居民娱乐的需要。伦敦修建了很多公共剧场，涌现出大批卓有成就的剧作家。

"大学才子派"是指莎士比亚之前的一群人文主义剧作家，于16世纪80年代在英国出现。他们都受过大学教育，接受了人文主义思想的熏陶，具有较丰富的古典文化修养；他们的创作敏锐而强烈地表达了时代精神，在艺术上作了多方面的创新，为英国戏剧提供了丰富的经验，为莎士比亚戏剧的出现准备了条件。"大学才子派"主要剧作家有约翰·李利（1554—1606）、罗伯特·格林（1558—1592）、托马斯·基德（1558—1594）和克里斯托弗·马洛（1564—1593）等。其中以马洛的成就最大。他的著名作品是3部悲剧：《帖木儿》（1587），反映文艺复兴时期新兴资产阶级追求无限权力的要求；《浮士德博士的悲剧》（1592），肯定知识可以征服自然、实现社会理想的伟大力量，表现人文主义者力图摆脱宗教蒙昧主义束缚的强烈愿望；《马耳他的犹太人》（1592），表现资产阶级追求财富的欲望，批判原始积累时期对金钱的崇拜。马洛的戏剧塑造了巨人的性格，热情奔放，富于时代气息。戏剧冲突尖锐复杂，不仅表现在人物与人物之间，也表现在主人公的内心世界之中。他第一个将无韵体诗运用于戏剧语言。

莎士比亚在"大学才子派"的戏剧成就的基础上，把英国和欧洲文艺复兴时期的戏剧推向顶峰，成为欧洲人文主义文学最伟大的代表。与莎士比亚同时代的另一位重要戏剧家本·琼生（1572—1637），是英国风俗喜剧的创始人，《福尔蓬奈》（1606）、《炼金术士》（1610）和《巴托罗缪市集》（1614）是他最有名的作品。这些作品集中写人的"气质"，抨击贪婪、欺诈和拜金主义等社会现象。莎士比亚和本·琼生之后，英国的人文主义文学走向衰落。

## 第二节　塞万提斯

米盖尔·德·塞万提斯·萨阿维德拉（1547—1616）是文艺复兴时期西班牙最伟大的作家，也是欧洲人文主义小说成就最高的作家。他的代表作《堂吉诃德》是文艺复兴时期欧洲最优秀的现实主义长篇小说。

### 一、生平和创作

塞万提斯出生于西班牙马德里附近阿尔卡拉·德·埃纳雷斯城一个破落贵族家庭，祖父当过律师，父亲是个潦倒终生的外科医生，善于吟作歌谣。由于家贫，塞万提斯只上过中学，长年跟随父亲过着颠沛流离的生活。但他勤勉好学，阅读了大量拉丁文经典著作，为日后创作奠定了基础。1569 年，塞万提斯作为红衣主教胡利奥的随从来到意大利，并在那里参加了西班牙驻意大利的军队。1571 年参加抗击土耳其的雷班托海战，他胸部受伤，左手残废，被称为"雷班托的独臂人"。1575 年，塞万提斯携带总督和统帅的保荐信回国，被土耳其海盗劫持到阿尔及利亚服了 5 年的苦役，期间 4 次组织越狱逃跑均告失败，直到 1580 年，才由亲友赎出回国。他以一个爱国军人的身份回国，却谋不到职业，生活贫困潦倒，便决心卖文为生，但稿酬微薄，难以糊口。1587 年后，他长期担任军需官、税吏等职务，又因秉公办事得罪教会和权贵，被逐出教门并数次被诬入狱。

坎坷的经历和严酷的现实丰富了作家的创作资源。1584 年他完成历史悲剧《努曼西亚》和田园牧歌小说《伽拉苔亚》。1603 年，他辞去税吏工作，在贫穷和不幸中坚持写作。1605 年出版长篇小说《堂吉诃德》第 1 部，获得空前成功。1613 至 1615 年，他相继完成短篇小说集《训诫小说集》、长诗《帕尔纳索斯游记》和戏剧集《八出喜剧和八出幕间短剧》。当发现有人出版了《堂吉诃德》伪作的续篇，肆意歪曲原著，并对他本人进行恶毒的攻击时，他加紧创作，于 1615 年出版《堂吉诃德》第 2 部。去世前，他还完成了长篇小说《佩尔西雷斯和塞西斯蒙达》。

《训诫小说集》的重要性仅次于《堂吉诃德》。如果说《堂吉诃德》开创了欧洲现代长篇小说的先河，那么，《训诫小说集》是继薄伽丘《十日谈》之后给西方文坛影响最深的短篇小说集。它共有短篇小说 12 篇，有写爱情故事的，也有写各种社会现实生活的。这些作品抗议社会不公，肯定个性自由，反映作家的人文主义思想。

1616 年 4 月 23 日，塞万提斯因水肿病在马德里去世。他被草草安葬，至今已找不到他的坟墓，但《堂吉诃德》却为他树立了一块壮丽的丰碑。

塞万提斯借《堂吉诃德》中人物之口提出了小说创作的有关理论。他强调文艺的社会作用，要求小说"模仿真实"，主张艺术虚构，把模仿或描写的原则建立在想象和历史真实的统一上。塞万提斯的小说理论具体表现在：第一，真实与虚构相结合的叙述方式。在《堂吉诃德》中，叙述者杜撰一位名叫熙德·阿梅德·贝南赫利的阿拉伯历史学家作为小说的作者，叙述者请一位摩尔人将这部小说从阿拉伯文译成西班牙文。这位摩尔人译者尽管怀疑第2部第5章是假造的，但仍将它译了出来，而且还在原著上加上批语。叙述者除了引用原传记作者和摩尔人译者的叙述之外，还引用拉·曼却的传说，从偶然遇到的一位老军医那里发现羊皮纸手稿，手稿用西班牙文记录有关堂吉诃德的许多事迹，还有杜尔西内娅、桑丘·潘沙等人的许多故事。这样，文字的虚构与现实之间的界限模糊了。塞万提斯还让《堂吉诃德》第二部的人物谈论《堂吉诃德》第一部及其人物。这种关于文学创作中的现实与虚构的全新的观念，对现代小说的创作影响极大。第二，深刻全面地揭示事物的不确定性。小说主人公的名字就充满不确定性。小说叙述者一开始写道："据说他姓吉哈达，又一说是吉沙达，记载不一，推考起来，大概是吉哈那。"叙述者在叙述这位主人公自称为堂吉诃德后写道："大概就是根据这一点，上文说起这部真实传记的作者断定他姓吉哈达，而不是别人主张的吉沙达。"但是，到了全书的结尾，堂吉诃德从疯病中苏醒过来，对众人说："我现在不是堂吉诃德·台·拉·曼却了，我是为人善良、号称'善人'的阿隆索·吉哈诺。"再如，小说第1部第21章中主仆二人对迎面走来的人头上戴的是头盔还是脸盆的议论，堂吉诃德认为那人戴的是曼布利诺的金头盔，而桑丘则认定那是理发师用的铜盆，最后把这件东西称之为盆盔。小说中，事物的不确定性随处可见。这种手法表明主观认知是具有相对性的，能产生某种类似朦胧美的艺术魅力，或者显示出诙谐幽默的效果，同时也反衬出小说中大量确定性情节的真实性。

## 二、《堂吉诃德》

《堂吉诃德》（1605，1615）是塞万提斯的代表作。

### （一）情节结构

《堂吉诃德》全名为《奇情异想的绅士堂吉诃德·台·拉·曼却》，共2部。小说采用模拟骑士小说的写法，描写主人公堂吉诃德和他的侍从桑丘·潘沙的3次"游侠史"。堂吉诃德原名吉哈达，是拉·曼却地方的一个穷乡绅。他读骑士小说入了迷，决心效仿骑士外出行侠。第一次，他单枪匹马，3天后被打得"像干尸一样"，被邻居横搭在驴背上送回家。

第二次，他说服邻居桑丘·潘沙做他的侍从一同出游，答应将来征服了海岛和王国后让他当总督。一路上他做了许多蠢事，8个月后，被他的朋友——神父和理发师装在牛车里拉回家。

第三次出游似乎比前两次"幸运"些，堂吉诃德得到一对公爵夫妇的招待，桑丘也当上了"海岛总督"以实践堂吉诃德的理想。但一个月后，堂吉诃德被他的朋友加尔拉斯果学士假扮的白月骑士打败，被迫听从胜利者的命令步行回家，终生不得出游。回家后他卧床不起，临终前醒悟过来，承认骑士小说"胡说八道，荒谬透顶"，并立下遗嘱，不准他唯一的亲人外甥女嫁给读过骑士小说的人，否则她就得不到遗产。

### （二）思想主题

塞万提斯自称创作《堂吉诃德》的目的是扫荡骑士小说。揭露骑士制度和骑士小说的危害是《堂吉诃德》的思想成就之一。当时西班牙的统治者为了对外扩张，大肆鼓吹骑士精神，早已过时的骑士小说在西班牙泛滥成灾。这种小说脱离现实，宣扬封建道德，美化封建关系，配合了西班牙王权鼓动封建贵族称霸世界的罪恶目的。塞万提斯在小说第1部"自序"中宣布，他的创作目的就是要"把骑士小说的那一套扫除干净"；在第2部结尾，他又明确表示"我的愿望无非要世人厌恶荒诞的骑士小说"。小说通过堂吉诃德荒唐的冒险经历，对骑士和骑士小说进行了尽情的讽刺和嘲笑，揭露了骑士小说的危害。小说问世以后，西班牙的骑士小说便销声匿迹。但是，小说的意义远远超出了作者的创作意图。

小说真实、全面地反映了16世纪末到17世纪初西班牙的社会现实。伴随着堂吉诃德主仆的游侠经历，读者似乎也亲身走遍了西班牙各地：从乡村到城镇，从平原到深山，从贵族城堡到小客店。同时，读者也认识了来自社会各个阶层不同职业不同性格的人物，其中有贵族、地主、商人、僧侣、农民、牧羊人、演员、士兵、强盗、囚犯、艺人、妓女等，他们从不同的角度向我们展现了一个真实的大千世界。小说描绘了好大喜功的国王疯狂地进行侵略扩张；官僚们贪污纳贿，买卖黑奴，卖官鬻爵，还不时挑起人民之间的流血械斗；地方乡绅花天酒地，大肆挥霍，为非作歹；公爵夫妇饱食终日，空虚无聊，不惜耗费巨资作弄堂吉诃德主仆以消愁解闷；教会借"神圣友爱团"拦路打劫；贵族公子费南铎诱骗少女又抢夺朋友的未婚妻。而广大百姓却生活在水深火热之中。十八九岁的小伙子穷极无奈，只得从军；穷苦牧童安德瑞斯终年奔波于山林荒野，主人不仅赖掉他的工钱，还把他捆绑毒打；穷苦的摩尔人李果德父女遭受种族迫害，颠沛游离，在西班牙找不到安身之地；干旱和饥馑逼得不少农民铤而走险；大道上押送着苦役犯，树上吊着被绞死的"土匪"和强盗。整个社会农林荒芜，商业凋零，工业停滞，满目疮痍，到处是一片衰败的景象。这正是西班牙封建王朝由盛而衰、危机四伏的真实写照，揭示了西班牙专制王朝必然灭亡的趋势，也体现了作者同情受压迫受奴役人民的民主进步倾向。

小说不仅广泛触及当时政治、经济、道德、文化和风俗等各方面的情况，还通过塑造堂吉诃德形象，正面宣传人文主义思想。

**（三）人物形象**

堂吉诃德是一个鲜明生动而又十分复杂的形象。在精神实质上，他是一个耽于骑士幻想的人文主义者，其审美属性既具有喜剧性又包含悲剧性。

一方面，堂吉诃德是一个脱离实际、耽于幻想、行动盲目、疯癫可笑的游侠骑士。他读骑士小说入了迷，失去了理智，迷醉于幻想当中，决心献身骑士道。他明明是个年过半百、又高又瘦的老头，却夸口说自己是天下少有的骑士。他的坐骑明明是骨瘦如柴的驽马，他却声称是世间难得的骏马，给它取名"驽骍难得"。他的"意中人"明明是一个和他素无往来身体粗壮、胸口上还长着毛的养猪姑娘，他却认为"她的相貌世上无双，她的名声女中第一"，她是"世界上最尊贵的公主"，给她取了一个高贵的名字——杜尔西内娅，并发誓要为她终生效劳。他带着幻想中的骑士狂热，以为处处有妖魔鬼怪，时时是他行侠仗义的机会，结果干出一系列荒唐可笑的事情。他把风车当巨人，把羊群当军队，把客店当城堡，把理发师的铜盆当作魔法师的头盔，把苦役犯看成受害的骑士，把装酒的皮袋当成巨人的脑袋，等等，这些荒唐行为不但给别人带来麻烦和灾祸，也使自己吃尽了苦头。他先后3次游侠，历经大小20余次"冒险"，屡遭失败，仍执迷不悟。在骑士小说的毒害下，他已经神魂颠倒，失去现实感。他生活在封建社会瓦解、资本主义兴起的时代，却幻想恢复早已过时的骑士制度，成了一个滑稽可笑的喜剧性的人物。

另一方面，堂吉诃德是一个动机高尚、善良勇敢、百折不挠、头脑清醒的人文主义者。他献身骑士游侠，不是为了效忠封建领主，而是为了匡扶正义、扶危济贫，是出于改革社会的责任感，动机是高尚的。他大战风车，是因为他把风车当作危害人类的巨人；他释放苦役犯，是因为他相信"人是天生自由的"；只要不涉及骑士道，他就谈吐高明，见解深刻；他不止一次咒骂自己的时代"世风日下，邪恶横行"；他热爱自由，反对人压迫人的制度；他追求平等，反对血统观念和等级观念；他渴望和平，主张为和平而战；他的社会理想是建立一个"不懂得'你的'和'我的'之分"、"东西全归公有"的"黄金时代"；他对社会、人生乃至文学艺术都有不少真知灼见，显示出渊博的学识；他本身又具有慷慨大度、正直无私、善良忠贞等美德。这些深刻思想和美好品质都闪耀着人文主义理想的光辉。更为重要的是，他为了实现理想，行动中还表现出一种敢于赴汤蹈火在所不辞的自我牺牲精神。他不怕讥笑，不怕失败，坚忍不拔，百折不挠，屡战屡败，又屡败屡战。但由于他思想脱离实际，行动违反历史进程，他的理想不可能实现。在他令人发笑的喜剧性背后隐藏着深刻的悲剧性。

堂吉诃德复杂而矛盾的性格反映了新旧交替时代西班牙社会现实的矛盾。先进的人文主义思想虽然已经产生，但由于资本主义发展迟缓，贵族与教会势力又相当猖狂，思想控制相当严密，社会现实还不可能为作家提供改造社会的理想人物。于是，作家在嘲笑骑士制度的同时，又把希望寄托在过时的骑士身上，把骑士精神理想化，借堂吉诃德的言行揭露封建社会的黑暗，宣扬人文主义思想，又借堂吉诃德的失败，表明理想的破灭，宣告人文主义信仰的危机。这正反映了新旧交替时代作者和社会的矛盾心态。

侍从桑丘·潘沙是与堂吉诃德既对立又互补的形象。他是封建落后的西班牙生产关系孕育出来的农民典型。一方面，他目光短浅、胆小怕事、狭隘自私、讲究实际。他当骑士侍从不是为了建立什么丰功伟绩，而是寻找一条摆脱穷困生活的出路，碰个机会升官发财，让驼背老婆坐上金光闪闪的马车、女儿能嫁个伯爵。因此，跟着主人游历过程中，每次打仗前，他便先躲起来，或者跑得远远的，仗一打完，他又第一个跑上前去，夺钱袋、扒衣服、抢行装。但另一方面，他又具有农民善良朴实、机智乐观的精神。他对现实有正确的判断力，常常纠正主人的错误，把主人从幻想世界拉回到现实人间。几乎在堂吉诃德每次冒险之前，他都要劝阻，而每次冒险之后都证明他是正确的。在游历过程中，他跟着主人吃尽了苦头，却没有得到半个工钱，几次要甩手不干，但他始终没有抛弃主人。他逐渐被堂吉诃德的美德和追求正义的理想所吸引，逐渐克服了小私有者的褊狭，他的发财欲望也被变革现实的民主要求所代替。特别是担任海岛（实为乡镇）

总督期间,他断案如神、执法严明、改革弊政、废除酷刑,为民众做了许多好事。堂吉诃德用骑士方式不能实现的理想,桑丘帮他实现了。当他明白担任总督是公爵夫妇对他的捉弄时,便主动辞职,而且申明他空身来空身去,"没带走一文钱",显示了他的廉洁和道德上的胜利。他目不识丁,但对生活有深刻的体验,满口谚语、格言,诙谐幽默,表现出劳动人民的智慧。桑丘形象表明西班牙农民身上潜藏着惊人的智慧、坚强的毅力和管理国家的才能,体现了作者同情人民、相信群众的民主思想,又是对理想主义者堂吉诃德的反衬。

### (四)艺术特点

《堂吉诃德》在艺术上取得了很高成就。它总结了中世纪以来长篇叙事作品的创作经验,又为近代现实主义长篇小说的发展开辟了道路。

首先,采用戏拟骑士小说的写法。小说从骑士的命名、受封仪式、决斗比武到向贵夫人献殷勤,都模仿得惟妙惟肖,讽刺、揶揄挥洒自如,引人入胜。小说吸收了骑士小说的长处。它以堂吉诃德和桑丘的"游侠史"为中心线索,串联起许多相对独立又与主题相联系的故事,引出各式各样的人物,多方面地反映社会生活。它也不像流浪汉小说那样到一地写一地,而是着重描写客店和城堡两处地方,情节也比流浪汉小说更为丰富,加深了主题的深度。

其次,锐利、强烈的讽刺。作品通过各种艺术手段造成讽刺。采用戏拟骑士小说的写法叙述堂吉诃德的游侠,本身就是对骑士小说的讽刺。同时又用夸张的手法,把骑士精神荒谬的本质暴露无遗。如堂吉诃德受封骑士的仪式的荒唐可笑与堂吉诃德的虔诚和深信不疑构成了深刻的讽刺。作品也运用对比来达到讽刺效果。如堂吉诃德的崇高理想与西班牙的丑恶现实,他的主观动机与客观行动的矛盾,以及他与桑丘在外貌、言行与性格上的对比,还有主仆二人朴实的心灵与公爵夫妇肮脏虚伪的灵魂的对比,造成了一种极不协调、形成诙谐风趣的讽刺风格。

最后,鲜明生动的大众化语言。作品采用西班牙通用的口语,包括大量的俗语、俚语和谚语,时而含蓄,时而明快,活泼风趣,意蕴深刻,有浓厚的西班牙民族色彩。

《堂吉诃德》在艺术上也有不足之处。这主要表现在结构松散,有些穿插的故事与主要情节缺乏有机联系,细节也有重复和疏漏之处,次要人物形象不够鲜明。这些都是草创时期长篇小说难免的毛病。

## 第三节 莎士比亚

威廉·莎士比亚(1564—1616)是文艺复兴时期英国乃至欧洲最伟大的戏剧家、诗人。他的戏剧创作代表了人文主义文学的最高成就,也是欧洲以至世界文学的高峰之一。

### 一、生平和创作

1564 年 4 月 23 日,莎士比亚出生于英国中部沃里克郡埃文河畔的斯特拉福镇一个富裕市民家庭，少年时代在当地最好的文法学校念过几年书。14岁左右因家道中落而辍学，18岁与当地一位富裕自耕农的女儿安妮·哈瑟维结婚，3个孩子出世后，生活负担加重。22岁左右，莎士比亚离开家乡到伦敦谋生，先在剧院打杂，为看戏的绅士看马，后来加入剧团当雇佣演员，演配角，26岁左右开始编写剧本，在青年贵族扫桑普顿伯爵的保护下，很快在剧作家中崭露头角，后来成了伦敦最豪华的环球剧院的股东之一，还在家乡购置了产业。1613年左右，他离开伦敦回到故乡，于1616年4月23日去世。1623年，他在戏剧界的朋友将他的戏剧汇编出版，即所谓的"第一对折本"。当时有名的风俗喜剧家本·琼生为对折本献诗，对莎士比亚在世界文学中的地位作了极富远见的评价，称他是"时代的灵魂"，"他不属于一个时代，而属于所有的世纪"。

莎士比亚的创作活动从1590年开始，到1613年他返回故乡时结束。他共为后人留下37个剧本、2部叙事长诗和1部十四行诗集（共154首）。根据当时英国社会的特点和莎士比亚创作中表现的思想及艺术风格的发展变化，他的创作大致可分为3个时期。

第一时期（1590—1600）主要创作历史剧、喜剧和诗歌。这一时期正值伊丽莎白女王统治的全盛阶段，国家统一，政治昌明，资本主义经济迅速发展，英国舰队打败西班牙的"无敌舰队"更是使得新生的民族达到爱国主义和自信心的狂热高度。这时期的莎士比亚对现实、人生抱乐观态度，对人文主义理想充满信心。他虽然看到了现实生活中的矛盾，但相信这种矛盾可以得到圆满解决。因此，他这一时期创作的重点不是对现实的揭露和批判，而是从各个方面宣扬和歌颂人文主义理想，在艺术上也表现为浪漫抒情、明朗乐观的风格，即使是少有的悲剧也带上喜剧色彩。

这一时期莎士比亚共写了9部历史剧，主要取材于历史学家贺林希德的《英格兰、苏格兰和爱尔兰编年史》，除《约翰王》（1596）描写13世纪初英国封建统治集团内部的斗争外，其余8部历史剧《理查二世》（1595）、《亨利四世》上下（1597—1598）和《亨利五世》（1599），《亨利六世》上中下（1590—1591）和《理查三世》（1592），构成前后衔接的两个四部曲，概括了14世纪后半期至15世纪末期英法百年战争和红白玫瑰战争期间英国历史上的动乱，真实地反映了内忧外患给民族和人民造成的灾祸，引导人们从往事中吸取教训，激发起反对分裂、维护统一的民族愿望和国民情感。他还通过对不同类型的君王形象的针砭褒奖，总结历史经验，给现实提供借鉴。他谴责狡诈毒辣、篡权夺位的暴君理查三世，抨击软弱无能、昏庸无道的昏君亨利六世、理查二世，歌颂公正无私、执法严明、体察下情、善良仁慈的理想君主亨利五世。这些历史剧并不拘泥于史实，主要是借古喻今，表达反对封建割据、拥护中央集权和国家统一的人文主义政治理想。

《亨利四世》（上下）是莎士比亚历史剧的代表作。剧本以亨利四世和哈尔王子为中心人物，以他们父子两人的活动组织情节。亨利四世本是被昏君理查二世放逐的贵族，后利用人民的不满以阴谋手段篡夺王位，又平定割据贵族的叛乱，建立起统一的中央集权。作者肯定他治理国政、掌握王权的能力和气魄，但他的篡位行径在道义上不符合人文主义理想。因此，莎士比亚在剧中描写了另一个国王成长的过程，即哈尔王子从一个浪子转变为贤明君主的过程，突出他英勇善战、贤明公正的君王气度。《亨利四世》不仅描写了封建阶级的内部斗争，还成功地塑造了福斯泰夫这一充满喜剧色彩的形象。福斯泰夫是封建关系解体时期的破落骑士，是一个专靠吹牛撒谎、招摇撞骗过日子的"雇佣兵"和"冒险家"的典型。他身体肥胖，像座"肉山"，他依仗和哈尔王子的亲密关系白吃白喝甚至拦路抢劫。他常吹嘘自己具有贵族血统，却对本阶级视为生命的荣誉弃之如敝履。战场上，为了苟全生命，他尽量保持一种"有分寸的勇敢"，必要时不惜装死，战后却可以厚着脸皮虚报军功。他的生活理想是纵情酒色之乐。他生活在平民社会，具有底层人的乐观旷达，显得风趣、幽默、机智。他利用吹牛拍马、逗笑取乐谋取生活，常以锋利的言辞对世事加以讥讽和嘲笑，既嘲弄别人，也嘲弄自己。这是莎士比亚戏剧中最完美、最逗人喜欢的喜剧形象。同时，莎士比亚又以这个人物为纽带，联系社会各个阶层，描写君臣的斗争、流氓的抢劫、乡村的征兵、官吏的敲诈、绅士的拍马、人民的贫困以至酒店、妓院的纵乐，构成封建社会解体时期"五光十色"的平民社会，为主人公的活动提供了广阔的社会背景。这种"五光十色"的平民社会被恩格斯称为"福斯泰夫式的背景"①，对烘托中心事件、深化主题起了非常重要的作用。

  这一时期莎士比亚共写了 10 部喜剧，基本主题是正面歌颂爱情和友谊。剧情多发生在南欧异国，但实际展现的是当时"快乐英国"的黄金时代。他的喜剧乐观明朗、幽默欢快，是一种浪漫性的抒情喜剧。莎士比亚的喜剧热情赞美、肯定生活中的新生事物，大多以积极正面的人物为主人公，虽然也对生活中的阴暗面进行揭露和嘲讽，但讽刺是温和的，并且处于次要地位。他的喜剧大多以女性为中心，她们天生丽质，感情纯真，心地善良，才思敏捷，热情活跃，意志坚定，被称为"文艺复兴时代的新女性"。聪明机智、幽默风趣的鲍西娅，能言善辩、利嘴如刀的贝特丽丝，活泼开朗、调皮狡黠的罗瑟琳，善良无私、坚毅忍耐的薇奥拉，感情真挚、追求执着的奥丽维娅等，都是这类代表。喜剧冲突并不尖锐，并以诗意盎然的大自然作背景。结局往往是皆大欢喜，有情人终成眷属。这一时期重要的喜剧有《仲夏夜之梦》（1595）、《无事生非》（1598）、《威尼斯商人》（1599）、《温莎的风流娘儿们》（1598）、《皆大欢喜》（1600）、《第十二夜》（1600）等。《温莎的风流娘儿们》是唯一以英国现实为背景的喜剧。福斯塔夫出现在剧中，不过他已经丧失的机智与风趣，在温莎的妇女面前处处碰壁，变成一个多次被人捉弄的笑料。

  《罗密欧与朱丽叶》（1595）是莎士比亚第一时期写的一部具有强烈反封建意识、诗意浓郁的爱情悲剧。作品取材于意大利故事。主人公罗密欧与朱丽叶是一对相互爱恋的贵族青年，来自两个世代相仇势不两立的家族。他们抛弃家族复仇的传统观念，勇敢地追求自己的爱情。这样，人文主义的爱情理想和封建观念、封建势力之间形成了尖锐的矛盾冲突。最后这对青年以死殉情，但他们的牺牲换来了两家的和解与全城的和平，人

---

① 恩格斯. 致斐·拉萨尔［M］//马克思, 恩格斯. 马克思恩格斯选集：第 4 卷. 北京：人民出版社，1972：346.

文主义思想取得道义上的胜利。作品综合性地表现了历史剧中谴责封建纷争和喜剧中歌颂人文主义理想爱情的主题。它虽是悲剧，但精神上与这一时期的喜剧相通。它是一首青春和爱情的颂歌，现已成为莎剧中流行最广、影响最大的剧目之一。

莎士比亚的诗歌全部创作于第一时期，从各方面宣扬和歌颂人文主义理想，有的也批判社会的罪恶。他的两部叙事长诗《维纳斯与阿都尼》（1593）和《鲁克丽丝受辱记》（1594）分别取材于古罗马诗人奥维德的《变形记》和《岁时记》。前者写爱神维纳斯热烈追求人间美少年阿都尼，表现"爱情不可抗拒"的自然法则。后者写罗马王政时期最后一个国王塔昆的儿子塞克斯特，在同族柯拉廷纳斯出征在外时奸污了他的妻子、美丽贞洁的鲁克丽丝，以致引起起义，王国被推翻的故事。作品谴责了统治者荒淫强暴的行为，肯定人民的抗暴斗争。

莎士比亚创作了154首十四行诗，第1首到第126首是写给一个青年贵族的，第127首至第152首是写给一个"黑肤夫人"的，第153首至第154首是希腊两首古诗的意译。莎士比亚十四行诗总的主题是歌颂友谊和爱情，特别强调心灵的结合、忠诚和谅解等人文主义理想。同时作者还将这种理想同对社会的批判结合起来，从而在内容上革新了自彼特拉克以来一味诗意描绘女性美的传统模式。在形式上，莎士比亚抛弃彼特拉克的两个四行、两个三行的意大利形式，发展了3个四行、1个两行的英国形式。诗的末两行往往为全诗内容的结论。莎士比亚的十四行诗是文艺复兴时期英国诗歌的重要成果。

第二时期（1601—1607）主要创作悲剧。这一时期是伊丽莎白女王统治末期和詹姆士一世（1603—1625年在位）统治初期。资产阶级与王权的关系日趋紧张，农民、地主、资产阶级之间的矛盾错综复杂，莎士比亚深感理想与现实的尖锐冲突，社会矛盾很难用和谐的办法解决，他的创作由早期大量地写历史剧和喜剧转为主要写悲剧，由对人文主义理想的赞美转向对现实的揭露和批判。早期创作中的明朗乐观的风格被悲愤沉郁所代替，即使是这一时期的喜剧也带上了浓郁的悲剧色彩。他的悲剧，无论是从思想的深刻性，还是从艺术的完美性来讲，都达到了欧洲戏剧史上的高峰。

这一时期莎士比亚共写了7部悲剧，主要作品有四大悲剧：《哈姆莱特》（1601）、《奥赛罗》（1604）、《李尔王》（1606）和《麦克白》（1606）。此外《雅典的泰门》（1605）也占有重要地位。

其中，《哈姆莱特》是莎士比亚的代表作。

《奥赛罗》取材于16世纪意大利作家辛斯奥的短篇小说《威尼斯的摩尔人》，后者写一个嫉妒心很重的摩尔人听信谗言、将自己清白无辜的妻子杀死的故事。莎士比亚将这篇宣传封建婚姻的合理性并带有种族歧视的小说改造成为一出人文主义理想破灭的悲剧。威尼斯大将摩尔人奥赛罗与贵族元老勃拉班修的女儿苔丝狄蒙娜相爱并秘密结婚。勃拉班修出于种族和门第偏见向公爵控告。此时正值土耳其入侵，公爵派奥赛罗去塞浦路斯岛御敌，对其婚事不予追究。土耳其入侵的威胁解除后，奥赛罗把手下一名军官凯西奥提升为副将，引起旗官伊阿古的嫉妒。他设下陷阱，致使奥赛罗怀疑妻子与凯西奥有私情。奥赛罗在嫉恨之下免去凯西奥的官职，掐死妻子苔丝狄蒙娜。伊阿古的妻子爱米利娅当场揭发真相，奥赛罗悔恨交加，拔剑自刎，伊阿古也得到应有的惩罚。奥赛罗是资本主义生产关系发展中富有积极冒险精神的新人形象。他为人真诚坦率，自爱爱人，自信信人。他和苔丝狄蒙娜的爱情冲破了种族、门第的偏见与束缚，体现了人与人之间和谐与理想的关系。但他过于单纯，不能识破伊阿古的险恶用心，轻信他的谗言，在嫉妒心的驱使下错误地掐死无辜的妻子。伊阿古是文艺复兴时期出现的极端利己主义者的典型。他的生活信条是："既不是为了感情，又不是为了义务，只是为了自己的利益。"他阴险毒辣，两面三刀，心中充满妒忌和仇恨，为达个人目的而不择手段。他的所作所为正是个性解放口号所带来的另一种结果，是一种新的社会罪恶。奥赛罗和苔丝狄蒙娜在反封建束缚和种族偏见的斗争中取得了胜利，却在伊阿古这种新型冒险家的手中落入悲剧。这出悲剧反映了现实社会中利己主义的邪恶势力对人文主义美好理想的践踏。

《李尔王》取材于一则古老的不列颠传说和当时流行的同名剧，但莎士比亚改变了原剧中的喜剧结局，增添了丑角形象，加进了出自锡德尼小说《阿刻狄亚》的葛罗斯特父子的情节。改编后的《李尔王》与原剧最根本的区别在于它不再是单纯的家庭悲剧，而是一部内容深刻的社会悲剧。不列颠国王李尔年事已高，决定把国土分给3个女儿。长女高纳里尔和次女里根用甜言蜜语表白对父亲的爱而得到分地。小女考狄利娅表示按女儿的本分去爱父亲，结果激怒李尔，被剥夺分地，远嫁法国。李尔一旦大权旁落，就受到长女和次女的虐待，被逼发疯，在狂风暴雨之夜，冲出王宫，流落荒野，与无家可归的流民为伍。考狄利娅闻讯，兴兵讨伐，但失败被俘，继而被缢死，李尔终悲愤而死。与此平行的另一情节是大臣葛罗斯特听信私生子爱德蒙的谗言，放逐长子爱德伽，由于他同情李尔而被爱德蒙出卖，被挖去双眼，在流浪中受到装疯的爱德伽的保护。最后，高纳里尔与里根为了爱德蒙而争风吃醋，自相残杀，爱德蒙在决斗中被爱德伽杀死。悲剧通过高纳里尔、里根和爱德蒙等人的行为揭露资本主义原始积累时期利己主义的猖狂和人伦关系的崩溃。正如剧中葛罗斯特所言："亲爱的人互相疏远，朋友变为陌路，兄弟化为仇敌；城市里有暴动，国家发生内乱，宫廷之内潜伏着逆谋，父不父，子不子，纲常伦纪完全破灭。"悲剧还通过李尔、葛罗斯特、爱德伽的流浪生活反映广大人民流离失所的悲剧情景，表现对劳动人民的深切同情。悲剧还写到封建统治者李尔的转变，反映莎士比亚通过道德改善产生理想君主的人文主义思想。李尔开始身居高位，刚愎自用，是一个专横暴戾的统治者，沦为卑贱的流浪者后扩展了视野，亲身体会到人民的苦难，进行了自我反省，认识到世间存在种种罪恶的根源在于权势。

《麦克白》取材于历史学家贺林希德的《英格兰、苏格兰、爱尔兰编年史》，基本主题是揭露个人野心对人的腐蚀和对社会的破坏作用。苏格兰大将麦克白和班柯在平定叛乱班师回朝的路上，遇见3个女巫，预言麦克白本人和班柯的后代将做国王。在野心的驱使和麦克白夫人的怂恿下，麦克白杀死来他家做客的国王邓肯，篡夺了王位。为了巩固王位，他派人暗杀了班柯和武将麦克德夫一家老小，麦克德夫逃至英格兰，投奔邓肯之子马尔康。麦克白震惊于自己所犯的罪行，内心惊恐不安，精神恍惚，他的妻子也疯癫自杀。最后马尔康王子与麦克德夫率英军讨伐麦克白，将其杀死，马尔康做了国王。

《麦克白》重点探讨主人公怎样在野心驱使下走上罪恶的道路，并深刻剖析他内心世界的冲突和斗争。悲剧用了大量的独白表现麦克白在杀人之前的犹疑、恍惚和杀人之后的恐怖、紧张，充满了内心冲突。全剧27场戏中，只有9场是正面的外部冲突。作者对麦克白的剖析主要不是表现在用剑与别人搏斗，而是表现在用心与自己搏斗的过程中，比如杀了邓肯之后听到敲门声，宴会上仿佛见到班柯的鬼魂等场面均属于后者。

《雅典的泰门》取材于《希腊罗马名人传》。主人公泰门是雅典贵族，慷慨好客，乐善好施，家中天天宾客满座。但等到他为朋友倾家荡产而自己需要朋友的帮助时，谁也不理睬他。他愤怒地羞辱了那些无耻的小人后，隐居在荒野洞穴中。在挖野菜充饥时，他无意中发现了黄金。面对黄金，他心如死灰，沉痛地控诉金钱的罪恶："金子！黄黄的、发光的、宝贵的金子！……这东西，只这一点点，就可以使黑的变成白的，丑的变成美的，错的变成对的，卑贱变成尊贵，老人变成少年，懦夫变成勇士。"马克思在《资本论》中曾引用这段台词，并指出"莎士比亚绝妙地描绘了货币的本质。"

第三时期（1608—1612）主要创作传奇剧。这一时期，詹姆士一世封建王朝日趋反动，阶级矛盾更加尖锐、复杂。人文主义者的理想与现实之间的距离越来越远。莎士比亚虽然仍然坚持人文主义理想，但对现实的矛盾感到无能为力，便从现实世界转向幻想世界，企图用抽象的道德去感化邪恶，用宽恕去求得和解。这时期的传奇剧有《辛白林》（1609）、《冬天的故事》（1610）、《暴风雨》（1611）。剧情往往发生在一个幻想的神奇环境中，主人公先是遭难，而后获得幸福，矛盾的解决往往靠超自然力量或道德感化，主题是宣扬宽恕和解。作品充满温柔、浪漫、平和的基调。

《暴风雨》是传奇剧的代表作，集中表现了晚年莎士比亚对人类未来和谐社会的设想，表达他渴望通过道德改善的方式来改造人类、改造社会的理想，被称为莎士比亚"诗的遗嘱"。故事发生在15世纪的意大利。秉性仁慈、精通魔法的米兰公爵普洛斯彼罗为了专心研究学术，委托弟弟安东尼奥代理国事，结果弟弟勾结那不勒斯王亚朗莎篡夺了王位，他和幼女米兰达被放逐到荒岛上，度过了12年。普洛斯彼罗用法术征服了荒岛的精灵鬼怪，使其为自己服务，又用法术在海上掀起暴风雨，将经过此处的安东尼奥和亚朗莎等摄至岛上，借助幻景让他们看到自己篡位的罪行，使他们幡然悔悟。最后，他宽恕仇人，回到米兰，恢复爵位，米兰达也和那不勒斯王子斐迪南结婚。剧本揭露了统治集团内部的尔虞我诈，但主要是宣扬宽恕与和解，着力表现"善"如何感化和改造"恶"的过程。

## 二、《威尼斯商人》

《威尼斯商人》是莎士比亚喜剧的代表作。

### （一）情节结构

全剧的主要情节是威尼斯商人安东尼奥和犹太人高利贷者夏洛克之间围绕"割肉抵债"而展开的冲突。安东尼奥为了资助朋友巴萨尼奥去贝尔蒙特求婚，向夏洛克借了三千块钱。夏洛克在借约上写明：如果到期不还，便要从安东尼奥身上割下一磅肉来抵债。

安东尼奥的货船到期未归，无法还债，狠心的夏洛克非要践约割肉不可。这时，巴萨尼奥的未婚妻鲍西娅假扮法官出庭，也以遵循条款为由不准夏洛克多割、少割、流血或伤害安东尼奥性命，迫使夏洛克败诉。这个情节既反映了商业资本和高利贷资本之间的利益冲突，也反映了白人和犹太人之间的种族矛盾。

与主要情节并行发展的次要情节是富家小姐鲍西娅遵父命"三匣选亲"和夏洛克的女儿杰西卡同基督教青年罗兰佐"卷款私奔"。鲍西娅择婿得按父亲的遗嘱办事：在金银铅3个匣子中有一个里面藏着女儿的小照，谁猜对了，谁就是鲍西娅的丈夫。巴萨尼奥成功地猜中了不起眼的铅匣。这个情节说明真正的爱情不取决于外表的富丽。而"卷款私奔"的情节反映夏洛克与杰西卡之间的父女冲突。喜剧通过安东尼奥、巴萨尼奥、鲍西娅等青年男女与夏洛克之间的矛盾斗争，讴歌真挚的友谊、爱情和仁慈，谴责卑劣的贪婪、冷酷和凶残。最后以夏洛克败诉、人财两空和3对有情人终成眷属的美满结局，歌颂了人文主义生活理想的胜利。

**（二）人物形象**

喜剧成功地塑造了高利贷者夏洛克的形象。这是一个鲜明生动而又十分复杂的形象。首先，他是一个旧式高利贷者，是资本原始积累时期的"钱魔"。他贪婪、吝啬、奸诈和冷酷。他对安东尼奥怀恨在心，原因之一是安东尼奥"借钱给人不取利息"，夺去了他"几十万块钱的生意"。他设下"一磅肉"的诡计，就是打算置安东尼奥于死地，以此实现更大的经济野心："只要威尼斯没有他（指安东尼奥），生意买卖全凭我一句话了。"正是这种贪得无厌的欲望，使他对一切人都抱着冷酷自私、刻薄残忍的态度。夏洛克这种性格不仅表现在他同安东尼奥等人的交往中，也表现在他的家庭生活中。朗西洛特是他的仆人，经常得不到温饱，饿得皮包骨瘦，还挨他的臭骂。杰西卡是他的独生女儿，却形同奴仆，只准替他看管财产，不准她有自己的生活要求，连趴在窗子上向外张望一下也被视为大逆不道。他的冷酷使自己的家庭变成了"一座地狱"，最后逼得女儿杰西卡与人私奔。他感到痛心的不是女儿离开自己，而是女儿带走了金刚钻和其他珍宝。对这个贪财图利、设计害人的高利贷者，作者给予了讽刺和批判。他是近代欧洲文学中第一个吝啬鬼典型。但另一方面，他又是个犹太人，一个受歧视、受压迫的民族的成员。在伊丽莎白时期，犹太民族被不公正地看作劣等民族，犹太教徒被称为异教徒，受到基督教徒的轻蔑和压迫。夏洛克坚持要割安东尼奥身上的一磅肉，情愿不要三千块钱、六千块钱，甚至整个威尼斯，只要安东尼奥一条命，是因为他这个基督教徒"侮辱了我们神圣的民族"。安东尼奥曾多次在交易所当众骂夏洛克是"异教徒""杀人的狗"，把唾沫吐在他的犹太长袍上，用脚踢他。他心中积蓄着深仇旧恨。他在威尼斯法庭上站在被压迫民族的立场上大声疾呼："难道犹太人没有眼睛吗？难道犹太人没有五官四肢、没有知觉、没有感情、没有血气吗？他不是吃着同样的食物，同样的武器可以伤害他，同样的医药可以治疗，冬天同样会冷，夏天同样会热，就像一个基督教一样吗？"按照犹太人的"正义"，他应该以牙还牙，以眼还眼，所以他要报复安东尼奥。莎士比亚看到了当时的民族矛盾，同情受歧视受压迫的夏洛克，认为这同样不合乎人文主义的思想，所以才在剧中坦露了夏洛克受伤害的心理。

安东尼奥是莎士比亚笔下的正面人物，他是个从事海外贸易的新兴商业资本家。莎士比亚没有写他货物的多少、商船的安危，而是写他慷慨无私的友谊和关键时刻作为基督徒的仁慈。他为了成全朋友的婚事，向夏洛克借钱。当他在法庭上濒临死亡的时候，他只要求他的朋友巴萨尼奥为他写一篇墓志铭，而巴萨尼奥也以友情为重，甘愿把自己的生命、自己的美貌妻子鲍西娅献给魔鬼夏洛克做牺牲来拯救朋友的性命。安东尼奥平日里对犹太人夏洛克的确是轻蔑蛮横的，但当夏洛克的全部财产被充公时，他没有落井下石，反而向法庭要求对夏洛克从宽处理，只没收他财产的一半，其余一半由安东尼奥代管，等夏洛克死后，交给他的女儿和女婿。

鲍西娅是剧中充满青春活力、最富理想光彩的女性形象。她是贝尔蒙特的富家小姐，遵照父命，用金、银、铅三匣择婚，她既没把自己的小像放在"炫目的"金匣里，也没放在"惨白的"银匣里，而是放在"质朴的"铅匣里，谁选择这只铅匣，就认定谁是自己的丈夫。巴萨尼奥虽然家道中落、身无财产，但不慕虚荣，他选择了铅匣，鲍西娅便以身相许。这说明她在爱情婚姻问题上不重金钱重情义的自主态度。她不满足于争得个人的爱情婚姻幸福，还参与了社会斗争。当她得知丈夫的朋友安东尼奥身处险境时，便假扮律师，赶往威尼斯法庭，和夏洛克当面对抗，表现出敢于坚持理想、敢于同罪恶的金钱势力斗争的勇气。判案过程中，她从容不迫，出其不意，一举挫败自以为稳操胜券的夏洛克，把一桩十分棘手的诉讼解决得干净利落，不仅表现了她疾恶如仇的品质，也突出了她聪明机智的性格。鲍西娅是莎士比亚塑造的新女性的典型。

### （三）艺术特点

《威尼斯商人》的艺术表现非常娴熟。

首先，结构精巧，颇具匠心。浪漫主义的"幻想世界"（贝尔蒙特）与现实主义的"真实世界"（威尼斯）巧妙结合，加强了艺术感染力。莎士比亚借贝尔蒙特展现了他对自由、平等和爱的追求，对理想世界的向往，借威尼斯表达了他对充满着情欲、算计、利害关系和人际冲突的现实的揭露和批判。

其次，喜剧的抒情气氛与悲剧的浓重色彩给观众以不同的美感享受，两者又水乳交融和谐统一。剧中有仁慈与残忍、友谊与仇恨、复仇与报应、宽容与凶残、善良与邪恶的尖锐对立，在喜剧成分和悲剧因素的错综交织中寄托了作者关于仁爱、友谊、爱情等的人文主义理想。

最后，情节丰富，互为呼应。剧中有"割肉抵债""三匣选亲""卷款私奔"3条情节线索，各条线索之间又有内在的因果联系，或者在情节事件上互相关联，或者在思想内容上互相烘托。多元的情节线索不仅使该剧内容丰富，而且具有开放的架构。

## 三、《哈姆莱特》

《哈姆莱特》是莎士比亚的代表作。在悲剧意义的深刻性、悲剧主人公性格的复杂性、对人类生活的高度概括性以及悲剧艺术的丰富性和完美性方面，它都代表着整个西

方文艺复兴时期文学的最高成就。

（一）思想内容

悲剧取材于公元1200年的《丹麦史》，曾被"大学才子派"之一的托马斯·基德改编成流行的复仇剧。莎士比亚借用旧剧剧目，推陈出新，创作了这部富于时代精神、具有深刻哲理的大悲剧。

悲剧共5幕，写丹麦王子哈姆莱特为父复仇的故事。哈姆莱特在德国威登堡大学求学，忽闻父王暴死，回国奔丧，看到叔父克劳狄斯登上王位，母亲乔特鲁德改嫁新王。不久，父王鬼魂出现，告诉他克劳狄斯毒死先王、篡位盗嫂的真相。哈姆莱特要为父复仇，开始装疯掩饰自己。国王派了王子的两个老同学打听他的心事，甚至利用王子的情人奥菲利娅试探他"疯病"的原因。王子一一识破国王的诡计。趁戏班进宫演出的机会，他安排了一场戏中戏，由此证实克劳狄斯杀兄的罪行。在应召去见母亲的路上，哈姆莱特遇见克劳狄斯跪在神像面前祷告，但由于宗教迷信，他放弃了这个复仇的机会。同母亲谈话时，他发现寝宫的帷幕后面有人偷听，误以为是克劳狄斯，一剑刺去，不料杀死的是大臣波洛涅斯。新王趁机派王子奉诏出使英国，明里索讨贡赋，实则借刀杀人。出发前，王子遇见挪威王子福丁布拉斯率军借道丹麦去攻打波兰，更加坚定了报仇的信念。赴英途中，王子发现奸计，便调换诏书，跳上海盗船，返回丹麦。奥菲利娅因父亲被情人刺死，发疯溺水致死。雷欧提斯要为父亲和妹妹报仇，新王怂恿他和王子决斗，并备下毒剑和毒酒，企图暗中害死王子。比剑中，王子和雷欧提斯双双中了毒剑，王后又喝了毒酒。雷欧提斯临死时说出克劳狄斯的奸计，哈姆莱特用毒剑杀死克劳狄斯。临终前，他嘱托好友霍拉旭把这一切真相昭告后人。

悲剧一开始就描绘了一幅危机四伏、动荡不安的社会画面，这实际上是16、17世纪之交英国社会的真实写照。老王尸骨未寒，新王便同寡嫂结合；敌兵压境，战乱临头，宫中却在狂欢纵乐，阴谋成风。克劳狄斯是封建邪恶势力的代表，也是典型的资产阶级野心家、阴谋家。他杀兄盗嫂、篡权夺位、口蜜腹剑、祸国殃民，不仅是个"血腥的国王"，也是个"昏庸的国王"。王后乔特鲁德"让淫邪冲破了心窍"，成了"情欲的奴隶"，不顾当时禁止叔嫂通婚的道德约束，新寡后不到两个月就"钻进了乱伦的衾被"，以致哈姆莱特感叹："脆弱啊，你的名字是女人！"御前大臣波洛涅斯圆滑世故，趋炎附势，其绝招就是告密、偷听、献计，玩弄见不得人的卑鄙勾当。为了讨好主子，保住相位，他不惜以女儿为钓饵，要钓出哈姆莱特内心的秘密，最后搭上了自己的老命。年轻的朝臣罗森克兰兹和吉尔登斯吞是"一对宝货"，他们卖友求荣，甘当国王帮凶。在"墓园"一场戏中，哈姆莱特还无情地指控政客们偷天换日、朝臣们钩心斗角、律师们徇情枉法、财主们搜刮地皮，导致丹麦国内民怨沸腾、人民群众的反抗情绪到了一触即发的地步。难怪哈姆莱特感叹："丹麦是一所牢狱"，世界是"一所很大的牢狱"，丹麦是其中最坏的一间。

（二）人物形象

哈姆莱特是文艺复兴后期人文主义者的典型。他出身于王室，但他在德国的人文主义中心威登堡大学读书，接受了新思想新文化的熏陶，对世界、对人类都有一套全新的观点。他认为世界是一个光彩夺目的美好天地，"负载万物的大地"是"一座美好的框架"，"覆盖众生的苍穹"是"一顶壮丽的帷幕"，是"金黄色的火球点缀着的庄严的屋宇"。他讴歌人类："人是一件多么了不得的杰作！多么高贵的理性！多么伟大的力量！多么优美的仪表！多么文雅的举动！在行为上多么像一个天使！在智慧上多么像一个天神！宇宙的精华！万物的灵长！"他针砭等级森严的封建关系，倡导民主平等，不以尊卑贵贱对待人，希望士兵与他"朋友相称"，"尽爱"而不"尽忠"。跑江湖的戏子受到他的尊敬，行为卑劣的朝臣却遭到他的嘲弄。就是他本人也体现了人文主义理想的品格。他的恋人奥菲利娅称赞他是"朝臣的眼睛、学者的辩舌、军人的利剑、国家所瞩望的一朵娇花；时流的明镜、人伦的雅范、举世注目的中心"。福丁布拉斯也说："要是他能够践登王位，一定会成为一个贤明的君主。"由此可见，哈姆莱特是一个穿着王子外衣的思想先进、品德高尚、多才多艺的人文主义者。

哈姆莱特思想性格的形成与发展大致经历了"快乐的王子""忧郁的王子""延宕的王子""行动的王子"4个阶段。父王暴死之前，他地位高贵，人们对他总是笑脸相迎，这时候的哈姆莱特性格乐观，心情舒畅。他把父亲看成一个十全十美的理想君王，把母亲看成圣母一样纯洁的女性，父亲和母亲的结合是理想与爱的结合。他对世界和人类的看法十分美好。可是，"快乐的王子"遭遇了一连串的打击：英明有为的父王突然驾崩，备受崇敬的母后匆匆改嫁，理当由他继承的王位被叔父篡夺，满朝文武狼狈为奸、阿谀奉承。黑暗的现实使他理想幻灭、信念崩溃，染上了忧郁症。虽然他对现实的揭露一针见血，也主动把为父报仇和重整乾坤的重任联系起来，可在行动上却一再迟疑。如果行动审慎是为了弄清真相的话，那么在安排《捕鼠机》这出戏证实克劳狄斯杀兄篡位的罪行后，就应该利用克劳狄斯单独祈祷的时候马上行动，结果又放弃了这个极好的机会，转向对人的价值、生命的意义、人类的前途等问题的探索，自我追问："生存还是毁灭，这是个值得考虑的问题；默然忍受命运的暴虐的毒箭，或是挺而反抗人世无涯的苦难，通过斗争把它们扫清，这两种行为，哪一种更高贵？"由于哈姆莱特的犹疑和误杀波洛涅斯，他的复仇最终从主动转为被动。但他终究还是反应敏捷、思虑审慎、善于行动的王子。为了探求父死的秘密，他勇敢地跟随鬼魂；为了打乱敌人的阵脚，他马上决定装疯；老同学奉命来窥探他的虚实，他滴水不漏，反而从对方那里探得剧团进宫的消息，安排上演戏中戏，使克劳狄斯原形毕露；发现克劳狄斯借英王之手暗害自己的阴谋后，果断地偷改国书，逃回丹麦。最后在身中毒剑的逆境下他诛杀奸王，报了父仇，与敌人同归于尽。

哈姆莱特的结局是悲剧性的。他的悲剧有着深刻的原因。客观上，是由于反动势力过于强大。悲剧的主要矛盾是哈姆莱特与克劳狄斯之间的斗争，实质上是人文主义者与社会恶势力之间的斗争。但在那个新旧交替的时代，人文主义者所代表的社会力量还只是弱小的萌芽，没有足够的力量赢得斗争的胜利。实现人文主义理想的客观条件还不具备。尽管哈姆莱特的理想代表着历史发展的必然要求，但这一要求在暂时强大的腐朽力量面前并不可能实现。因此,哈姆莱特与克劳狄斯的斗争便构成了"历史的必然要求和这个要求的实际上不可能实现之间的悲剧性的冲突"①。从这个意义上讲,哈姆莱特的悲剧是时代的悲剧。主观上,是由于哈姆莱特作为人文主义者本身所具有的局限性。哈姆莱特追求美好的理想,要改造现实,但又找不到实现理想的正确途径,以致他的思想和行动之间充满了矛盾。这是因为他的理想是抽象的、脱离实际的。在这种情况下,他一旦碰到现实的打击,就忧郁、犹豫,思考多于行动。哈姆莱特的局限性更突出地表现在他脱离群众、孤军奋战,只想依靠个人来完成重整乾坤的巨大任务,看不到人民群众的力量,在强大的恶势力面前,必然遭到失败。这是人文主义者的致命弱点。因此,哈姆莱特的悲剧也是一代人文主义者的悲剧。总之,时代的悲剧,一代人文主义者的悲剧,这便是哈姆莱特悲剧的实质。

哈姆莱特形象的意义在于真实地概括了人文主义的特点,揭示了人文主义美好理想与丑恶现实的矛盾,展示了人文主义者精神发展的过程,表现了反抗封建暴政、改造社会的积极意义。

### (三) 艺术特点

《哈姆莱特》充分体现了莎士比亚戏剧的艺术特点。莎士比亚借剧中人物之口表述了自己的艺术见解:"自有戏剧以来,它的目的始终是反映自然,显示善恶的本来面目,给它的时代看一看它自己演变发展的模型";艺术表演"不能越过自然的常道"。莎士比亚正是按照这种现实主义原则创作这一剧本的。

第一,悲剧的社会背景十分广阔。悲剧主要写哈姆莱特与克劳狄斯之间的斗争,但还叙述了波洛涅斯一家的生活,也写到了边境上敌军压境、守城军士惊恐不安、民间艺人生活艰辛、挪威士兵开赴战场、掘墓老汉慨叹不平、庄稼汉参与暴动等场面,构成一幅动荡不安、危机四伏的社会画面。这些不仅为主人公思想性格的形成发展提供了典型环境,也加深了作品的深度和广度。

第二,悲剧的故事情节生动而丰富。全剧围绕哈姆莱特与克劳狄斯的冲突展开情节,生动曲折,引人入胜。开始敌我双方互相试探,暗中较量。后来,哈姆莱特巧编旧戏,证实克劳狄斯的罪行,于是斗争转为正面交锋。哈姆莱特本来掌握了主动权,但他坐失复仇良机,又误杀波洛涅斯,由主动转为被动。这就引出克劳狄斯两次借刀杀人的情节。哈姆莱特粉碎了敌人的第一个阴谋,但在第二个阴谋中与奸王同归于尽。悲剧的情节非常丰富。它安排了3条复仇线索,以哈姆莱特为主线,以雷欧提斯和福丁布拉斯为副线。莎士比亚还写了哈姆莱特的爱情悲剧和朋友的背叛,波洛涅斯家庭的毁灭等次要情节,不仅丰富了悲剧的情节,也推动主要情节的发展。悲剧还穿插了不少喜剧性场面,如波洛涅斯唠叨、讨好卖乖,哈姆莱特对朝臣的嘲弄,掘墓人的插科打诨等,这种"悲中混合着喜"增强了情节的生动性和丰富性,使剧情发展有张有弛,庄严而不沉闷。

---

① 恩格斯.致斐·拉萨尔[M]//马克思,恩格斯.马克思恩格斯选集:第4卷.北京:人民出版社,1972:346.

第三，悲剧的人物形象个性鲜明。首先，作品写出了人物性格的多面性和复杂性。如哈姆莱特既有反抗封建暴政、改造社会、重整乾坤的崇高理想，又脱离群众，孤军作战，迟疑延宕。其次，作品也展示了人物性格的发展变化。最初，哈姆莱特天真乐观，父死母嫁后，他变得郁郁寡欢。见到父王鬼魂，他发誓复仇，重整家国。但在实际斗争中他又瞻前顾后，迟疑不决，直到最后才沉着应战，杀死奸王。最后，作品在对比中突出人物性格。哈姆莱特、雷欧提斯、福丁布拉斯3人都担负为父复仇的责任。雷欧提斯的复仇是出于封建义务，动机狭隘，行动鲁莽，结果被人利用；福丁布拉斯的复仇是为父亲夺回失去的土地，行动果敢，但他爱慕虚荣，挥戈他向；哈姆莱特则把为父复仇与改造社会结合起来，这样对比映衬更突出了哈姆莱特精神的崇高和他的复仇的深刻意义。哈姆莱特与霍拉旭都具有人文主义思想，但前者热情，后者冷静理智。最后，运用"独白"揭示哈姆莱特的内心世界和性格的发展。全剧有6次独白，都安排在哈姆莱特思想转变的关键时刻。

第四，悲剧的语言丰富多彩，富有表现力。全剧主要用无韵诗体写成，也穿插了散文、有韵诗和民间歌谣。人物语言高度个性化，如克劳狄斯说话冠冕堂皇，暗藏杀机；波洛涅斯说话冗长重复，琐碎空洞；奥菲利娅语言温柔，充满诗意。哈姆莱特的语言最丰富，变化也最多。他在不同场合、不同心境说话，时而高雅，时而粗野，时而妙语双关，有一针见血的贬斥，有隐晦曲折的疯话，有饱含哲理的议论，符合一个人文主义者王子形象。剧本还运用比喻、加强语言的形象性和表现力。根据统计，莎士比亚同时代的作家一般拥有4000—5000个词汇，而莎士比亚剧作中的词汇高达17000多个。莎士比亚不愧是语言大师。

莎士比亚的戏剧艺术得到了马克思、恩格斯的高度赞赏。他们不仅在自己的著作当中上百次引用莎士比亚的诗句和形象，而且肯定莎士比亚形象地反映了那"演变"的现实，马克思还明确提出了"莎士比亚化"这一美学原则。所谓"莎士比亚化"，指的是莎士比亚的戏剧艺术手法，即要求作家不从抽象概念而从现实生活出发，通过生动丰富的情节、优美形象的语言塑造性格鲜明的典型人物，用形象化的艺术描绘和再现现实生活，表现时代精神。

 外国文学史

# 第四章 17世纪文学

17世纪欧洲各国文学的发展极不平衡，处于领先地位的是法、英两国的文学。这一时期欧洲文学的主流是产生于法国的古典主义文学。它是文艺复兴运动以后盛行于欧洲的一种新的文学思潮，也是近代欧洲文学发展的一个重要阶段。

## 第一节 概述

### 一、社会背景和文学概况

与文艺复兴运动时期相比，17世纪欧洲各国的政治经济发生了很大的变化。意大利因为欧洲商道转移和长期遭受外来侵略，经济凋敝，分裂局面加剧。西班牙由于海上霸权沦丧，封建势力和教会势力猖獗，国力一蹶不振。德国连年内战，四分五裂，破败不堪。这几个国家在各个方面都处于衰败的状况。与之相反，英国在17世纪40年代爆发了资产阶级革命，成为当时欧洲最先进的国家。法国在资本主义经济日益发展的条件下，形成了强大的中央集权制的君主专制国家。

17世纪的欧洲文学是在文艺复兴时期人文主义文学的基础上演变而成的，主要包括巴洛克文学、清教徒文学和古典主义文学三股文学思潮。

流行于意大利、西班牙、英国等国的巴洛克风格，在音乐、绘画、建筑等领域均有着广泛的影响，在文学领域则形成了风格独特的巴洛克文学。西班牙的贡戈拉、卡尔德隆，意大利的马里诺等都是出色的巴洛克文学作家。而17世纪的英国文学以体现清教徒思想的作品最为出色。新兴资产阶级主张纯洁教会，清除国教中天主教的影响，因而有"清教徒"之称。17世纪40年代克伦威尔领导的资产阶级革命和1660年以后的王政复辟，以及1688年的"光荣革命"，使17世纪的英国文学形成了与资产阶级革命、清教徒运动和王政复辟等时代特征相呼应的文学形态，构成了以约翰·弥尔顿、约翰·班扬为代表的、以宗教题材为主体的清教徒文学。此外，英国的托马斯·霍布斯（1588—1679）、法国的勒内·笛卡尔（1596—1650）和荷兰的班奈狄克特·斯宾诺莎（1632—1677）被誉为"欧洲三大理性主义者"哲学家。他们的思想和理论给欧洲思想界和文化界带来了深远的影响。

## 二、古典主义文学

17世纪欧洲文学最主要的思潮和最重要的成就是古典主义文学。

古典主义在法国兴起有其深刻的历史必然性。首先,17世纪的法国正处于君主专制的全盛时期,资产阶级政治革命的条件尚未成熟。王权需要依靠资产阶级的财力来进一步削弱贵族势力,资产阶级也需要依靠王权获得政治上的地位和巨大的经济利益。古典主义文学思潮正是新兴资产阶级与封建贵族在政治上妥协的产物。因此,法国古典主义文学一开始就得到王权的保护、鼓励和培植。

其次,政治上的集中统一也要求文艺趋同统一,服从王权的控制。王室一方面利用金钱、地位笼络有才能的文学艺术家,让他们为王权服务,另一方面设立作品检查制度,把他们置于王权的监督之下。路易十三的首相黎希留成立"法兰西学术院"作为推行官方文化政策的专门机构。让他们专门研究文艺问题,制定文学语言方面的法规,要求一切要有一个中心标准,一切要有法则,一切要服从权威。资产阶级拥护王权,也乐意按照王权的标准和要求创作,并在王权的保护、监督下表达本阶级的愿望。

最后,古典主义产生的哲学基础是当时法国思想界风行的唯理主义。代表人物是勒内·笛卡尔。笛卡尔的哲学是典型的二元论者,他认为:人人都有判断事物、辨别真伪的能力,即良知,它先于感性而存在,是认识的来源,是检验实践的标准。笛卡尔强调人的理性作用,反对盲目信仰宗教权威和经院哲学,主张以理性克制感情。他推崇理性,动摇了以神为中心的宗教权威,也适应了从混乱到统一的时代需要。

自文艺复兴以来,欧洲各国掀起了向古希腊古罗马学习的热潮,古代文化在人们心目中是一个光辉的榜样。不少作家向古代寻找文学创作典范和理论根据。以唯理论哲学为思想根基的古典主义文学首先形成和繁荣于法国,当时法国还流行贵族沙龙文学和市民文学,而古典主义既反对沙龙文学,也排斥市民文学。在君主政体的扶植下,古典主义文学迅速发展起来,成为法国文学的主流,随后扩展到欧洲其他国家。英国文学在17世纪下半期,德国文学、意大利文学在18世纪上半期,都相继出现了自己的古典主义文学兴盛时期。

从宏观视角归纳,古典主义文学有以下三个特点。第一,拥护王权,有鲜明的政治倾向。古典主义作家把歌颂国王、维护国家利益、宣扬公民义务和责任作为自己创作的职责,许多作品的中心主题是写个人利益服从国家整体利益。由于王权在当时有一定的进步作用,古典主义这种政治倾向也有其进步意义。但王权毕竟是封建政权,这就使这种文学不可避免地被蒙上一层封建色彩。许多作品迎合宫廷趣味,局限于描写宫廷、都市,并带有明显的说教性。

第二,崇尚理性,要求克制个人情欲。古典主义就是文学中的唯理主义。古典主义作家把理性当做当时时代精神的核心,创作与评论的最高标准。当时的君主专制对资产阶级有利,被认为是合乎理性,因而理性的基本内容就包含对王权的肯定和资产阶级自身发展的要求。这种理性原则运用在创作上,表现为个人情欲必须服从公民义务,建立君主专制下的道德行为规范,维护君主专制的既定秩序。因而古典主义所推崇的理性就是压抑感情,服从国家利益。这既发展了以往欧洲文学中的人本思想,又是对文艺复兴时期个性主义的一种反向调节。古典主义作家用理性指导创作,力求使作品思想和形象明确而具有说服力,但同时也带来创作上的主观性和片面性。他们的作品人物往往性格单一,缺乏生动的个性,流于概念化和类型化。

第三,模仿古代,要求规范化的艺术形式。古典主义作家把古希腊古罗马的文学当作永恒的典范。在他们看来,文学创作不在于创造新的故事情节,而在于运用艺术手法处理现成的故事情节,从中翻出新意。古典主义者从古代希腊、罗马的文学和历史中选取创作题材,借用古代形象来塑造他们心目中理想的英雄人物。古典主义者还把古代文学作品所体现的创作原则看作任何时代都必须遵循和模仿的规范,他们定出的各种创作规则都从古代文学中找到根据。在这些法则中,最重要的是戏剧创作的"三一律"。所谓"三一律",要求一个剧本只能有一条情节线索,剧情只能发生在一个地点,时间不得超过一昼夜即24小时。作为一种戏剧结构形式,"三一律"虽然能使剧情更集中、冲突更尖锐,艺术形式趋向完美,但同时也束缚了作家的创作力,不利于文学的发展。古典主义对文学体裁和语言的应用也作了严格的规定。规定悲剧为"高雅"体裁,反映上层社会生活,表现宫廷、贵族,必须用崇高、典雅的诗体语言;喜剧则属于"卑俗"体裁,反映下层社会生活,表现市民和普通人,使用日常语言。戏剧主人公往往是贵族和有文化教养的人,小市民和社会底层的人不能充当戏剧的主角,甚至不能登上高贵的舞台。这本身是对封建等级观念的反映,但是,这种审美倾向对法兰西民族语言的规范化也起到了一定的正面作用。

法国古典主义文学的发展可分为两个阶段。17世纪三四十年代是兴起时期,17世纪六七十年代为全盛时期。古典主义文学以戏剧成就最大,出现了以高乃依、拉辛为代表的悲剧作家和以莫里哀为代表的喜剧作家。

彼埃尔·高乃依(1606—1684)是法国古典主义兴起时期的主要作家,古典主义悲剧的创始人。他生活在专制君主制上升时期,他的创作主要塑造具有爱国精神的理想的英雄形象,以引起人们的崇敬和仿效。他一生写了30多个剧本,大部分是悲剧。他的代表作《熙德》(1636)被认为是古典主义悲剧的奠基作,较重要的作品还有《贺拉斯》(1640)、《西拿》(1642)、《波里厄克特》(1643)等。《熙德》取材于西班牙传说。主人公罗狄克和施曼娜是一对相恋的贵族青年男女,他们的父亲都是国王的重臣。施曼娜的父亲因妒忌罗狄克的父亲当上王太子的师傅,当众打了他一记耳光。罗狄克为父报仇,杀死了施曼娜的父亲。施曼娜出于家庭义务,不得不要求国王惩处自己的爱人。这时摩尔人入侵,罗狄克主动率兵御敌,拯救了国家,被尊称为"熙德"(阿拉伯语,"将军""首领"的意思)。国王做主,安排决斗让罗狄克获胜,成全了二人的婚姻。在个人情感、家庭荣誉和国家利益的冲突中,国家利益战胜了家庭荣誉和个人感情,突出了国家民族利益高于一切的思想。这种处理既维护了封建的道德观念,也顾及了资产阶级对个人幸福的追求。剧中的国王是贤明的统治者,而不是绝对的权威。全剧矛盾冲突尖锐激烈，语言优美。它的演出十分成功，但由于没有完全遵守古典主义的法则，曾遭到法兰西学士院的公开指责。

让·拉辛（1639—1699）是法国古典主义全盛时期的悲剧作家。他生活在专制体制由盛而衰的年代。他的创作着重揭露封建统治阶级的黑暗与罪恶，以激起人们的恐惧与愤怒。他一生写了11部悲剧和1部喜剧，代表作是悲剧《昂朵马格》（又译《安德洛玛克》）（1667）和《费得尔》（1677）。他还创作了取材于《圣经》的《以斯帖》（1689）和《亚他利雅》（1691），这两部作品反映了拉辛对宗教与暴力问题的思考。

莫里哀（1622—1673）是法国古典主义喜剧的代表作家。他的喜剧代表了17世纪法国文学的最高成就。

除戏剧外，古典主义作家让·拉封丹（1621—1695）以寓言诗著称于世。从1668至1694年，他共发表寓言诗12卷，计239首。这些作品以动物世界喻指人类社会，揭露了封建王朝的黑暗，谴责贵族阶级的暴虐，也描写了下层人民的苦难，广泛地反映了17世纪下半期法国封建社会的现实面貌。

尼古拉·布瓦洛（1636—1711）是古典主义理论家，他继承了亚里士多德特别是贺拉斯的传统，在总结古典主义作家创作经验的基础上，写成了理论著作《诗的艺术》（1674），为古典主义文艺理论建立了完整的体系。这部著作成为古典主义的"法典"，在法国和欧洲产生了深远的影响。

17世纪70年代以后，法国专制王权日趋反动，王权与资产阶级的联盟开始破裂。资产阶级已不满足于用古典主义来表达自己的愿望。80年代至90年代，法国文坛上发生了一场所谓的"古今之争"。争论的焦点是如何正确评价古代文学和当代文学。这种争论时起时伏，持续了一个多世纪，其间的事实说明，泥古、崇古的偏向虽然已经受到人们的质疑，但是作为一种思潮，古典主义仍然有很深的根基。

## 三、其他文学思潮

### （一）巴洛克文学

"巴洛克"（Baroque）一词来自葡萄牙语的"barocco"，原是指一种形状不规则的珍珠，后来被艺术史家用来形容文艺复兴后期意大利等国出现的一种新的建筑风格。这种建筑崇尚豪华、动感和装饰美。巴洛克文学就是这种风格在文学上的体现，其内容大都宣扬宗教神秘色彩的生死与哀怨，表现人生无常等悲观思想，艺术上则以夸张、堆砌艰涩辞藻、玩弄风雅为特征。

巴洛克文学兴起于17世纪30年代，首先出现和盛行于意大利和西班牙。那时，意大利失去了欧洲文化中心地位，西班牙文学在塞万提斯和洛佩·德·维加之后也失去了"黄金时代"的光辉。巴洛克文学流行一时。意大利巴洛克文学的代表作家是马里诺（1569—1625）。他的抒情诗集《七弦琴》（1608）、《风笛》（1620）以及长诗《安东尼斯》等作品内容复杂，文字晦涩，常雕琢辞藻和堆砌典故，抒发了贵族阶级的感伤情调和寻求新奇事物刺激感官的艺术趣味。此后，体现这种风格的"马里诺诗派"在意大利

盛行一时。西班牙的代表作家有贡戈拉（1561—1627）、卡尔德隆（1600—1681）。长诗《孤独》（1612—1613）是贡戈拉的代表作。全诗没有很多情节的叙述，主要是景象的描写，运用大胆的比喻、奇特的形象、对偶的句式和夸张的词汇以及冷僻的典故，但结构优美，充分表现了"夸饰主义"诗歌的特色。卡尔德隆的戏剧《人生如梦》（1635）一方面通过表现人们的苦难生活揭露生活的不平，带有人文主义的色彩，另一方面又鼓吹人生有罪的基督教教义，宣扬对国王的忠诚。

英国的骑士派诗歌和玄学派诗歌被认为是英国17世纪巴洛克文学的代表。骑士派诗人大都是革命战争中查理一世的拥护者，骑士派的代表作品大多以爱情为主题，表现及时行乐的思想，在诗歌的语言和技巧上比较讲究，代表作家有赫里克（1591—1674）、加莱（1594—1639?）、萨克林（1609—1642）等。玄学派因该派诗人"喜用玄学"（德莱顿语）而得名，他们写爱情与宗教的主题，从哲学与神学中抽取意象，写论辩式的诗句。这一派的代表人物是约翰·多恩（1572—1631）、安德鲁·马维尔（1621—1678）等。多恩是玄学派诗歌的创始人和主要代表，其作品包括爱情诗、讽刺诗、格言诗、宗教诗以及布道文等。代表作是诗集《歌与短歌》。他摒弃过去人们应用的传统意象，采用奇特的比喻，多变的格律等。

在德国，巴洛克风格在诗歌、戏剧中都有所反映。格里梅尔斯豪森（1621—1676）的流浪汉小说《痴儿西木传》（1669）带有明显的巴洛克色彩。主人公西木生活在社会的底层，在战争中受尽苦难，最后皈依上帝，安然告别苦难的世界。作者以宏大的场面、丰富多彩的情节、扑朔迷离的叙述风格，体现了巴洛克文风的特征。此外，克里乌菲斯（1616—1664）也是出色的巴洛克文学作家。

巴洛克风格存在于17世纪各个艺术领域，蕴含其中的一些艺术元素如重想象、非理性、浪漫与夸张等对后来的浪漫主义文学产生了明显而积极的影响。

### （二）清教徒文学

清教徒文学以英国为代表。英国的清教徒文学（或称为"英国资产阶级革命文学"）内涵丰富，成就颇高。

1640年开始的英国资产阶级革命标志着欧洲中世纪的结束和近代史的开端。英国资产阶级打着宗教的旗号，发动革命，推翻了斯图亚特王朝。1649年建立了共和国，1660年，封建势力卷土重来，王政复辟。1688年，资产阶级再度发动"光荣革命"，建立了君主立宪制国家。清教徒运动是英国资产阶级革命的一个组成部分。他们主张"清除"天主教旧制和种种繁文缛节，反对王公贵族的骄奢淫逸，倡导清洁、勤俭、节约的生活方式。清教徒运动以清教思想为特征，表现出强烈的批判锋芒，其重要的代表作家是弥尔顿和班扬。

约翰·弥尔顿（1608—1674）是资产阶级革命家，17世纪英国文学最杰出的代表。他出生于一个富裕的国教家庭，父亲是一位公证人和作曲家，非常重视儿子的教育，弥尔顿就读学校的校长和他的家庭教师都是毕业于牛津大学的著名学者。弥尔顿自幼勤奋好学，从12岁起就每天读书至午夜，很早就精通了希腊文和拉丁文。他16岁进入剑桥大学基督学院，并以最快的速度获得了学士学位（1629）和硕士学位（1632）。1629年，弥尔顿完成他的成名诗作《圣诞晨歌》，1631年，他创作了两首姐妹诗篇《欢乐的人》和《沉思的人》，他还写了《科马斯》（1634）、牧歌式挽歌《黎西达斯》（1637）等作品。1641年弥尔顿投身革命，共和国期间被任命为政府的拉丁文秘书。他写了不少文章捍卫共和国。最著名的有《为英国人民申辩》（1651），驳斥反动派攻击英国人民犯了弑君之罪的谰言。因积劳过度，他双目失明。王政复辟后，他受到了迫害，但仍矢志不渝，口授完成了长诗《失乐园》《复乐园》和诗剧《力士参孙》3部杰作，表现出对革命的坚定信念，留下了英国资产阶级革命时期文学的丰碑。恩格斯认为弥尔顿是"第一个为弑君辩护的人"，是18世纪法国启蒙学者的"先辈"。《复乐园》（1671）取材于《新约》，写耶稣来到人间，拯救亚当的子孙，恢复乐园的故事。耶稣拒绝了撒旦的各种诱惑，经受住了考验。通过耶稣的形象，长诗表现出诗人虔诚的信仰、坚定的意志和敢于牺牲的精神。《力士参孙》（1671）是一部诗体悲剧，取材于《旧约》。参孙是以色列英雄，因妻子达丽拉出卖而被敌人所俘，挖掉双眼，罚做苦役，备受凌辱。但他毫不屈服，最后利用表演武艺的机会，撼倒演武大厅的支柱，与敌人同归于尽。这是一个坚贞不屈的斗士的光辉形象。悲剧客观上反映了王政复辟后革命者内心的痛苦和所受的迫害，表现了坚强的革命精神。弥尔顿既是一个虔诚的基督徒，又拥有渊博的古典人文主义思想。他在创作上向古代学习，按照希腊悲剧的手法写作诗剧，依照古希腊古罗马史诗的体例写作长诗。

《失乐园》（1667）是弥尔顿的代表作，分12卷，约10000行。故事取材于《旧约》，写亚当和夏娃因受撒旦引诱，偷吃知识树上的禁果，被上帝逐出伊甸园的故事。撒旦原是大天使，但他骄矜自满，带领反叛天使同上帝作战，被打入地狱。他决计毁灭上帝创造的人类，进行报复。于是他飞出地狱，来到伊甸园，引诱亚当和夏娃偷吃了禁果。上帝遂派天使把人类将要遭遇的灾难告诉了亚当和夏娃，并把他们逐出乐园。长诗通过亚当和夏娃的堕落，对人类历史做了深沉的思考，说明人类不幸的根源在于意志不坚，缺乏理性，经不起外界的诱惑；同时暗示英国资产阶级革命也是由于道德堕落、骄奢淫逸而导致失败。诗中撒旦的形象具有两重性：既是有勇气、有才能、不屈的英雄，又是骄矜狂妄、野心勃勃的恶魔。他对人类始祖的引诱虽然得逞，但毁灭人类的目的终究不能达到。这正是清教思想的反映。长诗规模宏伟，格调高昂，是英国文学中一部杰出的诗作。

除弥尔顿之外，在革命和复辟时期最有成就的作家是约翰·班扬（1628—1688）。他的讽喻小说《天路历程》（1678）描写一个"基督徒"在路上徘徊，不知何去何从，后经传福音者指点，他从毁灭之城出发，经过绝望泥潭、名利场、怀疑堡等地，历尽艰险，最后到达天国的故事。作品以宗教梦幻故事的方式讽喻现实，展示了充满迷惘、混乱与绝望的人如何寻求救赎，表现了作家寻求精神回归的心路历程。

 外国文学史

## 第二节　莫里哀

莫里哀（1622—1673）是17世纪法国古典主义文学最重要的作家，古典主义喜剧的创建者。他的喜剧代表了17世纪法国文学的最高成就，对欧洲戏剧的发展有极为深远的影响。

### 一、生平与创作

莫里哀本名让·巴蒂斯特·波克兰，莫里哀是他的艺名。他出生于巴黎一个富商家庭，从小酷爱戏剧。大学毕业后，他不顾社会的偏见和家庭的阻挠，选择了演员为职业，决心献身于戏剧事业。1643年他组织了一个剧团，因经营不善负债而被捕入狱。1645年到1658年，他跟随一个流浪剧团在法国各地演出，先当演员，后成为剧团负责人。这期间，他广泛接触了社会，积累了丰富的生活经验，为以后的创作打下了坚实的基础。1658年他带领剧团回到巴黎，为宫廷演出，得到路易十四的赏识，奉命留在巴黎，从事演出和创作。

莫里哀一生共写了30部作品，创作生涯大致可分为三个时期。第一时期（1659—1663）是莫里哀古典主义喜剧的开创期。1659年，莫里哀创作了回巴黎后的第一部戏剧《可笑的女才子》。这部喜剧用民间闹剧手法讽刺了故作高雅的贵族沙龙文学和附庸风雅的小市民。1662年他按照古典主义法则创作了著名喜剧《太太学堂》。作品以青年男女冲破金钱与宗教的阻力，追求自由爱情的胜利，抨击了修道院教育和封建父权思想，并从理性出发讨论了婚姻、教育、家庭关系等社会问题。这一剧作标志着莫里哀创作风格的成熟，但演出后受到贵族和教会势力的公开抨击。作为反击，莫里哀于1663年接连写了两部论战性的喜剧《〈太太学堂〉的批评》和《凡尔赛即兴》。

第二时期（1664—1669）是莫里哀创作的全盛时期，被称为性格喜剧时期。他创作了揭露宗教骗子的《伪君子》（1664），剖析贵族荒淫无耻、道德沦丧的《唐璜》（1665）和《恨世者》（1666），讽刺资产阶级贪婪、吝啬的《悭吝人》（1668）和追求虚荣的《乔治·唐丹》（1668）等一系列优秀喜剧，塑造了法国社会各阶级不同特征的典型形象，对当时的社会作了广泛而深刻的揭露。在这些作品中，《悭吝人》以揭露资产阶级拜金主义而闻名于世。主人公阿巴贡是一个疯狂追求金钱、爱钱如命的资产阶级守财奴。金钱成了他唯一的欲望。为了钱，他要女儿嫁给一个不要陪嫁的老头，要儿子娶一个有钱的寡妇，而他自己却要娶儿子的意中人，并要她带进一笔陪嫁。他吝啬到请客时让仆人设法用八个人的饭菜款待十个人，甚至半夜里到自己马房里偷吃马的荞麦。由于他的贪婪和吝啬，他成了儿子的债权人和情敌。后来仆人帮他儿子拿走了他埋在花园里的钱箱子，他急得发疯。为了找回钱箱子，他放弃了儿子的意中人。阿巴贡的性格体现了处

于发展初期的资产阶级的特征。金钱使他丧失了人性,使他变得可憎可恶也可怕。作者运用夸张手法,生动地表现了他贪婪、吝啬的性格。阿巴贡成为欧洲文学史上不朽的典型,他的名字成了欧洲语言中守财奴、吝啬鬼的代名词。

第三时期(1669—1673)是莫里哀的创作晚期,被称为喜舞剧时期。他主要创作幽默的滑稽剧和芭蕾舞喜剧。作品有《醉心贵族的小市民》(1670)、《史嘉本的诡计》(1671)等。这些作品,在内容上继承了过去的传统,而艺术上则格调轻松,幽默滑稽,接近民间闹剧。在《史嘉本的诡计》中主人公史嘉本是一个仆人。他无私帮助小主人反对封建家长,对主人绝不奴颜婢膝或睚眦必报。作者肯定他的智慧、胆识和反抗精神,而把他的两个主人写成庸碌之辈,表现了蔑视封建等级制度的民主精神。2月17日,莫里哀在带病演出他创作的最后一部喜剧《无病呻吟》后,咯血逝世。他把自己的生命完全献给了他热爱的戏剧舞台。

莫里哀创作的基本倾向是维护君主专制秩序,鞭挞贵族和教会反对势力,也揭露资产阶级的恶习,具有鲜明的思想性和强烈的战斗性。他的创作基本上遵循古典主义法则,但又不受其约束,有自己独特的风格。这主要表现为他的喜剧直接取材于现实生活,注意吸取民间艺术的营养,富有生活气息和民族特色,同时善于运用高度集中概括和夸张的手法塑造人物性格。莫里哀的创作从思想到艺术都高于同时代的古典主义作家,标志着欧洲近代喜剧的发展到了一个新阶段。

## 二、《伪君子》

《伪君子》是莫里哀喜剧的代表作。由于它讽刺的矛头指向教会,一上演就遭到教会势力的疯狂攻击。迫于压力,国王路易十四不得不下令禁演。莫里哀奋力抗争,从1664年到1669年经过5年的反复斗争,这个剧本才重新公开演出。这部喜剧不仅针砭时弊,给教会以辛辣的讽刺,表现了莫里哀的战斗勇气,而且经过长期的修改锤炼,艺术技巧日臻精湛。几百年来,它经久不衰,是世界剧坛影响最广泛、最长久的不朽剧目之一。

### (一)情节结构

剧本情节单一,地点是巴黎富商奥尔恭的家,时间也没有超过24小时,全文用诗体写成。剧情是围绕伪君子答尔丢夫披着宗教外衣欺骗、掠夺、陷害巴黎富商奥尔恭一家的罪恶活动展开的。答尔丢夫以宗教信徒的虔诚骗取了奥尔恭的信任,被奥尔恭接到家里做"良心导师"。奥尔恭要把女儿马里亚娜嫁给他,他却勾引奥尔恭的继室欧米尔,其后奥尔恭把儿子达米斯赶出家门,并让答尔丢夫继承家产。后来伪君子的面目戳穿了:答尔丢夫不仅要霸占奥尔恭的财产,还企图以政治罪把奥尔恭投进监狱。最后,由于国王明察实情,伸张正义,答尔丢夫受到了应有的惩处。

### (二)人物形象

答尔丢夫作为全剧的中心人物,是17世纪法国封建贵族和教会势力的化身。答尔丢夫的形象不仅体现了宗教的虚伪性，更重要的是通过这个形象，莫里哀揭露了宗教伪善对于社会的危害。答尔丢夫原是外省一个没落的贵族，穷得连一双鞋都没有。为了满足个人卑微的欲望，他流入巴黎，利用宗教，伪装虔诚，当上了教士。这是他性格形成的现实基础。答尔丢夫伪善的性格具体可以从以下几方面来分析。首先，他是一个贪图享乐的酒肉之徒。在教堂里，"他向天祷告时那种热忱的样子引得整个教堂的人都把目光集中在他身上"，从而赢得了教徒奥尔恭的钦佩，被奥尔恭接到家里作为"良心导师"供养。在奥尔恭家里，他却以主人自居，贪图一切世俗的享受，"一顿饭他就很虔诚地吃了两只竹鸡，外带半只切成细末的羊腿"，"一离饭桌，他就回到卧室，猛不丁地躺到暖暖和和的床里，一直睡到第二天早晨"。由于好吃贪睡，他长得"又肥又胖，红光满面"，根本不像个苦修士。其次，他是一个惯于伪装、手段老练的好色之徒。他道貌岸然，一见到女仆桃丽娜，忙拿出一块手帕要把她袒露的胸部遮起来，表示忌讳女色。他要做马里亚娜的丈夫，又卑鄙地向欧米尔调情，还恬不知耻地打出上帝的旗号，说什么上帝给了欧米尔的美，他的举动是敬爱上帝的表现。这一丑行被达米斯当场揭发后，他佯装成一个被诬陷的好人，逃脱罪责，并嫁祸于达米斯。原来，在他身上"清正是淫邪的化妆，虔诚是狡猾的别名"。最后，答尔丢夫还是一个用心狠毒、忘恩负义的阴险之徒。平时，他故意拒绝奥尔恭的施舍，即便接受也总是说："太多"，"一半已经太多"。而当奥尔恭惩罚儿子，把全部家产继承权给他时，他欣然接受，还冠冕堂皇地说："一切都是上帝的旨意，应当遵循。"上帝又成了他掩饰贪欲的面纱。他色迷心窍，再次向欧米尔调情，公然宣称："一件坏事只是被人嚷嚷得满城风雨的时候才称其为坏事。"可是，他没想到这次欧米尔设下巧计，使躲在桌底下的奥尔恭看清了他的真面目。一旦伪善无法骗住别人，他便露出狰狞的面孔。他串通法庭，要使奥尔恭倾家荡产，还向朝廷告状，要致奥尔恭于死地，达到永远霸占他的财产的目的。可以看出，答尔丢夫的全部行为是以伪善为显著特征的。而伪善所掩盖的是享乐、荒诞、贪婪、阴险、狠毒。他以伪善进行欺骗，破坏别人的家庭，掠夺别人的财产，直到弄得别人家破人亡。他这样做，既可以利用宗教，也可以仰仗王法，正如女仆桃丽娜所说："凡是世人尊敬的东西，他都会拿来当做一件美丽的外衣，用欺诈的方式伪装在身上。"

  答尔丢夫形象在当时有着重要的现实意义。17世纪君主专制下的法国，天主教是反动势力的代表，而伪善正是它显著的特点。教会不仅以宗教欺骗支配社会的精神生活，而且还与贵族勾结，欺压人民，干扰中央集权，败坏社会。当时的"圣体会"，就是教会势力与贵族反动势力勾结在一起，打着慈善事业的幌子，派人混入"良心导师"的行列，监视人们的言行，陷害进步人士。通过答尔丢夫这一形象，莫里哀深刻地批判了宗教伪善的欺骗性和危害性，同时批判了法国天主教会和贵族社会的黑暗和腐朽。不过，作者主观上并没有打击宗教本身，而是从理性的高度，揭露宗教骗子的危害。答尔丢夫的形象还具有高度的概括性。他的伪善性格不仅是17世纪法国社会的产物，而且集中了古今中外一切伪君子的典型特征。这一形象成为人们认识形形色色骗子的极好的反面教材。

奥尔恭是剧中一个受骗者的悲剧性形象。他对宗教狂热的崇拜，他的刚愎自用、独断专横的家长作风，都是当时资产阶级的真实写照。通过这一形象，莫里哀嘲讽了资产阶级的狭隘性，但他的用意是以奥尔恭上当受骗的可笑、可悲对资产阶级进行劝导。

桃丽娜是剧中反封建道德、向答尔丢夫进行斗争的重要人物。她身为女仆，头脑清醒，目光敏锐。她最早识破答尔丢夫的真相，不仅当面揭露答尔丢夫，而且敢于同奥尔恭的专制作风进行交锋。在反对答尔丢夫的斗争中，她有勇有谋，处处显得比奥尔恭一家人高明。她是莫里哀在民主思想指导下塑造出的一个光彩夺目的下层人物形象。

（三）艺术特点

《伪君子》的艺术特点非常突出。第一，结构严谨精巧，情节曲折多变。全剧分五幕，第一、二幕，主要人物答尔丢夫没有出场，通过剧中其他人物的活动，烘云托月，侧面表现答尔丢夫。一开场，奥尔恭的母亲因家里人对答尔丢夫不表尊敬，发怒要离家出走，接着奥尔恭决定毁除女儿的婚约，逼她嫁给答尔丢夫。答尔丢夫并没有出场露面，但处处与他相关。由他引出的这场家庭纠纷不仅提出了全剧的矛盾，而且很自然地对他的经历、为人做了必不可少的交代。这样，在他和观众见面以前，他的性格就已初步确立。这样成功的间接描写，是戏剧史上不多见的。正如歌德所说，这是"现存最伟大和最好的开场"。第三、四幕便单刀直入从正面集中刻画答尔丢夫的性格，揭露他的伪善和罪恶用心。第三幕第二场，答尔丢夫才出场，莫里哀用他的几句台词和一个小小的甩手帕的动作，极为简练地揭穿了他的伪善嘴脸和卑污内心，然后顺着他勾引欧米尔这一丑行，让他一层层地剥下伪装。他两次调情，两次败露，两次都化险为夷，暴露出他的阴险、狡猾的本性。戏剧高潮的第五幕，又进一步揭穿他的凶残和伪善的危害性。这种结构安排丝丝入扣，情节跌宕起伏，对突出答尔丢夫的性格和揭示全剧的主题起了很好的作用。

第二，人物塑造集中、夸张，具有高度的概括性。全剧的构思都是为了塑造一个伪善的性格。莫里哀把这一性格集中在答尔丢夫身上，一切都为刻画这一性格服务，并用夸张的手法加以强调，使伪善成为答尔丢夫性格唯一突出的特征。在法语中，答尔丢夫已成为"伪善者"的代名词。突出人物性格的主要特征，是莫里哀塑造人物形象的特色。他笔下的人物，虽然没有莎士比亚那样丰富、多方面，却有很强的概括性。莫里哀塑造的人物实际上就是某一种性格，所以有人称他的喜剧为"性格喜剧"。

第三，灵活运用古典主义法则，大胆吸收民间闹剧的手法。首先，《伪君子》基本上是按照古典主义法则创作的，严格遵循了"三一律"。全剧的地点始终安排在奥尔恭家里，全部事件在一昼夜内展开，情节集中揭露答尔丢夫的伪善。但莫里哀又不受古典主义法则的束缚，在喜剧中渗入悲剧因素，如答尔丢夫的伪善造成了马里亚娜婚姻的危机，造成奥尔恭身陷囹圄，几乎倾家荡产，喜中含悲，加速了喜剧矛盾的发展，收到了较好的艺术效果。莫里哀在看到事物的可笑性的同时，能相当敏锐地捕捉与透视到可笑性背后严肃深刻的理性内涵和悲剧底蕴，他是一位对现实人生有着极其深刻理解的戏剧家。其次，喜剧还吸取了民间闹剧的表现手法。剧中出现的许多妙趣横生、富有生活气息的画面，如打耳光、家人争吵、套间偷听、桌下藏人等，都是从民间闹剧演变来的。这些表明莫里哀不仅大胆突破了古典主义关于悲喜剧应该严格区分、不可逾越的规定，而且深谙民间艺术，有自己的独特风格。

但《伪君子》也有不足之处，如人物性格单一，国王下旨赦免奥尔恭、惩办答尔丢夫的结尾勉强而生硬。这种处理既体现了莫里哀的政治倾向，也符合古典主义的思想原则。这在一定程度上表明了古典主义对莫里哀创作的束缚。

# 第五章  18世纪文学

18世纪是欧洲社会转型时期。资产阶级反封建斗争开始取得决定性胜利,新旧政治力量和文化的冲突极为激烈。这一时期欧洲发生了一场称为"启蒙运动"的资产阶级思想文化运动。伴随这场运动产生的启蒙主义文学是这一时期欧洲文学的主流。

## 第一节  概述

### 一、启蒙运动和启蒙主义文学

欧洲资本主义发展到18世纪,在一些国家已经有相当强大的力量。推翻封建制度的政治革命已经成为时代的要求、历史的必然。在这种新形势下,摆在资产阶级面前的首要任务是用资产阶级的思想文化和科学知识启迪人们的头脑,破除宗教迷信和封建偏见造成的人们思想上的愚昧,为即将到来的革命作舆论准备。由此产生了启蒙运动。

启蒙运动在资本主义经济发展的基础上,在广泛的人民运动的推动下,在自然科学和唯物主义思想的影响下,形成了一个完整的思想体系,成为批判旧制度和改造社会的武器。这个思想体系的核心是"理性"。启蒙主义者把理性作为衡量一切的尺度,不承认外界任何权威。"宗教、自然观、社会、国家制度,一切都受到了最无情的批判,一切都必须在理性的法庭面前为自己的存在作辩护或者放弃存在的权利。"[①] 他们以自然神论或无神论破除"上帝主宰世界"的邪说,否定教会的神权统治;以"自然法则"为依据,提出"天赋人权"的理论,将人本主义思想演化为以"自由、平等、博爱"为核心内容的人道主义思想体系,反对封建专制和贵族特权。因此,他们的反封建斗争已不同于人文主义者只偏重生活和伦理道德领域,而是将矛头直指封建社会的全部上层建筑。

启蒙运动符合当时欧洲社会发展趋势,启蒙主义者也把自己作为全人类的代表,没有表现出任何自私的观念。他们能与广大人民结成联盟,成为反封建的领导力量,这是因为他们的确代表了广大人民的利益。启蒙运动是文艺复兴反封建反教会斗争的继续和

---

① 恩格斯. 社会主义从空想到科学的发展[M]//马克思,恩格斯. 马克思恩格斯选集:第3卷. 北京:人民出版社,1972:404.

发展。它是资产阶级自觉的政治要求，标志着资产阶级政治上的成熟。它启迪人们推翻封建制度，建立理想社会，有着巨大的历史进步意义。但是，启蒙运动毕竟是一场宣传资产阶级思想的运动，启蒙主义者也没能超出时代的限制。他们提出的自由、平等，只能是资产阶级的自由、平等；他们向往的"理性王国"，"不过是资产阶级理想化的王国"。他们的历史观也是唯心主义的。他们过分强调思想意识的力量和少数天才人物的作用，认为单凭少数人物提倡科学和文化教育，便可改变封建制度造成的愚昧和偏见，实现理想社会。这也就是"启蒙运动"（Enlightenment）一词的由来。因此，在他们那里，政治斗争往往借助于思想斗争的形式，在对人民进行启蒙的同时，又对封建统治者寄存希望，幻想通过教育感化使他们成为开明君主，实行自上而下的改革。

启蒙运动是一场全欧性的运动，由于欧洲各国的历史状况和社会发展不尽相同，它在各国的表现形式也各具特点。

启蒙主义文学是启蒙运动在文学上的表现，也是启蒙运动的重要组成部分。这一时期，欧洲各国文坛，古典主义仍占有重要地位，但随着时代的发展，它越来越显得不合时宜。宣传启蒙思想的启蒙文学，随着启蒙运动的兴起，很快就占据了文坛的主导地位，成为18世纪欧洲文学的主流。

各国启蒙主义文学在内容和形式上都有各自的特点，但作为同一种文学思潮，仍有着共同的基本特征。第一，鲜明的政论性和民主性。启蒙作家自觉地把文学作为反封建的武器和进行启蒙宣传的工具。他们的创作不仅是反映生活，更主要的是评论生活，宣传他们的思想和政治主张。因此启蒙文学作品往往具有强烈的政治倾向。启蒙作家善于用文学阐明哲学，揭露批判封建专制和天主教会，宣传自由、平等、博爱的思想，描绘未来的美好蓝图，教育、鼓舞人们投入反封建的斗争，充分发挥了文学的社会功能。他们的创作充满民主精神。

第二，广泛的人民性和现实性。为了启迪人们的思想，启蒙作家注重化抽象为形象，化艰深为通俗，使他们的创作能为广大人民群众所接受和喜爱。他们的作品大部分从现实生活中取材，而且把资产阶级和平民作为正面主人公。这不仅使文学更接近人民大众，接近生活，为资产阶级争取文学地位，而且营造了文学反映生活的氛围。新题材、新人物给文学带来新的气息，也是文艺复兴以来欧洲文学的一个新的发展。

第三，文学体裁的独创性和多样化。为了表达新的思想，适应斗争的需要，启蒙作家积极探索新的文学样式，创立了多种新的文学体裁。就小说而言，就有哲理小说、教育小说、抒情小说，其中又包括书信体、对话体、自传体等。戏剧也创新出兼有悲、喜剧因素的正剧（即"严肃喜剧""市民喜剧"）。同时，他们也有效地运用了悲剧、喜剧、诗歌等传统的文学体裁。多样化题材，使文学呈现出千姿百态的繁荣景象。多数作家用散文写作，结束了欧洲文坛诗体语言的统治地位，开辟了欧洲文学的散文时代。

第四，具有鲜明的思想性和教诲性。启蒙作家往往就是启蒙思想家，他们强调文学的社会功能，特别重视文学作品在批判封建制度、批判宗教迷信与提高人们道德素养方面的意义。但是，由于过分强调文学的思想性和教育性，启蒙作家往往把作品中的人物作为自己思想的体现者或代言人，而忽视对人物性格的刻画，存在着恩格斯批评的"把个人变成时代精神单纯的传声筒"的倾向，人物缺乏鲜明的个性。

总的来说，启蒙文学继承了文艺复兴时期人文主义文学的优良传统，并在新的历史条件下有较大的革新与发展。

## 二、各国文学概况

欧洲各国启蒙运动的具体历史条件和任务决定了各国启蒙主义文学有其各自的发展进程和特点。其中以英、法、德等国的启蒙主义文学最有代表性。

### （一）英国启蒙文学

18世纪的英国已经经历了资产阶级革命，但英国的革命并不彻底，建立的是君主立宪政权，因此英国启蒙运动的任务是要扫除封建残余，完善资本主义制度。英国启蒙主义文学有两种倾向：一部分作家维护现存制度，歌颂资产阶级新的精神面貌，他们的创作表现出温和的倾向；另一部分作家思想激进，他们在创作中既反对封建残余，也揭露和批判当时的社会现实，要求进行彻底的民主改革。

英国启蒙主义文学以现实主义长篇小说成就最大。18世纪初期，英国小说家笛福、斯威夫特的小说展示了18世纪英国社会的真实面貌，表现了资产阶级个人奋斗的精神。

丹尼尔·笛福（1660—1731）是英国现实主义小说的奠基人，一个温和的启蒙作家。他的小说主要反映新兴资产阶级的精神面貌。他的代表作是《鲁滨逊漂流记》（1719）。主人公鲁滨逊出身中产阶级，一心渴望冒险。他先后四次出海，第四次因船舶失事只身来到一座荒岛上，依靠个人的勤奋和智慧开发荒岛、教化土著仆人，最后成功回到英国。鲁滨逊是英国文学史上第一个开辟海外世界的资产阶级英雄形象，典型地体现了资产阶级上升时期要求"个性自由"，发挥个人才智，勇于冒险，追求财富的进取精神，但同时又体现了以掠夺占有为目的的殖民者本色。他一上荒岛就自封为这片领土的国王。他救出一个土著人，就以主人自居，把他变成自己的奴隶，占有他的劳动成果。后来他回到英国，还把岛上的土地分租给新的移民。所有这些，作者都当作英雄行为加以颂扬。小说要把资产阶级的品质理想化。它的主要价值在于肯定了人的才智和力量，表现了劳动创造一切的思想。小说也给人一种个人可以脱离社会、凭劳动创造一切的假象。艺术上，小说把史实和虚构结合在一起，采用第一人称的写法，以简洁、清晰的语言和逼真的细节展现人物的言行、心理，环境描写具体，造成一种强烈的真实感，这些为英国现实主义小说的创作开辟了道路。

约拿旦·斯威夫特（1667—1745）是英国杰出的讽刺小说家。他属于启蒙作家中的激进派。他的代表作《格列佛游记》（1726）通过描写外科医生格列佛在小人国、大人国、飞岛国和慧马国的奇异经历，对英国统治阶级进行了深刻的揭露和全面的讽刺，他还尖锐地揭露了贫富的矛盾和对立，并表达了自己的理想。小说构思奇特，想象丰富。环境、情节和人物经历都是虚构的，但虚构和想象皆以现实为基础，既生动有趣，又处处不忘对现实的针砭。讽刺手法也灵活多样，在文学史上树立了现实主义小说的讽刺传统。

18世纪中期，撒缪尔·理查生、亨利·菲尔丁、托比亚斯·斯摩莱特开始在文坛上初露锋芒，他们的小说反映的内容也转变为描写贵族资产阶级社会的日常生活。

撒缪尔·理查生（1689—1761）是一位擅长写婚姻、道德问题的小说家。他的小说大都采用书信体形式，集中描写一件事的始末，摆脱了以主人公的见闻经历作主线的传统结构，而且注重分析和描写人物的情感和行为动机。代表作《克莱丽莎》（1747—1748）写少女克莱丽莎因抗拒父母而逃婚，落入贵族花花公子手中，终因受折磨身心交瘁而死去。小说揭露了当时普遍存在的妇女婚姻不能自主的现象，鞭挞了贵族、资产阶级的利己主义。理查生的创作以新的题材和艺术方法，成为感伤主义文学的代表，在英国和欧洲小说史上有重要的地位。

亨利·菲尔丁（1707—1754）是18世纪英国最重要的现实主义小说家。他的小说批判和揭露了英国贵族资产阶级社会的种种罪恶，赞颂了下层人民的优秀品质，从家庭、道德到政治等不同角度深刻地反映了现实。其代表作是《汤姆·琼斯》（1749）。主人公弃儿汤姆·琼斯在养父家中长大成人。他与养父朋友的女儿苏菲亚相爱，因受到养父的外甥布立菲的中伤而被赶出家门。苏菲亚也因父亲强迫她嫁给虚伪自私的布立菲而含愤离家出走。小说分别叙述汤姆和苏菲亚在乡村、在逃往伦敦的路上和在伦敦的种种遭遇，栩栩如生地描绘了18世纪中叶英国城乡的广阔画面，成功地塑造了来自不同社会阶层的典型人物。作品内容丰富，人物、事件、场面众多，结构完整，始终没有离开汤姆的身世、经历和他的爱情故事。这部作品被认为是18世纪英国现实主义小说的最高成就。菲尔丁在创作中还提出了一整套关于现实主义小说的理论，对19世纪欧洲现实主义文学影响颇大。

托比亚斯·斯摩莱特（1721—1771）的小说《蓝登传》（1748）采用了"流浪汉小说"的结构，描写主人公在国内外游历、冒险的经历，具有很强的自传色彩。这篇小说猛烈地批判了英国政府的贪污受贿，海军的残暴黑暗，以及社会上对爱尔兰人的歧视。斯摩莱特的作品已经非常接近19世纪批判现实主义文学。

18世纪后半期，英国工业革命开始，社会生产力大大提高，同时资本主义社会内部的弊端也日益显露。一部分作家对现实表示失望，对启蒙主义的理性原则发生动摇，反映在文学上便出现了感伤主义流派。它因作家斯特恩（1713—1768）的小说《感伤的旅行》（1768）而得名。感伤主义一方面执行启蒙文学的社会批判任务，另一方面否定理性，崇尚情感，强调个性和个人精神生活，常以理想化的大自然和农村纯朴、宁静的生活否定工业化带来的社会弊病，流露出阴郁、彷徨的情绪。感伤主义代表除了斯特恩、理查生外，还有奥立佛·哥尔德斯密（1730—1774）。后者的代表作是长篇小说《威克菲尔牧师传》和长诗《荒村》。感伤主义产生后很快传入法、德、俄等国家，成为18世纪后期欧洲很有影响的文学流派。

（二）法国启蒙文学

18世纪的法国是一个腐朽的封建专制国家，国内等级森严。由教会僧侣组成的第一等级和贵族组成的第二等级居统治地位，资产阶级与广大人民群众属于第三等级，处于被统治地位。两者之间的矛盾十分尖锐，终于在1789年爆发了震撼全欧的资产阶级大革命。法国启蒙运动就是直接为这场政治革命作准备的。法国启蒙作家往往是启蒙运动的思想家和活动家。他们自觉地用文学宣传革命思想，启迪、鼓舞和引导广大人民群众进行反封建斗争。法国启蒙文学的主要形式是哲理小说。这种小说通过带有明显寓意的艺术形象表达作者对政治、哲学、社会、道德等方面的思想见解。

法国启蒙文学的发展分为两个阶段。第一阶段为18世纪初期到18世纪中期，代表作家是孟德斯鸠和伏尔泰。

查理·路易·孟德斯鸠（1689—1755）是法国最早的启蒙思想家和作家。他的哲理小说《波斯人信札》（1721）是一部由160封信组成的书信体小说。通过两个旅居巴黎的波斯贵族青年与家人、亲友的通信，勾画出18世纪初法国贵族社会腐朽衰败的画面，对君主专制、教会和上流社会进行了直接大胆的攻击，宣传了作者的政治、社会、宗教和道德等方面的启蒙思想。作者公开嘲笑"君权神授"，指出它是欺哄百姓的大骗局；谴责路易十四刚愎自用、穷奢极欲；大胆否定上帝，指出上帝不过是人按照自己的形象幻想出来的产物；揭露法国上流社会的荒淫无耻、庸俗堕落；描述波斯贵族社会被奴役妇女的不幸和反抗。整部小说没有统一的故事情节，只是借叙述一些零星的故事对社会生活进行评议，但叙述议论鲜明生动，发人深省，能起到很好的宣传教育作用。

伏尔泰（1694—1778）本名弗朗索瓦·阿鲁埃，是法国启蒙运动的领袖人物。他的著作卷帙浩繁，文学创作极为丰富，有戏剧、诗歌、小说等。戏剧名篇有《恺撒之死》、《穆罕默德》和《中国孤儿》。其中最有价值的是哲理小说，最为重要的有《查第格》（1748）、《老实人》（1759）、《天真汉》（1767）。

《老实人》是伏尔泰的代表作。主人公"老实人"是一个男爵的养子，心地善良，天真纯朴。他接受老师邦葛罗斯乐观主义哲学的教育，相信世界"一切皆善，十全十美"。但残酷的现实无情地粉碎了这种幻想。他因爱上男爵的女儿而被逐出家门。在流浪过程中，他受尽苦难，看到社会各种罪恶。他的老师与情人也历经艰险，九死一生。残酷的现实使他认识到"地球上满目疮痍，到处是灾祸"。作品揭露了封建专制统治的黑暗，无情地嘲笑了乐观主义哲学，指出盲目乐观只有利于现存秩序，引导人们正视现实，激起人们对封建统治的仇恨。作品中还描绘了一个理想社会——"黄金国"。那里黄金遍地，没有专制，没有奴役，国王贤明，文化科学发达昌盛，人们过着愉快富足的生活。这体现了启蒙主义者对未来社会的探索。小说最后，主人公对于应该如何生活的问题，提出了"种我们的园地要紧"这一名言，表明了资产阶级的求实进取精神。

18世纪中期到法国大革命的爆发是法国启蒙文学发展的第二阶段，启蒙文学进入全盛时期，代表作家是狄德罗和卢梭。

德尼·狄德罗（1713—1784）是法国启蒙运动中杰出的唯物主义思想家、文艺理论家和作家。在启蒙运动中，他组织编纂了长达37卷的《百科全书》（1751—1722），用以阐明资产阶级世界观和科学知识。当时法国进步的思想家和各个知识领域杰出的人物几乎都参加了这项工作，形成法国历史上的"百科全书派"。该书的编纂和出版成为法国启蒙运动广泛深入开展的标志。狄德罗文学创作的主要成就是3部哲理小说：《修女》（1760）、《拉摩的侄儿》（1762）和《定命论者雅克和他的主人》（1773）。《拉摩的侄儿》是一部对话体的小说。主人公是一个名叫拉摩的音乐家的侄儿，他是一个"高傲和卑鄙，才智和愚蠢的混合物"。他才华出众，有敏锐的观察力，能语出惊人道出社会的腐败和寄生生活。小说挖掘了拉摩的侄儿复杂性格形成的原因，指出这种畸形儿是当时社会的产物，又对社会产生恶劣的影响，从而深刻揭露了封建社会毒害人、腐蚀人的本质。恩格斯曾称赞这部作品为"辩证法的杰作"。在文艺理论方面，狄德罗也有建树。他反对古典主义艺术法则，提出打破悲剧和喜剧的界限，创立一种用日常语言表现普通人生活的新的戏剧体裁——"严肃喜剧"，即后来的"正剧"。这一主张为近代资产阶级戏剧的发展开辟了道路。

让·雅克·卢梭（1712—1778）是法国启蒙运动中激进的民主派代表，杰出的思想家和作家。他的主要理论著作有《论科学和艺术》（1750）、《论人类不平等的起源和基础》（1755）和《民约论》（1762）。他从人性和自然法则出发，谴责贫富不均的社会现象，抨击专制暴政，认为私有制是人类不平等和社会罪恶的根源，主张以暴抗暴推翻封建专制。他还从主权在民的思想出发，提出了民主选举的共和制国家学说。卢梭的政治思想不仅成为后来资产阶级革命的政治纲领和理论基础，在人类思想史上也占有重要的地位。但是，他又敌视人类文明，否定科学和艺术，把原始社会人类"自然状态"的简陋生活理想化，进而提出"返回自然"的口号。这些又暴露了他的唯心主义历史观。卢梭的文学创作有《新爱洛绮丝》（1761）、《爱弥儿》（1762）和《忏悔录》（1781—1778）等3部小说。书信体小说《新爱洛绮丝》是卢梭的代表作。借用12世纪贵族小姐爱洛绮丝与神父哲学家阿贝拉尔（1079—1142）的婚恋悲剧，通过贵族小姐朱丽叶和平民教师圣·普乐的爱情悲剧批判了封建的门阀观念，呼吁个性解放与个性自由。《爱弥儿》是一部讨论教育的哲理小说。它通过儿童爱弥儿受教育成长的经历，宣扬教育要"顺乎天性"，让人的本性避免社会偏见和恶习的影响而得到自然的发展。《忏悔录》是卢梭晚年的自传体小说，记叙了卢梭一生坎坷的经历，剖析了他的内心世界，通过描写他追求个性解放与封建社会现实的矛盾，表达了他对社会的谴责和抗议。小说充满着对"自我"的赞颂，又毫不掩饰地记下了自己的过失与卑劣，写得真诚、坦率。

卢梭的文学创作有推崇感情、热爱大自然、赞扬自我等三大特点，对19世纪初欧洲浪漫主义文学有较大的影响。

1789年大革命前夕，法国启蒙文学中戏剧取得了较大成就。戏剧家博马舍（1732—1799）接受和发展狄德罗的戏剧理论，为创立启蒙戏剧做出了贡献。他最著名的作品是"费加罗三部曲"。其中《塞维勒的理发师》（1775）写身为仆人的费加罗帮助少女罗斯娜摆脱监护人的羁绊而与阿勒玛维华伯爵结婚的故事，抨击了封建顽固势力。另一部《费加罗的婚姻》（1778）写费加罗和他的未婚妻苏珊娜维护自身利益与尊严，粉碎主人企图恢复贵族初夜权的斗争，反映了这一时期第三等级与贵族之间的尖锐矛盾，并以第三等级的胜利预示了法国革命的到来。

### （三）德国启蒙文学

18世纪初的德国依然处于四分五裂的状态。资产阶级的力量虽有所发展，但仍然十分软弱，还不能形成与封建贵族阶级抗衡的实力。德国启蒙运动的主要任务是建立民族文化，促进民族统一。德国启蒙主义者把反封建斗争与争取民族统一的思想结合在一起，认为通过建立统一的民族文学就可以实现政治上的统一。他们一方面十分重视对民族文化遗产的整理与挖掘，另一方面宣扬个人情感的自由与解放，重视审美教育，提倡在民族文化建设和文学创作中体现德意志民族精神和民族品格。

德国启蒙运动初期（1700—1770），其任务是创建民族文学。代表作家是莱辛。

高特荷德·埃夫拉姆·莱辛（1729—1781）是德国民族文学的奠基人，美学理论家和戏剧家。他的理论著作《拉奥孔》（1766）和《汉堡剧评》（1769）是启蒙时期最杰出的美学和戏剧理论著作，对西方现实主义理论和美学思想的发展作出了重要贡献。在《汉堡剧评》中，他强调戏剧的教育作用，认为它是教育群众的有效办法。他主张建立民族剧院，促进德国的统一事业。他反对法国古典主义戏剧，主张向莎士比亚学习。他要求戏剧反映资产阶级的现实生活，提倡写市民悲剧。在人物塑造方面，他强调性格与环境之间应该有内在的联系，能表现"具有一定性格的人在特定的环境里将要做些什么"。《拉奥孔》第一次明确区分了画和诗在反映现实上的区别。绘画之类的造型艺术反映现实时是选择最精彩的"富有孕育性的一瞬间"，而诗所描绘的则是在时间上连续不断的行动。莱辛之所以区分诗与画的区别，目的在于强调文学应该模仿人的行动，表现人的感情，反映生活现实。莱辛的戏剧代表作是市民悲剧《爱米丽雅·伽洛蒂》（1772）。该剧写公爵为强占平民姑娘爱米丽雅，在她赴婚礼途中，派人装成强盗杀死了他的未婚夫，并把她诱骗到郊外别墅中。爱米丽雅的父亲知道了公爵的卑鄙意图后，杀死了自己的女儿，以保全她的贞洁。作品虽以15世纪的意大利为背景，却真实地反映了18世纪德国的社会现实，控诉了封建主的荒淫，同时也反映了德国市民憎恨暴政而又不敢作正面斗争的软弱性。他们的反抗是用自己的手毁灭自己，取得道义上的胜利。

德国启蒙运动中期（1770—1785），启蒙文学主要凸显的是德意志文学的民族性，著名的"狂飙突进"运动就产生于这一时期。

"狂飙突进运动"是18世纪七八十年代德国形成的一场全国性的资产阶级文学运动，因作家克林格尔（1752—1831）的剧本《狂飙突进》得名。狂飙突进运动是德国文学史上第一次全国性的文学运动，它具有强烈的反叛精神，反映了德国资产阶级力求摆脱封建等级制度的束缚，要求个性解放的强烈愿望。它崇尚感情，反对理性束缚人的个性，在文学上推崇作家自由表达自己的思想和感情；它提倡卢梭式的"返回自然"思想，要求作家歌颂纯朴的大自然；它还提倡民间文学，强调文学的民族性问题，要求发扬文学的民族风格。"狂飙突进"运动给这一时期的德国文学带来了崭新局面。但是，由于缺乏明确的政治纲领，"狂飙突进"运动逐渐衰落，最终没有发展成为政治性的社会运动，其影响只限于文学领域。狂飙突进运动的纲领制定者是文艺家赫尔德（1744—1803），主

要代表作家是青年时期的歌德和席勒。歌德（1749—1832）因创作书信体小说《少年维特之烦恼》（1774）而成为该文学运动的旗手。席勒此时发表的著名戏剧有《强盗》（1781）、《阴谋与爱情》（1782）等，表现出强烈的反对专制暴政、争取自由的精神。他们的创作使德国文学开始享有世界性的声誉。

启蒙运动后期（1786—1805），文学史上称为"古典时期"。"古典时期"的文学把启蒙运动和18世纪70年代的文学革命提高到了新的阶段。主要的代表作家是晚年的歌德和席勒。他们经过对"狂飙突进"时期的反思，意识到这场运动并没有实现其崇高的人道主义和自由、平等的社会制度的理想。他们希望通过弘扬和表现古希腊人与自然的和谐状态来重塑人的个性，寻求人的主观与客观、感情与理智、理想与现实、个体与集体、人与自然的和谐统一。1794到1805年十年间，歌德与席勒退出了"狂飙突进"运动，从此两人亲密合作，互相砥砺，一起创办杂志，主持魏玛剧院，各自写出了许多优秀作品，把德国文学推向一个崭新的高度。德国文学史上称为"魏玛古典主义"。

"魏玛古典主义"不同于17世纪法国的古典主义。它的思想基础是启蒙主义。它强调人道主义，强调个人对人类的贡献、人的全面发展，推崇古希腊罗马艺术中的和谐、宁静、纯朴的美，主张以此来教育人、改造人的个性，实现人道主义的理想。它是18世纪德国文学的最高峰，标志着德国民族文学的最后形成。

约翰·克里斯托弗·弗里德里希·席勒（1759—1805）是德国民族文学的主要代表人物之一，是诗人、美学家和剧作家。狂飙突进时期，《阴谋与爱情》是席勒的代表作。剧情发生在德国某公国。宰相的儿子斐迪南与音乐师的女儿路易斯相爱。宰相为了取得更大的权势，强迫儿子娶被公爵遗弃的情妇。斐迪南坚决不从，宰相听从秘书的计划，威逼路易斯给宫廷卫队长写情书，致使斐迪南怀疑路易斯不忠。斐迪南在妒恨之下将路易斯毒死。路易斯在临终前揭穿真相，斐迪南后悔不及，也服毒身亡。作品通过这一爱情悲剧，控诉了专制统治的暴虐和宫廷的黑暗与丑恶，反映了市民阶级与统治阶级的矛盾，表达了他们要求破除等级偏见，实现人格平等、个性解放的愿望。作品还直接揭露了公爵出卖臣民的罪行。因此，恩格斯认为"它是德国第一部有政治倾向的戏剧"。

狂飙突进运动以后，席勒曾一度中断文学创作，转入对历史、哲学与美学的研究。与歌德结交后，他重新转向文学，创作达到高峰。席勒后期创作以戏剧成就最大，主要作品有《华伦斯坦》（1799）、《奥尔良姑娘》（1801）、《威廉·退尔》（1803）等，均为历史剧。《威廉·退尔》是席勒晚年最重要的作品，它取材于14世纪瑞士的史实，又吸收了瑞士民间关于退尔的英雄传说，并把二者巧妙地结合起来，描写了人民群众反抗异族侵略和封建统治的民族解放斗争，表达了要求自由、反对侵略的思想。主人公退尔是一个勇敢正直、乐于助人的猎人。当人民酝酿起义反抗异族统治时，他委曲求全，没有参加，但异族统治者的迫害不断施加到他的头上，逼得他射死奥地利总督，参加了人民起义。这部作品写于拿破仑入侵时期，对于唤起德国人民的民族意识、爱国热情和反抗外侮的决心，具有极大的现实意义。

（四）其他国家的启蒙文学

启蒙文学在欧洲其他国家也有所发展。

意大利最有成就的启蒙主义作家是喜剧家卡尔洛·哥尔多尼（1707—1793）。他要求喜剧破除"三一律"和对古人的崇拜，主张喜剧从生活中汲取素材，真实地反映现实生活，刻画人物的鲜明性格，发挥道德教育作用。他对长期流行于意大利舞台的"即兴戏剧"进行革新，使之成为有固定台词的现实主义喜剧，即"风俗喜剧"或"性格喜剧"。他一生写了100多部喜剧，大都把下层平民置于舞台的中心，鞭挞封建贵族的劣迹败行，批判资产阶级同封建主义旧思想的联系，歌颂普通人的才智、品德，体现出鲜明的政治倾向和民主思想。他的重要著作有《一仆二主》（1745）、《女店主》（1753）等。

俄国长期受鞑靼人统治和外族的入侵，地理上又和西欧发达国家隔离，经济文化处于落后闭塞的状态。18世纪初，彼得一世厉行改革，统一了国家的版图，并打开了向西欧汲取文明的大门。在这种情况下，法国启蒙思想开始传入俄国。俄国文学一方面受法国古典主义的影响，形成了古典主义流派，一方面受启蒙思想的影响，又具有启蒙思想的性质。这一时期俄国作家注意采用民族题材，特别注意文学语言和诗体改革，强调爱国思想和科学文化的启迪作用，同时比较关注现实，注意揭露批判社会的阴暗面。18世纪前半期最重要的作家是米哈伊尔·瓦西里耶维奇·罗蒙诺索夫（1711—1765）。他是俄国历史上著名的学者。他在建立规范的俄罗斯语言和诗歌创作方面作出了重大贡献，对统一的俄罗斯民族文化的形成和诗歌的发展起了推动作用。后半期的重要作家是杰尼斯·伊凡诺维奇·冯维辛（1745—1792）和亚历山大·尼古拉耶维奇·拉季舍夫（1749—1802）。冯维辛是著名的讽刺作家，他的著名喜剧《纨绔少年》（1782）深刻揭露了农奴主的残暴和寄生性，指出农奴制是俄国的万恶之源，向现实主义迈进了一步。拉季舍夫的散文游记《从彼得堡到莫斯科旅行记》（1790）真实地写出了农民的困苦和抗议，提出人民革命思想，是俄国文学史上第一部反专制力作。这一时期的俄国文学为19世纪俄国文学的飞跃发展和繁荣作了准备。

## 第二节　歌德

约翰·沃尔夫冈·歌德（1749—1832）是德国文学史上最伟大的诗人、剧作家和小说家。在长达六十多年的创作生涯中，他写出大量的优秀作品，使德国文学进入世界文学的先进行列。

### 一、生平和创作

歌德于1749年8月28日生于美因河畔的法兰克福市一个富裕的市民家庭。父亲是这个城市的议员，母亲是市长的女儿。他从小受到良好的文化教养。1765年，歌德进入莱比锡大学学习法律，但更多的兴趣在文学与绘画上，并开始写作诗歌和戏剧。1770年4月，他转入斯特拉斯堡大学学习法律，次年获得法学博士学位后，在法兰克福担任见习律师。

歌德的思想与创作随着欧洲政治、经济、文化的不断变化而发生转变，具体可以分为下面几个阶段。

歌德创作的第一阶段是在斯特拉斯堡大学学习和"狂飙突进"运动时期（1770—1775）。在斯特拉斯堡，他结识了当时已蜚声文坛的文艺理论家、狂飙突进运动的领袖赫尔德。在赫尔德的引导下，他阅读了荷马、莎士比亚和法国启蒙作家的作品，积极投身于狂飙突进运动的洪流。1771年，歌德结束了大学学业，回到故乡。他创作了一系列代表狂飙突进运动反叛精神的优秀作品，如剧本《铁手骑士葛兹·封·伯利欣根》（1773）、小说《少年维特之烦恼》（1774）、《浮士德》初稿。他从搜集和学习民歌入手，写出了许多热情洋溢的抒情诗。如《五月之歌》《欢会与离别》《迷娘曲》等。这些诗表现了他对大自然和人生的乐观情怀，意境清新，韵律优美。

《铁手骑士葛兹·封·伯利欣根》是德国第一部现实主义历史剧。它取材于16世纪德国农民战争时期的史实。主人公葛兹是16世纪德国一个没落骑士。他反对封建割据，希望国家统一。他参加了农民起义并被拥为领袖，但并不主张打垮现存政府，也不同意农民的革命方式，终于背弃农民，被俘并死于狱中。歌德在剧中把他写成反封建割据和暴政、争取自由和统一、深受民众爱戴的英雄，赋予他狂飙突进的反抗精神。恩格斯称这部作品"通过戏剧的形式向一个叛逆者表示哀悼和敬意"①。剧本取材于德国历史，反映的却是18世纪的时代精神，在当时德国引起了很大的震动。

《少年维特之烦恼》是青年歌德最出色的作品。它是一部现实题材的书信体小说，鲜明地体现了狂飙突进运动时期进步青年的思想情绪。小说主人公维特是一个市民青年。他思想敏锐，感情丰富，才识过人。他渴望自由，力图有所作为，但沉闷和鄙陋的环境、贵族的傲慢、官场的腐败、市民的平庸，加之等级偏见，都使他不能容忍。他不甘心对人俯首帖耳、自认低人一等，也不愿意与社会的庸俗同流合污，因而处处遭受打击和失败。他找不到任何出路，只好在爱情中寻找安慰。他爱上绿蒂，明明知道她已订婚，仍然一往情深。在他眼里，绿蒂善良贤惠，体现了自然人性的光辉。横亘在他们之间的是封建婚姻制度和传统习俗，以及金钱和门第的差距。绿蒂难以违抗父母之命，维特也生性柔弱，不敢向意中人倾诉衷肠，他甚至不愿当公使秘书。辞职回家，爱情无望，事业上又走投无路，最后在无法解脱的痛苦中开枪自杀。作品表现了18世纪德国知识青年的感情、憧憬和痛苦。维特的自杀是他和社会发生冲突又找不到出路的结果，也是他作为时代的觉醒者和社会的叛逆者对那个社会的反抗。当然这种反抗是消极的，正体现了现实中德国资产阶级无力改变现状的软弱性。通过维特的悲剧，小说表现了资产阶级个性解放、爱情自由的要求与封建等级制度、传统道德之间的尖锐冲突，从而对当时德国现实进行了揭露和批判。所以恩格斯说，这部小说是"建立了一个最伟大的批判的功

---

① 恩格斯. 德国状况［M］//马克思，恩格斯. 马克思恩格斯全集：第2卷. 北京：人民出版社，1956：634.

绩"①。《少年维特之烦恼》成功地采用了 18 世纪常用的第一人称书信体，通过对主人公的观察、感受和体验来刻画人物，反映现实，细腻展示了人物的内心世界，具有强烈的真实感，并充满浓郁的抒情性。小说出版后，不仅成为狂飙突进运动的杰作，而且很快流传到欧洲各国，成为德国第一部产生世界影响的名著。但是小说弥漫着的感伤情调以及维特本人消极的反抗方式，在当时和后来也产生了一些负面影响。

歌德创作的第二阶段是魏玛从政时期（1775—1786）。1775 年，歌德应魏玛公爵的邀请，到魏玛宫廷里做官，脱离了狂飙突进运动。他先当枢密顾问，后来升为首相，主持政务。他企图依靠开明君主进行社会改革，在政治上有所作为。整整十年，他陷入繁忙的公务之中，委曲求全，结果却只是为一个微不足道的封建小朝廷做些无意义的事情。

歌德创作的第三阶段是从意大利旅行至与席勒的合作时期（1786—1814）。1786 年，他带着改革的失败和对宫廷生活的厌倦，隐姓埋名来到意大利，研究古代艺术和自然科学。他把艺术体现的纯朴、宁静、和谐作为自己的艺术理想，又开始了新的文学创作活动。1788 年，他重返魏玛。从意大利期间起，他相继完成了《埃格蒙特》（1787）、《伊菲格尼亚》（1788）和《塔索》（1789）等几部剧作。这些作品反映了他思想的变化，一方面探求新的理想，另一方面宣扬道德说教，企图以自我克制来代替现实斗争。

1789 年爆发的法国大革命使德国知识分子欢欣鼓舞，但随着革命的深入，许多人由支持革命转为憎恶革命。歌德在这一时期也对革命缺乏正确理解，写了一些嘲笑、诋毁革命的作品。他继续探索实现人道主义理想的途径，把古希腊雅典民主制看作人类可以和谐发展的理想社会。1794 年后的十年是歌德与席勒合作创立德国文学史上的"魏玛古典主义"时期。两位作家从古希腊艺术中探索人类的未来，他们相信人类通过古代艺术美的追求能达到完美与和谐。在这种思想的引导下，他们各自写出了一批重要的文学作品和文艺论著，把德国民族文学推向一个前所未有的高峰。这期间，歌德完成了长篇小说《威廉·迈斯特》第 1 部《威廉·迈斯特的学习时代》（1796）、《亲和力》（1809），叙事长诗《赫尔曼与窦绿苔》（1797），大量的叙事谣曲和诗剧《浮士德》第 1 部（1806）。

《赫尔曼与窦绿苔》是用古希腊诗体写成。它叙述法国革命时期，一个姑娘逃到莱茵河东岸与当地青年在半天内发生的爱情故事。诗中歌德歌颂了德国小市民安分守己的保守思想，表达了对革命的厌恶。这种倾向正是他对法国大革命错误认识的反映。

歌德创作的第四个阶段是歌德最后的岁月（1814—1832）。他依然保持着不断探索的精神，关注欧洲和世界的变化。他思想上更侧重于人道主义，强调仁爱、理解和宽容，肯定人的作用，重视人的行动。他广泛地与外国文学接触，第一次提出了"世界文学"的概念。但同时，他以更加宽容的态度对待周围鄙俗的现实，思想上的保守性与妥协性

---

① 恩格斯. 诗歌和散文中的德国社会主义 [M] // 马克思，恩格斯. 马克思恩格斯全集：第 4 卷. 北京：人民出版社，1956：259.

更加明显。这一时期,他写了抒情诗集《东西合集》(1819)、自传《诗与真》(1811—1831)、《威廉·迈斯特》的第 2 部《威廉·迈斯特的漫游时代》(1821—1828) 和《浮士德》第 2 部 (1832) 等。

《威廉·迈斯特》是歌德的重要作品之一,是一部富有哲理的教育小说。它围绕教育和道德这个中心,描写主人公威廉的个性形成史,表达了上升时期资产阶级的生活理想。作品肯定人的实践和行动,主张以个性道德的形成来进行社会改造,强调一个人只有对社会有益,为人类造福,其生活才有意义。小说明显地具有启蒙文学的特点,但说教过多,人物性格刻画相对不足。

1832 年 3 月 22 日,歌德逝世。歌德漫长的一生,不仅为德国文学创立了丰功伟绩,而且在文艺理论、哲学、历史学、造型艺术和自然科学等许多领域成就显著。他的各种著作多达 142 卷,是人类引以为豪的文化财富。但由于当时德国鄙陋的状况以及他所处的社会地位,他的思想和创作具有两重性。对此,恩格斯曾作过极其科学和精辟的论述,他指出:"歌德有时非常伟大,有时极为渺小;有时是叛逆的、爱嘲笑的、鄙视世界的天才;有时则是谨小慎微、事事知足、胸襟狭隘的庸人。……他的气质,他的经历,他的全部精神意向都把他推向实际生活,而他所接触的实际生活却是很可怜的。他的生活环境是他应该鄙视的,但是他又始终被困在这个他所能活动的唯一的生活环境里。"① 恩格斯的评价,揭示了歌德一生思想和创作的矛盾及其根源。

## 二、《浮士德》

《浮士德》是歌德的代表作,也是世界文学史上最伟大的作品之一。它取材于德国 16 世纪的民间传说。传说中的浮士德是一个跑江湖的魔法师。他为了满足各种欲望,曾与魔鬼订约,把自己的灵魂出卖给魔鬼。歌德自幼就熟悉这个人物,在斯特拉斯堡上学时就决定以这个传说中的人物为题材写一部"哲学的心灵剧",赋予浮士德以全新的意义。1733 年着手写作,1775 年写成部分初稿,直到 1831 年才最后完成。全书创作历时近 60 年,贯穿歌德创作生涯的始终。歌德把浮士德提高为一个不断追求、不断奋进的理想人物,融进了自己一生的经验与思考。

### (一) 情节结构

《浮士德》是一部诗体悲剧,分 2 部,共 12111 行。第 1 部有 25 场,不分幕;第 2 部也有 25 场,分成 5 幕。卷首有"献诗""舞台上的序幕"和"天上的序幕"三个小部分。

"天上的序幕"是全剧的开端,天帝与魔鬼靡非斯特对于人是向善还是向恶,人的追求有无意义发生了争论,并以尘世中追求真理的浮士德为检验对象展开了一场赌赛。

---

① 恩格斯. 诗歌和散文中的德国社会主义 [M]. 马克思,恩格斯. 马克思恩格斯全集:第 4 卷. 北京:人民出版社,1956:256.

天帝认为"人在奋斗时,难免失误",但像浮士德这样的善人,"在他摸索时不会迷失正途"。靡非斯特却认为人经不起诱惑,他自信能够引诱浮士德陷入歧途、堕落。这场赌赛确立了全剧的总纲,引出全剧的情节,即浮士德不断追求人生真理的历程。

第一部写浮士德的"知识悲剧"和"爱情悲剧"。浮士德是一个老博士,在灯光昏暗的书斋,孜孜不倦地博览群书,追寻人生真理。他感到自己皓首穷经,钻研各种学问,却一无所获,极为苦闷,想自杀了结一生。正当他服毒举杯之际,窗外传来了复活节的钟声。钟声召唤他转向人生。他带着弟子瓦格纳来到春光明媚的郊外,接触到大自然和欢乐的人群,又对人生充满信心。他带着新的体验回到书斋。魔鬼靡非斯特跟随其后,与浮士德打赌:靡非斯特甘愿为浮士德效劳,满足他的一切愿望。一旦浮士德感到满足,他的灵魂即归魔鬼所有。

订约后,靡非斯特引导浮士德走出书斋,周游世界。他们先参与地下酒店的无聊吃喝,接着靡非斯特把浮士德带入"魔女之厨",让他喝了魔汤返老还童,恢复了爱情的欲求。浮士德与一个市民的女儿玛甘泪恋爱。玛甘泪为了与浮士德幽会给母亲吃了大量的安眠药,误杀了母亲。她哥哥与浮士德决斗,被浮士德刺死。她痛极成疯,溺死了私生的婴儿,被关进监狱。浮士德想借魔力将她救出,但遭到玛甘泪拒绝。她甘愿领死受罚。

第二部写浮士德的"政治悲剧""艺术悲剧"和"事业悲剧"。靡非斯特把浮士德带到宫廷谒见皇帝,为封建朝廷服务。浮士德扮成魔法师在化装舞会上侍候皇帝和大臣们玩乐。他建议发行纸币,解决了朝廷的财政危机。为了满足皇帝、大臣的穷奢极欲,浮士德在魔鬼的帮助下招来了古希腊美人海伦供他们嬉戏,结果一声爆炸,海伦像幻影一样消失,浮士德昏倒在地。

魔鬼把浮士德带回书斋。这时他的弟子瓦格纳在试验瓶中造出"人造人"何蒙古鲁士。这个瓶中小人领着浮士德神游了古希腊神话世界,找到了古希腊美人海伦。浮士德与海伦结合并生了一个儿子欧福良,但欧福良狂放不羁,纵身翱翔,坠地而死。海伦因悲伤而随即消逝。

浮士德驾着海伦的衣裳化作的云彩降落在海边一个高山之顶。他俯瞰海滨潮汐的涨落,引起建设的雄心。他借魔鬼之力,帮助皇帝平息了一次内乱,得到海边一块封地。他想率领百姓填海造田,建立一个自由乐土的理想王国。这时,浮士德已年逾百岁,忧愁之灵吹瞎了他的眼睛,他仍然没有停止追求。魔鬼命令鬼怪们给他挖掘墓穴,他却以为是熙攘喧腾的人群在从事创造性的劳动。他终于喊出:"你真美呀,请停留一下!"于是倒地而死。当魔鬼要攫取他的灵魂劫往地狱时,天使却把他的灵魂接到天堂。在"光明圣母"面前,浮士德与玛甘泪得到团聚。

《浮士德》全剧的剧情离奇曲折,没有一个统一的贯穿始终的事件。它复杂的内容是靠一种内在的因素联系成一个整体的,这种内在的因素就是浮士德追求人生真理的精神发展过程。

### (二) 人物形象

浮士德是一个虚构的象征性形象。歌德把他作为人类的代表，象征人类的历史和前景。然而，歌德所理解的"人"实际上是资产阶级。浮士德实际上是文艺复兴以来欧洲资产阶级正面精神的代表。诗剧通过浮士德一生经历的五个悲剧阶段，概括了文艺复兴以来300年间欧洲资产阶级进步人士不断追求、探索人生真理的过程，描述了他们的精神面貌，内在与外在的矛盾，以及他们对人类远景的展望。

最初，浮士德沉醉于书斋，要探索人生与宇宙的奥秘。但是脱离实际的中世纪知识并不能给人启发。浮士德想从书本中求得真知灼见，"毕竟是措大依然，毫不见得聪明半点"，以致陷入"中宵倚案，烦恼齐天"的境地。他一无所获，苦闷、绝望。知识悲剧是他对中世纪知识和轻视现实人生倾向的怀疑和否定，也是他觉醒的开始。

复活节的钟声使他放弃了自杀的念头。这钟声象征着人文主义对人生、对生活的肯定。他来到春回大地的大自然和充满欢乐的人群中，对生活萌生了新的希望，他的精神得到"复活"。他带着一种新的体验回到书斋，立即将《圣经》上的"泰初有道"改译为"泰初有为"，悟出了行动、实践的重要性：

> 我要跳进时代的奔波
> 我要跳进事变的车轮
> 苦痛，欢乐，失败，成功，我都不问
> 男儿的事业原本要昼夜不停

他渴望行动。正是在这种感受下，他坚信自己在追求人生真理的道路上绝不会懈怠，才大胆与靡非斯特定下契约，走出书斋，到生活与实践中去谱写一曲"新歌"。

浮士德在"魔女之厨"恢复了青春，象征他肉体上的"复活"。他完全摆脱了中世纪的羁绊，开始了新的探求。追求爱情是浮士德探索人生真理的第二个阶段。但浮士德与玛甘泪的爱情悲剧是必然的。因为围绕着他们的环境是鄙俗的，封建势力还很强大。向玛甘泪施加压力的不仅有她的亲人、朋友和四邻的流言蜚语，还有宗教和法律。这种庸俗鄙陋的社会环境，是造成两人爱情悲剧的客观原因。另一方面玛甘泪深受宗教和封建伦理道德的毒害，缺乏浮士德的叛逆和进取精神，而浮士德意识到他们之间的差异，又经不起诱惑，放纵自己的情欲。这是酿成悲剧的主观原因。爱情悲剧揭示了资产阶级个性解放的要求与德国社会鄙陋的现实、封建势力之间的矛盾，也说明爱情享乐并不是人生的目的。

浮士德从爱情悲剧中认识到必须放弃个人生活的"小世界"向社会"大世界"作进一步探求。他想做一番有为的事业，不过又走错了路。这是浮士德的政治悲剧。浮士德来到的这个朝廷，政治腐败，财源枯竭，民不聊生，他却甘愿当一名侍臣。他的所作所为不过是尽心维护这个腐朽的封建王朝，并不可能有所建树。这同样不是人生的真谛。

浮士德的政治悲剧既是对资产阶级企图依附王权实现政治理想的讥讽，也是歌德本人十年从政经历的自嘲。

追求古希腊美人海伦并与之结合是浮士德探索人生真理的第四阶段。这里，海伦是古典艺术美的象征。浮士德靠着瓦格纳用理性和科学的"人造人"何蒙古鲁士发出的光幻游了古希腊神话世界。他克服重重险阻，终于与海伦结合并生下了儿子欧福良。但欧福良很快夭折，海伦像幻影一样消逝，只留下一件外衣和面纱。浮士德追求古典艺术美的悲剧既肯定了优秀的文化遗产具有永恒的魅力，又喻示了它绝不是改造世道人心的万应灵药。时代变了，古典艺术的复活只是一种没有实际内容的形式，通过艺术美的力量来改革社会是不切实际的幻想。

饱经风霜、孜孜不倦地探求了一生的浮士德从神话世界又回到现实。他意识到："人只是坚定向着周围四看，这世界对于有为者并不默然。"人应当脚踏实地、面对现实。这位双目失明、年逾百岁的老人并没有停止探求，一直到死神来临，他终于在从事开疆拓土的创造性劳动中得出了"智慧的最后断案"：

> 要每天每日去开拓生活和自由，
> 然后才能够作生活与自由的享受。
> ……
> 我愿意看见这样熙熙攘攘的人群，
> 在自由的土地上住着自由的国民。

浮士德找到了人生的真理，满足了，但生命也结束了。这是浮士德追求人生真理的第五个阶段——事业悲剧。事业悲剧既提出了用改造自然来建立人间乐园的设想，又对这一理想能否实现表示怀疑。

浮士德的一生是不断地探求真理，抛弃错误与幻想，发现真理的一生。他对人生理想探索的每一个阶段，都反映了欧洲资产阶级先进知识分子精神发展的某一个重要时期。他从中世纪枷锁中挣扎出来，摆脱了低级的官能享乐和狭隘的个人幸福，否定了为封建王朝服务的道路，抛弃了向古代艺术寻找出路的幻想，最后在改造自然的创造性劳动中找到了人生的真理。这个过程实际上概括了文艺复兴以来一直到19世纪初欧洲资产阶级先进知识分子的精神探索过程，从中总结了启蒙运动的历史经验。浮士德最后认定的人生理想，已接近空想社会主义思想，同时又是对当时不合理的社会的一种否定和批判。

浮士德的一生是自强不息、不断求索的一生，也是重视实践、勇于行动、不断进取的一生，这就是浮士德精神，体现了上升时期资产阶级积极向上的进取精神。而实际上，浮士德的性格充满着矛盾，他曾剖析自己的内心说：

> 有两种精神居住在我的心胸，

一个想要同另一个分离；
一个沉溺在迷离的爱欲之中，
执拗地固执着这个尘世，
另一个猛烈地要离去风尘，
向那崇高的灵的境界飞驰。

正由于他有迷恋尘世的一面，靡非斯特才自信能把他引入歧途，但由于对"灵的境界"的追求始终占主导，他又能够在歧途和错误中努力克服自身的矛盾，战胜魔鬼的诱惑，找到人生的真谛。在人类历史发展的进程中，由于客观上恶势力与人自身内部矛盾的作用，人的行为难免有缺点和过失，也可能导致悲剧。但人要积极进取，为实现崇高理想敢于探索和行动，就能克服矛盾，不断前进，而且也只有在矛盾中才能前进。浮士德的追求与探索隐含的这种思想，具有积极的辩证意义。

浮士德代表了资产阶级的正面理想，但这种正面理想也表现了这一时代德国资产阶级的局限性。首先，浮士德走的是个性自我完善的道路。他对人生真理的探求仅限于个人精神领域，回避社会的政治斗争，力求以个人的道德完善和改造自然来实现理想社会。其次，浮士德是一个自我中心主义者。他要求的是自我精神的解放。他脱离群众，孤军奋战，以恩赐的态度对待人民。他所要建立的理想乐园实质上也只能是资产阶级的理想王国。因此，浮士德探求的人生真理虽然表达了资产阶级的进步要求，但实际上在现实生活中却很难实现。事实上浮士德也没有实现他的理想。他的理想乐园也只是在他双目失明以后出现的幻景。尽管他的灵魂最后升入天堂，然而终其一生，他壮志未酬。这仍然是一个理想探索者的悲剧。

魔鬼靡非斯特是诗剧中与浮士德既矛盾对立又相辅相成的另一重要形象。他是"恶"的代表。这里的"恶"指的是哲学意义上的否定和毁灭。在《天上的序幕》里，天帝称他为"否定的精灵"，他自己也声称：

我是否定精神！
凡物都是有成必有毁，
所以倒不如始终无成，
因此你们便叫做"犯罪"，
"毁灭"，更简单一个字"恶"，
便是我的本质。

靡非斯特对现实的一切采取玩世不恭、虚无主义和否定的态度，这是他的基本特征。他不相信人的向善，不相信历史的进步，否定理性，否定人的努力，没有任何道德观念。他来到世间就是以破坏、毁灭为宗旨。这是他消极的一面。但是他否定的很多东西本质上是落后的、反动的。如唯心主义哲学、教会和封建专制的腐败、新兴大都市的罪恶等，这种否定又成为一种健康积极的批判。同时他的很多言语都闪烁着智慧的火花，具有客观真理的因素。如他的名言"一切的理论都是灰色的，只有人生的金树常青"，道出了实践重于理论的思想。所以这一形象又有积极的一面，具有敏锐的观察力和犀利的批判锋芒。

靡非斯特的否定精神对于浮士德这样一个不断追求进步的人来说，客观上起着推动作用。他把浮士德引出书斋，目的是要诱使浮士德迷恋尘世，及时行乐，实际上却帮助浮士德走出了阴暗的书斋，投身于实际。他一再使浮士德坠入迷津，感到满足，甚至走错路，但到头来只是使浮士德不断地从错误挫折中吸取教训，克服自身的矛盾，向着更高的境界迈进，最后找到人生的真理。因此，靡非斯特的作恶，不但没阻止浮士德的追求，反而成了浮士德探求人生真理道路上不可缺少的动力。在这个意义上，他的恶正如黑格尔笔下的恶一样，"是历史发展的动力借以表现出来的形式"。他也说自己是"作恶造善的力之一体"。所以靡非斯特与浮士德的关系体现了对立统一的辩证精神，也揭示了社会发展的某些本质现象。

总之，靡非斯特是一个富有深刻哲理的艺术形象。他的"恶"同样概括了上升时期资产阶级的某些特征。他与浮士德既对立又统一，从正反两方面勾画出了资产阶级的精神与灵魂。

### （三）艺术特点

《浮士德》是一部史诗性的艺术杰作。它构思宏伟，结构庞大，形象繁复，包含了广博深刻的思想内容，显示了歌德卓越的艺术才能和丰富的创作经验。

首先，在创作方法上，浪漫主义和现实主义互相交融。全剧的整体构思是浪漫主义的。剧中大量运用了各种想象的、神话的、虚构的人物、事件和环境，如天帝与魔鬼打赌，魔女之厨，海伦的形象，填海造田的场面以及最后天国的风光等。但这些浪漫主义的幻想都有其现实基础。而剧中书呆子瓦格纳的形象，玛甘泪的形象及其悲惨遭遇，保守狭隘的德国市民社会，乌烟瘴气的封建宫廷生活等基本上都是现实主义的，真实而富有典型性。浮士德一生的经历也是在这两种创作方法交替使用中展现的，其中既有像书斋生活、与玛甘泪的恋爱等具体生动的事件，也有返老还童、与海伦结合、灵魂升天等幻想性的情节。尽管表现方法不同，但浮士德精神发展的每个阶段都有现实依据，都是资产阶级精神发展的某一个重要时期的真实反映。这样整个诗剧用幻想的情节和真实的生活交织出一幅包罗万象的瑰丽的艺术图画。它打破了时间、空间的限制，把生活作为一个整体进行概括。它通过广阔的背景，寓意丰富的形象，艺术地总结了300年来资产阶级精神发展的历史，同时又表达了作者的社会理想。

其次，辩证的、矛盾对立的形象塑造手法。首先，浮士德本人的性格就是复杂而矛盾对立的。其次，诗剧以浮士德为中心，其他一些重要人物都在不同意义上与浮士德形成矛盾对比关系。如浮士德与靡非斯特，浮士德与瓦格纳，浮士德与玛甘泪，浮士德与

海伦等都是一组组对比鲜明的形象。浮士德的精神性格就是从与这些人物的矛盾对抗以及他自身的矛盾中显示出来的。其中又以浮士德与靡非斯特一正一反，既对立又统一的关系贯穿全剧。靡非斯特代表恶，否定人生，蔑视理智；浮士德代表善，热爱人生，自强不息，两者交相映衬。而靡非斯特对浮士德所作的各种诱惑和破坏，客观上又转化为推动浮士德前进的动力，为浮士德的精神超越提供了可能性。这种矛盾对比手法不仅使人物形象鲜明突出，主题深化，也使作品揭示了现实生活中的矛盾发展关系，充满辩证精神。这表现了歌德对生活本质有深刻的洞察力并且善于将思想化为形象的高超艺术才华。

再次，丰富多变的诗歌艺术表现形式。诗剧的描写范围超越了时间、空间，包容了前世、现实和未来，天上、人间，以及各式各样的场面和人物。根据内容的不同需要和不同的人物、环境和气氛，诗剧选择了最恰当的诗体、韵律和诗句作为其表现手段，运用了欧洲所有的诗体形式。剧中既有清新优美的民歌，也有古色斑斓、典雅端庄的希腊古典诗体；既有浓厚的抒情，也有哲理性的议论和犀利、辛辣的讽刺。多种多样的艺术表现形式恰当地表现了各种人物的个性和丰富复杂的内容，也显示了歌德诗歌艺术的造诣。

# 第六章 19世纪前期文学

从1789年法国革命到1830年前后这段时期是欧美历史上的重大转折时期，封建制度开始崩溃，资本主义逐步建立。在法国大革命、工业革命、遍及欧洲的民主运动和民族解放运动、德国古典哲学、空想社会主义学说等经济、政治、文化思想共同作用下，欧美文坛出现了浪漫主义文学。

## 第一节 概述

### 一、浪漫主义文学产生的基础

作为一种创作方法，浪漫主义早在人类的文学艺术尚处于口头创作时期就已存在。作为一种文学思潮，它则是18世纪末至19世纪初欧洲特定时代的产物。19世纪前期浪漫主义思潮产生的社会、思想和文学基础体现在以下几个方面。

首先，这一时期欧洲的社会矛盾极为复杂、尖锐，但主要矛盾仍然是资产阶级与封建阶级的矛盾。双方围绕法国革命在进行反复较量。

1789年的法国资产阶级革命不仅推翻了法国的封建制度，而且震撼了欧洲的封建统治。但是，封建统治阶级并不甘心退出历史舞台。法国国内被推翻的封建贵族多次发动暴乱，统治欧洲各国的封建势力也勾结起来，对法国进行武装干涉。在这种危急的形势下，1799年代表大资产阶级利益的拿破仑上台，取得政权。1804年又宣布建立法兰西第一帝国。拿破仑为了巩固法国革命的成果，对内镇压复辟势力，对外抗击反法联盟的进攻。为了扩大战果，他带兵先后入侵欧洲一些封建国家，结果于1815年被以俄、奥、普为首的欧洲封建势力组成的反法同盟所打败。被推翻的波旁王朝又重整旗鼓，在法国复辟。直到1830年法国资产阶级又发动了"七月革命"，推翻了复辟王朝，资本主义在法国才得以确立。

法国革命引起了欧洲社会的剧烈变化。许多国家开始了反封建的民主运动和民族解放运动。拿破仑垮台后，欧洲各国封建势力结成"神圣同盟"镇压各国革命运动，但革命的烈火仍然风起云涌，民主运动和民族解放运动给各国的封建势力及"神圣同盟"以有力的打击。

这一时期，英国完成了工业革命，大工业生产迅速发展，随之而来的是劳资矛盾日益暴露，自发的工人运动不断出现。工人阶级开始了反资产阶级的斗争。

法国革命胜利后带来的社会现实并没有实现启蒙思想界在革命前所作的预言。摆在人们面前的同样是一个十分丑恶的社会，仍然是战争、侵略、民族压迫。新形式的资本主义剥削比封建社会更加残酷，更加无孔不入，造成贫富对立更加尖锐化。"自由、平等、博爱"不过是一纸空文。"同启蒙者的华美约言比起来，由'理性的胜利'建立起来的社会制度和政治制度竟是一幅令人极度失望的讽刺画。"① 这种丑恶的现实宣告了启蒙理想的破灭，引起了社会各阶层普遍的不满，从而形成不满现实、热衷幻想、追求新奇的社会心理。面对着这种社会动荡和剧变，一些作家对启蒙理想极为失望，对现实强烈不满，企图用想象去寻找解决社会矛盾的途径，探求新的理想。浪漫主义就是在这种社会背景下产生并发展起来的，并形成了遍及欧洲的文学运动。

其次，浪漫主义文学的兴起也同这一时期流行的德国古典哲学和空想社会主义思潮有密切的联系。

德国古典哲学夸大主观的作用，强调天才、灵感和主观能动性，强调人的自在人为，同时宣扬宗教和神秘主义，把"自我"提高到高于一切的地位，为浪漫主义奠定了理论基础。而空想社会主义思潮引导人们揭露私有制的罪恶，同情劳苦大众，幻想一个没有剥削、压迫的自由平等社会，对浪漫主义也产生了很大的影响。

此外，中世纪文学中的富于幻想、传奇色彩的题材和风格形式，18 世纪启蒙文学中卢梭"返回自然"的主张，英国的感伤主义和德国"狂飙突进"运动所表现的重视感情和强烈要求个性解放的精神，都在文学传统上为浪漫主义所继承。"浪漫主义"（Romanticism）一词就是来源于中世纪的"传奇"（Romance）。

## 二、浪漫主义文学的基本特征

从文学的发展、演变来看，浪漫主义是建立在对古典主义的否定和对启蒙运动失望的基础上产生的文学思潮。作为一个具有共同社会历史背景和哲学基础的文学潮流，浪漫主义文学具有以下共同特征。

第一，偏重表现主观理想，抒发强烈的个人感情。这是浪漫主义文学最本质的特征。由于对现实强烈的不满，浪漫主义作家把精神生活看作是同卑俗的物质实践活动相对抗的唯一崇高价值，因为他们着重描写内心世界，个人对理想的追求、对生活的感受，用理想和幻想的世界与现实对立。他们反对古典主义的理性和法则，主张个性解放，强调创作自由，把情感和想象提到创作的首要地位。即使在反映现实上，他们也是从自己的主观感受出发。因而浪漫主义文学富于主观幻想性和浓厚的抒情色彩。

第二，着力描绘自然景物，歌颂大自然。浪漫主义作家厌恶资本主义的城市文明，

---

① 恩格斯. 社会主义从空想到科学的发展［M］//马克思, 恩格斯. 马克思恩格斯选集：第 3 卷. 北京：人民出版社, 1972：298.

他们接受卢梭"返回自然"的主张，热衷于表现大自然，抒发对大自然的感受，把大自然作为描写和歌颂的对象，突出人与自然在感情上的共鸣。在他们笔下，大自然的美和崇高往往同城市生活的丑恶、庸俗、卑下形成鲜明的对照，借以抒发个人愤世嫉俗的情感和寄托对自由的理想。因而浪漫主义作品大都描写自然景物，情景交融，常有瑰丽的色彩和异域的情调。这是浪漫主义文学别开生面的创新。

第三，重视中世纪民间文学。针对古典主义以古希腊罗马文学为典范，鄙视民间文学，浪漫主义作家对中世纪民间文学表现出极大的兴趣。中世纪民间文学不受古典主义的清规戒律的束缚，具有想象丰富、感情真挚、表达自由以及语言通俗的特点，同时又保留着各民族的文化思想传统，有助于唤起民族意识，为广大群众喜闻乐见。因此浪漫主义作家把它作为文学革新的借鉴和楷模。在德国和英国，浪漫主义运动就是从搜集和整理中世纪民间文学开始的。

第四，运用夸张、对比的手法，描写非凡的事件，塑造非凡的人物，追求强烈的艺术效果。浪漫主义作家往往依据愿望和假想的推断来表现理想的生活和人物。在创作中，他们大胆地发挥主观想象力，通过虚构的环境，描绘奇幻神秘的景象和绚丽多姿、激动人心的场面，并对所描绘的对象极力夸张、渲染。这样，大胆地想象，曲折离奇的情节，鲜明夸张的人物形象，神话色彩以及奇特的异域情调和平凡的日常景象的交织、对照，构成了浪漫主义文学具有的特征。

总的来说，浪漫主义的特征是与古典主义相对的。浪漫主义创作的主要体裁是诗歌。在浪漫主义文学中，抒情诗和抒情性叙事诗空前繁荣，抒情性很强的历史剧和小说也有很大的成就。

## 三、欧美各国浪漫主义文学概况

由于各国政治、经济发展不平衡和文化历史传统不同，浪漫主义文学在各国发展的情况也不尽相同。它最早出现在18世纪末的德国，很快成为欧洲文学的主流。这种浪漫主义思潮也很快影响到俄国和美国的文学。

### （一）德国文学

德国是浪漫主义思潮的诞生地。这时期的德国仍是一个政治分裂、经济落后的封建国家。软弱的资产阶级既对鄙陋的德国现实不满，又对法国革命的后果感到失望和恐惧，只好在精神世界里探索个性解放的途径。

德国早期浪漫主义的代表是以施莱格尔兄弟为首的"耶拿派"。1798至1800年，这派作家以耶拿为中心，创办刊物《雅典娜神殿》，宣传浪漫主义文学主张。奥·施莱格尔（1767—1845）和弗·施莱格尔（1772—1829）兄弟是德国浪漫主义纲领和理论的制定者。在阐明浪漫主义理论时，他们认为人的主观精神高于一切，强调作家创作的绝对自由，主张无所为而为的艺术。在这种理论的指导下，"耶拿派"创作的基本倾向是怀古遁世和追求荒诞离奇的神秘幻想。他们中诺瓦利斯（1772—1801）的《夜颂》（1800）最有代表性。这是他为悼念死去的未婚妻而写的诗集，通篇用迷醉的语言歌颂黑夜和死亡，表现出阴暗的病态心理，具有浓厚的神秘主义色彩。"耶拿派"活动时间不长，但对德国浪漫主义文学影响却很大。

进入19世纪以后，在拿破仑军事占领时期，一批青年作家出于对民族前途的关心，把注意力转向民间文学。1805年他们在海得尔堡形成新的文学中心，被称为"海得尔堡派"。这派作家试图以中世纪精神复兴德国，宣扬天主教，本质上与耶拿派无二致。但他们深入民间，搜集、整理民歌和童话，给德国文学注入了新的血液。他们中的阿尔尼姆（1781—1831）和布伦坦诺（1778—1842）合编的民歌集《男童的神奇号角》（1806—1808）收录了德国近300年的民歌，不仅丰富了德国的诗歌宝库，也促进了德国民族意识的觉醒。这方面作出贡献的还有雅科布·格林（1785—1863）和威廉·格林（1786—1859）兄弟。他们长期从事民间文学的搜集、整理和研究工作。他们合编的《儿童与家庭童话集》（1812—1815）（《格林童话》）已成为有世界影响的儿童文学名著。

后期德国浪漫主义的重镇转到柏林，重要作家是霍夫曼（1776—1822）。他创作了许多充满恐怖、怪诞情节及病态心理的小说。这些作品主要描写阴暗、神秘的幽灵力量对人生活的干扰，而人却无能为力，但他并不颂扬黑暗或逃避现实，而是对黑暗势力和现实社会进行揭露和讽刺。他的代表作《小查克斯》（1819）通过一个侏儒招摇撞骗，因而飞黄腾达，最后终于垮台的童话般的故事，尖锐地讽刺了德国病态社会的丑恶现实。霍夫曼的创作对许多欧美作家产生了很大的影响。

总的说来，德国浪漫主义文学思想内容保守，艺术成就也有限。这一时期真正代表德国文学成就的是歌德和席勒的创作。但德国浪漫主义作家最先打出浪漫主义旗号，他们的理论和创作对开拓新的文学局面和欧洲浪漫主义运动的兴起还是发挥了重要的作用。19世纪30年代以后，随着资本主义的发展和民主力量的增强，德国文学开始向资产阶级民主主义革命文学过渡，浪漫主义逐渐成为末流。

**（二）英国文学**

18世纪末，资本主义社会矛盾和弊病日益暴露，英国第一代浪漫主义作家出现，主要代表是华兹华斯（1770—1850）、柯尔律治（1772—1834）和骚塞（1774—1843）。他们都厌恶资本主义文明，便远离城市，隐居在英国西北部湖区，寄情山水，以此抵制资本主义的工业文明和冷酷的金钱关系，故称"湖畔诗人"或"湖畔派"。他们十分注重人与自然的诗意的统一，致力于描写远离现实斗争的题材，赞颂大自然，讴歌宗法式的农村生活，缅怀封建社会，或描绘奇异神秘的景象和异国风光。

"湖畔派"的代表作是华兹华斯和柯尔律治用民间歌谣体合写的诗歌集《抒情歌谣集》（1798）。华兹华斯寄情山水，在大自然里寻找慰藉；柯尔律治神游异域或幻境，以梦境为归宿。二人的诗都流露出哀怨、悲观的情绪，但感情自然真切，语言平白自如，格律自由舒展，一反古典主义专事文字雕琢的颓风，给英国诗坛带来了重大革新。诗集中最著名的是华兹华斯的《丁登寺》和柯尔律治的《古舟子咏》。前者以对自然景物的描写，突出人和自然的精神交往，后者借一个神秘奇幻的航海故事，探索人生的罪与赎罪。1800年诗集再版，华兹华斯写了一篇序言，阐述浪漫主义的诗歌理论，明确提出了与古典主义相对立的浪漫主义创作原则。序言中，华兹华斯认为"诗歌是人和自然的形象"，"所有好的诗都是强烈感情的自然流露"。他特别强调发挥诗人的主观想象和对内心世界的发掘，并提出用人民日常语言写"普通生活中的事件和情境"。这一集一序在英国各领域开创了浪漫主义新时代，集中体现了湖畔派的美学纲领。

湖畔派的思想倾向是保守的。他们中的骚塞曾公开表示为"神圣同盟"服务，并以诗向英国王室献媚，被封为"桂冠诗人"。不过他们中成就最高的华兹华斯思想较为复杂。他的不少诗篇在讴歌宗教制农村生活，赞美农民虔诚的宗教思想的同时，也在一定程度上表达了他对下层人民痛苦和忧郁的同情。他早年也写过一些歌颂自由、反对暴政、支持民族解放斗争的佳作。他的创作和理论对后来的英国浪漫主义诗人有很大影响。

在19世纪初期欧洲资产阶级民主运动和民族解放运动高涨的影响和推动下，以拜伦、雪莱、济慈为代表的第二代浪漫主义诗人登上文坛。他们都强烈要求摆脱封建教会势力，表现出争取自由和进步的民主倾向。在艺术上他们完成了由湖畔派开创的诗歌革新。他们的创作把浪漫主义诗歌带进了更广阔的领域，代表了19世纪前期欧洲文学的最高成就。

波西·比希·雪莱（1792—1822）早年就接受了启蒙主义和空想社会主义的影响，思想上倾向革命。他曾经支持爱尔兰人民反对英国殖民统治的斗争。而对英国的黑暗现实，他既认识到反动统治的罪恶，同时又坚信理想社会必然实现。在他短暂的一生中，他创作了大量的抒情诗、叙事诗和诗剧等多种体裁的作品。他的第一部长诗《麦布女王》（1813）采用梦幻和寓言形式，写一个少女在睡梦中被仙后麦布女王带到天上，观看人类的过去、现在和未来三个世界。通过这三个不同世界的描绘和女王对人间事物的评论，控诉了社会的罪恶，赞美美好的未来，提出要依靠宣扬鼓动实现社会变革。他的重要作品长诗《伊斯兰起义》（1817），借用异域伊斯兰教黄金城的革命暗喻法国革命，歌颂法国革命的民主精神，揭露波旁王朝复辟的黑暗现实，坚信革命必胜。雪莱的政治抒情诗也特别出色。在英国工人运动兴起的年代，他写出了一系列充满战斗号召的诗歌，如《给英国人民的歌》《1819年的英国》《虐政的假面游行》等，揭露英国统治者残杀工人、扼杀自由的罪行，抨击法律的不公正和宗教的虚伪，号召人民起来斗争。他十分关注当时欧洲的民族解放运动，写了著名的诗篇《自由》《自由颂》《那不勒斯颂》《给意大利》等以及诗剧《希腊》，赞美民族自由，支持各国的民族解放运动。雪莱还有许多描绘自然景物的抒情短诗。他的脍炙人口的名篇《西风颂》（1819），以西风象征革命力量，赞美西风横扫落叶，"促成新的生机"，并希望自己化为西风，把对未来的畅想传遍人间。诗的结句："如果冬天已经到来，春天还会遥远？"反映了他对未来的信念和乐观主义精神。

诗剧《解放了的普罗米修斯》（1819）是雪莱的代表作。它取材于希腊神话和埃斯库罗斯创作的悲剧。雪莱根据现实斗争的需要，对原有题材进行了改造，把普罗米修斯塑造为与代表邪恶和暴政的天神朱庇特（宙斯）进行不屈斗争而获得胜利的英雄。诗剧的意义不仅在于表现了普罗米修斯的胜利，还在于形象地展现了推翻暴政后人间获得自由、平等和正义，万物欢腾的动人景象。它表达了这样一种信念：宇宙和人类社会处在永恒运动中，变革是必然的，貌似强大的暴政必将被摧毁，美好的未来一定会到来。在神圣同盟镇压革命、重建欧洲封建统治的黑暗时代，这种饱满的政治热情和乐观主义精神，唱出了时代的强音，振聋发聩，具有鼓舞人心的力量。在艺术上，这部诗剧以整个宇宙为背景，规模宏伟，气势磅礴，想象丰富，充满象征和富贵，抒情气氛浓郁，具有强烈的艺术魅力。

雪莱的诗歌创作积极宣传了民主自由的思想，富于鼓动性，深受人民欢迎，不仅给当时英国浪漫主义文学带来新的生机，而且对后来英国早期无产阶级文学中的宪章派诗歌很有影响。雪莱是英国诗歌领域第一个表现空想社会主义理想的诗人。

约翰·济慈（1795—1821）是与拜伦、雪莱齐名的浪漫主义诗人。他以抒情诗见长。他的诗表现了对美的强烈追求，揭示出丑恶现实给人的痛苦和重压，但缺乏拜伦、雪莱那种反抗精神和斗争热情。由于不满现实，他常常求助于超越社会生活的"艺术的纯美"，因而他的创作有回避现实斗争的唯美倾向。他善于描绘鲜明、可感的自然景色和事物的外貌，抒发自己独有的感受和生活理想。他创作时间有四五年，宏图未展，不到26岁就与世长辞，但他在英国诗坛上却有很高的声誉。他的《秋颂》《夜莺歌》《希腊古瓮颂》等都是英国浪漫主义诗歌的传世佳作。

英国浪漫主义文学在叙事文学方面作出卓越贡献的是瓦尔特·司各特（1771—1832）。他最初是以诗人的面貌出现在文坛的，主要创作以历史事件或民间传说为题材的长篇叙事诗。后来转而创作历史小说，成为欧洲历史小说的创始人，他一共著有27部历史小说，大多取材于苏格兰、英国和欧洲其他国家的历史。他的小说写的都是历史上的重大事件，善于把历史真实与大胆想象结合起来，通过个别人物的遭遇和激烈尖锐的矛盾冲突表现各种社会集团的不同利益和不同人物之间的复杂关系，显示历史发展的必然趋势，同时突出人民群众在历史中的地位和作用。代表作是《艾凡赫》（1820）。它以骑士艾凡赫的冒险经历为线索，生动地表现了12世纪末英国封建社会"狮子王"理查在位时复杂的社会矛盾和民族矛盾，揭露了诺曼贵族的骄横残暴和撒克逊劳动人民的苦难，成功地塑造了民间传说中农民英雄罗宾汉的形象，突出了人民群众在稳定政局中的力量和作用。但作者又把历史上的暴君"狮子王"理查写成是缓和民族矛盾的英明君主。司各特的历史小说规模宏大，既有曲折离奇的情节、理想化的人物，也有对历史风貌、民族风尚的真实描绘，对19世纪欧洲许多著名小说家都有影响。

（三）法国文学

法国资产阶级和封建复辟势力的曲折斗争，决定了法国浪漫主义有更为鲜明的政治色彩。

法国浪漫主义文学的早期代表是夏多布里昂（1768—1848）和斯塔尔夫人（1766—1817）。夏多布里昂带有贵族倾向。他在论著《基督教真谛》中，宣扬只有基督教才能促进诗歌的发展。他的代表作中篇小说《阿达拉》（1801）以北美森林为背景，描写一位信奉基督教的酋长的女儿，为了恪守教义，抵住对被俘异教青年的爱情的进袭，毅然以死殉教。小说通过世俗爱情和宗教信仰的矛盾,歌颂了基督教的崇高和伟大。收入《基督教真谛》(1802)的中篇小说《勒内》,其同名主人公是世界文学史上第一位"世纪病"患者。斯塔尔夫人带有民主倾向。她的文学贡献主要是在文艺理论方面。她在《论文学》(1800)和《论德国》(1810)等论著中,猛烈抨击矫揉造作的沙龙文学和束缚创作个性的古典主义规范,主张在文学批评中用历史比较的方法来代替古典主义文学法则。她要求文学扎根于本民族的土壤,"用我们自己的感情来感动我们自己",从而奠定了法国浪漫主义的理论基础。她的重要作品是长篇小说《黛菲妮》(1802)。它以浪漫主义手法描写了一个热情奔放、追求自由与幸福的贵族妇女的爱情悲剧,谴责了封建道德和宗教偏见。这与夏多布里昂同时发表的《阿达拉》形成鲜明的对比。

　　法国早期浪漫主义作家还有诗人拉马丁(1790—1869)和维尼(1797—1863)。他们的文学活动开始于复辟时期。他们的诗歌都流露出对现实的憎恶。拉马丁以咏唱缠绵悱恻的爱情和宗教思想为特征,维尼则宣扬孤傲坚忍精神,以对抗人生的厄运。

　　19世纪20年代中期,法国浪漫主义在同古典主义的斗争中形成了一场颇有声势的文学运动。这场运动不仅要求摆脱古典主义旧的形式,而且表现了鲜明的反复辟的政治倾向。雨果是法国浪漫主义运动的领袖,他在诗歌、小说、戏剧等领域取得了巨大的成就,成为法国浪漫主义文学的杰出代表。19世纪30年代以后,法国文坛现实主义兴起,并逐步成为文学的主流,而浪漫主义文学仍在发展。雨果继续写出一系列洋溢着浪漫主义激情的诗歌和小说。此外,重要作家还有缪塞和乔治·桑。

　　缪塞(1810—1857)是诗人、戏剧家和小说家,青年时代就参加了以雨果为核心的浪漫主义运动。19世纪30年代以后开始在文坛崭露头角。他的作品主要反映对复辟政权的不满。其中最有影响的是长篇小说《一个世纪儿的忏悔》(1836)。小说带有自传性。主人公沃达夫是19世纪20年代一个感染"世纪病"的资产阶级知识青年。这种"世纪病"就是当时一代青年所谓"无可名状的苦恼的感觉",实际上是面对现实产生的颓废、悲观,找不到出路的迷惘。沃达夫这一代是19世纪的世纪儿,他们生在拿破仑帝国时代,在"隆隆的战鼓声中长大","呼吸的是晴朗天空下充满了光荣,响彻了兵刀声的空气","生来就是要参加那些大搏斗的"。可是长大成人时,光荣的拿破仑帝国已经一去不复返。他们面对的是僧侣当道的复辟王朝,因而承受着一种极大的失望、痛苦、空虚和迷惘。小说塑造了典型的"世纪儿"的形象沃达夫,揭示了这种"世纪病"产生的时代根源,表达了19世纪20年代资产阶级青年对拿破仑时代的怀念和对复辟王朝的不满。

　　乔治·桑(1804—1876)是法国浪漫主义文学中杰出的小说家。她一生创作极为丰富,仅中、长篇小说就有近百部之多。她早期小说大都以爱情为主题,提出资本主义社会妇女的命运问题,揭露资产阶级的道德。19世纪40年代,她创作了一系列表现理想的人物、理想的社会、理想的爱情以及宣扬空想社会主义思想的社会小说,抨击当时的财产制度和婚姻制度。在她全部创作中,引人注目的是40年代后期开始创作的"田园小说"。最著名的有《魔沼》(1846)、《小法岱特》(1849)和《弃儿弗朗沙》(1850)。这些作品以抒情的笔调描绘大自然的绮丽风光和农民淳朴的生活、美好的心灵,渲染了农

村的静谧气氛，给法国文学增添了描写农村生活的新篇章，在浪漫主义文学中别具一格。乔治·桑是一个自觉的浪漫主义者。在创作中，她重主观、重理想，力求"把人类描绘得如同我所希望的那样，如同我所认为应该的那样"。她的作品善于把细腻的描绘与抒情的笔调糅合在一起，文字清丽，风格委婉亲切，具有强烈的艺术感染力。

**（四）俄国文学**

19世纪初俄国文坛各种流派和思潮纷然并立，互相排斥又互相渗透，继18世纪古典主义和感伤主义之后出现了浪漫主义。俄国浪漫主义文学的创始人是诗人茹科夫斯基（1783—1852）。他思想比较保守，创作上并没有摆脱因袭西欧的痕迹。他的诗大多取材于民间传说，着重描写内心生活、梦幻世界、对自然的感受，流露出对人世无常的哀婉，有着浓厚的感伤色彩。他的代表作是叙事长诗《斯维特兰娜》（1808—1812），以等待出征爱人归来的斯维特兰娜的忧伤和喜悦，宣扬顺从天命的思想，充满神秘色彩。《俄罗斯军营的歌手》（1812）是他的爱国主义名篇。总体来说，茹科夫斯基的创作脱离现实，内容消极，但在诗歌形式、表现技巧以及语言和韵律等方面，带来了诸多创新。

俄国浪漫主义的代表是以雷列耶夫（1795—1826）为首的十二月党人和普希金（1799—1837）。雷列耶夫的政治讽刺诗《致宠臣》（1820）影射沙皇亲信阿拉克切耶夫，并称他为恶棍、祖国的暴徒，"专制统治下的奸诈谄媚者"，表现了鲜明的战斗精神。他的著名诗组《沉思》（1821—1823），以俄国历史上性格坚强的人物，激发人民的爱国热情。长诗《沃伊纳罗夫斯基》（1825）以乌克兰历史为题材，借以反映十二月党人为祖国、为人民的解放和自由贡献一切的精神。

普希金既是浪漫主义文学的重要代表，现实主义文学的奠基人，也是俄罗斯民族文学的创始人。

莱蒙托夫（1814—1841）是普希金传统的继承人。他的浪漫主义长诗《童僧》（1839）、《恶魔》（1829—1841）洋溢着狂热的叛逆精神和对自由的呐喊。

**（五）美国文学**

美国浪漫主义文学以19世纪30年代为界，分为早期和晚期。早期浪漫主义文学的主要作家是华盛顿·欧文和詹姆斯·库伯，他们第一次打破了对英国文化的依附，是美国文学的先驱。华盛顿·欧文（1783—1859）是美国建国后第一个获得国际声誉的作家，有"美国文学之父"之称。代表作有《见闻札记》（1820），包括散文、杂感、故事等，不仅歌颂了美国的自然景色和风土人情，而且通过浪漫主义的形象创造了美国"童年"的画像，既曲折地反映了当时日益上升的民族意识，又包含了对当时资本主义现实的隐晦的批评。他优美的散文在整个19世纪被认为是美国散文的典范。

詹姆斯·库伯（1789—1851）是小说领域里第一个采用民族题材的作家。他一生写了50多部小说，代表作是以猎人纳蒂·班波（绰号"皮袜子"）为中心人物的五部曲：《皮袜子故事集》（1826—1841）。其中，《最后的莫希干人》（1826）描写18世纪中叶英法殖民主义者为掠夺印第安人的土地而发生的战争。印第安人一方面被屠杀或者充当炮灰，另一方面又互相残杀，直至整个部族绝灭。作者对智慧的莫希干族的民族悲剧寄予了深切的同情。

由早期浪漫主义过渡到后期浪漫主义文学的是著名诗人、小说家、评论家爱德加·爱伦·坡（1809—1849）。他的小说创作，题材怪诞，色彩阴暗，充满神秘、病态和恐怖，但形式精美，技巧圆熟，因此受到后世现代主义作家推崇。在创作中，他主张"把滑稽提高到怪诞，把害怕发展到恐怖，把机智夸大成嘲弄，把奇特变成怪异和神秘"。他写了70余篇短篇小说，代表作是《厄舍古屋的倒塌》（1837）。爱伦·坡还被认为是西方侦探小说的开拓者。他写的侦探小说大多描写破案人员通过精密推测人的心理活动和严密的逻辑推理而破案的过程，开西方侦探小说的先河。他的诗歌《乌鸦》（1845）赢得公众和评论界一致好评。爱伦·坡的创作在美国文学中别具一格，标志着美国民族文学的多样性和在艺术上的发展。

美国后期浪漫主义代表有爱默生、梭罗、霍桑、麦尔维尔、惠特曼等。拉尔夫·华尔多·爱默生（1803—1882）是超验主义的领袖，他的理论集中在《散文选》（1841—1844）中，成为后期浪漫主义的旗帜，促进了美国浪漫主义的发展。

梭罗（1817—1862）最著名的作品是散文集《瓦尔登湖》（又译《湖滨散记》），记叙他在瓦尔登湖的隐逸生活。

霍桑（1804—1864）是19世纪影响最大的浪漫主义小说家。他的代表作是长篇小说《红字》（1850）。作品讲述了发生在北美殖民时期的恋爱悲剧。女主人公海丝特·白兰嫁给医生奇灵渥斯，他们之间却没有爱情。在孤独中白兰与牧师丁梅斯代尔相恋并生下女儿珠儿。白兰被当众惩罚，戴上标志"通奸"的红色A字示众，但她坚贞不屈，拒不说出孩子的父亲。小说揭露了宗教的伪善与冷酷，同时批判了法律的不公正。小说惯用象征手法，人物、情节和语言都颇具主观想象色彩，在描写中又常把人的心理活动和直觉放在首位。它不仅是美国浪漫主义小说的代表作，也被称作是美国心理分析小说的开创篇。

麦尔维尔（1819—1891）是海员出身的小说家。他专事描写异域风光和海上冒险的传奇故事。代表作《白鲸》（1851）写一个捕鲸船长与一条巨大的白鲸殊死搏斗的故事，是一部惨烈的英雄主义悲剧。

热情讴歌"美国精神"的是诗人华尔特·惠特曼，他的诗集《草叶集》标志着其浪漫主义思想和艺术的最高成就。

## 第二节　拜伦

乔治·戈登·拜伦（1788—1824）是19世纪初英国杰出的浪漫主义诗人，欧洲浪漫主义文学的重要代表。他的诗歌反映了人民反抗暴政、渴望自由和民族独立的愿望，表达了资产阶级民主派的呼声，对欧洲的民主斗争和浪漫主义文学的发展产生了深远的影响。

## 一、生平与创作

拜伦出生在伦敦一个破落贵族家庭。他出生不久父亲就遗弃了家庭。幼年，他跟随母亲在苏格兰过着寂寞的生活。他天生跛足，母亲性情乖戾，对他喜怒无常。这一切使他从小养成忧郁孤独的性格。10岁那年，他继承了伯祖父的男爵爵位，和母亲移居诺丁汉郡的世袭领地。

1805年，拜伦中学毕业后，进入剑桥大学学习文学和历史。他对启蒙思想家的著作极感兴趣，特别喜爱读卢梭和伏尔泰的作品。他出版诗集《懒散的时间》（1807），艺术上虽不成熟，但已表现出他对现实的不满和对贵族生活的厌倦和鄙视。诗集受到当时文坛权威刊物《爱丁堡评论》的奚落，对此，1809年他发表长篇讽刺诗《英国诗人和苏格兰评论家》予以反击，表现了他敢于向权威挑战的勇气。从此，他在英国崭露头角。

1809年，拜伦大学毕业，在上议院获得世袭议员的席位。同年6月，他出国旅行，先后到了葡萄牙、西班牙、阿尔巴尼亚、希腊、土耳其等地，1811年7月回到英国。这次旅游开阔了他的视野。这些国家在暴政下的惨状和争取独立自由的斗争，对他的思想和创作产生了很大影响。1812年，他发表了这次旅途中写成的长诗《恰尔德·哈洛尔德游记》第1、2章。这两章和他以后写的第3、4章构成一部整体，成为他浪漫主义诗歌的代表作。长诗有两个主要人物：主人公哈洛尔德和抒情主人公。前者代表了诗人思想的消极方面，后者则反映了诗人的民主倾向和革命热情。哈洛尔德是一个孤独冷漠的漂泊者。他厌倦了贵族的荒唐生活，心灵空虚，决定到海外旅游。他怀着忧郁的心情踏上征程，对一切都视若无睹，无动于衷，"宁愿离开人群去独自生存"。这一形象概括了当时欧洲不满现实社会又找不到出路，陷入悲观厌世的贵族青年典型。抒情主人公则是一位热情奔放，具有反抗性的观察家和评论家。他反对暴政，追求独立和自由，热情讴歌和声援各国的民族解放斗争，是资产阶级民主战士的形象体现。哈洛尔德游历的路线将长诗连成一个整体，抒情主人公的议论和抒情插叙丰富了长诗的内容，加强了感染力。

1812年2月，国会讨论并通过对捣毁机器的工人处以死刑的法案。拜伦在议院阻止未果，十分愤慨，立即发表讽刺诗《〈反对破坏机器法案〉制定者颂》，控诉政府的血腥罪行。他警告法案制定者，如果继续镇压工人，必将受到惩罚。这首诗是拜伦政治讽刺诗的名篇。同年4月，拜伦又在国会发表演说，谴责英国政府对爱尔兰的奴役，支持爱尔兰的独立。针对英国统治者的专制和残暴，他相继写出了一系列政治抒情诗和讽刺短诗。拜伦的两次演说和诗歌创作，表明了他的民主进步立场，也因此引起了统治集团对他的仇恨。

1813年至1816年，拜伦创作了一组充满异国情调的浪漫主义传奇诗，被称为"东方叙事诗"，包括《阿比道斯的新娘》（1813）、《海盗》（1813）、《异教徒》（1813）、《莱拉》（1814）、《柯林斯之围》（1816）、《巴里西纳》（1816）。在这些诗中，拜伦塑造了一系列性格鲜明的叛逆者主人公形象，如海盗、异教徒、放逐者、流浪汉等。他们才华出众，与罪恶社会势不两立，对封建的强权统治进行宁死不屈的斗争，但又带有明显的个人主义特征，刚愎自用，高傲孤僻。因为他们追求的只是个人的自由与复仇，没有明确的政治目标，脱离群众，只能以失败或死亡告终。这类形象在文学史上被称为"拜伦式英雄"。"拜伦式英雄"表现了拜伦对现实社会的不满和反抗，也反映了拜伦的忧郁、孤独和精神上的苦闷。"拜伦式英雄"的典型代表是《海盗》的主人公康拉德。他是从统治阶级内部分化出来的叛逆者，才能非凡，精力充沛，但社会不允许他有所作为。他沦为海盗，向社会报复。他只身闯入专制暴君的皇宫，使其化为火海，终因寡不敌众而被俘，但始终不屈服。拜伦突出他的个人反抗并赋予他种种美德，如对爱情的忠诚，富有同情心，对敌人英勇无畏等。"拜伦式英雄"一度风靡欧洲文坛，对各国浪漫主义文学产生了巨大影响。

拜伦的诗歌使他在英国诗坛的声誉越来越高。但由于公开反对英国政府的反动政策和他诗中的民主思想，拜伦不断遭到上流社会的围攻和毁谤。1816年4月，上流社会借口他和妻子的离婚事件对他进行恶毒攻击，迫使他不得不愤然离开英国。

1816年至1817年，拜伦居住在瑞士日内瓦。此间，他结识了同为流亡诗人的雪莱，两人建立了深厚的友谊。此时的拜伦精神上倍感压抑和痛苦，反叛精神也更为激烈，他以激昂的笔调写了哲理悲剧《曼弗雷德》（1817）。诗剧主人公曼弗雷德是一个具有独立不羁的性格和自由意志的孤独的厌世者，对知识和生活感到失望，独自居住在阿尔卑斯山上的古堡中。他蔑视一切的精神驱逐了精灵和所有诱惑，虽然走向了死亡，却在精神上获得了自由。诗剧渗透着深刻的忧郁和悲哀，鲜明地表现了拜伦的悲观主义和个人反抗精神。在瑞士期间，他开始续写《恰尔德·哈洛尔德游记》第3、4章。随着拜伦对社会认识的加深，这两章更为深刻。

1817年至1823年，拜伦定居在意大利，这是他创作的辉煌时期。其中主要作品有：讽刺威尼斯社会风尚的诗作《别波》（1818），故事诗《马赛普》（1819），诗剧《该隐》（1821）、《天与地》（1823），讽刺诗《审判的幻景》（1822），未完成的诗体小说《唐璜》（1818—1823）等。这些作品对社会的揭露和讽刺更有力，同时在创作上现实主义因素也明显增强。《该隐》取材于《圣经·旧约》。该隐因妒忌杀死了弟弟亚伯，遭到上帝的惩罚。拜伦对这一故事进行了改编。在《该隐》中，他是第一个反抗上帝的叛逆者。他有自己独立的思考，有自己的欲望和追求，拒绝赞美上帝，却反问为什么要人类承担全部的原罪。诗剧中该隐表现出对上帝决不妥协的反抗精神，具有"拜伦式英雄"的特点。但该隐反对上帝是为了"无穷无尽的儿孙后代"，而不是为了自己，这和"拜伦式英雄"又有不同。《审判的场景》是拜伦针对"湖畔诗人"骚塞的同名诗篇而写成的政治讽喻诗。1820年，英王乔治三世去世，骚塞写出《审判的幻景》一诗为这个暴君歌功颂德，向王室献媚，吹捧乔治三世的灵魂上了天堂。拜伦的这首诗对这个暴君和骚塞予以尖锐的讽刺，表现了他卓越的讽刺才能。

1823年7月，拜伦中断《唐璜》的创作，离开意大利，参加希腊人民反抗土耳其奴役的武装斗争。他变卖了家产为希腊革命军筹款购置武器，调停希腊民族各派内部纠纷，受到希腊人民的尊敬和欢迎，并被推举为希腊革命军一支部队的司令。他和士兵同甘共

苦,战斗中身先士卒。由于辛劳,他不幸染病,1824年4月19日在希腊军中逝世。他的逝世引起了全欧进步人士的哀痛,希腊独立政府和希腊人民为他举行了隆重的国葬。

## 二、《唐璜》

《唐璜》是一部诗体小说,代表了拜伦创作的最高成就。作品始作于1818年,1823年7月中断创作。拜伦原计划写24歌,由于参加希腊革命而中断,只写了16歌又14节,约计16000行,成了一部未完成的杰作。

### (一) 情节结构

主人公唐璜原是中世纪西班牙传说中无恶不作、专门勾引女人的贵族公子。欧洲不少作家采用这个题材进行了再创造。他在一封给出版商的信中说过:"我打算让他周游欧洲……目的都是为了我能够嘲笑各国社会可笑的方面。"这就决定了这部诗体小说实际上有两个主人公形象,一个是叙事主人公唐璜,另一个是抒情主人公"我",即拜伦自己。

作品以唐璜的游历及其曲折离奇的爱情经历为线索,描写了他从西班牙到希腊、土耳其、俄国,再到英国的一系列跌宕起伏的冒险故事。第一至第六歌,写唐璜因爱情风波离开故乡西班牙东行,船在海上遇难,幸而游抵希腊小岛,在岛上与海盗的女儿海甸恋爱,待海盗归来,在土耳其君士坦丁堡的奴隶市场上被卖到苏丹后宫。第七至第九歌,写唐璜从苏丹后宫逃出参加1790年俄军围攻土耳其伊斯迈尔城的战役,因作战有功被派往彼得堡,受到卡萨林女皇的宠幸。第十至第十六歌,写唐璜作为女皇的使节,由东向西陆行,经波兰、德国、比利时到了英国,在英国贵族社会又发生风流艳事。如果按计划写完,唐璜最后将出现在巴黎,参加法国大革命。

### (二) 思想主题

唐璜的故事发生在18世纪末,文章随着唐璜的经历,作者常常插入自己对当时欧洲社会生活的各种议论。这就是作品出现了另一个抒情主人公。而作品的主题正是通过抒情主人公对当时欧洲各国的观察、体验、分析所发的议论和讽刺揭示出来的。长诗把历史与现实交织在一起,在广阔的背景中,通过唐璜的风流和冒险,探索了人性和社会生活的各个方面,描绘了一幅当代欧洲社会生活的讽刺画卷。因而作品不为唐璜的故事所限,而能对19世纪20年代欧洲现实广为反映和评论,成为一部"讽刺史诗"。

第一,作品深刻揭露了当时欧洲各式各样的封建暴政。随着唐璜的足迹,诗人对"每个国家中的每种专制统治,怀抱着明白、坚决、彻底的憎恶",他认为"一个独断独行的专制的君主,不是一个野蛮人,而是比这要坏得多的东西"。他揭露残暴荒淫的土耳其苏丹,专横的王妃和"愿意使一切民族妻离子散"的沙俄女皇卡萨林。对于英国摄政王乔治四世,诗人也进行了尖刻的讽刺:"虽然爱尔兰饿得慌,乔治王却体重280磅。"

第二,长诗谴责侵略战争。诗人对欧洲封建专制国家的穷兵黩武、到处挑起战争做了最无情的揭露。他总是站在战争正义的一方。当希腊争取摆脱土耳其的奴役,诗人同情希腊,而当沙俄侵略土耳其时,诗人就极力歌颂土耳其人民的英勇抵抗。诗人还一针见血剖开这些封建专制国家的掠夺性质,把这些国家比作海盗。

第三，长诗揭露金融资本对世界的控制，尤其对英国政府作了尖刻的嘲笑。英国是拜伦的祖国，早在17世纪就进行了资产阶级革命，但是当欧洲人民要求从封建专制奴役下解放出来的时候，英国政府却站在专制暴君一方镇压民族解放运动。对此，诗人通过将唐璜的生活与当时的英国联系在一起，指出英国"曾经把自由奉献给人类，现在却要他们戴上镣铐"，说"他的伟大的名字现在如何为一切人所憎恨""一切民族如何把她认为是他们最坏的敌人"。诗人还把反法联盟的英国统帅惠灵顿称为"第一流的刽子手"，并通过贵族政客阿孟德维尔公爵和夫人的生活，揭露讽刺伦敦上流社会的虚伪道德和荒淫奢侈。

第四，作品对当时欧洲的政治、哲学、宗教、伦理、道德、文学等都作了有力的讽刺和批判。诗人抨击了欧洲各国封建势力对法国革命的反击，揭露"神圣同盟"的反动统治，嘲讽主观唯心主义哲学，对各种反动势力的代表指名道姓给予痛斥，特别对"湖畔派"背叛革命、献媚权贵的行径和脱离实际的玄理诗风作了穷形尽相的描绘。

第五，作品充溢着强烈的革命激情。诗人在揭露和抨击欧洲丑恶现实的同时，表达了自己与反动势力不共戴天、决不调和的态度。诗人以十分坚定的态度，捍卫自由的理想，表示："我可以独自兀立在人间，但决不肯把我自由的思想换取一座王位。"他以民主主义深情希望各国人民团结起来，号召人民起来革命，指出"只有革命，才能使土地免于受到地狱的奸淫"。作品这种鲜明的倾向具有深刻的社会政治意义。这既抨击了当时"神圣同盟"反对势力的嚣张气焰，也增强了资产阶级民主力量的斗争勇气。但由于作者缺乏明确的政治理想，所追求的只是个人的绝对自由，因而作品在揭露社会罪恶时，仍然流露出悲观情绪和对人生的虚无主义态度。

### （三）人物形象

唐璜既具有值得肯定的正面品质，也有明显的弱点。这一切都是那个时代和环境的产物。他母亲决心使他成为一个出类拔萃的人物，对他严加管教，并给予封建道德教育，他却受到邻居朱丽亚的引诱。这正是封建的社会关系所造成的结果。因为朱丽亚的婚姻是根据"法庭规定的一个妻子的价格"，嫁给了一个比她大20多岁的丈夫。唐璜本身缺乏坚强的信念，他不知道应该怎样安排自己，自然不能抵挡爱的诱惑。但是随着环境的变化，唐璜的性格也在逐渐变化。一方面，唐璜是一个天真热情、坦率真诚、勇敢正直的贵族青年。在海上遭遇风暴，他随机应变，临危不惧。他看到受饥挨饿的人"眼睛里渐渐显出吃人者的贪欲"，人们用抽签的方法决定先吃哪一个人，但他宁死也不肯吃自己的同类。在希腊的岛上，他与海甸真挚相爱，不料却被卖到土耳其苏丹宫廷，面对王妃的求欢，他不贪图荣华富贵，也绝不朝三暮四。他在作战时英勇果断，冒着生命危险从哥萨克兵刀口下救出一个土耳其小女孩。他厌恶英国上层阶级生活的繁华腐败，绝不虚伪做作。另一方面，他过于单纯幼稚，容易随波逐流，经常经不住诱惑，带有听天由命的思想。唐璜进入沙皇宫廷以后，又乐意成为女皇陛下的宠臣，"沾沾自喜"，"变得很虚荣"。后来在英国，又被上流社会一大群贵族小姐、太太包围，历经了种种风流韵事。当长诗中止的时候，唐璜还在伦敦和贵妇人们周旋。如果按照拜伦的计划，唐璜最后参

加法国大革命，那他还会经历不同环境的磨炼和性格的变化。

拜伦通过描写唐璜不为道德教条束缚的自由天性和风流冒险，与当时的社会道德形成尖锐的对立，深刻地揭示了欧洲各国贵族青年社会生活和道德的腐朽和堕落。唐璜的性格和生活态度，也融入了拜伦自己的感受与时代特征。

**（四）艺术特征**

第一，开创"诗体小说"新形式，浪漫主义与现实主义相融合。《唐璜》属于叙事长诗，又与小说一样具有人物性格及其发展的具体细致的描绘和完整的故事情节。因而称为"诗体小说"。它写的是奇人、奇事、奇境，情节离奇曲折，这些都体现了典型的浪漫主义特征。但它主要侧重具体地描绘当时的社会环境和历史事件，并进行深刻的分析，因而现实主义更为明显。这反映出拜伦的创作在艺术上的新发展。

第二，各种不同形式的讽刺贯穿作品始终，嬉笑怒骂，庄谐、雅俗并具。作者将讽刺锋芒指向18世纪末至19世纪初欧洲广阔的社会，其手法变化多端，有时运用通俗化的警句：

> 帝王可以主宰材料，却主宰不了物质，
> 而皱纹，这可恶的民主派，不肯向人讨好。

有时运用两个意义相反的概念进行互换或类比，如把"首相"比作"海盗"。有时使用倒笔，如对战胜拿破仑而不可一世的军阀惠灵顿的评论：

> 被称为"各民族的救星"——虽然各民族还没有得救，
> 和"欧洲的解放者"——虽然欧洲依然受到奴役。

有时运用具体的生活细节，如写唐璜到了英国，"对着这么伟大的国家惊讶不已"，认为"这里才是'自由'的土地"，但就在此时，"一把刀打断了他的击节叹赏"，他听到："不拿钱来就要你的命！"有时运用反讽，如描述英国上流社会贵妇人阿得玲的夫妻关系：

> 她爱她的丈夫，或是认为这样；但这个爱
> 需要她花一番努力，那是一种苦事，
> ……
> 他们的结合是大家要刮目相看的榜样，
> 平静而高贵，——明媒正娶，可是冰冷。

不同形式的讽刺加强了作品暴露、贬斥的力度，也体现了诗人非凡的艺术才华。

不论是在思想还是艺术方面，《唐璜》都是拜伦的一部总结性的作品，为欧洲诗歌的发展提供了宝贵的经验。

## 第三节 雨果

维克多·雨果（1802—1885）是法国浪漫主义文学的杰出代表，浪漫主义运动的领袖。他一生几乎经历了整个19世纪，在漫长的创作生涯中，他才华横溢，诗歌、戏剧、小说、文论等方面都成就卓著。他的创作对法国和欧洲文学的发展都影响深远。

### 一、生平和创作

雨果出生于法国东部贝尚松城。他父亲是拿破仑部下的将军，母亲是拥护王室的虔诚的天主教徒。少年时期他跟随父母在巴黎生活。他从小热爱文学，中学时代便开始写诗。受母亲和当代文坛的影响，他崇拜夏多布里昂，同情保皇党。雨果12岁开始创作，在1817法兰西学士院举行的诗歌比赛中，荣获第一鼓励奖，被夏多布里昂誉为"神童"。少年雨果志向远大，宣称"成为夏多布里昂，别无他求"。

19世纪20年代是雨果的早期创作时期。由于复辟王朝的倒行逆施和自由主义思想的高涨，雨果对社会生活的认识逐步加深，他从保皇主义转向资产阶级自由主义。1826年，他与一批浪漫派文艺青年组织"第二文社"，明确反对古典主义。1827年，他发表著名的《〈克伦威尔〉序》（他为自己创作的历史剧《克伦威尔》写的序言）。这篇文辞华丽的序言对古典主义的清规戒律进行了总清算，系统地提出了浪漫主义的文学主张。他主张艺术必须抛弃古典主义的桎梏，与时代合拍，并提出了著名的美丑对照的艺术原则。他还强调作家创作要使用丰富多彩的人民日常语言，无拘无束地进行想象和夸张。《〈克伦威尔〉序》在理论上给古典主义以沉重打击，成为法国浪漫主义文学运动的宣言。一大批青年作家以此为旗帜，对古典主义进行斗争，雨果也因此成为浪漫主义运动的领袖。

从19世纪20年代末起，雨果以大量的创作显示了浪漫主义文学的实绩。1829年，他的诗集《东方集》问世。这部诗集充满了对希腊民族解放斗争的同情和歌颂，表达了他对自由的向往。同年发表的《死囚末日记》，批判不合理的法律制度，主张废除死刑，表现出他的人道主义思想。1830年2月，他又写出浪漫主义戏剧《欧那尼》。围绕着这个剧本的演出，浪漫主义与古典主义进行了公开决战，轰动了当时的文坛。《欧那尼》的背景地是16世纪的西班牙，写的是贵族青年欧那尼与国王抗争的故事。剧中贵族出身的强盗欧那尼发誓要为父报仇，杀死国王。国王卡洛斯知道欧那尼的来意后，却善待欧那尼，由一个暴君变成了一个宽恕仁爱的开明君主。该剧打破了古典主义"三一律"的创作规则，把悲剧因素和喜剧因素糅合在一起，情节错综复杂，回旋跌宕，出人意料，尤其是作品中反暴君反贵族的内容，引发了浪漫主义与古典主义的决战。这个剧还没正式上演，就遭到了古典主义保守势力的诋毁攻击，但仍在法兰西剧院连演一百场，场场爆满。《欧那尼》的成功演出，成为浪漫主义最终战胜古典主义的标志。

19世纪三四十年代是雨果思想和创作的波动时期。1831年，他发表了长篇小说《巴黎圣母院》。这是一部具有巨大思想力量和艺术力量的作品。它以紧张非凡的故事情节，色彩浓烈的中世纪社会生活画面和鲜明夸张的人物形象，成为欧洲浪漫主义小说的里程碑。

随着金融资产阶级统治的七月王朝的建立和巩固，雨果在政治上采取了和现实妥协的态度。他拥护君主立宪制，不赞成共和政体。七月王朝的统治者也千方百计对他进行拉拢。1841年，他被选为法兰西学院院士。1845年，国王路易·菲利普又授予他"法兰西世卿"的称号。这期间，他全力投身政治运动，他的创作却沉寂了将近十年。

19世纪50年代是雨果创作的鼎盛时期。1848年发动的二月革命使雨果彻底抛弃了君主立宪的幻想，坚定地站到共和主义立场。1851年路易·波拿巴发动政变，恢复帝制，自称拿破仑三世。雨果参加了共和党人组织的反政变起义，起义失败后，他受到迫害，被迫流亡国外十九年。摆脱了政治危机的雨果，文学创作又恢复了活力。1852年，他出版了政治小册子《小拿破仑》，抨击拿破仑三世的罪行。1853年他在政治诗集《惩罚集》中讽刺并揭露拿破仑三世的反动本质，称他是强盗和刽子手，预言第二帝国必将灭亡，并从中表现出强烈的革命斗志。

《悲惨世界》（1862）是雨果小说的代表作之一，它是一部史诗性的社会小说，兼具社会主义与浪漫主义两方面的特征。小说以巨大的艺术力量描绘了拿破仑帝国后期到七月王朝初期法国的社会生活。全书分5部，主人公冉·阿让一生的遭遇构成全书的主要情节。冉·阿让是一个出身贫苦的工人，因生活所迫，偷了一块面包，被捕入狱，服了19年苦役。刑满之后又有过偷窃行为，但受仁慈的主教米里哀的感化，转变为一个舍己为人的人。冉·阿让化名为马德兰，当了企业家，并被推为市长。但不久又因暴露了过去的身份而被捕下狱。逃出后，从一个坏蛋手中救出已故女工芳汀的孤女珂赛特前往巴黎。后来又不断遭到警探的追缉。1832年他参加了巴黎共和党人武装起义的战斗，在街垒战中面对被俘的沙威，他以宽厚仁爱的人道主义精神释放了沙威。巴黎起义失败后，他抢救了负伤的年轻人马吕斯。后来珂赛特与马吕斯结婚，他们误信了德纳第的诬陷之词而疏远了冉·阿让。直到冉·阿让临终前才真相大白，最后误会消除，冉·阿让在这对年轻人的怀中安宁而幸福地死去。

小说突出地反映了资本主义社会劳动人民的悲惨命运，并寄予深切、真挚的同情。雨果在小说的自序中，从法律和习俗所造成的社会压迫的角度，提出了19世纪的三个问题——"贫穷使男子潦倒，饥饿使妇女堕落，黑暗使儿童羸弱"。冉·阿让、芳汀和珂赛特的遭遇就是这三个问题的具体反映。冉·阿让本是一个纯朴善良的工人，失业和饥饿迫使他偷了一块面包，结果不公正地受了十九年苦役。天真纯洁的女工芳汀被人玩弄遗弃后，为了养活女儿最终沦为妓女，并被资产阶级道德和法律剥夺了生存的权利。她的女儿珂赛特，小小年纪受尽酒店老板的虐待，在繁重的劳动折磨下，过着非人的生活。小说通过他们的不幸，形象地展示了资本主义社会是人间的悲惨世界，集中暴露了资本主义社会法律的暴虐与荒谬，对资本主义社会造成的罪恶和不合理提出了有力的控诉。

小说还满腔热情地描绘和赞颂了1832年共和党的起义，实际上肯定了革命的正义性。这些都反映了作者的民主进步思想，也是作品思想意义和价值所在。

小说的基本思想是人道主义。雨果把社会的罪恶归咎于社会缺乏仁慈、仁爱和忍耐等抽象的道德问题，而不是社会制度本身。因此，小说在揭露资本主义社会溃疡的同时，极力宣扬仁爱万能，道德感化，并以此作为拯救社会的药方。

《海上劳工》（1866）通过青年吉里亚特在狂风暴雨和惊涛骇浪中打捞沉入海底的发动机的故事，歌颂了劳动者勤劳勇敢、纯洁高尚、舍己为人的优秀品质。小说赋予这个劳动者以人道主义的理想光辉，从他身上展现了人类战胜自然的伟大力量。《笑面人》写的是17至18世纪之交英国宫廷内部的斗争和尖锐的社会矛盾。小说以关伯伦传奇式的经历描写了当时英国社会的黑暗，展现贫富两个世界的尖锐对立，从而揭示了英国资产阶级革命的不彻底，同时从人道主义出发，赞扬了生活在底层的善良人们的美好品质。

1870年，普法战争爆发，法国战败。在祖国危难之际，雨果毅然回国。他以激昂的爱国热情投入到了反普鲁士侵略的斗争，并以68岁的高龄，参加国民自卫军。1872年他发表诗集《凶年集》，谴责普鲁士军队的暴行，歌颂为国捐躯的将士，表示自己为国而战的决心。

1873年，雨果发表他最后一部长篇小说《九三年》。小说以法国大革命时期1793年发生的革命力量和反革命力量生死搏斗的重大历史事件为背景，描写共和国军队镇压旺傣地区反革命叛乱的斗争，再现了大革命时期严酷的阶级斗争和革命形势。小说揭露反动贵族勾结外国势力煽动叛乱、烧杀掳掠的罪行，赞扬共和国军队的纪律严明、英勇善战的军风，肯定法国革命的历史进步性，但是又虚构了一个情节：凶狠残暴的叛军头子朗德纳克被共和军围困在一座古堡中，劫持了三个孩子。最后堡垒被攻破，朗德纳克从暗道逃走时，为救三个被大火包围的孩子而被俘。郭文深受感动，私自放了朗德纳克。既是郭文老师又是平叛部队特派政治委员的西穆尔登按照军令处死了郭文，自己也痛苦地开枪自杀。小说表现出雨果人道主义的矛盾性，一方面肯定用暴力反抗封建势力的合法性，另一方面又宣扬超越阶级利益之上的人道主义，在作品中提出了"在绝对正确的革命之上，还有一个绝对正确的人道主义。"这一口号是雨果人道主义思想最集中、最彻底的展现。他把人道主义看成是永恒的、最高的原则，主张革命和人道主义原则发生冲突时，宁可牺牲革命利益。

1885年5月22日，雨果在巴黎逝世。由于他在法国文学史上的成就，法国人民为他举行了规模空前的葬礼。上百万人为他送葬，其中包括巴黎公社的战士和劳苦的劳动群众。

## 二、《巴黎圣母院》

《巴黎圣母院》是雨果的第一部浪漫主义长篇小说，发表于七月革命后不久的1831年，被誉为欧洲浪漫主义小说的代表作。

### （一）情节梗概

小说以15世纪末路易十一时代巴黎社会生活为背景，以巴黎圣母院为情节的集结

点，展现了一出善良的无辜者遭受中世纪教会和封建专制迫害和摧残的悲剧。道貌岸然的巴黎圣母院副主教克洛德·弗罗洛对吉卜赛卖艺女郎爱斯梅拉达动了邪念，不择手段想占有她。纯洁的爱斯梅拉达痴情地爱上了解救过她的宫廷侍卫长弗比斯，而弗比斯对她不过是逢场作戏。相貌奇丑的巴黎圣母院敲钟人伽西莫多被爱斯梅拉达的仁慈所感化，灵魂深处对爱斯梅拉达也怀有深深的感恩和爱慕。克洛德·弗罗洛卑鄙的目的不能达到时，便栽赃诬陷，利用法庭，把爱斯梅拉达送上绞架，伽西莫多将她从刑场上救入圣母院。最后伽西莫多眼看爱斯梅拉达受刑，出于义愤，把自己的主人、副主教从圣母院顶楼推了下去，自己到墓穴里抱着爱斯梅拉达的尸体殉情而死。

### （二）思想主题

小说通过爱斯梅拉达的悲惨遭遇，揭露和控诉了教会和封建专制残害人民的罪行，热情歌颂了下层人民的优秀品质和斗争精神，并对他们的悲惨命运寄予深切的同情，从而表达了人民反封建反教会的思想和情绪。

《巴黎圣母院》表现出来的反封建反教会的思想对下层人民的赞颂与同情，可以说是达到了那个时代资产阶级民主思想的最高水平。虽然它写的是中世纪题材，但紧密联系了法国现实。它是在七月革命推翻波旁复辟王朝，资产阶级确立自己的政治统治的历史条件下对封建时代进行的再批判和总清算，鲜明地表达了七月革命前后资产阶级民主派和广大人民对波旁复辟王朝及其精神支柱天主教会的憎恨情绪。

雨果是以人道主义思想来表现小说主题的。在雨果看来，世界就是善与恶的角逐场，历史也就是这两种原则斗争的过程。因而在作品中，他极力宣扬以爱、善良、仁慈改造社会、拯救人类。但经历一场残酷的搏斗之后，美与丑恶同归于尽，使作品有一种明显的宿命论思想。在人物塑造上，从人道主义思想出发，雨果有力地揭露和鞭挞了克洛德的罪行，但又把他写成意识到自己人格两重性的人物，极力描写他在禁欲主义压抑下产生的痛苦与疯狂，突出他身上宗教与人性的矛盾，力图说明他作为人也是宗教的牺牲品，故而也对他寄予了怜悯和同情。这样虽然揭示了宗教对人性的摧残，但客观上削弱了对这个人物作为教会势力的代表的揭露力量。对伽西莫多性格的转变和他的善行义举，雨果也过分夸大了仁慈和爱情的力量。不过，在《巴黎圣母院》中，人道主义思想主要还是着力于对封建专制的残暴和对教会反人性的揭露和控诉，因而其进步意义还是占主导的。

### （三）人物形象

爱斯梅拉达是雨果理想中"美"的形象。她生活在社会最底层，是流浪人中的一颗明珠，不仅外貌美，而且心灵纯洁、善良，富有同情心，乐于舍己救人。当落魄诗人甘果瓦误入流浪人和乞丐聚餐的"怪厅"即将被处死的时候，她挺身相救，并与这个素昧平生的人结为名义上的夫妻，而且至死都保持着对弗比斯的爱情，丝毫没有怀疑他会欺骗和背叛自己。她热爱自由，天真热情，性格开朗，不计前嫌给受刑时干渴难忍的伽西莫多送水。她刚烈坚贞，不畏强暴，对克洛德的淫威和诱惑，宁死不屈，最后无辜地被送上绞架。她的命运揭示了中世纪封建社会的无理、黑暗。她在绝望中喊出"全世界都有白昼，为什么人家只给我黑夜呢？"，表达了被压迫阶级对封建专制下丑恶现实的愤怒和控诉。

伽西莫多是社会的低贱者。他相貌奇丑，又聋、又跛、背又驼，从小饱尝了人世间的嫌弃、歧视和欺凌。世道的冷酷扭曲了他的性格，使他养成仇恨一切的心理。他把自己全部的快乐都寄托在那些仿佛可以和他对话的各种各样的钟上。他无条件地忠于和服从收养了他的克洛德，成了克洛德的走狗。爱斯梅拉达以德报怨唤醒了他沉睡的心灵，从此，他变成一个真正的人。他把自己的生命都寄托在爱斯梅拉达身上，在恶浊社会里表现出难得的勇敢、忠诚和柔情。他对爱斯梅拉达的爱是谦卑而富有牺牲精神的崇高的爱。当认清克洛德的丑恶和残忍后，他毫不犹豫地结束了他主人的生命，伸张了正义。随着爱斯梅拉达的毁灭，他含恨离开了人世。由于心灵的高尚，他由丑陋变成善和美的象征。他同样是封建专制下的一个无辜的牺牲品。雨果对这一形象寄予了深切的同情和赞美。

副主教克洛德·弗罗洛是一个具有两面性的人，一方面他是宗教势力的代表，另一方面他又是违反人性的宗教禁欲主义的牺牲品，他外表道貌岸然，实则自私、虚伪、残忍。他是迫害爱斯梅拉达的元凶，教会恶势力的代表。表面上他过着严肃、刻板、清心寡欲的生活，内心却渴求淫欲。虚伪的禁欲主义和他淫邪本质的矛盾构成他性格的基本特征。他对爱斯梅拉达有一种疯狂的占有欲，在行动上则是街头抢劫，预谋凶杀，操纵法庭栽赃陷害，威迫拐骗，最后达不到目的就置她于死地。但克洛德并非天生的恶人，他从小刻苦学习，博学多才，也曾有过善良之举，如收养孤儿伽西莫多，独自抚养弟弟，善待穷人。长期的禁欲主义让他心理变态，人性扭曲，而爱斯梅拉达的出现，唤醒了他压抑已久的人性欲望。他在熊熊燃烧的情欲和神职人员禁欲的义务与责任之间痛苦挣扎，导致了人格分裂。雨果给予他无情的揭露和鞭挞，也表达了自己基于人道主义的人性论思潮。

侍卫长弗比斯外表英俊潇洒，风流倜傥，内心却轻浮浅薄。他是一个毫无道德原则、荒淫无耻的贵族花花公子。因为他救了爱斯梅拉达，因为他英俊的外貌，爱斯梅拉达爱上了他，而他对爱斯梅拉达仅仅只是卑鄙地玩弄。当少女身陷囹圄时，他逃之夭夭，后来还充当镇压下层人民的刽子手。在作家笔下，弗比斯这个国王的侍卫长，出身高贵，品格却卑劣和渺小。

从这几个主要人物身上，雨果表现了自己强烈的爱憎和鲜明的倾向。为了突出反封建主题，雨果通过法庭对伽西莫多和爱斯梅拉达的审判，把揭露的矛头直接指向封建专制的国家机器。法庭对伽西莫多的审判，被描绘为"前无此例"的滑稽剧。法官是聋子，聋子审聋子，丑态百出。这一场面辛辣地讽刺了封建司法制度的昏庸、腐朽。法庭对爱斯梅拉达的审判，更是触目惊心的公开迫害，是"法官吃人肉"。法官明知弗比斯没有死，还是以莫须有的罪名诬陷爱斯梅拉达用巫术杀人，而唯一的证据就是爱斯梅拉达的小山羊能把活动的字母卡片拼成弗比斯字样，并以酷刑逼她招供。这种以宗教迷信为依据、以严刑为手段，以残害平民为目的的法庭，充分暴露了封建统治的黑暗、野蛮与暴虐。小说还描绘了封建专制的最高统治者国王路易十一的形象，一方面肯定他维护国家统一，扼制和削弱贵族割据势力；另一方面揭露他作为封建君主的虚伪和残暴。当他明白流浪人的暴动不是攻击法院执事而是攻打圣母院时，立刻"脸色狰狞可怕"，"由狐狸变成了一只狼"，亲自下令"把平民杀尽，把女巫绞死"，造成血染巴黎的大屠杀。

小说中，雨果还满怀深情地描写了巴黎下层的流浪人、乞丐们的群像。他们尽管衣衫褴褛，举止粗野，但充满了友爱，富有同情心、正义感和斗争精神。他们为了营救爱斯梅拉达，敢于蔑视神权和王权，聚众攻打巴黎圣母院，并庄严宣告："如果你们的教堂是神圣不可侵犯的，我们的姐妹也是；如果我们的姐妹不是神圣不可侵犯的，你们的教堂也不是。"这次暴动的宏伟声势，显示了人民群众中蕴藏的强大的反封建力量。正因为如此，小说始终保持着乐观的气氛、昂扬的格调。

### （四）艺术特点

第一，想象丰富，情节离奇，人物非凡。小说运用了奇特的构思和艺术夸张，描绘了一幅光怪陆离、色彩斑驳的15世纪巴黎生活图景。爱斯梅拉达是美的典范，她与奇丑的伽西莫多有着不平常的身世，巴西流浪人摔罐缔婚的奇异风俗，伽西莫多劫法场，爱斯梅拉达母女的巧逢死别，伽西莫多与爱斯梅拉达的尸骨一被分开就化为灰尘等。这些情节都带有传奇的色彩，全是作者主观想象的产物，因而小说情节曲折离奇，富有戏剧性。爱斯梅拉达的美貌是非凡的，她的人格力量亦是非凡的。伽西莫多的非凡则是他可怕的外貌、奇特的举动、巨人的体力以及他对爱斯梅拉达充满自我牺牲精神的爱情及其表达方式。这类浪漫主义的情节和人物，看似离奇荒诞，但由于其本身是建立在生活的基础上，饱含了作者的激情，本质上仍不失真实。小说也因此具有强烈的艺术感染力。雨果自己在评价这部小说时也指出："这本书如果有什么优点，是在想象、多变、幻想的方面。"

第二，场景宏伟，变幻多姿，环境刻画和气氛渲染呈现出主客观因素水乳交融的特点。小说以浓重的色彩展现了巴黎城市的壮丽图景和中世纪阴暗的生活风貌。以巴黎圣母院为中心，巴黎高大奇特的建筑，此起彼伏的屋脊，纵横交错的街道，刑场绞架阴森的巴士底狱和神秘的流浪人居住的怪厅等，均与人的感受融为一体。对巍峨壮观的巴黎圣母院，雨果把它当作建筑艺术的奇迹，劳动者智慧的结晶，进行了生动、细致的描绘，并把它加以拟人化，以此作为历史和眼前这场悲剧的见证。宏伟多变的场景不仅增强了作品的气势，更加加强了小说的浪漫主义气氛。

第三，对照手法的广泛运用。美丑对照是雨果浪漫主义文艺思想的核心，也是这部小说最突出的艺术特点。首先，在情节场面的对照上，作者描写了两个王朝、两个国王、两种法庭、两种审判。一个是历史上实有的法兰西国王路易十一的封建王朝，一个是虚构的乞丐克洛潘的"奇迹王朝"：前者钩心斗角，对百姓残酷迫害，他们的法庭栽赃诬陷，草菅人命；后者互助友爱，舍己救人，他们的法庭虽然奇特，却公正廉明，尊重人权。两者对照善恶分明。其次，在人物刻画和描写上，一方面爱斯梅拉达的天生丽质与伽西莫多的外形丑怪、她的内心善良与弗洛德的内心邪恶、她对爱的忠贞执着与弗比斯的放荡轻浮、她的高尚情操与甘果瓦的忘恩负义都形成了鲜明对照；另一方面，伽西莫多的外貌丑陋内心美好、弗洛德的道貌岸然与内心扭曲、弗比斯的金玉其外与败絮其中都构成了鲜明对照。再次，在环境与人物事件的对照上，小说以浓烈的笔调描绘了巴黎圣母院的壮美、圣洁，然而在它的身边，发生的却是副主教迫害吉卜赛女郎、路易十一镇压人民暴动的悲剧。这有力地揭示了封建统治的黑暗与暴虐。雨果的对照手法是与极度夸张联系在一起的。正因为这样，小说的情节、人物才显得奇特，主题鲜明。作品既有力地表达了作者的爱憎，又增强了艺术感染力。

## 第四节　普希金

亚历山大·谢尔盖耶维奇·普希金（1799—1837）是19世纪俄国浪漫主义文学的主要代表，同时也是俄国现实主义文学的奠基人。他创立了俄罗斯民族文学和民族语言，他的诗歌、小说、戏剧、童话等各种文学体裁的作品都给俄国文学提供了典范。

### 一、生平与创作

1799年6月6日，普希金诞生在莫斯科一个贵族家庭。童年时代，他由法国家庭教师管教，接受贵族教育，8岁就开始用法文写诗。家庭的丰富藏书，和交往文学名流，为他的文学爱好提供了良好的环境。农奴出身的保姆常常给他讲述俄罗斯民间故事和传说，使他从小学到丰富的俄罗斯人民语言，对民间创作有浓厚的兴趣。

1811年，普希金进入专为贵族子弟开办的皇村学校学习。在这里，他受到法国启蒙思想的影响，并结识了一些后来成为十二月党人的禁卫军军官，初步形成了反暴政、追求自由的思想，同时开始了诗歌创作。

1817年，普希金从皇村学校毕业，到外交部供职。他仍与十二月党人过从甚密，参加了与十二月党人秘密组织有联系的文学团体"绿灯社"，思想趋于成熟，诗歌创作也达到了新水平。他根据民间故事和传说，用丰富的人民语言写成童话叙事长诗《鲁斯兰与柳德米拉》（1820），向贵族传统文化提出挑战，还写了不少反对专制暴政、歌颂自由的政治抒情诗，如《自由颂》（1817）、《致恰达耶夫》（1818）、《乡村》（1819）等。这些诗反映了十二月党人的革命理想和决心，具有浪漫主义激情和明朗清新的抒情风格。在《自由颂》中，诗人明确表示"要给世人歌唱自由"，"要打击皇位上的罪恶"。在献给在皇村结识的好友恰达耶夫的《致恰达耶夫》中，诗人更是乐观的预言："俄罗斯要从睡梦中苏醒，在专制暴政的废墟上，将会写上我们的名字。"《乡村》一针见血地指出地主是"人类的灾星"，并对农民的不幸表示了深切的同情。这些诗在当时进步的贵族青年中广为流传，沙皇政府极为惊恐，以调动职务为名，将诗人流放到南俄。

1820年起，普希金在南方过了四年的流浪生活。他与十二月党人的交流更频繁，参加过他们的秘密会议。他追求自由的思想更明确，更强烈，写下了《短剑》（1821）、

《囚徒》(1822)、《致大海》(1824)等名诗。他还写了一组"南方诗篇",包括《高加索的俘虏》(1822)、《强盗兄弟》(1832)、《巴赫切萨拉依的泪泉》(1824)、《茨冈》(1824)等4篇浪漫主义叙事长诗。这些诗篇贯穿着对自由的强烈憧憬,反映了19世纪20年代俄国进步贵族青年寻求社会出路的不安情绪。《茨冈》是"南方诗篇"的代表作。它采用了浪漫主义作品通常的题材、背景和人物,其中心内容是探讨贵族青年的出路问题。主人公贵族青年阿乐哥同他所处的"文明"社会发生了冲突,因而来到异乡游牧民族茨冈人群中,并与茨冈姑娘真妃儿结为夫妻。两年后,他发现真妃儿另结新欢,于是怀着报复心理杀了真妃儿和他的情人。他的行为由此遭到茨冈人的唾弃,孤零零地留在茫茫的草原上。长诗歌颂茨冈人的纯朴和自由,揭露了俄国贵族社会的虚伪,同时指出,主人公如果带着"文明"社会培养出来的利己主义,即使在单纯的茨冈人群中也不能获得真正的幸福。阿乐哥厌弃上流社会,渴望自由生活,表现了他的叛逆精神,但作为贵族,他不能摆脱本阶级的影响,追求的只是个人自由,这与茨冈人的原始自然美德并不相容。长诗正是从茨冈人与阿乐哥对自由的不同态度,谴责了阿乐哥的利己主义,进而揭露了贵族阶级的本质。阿乐哥作为19世纪初俄国贵族青年的形象,具有典型意义。

1824年,普希金被沙皇当局送回他父亲的领地米哈伊洛夫斯科耶村。在这里度过的两年幽禁生活中,他搜集民歌、故事,钻研俄国历史,他思想更加成熟,创作上现实主义倾向更为明显。他完成了俄国文学史上第一部现实主义悲剧《鲍里斯·戈都诺夫》(1825)的创作。《鲍里斯·戈都诺夫》取材于俄国历史的真实事件,写的是16世纪末17世纪初俄国的皇位之争以及戈都诺夫王朝的覆灭。大贵族戈都诺夫阴谋杀害了幼小的王子季米特里,登上了王位。多年后,此事被一个年轻的僧侣格里高利得知,他冒季米特里之名投奔波兰,在波兰军队的支持下推翻了戈都诺夫,取得了王位。悲剧展现了戈都诺夫与假王子的斗争。在这场斗争中,决定胜负的一个重要因素是人们的意愿。戈都诺夫主观上想把国家治理好,但他厉行苛政,目无民众,弄得民不聊生,因而失去了人民的支持。冒名的假王子正是利用人民对戈都诺夫的不满,取得了胜利,但他怀着个人野心,为私欲而不惜出卖祖国,终于被人民看穿,也丧失了民意。当他登基时,人民"沉默不语",预示着他也即将倒台。悲剧通过这一历史事件,揭示了人心向背是改朝换代的决定因素,人民是决定历史命运的力量。这一主题,对俄国现实斗争有着巨大的意义。悲剧完稿不久,十二月党人起义失败,而失败的根本原因就是脱离人民。

1826年9月,刚即位的新皇尼古拉一世为了笼络人心而把普希金召回莫斯科。普希金虽然一度对尼古拉一世存在幻想,希望沙皇赦免被流放在西伯利亚的十二月党人,后来他还是抛弃了幻想,写出《阿里昂》(1827)和《致西伯利亚的囚徒》(1827)等著名诗篇,表明自己对十二月党人的事业始终不渝的态度。

1830年秋,普希金在父亲的领地波尔金诺逗留了三个月。这是他一生创作的丰收时期,被文学史家称为"波尔金诺的秋天"。他完成了1823年开始动笔的诗体小说《叶甫盖尼·奥涅金》,这是他的代表作。他还写了《别尔金小说集》,4部诗体小悲剧:《吝啬的骑士》《莫扎特与沙莱里》《瘟疫流行的宴会》和《石客》,以及近30首抒情诗。他的现实主义创作更加成熟。《别尔金小说集》包括《驿站长》《风雪》《射击》《棺材匠》和《村姑小姐》等5个中短篇小说。它以一个托名为别尔金的人为叙述者，因而得名。其中《驿站长》是俄国短篇小说的典范。小说叙述一个十四等文官、驿站长维林的苦难与悲惨的命运。他终日辛劳，为旅客服务，遭到往来官吏的欺凌，在这不宁静的生活中只有单纯美丽的女儿是他唯一的欣慰。可是，女儿被军官明斯基拐走，之后，他怅然若失，想办法来到彼得堡，期望找回"迷途的羔羊"——他的女儿杜妮亚。可是狠心的明斯基却将他拒之门外。维林孤苦无依，回去后不久就悲愤而死。小说以深切的同情描写了小人物的生活与命运，表现出深厚的人道主义精神。作者开创了俄国文学描写"小人物"的先河。

1831年普希金迁居彼得堡，仍在外交部任职。他继续创作了许多作品，主要有叙事长诗《青铜骑士》（1833）、童话诗《渔夫与金鱼的故事》（1833）、短篇小说《黑桃皇后》（1834）等。他还写了两部有关农民问题的小说《杜布洛夫斯基》（1832—1833）和《上尉的女儿》（1836）。长篇小说《上尉的女儿》是普希金小说创作的最高成就，是俄国文学史上第一部描写农民起义的现实主义作品。它取材于18世纪70年代普加乔夫起义。小说的故事是通过主人公贵族青年格利涅夫之口叙述的。格利涅夫遵照父亲的旨意，由仆人陪同去偏远的奥伦堡服役。途中，漫天风雪使他们偶遇避居荒野、挨冻受饿的普加乔夫。格利涅夫送给他一件兔皮袄御寒。到达奥伦堡后，格利涅夫被派往白山要塞并与要塞司令上尉的女儿玛丽亚相爱。不久，普加乔夫领导的农民起义军攻占了白山要塞，处死了上尉和他的夫人。普加乔夫感念旧恩，释放了被俘的格利涅夫并解救了玛丽亚，成全了他们的婚事。普加乔夫起义失败后，格利涅夫因"通匪"嫌疑被捕，玛丽亚只身前往彼得堡谒见女皇，澄清了事实，格利涅夫获得赦免。小说采用独特的家庭纪事的艺术形式，以格利涅夫的个人遭遇为线索，再现了俄国历史上最大的一次农民起义，塑造了农民起义领袖普加乔夫的形象。在贵族社会和以往编纂的典籍中，普加乔夫被说成是杀人越货、嗜血成性的匪徒或恶魔，而在普希金笔下，他不愧为叱咤风云的英雄，深受人民欢迎和爱戴的领袖。他热爱自由，豪爽乐观，有胆有识，大义凛然，又深谙人情，知恩图报，主持正义，宽厚待人，体现了俄罗斯人民的美德和智慧。这一形象开创了俄国文学塑造农民革命英雄的先例。

1836年，普希金创办了文学杂志《现代人》。该刊物后来相继由别林斯基、涅克拉索夫、车尔尼雪夫斯基、杜勃罗留波夫等编辑，一直办到19世纪60年代，不仅培养了一大批优秀作家，而且成为俄罗斯进步人士的喉舌。

普希金的创作和活动威胁着沙皇专制制度，彼得堡统治集团把他当做眼中钉。他们终于使用阴谋手段挑起普希金同法国流亡分子丹特士决斗。在决斗中，普希金身负重伤，于1837年2月8日在彼得堡逝世。

## 二、《叶甫盖尼·奥涅金》

诗体小说《叶甫盖尼·奥涅金》是普希金的代表作，也是俄国第一部经典性的现实

主义作品。这部小说展示了19世纪20年代俄国的社会生活,别林斯基称它为"俄罗斯生活的百科全书",它塑造了当时进步贵族青年的典型形象,揭示了一代进步贵族青年的悲惨命运。

(一)情节梗概

主人公奥涅金是一个贵族青年,正当他对上流生活感到厌倦时,他的伯父突然病故,他因继承遗产来到了伯父的庄园。在乡下,他与另一个贵族青年连斯基结为朋友,并认识了邻村地主的两个女儿——大女儿达吉雅娜和小女儿奥丽嘉。达吉雅娜爱上了奥涅金,她一时感情冲动,给奥涅金写了一封表白信,却遭到了奥涅金的拒绝。这时,连斯基狂热地爱上了奥丽嘉,而奥涅金恶作剧故意不断亲近奥丽嘉,他惹怒了连斯基,于是连斯基提出要与之决斗,奥涅金在决斗中打死了连斯基,良心受到谴责,便离开了庄园四处漂泊。几年后,当他回到上流社会,在晚会上重逢达吉雅娜,此时的达吉雅娜已是将军夫人。奥涅金写了一封热情洋溢的信给达吉雅娜,可是达吉雅娜说她尽管爱他,但是出于道德的尊严而不能属于他。奥涅金又离开上流社会四处漂泊。

(二)人物形象

奥涅金是19世纪20年代俄国的进步贵族青年。他出生于彼得堡,自幼由法国教师教养长大,知识广博,谈吐出众。他也和其他贵族青年一样过着花花公子的浪荡生活,整日穿梭于舞会、剧院、酒会之间。这种浑浑噩噩的生活让他感到厌倦:

> 无论是流言还是打波士顿,
> 是多情的秋波、做作的叹气,
> 什么也不能打动他的心,
> 什么也不能引起他的注意。

他渴望新的、有意义的生活,可又没有明确目标,在烦躁郁闷中寻找出路。奥涅金有可贵的自我反省精神,却是不愿意付出行动的年轻人。他看不惯贵族生活方式,不满贵族的虚伪,既不想在仕途上飞黄腾达,也不想进入军界建功立业,只想过自由自在的生活。他知识渊博,深入思考俄罗斯的社会现实,抨击农奴专制制度的落后。而这一切他都只是停留在思考的层面上,并没有付诸行动。

奥涅金是一个智慧与经历非凡的年轻人,却找不到自己在生活中的位置。奥涅金来到乡下,他与向往自由与启蒙思想的连斯基成为好友,然而,奥涅金却与连斯基的恋人奥丽嘉调情,因此引发了他与连斯基的决斗。奥涅金打死连斯基,并不是出于他的本意,但是这是他终日无所事事、极度彷徨所造成的结果,他:

> 没有目的,无所作为地
> 白白混过了二十六个春秋,
> 在无所事事的悠闲中苦恼着,

没有官职、妻子和工作，
不管什么事他都不会做。

同样，奥涅金不想被家庭束缚，他不理解什么是爱情，只当与达吉雅娜的交往看作打发无聊生活的手段，所以当达吉雅娜主动给他写信倾诉纯真的感情，他却自私地拒绝了他。他对她说：

但我不是为幸福而生，
它和我的心没有缘分，
您枉然生就这样的美质，
受用它我没有这样幸运。
请相信吧（良心就是保证），
我们的婚姻将很痛苦。

对上流社会生活的厌倦和对人生抱着冷淡的、怀疑主义的态度，麻痹了他的心灵。后来，当他再度遇到达吉雅娜时，达吉雅娜已是将军夫人，尽管奥涅金疯狂追求，也无法改变达吉雅娜已为人妻的事实。达吉雅娜冷静而理智地拒绝了奥涅金。她说：

请您离开我，让我安静。
我知道：在您的心里有的是
自尊心，您懂得爱惜名声。
我爱您（这我又何必掩饰？）
但我已经嫁给了别人，
我将一辈子对他忠实。

奥涅金又像孤魂一样，四处漂泊，他注定要在困惑和痛苦中消沉下去。

可见，奥涅金是一个不满现实生活，鄙弃上流社会，为了进行社会探索甚至舍弃个人爱情幸福的进步青年的典型。他的精神境界和品质显然高于一般年轻人。但是，由于旧的精神崩溃，新的思想没有建立，他不知道应寻求怎样的生活，因而苦闷、彷徨、孤独，对一切都感到冷漠。建立在农奴制基础上的寄生生活，特别是脱离社会、脱离民族传统的残缺不全的教育，让他脱离实际，远离人民，从而找不到出路，最终导致了社会探索和个人爱情的双重失败。他的悲剧概括了那个时代觉醒过来而没有出路的贵族青年的悲惨命运。

奥涅金是俄国文学中"多余人"形象长廊中的第一人，影响到俄国文学史上一类人物形象的塑造。在奥涅金之后，毕巧林、别尔托夫、罗亭一系列"多余人"形象应运而生。他们共同的特征是出身贵族之家，生活优裕，受过良好教育，向往西欧的自由思想，

却无力同他憎恶的贵族社会决裂，摆脱不了贵族的偏见；怀着对理想的憧憬，却没有明确的目标；想要有所作为，又缺乏必要的毅力和实际工作的能力；找不到自己在生活中的位置，最终只能在有限的逃避中，陷入无限的焦躁、困惑与痛苦中。俄国文学史上的"多余人"形象，对中国文学也产生了影响，如郁达夫、巴金等作家笔下的"零余者"就有"多余人"的影子。

作为"多余的人"，奥涅金没有像同时代的贵族革命军十二月党人一样走上积极反抗的道路，但和他们同属于一个进步阶层，而十二月党人的失败，根本原因就是"同人民的距离非常远"。作者通过奥涅金的形象揭示了当时进步贵族青年的弱点，谴责了农奴制社会对青年一代的腐蚀和戕害，提出了进步贵族与人民的关系问题。

达吉雅娜是小说中另一主人公，是一个富有理想光彩的女性形象，也成为奥涅金这一形象所反映的问题的某种回答。她纯洁、善良、热情、真挚，对生活严肃慎重，对自己、他人高度负责。她主动追求奥涅金，表现了她不甘平庸、渴望享受爱情幸福的生活。成为上流社会的贵妇人之后，她仍怀念乡村生活，超群脱俗，出淤泥而不染。她最后拒绝奥涅金，则是保持自己道德的清白，不愿把自己的幸福建立在别人的痛苦上。她精神的和谐和个性的健全，显示了俄罗斯民族的精神气质和道德力量。在达吉雅娜身上，普希金强调了自然和人民的精神联系。而这恰恰是奥涅金克服精神矛盾的出路。

（三）艺术特点

第一，独创的诗体小说形式。普希金继承并发展拜伦开创的诗体小说形式，独创了"奥涅金诗节"。作品的各个章节以"奥涅金诗节"组成。全诗由约400节十四行诗构成，每行诗都有一定数目的音节，采用抑扬格，押韵的方式也是一定的，形成了全书统一的长诗风格。

第二，浓烈的抒情性。诗人在叙述故事，描绘现实生活的同时，常以抒情主人公的身份插入许多抒情插话，自如地抒发自己各种内心的感受和激情，或评论人事，或与作品中的人物互相通气，或为人物的命运感叹，开合自如，变化无穷，感情充沛，形成了这部作品的独特风格。

第三，完美的对照艺术。首先是结构上的对照手法。小说有两条主线的对比，一条是奥涅金与达吉雅娜之间的恋情和无止境的精神追求，另一条是连斯基与奥尔嘉的世俗的平庸的婚恋。其次是作品主人公的对比。两个男主人公，一个孤傲冷漠，一个狂放热情；两个女主人公，一个感情真挚，有着丰富的内心世界，一个轻浮平庸，内心空虚。再次是理想与现实的对照。男女主人公都有强烈的独特的理想与追求——事业与爱情，结果却都妥协于社会：曾经为了事业而唾弃爱情的奥涅金到后来却乞求哪怕是一点爱情的施舍，曾经大胆追求过爱情并视爱情如生命的达吉雅娜最后服从于社会现实和母亲的旨意而嫁给了自己所不爱的一位将军。作者通过对照艺术，使得人物性格更为丰满，作品感人至深。

## 第五节　惠特曼

惠特曼（1819—1892）是 19 世纪美国最杰出的诗人，浪漫主义文学最伟大的代表。他的诗集中反映了美国自由资本主义蓬勃发展时期资产阶级民主派积极向上追求民主理想的进取精神，特别是在诗歌形式上的重大改革，有着划时代的意义。

### 一、生平与创作

惠特曼出生于纽约长岛一个木匠家庭。由于生活贫困，他仅读过五六年小学，11 岁开始出门打工，走遍了东部各州。他曾在生活回忆录《典型的日子》中说："沿着岛屿和海岸，我度过了许多春、夏、秋、冬，有时骑马，有时乘船，但一般是徒步；我从田野和海岸，从一次次的航海和海港工人、农民、水手等人物中汲取了养料。"他漂泊天涯，职业也不停变换，先后干过律师事务所的勤杂工、建筑木工、印刷工、码头工、小报记者，甚至还当过乡村教师。丰富的阅历，培养了他对底层人民的深厚情感，为他的创作提供了素材。

1839 年起，惠特曼开始发表诗歌和杂文，并创办了一份叫作《长岛人》的报纸，同时积极参加政治运动。1842 年，他任纽约《曙光报》编辑，因同当地民主党领袖不和而离职。1846 年，他任民主党机关报《鹰报》的编辑，由于发表文章反对奴隶制，两年后再次被解职。1848 年，惠特曼与民主党决裂，加入了代表农民和城市劳动者的自由地主派，并担任其党报《自由人报》编辑。次年，由于该党在选举中与民主党联合，惠特曼愤而辞职。他回到布鲁克林，一面深入观察现实生活，一面刻苦钻研文化生活，积极探索诗歌艺术。

1855 年，惠特曼将他 1828—1853 年创作的诗歌结集出版，题为《草叶集》。第一版收入了《自我之歌》《大路之歌》《斧头之歌》等南北战争前的一些代表作品共 12 首。刚出版时没有受到重视，而且遭到一些评论家的诋毁，但却受到了超验主义思想家爱默生的高度赞扬。早年惠特曼曾受到爱默生的重大影响，现在在《草叶集》初版之际能受到这位超验主义精神领袖的褒扬，无疑使诗人深受鼓舞。1856 年《草叶集》再版，1860 年三版，到 1892 年出了第九版，也是最后一版，共收入 483 首诗。每一次出版，作者都对诗歌的内容进行了修改与增删。《草叶集》奔放、豪迈、铿锵有力的诗句，席卷了整个美国诗坛，引起了一场诗坛革命。

南北战争期间，惠特曼作为一个坚定的民主战士，坚决站在反奴隶制立场上。战争激烈进行时，他主动到华盛顿去充当护士，终日尽心护理伤病的兵士，以致严重损害了健康。他的生活十分艰苦，借抄写度日，把节省下的钱用在伤病员身上，同时又以诗歌为武器号召人民参加反对奴隶主的斗争。他充当护士将近两年的时间中，大约接触了十万名士兵，有许多后来还一直和他保持联系。1871 年，惠特曼出版了散文《民主远景》，总结了他的文艺观点和政治观点，对资产阶级的政治腐败和道德堕落进行了揭露和批判，同时也写下热烈歌颂欧洲革命和巴黎公社的诗篇，如《啊，法兰西之星》等。

1873年，惠特曼患半身不遂症，但他仍没放弃对人类光明前途的信心，几次整理《草叶集》。1892年3月26日，惠特曼在家乡病逝。

## 二、《草叶集》

《草叶集》是惠特曼毕生精力创作的诗集，包括诗人一生不同时期的作品，他为他的诗集取名《草叶集》有深刻的寓意。他认为，"我相信一片草叶不亚于星球的运转"，"哪里有土，哪里有水，哪里就长着草"。草叶象征着一切平凡普通的东西和平凡普通的人。草叶是诗人自己的形象，是当时正在发展中的美国的象征，也是诗人关于民主和自由的理想的体现。《草叶集》题材广泛，多方面反映了自由资本主义蓬勃发展时期美国人民的思想感情和内心呼声，讴歌蓬勃发展的美国社会以及民主、自由和人类平等的理想。

### （一）思想内容

第一，充满了对新时代、新事物的乐观憧憬和热情歌颂。在诗集中，惠特曼集中描写和歌颂的是新土地上生气勃勃的生活和勤劳、自由的人民。在《从巴门诺克出发》一诗中，他唱道：

> 多么新奇！多么真实啊！
> 足下是神圣的土地，头上是太阳。
> ………
> 美洲人呦！胜利者呦！人道主义先进的人群呦！
> 最前进的呦！世纪的前进的队伍！获得解放的群众！
> 这便是为你们预备的一张歌谣的节目。

在《我听见美洲在歌唱》中，诗人歌颂了各种职业的劳动者，将他们描绘成勤劳勇敢的建设者和新生活的创造者。在《斧头之歌》里，诗人表达了劳动者只有通过创造性、开创性的劳动才能建立真正理想社会的情怀，描绘了自己的社会理想。在这个社会中，"没有奴隶"，"也没有奴隶的主人"；没有暴力，"血滴完全从斧头上洗去"，"断头台荒废，且生霉苔"；人人自由平等，到处是一片创造新生活的形象。他赞扬资本主义物质文明的发展，讴歌资本主义生产方式的巨大生命力：

> 看哪，在我的诗歌里，
> 广大内陆的城池和土地，
> 有着宽整的道路、钢铁和石头是建筑、
> 不断的车辆和贸易……

这种乐观情绪正是上升时期资产阶级充满信心的表现。

第二，讴歌民主，赞颂蓬勃发展的美国。诗人说过："我们若用一个字眼来概括《草叶集》各个部分的话，那个字眼似乎就是'民主'一词。"诗人用激昂热烈的诗句歌唱民主，把美国作为民主与自由的化身来赞颂，在《为你，啊，民主呦!》一诗中，他高唱：

> 来呀，我要创造出不可分离的大陆，
> 我要创造出太阳所照耀过的最光辉的民族，
> 我要创造出神圣的磁性的土地，
> 有着伙伴的爱，
> 有着伙伴终生的爱。

他还称这个年轻的共和国为"全部民主的形象""民主的大地""友爱的新城池"，这些深情的诗句，表达了人民对民主前途的坚定信念和乐观精神。

第三，歌颂"自我"，抒发"人"的力量与活力。在《草叶集》中，有一个很突出的"自我"形象，这是诗人自己的化身，而又大于诗人本人，实际上是作为资产阶级民主基础的"个人"的理想形象。诗人从肯定现世生活出发，用欢乐、明朗的激情，通过"自我"歌颂人体质的健美、充满生机的活力、爱情渴望和生命的繁衍。在《自己之歌》中他表明"自己"和人民的关系：

> 我赞美我自己，歌唱自己，
> 我所讲的一切，将对你们也一样适合，
> 因为属于我的每一个原子，也同样属于你。
> ……
> 在一切人身上我看出了我自己，没有一个人比我多一颗或少一颗麦粒，
> ……
> 我低身向棉田里的农奴或打扫厕所的粪夫，
> 我在他的右颊上给他以家人一样的亲吻，
> 以我的灵魂为誓我将永不弃绝他。

在《我歌唱带电的肉体》等诗里，这个"自我"是灵与肉完美的统一，充满生命的活力，体现着开发新大陆、建设新生活的创造力。这个"自我"还体现着一切人的思想感情，他身上虽具有人道主义的特点，也具有个人主义和自我扩张的特点。

第四，反对蓄奴制，号召人民起来参加废除蓄奴制的斗争。惠特曼对美国的蓄奴制极为不满，对黑人遭到的压迫深表同情。在《自己之歌》中，他赞美了一个驾驶着四匹马马车的高大黑人，还叙述了自己不顾"逃亡奴隶法"的禁令，收容和救护逃亡的黑

奴。南北战争爆发后，他写下了《敲呀！敲呀！鼓啊！》著名短诗。号召人们去参加正义战争：

> 敲呀！敲呀！鼓啊！——吹呀！号呀！吹呀！
> 透进窗子，——透过门户，——如同凶猛的暴力，
> 冲进庄严的教堂，把群众驱散，
> 冲进学者们正在进行研究工作的学校，
> 也别让新郎安静，——现在不能让他和他的新娘共享幸福，
> 让平静的农夫也不能再安静地去犁田或收获谷粒，
> 鼓啊！你就应该这样凶猛地震响着，——你号啊，发出锐声的尖叫。

当战争结束，林肯总统被刺时，他义愤填膺，写下了《啊，船长！我的船长哟！》《当紫丁香最近在庭院中开放的时候》等著名诗篇，悼念林肯总统："啊，血在流淌，血滴殷红，我们的船长躺在甲板上，浑身冰冷。""起来吧，——旌旗正为你招展——号角为你长鸣。"他暗示，林肯虽死，而他所代表的民族自由的伟大精神是不朽的，正如紫丁香每年春光归来时都要开放，歌颂林肯反对蓄奴制，捍卫民主理想的功绩。

第五，赞美欧洲革命。诗人怀着极大的热情关心和颂扬1848年欧洲掀起的民主革命，在《欧罗巴》一诗中，他对那些为自由而牺牲的进步青年表示了由衷的敬意：

> 死使他们更为净化，他们已变成了别人的模范，他们倍受人褒扬。
> 没有一个为自由而被谋害的人的坟墓不会滋生自由的种子，
> 而且永远不断又将有新的种子从这里产生，
> 这些种子会被风吹送到远方去，重新播种，雨露风雪自会给它们滋养。

诗人深信，欧洲革命的"种子"也会播洒在美国的大地上，一定会给美国带来生机。

## （二）艺术特点

在艺术上，《草叶集》突破了传统诗歌格律的束缚，创造了"自由体"诗歌艺术形式并形成了平民化风格。它的出现标志着美国新诗风的崛起，《草叶集》的诗歌革新主要表现在如下几个方面。

第一，彻底摆脱了旧体诗的章法与格律，第一次以短剧作为韵律的基础。这种被称为"自由体"的诗，十分接近口语与散文诗，具有雄浑的气势与阔大的容量。这显然是受到大机器生产工业文明启迪的结果，而且最适宜表达规模庞大的工业社会氛围，这种便于自由灵活地表达丰富的思想内容，同田园牧歌式的格律诗形成较为强烈的反差。

第二，风格粗犷，注入了充满生命活力的现代精神。《草叶集》大量吸收人民健康活泼的口语入诗，为了与现代工业文明的快节奏和谐对应，采用长短不齐的句式，大量运用重叠句、排比句和夸张的形象语言，从而大大增强了诗歌表现力。在《欢乐之歌》

中，诗人唱道：

> 啊，怀着最欢乐的心情歌唱呀！
> 歌中充满了音乐，——充满了男子气概，女人心肠，赤子之心呀！
> 充满了寻常的劳动气息，——充满了谷物和树木。
> 啊，歌唱动物的声音，——啊，歌唱鱼类的敏捷和平衡！
> 啊，在一首歌里歌唱雨滴的淅沥！
> 啊，在一首歌里歌唱阳光和涛浪的流动！
> 啊，我的精神多么欢乐呀！——它是无拘无束的——它如同闪电般飞射！

第三，不受传统诗歌题材的约束，把题材视野扩展到了宇宙万物，扩大了诗歌艺术表现范围和艺术表现的容量。惠特曼的诗歌中有泥土、草叶、汗珠、露水、码头、田野、矿山、街市，有车夫、船夫、铁匠、木匠、纺纱女、排字工、筑路者、拉纤者、伐木人，无所不包的意象和普通劳动者的形象使他的诗歌充满蓬勃的生气和昂扬奋发的精神力量。

《草叶集》的缺点也十分明显，诗句过分散文化，思绪跳跃幅度过大，粗糙有余而细腻不足，虽雄健而缺乏细腻之美。

# 第七章　19世纪中期文学

欧洲文学史上19世纪中期的概念一般以法国1830年的"七月革命"和1871年的巴黎公社起义为起止标志。这一时期欧美文学的主流是现实主义文学。此外，这一时期欧美文坛还出现了早期无产阶级文学以及象征主义文学。

## 第一节　概述

### 一、现实主义文学的产生背景与基本特征

现实主义是近代欧美影响最大、成就最高、涉及面最广的文学思潮。它于19世纪30年代兴起于法国。它的产生和兴盛与这一时期的社会思潮和文化心态有密切的关系。

首先是18世纪启蒙思想家构想的资产阶级"理性王国"破产后引起强烈的失望心理。18世纪启蒙思想家曾许诺在"理性"大旗下建立起来的资本主义王国将会是一个无比美好的世界，但这个"华美约言"却被资本主义制度确立后的残酷现实所粉碎。金钱成为社会运转的第一动力，工业文明的胜利以广大农民的流离失所为代价。贫富悬殊，两极分化，犯罪剧增。面对这种现实，浪漫主义者的失望表现为激愤的抗议和虚幻的求索，而现实主义者的失望则转化成为对现实进行理性的剖析和严厉的批判。

其次是"冷静务实"的时代风尚。法国在1830年推翻复辟的波旁王朝以后确立了资本主义制度，价值规律和自由竞争成为统治社会的根本大法，不仅封建时代一切古老的关系和与之相适应的思想观念受到猛烈冲击，而且资产阶级革命高潮中的理想、热情和英雄主义也都逐渐消失。"天伦"的解体，"热情"的消退，"过去"的丧失，"未来"的虚渺，使只注重眼前现实功利的冷静务实之风成为时尚。这种"时代精神"作用于文学，便导致浪漫主义思潮的隐退，文学的"再现"和"模仿"功能被提到首位。现实主义文学正是资本主义秩序确立以后冷静务实的社会风尚和时代精神的产物。

最后是认识论上的唯物主义反映论倾向。现实主义文学的兴起与当时诸多科学领域的大进步、新发现以及科学精神的发扬有密切联系。这一时期，生物进化论、能量守恒、细胞学说等三大发现带来世界观、宇宙观的大变化；费尔巴哈的人本主义学说，圣西门、欧文、傅立叶的空想社会主义思想，孔德的实证主义哲学等也深刻地改变了人们对自然、

社会和自身的认识。它们加强了认识论上的反映论和唯物主义倾向。人们关注的中心由中世纪的"认识上帝"、文艺复兴时期的"认识人生"转向"认识世界"。这些观念作用于文学，就使得强调再现客观现实、力图发掘精神世界和物质世界内在联系的现实主义思潮应运而生。

欧美各国的现实主义文学虽然都有各自的特点，但作为一个统一的流派，又有如下共同的基本特征。

第一，真实地反映社会的本来面目。现实主义作家不像浪漫主义作家那样凭主观幻想进行创作，而是注重从现实生活中取材，力求真实、准确地再现社会各阶层人物和当代社会生活，反映生活的某些本质。他们冷静地观察、客观地描绘和剖析社会，特别注重细节描写的真实性。因此，这一时期的现实主义文学有着巨大的认识价值。

第二，具有强烈的暴露性和批判性。这一时期现实主义文学最基本的倾向是着力于暴露社会的黑暗，批判现实的罪恶。高尔基曾经指出这一流派的最大特征是"锋利的唯理主义和批判精神"，并因而称之为"批判现实主义"。这一时期现实主义文学对社会揭露和批判的广度、力度和深度远远超过过去时代的文学。作家们不遗余力地揭露贵族、资产阶级的罪恶，揭露资本主义社会利己主义的生活原则和人与人之间赤裸裸的利害关系，表达了对现存制度的不满和抗议，动摇人们对资本主义世界的乐观情绪。现实主义作家对社会现实的暴露和批判是以人道主义为思想武器的，他们用人道主义的观点去观察、分析、评判一切，也用它来构造未来的理想社会。他们提倡自由、平等、博爱的人道主义，就主观愿望而言是真诚的、美好的，使人们看到了当时社会的不合理，唤起了人们的不满情绪和改造愿望，但是就客观效果而言，把人道主义当成改良社会的药方也必然是软弱无力的。

第三，塑造典型环境中的典型人物。现实主义作家接受了唯物主义哲学和自然科学的影响，大都能意识到人是一定社会环境的产物。他们在描写人物时，特别注重人物性格和社会环境的密切关系，注意选择具有时代特征的典型环境，把人物放在这种环境中具体地描写其性格形成、发展，描绘环境对人物的影响，同时又通过人物性格的形成、发展来反映社会。这种典型化手法使现实主义作家的创作摒弃了一切偶然性和随心所欲，达到了更大的真实性。塑造典型环境中的典型人物标志着现实主义创作的成熟，是这一时期现实主义文学最重要的贡献。

这一时期现实主义文学中，小说特别是长篇小说出现了空前的繁荣。

## 二、西欧文学概况

19世纪中期西欧文学中以法国文学、英国文学、德国文学的成就最为引人注目。

### （一）法国文学

法国是19世纪欧洲现实主义文学的发源地，也是现实主义文学最发达的国家之一。虽然现实主义文学流派在19世纪30年代的法国就已经实际出现，但"现实主义"这个术语到19世纪50年代才问世。司汤达、巴尔扎克等现实主义大师早年同雨果、戈蒂耶

一样都是浪漫主义文学的急先锋，都致力于摧毁文学上的古典主义。

法国现实主义文学的产生和繁荣有其特殊的社会历史背景。1789年资产阶级大革命以后，封建贵族不甘心于灭亡，和资产阶级进行了将近半个世纪的反复较量，直到1830年的"七月革命"才推翻复辟的波旁王朝、确立资产阶级政权性质的"七月王朝"。七月王朝的统治者是一个腐朽透顶的统治集团。1848年"二月革命"推翻七月王朝，建立法兰西第二共和国。这个新的资产阶级政府对无产阶级采取高压政策，巴黎工人在1871年3月18日发动"巴黎公社起义"。

在这种社会历史条件下产生的法国现实主义文学具有自己鲜明的特征。第一，由于启蒙主义精神和法国大革命的影响，一般都有比较强烈的民主主义和人道主义思想。第二，真实地、历史地反映资产阶级取代封建主义的过程，也即资产阶级与封建贵族反复较量的过程。第三，深刻地揭露资本主义社会里金钱统治一切的罪恶和尔虞我诈的人际关系。第四，热衷表现小资产阶级个人奋斗失败的悲剧，反映人民群众反封建、反教会、反专制、反复辟的思想情绪。与此同时，前述现实主义的基本特征也在法国文学中表现得很鲜明。

司汤达、巴尔扎克、梅里美和福楼拜是19世纪中期法国现实主义文学的重要代表。此外，小仲马、都德也是有较大影响的现实主义作家。

普鲁斯贝·梅里美（1803—1870）最初倾向于浪漫主义，后受司汤达的影响，转向现实主义。他的创作以中短篇小说见长，代表作是中篇小说《嘉尔曼》（又译《卡门》，1845）。主人公嘉尔曼（又译卡门）是一个吉卜赛女郎，性格豪放不羁，因为参加走私团伙，又砍伤人而被逮捕。押送途中，她利用色相引诱骑兵团队长唐·若瑟放了自己，并因此成了唐·若瑟的情妇。她把唐·若瑟也拉进走私团伙。后来唐·若瑟杀死她的丈夫，要带她到美洲去闯生活，她不同意，因为她又爱上了一个斗牛士。唐·若瑟一怒之下杀死了她。嘉尔曼是一个性格非常独特的女性形象。她富有反叛精神，反抗龌龊现实，追求个人自由，声称自己"不属于这个可恶的专卖烂橘子的商人的国家"。但她是以邪恶的方式反抗邪恶的现实。小说情节曲折，人物非凡，描绘了异国风光，故而有浪漫主义色彩，但它的基本倾向是现实主义的。作品后来被不断改编，搬上舞台和银幕。

居斯塔夫·福楼拜（1821—1880）是19世纪法国继司汤达、巴尔扎克之后最重要的现实主义作家。他出身于医生家庭，父亲留给他一座别墅和一笔终身享用不完的财产。他学过法律，但出于对文学的热爱，毕生以文学作为自己的事业追求。他一生中除了偶尔去巴黎访友和短期旅行到过非洲、近东地区外，其余时间都是在故乡卢昂郊区塞纳河旁僻静的别墅里度过，在那里精益求精地从事他的文学创作。福楼拜的作品数量很少，除《包法利夫人》之外，还有深受浪漫主义影响的《狂人之忆》（1838）和《斯玛尔，古老的秘密》（1839），取材于古罗马的长篇历史小说《萨朗波》（1862），写一个意志薄弱、耽于幻想的小资产阶级青年的命运的长篇小说《情感教育》（1869）等。

长篇小说《包法利夫人》（1856）是福楼拜的代表作。自从这部小说问世以后，法国文坛上才正式出现"现实主义"这个术语，用以标识从司汤达开始的现实主义文学流派和思潮。作品通过女主人公爱玛的悲剧真实地反映19世纪中期法国的社会现实。爱玛是一个富裕农民的女儿。她的少女时代是在修道院附属女子学校里度过的。这期间她读了许多描写男女爱情的浪漫主义作品,头脑里充满了关于爱情婚姻的不切实际的幻想;她还沾染了一些贵族小姐贪图享受、爱慕虚荣的坏习气。后来,她嫁给一个平庸的医生查理·包法利,这桩婚姻和以后的家庭生活都毫无浪漫情调可言,她感到非常失望。在这种情况下,她受到了地主罗道尔弗的勾引,成了他的情妇。被罗道尔弗抛弃后,她又与一个叫赖昂的青年厮混。为了追求享受和浪漫的爱情,她不断借高利贷。但当她债台高筑的时候,赖昂又溜之大吉。她的爱情美梦一次又一次破灭,而债主逼债又如狼似虎,直至把她告上了法庭,两个情人却拒绝向她伸出援助之手。最后,她在痛苦和绝望中服毒自杀。作者在描绘女主人公个人悲剧的同时,展示了七月王朝时期法国外省的一幅色调灰暗的风俗画卷。贵族、教士、政府官员、资产者,无一不是作者讽刺的对象。

福楼拜的创作具有独特的风格。一是注重客观性和真实性。他认为文学应达到科学的精确程度,作家应隐藏自己的观点和态度,让人物自己表现自己。他善于用白描手法刻画个性鲜明的人物形象。二是语言朴素、准确、优美。他是文学语言的巨匠,提出著名的"一词说":无论写什么事物,要说明它,只有一个名词;要赋予它运动,只有一个动词;要表现它的性质,只有一个形容词。作家必须努力寻找,直到找到这个名词、动词、形容词为止。福楼拜的现实主义中表现出一些新的因素,如认为文学可以细致地描写丑恶的事物;生活真实可以不加选择地进入作品;艺术形式极为重要,甚至认为艺术的唯一任务就是创造美的形式;等等。这些观点已显露出19世纪后期兴起的自然主义文学和唯美主义文学的端倪。

小仲马(1824—1895)是小说家、戏剧家,大仲马的私生子。1842年他与妓女玛丽·杜普莱西一见钟情,后者1847年病逝于巴黎,小仲马次年写成小说《茶花女》,一举成名。1852年又将它改编成戏剧,引起更大轰动。其他名剧有《私生子》(1858)、《放荡的父亲》(1859)。《茶花女》以巴黎名妓玛格丽特的生活经历为主线,以男主人公阿尔芒自叙为第一人称手法,生动描写外表与内心都像山茶花一样纯洁美丽的少女被摧残致死的故事。

都德(1840—1897)是19世纪中后期现实主义小说家。长篇小说《小东西》(1868)是他的代表作,有浓厚的自传色彩。短篇小说集《周一故事集》(1873)中的《最后一课》、《柏林之围》是世界名篇,表现爱国主义的主题。

这一时期法国文坛上还出现了象征主义文学的萌芽。其先驱是波德莱尔(1821—1867),1857年发表的诗集《恶之花》既是他的代表作,也是象征主义文学的奠基作。《恶之花》从内容到形式都打破了传统,开拓了诗歌的新领域,在文学发展史上有重要的意义。

**(二) 英国文学**

19世纪中期英国文学的主流是现实主义。它产生于30年代后期,在四五十年代走向全面繁荣。最杰出的代表是狄更斯,此外还有奥斯汀、萨克雷、盖斯凯尔夫人、乔治·

外国文学史

艾略特和勃朗特姐妹等。他们被马克思称赞为"现代英国的一批杰出的小说家"。

英国这一时期的现实主义文学表现出独有的特征。第一，注意描写无产阶级和资产阶级之间的尖锐矛盾，揭示资产阶级对工人的经济剥削和政治欺骗。第二，关怀"小人物"的命运，善于描写小资产阶级的生活史。这是本时期英国文学写得最广泛、最成功的主题。第三，热衷于劝善说教，宣扬道德感化，具有温和的人道主义和浓厚的改良主义倾向。这时期英国的大部分作家，一方面对资本主义的社会现实进行揭露与批判，对下层人民表示深切的同情，另一方面又反对暴力革命，不希望推翻现存制度，而主张通过道德改善的方法来改良现存社会。

简·奥斯汀（1775—1817）虽然生活在18世纪后期19世纪前期，但其创作一反此时充斥英国文坛的感伤小说和哥特小说，展现当时尚未受到工业革命冲击的英国乡村风光与中产阶级生活，开启了19世纪30年代后英国的现实主义小说。她开拓了家庭题材，其作品如两寸牙雕，从小窗口窥视大社会，文笔活泼风趣。她共创作《理智与情感》（1811）、《傲慢与偏见》（1813）等6部长篇小说。代表作《傲慢与偏见》通过班纳特5个女儿的婚姻，表现乡镇中产阶级家庭对婚姻的态度，也反映了作者的婚姻观。

威廉·麦克斯皮·萨克雷（1811—1863）擅长用讽刺手法揭露上流社会的腐败和虚伪。他出生于一个富裕的职员家庭，成年后，因存放财产的银行破产倒闭，遂以写作为生。他的代表作是长篇小说《名利场》（1848）。作品的副标题是"没有正面主人公的小说"。小说主人公之一蓓基·夏泼是一个虚荣心很强、只信奉利己主义哲学的冒险家。她是一个穷画师的女儿，势利支配一切的生活环境和屈辱的社会地位扭曲了她的灵魂，使她形成极端虚伪自私、渴求荣华富贵的性格。她两面三刀，口蜜腹剑，阴险狠毒而又泼辣能干。她在女子学校受尽歧视，毕业后来到毕脱爵士家当家庭教师，用手段骗得爵士的信任，爵士在妻子死后向她求婚，而她却宣布已经同爵士的小儿子罗登秘密结婚。以后她随丈夫去巴黎，又回伦敦，出入于上流社会，到处招摇撞骗。后来她勾搭上一个大政客，不料他们的关系被丈夫发现，引起一场轩然大波。她的根底败露，终于声名狼藉，被上流社会无情地抛弃。蓓基既是作者批判的对象，又是作者批判的武器。小说揭露产生她这种人的英国社会特别是上流社会的虚伪自私和冷酷无情，那里是一个不折不扣的"名利场"。萨克雷是英国文学史上继斯威夫特、菲尔丁之后著名的讽刺作家。

伊丽莎白·盖斯凯尔夫人（1810—1865）出生于基督教牧师家庭，是一个人道主义情怀、改良主义思想和宗教意识都很浓厚的作家。她的代表作、长篇小说《玛丽·巴顿》（1848）以1839年英国经济大萧条和宪章运动为背景，首次描写了劳资矛盾。玛丽·巴顿的父亲约翰·巴顿是宪章派左翼积极分子，曾代表工人到伦敦去请愿，被厂主开除。工人们决定暗杀在劳资谈判中侮辱工人的厂主儿子亨利。通过抓阄定人的方式，约翰·巴顿执行这一任务。他枪杀了既是工人仇敌也是女儿恋人的亨利以后，陷入精神危机，临死前向厂主忏悔，并与厂主取得和解。这个人物反映了宪章运动时期英国工人的迅速成长，同时也表现出他们作为自然人的良心与道德。

勃朗特姐妹出生于贫苦的乡村牧师家庭，大姐夏洛蒂·勃朗特（1816—1875）从小

被送到教会办的慈善学校受教育，后长期当家庭教师。她一生创作了 4 部长篇小说。第一部《教师》遭到出版商的拒绝，但她并不灰心，写出了《简·爱》（1847），并获得很大成功，以后又写了《雪利》（1849）和《维莱特》（1853）。它们都描绘像作者本人那样的小资产阶级知识妇女的命运与抗争。《简·爱》是夏洛蒂·勃朗特的代表作，也是一部自传性长篇小说。简·爱从小失去父母，寄居在舅母家里，舅母一家都不关心她，甚至还虐待她。后来她被送进一所如人间地狱般的慈善学校，身心备受压抑。从慈善学校毕业以后，简·爱应聘到庄园主罗彻斯特家里当家庭教师，与罗彻斯特因思想、才能和品德上的默契而相爱。但他们无法结合，因为罗彻斯特有一个疯妻。在一个追求她的青年牧师圣·约翰的帮助下，她当了一个乡村小学的教师，但她终于不能忘怀罗彻斯特。正当她突然得到叔父一笔遗产，而罗彻斯特的庄园被他的疯妻放火烧光，罗彻斯特本人也双目失明、一贫如洗时，简·爱毅然回到罗彻斯特身边。小说赞扬了简·爱自强不息、争取独立人格的精神和对纯洁高尚爱情的追求；同时也通过她的生活经历，揭露宗教慈善事业的虚伪性和黑暗社会对人的压抑、窒息，并提出了一系列与妇女命运密切相关的社会问题。

艾米丽·勃朗特（1818—1848）是夏洛蒂的大妹。她唯一的长篇小说《呼啸山庄》（1847）是风格独特的名作。小说写主人公希斯克利夫的爱情和复仇的故事。弃儿希斯克利夫与收养自己的呼啸山庄主人老肖恩的女儿凯瑟琳恋爱受阻，愤而出走。多年以后回来，他借助于在外获取的金钱，疯狂地向呼啸山庄和凯瑟琳丈夫所在的画眉田庄里的人复仇。小说通过这一对恋人的痛苦爱情和希斯克利夫变态的复仇，揭示冷酷的社会关系对人们心灵的扭曲和由此造成的悲剧。作者试图探索人性与情感的深度和强度，因而把希斯克利夫写成邪恶与激情的化身。在艺术上，小说以现实主义为基调，但又有着浓厚的浪漫主义色彩；想象丰富，充满阴沉而又扑朔迷离的氛围，也有哥特式小说的神秘性。

乔治·爱略特（1819—1880）原名玛丽·安·埃文斯，博学多才，思想深刻，30 多岁时因翻译工作开始文学生涯，并任《西敏寺评论》杂志编辑。主要作品是 7 部长篇小说。代表作《米德尔马契》（1872）的主题是对女权主义思想与运动的深入思考。

19 世纪 30 年代后期至 40 年代中期，英国出现工人争取普选权的"宪章运动"。随着运动产生的"宪章派文学"是世界文学史上最早的无产阶级文学。其作者都是宪章运动的活动家或领导人，体裁有小说、诗歌、政论等，以诗歌成就最大。代表作是厄内斯特·琼斯（1819—1869）的《工人之歌》（1851）和威廉·林顿（1812—1897）的《劳工与利润》（1847），前者攻击资本主义的所有制，后者揭露资本家对工人的残酷剥削。

### （三）德国文学

19 世纪三四十年代，长期落后的德国也开始了工业革命，无产阶级逐渐成为独立的政治力量。马克思、恩格斯于 1848 年发表《共产党宣言》，同年德国爆发资产阶级革命。直至 1871 年德国统一之前，德国最迫切的问题一直是实现民族统一和反封建统治。这个时期德国文坛上出现一批被称为"青年德意志派"的进步作家，他们与文坛上悲观颓废、企图拉着历史倒退或者维护现存秩序的倾向展开了斗争，但又表现出狂热性和不彻

底性，艺术成就不大。

19世纪中期德国现实主义文学的主要代表是诗人海涅、维尔特和戏剧家毕希纳等。

海因里希·海涅（1797—1856）是19世纪中期德国文学中影响最大的作家，也是继歌德之后德国诗歌成就最高的作家，杰出的革命民主主义诗人。他出生在莱茵河畔的杜塞尔城，曾获法学博士学位。他青少年时代就受到法国大革命的影响，特别是法国1830年的七月革命使他非常振奋，因不堪忍受德国封建统治，他于1831年迁居巴黎，后终生侨居于此。52岁时他全身瘫痪，卧床不起，但仍以强大的毅力坚持创作，直至1856年2月病逝于巴黎。海涅早期创作有浪漫主义倾向，后来转向现实主义。最杰出的作品是长诗《德国——一个冬天的童话》（1844）和政治抒情诗《西里西亚的纺织工人》（1844）。《西里西亚的纺织工人》是声援1844年德国西里西亚纺织工人起义的抒情诗，它是海涅全部诗歌中战斗性最强的一首。恩格斯称之为"最有力的诗歌之一"。此外，海涅还写了《论浪漫派》（1836）等论著，阐述自己的文艺观点。

《德国——一个冬天的童话》是海涅的代表作。诗人于1843年冬天从法国回到阔别13年的祖国，思潮澎湃，感慨万千，随即把自己从法国巴黎到德国汉堡的见闻和感受写成这部长诗。其内容主要是抨击黑暗腐朽的封建德国，号召人民起来为争取自身解放而斗争。诗中通过射击大鸟——普鲁士政府国徽上的大鹰——的诗句表达对反动统治者的无比痛恨，又通过梦幻和现实的描写对一切旧制度的支持者予以无情的揭露和批判，并号召德国人民摧毁旧社会，在废墟上建立一个人人"再也不要挨饿"的幸福的"天国"。总之，这部长诗充分表达了海涅革命民主主义诗人的思想感情。在艺术表现上，这部长诗把现实主义与浪漫主义交织在一起，现实生活的场景、美好的理想境界和象征性的形象相互映衬，讽刺、幽默、夸张的手法与抒情笔调相互穿插，语言洗练优美。

格奥尔格·毕希纳（1813—1837）一生短暂，创作以戏剧为主。他同海涅一样，接受了法国大革命的精神影响和空想社会主义思想，曾建立地下革命组织"人权协会"，创作了以法国革命为题材的剧本《丹东之死》（1835）。他的悲剧《沃依采克》是德国文学史上第一部以工人为主人公的戏剧，由于早逝，没有完成。毕希纳还被认为是20世纪表现主义戏剧的先驱之一。

格奥尔格·维尔特（1822—1865）是德国早期无产阶级诗人的代表。恩格斯称他为"德国无产阶级第一个和最重要的诗人"。他当过学徒和职员，与马克思、恩格斯曾有过密切交往，接受了科学社会主义思想，担任过《新莱茵报》副刊编辑。他的重要作品有《饥饿之歌》《铸炮者》等。

## 三、东北欧文学概况

19世纪中期东北欧国家涌现出众多名家名作，产生了令人刮目相看的国际影响。

### （一）东欧文学

从19世纪40年代开始，东欧各国新兴的资产阶级经济与落后的封建制度之间的矛盾日益尖锐，民族意识不断高涨，民族解放运动如火如荼地开展起来。波兰、捷克、匈牙利等国先后爆发武装起义。

此期东欧文学富于爱国精神和革命战斗性，常常把反对外国统治和反对本国封建主义结合起来，将民族解放和社会解放融为一体。

克拉舍夫斯基（1812—1887）是波兰文学史上一位多产作家。他以一组农村题材的"农民小说"奠定自己在波兰文学史上的地位。其中《沙夫卡的历史》（1842）、《乌拉娜》（1843）、《叶尔莫瓦》（1855）和《篱笆木桩的故事》（1860）是他的名篇。这些作品揭露封建农奴制度对贫苦农民的欺压、剥削和摧残，表现作者对农民的同情。他的创作对波兰小说的发展作出了重大贡献，被称为"波兰小说之父"。

女作家鲍日娜·聂姆曹娃（1820—1862）是19世纪捷克现实主义文学的奠基人。她的代表作《外祖母》（1855）是19世纪捷克最杰出的长篇小说。作品刻画了一个平凡而高尚的捷克农村妇女形象。通过描写她坎坷的一生，热情歌颂农民的纯朴自然、勤劳聪慧以及热爱祖国、追求光明的美好品德。作品穿插民间传说、故事、歌谣等，表现出鲜明的民族特色。她的创作为捷克近代散文奠定了基础。

裴多菲·山陀尔（1823—1849）是19世纪匈牙利最伟大的民族诗人，被誉为"匈牙利抒情诗王"。1849年，他在布达佩斯保卫战中大声朗诵爱国诗歌，鼓励坚守街垒的民众拿起武器勇敢战斗，后来倒在俄国骑兵的刺刀下，年仅26岁。裴多菲在短暂的一生里创作了800多首抒情诗。《自由与爱情》（1847）歌咏："生命诚可贵，爱情价更高。若为自由故，二者皆可抛。"诗歌热情号召一代青年抛弃个人得失，用生命和热血去争取祖国的自由，脍炙人口。回顾民族的光辉历史，弘扬伟大的爱国精神，鼓舞人民投身于反抗外国侵略者的民族解放时代大潮，构成了裴多菲创作的基本主题。著名长诗《农村的大锤》（1844）、《使徒》（1848）和《亚诺什勇士》（1844）都取材于匈牙利的民间传说，又经过诗人改造，注入了时代精神。裴多菲的诗作很早就被介绍到中国，鲁迅称他是"伟大的抒情诗人""匈牙利的爱国者"。

（二）北欧文学

北欧地处欧洲边缘，由于自然条件的影响，加之人口稀少，经济发展较为迟缓。19世纪中期至20世纪初期，丹麦、瑞典和挪威陆续出现资本主义，先后建立君主立宪制共和国。

北欧各国的文学在19世纪有了空前发展，都经历了由浪漫主义转向现实主义的阶段。其中以挪威成就最大。挪威在戏剧方面出现了世界一流作品，丹麦在童话和文学评论方面取得了卓越成就。

安徒生（1805—1875）是19世纪丹麦著名童话作家，也是世界最著名的童话作家之一。安徒生出生于丹麦小城一个穷苦人家庭，父亲是一个鞋匠，母亲是一个洗衣女工。青少年时代，他当过呢绒铺的学徒、皇家剧院的杂役，但他渴望从事艺术活动，后来，他进入哥本哈根大学学习，一面学习，一面进行文学创作。安徒生创作过诗歌、戏剧和小说，但使他在世界上享有盛誉的是168篇童话和故事。1835年至1844年是他童话创作的第一个阶段。1835年，他出版第一部童话集《讲给孩子们听的故事》。这部书奠定安

徒生不朽的盛名。1836年，他出版第二本童话集，收有《拇指姑娘》等名篇。1837年，他出版第三本童话集，收入《皇帝的新装》、《海的女儿》等名篇。1844年出版名著《丑小鸭》。1845年至1852年是安徒生童话创作的第二个阶段。名篇有《卖火柴的小女孩》、《一个母亲的故事》等。他将这一时期创作的作品称为"新的童话"，以区别于第一个阶段的浪漫主义童话。1852年至1873年是他的第三个创作阶段。他称这个时期的作品为"新的故事"，这些"新的故事"实际上是保留童话特点的现实主义小说。名篇有《她是一个废物》（1853）。

安徒生的童话具有鲜明的思想内容，表现在如下几个方面。第一，热情讴歌社会底层人物，如园丁、鞋匠、洗衣妇、穷孩子等，赞美他们善良勤劳、纯洁高尚的品质，歌颂他们的聪明才智。《园丁和主人》赞美辛劳工作的园丁，"他每年设法在园艺方面创造出一点特别好的东西来"。第二，反映社会底层人民的苦难，揭露贫富悬殊的社会现实。《卖火柴的小女孩》描写在寒冷的圣诞夜，一个卖火柴的小女孩怀着美丽的幻想，活活冻死在街头，而富人们则围着火炉吃着烤鸭，尽情地狂欢。第三，揭露国王、贵族、僧侣和财主的昏庸愚蠢、贪婪残暴，批判社会的不公平和罪恶。《皇帝的新衣》里那个至高无上的皇帝光着身子在大街上游行，而且还耀武扬威，自鸣得意，大臣们不但不敢说真话，还大肆地吹捧皇帝的新衣如何漂亮。艺术上，安徒生的童话大多数取材于民间故事，想象丰富，故事生动，语言优美；善于运用拟人化手法，塑造了一大批生动鲜明的艺术形象，如美人鱼、丑小鸭、拇指姑娘、坚定的锡兵和唱歌的夜莺等。这些艺术形象至今仍具有艺术魅力。

### 四、俄国文学概况

19世纪30年代，俄国现实主义文学开始形成，并迅速走向繁荣。普希金由浪漫主义转向现实主义，他的诗体小说《叶甫盖尼·奥涅金》（1831）是俄国现实主义文学的奠基作，广泛而真实地描绘了19世纪20年代俄国城乡的社会生活，塑造了俄国文学中第一个"多余人"形象。他还创作《驿站长》（1830）和《上尉的女儿》（1836）等现实主义小说。前者开创俄国文学"小人物"的传统，后者则塑造农民起义领袖普加乔夫的形象。随后，莱蒙托夫和果戈理也由浪漫主义转向现实主义。

莱蒙托夫（1814—1841）是普希金传统的继承人。他的代表作是现实主义长篇小说《当代英雄》（1840），作品塑造又一个"多余人"典型——毕巧林。毕巧林才华出众，渴望从事有意义的活动，然而他找不到出路，孤独和内心矛盾折磨着他，于是就在冒险和恶作剧中寻找刺激，在毁坏自己的同时又给别人造成不幸。这一形象表现腐败的农奴制不仅摧残人民，同时也在损害贵族阶级中的优秀人物。

"自然派"是19世纪40年代在俄国形成的以果戈理为开创者和杰出代表的现实主义文学流派，其特征是将批判和讽刺的锋芒对准沙皇专制制度和农奴制度，真实地描写和批判农奴制社会的黑暗面，关注小人物和普通人，描写他们的贫困和所受的屈辱，反映他们不幸的命运。

果戈理的创作示范和别林斯基（1811—1848）的理论指引大大促进了俄国现实主义文学的发展。19世纪40年代一批现实主义新秀登上文坛，如陀思妥耶夫斯基、赫尔岑、冈察洛夫、屠格涅夫、奥斯特洛夫斯基、涅克拉索夫等。他们发表许多反专制农奴制的作品，唤醒人民的反抗精神，使现实主义具有更明确的社会性和目的性。

赫尔岑（1812—1870）的长篇小说《谁之罪？》（1841—1846）以3个出身不同的青年的爱情悲剧，暴露农奴主的残暴专横、下层人民的悲惨遭遇和远离人民的知识分子的软弱无能，提出了"谁之罪"的问题。

冈察洛夫（1812—1891）的代表作、长篇小说《奥勃洛摩夫》（1859）塑造了俄国文学最后一个"多余人"形象——奥勃洛摩夫。他有着出色的天赋和良好的文化教养，而他最突出的性格是懒惰，吃饭穿衣从不动手，没有实际活动的能力，一生大部分时间都躺在床上睡觉，连做梦也梦见睡觉，精神萎靡，即使爱情也无法使他振作起来，最后在睡梦中死去。杜勃洛留波夫（1836—1861）在《什么是奥勃洛摩夫性格？》（1859）一文中指出，"奥勃洛摩夫性格"是俄国贵族生活的全部，是"多余人"发展的必然结果。

屠格涅夫（1818—1883）的特写集《猎人笔记》（1847—1852）描绘俄国乡村各个阶段的生活，开始接触地主与农民的关系问题。在长篇小说《罗亭》（1856）和《贵族之家》（1858）中，他塑造了19世纪40年代的"多余人"形象，丰富了俄国文学中"多余人"画廊。但屠格涅夫的重要贡献是最先描绘时代和生活要求的另一种类型的人物形象，即作为"新人"的平民知识分子。在《前夜》（1860）和《父与子》（1862）中，屠格涅夫敏锐地捕捉到了俄国现实生活中刚刚出现的"新人"形象，他的贵族自由主义立场虽然使他不能正确理解这些"新人"，但他的现实主义精神仍使他概括了俄国平民知识分子的许多重要特征。

涅克拉索夫（1821—1878）是19世纪中期俄国最重要的革命民主诗人，他创作了大量诉说人民苦难的诗歌。其代表作长诗《谁在俄罗斯能过好日子》（1863—1876）描述7个农民离开故乡寻找幸福的故事。通过他们的旅行，诗歌展现了农奴制改革以后的俄国现实，一方面对沙皇官僚、贵族、地主和商人的寄生生活进行揭露和批判，另一方面又表现了俄罗斯人民对幸福和真理的渴望和追求，指出只有那些为人民的幸福而奋斗、献身的人才是幸福的人。

亚历山大·尼古拉耶维奇·奥斯特洛夫斯基（1823—1886）是俄国戏剧家，被称为"俄罗斯民族戏剧之父"。代表作《大雷雨》（1859）表现了一个追求个性解放的普通妇女卡杰琳娜被残酷的环境所毁灭的悲剧。卡杰琳娜是一个普通的劳动妇女，个性活泼，酷爱自由。她嫁给卡林诺夫城商人的儿子奇虹以后，在这个家庭处处受到压抑。婆婆卡巴诺娃不停地折磨她，她希望在丈夫身上找到支持的力量，奇虹却屈服于母亲的专横。在痛苦和绝望中，她得到商人提郭意的侄子鲍里斯的理解和同情。对鲍里斯的爱给她的生活带来新的意义。她决心挣脱她厌恶的环境和生活。但鲍里斯又没有勇气为自己和卡杰琳娜的幸福进行斗争。卡杰琳娜将自己和鲍里斯相爱的事告诉丈夫，并表示绝不再回到野蛮、令人窒息的婆家去。最后她跳进伏尔加河，以死向这个黑暗社会表示抗议。她

的行为表达了俄国人民对自由的渴望，反映了俄国人民的觉醒。杜勃罗留波夫在他的论文中称卡杰琳娜是"黑暗王国中的一线光明"。

车尔尼雪夫斯基（1828—1889）既是文学批评家、美学家，又是小说家。他的论文《艺术对现实的审美关系》（1855）提出了"美是生活"的唯物主义论断。他的长篇社会政治小说《怎么办？》（1862—1863）以"关于新人的故事"为副标题，塑造了最典型的新人形象。小说通过罗普霍夫、吉尔沙诺夫和薇娜的恋爱，展现新人的信仰、情操、革命活动和日常生活，显示了新人的全部光辉。作品中最完美的新人是拉赫美托夫。他深入人民之中，参加各种劳动，为了准备在被流放和服苦役时能经受各种刑罚，他甚至睡在钉满钉子的小毛毡上来磨炼自己。他不恋爱，不结婚，决心为祖国的幸福和人民的解放而奋斗到底。作品中称他是"原动力的原动力"、"盐中之盐"。

### 五、美国文学概况

废奴主义文学是19世纪30年代以后随着美国北方兴起的废奴运动而出现的批判蓄奴制罪恶的文学。它是19世纪中后期美国现实主义创作的先声。其代表作是斯托夫人的《汤姆叔叔的小屋》和希尔德烈斯的《白奴》。

哈利叶特·比彻·斯托夫人（1811—1896）的长篇小说《汤姆叔叔的小屋》（1852）以黑奴汤姆的悲惨遭遇，控诉南方奴隶制的种种罪行。汤姆从小就忠实地侍奉主人，逆来顺受，像牲口一样多次被转卖，最后落到心狠手辣的种植园主手里，惨死在主人的皮鞭之下。小说通过汤姆和其他黑奴的命运，深刻地揭露蓄奴制的野蛮、残忍和不人道，同时又通过黑人女奴伊莱扎敢于反抗、逃跑后获得自由的经历，赞扬伊莱扎追求自由、顽强不屈的精神。小说激起了人们对蓄奴制的痛恨，有力地推动了废奴运动。领导南北战争的林肯总统称斯托夫人是"写了一部书，酿成一场大战的小妇人"。

理查·希尔德烈斯（1807—1865）的长篇小说《白奴》（1836）通过一个混血奴隶阿尔奇·摩尔的自述，真实地描写黑奴的悲惨生活和蓄奴主的贪婪、残暴，揭露蓄奴制的种种罪行，全面展示美国南方奴隶制由全盛接近衰落时社会生活的广阔画面，是一部具有民主倾向的现实主义作品。

19世纪60年代南北战争后，美国文学进入以现实主义为主流的时代。美国现实主义文学受到了欧洲现实主义文学的影响，在思想内容方面主要表现对统治阶级即垄断资产阶级的不满，在揭露和批判上层资产阶级的同时，对下层人民满怀同情，同样也找不到摆脱社会矛盾的出路，流露出悲观失望的情绪。

豪威尔斯（1837—1920）是美国小说家、文学批评家，被视为"美国现实主义文学奠基人"。他率先反对浪漫主义，提出"朴素、自然、真实"地描写"日常的、平凡的事物"，认为小说的首要目的是教诲而非娱乐。80年代后期，他认为"竞争的资本主义""应代之以社会主义"。豪威尔斯一生创作近40部长篇小说。他的作品广泛涉及美国现实生活中的矛盾，但对美国资本主义社会的态度倾向于歌颂。代表作《塞拉斯·拉帕姆的发迹》（1885）成功地塑造了靠剥削矿工起家的暴发户拉帕姆形象。

## 第二节 司汤达

司汤达（又译斯丹达尔，1783—1842）是 19 世纪法国以及欧洲现实主义文学的奠基人之一。他的长篇小说《红与黑》是法国和欧洲文坛上现实主义大潮的第一个显著标志。

### 一、生平与创作

司汤达本名叫亨利·贝尔，出生于法国东南部格勒诺布尔城，他的父亲是律师，母亲是意大利米兰人。他的童年在法国大革命的火热岁月中度过，6 岁那年即法国大革命爆发的 1789 年，他就挥舞着三角旗，呼喊着"不自由，毋宁死"的口号，上街游行欢呼巴黎人民攻克巴士底狱的胜利。他 7 岁丧母，此后便长期和具有法国启蒙思想的外祖父生活在一起。在外祖父的影响下，他阅读了大量启蒙作家和莎士比亚的作品，酷爱文学艺术，拥护革命，拥护共和政体。中学毕业后，他投笔从戎，在拿破仑的军政部任职，曾跟随拿破仑的大军转战于意大利。两年后一度辞去军职，在巴黎专心研究唯物主义哲学和拉伯雷、蒙田、莫里哀、卢梭，特别是莎士比亚的作品。1806 年他又重返拿破仑军队，直到 1814 年拿破仑战败。追随拿破仑十余年的生活体验对他后来的创作有很大的影响。

波旁王朝复辟以后，他因追随过拿破仑而被迫流亡意大利。在意大利，他开始使用司汤达这个笔名，一面从事写作，陆续发表音乐家传记《海顿、莫扎特、梅达泰斯的生平》、美术评论《意大利绘画史》、旅行游记《罗马、那不勒斯、佛罗伦萨》和一些为浪漫主义呐喊的文艺论争文章，一面密切关注法国国内的形势。1815 年拿破仑东山再起，他兴奋激动，后来又失败时，他痛惜不已。此间他结识英国浪漫主义诗人拜伦，并像拜伦一样同情和支持意大利烧炭党人的革命活动。烧炭党人起义失败以后，他又被迫返回法国，在复辟王朝后期的黑暗统治下和极为清贫的生活中，写下第一部长篇小说《阿尔芒斯》（1827）和最重要的作品《红与黑》（1830）以及很多关于政治、文学和艺术的评论文章。

复辟的波旁王朝在 1830 年再次崩溃。司汤达的境遇随之改变。他被新政府任命为驻意大利一个城市的领事，担任该职直到去世。其间，他仍辛勤笔耕，写下回忆录《回忆拿破仑》、中短篇小说集《意大利遗事》、长篇小说《巴马修道院》（1839）以及两部自传性作品《自我崇拜回忆录》和《亨利·布吕拉尔的一生》，此外还有一些旅行随笔和《吕西安·娄万》（又名《红与白》）等几部没有完成的小说。

司汤达的一生与法国资产阶级革命的曲折、拿破仑的浮沉起落息息相关。他的作品相当真实、深刻地反映了他那个时代的法国和欧洲的社会矛盾和斗争，为 19 世纪前期的法国文学作出了卓越的贡献。他的作品在他生前没有得到承认，直到他去世多年后，世人才发现它们的卓越之处。

司汤达是现实主义文学理论的奠基人。他并没有明确提出"现实主义"这个口号，相反他开始创作时是以浪漫主义者自居的。他的文艺论争集《拉辛与莎士比亚》(1823)与雨果的《〈克伦威尔〉序》一起成为射向古典主义的两支利箭。但他主张的是他去世多年以后才获得名号的"现实主义"，《拉辛与莎士比亚》也因此成为现实主义文学的宣言书。司汤达认为"文学就是社会的表现"，作家应该写出"他们时代的真实的东西"，像莎士比亚一样描绘出"朴素而真实的细节"和"细腻的、千变万化的人类激情"。

司汤达的创作以1830年发表《红与黑》为标志可以分为前后两期，其作品大致可以分为两类。一类是浪漫主义色彩比较浓厚的中短篇小说，多写于前期。这类作品大都以异国情调为背景，以男女爱情为主线，表现反封建、反教会和追求自由、争取独立的主题。代表作是短篇小说《法尼娜·法尼尼》(1829)。小说的故事发生在意大利，写的是"革命"与"爱情"之间的尖锐矛盾。贵族小姐法尼娜·法尼尼与逃出监狱的烧炭党人彼特罗邂逅，一见钟情。法尼娜决心抛弃门第、财产与彼特罗结合，但彼特罗为了投身于争取民族独立的斗争毅然告别心爱的姑娘。法尼娜为了让彼特罗脱离烧炭党人回到自己身边，出卖了他的同志。而为了与同志们共患难，彼特罗主动投案入狱。在狱中，他得知告密者竟是法尼娜，愤而与之决裂。法尼娜是"意大利性格"的化身。她高傲美丽，却又玩世不恭；富于同情心，却又喜欢颐指气使；爱得真诚热烈如火如荼，却又无比自私不顾大义；有强烈的叛逆性和冒险精神，却又甘愿随波逐流，最终沉沦于世俗。

另一类是现实主义长篇小说，包括《红与黑》、《阿尔芒斯》、《巴马修道院》、《吕西安·娄万》等。除《阿尔芒斯》之外，这些作品都是后期创作的。它们的基本主题都是反复辟、反封建、反专制。《吕西安·娄万》是一部未完成的杰作。吕西安是大银行家之子，青年时代有共和主义理想，但在父亲的安排下进入官场。他厌恶官场的龌龊，却又身不由己地同流合污。通过他的经历，小说揭露了七月王朝时期的社会矛盾和政界丑闻。《巴马修道院》的主人公法布利斯曾神往于出人头地的英雄事业，也想取得宗教职位以满足自己的虚荣和野心，但由于身处王政复辟时代，他的一生虽然有过显赫时光却又毫无意义，最后隐居到巴马修道院了却残生。小说问世不久，巴尔扎克就写了《贝尔先生研究》一文对它大加赞扬。

## 二、《红与黑》

长篇小说《红与黑》是司汤达的代表作。小说在1830年问世之初没有受到应有的重视，但司汤达深信它的价值必将在20年后被发现。这个预言是正确的，"现实主义"的大旗于19世纪50年代正式在法国文坛上树立，正是由于《红与黑》，当时已经去世的司汤达被当作这个流派的宗师而受到推崇。现在，《红与黑》已被公认为是19世纪法国和欧洲现实主义文学的奠基作，也是世界文学史上的经典之作。

### （一）题材与情节

《红与黑》的素材来自一桩真实的案件。1827年，法国《司法公报》报道一起情杀案：一个平民出身的年轻家庭教师由于绝望和冲动枪杀了同自己秘密相爱的女主人，因而被法院判处死刑。司汤达开掘这一素材，结合自己对拿破仑时期和王政复辟时期法国社会的观察和认识开始创作。1828年动笔写作之初将小说命名为《于连》，1830年付印时易名为《红与黑》，并加副标题"1830年纪事"。关于"红与黑"这个标题，有多种理解。有人认为，它暗指主人公于连的两条奋斗道路，"红"指他曾神往于能穿上拿破仑时代的"红色军装"，建功立业，出人头地；"黑"指他羡慕波旁王朝复辟时期重新得势的教会人士，渴望能穿上主教的"黑色道袍"。另有人认为，它象征革命精神与封建统治的冲突，"红"意味着不惜以鲜血来捍卫自由的革命情绪，"黑"意味着贵族与教会的黑暗统治。还有"红"象征自由、"黑"象征专制，"红"象征共和、"黑"象征复辟等等说法。

小说主人公于连是法国外省小城维立叶尔市一个锯木场老板的儿子，文弱、英俊、聪明。于连在家不被父亲喜爱，却受到一位退伍老军医和西朗神父的赏识与关照。老军医曾跟随拿破仑南征北战，送了于连不少有关拿破仑的书，在于连心目中播下崇拜拿破仑的种子。西朗神父教会于连拉丁文和神学。19岁时，于连因熟读拉丁文《圣经》被小城的市长德·瑞那聘为家庭教师。不久于连和德·瑞那夫人发生暧昧关系，无法在维立叶尔立足，经西朗神父介绍，进入省城贝尚松神学院做了学生。在神学院，他得到彼拉院长的赏识，却被许多竞争者忌恨。后来彼拉院长在权力倾轧中落败，去职时把于连介绍给巴黎的木尔侯爵当私人秘书。木尔侯爵因于连机警干练，对他十分器重，他的女儿玛特尔爱上于连。玛特尔怀孕后，侯爵虽愤怒却无可奈何，只好赠给于连财产、贵族封号和军衔，以使他与女儿的身份相配。正当于连春风得意之际，德·瑞那夫人在教会诱骗下写信告发于连引诱妇女、道德败坏、不信宗教，木尔侯爵立即取消他与女儿的婚约。于连激愤之下，赶回小城，用手枪打伤正在教堂祈祷的德·瑞那夫人。于连以杀人罪被捕，随即被判处死刑。

（二）人物形象

于连是法国王政复辟时期小资产阶级个人奋斗者的典型。他的身上既有强烈的平民反抗意识，又有不可遏止的个人进取野心，因此于连的性格中存在着尖锐的矛盾。由于出身低微，身体羸弱，他从小就受到父兄的虐待，养成了多疑、敏感和顽强的性格。他英俊，聪颖，记忆力惊人，常为自己的天资与低下的地位不相称而苦恼，因此产生了要出人头地的强烈欲望。曾在拿破仑军队服役的老军医使他接受了自由平等的思想。拿破仑时代没有等级限制，平民青年穿上红色军装，凭着战功便可以当上将军。他立志以拿破仑为榜样，通过个人奋斗来改变自己的地位。可是，在他14岁那年拿破仑就战败了，波旁王朝卷土重来，从军立功的晋升之路被堵死，而教会人士在复辟王朝的扶植下重新得势。于连因此又渴望能穿上黑色道袍去当神父，心想说不定到"40岁的时候，就可以得到十万法郎的年薪俸和蓝绶的勋章"。于连高傲而自尊，鄙夷那些趾高气扬、卑劣无能的贵族和资产者。但为了向上爬，他不惜扮演伪君子的角色。于连蔑视生活腐化奢侈、看重风度的巴黎贵族，同时又梦想成为他们当中的一员，享受他们的特权。

于连热烈地追求爱情和幸福，但爱情和野心在他内心时时发生激烈的冲突。在德·

瑞那市长家里，他为得到市长夫人的爱情而感到虚荣心的满足，但他并没有忘记自己崇拜的拿破仑，一次他看着夕阳西落，陷入沉思，情不自禁地说："啊！拿破仑真是天主派来帮助法兰西青年的人物！"在贝尚松神学院，他假装虔诚，很快被提升为讲师，因而做起了主教梦。但他心里很明白："我的周围站满了仇敌，直到我演完我的角色。"在巴黎木尔侯爵府，他不惜替保皇党效劳，幻想攀附权贵在30岁时当上复辟王朝的陆军司令。但是他内心深处十分鄙视贵族，骂他们是"漂亮的坏蛋，戴勋章的恶棍"。他的平民反抗意识一直没有泯灭，只是处在时起时伏的状态中。被判死刑以后，他终于看清自己的幻想是多么虚妄，对他的惩罚正是对他那个阶级的青年人的惩罚，以便彻底消除他们跻身于上流社会的痴心妄想。于是，他在法庭上愤怒地谴责上流社会只是借他来惩戒"出身微贱，为贫穷所困扰，可是碰上好运气，稍受教育，而敢于混迹于富贵人所谓的高等社会里的青年"。

于连这一形象，揭示王政复辟时期贵族等级制对平民青年的压迫和摧残，他的人生悲剧是复辟时期平民青年无法施展才能和抱负的社会悲剧。

**（三）思想主题**

作为"1830年纪事"，《红与黑》是一部思想倾向十分鲜明强烈的社会政治小说。它虽然用了很多篇幅写于连与德·瑞那夫人和玛特尔小姐的两次恋爱，但司汤达的目的不是写爱情故事，而是要描绘19世纪20至30年代法国的社会现实，展示七月革命前夕激烈的政治斗争。小说的思想内容沿3个方面展开。

第一，揭露王政复辟时期贵族、教会的腐败。小说描写贵族、教士的生活穷奢极欲，皇帝驾临维立叶尔市，教堂举行仪式，仅几分钟就耗费了几万法郎。德·瑞那市长为自家修建花园，竟劳民伤财让杜伯河改道。木尔侯爵的客厅是巴黎上流社会的贵族"沙龙"，舞会通宵达旦，每隔一刻钟就要送上一次冰制点心。波旁王朝的三大政治势力——贵族保皇党、教会和大资产阶级——是一种既勾结又争夺的复杂关系，尔虞我诈，狼狈为奸。在维立叶尔市，贵族气十足的德·瑞那同暴发户、贫民收养所所长瓦列诺明争暗斗。后者10年前还是一个穷得叮当响的无赖，当上贫民收养所所长后靠着心狠手辣、巧取豪夺，一跃成为巨富，又投靠教会势力，排挤德·瑞那，当上维立叶尔市市长，后来还被封为男爵，得到贝尚松省省长的委任状。出身显赫的木尔侯爵在同福力列主教的土地官司中节节败退，最终被迫向后者乞求和解。

第二，揭示复辟王朝严重的社会政治危机。《红与黑》反映当时中小资产阶级对波旁王朝的极端不满和人民愤怒情绪的日益增长，透露革命风暴即将来临的时代气息。小说通过于连的经历，广泛描写了当时法国各个阶层的生活场景和政治动态。拿破仑党徒宣称只有拿破仑统治的13年才是法兰西的光荣和骄傲。代表小资产阶级的过激党更公开鼓吹暴力革命，号召人民"割断贵族的喉咙"。在这种情势下，贵族阶级惊恐万状。德·瑞那夫人曾经有一次拜倒在于连的脚下乞求："如果再有一次革命，贵族会被割断喉咙，我恳求你照顾我的家庭吧。"即使像木尔侯爵这一类权高位重的大贵族也承认波旁王朝岌岌可危，充满末日临头的预感。贵族们在睡梦中也做噩梦，梦见每一段篱笆后面都有一个罗伯斯庇尔驾着囚车朝他们驶来。小说从正反两个方面揭示了19世20年代末波旁王朝面临灭顶之灾的政治态势。

第三，反映王政复辟时期贵族等级制对平民青年的压迫和摧残。波旁王朝是特权的天下，等级森严的专制制度扼杀了整个社会的生机，切断了平民青年晋升的道路。正如木尔侯爵说的，那个社会需要的是奴才。于连天资聪颖，才干过人，如果在拿破仑时代，是可以大有作为的。但复辟王朝的贵族门阀制像一道无法逾越的鸿沟，他费尽九牛二虎之力得到的最高"器重"不过是木尔侯爵把他视为自己豢养的一头"美丽的长毛猎犬"而已。而那些花天酒地、胸无点墨的贵族子弟，却一个个凭借特权而身居高位、享尽荣华富贵。正是贵族等级制最终毫无怜悯地把于连送上断头台。于连的命运是残酷的社会政治斗争的缩影。

#### （四）艺术特点

作为现实主义文学的奠基作，《红与黑》以新的艺术风格和艺术技巧，开创了一个新的文学时代。它表现出19世纪现实主义文学的一般特征，取得了突出的艺术成就。

首先，深入广泛地反映了复辟时期法国社会的现实生活，塑造了典型环境中的典型人物。《红与黑》反映了1814—1830年波旁王朝复辟时期的法国社会现实。小说故事的发生地从维立叶尔到贝尚松再到巴黎，随着主人公活动地点、身份和社会地位的变化，对社会生活的描写范围不断扩大，揭露和批判也不断走向深入。作者选取偏僻县城、省会、首都作为人物活动的3个场所，使环境描写更具典型性。就典型性格的塑造而言，司汤达善于把人物放到典型环境中，通过环境制约下人物必然采取的行动动态地展示人物的性格及其发展。于连刚到市长家时，内心是胆怯的，对贵族家庭充满戒备和敌意；到了贝尚松，他形成了表里不一的双重人格，学会投机钻营；到了巴黎的木尔侯爵府，他已经在上层社会如鱼得水，左右逢源。

其次，深刻细腻的心理描写。这是《红与黑》最突出的艺术特点。司汤达既是描写社会现实的大师，也是刻画心理活动的巨匠。在《红与黑》中，他大量运用心理分析和内心独白的手法对人物思想情感的细微变化和特定情境下的精神状态作了深入细致的刻画。如小说写于连接到玛特尔小姐约他半夜搭梯子爬到卧室去的信时，用了整整一章来描写于连的心理活动：他为自己终于赢得侯爵小姐的芳心而兴奋，又怀疑这是要弄人的圈套，但是，"不赴约便是怯懦"，因此一定要去；可他忽然又感到内疚，侯爵对自己不薄，自己却去引诱他的女儿；继而又谴责自己："我，一个平民，竟然这样怜惜起贵族阶级的家庭了。"种种相互冲突的念头在他心中此起彼伏。再如，于连在监狱里的自我思忖占了整整一章，他对自己的生活史和思想史作了全面的总结和深入的剖析，堪称文学史上最早出现的长篇"内心独白"。据此，有人评论《红与黑》"进行了心理学的深刻研究"，并把司汤达称为"现代小说之父"。

最后，语言简练精确，生动传神。司汤达反对矫饰浮夸的辞藻和修饰过分的表现形式，主张简洁精练的文风。《红与黑》中既没有对风景、建筑、摆设和人物的肖像、对话、动作等作冗长的描写，更无当时浪漫主义作品中常见的大段议论抒情，而是用朴素

精练的语言表现出事物的特征，描写引人入胜的故事和场景。如对木尔侯爵府，只用于连的一声赞叹"多壮丽的建筑呀！"和对他精神状态的一句描写"于连惊慌失措地站在庭院中间"，就生动传神地写出了其巍峨的外观和给人的压抑感。

## 第三节　巴尔扎克

奥诺雷·德·巴尔扎克（1799—1850）是19世纪法国和西方现实主义文学最杰出的代表。他将自己成熟时期以后创作的几乎全部作品冠以总名《人间喜剧》，这座小说大厦全面、生动、真实、深刻地反映了19世纪上半叶法国的社会生活，是那个时代法国的形象化历史，也是世界文学史上一座规模空前宏大的殿堂。

### 一、生平与创作

巴尔扎克原名奥诺雷·巴尔萨，出生于法国杜尔城一个中等资产者家庭。他祖上本来是农民，"巴尔萨"就是普通平民的姓氏。1789年的大革命和拿破仑时代给第三等级成员包括平民以发迹的机会，他的父亲因善于经营成了暴发户，为了附庸风雅，便将平民姓氏"巴尔萨"改成中古骑士的姓氏"巴尔扎克"，又在姓氏前加上一个标志贵族门第的"德"。于是，巴尔扎克就有了一个"高贵"的出身。他的作品在情感上比较亲近贵族，与此不无关系。

巴尔扎克出生不久就被寄养到乡下，7岁时又被送到寄宿学校读书，一直到中学毕业。1814年，巴尔扎克随父母迁居巴黎。1816年至1819年，他一面在大学攻读法律并旁听文学课程，一面在诉讼代理人和公证人事务所当见习生。从形形色色的案件中，他看到了巴黎这个花花世界的黑暗腐败和拜金主义之风制造的丑恶，这一段经历对他以后的文学创作有很大影响。大学毕业后，他不愿服从父母的意志去当律师，而要当作家。经过抗争，父亲答应给他两年的文学创作试验期，每月给他最基本的生活费。巴尔扎克在巴黎贫民区租了一间狭窄、昏暗的小阁楼，开始文学创作生涯。他在案头一尊拿破仑雕像的底座上刻了一行字"他用宝剑没有完成的事业，我将用笔杆来完成"，立志要做"法国文坛上的拿破仑"。可是他呕心沥血写成的第一个作品——诗体悲剧《克伦威尔》失败了。为生活所迫，他转而写作迎合市井趣味的神怪、凶杀、言情、武侠小说，四五年时间里写了四五十种，用各种化名发表。他自己后来说这些作品全是"地道的文艺垃圾"，并郑重声明："只有用我的名字发表的，我才承认是我的作品。"

文学"生产"没能使他摆脱经济困境。此后，他贩卖过铁路枕木，开过印刷厂和铸字厂，出版过法国古典作家的袖珍文集，还打算去开采意大利一废弃银矿。这些"事业"均以失败告终，他负债累累，为了躲避债主，不得不经常在贫民区里四处藏身。他在与形形色色的商人、债主们打交道的过程中认识了他们的贪婪本相，领教了他们的盘剥手段。这一段生活经历使他对资本主义社会的丑恶特别是人与人之间赤裸裸的金钱关系有了深切的体会。

1828年,巴尔扎克又回到文学创作道路上来。他每天伏案劳作十五六个小时。1829年,他首次用真名发表的长篇历史小说《舒昂党人》获得成功。此后20年是巴尔扎克创作的全盛时期。长期过度的辛勤劳作损伤了他健壮的身体。51岁时,他赴俄与通了18年信、已经孀居的俄国贵妇韩斯卡夫人结婚,婚后仅5个月就心脏病发作,与世长辞。雨果在他的葬礼上致悼词说:"在最伟大的人物中间,巴尔扎克是第一等的一个;在最优秀的人物中间,巴尔扎克是最高的一个。"

巴尔扎克的思想十分复杂,充满矛盾。他亲身经历了拿破仑帝国、波旁复辟王朝和七月王朝几个重要时期。他信仰启蒙主义思想,羡慕拿破仑的业绩;他倾向于资产阶级自由派,赞成共和,主张发展资本主义工商业和农业。他的哲学思想基本上是唯物主义的,对空想社会主义也有浓厚兴趣,这些是他世界观中进步的一面。与此同时,他又同情贵族,向往封建宗法制社会的田园牧歌式生活,有唯心主义的观念,相信当时流行的骨相学、占卜术。他同情劳苦大众的不幸,却又轻视他们,尤其反对工人的过激行动。巴尔扎克的思想矛盾突出表现在对待王权和宗教的态度上。1830年,法国七月革命推翻波旁王朝,巴尔扎克却在1831年加入保皇党,表示拥护王权、推重宗教的态度。1842年,他在《〈人间喜剧〉前言》中宣称:"我在两种永恒的真理照耀之下写作,那就是宗教和君主政体。"1830年的七月革命是他思想矛盾和迷惑的重要原因,因为七月革命虽然结束了封建统治,但金融资产阶级掌权后盛行的唯利是图原则、金钱控制一切造成的道德沦丧和社会罪恶使他深恶痛绝。于是他转而肯定那种服从"天然尊长"、淳朴而温情脉脉的封建宗法式关系,将君主制理想化,企图"恢复那些过去存在的道德原则"。巴尔扎克鼓吹天主教,但他只不过是把宗教当成消灭资本主义罪恶的工具、稳定社会秩序的手段:"宗教的目的是压制坏倾向,发扬好倾向。"

《人间喜剧》是巴尔扎克1829年以后创作的96部小说的总称,它是19世纪上半叶法国的形象化历史。所谓"人间",指巴尔扎克时代的法国社会;所谓"喜剧",指这个社会中形形色色的人生世相。巴尔扎克采用"分类整理"和"人物再现"两种方法使这些作品成为一个可分可合的艺术整体。以"分类整理"为纬,以"人物再现"为经,《人间喜剧》构成了一个包罗万象、序列井然的"小说网"。这种宏大的规模和巧妙的构思引起后来很多作家如左拉、哈代、福克纳等人的赞叹和模仿。

所谓分类整理,就是将全部作品分成"风俗研究""哲学研究""分析研究"3大类。风俗研究类是《人间喜剧》的主体,作品有60多部,其中又分"私人生活""外省生活""巴黎生活""政治生活""军旅生活""乡村生活"等6个场景;哲学研究类的作品20多部,它们主要探讨形形色色"人间喜剧"产生的原因,追寻其形而上的意义;分析研究类作品最少,完成的仅有《婚姻生理学》,这类作品意图根据人道主义和"自然法则"分析社会生活中存在的各种现象。所谓"人物再现"就是同一人物出现在多部小说中,几部作品联系起来就反映出这个人物性格发展和命运遭遇的全过程。《人间喜剧》共写了2400多个人物,有400多个一再出现,有些重要人物甚至出现过二三十次;

90多部小说中有70多部出现了再现性人物。

关于《人间喜剧》的内容，巴尔扎克在《〈人间喜剧〉前言》中说："法国社会将要作历史家，我只能当它的书记：编制恶习和德行的清单、搜集情欲的主要事实、刻画性格、选择社会上的主要事件、结合几个性质相同的性格的特点糅合成典型人物。这样我也许可以写出许多历史家忘记写了的那部历史，就是说风俗史。"《人间喜剧》是一部形象化的19世纪法国社会的风俗史和发展史。恩格斯在1888年致英国女作家哈克奈斯的一封信中对《人间喜剧》里的内容作了精辟的论述："他在《人间喜剧》里给我们提供了一部法国'社会'特别是巴黎'上流社会'的卓越的现实主义历史，他用编年史的方式几乎逐年地把上升的资产阶级在1816年至1848年这一时期对贵族社会日甚一日的冲击描写出来，这一贵族社会在1815年以后又重整旗鼓，尽力重新恢复旧日生活方式的标准。"概括起来，《人间喜剧》的基本内容主要表现在如下3个方面。

第一，反映封建贵族在资产阶级的逼攻下日益走向衰亡的历史过程。1789年法国大革命以后，封建贵族与资产阶级展开了将近半个世纪的反复较量，但资本主义发展和资产阶级上升已是大势所趋，封建贵族在资产阶级金钱势力的逼攻之下节节败退。《人间喜剧》中众多作品形象地反映封建贵族这种不可逆转的覆亡命运。《古物陈列室》描写两个不共戴天的沙龙集团，一个是以德·爱斯格里翁侯爵为首的贵族沙龙集团，一个是以"工商界领袖"古瓦西埃为代表的资产阶级集团。爱斯格里翁侯爵自恃门第高贵，不屑与资产阶级暴发户往来。他那些维护贵族尊严的言行在法国大革命以后显得迂腐不堪，因而他家的客厅被人戏称为"古物陈列室"。他与古瓦西埃的明争暗斗也以他的失败而告终。他的独生子一到巴黎，很快就在花花世界里堕落，为了捞取挥霍无度所需的金钱，竟然伪造支票，结果被古瓦西埃送上法庭。最后爱斯格里翁侯爵被迫接受古瓦西埃的条件，答应将女儿嫁入后者家门，才免了儿子的牢狱之灾。《农民》描写波旁王朝复辟时期资产阶级与农民联合起来跟封建贵族展开的较量。依附复辟王朝的贵族蒙戈奈将军想按自己的意志治理领地艾格庄，重整旧秩序。当地以高贝丹为首的3个暴发户互相勾结，蓄意赶走蒙戈奈，于是他们挑动农民，激化矛盾。蒙戈奈走投无路，终于让出艾格庄，逃往巴黎。

第二，以编年史的方式揭露资产阶级的血腥发家过程。巴尔扎克生活在资产阶级上升的时代，银行家、高利贷者和商人在社会经济中占支配地位，他在《人间喜剧》中通过描写形形色色的资产者表现了从高利贷资本向金融资本的演变历程，揭露了资产阶级用各种卑劣手段进行残酷掠夺的罪恶发家史。这方面代表性作品是《高利贷者》、《欧也妮·葛朗台》和《纽沁根银行》。《高利贷者》中的高布赛克是资本原始积累时期野蛮而吝啬的守财奴。他主要靠重利盘剥掠夺大量的财富。高布赛克虽然贪婪、狠毒到了极点，但他并不懂得财产可以在流通中增值，把一切财物都存放在家里。他死了以后，人们发现他家里货物成堆，很多已经霉烂变质。他在银行里有几百万存款，却过着叫花子一般的生活。高布赛克是法国早期高利贷资产阶级的典型。《欧也妮·葛朗台》中的葛朗台老头是原始积累向自由竞争过渡时期的资产者典型。他的活动范围比高布赛克广泛得多，发财致富的手段也比高布赛克高明得多。《纽沁根银行》中的纽沁根是法国七月王朝时期金融资产阶级的典型。他既是银行家，也有上议院议员的头衔，聚敛财富的手段比高布赛克和葛朗台老头都更残酷，也更高明。他开办银行，钻法律的空子，用假倒闭、股票投机、买空卖空的卑鄙手段迫使成千上万的小生产者和商人倾家荡产，自己从中大发横财。作为第三代资产者，他摆阔气、讲排场，过着穷奢极欲、荒淫无耻的享乐生活。

第三，揭露资本主义社会里情欲横流、道德沦丧、金钱至上的丑恶现实和人与人之间的金钱关系。《人间喜剧》几乎每一部作品都涉及金钱制造的罪恶，因此有人说巴尔扎克"创造了金钱与买卖的史诗"。巴尔扎克往往通过家庭、婚姻方面的丑剧暴露人与人之间赤裸裸的金钱关系。《贝姨》中于洛男爵的家庭成员为了争夺钱财，钩心斗角，互相陷害。维多冷为了独得岳父的遗产，竟与犯罪集团勾结，让岳父母染上一种怪病，全身烂掉死去。《高利贷者》中雷斯多伯爵夫人严密监视临终的丈夫，伺机销毁遗产继承文件以便剥夺女儿的财产。《夏倍上校》写一个拿破仑时代的骑兵上校负了重伤，被误传阵亡，妻子带着他的财产改嫁给一个伯爵。他"死而复生"归来后，其妻为了吞没他的财产，采用种种卑鄙手段让他永远放弃真实身份，使他最后成了乞丐收容所里一个似人似鬼的可怜虫。整个社会也是一部由金钱开动的大机器，司法界、政界，乃至文学、艺术、新闻等精神生产领域里的"神圣殿堂"，通通由金钱操纵。《幻灭》中的主人公吕西安从外省来到巴黎，希望以其诗才博取成功和荣耀，但他的幻想破灭了。他发现"黄金是这个世界里的人要顶礼膜拜的唯一力量"。

《人间喜剧》是封建贵族的衰亡史、资产阶级的发家史和资本主义金钱关系的丑恶史。巴尔扎克同情贵族，但仍如实地写出他们的必然灭亡；他痛恨资产阶级的道德堕落，但也清楚地意识到他们必然取代封建贵族；他怀念人与人之间温情脉脉的宗法式关系，但又无法回避情欲横流、尔虞我诈的现实。此外，他还违背保皇党人的偏见，对《农民》中的尼泽龙、《幻灭》中的克雷斯蒂安那样"先献身于人类，再想到个人"的共和党人表示由衷的赞颂。可以说，《人间喜剧》是他在现实生活中不断对社会本质和历史规律进行再认识的结果，是他的现实主义艺术原则的胜利。

## 二、《欧也妮·葛朗台》

《欧也妮·葛朗台》（1833）是巴尔扎克的代表作之一。

### （一）思想主题

小说叙述一个金钱毁灭人性和导致家庭悲剧的故事。作者通过葛朗台的发家经历，高度概括地反映了贵族的产业如何步步转移到资产阶级手中，满身铜臭的暴发户又如何成为地方上权力的象征和众人膜拜的对象。人和人之间，除了"赤裸裸的金钱关系"、冷酷的"现金交易"再也没有任何联系了。

### （二）人物形象

葛朗台是资产阶级暴发户的典型。首先，他善于窥测风向，精明狡诈，高深莫测，善于投机倒把。法国大革命前，他不过是外省索漠城一个普通的箍桶匠，大革命时期参加了共和党，不久又当上区长，拿破仑执政时期还得过荣誉团十字勋章。他预计革命风潮过去以后土地会涨价，便用最低的价钱收买他那个区里最好的土地，利用当区长之便谋取私利。接着，他又继承3笔遗产，一跃成为索漠城的首富，还得到贵族的头衔。葛朗台懂得资本必须在流通中增值，除了放高利贷外，还经营土地，种葡萄酿酒，搞证券交易和商业投机。他精通生财之道，懂得如何囤积居奇，控制市场，哄抬物价。每逢谈生意时，他总是假装耳聋、口吃，这样，一方面使自己的心机深藏不露，叫人家捉摸不透，另一方面迷惑、麻痹对手，使之放松警惕，无意之中就把心中的秘密泄露出来。小说中写道，他是一只老虎，一条巨蟒，"他会躺在那里，蹲在那里，把俘虏打量个半天再扑上去，张开血盆大口的钱袋，倒进大堆的金银"，整个索漠城，"个个都给他钢铁般的利爪干净利落地抓过一下"。就凭着这些凶狠狡诈、变幻莫测的手段，他的财富急剧增加。其次，葛朗台是金钱欲的化身。他唯一的欲望就是追逐金钱和积累金钱，最大的生活乐趣就是玩赏黄灿灿的金币。极度的贪婪导致极度的吝啬。他年收入高达30万，共有1700万法郎的家产，过日子仍和当地庄稼人一样，喝的老是坏酒，吃的老是烂果子。女儿欧也妮穿的鞋子、衣物大多是他穿过的。侄儿查理因家中破产来投奔他，与堂妹欧也妮一见钟情，但他毫不留情地让侄儿出去自谋生路。查理走时，欧也妮将6000法郎的私房钱送给他，葛朗台发现后勃然大怒，立刻将女儿囚禁起来，只给冷水、面包，葛朗台太太被吓得一病不起。葛朗台因怕花钱，竟不给妻子请医生看病，后因为害怕妻子去世、女儿将会继承母亲的遗产，这才主动和母女讲和，破例请医生给妻子看病。妻子去世后，他又要求女儿放弃母亲的遗产继承权。葛朗台老头82岁时中了风，不能走动，可他仍坐在轮椅上，一动不动地守在堆满金子的密室门口，让女儿把金路易放在面前，几小时地用眼睛盯着，说："这样好教我心里暖和！"他死前留给女儿的最后一句话是："把一切照顾得好好的！到那边向我交账！"

葛朗台这一形象揭露了金钱对人性的毁灭，也揭示了资产阶级成长过程中的无穷罪恶。

欧也妮是小说中最善良纯洁的人物，整部小说以她的悲剧人生为中心线索。她是索漠城首富葛朗台的独生女儿，但父亲对金钱的贪婪吝啬和事事独断专行的作风让她感受不到一点亲情的温暖。多年以来，她每天总是和母亲缝缝补补，一家人的穿戴都出自母女俩之手，而家里总有做不完的活计。赶上农忙季节，她还要到田地里帮父亲收摘葡萄。她平静无欲地生活着。欧也妮从不关心金钱，不懂得人情世故，不懂得阴谋算计，心灵纯洁得像一张白纸。堂弟查理的到来唤醒了她心中的爱情，爱情使她变得勇敢无畏。为了爱情，她生平第一次违拗父亲的意志，让女仆拿侬专门为查理买来白蜡，代替昏暗多烟的黄蜡；她担心查理喝不惯苦咖啡而放入加倍的糖；她让拿侬在查理的房间准备充足的木材，以驱除寒冷和潮气。当得知查理父亲破产自杀的消息之后，她为查理悲痛难过，产生了深深的同情。她冒着被父亲责骂处罚的危险，把长年积蓄的6000法郎金币赠送给准备前往印度闯荡的查理。她为此遭到父亲的严厉惩罚。但欧也妮纯洁美好的爱情在这个金钱至上的时代注定是个悲剧。7年的痴心等待得到的是查理对他们婚约的背弃，他已准备负情另娶。查理在海外贩卖人口、放高利贷、勾结海盗偷税走私发了大财。遭到遗弃后的欧也妮在替查理偿清债务后，听从命运的安排，以保持童贞为条件，30岁时嫁给了只爱自己钱财的特·篷风先生。3年后她又守了寡，尽管更富有了，但她"根本不把黄金放在心上，只向往天国"。她捐建养老院、教会小学和公共图书馆，装修教堂。欧也妮是"天生的贤妻良母"，却注定要在孤独凄凉中了此一生。这一形象是作者虔诚宗教信仰的化身。

### 三、《高老头》

《高老头》（1834）是《人间喜剧》中最优秀的长篇小说之一。它被认为是《人间喜剧》的序幕，从这部小说起，巴尔扎克开始有意识地运用"人物再现"法。

#### （一）人物与主题

小说中的主要人物有4个：高老头、拉斯蒂涅、鲍赛昂夫人、伏脱冷。从他们的身上可以看到这部小说基本的思想内容。

高老头是一个具有浓厚封建宗法观念的商业资产者典型。他是封建宗法式"父爱"与资产阶级的唯利是图观念冲突之下的牺牲品。他在法国大革命之前是一家面粉店的司务，大革命期间盘下店铺、靠做面粉生意发家。在生意场上，他善于见风使舵，投机取巧。在家庭生活里他充满温情，至真至诚。妻子死后，他拒绝再娶，把对妻子的感情转移到两个女儿身上，一心想在"父慈子孝"的宗法式家庭里尽享天伦。两个女儿从小就是他的掌上明珠。用金钱去满足她们的欲望成了他最大的快乐。两个女儿十多岁时就有了豪华马车，他又给她们每人80万法郎的陪嫁，让她们攀上高门大户。大女儿阿娜斯太齐成了雷斯多伯爵夫人，小女儿但斐纳成了银行家纽沁根太太。女儿们成家后，高老头起初仍做面粉生意，到王政复辟时期，女儿女婿觉得丢面子，他就退休住进伏盖公寓当寓公。刚进伏盖公寓时，他住上等房间，吃精美膳食，用金银器皿，人们都尊称他为"高里奥先生"。可是几年下来，他就露出了穷相，因为两个女儿过着骄奢淫逸的生活，经常来找他要钱，高老头总是想办法满足她们的要求。他搬到次等房间，改吃廉价伙食，典当金银器具，最后竟卖掉了养老的终身年金，直到一文不名。于是，他这个父亲在女儿们的心目中就失去了价值，变成一只被吸干了汁水的柠檬壳。高老头急成脑出血，垂危之际两个女儿都不来看他。他在阴冷潮湿的公寓里奄奄一息时，女儿正在豪华的社交场上寻欢作乐。他死后，女儿女婿都不肯来料理丧事，仅打发两辆漆有爵徽的空马车来送殡。高老头是宗法式"父爱"的化身，他身上既有悲剧色彩也有讽刺意味。巴尔扎克怀着强烈的同情心颂扬了这种父爱，但也清醒地意识到了这种父爱已经不合时宜。高老头的悲剧反映法国大革命以后新旧两个时代的人在思想感情和人生目的上的巨大差异，揭露了人与人之间冷酷的金钱关系。

拉斯蒂涅是一个从贵族子弟演变成为资产阶级野心家的典型。他出现在《人间喜剧》多部小说中，在《高老头》中，巴尔扎克着重表现他的"学习时代"，也即他野心家性格的形成过程。他出生于外省乡下破落贵族家庭，带着全家的希望来巴黎读大学，立志干出一番事业以重振家声。刚到巴黎时，他单纯、热情，穿着朴素，读书用功，后来经受不住花花世界的诱惑，产生了快快向上爬的强烈欲望。在接受了3堂人生教育课以后，他失去了心中残存的真与善，完成了向野心家性格的转变。人生第一课是远房表姐鲍赛昂夫人向他揭开巴黎成功的秘密："你越没有心肝，越高升得快。你得毫不留情地打击人家，让人家怕你。只能把男男女女当做驿马，把他们骑得筋疲力尽，到了站上丢下来，这样你就能到达欲望的顶峰。"这是极端利己主义的一课。藏身在伏盖公寓里的江洋大盗伏脱冷给他上了人生第二课："往上爬，不顾一切地往上爬，赶快挣一笔财产。""要捞油水就不要怕弄脏手，只消事后洗干净，今日所谓的道德就是这一点。""偷上一百万，交际场中就说你大贤大德。"这是道德虚无主义的一课。他还指使拉斯蒂涅与银行家泰伊番的女儿谈恋爱，自己则去杀掉泰伊番的独生子，这样他们就可得到泰伊番的百万家财。人生教育第三课是目睹了伏脱冷被捕、鲍赛昂夫人被弃以及高老头惨死的悲剧而领悟到金钱至上的原则。伏脱冷被捕是同住在伏盖公寓里的房客米旭诺小姐为了得到3000法郎赏金而向警方告密；鲍赛昂夫人被弃是她的情夫为了追求另一个富有的资产阶级小姐；高老头惨死是因为他再也没有金钱去换取女儿们的温情。这些使拉斯蒂涅感到在巴黎这个情欲横流的花花世界里，只能相信利己主义和金钱法则，清白诚实毫无意义。高老头之死对他震动最大。小说结尾时，他料理完高老头的丧事，"埋葬了青年人的最后一滴眼泪"，站在墓地高处，眼里冒出炎炎欲火，发誓要拼进巴黎的上流社会。拉斯蒂涅的形象揭示了资产阶级的拜金主义、道德虚无主义和极端利己主义对人性的毒害，同时反映了封建贵族灭亡的一种形式——其子弟向资产阶级演变。

鲍赛昂夫人是复辟时期没落贵族的典型。她的遭遇是门第显赫的贵族在资产阶级金钱势力的逼攻下节节败退的缩影。作为巴黎上流社会的"皇后"，鲍赛昂夫人的客厅曾经是巴黎的贵妇人特别是资产阶级新贵的妇女心驰神往的地方，"能够在那些金碧辉煌的客厅里露面，就等于有了一纸阀阅世家的证书"。她那高贵的姓氏使人肃然起敬。然而，她却在情场上失意，败在一位资产阶级小姐的脚下。她的情夫阿翟达侯爵为了娶一个暴发户的女儿，得到20万法郎利息的陪嫁，抛弃了她。这个失败意味深长，说明贵族世家的地位已经敌不过金钱的威力。巴尔扎克极力美化鲍赛昂夫人这朵贵族社会最后的玫瑰，对她充满同情，所以为她安排了一个告别巴黎的盛大舞会。在灯火辉煌、花团锦簇、仙乐飘飘的鲍府大厅里，鲍赛昂夫人打扮得雍容华贵，满面春风，优雅从容地接待各方宾客，占尽了舞会上的风光。然而舞会结束一回到内室，她就泪流满面，无限凄凉，焚烧情书，匆匆整理好行装，等不及天明，就启程隐居到乡下去了。作者以极尽哀荣之笔为鲍赛昂夫人的隐退也即为贵族社会的衰亡唱了一曲无尽的挽歌。鲍赛昂夫人的经历形象地说明复辟时期贵族的衰败和资产阶级的得势。

伏脱冷是一个资产阶级掠夺者形象。他堪称一部当时法国社会形形色色罪恶的百科全书。巴尔扎克说他是"一首恶魔的诗"。伏脱冷在《人间喜剧》的多部小说中出现，在《高老头》中，他尚未得势，是在逃苦役犯，是另一种类型的野心家。他充满邪恶的机智，看透了法国社会的黑幕和本质："遍地风行的是腐化和堕落"，人人都是浑身污泥,只不过坐在车上的被称为"正人君子",自己搬着两条腿走路的则是"小人流氓"。他发誓要跻身于上流社会,"不像炮弹一样轰进去,就得像瘟疫一样钻进去"。他策划谋杀富家公子,又计划去当奴隶贩子。伏脱冷朝思暮想的就是凭着心狠手辣挣上400万,"把日子过得像小皇帝一样快活"。他有充沛的精力、超人的智力和强健的体魄,声称要"跟政府、法院、宪兵、预算作对,把它们一齐搅得落花流水",表现出一种邪恶的力量。这个人物既是社会罪恶的揭发者,也是社会罪恶的制造者。他反抗社会,是因为他受排挤,野心不得逞,一旦得逞,他就成为维护现存制度的鹰犬。

从上述人物形象可以看出《高老头》的基本思想内容。首先,它从多方面揭露、批判资本主义社会中金钱制造的种种罪恶,所有人与人之间的关系除了"冷酷无情的现金交易,就没有别的联系了"。其次,它还描写了王政复辟期封建贵族的腐朽性和必然灭亡的命运,在资产阶级的逼攻之下,他们不是被腐蚀而逐渐转化,就是被打败而退出历史舞台。

### (二)艺术特色

从艺术表现上看,《高老头》取得了相当高的成就。

第一,环境描写细致、逼真而富有典型性。小说中着重描写了伏盖公寓和鲍赛昂夫人府邸两个对比鲜明的环境。一个是社会底层人物的寄身之地,一个是上流社会人物的聚会享乐场。坐落在巴黎贫民区的伏盖公寓是一片萧条衰败的景象:"一切都暗淡无光",死气沉沉的屋子里到处散发着"闭塞的、霉烂的、酸腐的气味",住在这里的人虽然性格、经历各异,但都被生活挤压得心事重重、阴阳怪气。在繁华的日耳曼区的鲍赛昂府则是另一番景象:门口站着身穿金镶边大红服的门卫,院子里停放着华丽的马车;玻璃门开处,是金漆栏杆、铺着红地毯、两边供满鲜花的大楼梯,直通鲍赛昂夫人的上房;客厅里的装饰和摆设琳琅满目,精雅绝伦。拉斯蒂涅正是在这种对比鲜明的环境中失去内心平衡而急速形成野心家性格的。

第二,人物形象生动丰满,性格鲜明。拉斯蒂涅是一个发展变化的人物,巴尔扎克层次分明地描写了他怎样在资产阶级的腐蚀下由一个还保留有宗法式道德和良心的青年蜕变为决心不择手段往上爬的野心家的过程。塑造高老头时则运用了夸张手法,极力渲染他那种"伟大"得近乎荒谬的"父爱":"喜欢替她们拉车的马,我愿意做她们膝上的小狗"。塑造伏脱冷的形象则更多地运用形神兼备的肖像描写:40岁上下,肩头很宽,胸部发达,肌肉暴突,方方的手,厚实有力,手指中节生着茶红色的浓毛,没到年纪就打皱的脸标志了他性格冷酷,眼睛像野猫一样发亮,戴假发,染鬓角,假发脱落时露出的那一头"土红色的短头发表示了他的强悍和狡猾"。这正是一幅心狠手毒的黑社会头子的画像。

第三,情节结构方面,线索纷繁而中心突出。小说中有4条情节线索。两条主线是高老头父爱的悲剧和拉斯蒂涅从破落贵族子弟演变成资产阶级野心家的经历,两条辅线是鲍赛昂夫人的隐退和伏脱冷的被捕。从人物关系看,4条线索都与拉斯蒂涅相关;从思想意义看,4条线索都揭示了金钱底下的罪恶和与此相关的封建贵族与资产阶级之间

错综复杂的矛盾斗争。所以情节线索虽然多，却不散乱，有一个明确的中心，犹如一部交响曲的几个和声部，统一于一支主旋律。

## 第四节 狄更斯

查尔斯·狄更斯（1812—1870）是19世纪英国现实主义文学的奠基人和杰出代表。他的作品广泛而生动地反映了英国维多利亚时代的社会风貌和人情世态。

### 一、生平与创作

狄更斯出生于英国海港城市朴茨茅斯一个小职员家庭。父亲曾任职于英国海军部，后当过报社编辑，由于不善理财，爱讲排场，家庭经济常陷入困境，但生性乐观，会讲故事，培养了童年时期狄更斯的文学兴趣。母亲出生于中产阶级家庭，不善于治家，性格孤僻冷漠，狄更斯从小很少得到母亲的爱抚，这使他对家庭幸福和亲人之间的温情有着强烈的向往。狄更斯12岁时，父亲因欠债被关进监狱，他被迫辍学，进了一家鞋油作坊当学徒。他聪明好学，动作灵巧，老板曾把他放在临街的橱窗里表演技术，以吸引顾客——屈辱的生活在狄更斯内心留下很深的伤痕。16岁时，狄更斯到一家律师事务所当缮写员，后又在法庭当记录员。这期间他接触了形形色色的案件，了解到英国法律制度的种种弊端和法律界的内幕，为他日后的文学创作积累了丰富素材。20岁时，狄更斯进入报界，在《纪事晨报》等几家报纸担任记者。他的主要任务之一是采写议会新闻。记者生涯开阔了他的眼界，使他有机会接触政界人士，培养了他关心政治的习惯和观察、分析问题的能力，并且大大提高了他的写作水平。这时，他开始文学创作，最初写了一些关于伦敦社会风貌和各阶层人物生活的杂记，以"博兹"笔名在报上陆续发表，后来汇集成《博兹杂记》出版。1836年，他的第一部长篇小说《匹克威克外传》开始以连载的形式发表。从此，他致力于文学创作。他一生共写了14部长篇小说和多篇中、短篇小说。

狄更斯的创作大致可以分为3个时期。

第一时期是19世纪30年代中期到40年代初期。这是英国宪章运动活跃的年代，宪章运动促使民主、自由、平等精神高涨。在这种精神的影响下，狄更斯对英国社会持乐观态度，认为社会弊病可以通过改良主义的方式得到解决。他把希望寄托在"仁慈的富人"身上。不幸的穷人遇到仁慈的富人是他这一时期作品中解决社会矛盾的基本模式。这一时期主要作品有《匹克威克外传》（1836—1837）和《奥列佛·退斯特》（1837—1838）、《老古玩店》（1841）等。此期创作一般采用流浪汉小说的结构形式，但次要人物和次要情节太多，结构显得松散；常以夸张和重复手法突出人物的性格特征；幽默讽刺中略带感伤。

《匹克威克外传》既是狄更斯的成名作，也是19世纪英国现实主义文学的奠基作。

主人公匹克威克是"仁慈的富人"的代表。他是一个善良的、道德纯洁的绅士，有着天真可笑、爱打抱不平的堂吉诃德式性格。他在伦敦组织了一个匹克威克俱乐部，他们结伴到乡下去旅行。由于对社会丑恶的幼稚无知，一路上他们遇到种种挫折，闹出一连串笑话。小说揭露了一些不合理的、荒诞可笑的现象，但作者相信善良最终会战胜邪恶，所以小说洋溢着乐观的情绪。《奥列佛·退斯特》的主人公奥列佛是一个孤儿，从小在贫民收容所从事繁重的劳动，受尽饥饿的折磨。他10岁时到棺材铺当学徒，由于不堪虐待，逃到伦敦，不料落入贼窟。最后，盗贼被捕，奥列佛继承了一大笔遗产，过上幸福的生活。小说通过奥列佛的经历展现当时英国社会的黑暗，揭露慈善机构虐待孤儿的罪恶，揭示贫富对立、两极分化造成的社会恶果。

　　第二时期是19世纪40年代。此期英国工业有了很大的发展，但广大劳动者和小资产阶级仍然处于贫困和无权状态，经济危机和农业歉收使失业和贫困更加严重，于是，社会矛盾激化。这种情况使狄更斯的思想发生变化，作品的揭露范围扩大了，批判的力度也加强了。1842年，狄更斯作为英国著名作家访问美国，美国的现实使他大失所望，从而加深了他对标榜自由、民主、平等的资本主义社会的认识。这一时期比较重要的作品是《董贝父子》（1846—1848）、《大卫·科波菲尔》（1849—1850）以及《访美札记》（1842）。这时期狄更斯的创作着力刻画资产阶级代表人物和小资产阶级个人奋斗者典型，批判资本主义金钱关系和为富不仁的资产者；艺术上开始摆脱流浪汉小说结构方式，幽默讽刺笔调减少，笔调变得深沉凝重。

　　《董贝父子》的主人公董贝是英国商业资本家的典型。他冷酷无情，狂妄自大，把"董贝父子公司"看成是世界的中心，甚至认为地球、月亮和太阳都是为自己的公司进行商业活动而存在的。他把人与人之间的关系视为金钱关系，认为妻子的意义在于能给公司生下继承人，女儿对公司没用。为了把独生子保罗培养成称心如意的继承人，从小就给他灌输"金钱可以买到一切"的思想，不让他过有感情的生活，致使他在缺少爱和温暖的环境中夭折。他再次结婚时与女方订立商业性契约，女方必须为他生一个公司继承人。结果，女方因无法忍受他的傲慢和冷酷而与人私奔。他的公司也因经营不善而破产。董贝最后在他原本嫌恶的女儿的感化下懂得了仁爱。《大卫·科波菲尔》是一部自传性很强的小说。主人公大卫是遗腹子，从小受到继父虐待，母亲生性懦弱，只有保姆辟果提一家关怀他。继父为霸占家产，将他母亲折磨致死，又辞退了辟果提，把大卫送进工厂当童工。大卫逃到姨婆贝西家。贝西送他去学法律，毕业后他进了律师事务所，开始写作，并与事务所经理的女儿朵拉小姐相爱结婚。但两人志趣不相投，婚姻并不美满。不久，朵拉病故，大卫出国旅行。在国外，他埋头写作，成为著名作家。回国后，他又与艾妮斯小姐结婚，婚后过着幸福的生活。大卫是成功的小资产阶级个人奋斗者的形象。

　　第三时期是19世纪50至60年代。这是狄更斯创作的高峰期。这时期的英国由于工业革命，经济上出现繁荣，但狄更斯透过繁荣的表象看到了尖锐的社会矛盾。他深感这个社会有改革的必要，但不赞成工人的革命斗争。在这样的思想状态下，他写出一系列作品，揭露英国的法律制度、政治制度、官僚机构的腐败和反动，揭示人民的贫困和社会的危机。作品题材的范围和批判性达到前所未有的深度和广度，忧愤情绪明显加强，人道主义思想更为深沉。此期重要作品有《荒凉山庄》（1852—1853）、《艰难时世》（1854）、《双城记》（1859）和《远大前程》（1860—1861）等。

《荒凉山庄》的中心情节是一桩遗产纠纷案。由于法律程序的繁文缛节和司法人员的营私舞弊，这个案件拖了几十年还悬而未决。最后，那笔遗产只够继承人付诉讼费。涉案的双方都家破人亡，却养肥了司法界的贪官污吏。这部小说在狄更斯的创作中以忧愤深广的批判性而著称。其艺术特色则是象征性强。《艰难时世》是他唯一一部直接反映劳资矛盾的小说。作品主要批判资产阶级剥削的理论基础即当时英国流行的功利主义哲学。葛雷硬和庞得贝是这种理论的化身，前者是鼓吹者，后者是实践者。葛雷硬是个退休商人，有国会议员和教育家头衔，是焦煤镇的精神统治者。他只信奉金钱法则，人生信条是："什么都得出钱来买。不通过买卖关系，谁也不应该给谁什么东西或者给谁帮忙。"他口袋里经常装着尺子、天平和乘法表，随时准备计算出任何事物的分量。他用这种理论教育家人，结果女儿、儿子都成了牺牲品。女儿嫁给年长30岁的庞得贝，陷入一场婚姻悲剧；儿子则堕落成盗窃犯。庞得贝是英国工业资本家的典型，主宰着焦煤镇的经济命脉。他拼命压榨工人，把工人看成给自己带来金钱利益的"马力"。为了掩盖自己的剥削行为，他还无耻地捏造自己白手起家的谎言。通过这个形象，小说揭露了专横、狡诈、冷酷、唯利是图的资本家的本质特征。此外，《艰难时世》还以大量篇幅描写工人的贫困和不幸，以及他们为了改善处境、争取起码的生存权利所进行的斗争。

自60年代中期起，由于长期艰辛的创作和频繁的社会活动，狄更斯的健康状况日益恶化。1870年6月，他在赶写一部小说时突患脑出血去世。

## 二、《双城记》

《双城记》是狄更斯的代表作，是一部以1789年法国资产阶级大革命为题材的历史小说。双城指的是法国的巴黎和英国的伦敦。

（一）思想主题

狄更斯创作这部小说是希望英国统治阶级吸取法国大革命的教训，对人民实行仁慈政策，以避免革命的爆发。当时英国社会动荡不安、阶级矛盾尖锐，狄更斯认为19世纪中期的英国很像18世纪末期的法国。他写下这部以法国大革命为题材的小说，用来影射英国现实，警告统治者和为富不仁者。

《双城记》主要描写英国平民医生梅尼特被无辜监禁18年、法国贵族子弟代尔那自愿放弃贵族特权和财产而侨居英国自食其力、下层劳动者得伐石夫妇的生活斗争等3个既有独立性而又互相交织的故事。小说的主导思想是人道主义。狄更斯人道主义的进步性、局限性和幻想性都在作品中明显表现出来。

第一，从人道主义立场出发，小说揭示了法国大革命的必然性和正义性。小说真实地描写大革命前法国社会的生活状况。农村田地荒芜，城市平民饥寒交迫，监狱里关满了蒙冤受屈的老百姓。贵族老爷们则穷奢极欲，残暴专横。厄弗里蒙地侯爵兄弟为了满足自己的淫欲，竟然残害了5条人命。他们驾着马车压死穷人的孩子，丢下一枚银币便扬长而去。梅尼特医生向朝廷写信揭发贵族的罪行，反被送进巴士底狱关了18年。法国大革命正是人民群众深仇大恨的总爆发。这是狄更斯人道主义进步性的表现。

第二，从人道主义立场出发，《双城记》反对法国大革命带来的血腥暴力和革命恐怖。作品表明，暴力复仇一旦开始，就具有极大的无序性和破坏性，因此他极力描写革命群众的疯狂性和盲目性。小说出现了许多革命者杀人甚至错杀无辜的场面。像得伐石太太简直就是浑身燃烧着复仇者欲望而没有一点慈悲之心的"魔鬼"。

第三，从人道主义立场出发，《双城记》宣扬了以仁爱宽恕的精神、利他主义、自我牺牲的精神来消除仇恨进而拯救整个社会的思想。在狄更斯看来，贵族的残暴固然可恶，但革命者以牙还牙地进行报复也不对。因此，小说中着力描写代尔那那样仁慈博爱、自动放弃财产和特权的贵族，梅尼特那样宽恕、对仇敌不报复的平民，以及卡尔登那样利他、为了别人的幸福不惜牺牲自己性命的青年。以梅尼特一家为中心的"小社会"里充满着仁爱、宽恕、利他的精神，人人友好互爱，生活幸福安宁。通过这些人物和情景，狄更斯宣扬用人道主义救世的主张。这种愿望和理想固然真诚美好，但是极不现实，这表明人道主义的幻想性。

**（二）人物形象**

《双城记》中出现了众多个性鲜明的人物形象，他们身上都体现了作者站在人道主义的立场上给予的褒贬爱憎。这些人物大致可以分为4类。

第一类是具有人道主义精神的正面人物，这是小说人物形象的主体。这类人物有梅尼特、代尔那、路茜等。梅尼特是小说的中心人物。他是一个学识渊博、正直善良的英国医生。早年旅居巴黎，他在一次出诊时发现了厄弗里蒙地侯爵兄弟迫害农家少妇及其亲人的罪行，非常愤慨，拒绝侯爵的收买，立即写信向朝廷告发，结果被关进巴士底狱。在狱中他写下控诉侯爵家族的血书："控告他们和他们的子孙，直至他们这一族内的最后一人。"18年的囚禁使梅尼特身心备受摧残，变成一个神志错乱、衰弱不堪的白发老头。出狱后，女儿路茜的温情和爱、移居伦敦以后的恬静生活使他身心复活，变成了一个几乎具有"无我精神"的博爱主义者。"博爱"化解了他心中的"仇恨"。他同意女儿与仇人厄弗里蒙地侯爵的侄儿代尔那结婚。法国大革命期间，代尔那被革命群众逮捕，梅尼特立即赶到巴黎进行多方营救，同时还担任几个监狱的医疗工作，"对杀人者和被杀者同样施行他的手术"。他当年在狱中写的血书反使他成为将代尔那判处死刑的原告。他受了巨大的刺激，旧病复发。梅尼特的一生是一场悲剧。狄更斯以他的不幸遭遇向封建统治阶级提出了控诉，又以他的仁慈博爱否定法国大革命中雅各宾党的暴力专政。

代尔那是个仁慈的青年贵族，与他那些为富不仁的父辈形成鲜明对照。他早在大革命之前就放弃了爵位和财产，侨居英国，靠教法文过着自食其力的生活。他曾勇敢地驳斥父辈们宣扬的贵族特权论。他忠于友情，获悉管家在法国被革命群众囚禁，立即冒着危险赶回法国营救。他与路茜、梅尼特的关系更表现出他感情的纯真、志趣的高尚。他是狄更斯心目中理想的青年贵族的形象。路茜美丽、温柔、聪慧，她的温情和爱"复活"了精神麻木的梅尼特，感化了放荡不羁的卡尔登。小说第2部的标题"金线"就是比喻她的"爱"是"金线"、生命线。

第二类人物是革命者的代表，主要有得伐石夫妇。得伐石太太狄尔斯是大革命风暴中涌现出来的坚强斗士。由于全家遭到厄弗里蒙地侯爵残害，她对贵族怀着刻骨的仇恨。革命到来前，她就同丈夫秘密组织"雅克团"。革命中，她率领女战士冲锋陷阵，为攻克巴士底监狱建立了功勋。小说赞扬得伐石太太在革命斗争中的机智、勇敢和坚定。但雅各宾党专政时期成了掌权者的得伐石太太却被作者写成一个冷酷凶狠的"嗜血女魔"。出于野蛮的报复心理，她坚持要处死无辜而高尚的代尔那，要他为其父辈偿还血债。最后，她被自己的手枪走火打死。对她的刻画正好表现狄更斯对法国大革命和革命者的矛盾态度。

第三类人物是残忍冷酷、为富不仁的封建贵族。这类人物的代表是厄弗里蒙地侯爵兄弟。侯爵兄弟生活奢华，性格傲慢，心狠手辣，滥施淫威，专门欺压平民百姓。他们强占农妇害死了5条人命，把敢于控告他们罪行的梅尼特医生关进监狱，驱车横冲直撞压死穷人的孩子。他们的残暴专横使农民忍无可忍，以致采取过激手段进行报复。通过这一类人物，狄更斯揭示了法国大革命爆发和贵族统治灭亡的必然条件。

第四类人物是有特异性格和行为的怪人，如卡尔登。卡尔登是个英国青年，为人善良敦厚，却与周围世界格格不入。他与代尔那都深爱着路茜，为了使自己所爱的人家庭幸福、婚姻美满，他在获知代尔那被判死刑后，从英国赶到法国，利用自己与代尔那长得相像的特点，顶替代尔那上了断头台。这个人物是狄更斯所推崇的人道主义精神极致——利他主义的化身。

（三）艺术特色

《双城记》在艺术上代表了狄更斯的突出成就。

首先是缜密精巧的情节结构。小说以梅尼特医生的经历为纽带，把数十年时间跨度，巴黎与伦敦两个城市，分别以冤案、爱情和复仇为基本内容而又与3个家庭密切相关的3条情节线索扭结融合在一起。第1部"复活"写梅尼特被囚18年后的出狱和精神复活；第2部"金线"写路茜的爱如同金线，联起了父亲与仇敌之子代尔那的心；第3部"暴风雨的踪迹"写得伐石太太、梅尼特医生对代尔那的不同态度，最后写得伐石在法庭上宣读梅尼特被囚时写下的血书，用倒叙手法揭开梅尼特的冤案，揭示出3家之间的复杂关系。这样的构思既精巧缜密，又富于戏剧性。

其次是大量运用对比手法。如侯爵府内的穷奢极欲和农民的苦难生活，厄弗里蒙地和代尔那父子两代，英国和平恬静的生活和法国大革命的腥风血雨等，都构成鲜明的对照。

最后是广泛运用象征手法。第1部中描写巴黎街头摔破一个大酒桶，红色的酒满街流淌，象征流血的大革命即将爆发。第2部中写梅尼特的居所周围回响着愈来愈急迫的脚步声和暴风雨声，象征着远在伦敦的梅尼特幸福平静的小家庭同样躲不过法国大革命风暴的袭击。

## 第五节 果戈理

尼古拉·华西里耶维奇·果戈理（1809—1852）是俄国杰出的现实主义作家，"自然派"的奠基人。他继承了普希金的传统，开创了俄国文学的新时期。

### 一、生平与创作

果戈理出生于乌克兰波尔塔瓦省密尔格拉得县一个地主家庭，父亲热爱文学，特别是戏剧，从小培养了他对文学的兴趣。他的母亲笃信宗教，常常讲些关于宗教报应的故事给孩子们听。乌克兰农村绚丽多彩的自然景色和独特的民情风俗也在他脑海中留下深刻的印象。

1821年，果戈理进入中学学习，受到法国启蒙思想的影响，同时阅读大量文艺作品，还参加课余戏剧演出。1828年中学毕业后赴彼得堡求职，他到处奔走，直到1830年才在封地局谋到一份文书的职业，收入微薄，工作单调而又艰苦。他饱尝了小公务员的艰辛。

果戈理立志要在文学事业上有所作为。1831年至1832年，他写出使他一举成名的《狄康卡近乡夜话》。这是一部充满浪漫主义色彩的小说集，包括8篇中短篇小说。他以清新、活泼、幽默的笔调描绘了乌克兰人民的生活及乌克兰的民间传说和历史。别林斯基热情洋溢地赞美它是"小俄罗斯的诗意的素描，充满着生命和诱惑的素描"。普希金则说："我刚读完《狄康卡近乡夜话》，它使我惊喜异常，这是真正的愉快，真诚，自然，毫不做作的愉快。"

1831年果戈理辞去小公务员的职务。1834年，他应聘在彼得堡大学教授世界史，教学工作持续一年多。1835年，他出版《彼得堡故事》和《密尔格拉得》两部小说集。它们无论在题材、主题和创作方法等方面都表明他由浪漫主义转向现实主义。

《密尔格拉得》主要描写外省地主猥琐无聊的生活。如《旧式地主》描写一对地主夫妇几十年如一日琐屑而空虚的生活。除了吃喝，他们没有别的精神要求，表现了宗法制地主原始动物一般的寄生生活。《伊凡·伊凡诺维奇和伊凡·尼基福罗维奇吵架的故事》描写两位"德高望重"的地主仅仅为了一人骂了另一人是鹅，从此结下宿怨，并由此打了十多年的官司。果戈理以幽默的笔调，对这些道德畸形、精神空虚的地主既予以讽刺嘲笑，又有所同情。这种独特的讽刺艺术，别林斯基称之为"含泪的笑"。

《彼得堡故事》主要揭露俄国首都生活的黑暗，表达对小人物的同情。《狂人日记》是日记体小说。主人公波普里希钦是一个地位卑微的小职员，工作是每天给部长削鹅毛笔。他一贫如洗，衣衫破旧，40多岁了还没讨老婆。他爱上了部长的女儿，却遭到上级的辱骂。他终于明白："世界上一切最好的东西，都让侍从官或者将军霸占了。"波普里希钦因此病了，幻想自己当上将军和西班牙皇帝。最后，他被投进监狱。作家通过"狂人"之口对不合理的等级制度提出了强烈抗议。《外套》是俄国文学中描写"小人物"的名篇。主人公亚卡基·亚卡基耶维奇是个可怜、懦弱、平庸的"秃头的小官吏",从早到晚只知道抄写公文,因为穷得买不起衣服,总穿着一件千疮百孔、被人当作笑料的"破外套"上班。当旧外套实在无法抵御彼得堡刺骨的北风时,他决心勒紧裤腰带,做一件新外套。攒够钱做了一件新外套的这一天成了他一生中最快乐的一天。但就是在这天晚上,他的新外套被街上的流氓抢走了。他去找警察局长、将军寻求帮助,却遭到粗暴的训斥。亚卡基耶维奇从此一病不起,无声无息地离开人间。亚卡基耶维奇这一形象表现了小人物的贫困凄凉、孤苦无告,反映了他们对不公正社会的不满和抗议。

1836年年底,果戈理发表了讽刺喜剧《钦差大臣》。在说明这个剧本的创作意图时,他说:"决定把俄国一切丑恶的东西汇拢在一起,对这一切来个尽情的嘲笑。"作品写外省小城以市长为首的一群官吏把来自彼得堡的一个浪荡子当成微服私访的钦差大臣而引出的种种误会。剧中的市长安东·安东诺维奇是沙皇俄国官僚的典型。他为人圆滑,见风使舵,又飞扬跋扈,欺压百姓。他曾自夸:"骗子里的骗子都上过我的当,想一手遮天的流氓和光棍都上过我的钩,我曾骗过三个省长。"他贪婪凶狠,"凡财产到手,均不欲其有所遗漏"。他做贼心虚,当听到钦差大臣要来微服私访的消息后,感到万分恐惧,竟错把一位来自彼得堡的花花公子赫列斯达可夫当作了钦差大臣。市长的形象概括了沙皇政府官吏的本质特征。假钦差大臣赫列斯达可夫是果戈理笔下最精彩的艺术典型之一。他是彼得堡一名十二等文官,头脑空虚,好享受,爱虚荣,每到一处都要讲排场,房间要最好的,吃酒菜要价钱最高的。当他来到这个城市以后,住在旅馆里已身无分文,却还要大摆臭架子。他最大的特点是吹牛和撒谎。在市长和其他官吏面前,他吹嘘自己做过司长,"当我在司里走过的时候,简直跟地震一样,所有的人都像树叶子似的发抖、哆嗦",还说他"桌上的西瓜——那个西瓜就值七百卢布,锅里的汤是直接用轮船从巴黎运来的",甚至他还说自己和普希金称兄道弟。他极其下流无耻,既勾引市长太太又追求市长女儿。赫列斯达可夫是贵族社会的空虚、伪善和庸俗的化身,也成了愚蠢自私、夸夸其谈、行尸走肉这类毫无价值人物的代名词。

作者借剧中人之口直接点明了喜剧的社会意义:"你们笑什么?你们在笑你们自己!"这个剧本没有正面人物,作家解释说:"是的,有一个正直高尚的人,他始终在剧中活动着,这个人物就是笑。"《钦差大臣》是讽刺艺术的典范。

《钦差大臣》遭到俄国官僚阶层和贵族社会的猛烈攻击,果戈理心中非常难过,他决定出国,长期侨居罗马。1841年,他完成长篇小说《死魂灵》第1部。这部作品是果戈理创作的高峰。别林斯基对这部作品给予很高的评价。由于果戈理脱离了俄国进步文学界,与斯拉夫分子联系紧密,受到他们的保守观点的影响,神秘的宗教思想开始支配他,他主张到宗教迷信、神秘主义中去寻找安宁。这种思想表现在《死魂灵》第2部中。1847年,他出版《与友人书简选》,否定自己以前写的一系列优秀作品,包括《死魂灵》第1部,公开为沙皇专制制度和农奴制度辩护。别林斯基为此写了著名的《给果戈理的一封信》,谴责果戈理的消极思想。

1848年，沉浸于宗教狂热之中的果戈理去耶路撒冷做了一次朝圣。他生命中的最后8年是在贫病交加中度过的，他的内心矛盾也空前激烈。1852年2月11日晚，他将自己修改多次仍不满意的《死魂灵》第2部的手稿付之一炬。10天后，这位伟大的现实主义作家与世长辞。

## 二、《死魂灵》

长篇小说《死魂灵》是果戈理的代表作。它和《叶甫盖尼·奥涅金》一样，成为俄国现实主义的奠基作品。

### （一）情节与人物

小说通过乞乞可夫收购死魂灵的活动，塑造了一系列俄罗斯农奴主形象，并描绘了一幅沙皇官僚机构的图画。

乞乞可夫拜访的第一个地主是爱闲谈的、"甜腻腻"的梦想家玛尼诺夫。这是一个性格懒惰、精神空虚的地主的典型。他温文尔雅，笑起来甜腻腻的，讲起话来也甜腻腻的，喜欢幻想，喜欢跟人讨论哲学或友谊等问题，但实际上没有任何兴趣爱好、空虚懒散、庸俗做作。他从来不经营土地，让庄稼自生自灭，庄园一片萧条。他的书房里老是放着一本书，在书中的第十四页中夹着一条书签，而这本书是他两年以前就开始看了的。乞乞可夫的来访使他高兴得要命，他被乞乞可夫动听的言辞感动得热泪盈眶，很快就把这个客人当作最崇敬、最亲密的知心朋友，竟幻想皇帝可能会因为他和乞乞可夫的高尚友谊而向他们授勋。

乞乞可夫走访的第二个地主是愚蠢、顽固、守旧而又吝啬的女地主科罗博奇卡。她只有80个农奴，住在偏僻的乡间，又没有文化。她养了不少的鸡、蜜蜂、猪、狗等。她一生中最大的乐趣便是积蓄钱财。当乞乞可夫说要买她的死农奴时，她虽然觉得这桩买卖有些古怪，但又生怕自己会在价格上吃亏，所以想跟别的买主比一比价钱再卖。最后由于乞乞可夫骗她说自己是办差的，女地主想要他以后来买她的农产品，才同意将死魂灵卖给他。

乞乞可夫走访的第三个地主是诺兹德廖夫。这是个狂热的赌徒，好吹牛，爱打赌，嗜好玩狗、马、牌和喝酒。他又是个流氓无赖，喜欢散布谣言，拆散别人的婚姻，破坏交易，惹是生非。他对人的态度是一会儿亲密得像朋友，一会儿又暴跳如雷。他刚见到乞乞可夫就搂着叫"心肝"、"乖乖"，但当乞乞可夫拒绝和他用下棋的方式赌博时，他便气势汹汹地扑过去打他。他常常在打牌时作弊，因此常常遭人痛打，甚至被人拔光了胡子。他还特别喜欢撒谎。如他撒谎说他跟乞乞可夫是同学，曾经狠狠地揍过乞乞可夫一顿，还要在对方头上放上两百条水蛭去吸血，"他本来想说四十条的，但两百条却自己溜了出来"。

乞乞可夫走访的第四个地主是索巴凯维奇。这是一个外貌长得像熊一样的地主。他健壮、结实、笨拙，又很贪吃。乞乞可夫和他一同吃饭时，他将半片羊脊肋吃得一点不剩，又吃小牛般大的火鸡和比盘子还要大的干酪饼，吃饱之后，便"埋在一把靠椅里，只是哼"。他虽然体形笨拙，头脑却精明狡猾，连诡计多端的乞乞可夫都不是他的对手。所以这几个地主当中，唯有他从乞乞可夫手里赚到了一些钱。

普柳什金是乞乞可夫走访的最后一个地主。这是一个完全丧失了人性的吝啬鬼的典型。他最突出的特点是贪婪、吝啬。他拥有上千农奴，家中的财富不可胜数，"哪一家也找不出像他那样多的麦谷、面粉或者是成垛地堆在田里的粮食，哪一家的储藏室也没有堆积过那样多的布匹、呢料，硝过和没有硝过的毛皮，晒干的鱼"。但他还嫌不够，居然每天跑到外面捡破烂，"凡是落进他眼里的东西：一块旧鞋跟、一片娘儿们用过的脏布、一枚铁钉、一块碎陶瓷片，他都要捡回自己的家"。经他走过之后，道路都不用再打扫了。一个女人不留神，把水桶忘在井边，他就会立刻将水桶拿走。他家的财富无数，但他成年累月穿得像乞丐一般。农奴们也因为饥饿成批地死亡，3年内农奴就死了120多个。活着的农奴过着牛马不如的生活，居住在随时可能倒塌的房子里，吃的东西根本没有，上千个农奴共穿一双皮靴，有一些农奴由于不堪忍受，悄悄地逃走了。对钱财的疯狂追求，使普柳什金身上"人类的感情"日渐失去，他甚至与自己的亲生儿女断绝了往来。女儿买了礼物带着小外孙来看他，他送给第一次见面的外孙当玩具的礼物仅是一粒纽扣。病态的吝啬心理使他的物质财富遭受毁灭。在他的仓库里，"干草和粮食在霉烂，禾垛变成真正的粪堆，只差在上面种白菜，地窖里面粉结成了石块，非得劈碎了才能够用，呢料、麻布和粗布简直碰都碰不得，一碰就会化为团团的灰尘"。普柳什金精神和道德上的畸形集中体现了贵族地主的寄生性和腐朽性，说明地主阶级和农奴制度的崩溃不可避免。

乞乞可夫是这部小说的结构性人物。他是俄国新兴资产阶级的代表人物，是资产阶级唯利是图的冒险家的典型。在他很小的时候，父亲就教给他两条生活道理：一是要"博得你的上司和教师的欢心"，二是"世界上什么东西都可以不要，钱却不能不要"。从此以后他就坚定不移地遵循着父亲的教导。在学生时代，他拼命巴结老师，比如下课铃一响，他马上跳上去抢先给老师递上帽子，然后又想尽办法在路上与老师"巧遇"三四回，得到三倍向老师脱帽敬礼的机会，因而获得了品学兼优奖。在财政厅当小职员时，他使尽手段向科长献殷勤，对科长的麻脸女儿像对未婚妻一样亲热，后来索性搬到科长家里去住，称科长为"爸爸"。等到依仗老科长的力量当上科长之后，他就悄悄地将行李搬回家去，再也不提与科长女儿结婚的事了。除了善于逢迎谄媚之外，乞乞可夫为了攫取财富不择手段。在学校读书时，他便用父亲给他的50戈比零花钱从集市上买来很多好吃的东西，然后根据同学饥饿和嘴馋的程度讨价还价，于是到学期结束时，他已积了整整5个卢布。参加工作以后，他做投机生意，赚了一笔大钱，事情败露后，他丢掉了公职，但又发现了以购买死魂灵来营利的途径。乞乞可夫这个人物充分体现了资产阶级资本原始积累时期的本质特征。

作品还刻画了N市的一批官吏形象，他们贪污腐败，横行霸道，巧取豪夺，鱼肉人民。在民政厅，如果不给办事官吏塞钱，就不可能办成任何事情；在警察局，局长大人是"神通广大的魔法师，只消他走过市场和酒店的时候眨巴一下眼睛"，他的桌子上就会出现吃不完的山珍海味,他"视察起各色铺子和市场时就像在察看自己的库房一样,见物就拿,而无须付分文钱";还有乡村巡警,人称"骚雄猫",对村里的姑娘媳妇"见一个爱一个":作家深刻地揭露了沙皇官吏反人民的本质。

(二)艺术特点

《死魂灵》充分表现了果戈理卓越的艺术才能和独特的风格,其主要艺术特点如下。

第一,通过肖像描写、环境描写和细节描写来突出人物性格的主要特征。在描写玛尼诺夫的外貌时,作家反复强调他脸上那种"甜腻腻"的表情,这种表情与他空虚贫乏的精神特征相联系。玛尼诺夫与太太结婚已经8年,但还是分着吃苹果、糖果或胡桃,并且还要"用一种表示真挚之爱的动人的娇柔的声音说道:'张开你的口儿来呀,小心肝,我要给你这一片呢。'这时候,那不消说,她的口儿当然是很优美地张了开来"。有时候,他们不知为了什么缘故,"来一个很久很久的身心交融的接吻,久到可以吸完一支小雪茄"。通过这种夸张的描写,玛尼诺夫无聊、做作的性格特征便跃然纸上。

第二,幽默和讽刺。作家常常通过揭示形式与内容的矛盾来达到讽刺的目的。如乞乞可夫明明是怀着卑鄙的目的来到玛尼诺夫家,并且没花一个钱就从玛尼诺夫那得到好些个"死魂灵",但他在与玛尼诺夫分别时却说道:"'这里,您看这里'——他把手放在心窝上——'是的,这里是记着和你们在一起愉快时光的!'"这一番优美动听的言辞恰好揭露他的虚伪。作家还运用夸张手法来加强讽刺效果。如写玛尼诺夫有次在街上遇见乞乞可夫,在一声欢呼之后,他就紧紧地拥抱着乞乞可夫,"在这地方大约这样地过了五分钟,于是互相接吻,很有劲,很热烈,以至于后来门牙都痛了一整天"。

第三,大量运用抒情性的插笔。作品常常在情节叙述中穿插大段歌颂祖国、赞美人民的抒情插笔。这些抒情插笔鲜明地表现了果戈理的爱国主义和人道主义热情,进一步揭示了作品的主题思想。如作家把祖国比作一辆向前飞奔的三驾马车,然后满怀激情地写道:"俄罗斯,你究竟要到哪里去,请给个答复吧。没有答复,只有车轮在发出美妙迷人的叮当声,只有被撕成碎片的空气在呼啸,汇成一股狂风,大地上所有的一切都在旁边闪过……"

此外,《死魂灵》的语言生动幽默,富有民间文学色彩。

## 第六节 陀思妥耶夫斯基

费奥多尔·米哈依洛维奇·陀思妥耶夫斯基(1821—1881)是19世纪俄罗斯乃至欧洲最伟大的作家之一,是一个最有独特个性、思想最为复杂的作家。

### 一、生平与创作

陀思妥耶夫斯基出生于莫斯科,父亲是一所贫民医院的医生,母亲是一个虔诚的东正教信徒。在这种环境中长大的陀思妥耶夫斯基从小养成了对贫困的下层人民和宗教的

深厚感情。1838—1843年，他按照父亲的要求进入彼得堡军事工程学校学习，但他对文学有浓厚的兴趣，在此期间阅读了大量俄国西欧著名作家的作品。1843年毕业后，他被分配到军事绘图室工作。1844年，他辞去军职成了专业作家。

1846年，他的第一篇短篇小说《穷人》出版，震惊文坛。诗人涅克拉索夫惊呼："新的果戈理出现了！"小说采用书信体形式，叙述一个年老的小公务员玛卡尔·杰符什金和孤女瓦莲卡的悲惨故事。杰符什金整天拼死拼活地劳动，丝毫也不能改变自己穷困潦倒的生活境遇。在巨大的生活压力挤压下，他心力交瘁，未老先衰。但是尽管自己卑微不幸，他却把无私的爱奉献给了比自己更不幸的瓦莲卡。而瓦莲卡经过痛苦的抉择，最后还是离开了杰符什金，嫁给了一个玷污过她的有钱有势的地主。小说继承了普希金、果戈理"小人物"的传统，但比以往"小人物"作品有所突破的是表现了他们高尚的行为、美好的品德和已经觉醒的人格尊严，并且展示了他们丰富复杂的内心世界。

陀思妥耶夫斯基第2部重要作品《二重人格》（1846）刻画了第一个二重人格的人物形象。双重人格是人物的一种精神病态或心理病态。这种人往往分裂成两个自我，丧失了自我调节、自我控制的能力。双重人格是畸形社会和混乱时代的反映，是社会导致的心理病态和人性扭曲。小说副标题为"彼得堡长诗"，说明双重人格发生的根源是都市文明畸形发展的结果。高略德金是政府机关的小官员，一名受侮辱受损害的小人物。他孤独、卑微，整天战战兢兢地过日子，生怕遭到上司的斥责，更怕被上司解雇。但他有野心，一心一意想往上爬。他发现那些爬进社会上层并与高官显贵打得火热的人，并不是靠才干和政绩，而是靠腐败，靠玩弄阴谋，逢迎巴结，而自己出于良心缺乏勇气干那般卑鄙无耻的勾当，同时也缺乏讨好上司的本领与技巧。于是，他便产生了一系列幻觉，幻想出一个"同貌人"小高略德金，像那些志得意满的坏蛋一样卑鄙、圆滑狡诈、厚颜无耻。小高略德金的所作所为实际上是高略德金在现实生活中无法做到而又非常向往的。作家着重刻画了高略德金对待"同貌人"的矛盾心理。一方面"同貌人"是他的理想，另一方面他感到"同貌人"卑劣与可怕，于是陷入精神分裂和无法克服的矛盾之中，最后精神失常。高略德金的双重人格是在弱肉强食的社会中随着竞争的加剧和外在社会压力的加强人们心理出现的错位与失调。

1849年，陀思妥耶夫斯基参加了信仰空想社会主义的彼得拉谢夫斯基小组，在小组会上宣读了别林斯基《致果戈理的一封信》，被警察逮捕，判处死刑。当他和同伴们被押赴刑场经历着等待死亡的恐怖时刻，法庭突然宣布撤销他的死刑，改判为服苦役。他先后在西伯利亚服苦役4年，在边防军当兵5年，直至1859年才从流放地回到莫斯科。近10年的流放既摧残了他的身体，使他的癫痫病加重，又动摇了他的信念。他宣布信仰根基主义。根基主义以彼得大帝时代的政治作为理想模式，力图寻回俄罗斯民族的"根"，按照东正教的正统思想，重新建立俄罗斯的社会秩序，借以对抗资本主义带来的无穷罪恶和拜金主义。这是一种宣扬忍耐、顺从的保守思想。

陀思妥耶夫斯基1862年发表的《死屋手记》是俄国文学史上第一部描写监狱生活的作品。叙述者名叫戈梁奇科夫，婚后不到1年，他出于忌妒杀死妻子，然后去自首，被判处苦役。

1868年发表的《白痴》是陀思妥耶夫斯基最重要的作品之一，它以探讨基督似的美好人物能否拯救被毁灭的个性为主题。主人公梅什金除了一个公爵的空头衔，几乎一无所有。他身患癫痫病，被人们讥笑为"白痴"。但这位"白痴"在精神方面比所有人都健康，因为他从未受过金钱主义和等级思想的侵蚀，始终对周围的人们怀着一片无私的爱心，并随时准备为他人作出牺牲。他的性格最宝贵最动人之处不在于他泛爱众人的宗教意识，而在于他的反思意识和批判意识。他始终无法接受贵族资产阶级社会的价值观念，也始终无法同这个堕落腐朽的社会合流，具有毫不妥协的反抗精神。作者极力强调梅什金身上纯洁无瑕的"儿童"气质同恶浊混乱现实的鲜明对照。

1880年，作家写出最后一部作品《卡拉马卓夫兄弟》。小说描写老地主费多尔·卡拉马卓夫暴死，而犯罪嫌疑人却是他的4个儿子。原来，老卡拉马卓夫是个荒淫透顶的人。大儿子德米特里同当地有名的交际花格鲁申卡相好，老父亲却垂涎于这位美女的姿色，于是父子之间争风吃醋，闹得满城风雨。二儿子伊凡又兴风作浪，公开支持德米特里赶快把格鲁申卡娶过来，以便自己迎娶老兄的未婚妻卡杰琳娜。三儿子阿辽沙是"白痴"式人物，纯洁善良，笃信基督，幻想在人类互爱的基础上，消除人类的苦难。而私生子斯麦尔佳科夫是"恶"的化身，为了夺取钱财，用铁棍将老父亲费多尔活活打死，然后栽赃给德米特里，致使德米特里被法院当作杀人犯押起来，最后他忏悔罪行，上吊自杀。卡拉马卓夫这个道德沦丧、人欲横流的地主之家有一种共同的精神气质：贪财好色、卑鄙残忍和极端自私，文学史上称之为"卡拉马卓夫性格"。

1881年1月28日，陀思妥耶夫斯基病逝于彼得堡。

## 二、《罪与罚》

长篇小说《罪与罚》（1866）是陀思妥耶夫斯基的代表作。

### （一）情节梗概

小说情节具有陀氏小说惯有的惊险内容和悲剧气氛。小说主人公拉斯柯尔尼科夫是一个穷大学生，父亲早死，母亲和妹妹靠着父亲每年120卢布的抚恤金生活，还得负担他读大学。"贫穷压得他透不过气来"，他被迫中断了学业，一连四个月没有去上课。展望前途，他不寒而栗，深知今后母亲会因为夜以继日地织围巾而双目失明，妹妹杜尼娅为了替他找一个当秘书的职业，也会毫不迟疑地答应嫁给卢仁这个45岁并且阴险狠毒的资产阶级暴发户。他决心"学做拿破仑"，当一个"不平凡的人"，铤而走险获得一笔钱财。于是，在一个悄然无人的傍晚，他闯进一幢楼房，敲开高利贷老太婆阿廖娜家的门。就在阿廖娜低头拿他抵押的银烟盒的时候，他抽出斧头，劈头盖脑地朝她砍去，并抢走她身上的钱袋和床底下的钱箱。这时候，老太婆的妹妹丽扎维塔突然走了进来，为了消灭罪证，他又不得不再次举起斧头，砍死丽扎维塔。可杀人之后，拉斯柯尔尼科夫陷入巨大的精神痛苦之中。一方面，他本性宽厚善良，面对自己的罪恶，他的良心受到深深的谴责，被折磨得几乎精神分裂；另一方面，弱肉强食的残酷现实又使他不得不认可资产阶级利己主义和金钱法则，为了安身立命的生存需要，可以不择手段。他在矛盾中苦苦挣扎，不得解脱，在他已经成功地打消了警察和法院的怀疑的时候，索尼娅遭到商人卢仁的陷害。拉斯柯尔尼科夫更加愤愤不平，潜意识里希望连遭厄运的索尼娅像他一样放弃对善的信仰。但是索尼娅依然坚定地信仰上帝，于是他的最后防线崩溃，向索尼娅坦白了罪行，最终向警察局自首。小说的最后，拉斯柯尔尼科夫在索尼娅的陪伴下去西伯利亚服苦役。

### （二）人物与主题

拉斯柯尔尼科夫是走投无路的小资产阶级青年典型。小说通过这一形象触及了更深层次的主题。

拉斯柯尔尼科夫具有双重人格。他既是一个心地善良、乐于助人的穷大学生，一个有天赋的、有正义感的青年，同时又病态孤僻，"有时甚至冷漠无情、麻木不仁到了毫无人性的地步"，"在他身上似乎有两种截然不同的性格在交替变化"。拉斯柯尔尼科夫根据自己对现实的观察和思考，创造了一种"理论"：人分为两类，即"不平凡的人"和"平凡的人"。前者为了达到自己的目的，不择手段，为所欲为，敢于越过一切法律和道德的障碍，例如拿破仑和穆罕默德。后者是循规蹈矩、平庸无能的芸芸众生。拉斯柯尔尼科夫决定通过杀高利贷者的行为来测试自己能否属于"不平凡的人"之列。

拉斯柯尔尼科夫蔑视资本主义社会的法律、道德、执法机关，但在思想感情深处同自己的"不平凡的人"哲学存在着尖锐矛盾。作者也以此展开他信奉的"不平凡人"即"人神"观与索尼娅信仰的俄国东正教"神人"论的3次对话。在第一次对话中，拉斯柯尔尼科夫跪在索尼娅面前，"向全人类的苦难致敬"，但又指出她的自我牺牲不仅不能挽救她的继母和妹妹的悲惨命运，反而只能自我毁灭，她所信仰的上帝并不存在，劝她同他一起去争取自由和权力，走向"不平凡人"的道路。第二次谈话中，索尼娅表示人不能篡夺上帝的审判权，劝拉斯柯尔尼科夫到大街亲吻被他玷污的大地，向全世界认罪。拉斯柯尔尼科夫无力反驳索尼娅，这说明他身上仍存留东正教传统伦理。第三次谈话，拉斯柯尔尼科夫屈从索尼娅的意旨，向警察局自首。流放西伯利亚时期，拉斯柯尔尼科夫向《福音书》靠近。他梦见整个世界发生了可怕的鼠疫，这疾病象征权力欲望、唯意志论思想的泛滥，人们相信唯有自己的判断和信仰是正确的，为此彼此殴斗、互相残杀，使世界几乎毁灭。这才使拉斯柯尔尼科夫最终摆脱"人神"哲学。因此，《罪与罚》的思想价值在于对为所欲为的"人神"论的批判。

### （三）艺术特色

陀思妥耶夫斯基曾说："人们称我为心理学家，这不对，我只是最高意义上的现实主义者，即描绘人的灵魂的全部深度。"文学史家称他的这种最高意义上的现实主义为"虚幻现实主义"。《罪与罚》典型地显示出虚幻现实主义的艺术特征。

首先，充满戏剧性的情节。采用惊心动魄的事件作为小说情节，是陀思妥耶夫斯基最常用的创作手法。他的三大名著《罪与罚》《白痴》《卡拉马卓夫兄弟》都采用了惊险、凶杀等扣人心弦的紧张情节，由此展开对生活图景的描写以及对犯罪心理、社会思潮、伦理道德等问题的探讨。在《罪与罚》中，其中心事件是大学生拉斯柯尔尼科夫穷极杀人。作者别具匠心，在主人公杀人前、杀人中、杀人后的线索上巧妙设置了一连串的情节点，然后卷入越来越多的人物和事件，如穿插斯维德里加依洛夫毒死结发妻子、诱骗14岁少女，马尔拉美陀夫发酒疯而暴死街头，卢仁强盗式地向杜尼娅求婚以及在马尔拉美陀夫的丧礼上阴谋陷害索尼娅，等等。更重要的是，拉斯柯尔尼科夫杀人案也险情迭起，惊心动魄。他居然在住满居民、热闹非凡的大公寓里用斧头连杀两人，而且在一片慌乱之中十分顺利地逃了出来。警察局局长费立波尔接到案子以后，对杀人凶手穷追不舍，然而又陡起波澜，油漆匠尼古穷困潦倒，居然主动跑到警察局承担杀人罪责，并拿出一只他拾到的死者的金首饰盒。就在案子即将了结的时候，拉斯柯尔尼科夫却再也无法忍受良心的煎熬，主动跑到警察局自首。更奇妙的是，就在这位青年万念俱灰的时刻，索尼娅却赶到监狱，愿意与他结婚，共同去西伯利亚流放地开创新的生活。

其次，独特的情节结构。陀思妥耶夫斯基为了表现病态、畸形的社会，常选一些特殊的事件作题材。但在他的作品中，事件只是外在的框架，人物的心理活动和心理冲突才是情节的真正推动力。《罪与罚》的情节线索是犯罪和审讯，而情节真正的推动力却是主人公拉斯柯尔尼科夫的内心冲突，整部作品实际上就是他的心灵活动史。

再次，善于细腻、精微地揭示人物最隐蔽最深层的心理活动。陀思妥耶夫斯基创作的最大特色就是善于揭示人物内心的全部奥秘，描写动荡时代造成的人物心理变态，如双重人格等。在《罪与罚》中，拉斯柯尔尼科夫也是一个双重人格的典型，作家对他的犯罪心理以及内心分裂过程进行了淋漓尽致的剖析。为了揭示人物的深层心理，作家运用了几种表现方法。一是通过人物反常的行为、言谈和容貌表现人物的变态心理，揭示人物隐秘的深层心理活动。拉斯柯尔尼科夫杀人之后惊恐不安，陷入极度矛盾和痛苦的状态：一方面想向人倾吐内心的秘密，另一方面又惊恐多疑，害怕别人知道事情真相。二是通过描绘无意识的行为揭示人物的深层心理。三是描写梦境与幻觉。拉斯柯尔尼科夫在杀人之前曾经梦见一群醉汉凶狠地鞭打一匹疲惫瘦弱的老马，让它负重奔跑，直至累死。拉斯柯尔尼科夫杀人之后精神错乱的幻觉也被写得活灵活现。他在极度的疑惧和紧张中，一会儿想到"搜查，搜查，立刻就要搜查了"，一会儿又听到人们毒打女房东的叫骂声，一会儿又感到"许多红圈儿在他眼前旋转起来了，那些房屋都行走起来，行人，河岸，马车，这些东西都在四下里旋转着跳起舞来"。这一切幻觉展现了他疯狂骚动的心灵和扭曲失常的精神状态。

最后，复调特征。《罪与罚》具有巴赫金意义上的复调结构。书中人物都有自己的声音，拉斯柯尔尼科夫的"人神"论、索尼娅的"神人"观、卢仁绝对的"功利主义"等，一起构成了多种音调。每种声音都有自己的道理，不能绝对地驳倒和压制其他声音，多种声音的对话和交锋构成主要线索。最终索尼娅的声音似乎战胜了其他声音，很大程度上影响了拉斯柯尔尼科夫的思想和行动，但这种战胜只是道义上的胜利，从逻辑和理性上并不一定完全成立。

 外国文学史

# 第八章　19世纪后期文学

　　19世纪后期欧美文学指1871年巴黎公社起义到1914年第一次世界大战爆发之前这一时段欧美国家或地区的文学。这一时段欧美文学的主流是现实主义。除了传统现实主义文学的继续发展外，真实反映工人阶级的生活与诉求的无产阶级文学也应运而生。此期与现实主义文学共存的还有自然主义、象征主义、唯美主义等重要文学思潮与流派。

## 第一节　概述

### 一、社会与思想背景

　　19世纪70年代起，西欧主要国家先后从自由资本主义发展到垄断资本主义阶段。分割世界的资本垄断组织形成，列强着手分割世界，在军事上和政治上侵略他国。资本垄断一方面刺激工农业生产、商业贸易和科学技术高速发展，另一方面也使各种社会矛盾更加错综复杂。无产阶级和资产阶级之间的矛盾仍是社会主要矛盾，此外还有垄断资本与自由资本之间的矛盾、宗主国与殖民地之间的矛盾，以及各个资本主义国家之间的矛盾。种种深刻的矛盾频频引起工人罢工，而列强之间争夺国际市场的剧烈冲突最终导致第一次世界大战爆发。

　　在思想文化领域，这一时期思潮并起，流派纷呈。德国古典哲学终结之后，唯心主义哲学家叔本华（1788—1860）提出唯意志论，认为意志统治并支配着世界上一切事物，意志不仅是世界万物的本质和基础，而且是世间万恶和痛苦的根源。这种悲观色彩浓厚的哲学被尼采（1844—1900）承袭。尼采倡导权力意志论和超人哲学。这种思想既是19世纪后期错综复杂的社会矛盾的反映，又在一定程度上激化了世纪之交的这些矛盾。

　　在文学艺术领域，法国的美学家、文学史家泰纳（或译丹纳，1828—1893）对这一时期的欧洲文学影响很大。他继承并发展了孔德于19世纪中期创立的实证主义哲学，在《艺术哲学》等著作中提出实证主义美学观，认为环境、时代和种族三大要素决定了精神生产。法国哲学家柏格森（1859—1941）则反对泰纳有一定唯物主义倾向的美学理论，提倡直觉主义哲学也即生命哲学，认为世界的发展变化就是生命冲动的过程，人们只能凭感情、直觉甚至本能去认识世界的本质，文学艺术作品的产生以及对它们的认识和评

价也同样如此。他的思想主张对象征主义、唯美主义文学有潜在而深刻的影响。

## 二、现实主义文学

19世纪后期欧美现实主义文学可以分为西欧、东北欧、俄国、美国四个板块加以考察。

### （一）西欧现实主义文学

19世纪后期西欧的现实主义文学，无论思想倾向还是艺术表现都继承了19世纪中期现实主义文学的传统。但由于社会历史和思想文化背景的变化以及文学内部其他思潮流派的影响，此期的现实主义文学也表现出一些新的特征。首先，揭露和批判的力量有所减弱，改良主义色彩和悲观主义情绪有所增强。这一时期的现实主义作家越来越注意描写无产阶级和资产阶级的矛盾，同情劳动人民的悲惨遭遇，表现劳动人民的反抗和斗争，但他们的社会政治观大多没有超出资产阶级改良主义的局限，找不到解决社会矛盾的途径。也有一些现实主义作家面对重重矛盾和种种危机，感到前途暗淡，表现出浓厚的悲观失望情绪。其次，人物形象有中间化趋势，正面人物减少。19世纪中期西欧的现实主义文学往往有意识地塑造带有理想化色彩的正面人物，如欧也妮、简·爱、大卫·科波菲尔等，而这一时期文学中的正面人物形象几乎销声匿迹，代之以肯定性因素和否定性因素并存的人物。最后，受其他流派的影响，艺术表现手法出现多样化趋势。由于受到自然主义、象征主义、唯美主义等文学思潮流派的影响，这一时期现实主义文学的表现手法日趋丰富多样。有的强调客观冷静的叙事风格，有的借助象征手法加大作品的思想容量，有的热衷于探索小说戏剧化、戏剧散文化等体裁革新，有的加强对人物精神世界的发掘，等。

居伊·德·莫泊桑（1850—1893）是19世纪后期法国重要的现实主义作家。他虽然参加过自然主义文学团体"梅塘集团"，但其创作的基本倾向是现实主义。他曾明确表示："我不信奉自然主义。"莫泊桑少年时代师从福楼拜，接受过严格的写作训练。他共创作300多篇中短篇小说，以及《一生》（1883）、《俊友》（1885）等6部长篇小说。莫泊桑被称为"短篇小说之王"。其题材主要涉及两个方面。一是普法战争。莫泊桑不少作品都以这场战争为背景，控诉普鲁士侵略者的罪行，讴歌法国下层人民的爱国主义精神，揭露法国军队和上流社会人士的怯懦虚伪和腐败无能。《两个朋友》《女疯子》描写善良的钓鱼老人和人事不省的病妇平白无故地惨遭侵略者杀害的故事。《米隆老爹》塑造一个富于传奇色彩的民间老英雄。二是中小资产阶级和市民生活。莫泊桑深刻地描写了充斥于资产阶级社会的自私、势利、贪婪、吝啬和虚荣。《项链》写一个政府机关小职员的妻子爱慕虚荣，为了舞会上的一夜风光付出十年辛劳的代价。《我的叔叔于勒》写一家大小日夜盼望据说在美洲发了大财的于勒叔叔早日回来，但在一次偶然的机会中，他们发现于勒叔叔早已回国，穷困潦倒靠在轮船上卖牡蛎为生，于是除了童心未泯的小主人公对于勒叔叔动了恻隐之心外，其他人都避之如同瘟疫。《珠宝》和《遗产》中的两个丈夫为了财产，对妻子的不忠也置若罔闻。

《羊脂球》（1880）既是莫泊桑的成名作，也是他的代表作。小说以普法战争为背景，主人公是一个绰号为"羊脂球"的妓女。由于法军败退，普鲁士军队开进鲁昂城，包括羊脂球在内的十个旅客便同乘一辆马车前往当时法军还驻守着的哈佛港。与羊脂球同车的六个上流社会人士是酒业老板鸟先生夫妇、纺织厂老板兼省议员加雷—拉马东夫妇和贵族布雷维尔伯爵夫妇，另外是两个修女和一个自称民主党人的高尼岱。作品的核心情节是羊脂球和同车人如何对待普鲁士军官要求羊脂球陪他过夜的无理要求。来自不同阶层的人在这个特殊情境中展示出各自的性格特征。

女主人公羊脂球虽然是社会下层一名被侮辱被损害被轻视的"小人物"，却以其独特的方式表现出强烈的民族自尊心。她不愿意向敌人出卖肉体。作为一个弱女子，她用自己的行动表示出对侵略者的强烈反抗。普鲁士军队要强占她的住房时，她扑上去掐住敌兵的脖子。在多特镇旅馆里，当敌军军官要占有她时，她勃然大怒："去告诉这个无赖，这个下流的东西，这个普鲁士臭尸，说我决不会答应，决不，决不，决不！"羊脂球有富于同情、勇于牺牲的一面。她乐于将自备的食物与其他旅客分享，最后屈从普鲁士军官也是为旅伴考虑。作者通过羊脂球这一形象，赞扬下层人民在国难当头时赤诚的爱国主义精神和民族气节，反衬出上层社会人士的自私、虚伪、怯懦和卑鄙。小说中三个上层社会人士布雷维尔伯爵、鸟先生、加雷—拉马东及其太太们都有着自私、虚伪的本性，国难当头，他们首先考虑的是保住身家性命，有的还寻找发国难财的机会。他们各自又有鲜明的个性。吃羊脂球的食物时，鸟先生显出暴发户粗俗的市侩气，布雷维尔伯爵和有三座纺织厂的大资本家拉马东则一时放不下臭架子。羊脂球拒绝普鲁士军官时，鸟夫人破口大骂，资本家太太谑浪调侃，伯爵夫人则显得奸诈，但她们骨子里都肮脏、污秽。另外三个人中，那个自封为革命家、爱国者的假民主党人高尼岱似乎很有气节，反对众人胁迫羊脂球顺从敌人，可他自己在晚上却闯进羊脂球的房间施以非礼。两个修女是胁迫羊脂球的帮凶，她们披着宗教的外衣，说什么"本身应该受谴责的行为，常常因为动机的良好而变得可敬可佩"，正是她们欺骗、迷惑人的说教最终打动羊脂球。

《羊脂球》艺术特点突出。一是全方位地运用对比手法。小说中有人物形象的对比，如羊脂球与九个旅伴的对比，还有情节事件上的对比，如开头羊脂球向旅伴们贡献出自己的食物，结尾处旅伴们却听凭她哭泣、挨饿。二是情节结构上匠心独具。同乘一辆马车的十个旅客来自社会各个阶层，正是法国现实社会的缩影。小说开头是在马车上，结尾也是在马车上，情节高度集中，结构极为完整。此外，细节描写细腻逼真。比如那段马车上打哈欠场面的描写："时常有人打哈欠；一个人打完，马上就会有另一个人跟着打；并且人人轮流打起来，按照各人的性情、礼貌和社会地位，各有各的打法：有的张着嘴大声打，有的很谦虚地赶紧拿手挡住往外冒热气、张大的嘴打。"这样的细节描写对于刻画人物性格有深刻的意义。

阿尔封斯·都德（1840—1897）一生创作13部长篇小说，比较著名的是半自传体长篇小说《小东西》（1868）。他的短篇小说集《星期一的故事》（1873）最为出名，其中《最后一课》和《柏林之围》都是取材于普法战争的爱国主义名篇。

阿纳托尔·法朗士（1844—1924）的代表作是《当代史话》，包括《场边榆树》（1897）、《人体服装模型》（1898）、《红宝石戒指》（1898）和《贝日莱先生在巴黎》（1901）等4卷。小说中诡计多端的主教为戴上红宝石戒指而费尽心机。第4卷中贝日莱先生从外地调来巴黎任文学讲师，屡发议论。作品表明了对德雷福斯事件的抗议以及对教权主义的反对。法朗士的文笔古典优美，含蓄之中充满讽刺，被称为文学语言大师。他于1921年荣获诺贝尔文学奖。

巴黎公社文学属于法国现实主义文学的组成部分。它是继英国宪章派文学、德国工人诗歌之后欧洲早期无产阶级文学的高潮。1871年3月18日，法国无产阶级和革命群众在巴黎举行反对资产阶级统治的武装起义，建立人类历史上第一个无产阶级政权巴黎公社。巴黎公社文学就是巴黎公社革命的产物。它以崭新的内容和形式出现在19世纪后期的法国文坛。作者有工人、教师、公社活动家及其他无产者。部分作品发表在报刊上，更多的是以传单和口头朗诵的形式在战士和人民群众中流传，起到了宣传革命真理、鼓舞人们斗志的作用。巴黎公社文学具有下列特征。第一，歌颂人民群众崇高的爱国主义精神。巴黎公社文学的主要内容是揭露普法战争的反动实质，怒斥法国政府向普鲁士屈膝投降的卖国行为，号召人民起来反抗。第二，歌颂无产阶级为夺取政权、保卫政权而奋不顾身的英雄气概，反映无产阶级伟大的革命理想和革命乐观主义精神。第三，主要体裁是诗歌，一般采用民歌体，语言通俗朴实，多用叠句，节奏明快，短小精悍。

欧仁·鲍狄埃（1816—1887）是巴黎公社文学的杰出代表，列宁称他为"最伟大的用歌作为工具的宣传家"。他创作的《国际歌》（1886）被称为"全世界无产阶级的歌"，直到作者逝世前一年才公开发表。1888年，比利时作曲家狄盖特为这首诗谱曲。《国际歌》提出人民是历史的主人这一伟大真理，表现无产阶级为解放全人类而奋斗的英雄气概和博大胸怀，强调共产主义在人类社会发展史上最终必然胜利的坚定信念。《国际歌》的艺术表现也有鲜明特征。首先，它塑造了崭新的无产阶级英雄形象。抒情主人公"我们"是充满朝气、力量和信心的无产阶级战士集体形象。其次，语言雄浑，具有强烈的抒情性和非凡的感染力，音律工整，音调铿锵，节奏沉着而又明快，运用了法国民歌常用的复唱手法。此外，"红色圣女"路易丝·米雪尔（1830—1905）的诗歌《红石竹花》也是巴黎公社文学的名篇。

19世纪后期英国的现实主义名家，除了哈代，首推乔治·梅瑞迪斯（1828—1909）。他创作过9部诗集和10多部长篇小说。长篇小说《利己主义者》（1879）是他的代表作。梅瑞迪斯的小说大体可以归为世态小说，人物多属社会的中上层，内容多是不成功的恋情、失败的婚姻。在梅瑞迪斯看来，两性关系坦诚、和谐与否成了文明能否持久的关键。他的有些作品也涉及当时的政治和其他热门话题。

此外，罗伯特·路易斯·斯蒂文森（1850—1894）写海上冒险寻宝、少年吉姆与海盗斗智斗勇的长篇小说《金银岛》（1883）也深受读者喜爱。他的恐怖小说《杰基尔和海德先生》（或《化身博士》，1886）描写分裂人格，因改编为舞台剧和电影而广为人知。

外国文学史

  19世纪后期德国现实主义作家最著名的是施托姆和冯塔纳。台奥多尔·施托姆（1817—1888）出生在当时为丹麦占领的小城胡苏姆。中篇小说《茵梦湖》（1850）是他的成名作，写主人公莱因哈特暮年回忆自己少年时代与美丽少女伊丽莎白相爱，后者最后屈从命运嫁给他人却不能忘怀莱因哈特的感伤故事；施托姆最成熟的作品是中篇小说《白马骑士》（1888），作品叙述施托姆家乡传说中一位农民出身的堤长因造堤而不被理解、得不到支持的悲剧故事。

  台奥多尔·冯塔纳（1819—1898）被誉为德国现代小说的开拓者。长篇小说《艾菲·布里斯特》（1895）被认为是他的最佳小说。小说描写普鲁士贵族女子艾菲的婚姻悲剧。天真美丽的艾菲17岁时由父母做主嫁给母亲青年时代的情人殷士台顿男爵。婚后丈夫热衷仕途，艾菲过得寂寞无聊，不久受到丈夫的朋友、花花公子克拉姆巴斯少校的引诱。6年后，早已调职柏林的丈夫偶然发现艾菲与克拉姆巴斯昔日的通信，为了捍卫荣誉，便和克拉姆巴斯决斗，将对方打死，并和艾菲离婚。艾菲最后病逝于娘家。

  （二）东北欧现实主义文学

  19世纪后期东欧各国的现实主义文学取代了浪漫主义文学。著名作家有波兰的显克维奇、莱蒙特，保加利亚的伐佐夫等。

  亨利克·显克维奇（1846—1916）是19世纪波兰现实主义文学的代表。70年代后期，他到英、法、美等国家旅行，加深对资本主义社会的认识。这期间他创作一系列短篇小说，从不同方面描写当时的社会生活，揭露美国"民主"、"自由"的虚伪，描述受骗的波兰移民在美国的悲惨遭遇。80年代开始，他转向历史，以历史上民族英雄的业绩鼓舞波兰人民的斗志，写出由《火与剑》、《洪流》和《伏沃迪约夫斯基先生》组成的历史小说三部曲（1882—1888）。三部曲描写17世纪波兰人民反抗外来侵略者的斗争，歌颂波兰人民为保卫祖国同仇敌忾、顽强奋战的英勇精神，揭露和谴责为私利而背叛祖国的波兰大贵族。1896年，他发表《你向何处去》，描写古罗马尼禄皇帝统治时期对人民惨无人道的压迫。他的另一部历史小说《十字军骑士》（1900）描写14世纪末15世纪初波兰和立陶宛反对十字军入侵的斗争，在国内外广为流传。显克维奇为波兰小说特别是历史小说的发展作出了重要贡献。他的小说无论是细节描绘或是人物刻画都高度忠实于历史，故事情节曲折起伏，语言精练流畅，史诗风格达到绝对完美的地步，故有"波兰语言大师"之称。1905年，显克维奇获得诺贝尔文学奖。

  弗拉迪斯拉夫·莱蒙特（1868—1925）是一位为波兰文学获得世界声誉的小说家。他的代表作《农民》（1902—1908）通过富裕农民波利那一家争夺财产继承权的争斗，深刻地揭示农村封建宗法制家庭的衰败和瓦解，同时也展示20世纪初波兰农村各阶层人们的生活情态和乡俗风情画，歌颂波兰农民反抗外国占领者和本国地主阶级的伟大斗争。莱蒙特因为创作"伟大的民族史诗"《农民》而获得1924年度诺贝尔文学奖。

  伊凡·伐佐夫（1850—1921）是19世纪后期保加利亚最著名的现实主义小说家、诗人和戏剧家，也是一位爱国志士。他的代表作长篇小说《轭下》（1894）以1876年4月保加利亚人民起义为题材，展现保加利亚人民同土耳其统治者的民族矛盾，颂扬他们不

畏艰险、勇于摆脱土耳其统治的重轭的爱国主义精神与英雄气概。

19世纪60年代，起始于英国的工业革命传入丹麦，逐渐波及北欧其他国家。此后至20世纪初期，丹麦、瑞典和挪威等国陆续出现资本主义，先后建立君主立宪制共和国。丹麦文学评论家、文学史家勃兰兑斯（1842—1927）1872—1875年在哥本哈根大学任教期间发表一系列演讲，后来汇集成《十九世纪文学主流》（1872—1890）一书。他喊出"写社会与人生"这一振奋人心的口号，号召作家关心现实社会，用现实主义手法进行创作。受其影响，挪威和瑞典出现易卜生、比昂松、斯特林堡等现实主义文学巨匠。这一时期持续十余年，被称为北欧文学的"现代突破时期"或"黄金年代"。90年代以后，北欧兴起新浪漫主义文学潮流。1889年，瑞典的海顿斯坦发表论文《论文艺复兴》；次年他和莱维尔廷（1862—1906）吹响新浪漫主义的号角。该文学思潮不满文坛写实主义独大的现象，主张文学要回归到唯美和想象的道路上去。实际上，新浪漫主义作家如挪威的哈姆生的创作大多具有强烈的现实主义倾向。

亨里克·彭托皮丹（1857—1943）是19世纪后期丹麦现实主义文学的杰出代表。他的长篇小说《天国》（1891—1895）叙述出身于富裕家庭的青年牧师自愿到偏僻的农村当牧师，想通过自己的努力改变农村贫穷落后的面貌，却遭到反对，受到孤立，不得不放弃教职，最后被送进疯人院。作品抨击资产阶级社会的腐朽。《幸福的彼尔》（1898—1904）是他最著名的长篇小说，带有自传性质。由于"真实地描写了当代丹麦的生活"，彭托皮丹与另一位丹麦作家吉勒鲁普（1857—1919）同获1917年度诺贝尔文学奖。

约翰·奥古斯特·斯特林堡（1849—1912）是19世纪瑞典最杰出的作家。他在戏剧与小说两方面都获得举世瞩目的成就。他早年的长篇小说《红房间》（1879）是瑞典第一部现实主义作品。小说描写一所漆成红色的房间里一群大学生的命运沉浮。他们有的卖身投靠统治阶级，青云直上；有的追求严肃艺术却穷愁潦倒；有的献身于社会改造而一筹莫展。作品提出一代青年的命运问题，揭露龌龊的上流社会。历史剧《奥洛夫老师》（1872）是斯特林堡早期的现实主义代表作。剧本赞颂马丁·路德教派宗教改革运动和献身精神，也揭露王室和教徒保守势力扼杀改革的种种手段。1887年以后斯特林堡的创作转向自然主义。独幕剧《朱丽小姐》（1888）是欧洲戏剧史上一部优秀的自然主义作品。剧中描写出身于没落贵族之家的朱丽小姐的性变态，表现社会对人的精神的摧残，展现人的本能和欲望。晚年的斯特林堡采用象征手法进行创作。戏剧《鬼魂奏鸣曲》（1907）是欧洲最早的表现主义戏剧之一。

卡尔·古斯塔夫·魏尔纳·封·海顿斯坦（1859—1940）是90年代瑞典新浪漫主义文学的领袖，诗人和小说家。他的名诗《瑞典》（1902）表达诗人热爱祖国、思念家乡的强烈感情。1916年，海顿斯坦被授予诺贝尔文学奖。

塞尔玛·拉格洛夫（1858—1940）是90年代瑞典新浪漫主义文学的代表作家。她的《骑鹅历险记》（1906—1907）写14岁的农村小男孩尼尔斯被精灵变成拇指大的小人，然后骑着自家的雄鹅周游全国各地，历时八个月，饱览祖国山川、饱尝艰险的故事。1908年，拉格洛夫获得诺贝尔文学奖。

比昂斯腾·比昂松（1832—1910）是19世纪后期挪威著名的戏剧家、小说家和诗人。他在70年代开始创作现实主义戏剧，主要有《破产》（1874）和《挑战的手套》（1883）等。前者写投机商人钱尔德在破产危机中挣扎的故事，后者写女主人公斯瓦法订婚后发现丈夫与其他女子有染要求解除婚约，受到多方阻扰，最后未婚夫表示悔改，矛盾在宽恕中得以解决的故事。比昂松于1903年获得诺贝尔文学奖。

克努特·哈姆生（1859—1952）是挪威新浪漫主义文学的代表。他的成名作《饥饿》（1890）叙述一个穷困潦倒的青年文人的挣扎，着重描写他在饥饿中产生的种种幻想和狂态，细腻、生动而真实。他的小说《维克多利亚》（1898）描写一个富家女与一小磨坊主的儿子之间的无望而真挚的爱情。1920年，哈姆生主要因为三部曲小说《土地的生长》（1917）而获得诺贝尔文学奖。

（三）俄国现实主义文学

19世纪70年代至90年代俄国现实主义文学进入鼎盛时期。陀思妥耶夫斯基创作《群魔》（1871）和《卡拉马卓夫兄弟》（1880），列夫·托尔斯泰创作长篇小说《安娜·卡列尼娜》（1873—1877）和《复活》（1889—1899），把俄国现实主义文学推向高峰。

萨尔蒂科夫·谢德林（1826—1889）是继果戈理之后19世纪后半叶最杰出的讽刺作家。他的代表作是长篇小说《戈洛夫略夫一家》（1880）。小说以家庭纪事的形式和深刻的心理剖析，描写地主戈洛夫略夫一家三代的生活，真实地展现地主阶级的空虚灵魂和必然灭亡的命运。

弗拉基米尔·柯罗连科（1853—1921）的代表作《盲音乐家》（1886）通过细致的心理描写追踪盲童彼得个性形成的复杂过程，指出只有把个人命运与人民命运、祖国命运联系在一起，才可以摆脱个人小圈子，实现自身存在的价值。

安东·巴甫洛维奇·契诃夫（1860—1904）是俄国乃至世界短篇小说巨匠。他共创作470多篇中短篇小说以及多部戏剧。契诃夫的创作反映了19世纪末至1905年资产阶级民主革命前夕俄国的社会生活，也反映了对新生活的追求与渴望。契诃夫的创作分为三个阶段。80年代以创作短篇小说为主，作品包括两大主题。一是揭露官僚制度造成的奴性心态，如《一个官员的死》（1883）、《胖子和瘦子》（1883）、《变色龙》（1884）等。《变色龙》通过描写警察奥楚蔑洛夫处理金饰匠赫留金的手指被狗咬伤的事件中态度的多次反复变化，塑造了一个阿谀奉承、见风使舵、不讲是非、趋炎附势的走狗形象。二是反映普通劳动人民的不幸与悲伤，如《哀伤》（1885）、《苦恼》（1886）、《万卡》（1886）等。《苦恼》描写马车夫姚纳对着自己的小马诉说死了儿子的悲哀，反映劳动者的痛苦、孤立无援及人与人关系的冷漠。80年代末90年代初，契诃夫开始中篇小说创作，主要表现知识分子的精神生活，对社会的批判力度有所加强。中篇小说《第六病室》（1892）是一篇具有重大社会意义的作品。它描写外省小城的庸俗生活和精神病人住的"第六病室"中发生的令人发指的故事，猛烈抨击了野蛮、残暴、黑暗的沙皇专制制度，同时通过格洛莫夫对拉京医生的批判和拉京本人的惨死，否定作者自己曾经信奉的托尔斯泰主义。90年代中期以后，契诃夫的小说和戏剧大都触及社会的重大问题。重要作品有中短篇小说《带阁楼的房子》(1896)、《套中人》(1898)、《醋栗》(1898)、《姚内奇》(1898)等,剧本《海鸥》(1896)、《万尼亚舅舅》(1896)、《三姊妹》(1901)、《樱桃园》(1904)等。

《套中人》是契诃夫短篇小说的代表作。小说用讽刺手法塑造一个旧制度的卫道士、新事物的反对者的典型——中学希腊语教师别里科夫。他总是把自己装在一个套子里,也总是用套子禁锢别人,心中担心的是"千万别闹出什么乱子来"。通过这一形象,小说揭示在沙皇警察制度的残酷统治下整个社会的因循守旧,一部分知识分子不自觉地沦为专制制度的帮凶。小说结尾,作者以"不能再照这样生活下去啦!"的呼喊表达要改变不合理的社会制度的愿望,又以别里科夫的死暗示反动势力的必将崩溃。

契诃夫的戏剧代表作《樱桃园》是一部抒情喜剧。它围绕贵族家的樱桃园被拍卖,新兴资产阶级分子陆伯兴取代腐朽无能的没落贵族拉涅斯卡娅一家而成为樱桃园的新的主人这一中心事件,揭示新兴资产阶级代替腐朽地主贵族的历史趋势。作者将樱桃园作为俄罗斯的象征,认为资产阶级并不是俄罗斯未来的主人,而将希望寄托在更年轻的追求新生活的贵族阶级的叛逆者——大学生特罗菲莫夫和安尼雅身上,通过他们高呼"新生活万岁!",表达对俄罗斯光明未来的渴望。作者坚信美好的新生活即将来临,但对新生活具体内容的理解还非常模糊。

契诃夫在题材、体裁、艺术手法上都独具一格。他的小说和戏剧都取材于平凡的日常生活,没有曲折离奇的情节,以揭示深藏在日常生活中的悲剧取胜。他的短篇小说结构严谨,叙事客观、简练,朴实无华。他的戏剧没有传统戏剧的冲突和高潮,而是在日常生活后面制造丰富多彩的潜流,含蓄隽永,大量的潜台词发人深思,形成独有的抒情性。

以高尔基(1868—1899)为代表的无产阶级文学在19世纪末随着无产阶级革命运动蓬勃发展应运而生。重要的无产阶级作家还有绥拉菲莫维奇(1863—1949)和诗人别德内依(1883—1945)。

19世纪中后期,俄国的现实主义文学创造了前所未有的辉煌。纵观俄罗斯现实主义文学的发展轨迹,它表现出如下三个特点。第一,始终同俄国民族解放运动保持密切联系。俄罗斯现实主义文学从诞生之日开始,就成为俄国民族解放运动的一翼,其强烈的批判精神与反思意识也由此而产生。作家们以时代的眼睛、社会的良心慨然自命,密切关注着俄国现实,批判锋芒直指俄国社会的两大病害:罪恶的农奴制度与专制制度。俄国解放运动的每一次热潮都很快在俄国文学中得到全方位的反映。第二,有进步的明确的文学理论作指导。从40年代开始,俄国先后出现三位革命民主主义文学评论家别林斯基、车尔尼雪夫斯基、杜勃罗留波夫。别林斯基是俄国革命民主主义文学理论的开创者,他高扬现实主义旗帜,强调文学要表现"现世纪的兴趣和时代精神",第一个提出现实主义典型化的问题,为俄国文学的健康发展指明方向。车尔尼雪夫斯基全面继承别林斯基的现实主义精神,强化文学创作的唯物主义倾向。他提出"美是生活"的著名命题,第一个论述艺术中的丑的美学价值,为人们揭露丑恶的东西提供最新的理论武器。杜勃罗留波夫总结俄国最新的文学动向与文学经验。第三，深厚的人民性和人道主义精神。由普希金开创的文学的人民性和人道主义传统铸造了俄罗斯文学的灵魂。在这一传统影响下，所有进步作家都关心民生疾苦，反映人民呼声，充当下层阶级的忠实代言人。这一时期的文学在一定程度上表达了人民的思想感情和爱国主义热情，显示出作家的人道主义精神。

### （四）美国现实主义文学

1861—1865年南北战争结束后，美国资本主义发展加速，在资本主义逐渐走向垄断化的同时，各种社会矛盾更加尖锐化、表面化。战前人们对现实的乐观情绪转变为冷静的思考，对社会的前景感到忧虑和失望。在文学方面，现实主义便取代浪漫主义而成为美国文学的主流。美国现实主义文学受到欧洲现实主义文学的影响，在思想内容方面主要表现对统治阶级和垄断资产阶级的不满，在揭露和批判上层资产阶级的同时，对下层人民满怀同情，同样也因找不到摆脱社会矛盾的出路而流露出悲观失望的情绪。19世纪后期美国现实主义作家主要有亨利·詹姆斯、诺里斯、欧·亨利和马克·吐温等。马克·吐温是其中的杰出代表。

亨利·詹姆斯（1843—1916）是心理分析小说的开创者。他出生在纽约，父兄都是颇具声望的哲学家。詹姆斯本人长期旅居欧洲，1915年加入英国籍。他的小说主题涉及美国人和欧洲人交往、成人的罪恶如何影响并摧残纯洁的儿童、物质与精神之间的冲突、艺术家的孤独等问题。代表作是1881年出版的长篇小说《一位女士的画像》。作品以作家的表妹为原型，写一个天真又有主见的少女伊莎贝尔·阿切尔随姨妈杜歇夫人来到英国，住在姨父的花园山庄里。她先后拒绝美国工厂主卡斯帕·戈德伍德和英国贵族沃伯顿勋爵的求婚。深深爱着她但为痼疾所困的表兄拉尔夫要求父亲留给她一大笔遗产，杜歇夫人随即诱使她嫁给吉尔伯特·奥斯蒙德。婚后她发现丈夫的真面目以及他同杜歇夫人的暧昧关系，面临着何去何从的抉择。

弗兰克·诺里斯（1870—1902）长期在美国西部从事新闻工作，熟悉西部农民的生活，了解他们的苦难与不幸。他的代表作《章鱼》（1901）揭露垄断资产阶级对西部农民的疯狂掠夺。铁路托拉斯凭借强大的经济势力和政治势力，肆无忌惮地夺取铁路沿线土地，迫使大批农民破产。铁路像章鱼一样把无数腕足侵入农村。小说真实地反映垄断资本主义阶段美国的社会矛盾，但又将阶级斗争看成是善恶之争。

欧·亨利（1862—1910）是19世纪美国最优秀的短篇小说家。他一生写了300多篇短篇小说。欧·亨利的短篇小说有三大特色。第一，以下层人民为主人公，描述他们的坎坷经历和美好心灵。如《警察与赞美诗》，写一个流浪汉衣食无着，想去监狱里度过寒冬。他有意犯法，警察却不去抓他。后来，他在教堂外面听到赞美诗，想悔过自新，当个诚实的公民，警察却一把扭住他，并以无业游民为由将他送进监狱。第二，巧于构思，常常设计一个出人意料但又在情理之中的结局。这种写法被称为"欧·亨利笔法"。如《麦琪的礼物》，写一对贫穷的恩爱夫妻，都希望在圣诞节之夜送给对方一件称心如意的礼物。丈夫想到妻子有一头美丽的金发，就卖掉祖传怀表替妻子买一把漂亮的发梳。

妻子想到丈夫有一块怀表，就卖掉满头的金发而替丈夫买一条高级表链。节日之夜，尽管双方互赠的礼物派不上用场，而小人物的恩爱和家庭的温馨却被渲染到极致。第三，幽默诙谐，洋溢浓郁的生活气息。欧·亨利采用下层劳动人民的口语写作，叙述故事时，妙语连珠，貌似幽默，实则辛酸，常常带着"含泪的微笑"。

### 三、其他文学思潮

19世纪后期，与现实主义文学共存的还有自然主义、象征主义、唯美主义等文学思潮与流派。

#### （一）自然主义文学

自然主义是19世纪60—80年代形成声势的文学思潮与流派。其发源地和中心都在法国。自然主义文学的哲学基础是孔德（1798—1857）的实证主义。孔德在《实证哲学教程》中提出，社会形态和人类对世界的认识均可分为三个阶段：神学阶段、形而上学阶段和实证阶段（或者说科学阶段）；19世纪已进入第三阶段，人类的认识"不再求知各种内在的原因，而只把推理和观察密切结合起来，以便发现现象的实际规律"。孔德的哲学使一些作家加强了作品的实证性或科学性。艺术理论家泰纳（1828—1893）在《历史与批评》一著中最早为自然主义文学作理论界定：根据精确的观察，按照科学的方法来描写生活。福楼拜追求客观冷静和细节真实具体的艺术风格显露出自然主义的端倪，龚古尔兄弟进行一系列创作实践。左拉是自然主义理论的创建者。他在《实验小说》（1880）、《戏剧中的自然主义》（1881）、《自然主义小说家》（1881）等文艺论著中提出完整的自然主义理论体系。自然主义文学主要有三个特点。第一，强调客观性，反对倾向性。自然主义文学与现实主义文学一样，都注重描绘客观现实生活的精确图画。不同的是，现实主义认为在作品中要表现出作者思想情感的倾向性，自然主义则认为文学作品不要表达作者的思想感情，对所描写的人和事持无动于衷的纯客观态度。左拉说："我看见什么，我说出来，我一句一句地记下来，仅限于此，道德教训，我留给道德家去做。"第二，强调自然性，忽视社会性。文学反映的主要对象是人，人既有自然属性也有社会属性，现实主义注重人的社会属性，自然主义更强调人的自然属性。左拉认为"人类世界同自然界的其余部分一样，都服从于同一种决定因素"，自然主义作家是在"继续进行着生理学家和医生的业务"。因此，自然主义作家在作品中着重探讨人物的生理奥秘和遗传因素，而不注意政治、经济、道德、宗教等社会文化因素对人的作用，他们经常把人物置于酒精中毒、神经错乱、遗传病、色情狂等病态之中，当成病理实验对象进行分析诊断。第三，强调真实性，忽视典型性。现实主义的真实性是与典型性统一的，要求通过典型化的人物和生活反映具有内在必然性的真实。自然主义的真实性则不注意甚至有意摆脱典型性，作品中没有英雄，因为现实中只有普通人、小人物甚至庸俗丑恶的人物；自然主义作品中没有戏剧性的情节，只罗列平庸的、偶然的、琐碎的事物和细节。不过，很多自我标榜为自然主义者的作家也常常表现出现实主义的特点。

从创作实践来看，龚古尔兄弟的作品有比较典型的自然主义风格。爱德蒙·龚古尔

（1822—1896）和于勒·龚古尔（1830—1870）兄弟的作品都是联名发表的。他们的作品比较全面地体现了自然主义文学注重文献实录性、强调从生物学角度去剖析人、热衷于写"低等阶级"的愚昧粗野等特点。他们的代表作《翟米尼·拉赛特》（1865）写一个女仆的不幸命运，精细而详尽地描写女主人公变态的爱情和走向堕落的过程。拉赛特从小生活贫困，还未成年即遭强暴，后来又被人欺骗，结果心理变态、酗酒、借债养活情人，进而发展到偷窃主人的钱财，最后惨死在医院。作品将她的悲剧主要归因于精神疾病。龚古尔兄弟作品中的人物都是"临床病例"，决定小说冲突的不是社会原因而是人的自然属性和病态遗传。龚古尔兄弟在法国文学史上有特殊地位，他们用遗产作基金设立的"龚古尔文学奖"迄今仍是法国众多文学奖中影响最大的一种。

70年代后期，由于"梅塘集团"的出现，在法国形成了颇有声势的自然主义文学流派。梅塘集团是以左拉为首的自然主义文学集团，其成员经常在左拉的梅塘别墅举行集会。主要成员有左拉、莫泊桑等六人。他们于1880年推出的小说集《梅塘之夜》被看作自然主义文学运动的宣言，莫泊桑的《羊脂球》就是这个小说集中夺魁的名篇。"梅塘集团"至80年代中期因成员之间文学主张的分歧而解体。法国自然主义文学作为运动从此转入低落，但其思潮却在广泛地扩散。

盖尔哈特·豪普特曼（1862—1946）是德国自然主义文学的代表。他的剧本《日出之前》（1889）通过矿主克劳塞一家的堕落以及海伦娜和洛特的爱情悲剧表现人与环境的关系：人是外部环境的牺牲品；同时酒精中毒和遗传问题也贯穿于全剧。此外，他还创作过具有象征主义风格的戏剧《沉钟》（1896），讲述匠人亨利希不断铸钟的奋斗过程，主题是生活与艺术的矛盾。豪普特曼于1912年获得诺贝尔文学奖。

### （二）象征主义文学

19世纪后期的象征主义被称为前期象征主义。象征主义文学的发源地和中心也在法国。从文学流派嬗变的规律来看，象征主义是作为自然主义的对立面而出现的。"象征主义"作为一个文学流派的名称最先由法国诗人让·莫里阿斯在19世纪80年代中期提出。他于1886年发表《象征主义宣言》，反对一味追求客观真实的自然主义，倡导"用可感的形式来体现理念"。这个宣言被认为是象征主义流派正式诞生的标志。但象征主义文学的源头可以追溯到19世纪50年代波德莱尔的理论和创作。波德莱尔的《恶之花》（1857）被认为是法国文坛上一部上承浪漫主义余风、下启象征主义新潮的诗集。70—80年代的法国文坛出现象征主义诗人集团，代表诗人是马拉美、魏尔伦、兰波等。

斯特芳·马拉美（1842—1898）崇尚美与梦，提倡"纯诗"论。他是象征主义诗人集团的领导，曾在巴黎创办文艺沙龙，每逢星期二集会，被称为"星期二茶会"。马拉美的代表作是《牧神的午后》（1876）。长诗写牧神实即诗人自己在一个夏日的午后从睡梦中醒来，回想刚刚在梦中现身的一位美丽的仙女，却又记不清是真正看见了还是梦中的幻景。诗中的牧神是"诗人"、"灵"和"男"的象征，仙女则是"诗歌"、"欲"和"女"的象征。整首诗是对两情相悦的热烈赞颂，但从字面上看并不明显。诗中充满暗示，把梦幻氛围写得美轮美奂。1897年，他发表长达二十多页的散文诗《骰子一掷永远消除不了偶然》。全诗分为"骰子一掷""永远""消除不了""偶然"四个部分。最后一句是"任何思想皆是投掷了一次骰子",这是诗人的思想为识破混乱的宇宙中的奥秘并为获得其法则而奋斗的描绘。

保尔·魏尔伦(1844—1896)早期是"帕纳斯派"成员。诗集《无题浪漫曲》(1874)是他的创作高峰。这部诗集是他撇下新婚不久的妻子与兰波生活在一起着魔般进行新诗实验的产物,抒发诗人焦躁的欲望和婉约的情思,种种痛苦和欢乐都转化成一片轻灵婉丽的音乐,能诱发人梦游般的奇想和幻觉。魏尔伦特别重视音乐性。他在《诗艺》一诗中宣称:"音乐先于一切。"《无题浪漫曲》中的《他在我心中哭泣》一诗写道:"泪落在我心里,/如雨落在街上。/渗透我心房的,/是怎样的颓丧!"在法语中,"泪""心""颓丧"都有一个相同的元音,它的不断反复使节奏优美、音调和谐。

让·尼古拉·阿蒂尔·兰波(1854—1891)是象征主义诗人集团里的俊才,虽然早逝,却留下140多首颇有艺术价值的诗歌。最著名的《醉舟》(1871)是他17岁时创作的一首长诗。诗中表达一个年轻人渴望摆脱一切束缚却又不知走向何方的迷惘情绪。诗人自比为一叶"醉舟",摆脱了"纤夫"——家庭、学校、社会等——来自心外世界的一切牵引和束缚,在"冷漠的河川上"和汪洋大海里随波逐流,"漂向我愿去的天涯"。全诗几乎都是由只有在醉汉的幻觉中才会出现的神奇景象构成,诗人把自己厌恶现实、不满压抑、渴望自由自在无拘无束的浪游者心绪倾注在这首诗里。兰波有一首标题为《元音字母》的十四行诗。诗中根据自己的奇特感受,以A、E、I、O、U等元音字母分别指代黑、白、红、蓝、绿等颜色和苍蝇、喇叭花、双唇、号角声、草原等物象,然后把它们交织编排成一首诗。诗的寓意只有诗人自己知道。兰波认为"诗人应该是通灵者"。兰波的通灵说把波德莱尔的对应论推进到神秘的地步,使象征主义诗歌日益走向朦胧、晦涩、幽暗。

埃米勒·维尔哈伦(1855—1916)是比利时的法语诗人和戏剧家。他的主要成就是《黄昏》、《崩溃》和《黑火炬》(1887—1890)等3部诗集。维尔哈伦将目光投向都市生活,成为继波德莱尔之后又一位重要的都市诗人。

象征主义对于开拓文学的题材领域、丰富文学的表现手法有积极作用,但也有脱离现实、宣传颓废意识和神秘主义思想的弊端。作为一场文学运动,象征主义在法国于1891年解体。但作为一种文学思潮,它对欧美各国文学的影响是深刻而持久的,20世纪20年代又兴起声势更大的后期象征主义。

俄国象征主义文学的代表人物是梅列日柯夫斯基(1865—1941)和吉皮乌斯(1869—1945)。他们将诗看作是通过暗示抵达人的内心深处和不可知的彼岸世界的途径,其作品充满浓厚的神秘主义色彩。

**(三)唯美主义文学**

唯美主义是19世纪后期最早产生于英国而后扩散到欧洲多个国家的文学思潮和运动。它是对资本主义社会里文学艺术生产日益商品化、功利化的趋势的反拨。它反对为金钱而艺术,主张"为艺术而艺术",强调表现超越于现实之上的所谓纯粹的美。唯美主义颠倒了艺术和社会生活的关系，一味追求技巧和形式美。它在理论上的代表是批评家佩特，创作代表是王尔德。

沃尔特·佩特（1839—1894）是牛津大学的古典文学教授。他的演讲集《文艺复兴论集》（1873）被视为唯美主义宣言书。该著强调具体、深入、细腻的审美体验，倡导精神、道德和感官的极度欣喜状态的融合。

法国诗人、散文家和小说家泰奥菲尔·戈蒂耶（1811—1872）是唯美主义的先驱，"为艺术而艺术"主张的首倡者。1835年，他发表小说《莫班小姐》，为此篇小说写的序言被公认为唯美主义宣言。他提出"文学可以无视社会道德"，反对文学艺术反映社会问题，认为艺术的价值在于其完美的形式，艺术家的任务在于表现形式美。他常常选取精美的景或物，以语言、韵律精雕细镂，创造出一种独特的情趣。诗集《珐琅和雕玉》（1852）正是这一风格的代表。

帕纳斯派，又称高蹈派，是19世纪60—70年代法国诗坛的唯美主义思潮与流派。帕纳斯是古希腊神话里太阳神阿波罗和诗神缪斯的灵地。该派按照戈蒂耶的唯美主义理论去构建新诗歌，曾出版3卷诗集《当代帕纳斯》（1866，1871，1876）。该派诗人的共同特点是：第一，追求诗歌的形式美；第二，反对浪漫派的滥情主义和艺术形式上的自由主义，提倡冷隽雕琢的诗风。

苏利·普吕多姆（1839—1907）是帕纳斯派的代表性诗人。他的主要作品有诗集《韵节与诗篇》（1865）、《孤独》（1869）、《幸福12首诗歌》（1888）等。1901年，普吕多姆因为诗歌中表现出"高尚的理想、完美的艺术和罕有的心灵与智慧的实证"而成为首位诺贝尔文学奖的获得者。

俄国具有唯美主义倾向的文学流派是阿克梅派（或称高峰派），其代表人物有古米廖夫（1886—1921）、阿赫玛托娃（1889—1966）等。"阿克梅"源出于希腊文，即"最高级""顶峰"之意。阿克梅派崇拜原始生物的自然因素，亦被称为"亚当主义"。他们宣扬"为艺术而艺术"的创作原则，追求雕塑式的艺术形式和预言式的诗歌语言，反对使用隐喻和象征手法，提倡"返回"人世和物质世界，赋予诗歌语言以明确的含义。

尼古拉斯·斯捷潘诺维奇·古米廖夫是20世纪初俄罗斯杰出的诗人和诗评家，主要作品是诗集《浪漫之花》《箭袋》《篝火》《火柱》等，最著名的组诗是《蔚蓝的星》。1921年8月在彼得堡被警察秘密逮捕，罪名是"参与反革命阴谋活动"，并被立刻执行死刑，六十年后才得到平反昭雪。

## 第二节　哈代

托马斯·哈代（1840—1928）是19世纪后期英国的现实主义作家，其创作生涯延续到20世纪初。他的创作深刻反映了英国古老宁静的宗法制农村生活在19世纪后期受到的猛烈冲击，同时还把悲剧精神和悲剧风格引入长篇小说。

## 一、生平与创作

哈代的生活环境和生活道路都比较特殊。他出生于英国西南部小镇博克汉斯顿的一个石匠家庭。小镇紧邻多塞特郡的大荒原。多塞特郡是农业郡，直到19世纪后期还少有近代工业。多塞特郡曾是英格兰公元6—9世纪"七国争雄"时期古威塞克斯王国的心脏地区，是英格兰文化的重要发源地，后来在经济、军事等方面日趋落后，但文化遗产丰厚。郡城之外就是田园村落。这种自然环境成为哈代创作的主要背景。哈代一生从未离开故乡。他的父亲为破落贵族后裔，颇有音乐才能；母亲出身女仆，有良好的文化素养，注意教育子女。哈代8岁上学，16岁跟本地一名建筑师当学徒，师傅的邻居是当时多塞特郡有名的学者和诗人巴恩斯。在巴恩斯的影响下，哈代开始进行文学创作和学术研究，自修拉丁文和希腊文，接受达尔文进化论，成为宗教怀疑论者。他自己说这段时期的每一天都是"职业生活，学者生活和农村生活，合而成为24小时"。长期的农村生活使他对农村的风习、语言以及农民的生活状况、思想感情极为熟悉。1862年到1867年，哈代曾到伦敦从事建筑业，同时在伦敦大学皇家学院进修语言学。他向往牛津大学，但因没有学历被拒绝。后因身体不适应伦敦气候而重返故乡。1874年婚后曾作欧洲大陆之旅，后定居在故乡自建的马克斯门住宅，直至去世。逝世后，根据作家本人与教会的要求，其心脏葬于家乡，骨灰安放于威斯敏斯特教堂的诗人角。

哈代的文学创作主要是小说和诗歌。就对后世的影响而言，小说的成就更大。哈代的诗歌有《威塞克斯诗集》（1898）、《冬日的话》（1928）等8部诗集和一部史诗剧《列王》（1908）。《列王》共3部19幕300场，时间跨度是1805—1815年，勾勒出一幅拿破仑时代欧洲全景式的场面，表达作者对战争、杀戮和奴役的厌恶与痛恨，但也表现出浓厚的宿命论倾向，认为主宰历史的是一种神秘而永恒的力量，即使拿破仑这样的天才也不过是宇宙主宰的傀儡。哈代的诗歌题材广泛，风格多样。哈代把诗歌当成自由地表达自己激进思想的手段。他这样说过："大概在诗里，我可以更充分地表现与顽石般的保守思想相对立的思想和情绪……如果伽利略在诗里宣布地球自转的话，宗教裁判所就可能不会纠缠他了。"

哈代共创作14部长篇小说，此外还有《威塞克斯故事集》（1888）、《一群贵妇人》（1891）、《生活轻嘲集》（1894）、《一个改变了的男人》（1913）和《晚餐及其他故事》（1913）等几个中短篇小说集。他把自己的长篇小说分为三类，其中成就最高影响最大的是"性格和环境小说"。这类小说又叫"威塞克斯小说"。它们都以英国西南部"威塞克斯"农村地区为背景，描写旧式农村的没落，反映资本主义势力对宗法制农村生活的冲击，对农民的悲惨境况寄予深切的同情，对平和恬静的乡村生活不无留恋。这类小说包括《绿荫下》（1872）、《远离尘嚣》（1874）、《还乡》（1878）、《卡斯特桥市长》（1886）、《林中人》（1887）、《德伯家的苔丝》（1891）、《无名的裘德》（1895）等7部。

《还乡》反映工业资本主义的侵入引起宗法制农村生活的巨大变化，也是哈代悲观主义情绪露头的标志。小说表明软弱的人类无法掌握自己的命运，而默默注视着变幻无常的人生悲剧的大自然却是那么严酷。故事写珠宝商人姚伯厌倦城市生活，回到故乡爱敦荒原，希望从此在大自然的怀抱中宁静度日。他新婚的妻子游苔莎却热情好动，渴望富有朝气的生活。她一心想离开穷乡僻壤，却无法说服丈夫，又在无意中致使姚伯的母亲中暑身亡，于是不顾一切和姚伯的表妹夫私奔巴黎，途中却双双被淹死。姚伯最后做了传教士，以此求得精神上的寄托与解脱。这部小说中的景物描写富于神秘色彩、抒情气氛和哲理意味，作为故事背景的爱敦荒原被拟人化了，仿佛也成了一个有生命的角色。

《卡斯特桥市长》艺术上标志哈代的现实主义风格趋于成熟。小说写打草工人亨查德醉酒时在市集上把妻子和女儿卖给水手纽孙，酒醒后痛悔不已，发誓从此滴酒不沾。他发奋致富，二十年后当选卡斯特桥市长。离开亨查德十多年的妻子认为失联已久的纽孙已葬身海底，便带着女儿回到亨查德身边。但此后灾难接踵而至：亨查德与生意上的合伙人反目，在商业竞争中失败破产，他多年前出卖妻儿的丑闻也张扬开去，于是又破戒饮起酒来，女儿成了他唯一的安慰。可纽孙突然回来认领自己的养女，后者后来还跟亨查德的仇敌结了婚。亨查德最后众叛亲离，在爱敦荒原的一所小屋中悲惨地死去。小说揭示了资本主义的发展给人们带来的灾难，有比较浓厚的宿命色彩。

《无名的裘德》是哈代的"威塞克斯小说"中的最后一部，写裘德的求学经历与婚姻生活。裘德从小聪明好学，却由于等级偏见而失去接受教育的机会，但他坚持自学。受庸俗不堪的女子爱尔伯拉的诱惑，裘德一度中断自学。爱尔伯拉婚后出走，裘德重理学业，又爱上一个与他志同道合的女教师淑。淑是有夫之妇，裘德与之同居，因而为社会所不容。后来裘德当牧师的愿望化为泡影，他和淑所生的孩子也死去，淑认为这是上帝对他们的惩罚，离开了裘德。裘德绝望潦倒，酗酒而死。小说愤怒地揭发和批判造成下层人物悲剧的黑暗社会，又试图用命运观念和灵与肉的冲突说明主人公不幸的根源。这反映了哈代思想中的矛盾。

哈代以"威塞克斯小说"反映资本主义侵袭之下农村与农民的悲惨命运，揭露资产阶级道德、宗教、法律的虚伪和反人道本质。哈代的作品带有悲观色彩和宿命论意味，常常把主人公的灾难归因于一种敌视人类的神秘力量，哈代将这种神秘而永恒的力量称之为"宇宙意志"。他的作品特别是长篇小说在当时的英国几乎无一例外地遭到评论界的猛烈攻击，20世纪中期以来才引起重视。

## 二、《德伯家的苔丝》

哈代的代表作是长篇小说《德伯家的苔丝》。这是他现实主义思想和艺术最为成熟的一部作品。

### （一）思想内容

《德伯家的苔丝》在1891年出版之初曾引起轩然大波，维多利亚时代资产阶级社会中的"正人君子"大肆攻击哈代"想要借这样的书揭起反抗一切社会礼法的旗帜，掀起推翻一切神圣道德的风潮"。

小说通过农村姑娘苔丝短暂而悲惨的一生，真实地反映19世纪末英国农村的急剧变化和农民的深重苦难:由于资本主义势力的侵入,农村宗法制秩序解体,农民纷纷走向破产,沦为资本主义社会的雇佣工人,从精神到肉体受尽摧残,最后成为资产阶级文明的牺牲品。在描写这一社会剧变的基础上,哈代对资产阶级的自私、丑恶进行无情的鞭挞,对他们那一套吃人的法律、道德、宗教和婚姻制度表达强烈的抗议。与此形成鲜明对照的是,作者深切同情农民的不幸遭遇和处境,热情赞扬农民勤劳善良纯朴的品质以及不甘被压迫被凌辱的反抗精神。整部作品包含深刻的时代内容,表现出作者鲜明的爱憎感情。

### (二) 人物形象

小说的女主人苔丝是一个美丽纯朴坚强、不见容于虚伪冷酷的资产阶级社会的乡村姑娘。她"端正秀丽得像一幅画",天真纯洁,心地善良,勤劳俭朴,富有自尊心,对生活充满热情和希望。她的远祖是赫赫有名的贵族德伯氏,但到她父亲这一代已经破落不堪,降到贫民地位。一大家子人靠小商贩父亲做点生意维持起码的生活。与爱慕虚荣的父亲不同,苔丝对祖先的贵族姓氏无动于衷,而执意要随农家出身的母亲的姓氏,而且认为自己的一切都是"她那农民出身的母亲给她的"。为了帮助家庭摆脱困境,父亲怂恿她去和冒牌本家、资产阶级暴发户亚雷·德伯的瞎眼母亲认亲戚、去她家的养鸡场做女工。亚雷·德伯是个纨绔子弟,垂涎于苔丝的美貌,用尽手段引诱17岁的苔丝失身怀孕。苔丝本可以借此与亚雷结婚,但纯朴的她打心眼里厌恶、鄙视亚雷,毅然辞工回到家中。村子里的人虽然一方面对她表示同情,但另一方面又把她视为不洁的女人。为了躲避人们的歧视和社会的偏见,苔丝到远离家乡的奶牛场去当挤奶女工。在那里她认识了来奶牛农场学习养殖技术的牧师之子安玑·克莱,并与他真心相爱。苔丝觉得克莱与众不同,把他视为天神。新婚之夜,苔丝不愿欺骗丈夫克莱,向他述说自己被引诱失身的痛苦往事。克莱虽然在很多方面表现出开明思想,但在爱情婚姻观上还不能摆脱资产阶级的自私性和世俗道德的偏见,他无情地离开苔丝,远去美洲谋生。苔丝陷入悲惨的境地。在父亲去世、全家生活无着落的情况下,苔丝又被迫与亚雷同居。克莱遗弃苔丝后在南美受尽磨难,又回到英国,希望与苔丝破镜重圆。苔丝深感自己与亚雷同居铸成大错,在极度的痛苦与迷乱中杀死亚雷,因此被判死刑,罪名是"奸淫罪"和"杀人罪"。苔丝的命运真实地反映了19世纪后期英国农村宗法制社会在资本主义势力的冲击下日趋崩溃瓦解,以及农村小生产者在贫困破产的威胁下日趋艰难的生存境遇。哈代对这样的社会现实无比悲愤,对苔丝无限同情,他为小说加了一个副标题:"一个纯洁的女人",并引用莎士比亚的诗句:"可怜你这受了伤的名字,我的胸膛就是一张床,把你来将养"。

苔丝悲剧的形成原因比较复杂。虽然作者将苔丝的悲剧归因于命运即"宇宙意志"的捉弄,但从根本上说,苔丝的悲剧乃是英国维多利亚时代伪善的宗教、不公正的法律和虚伪自私的资产阶级道德造成的。不过,导致苔丝悲剧的主要原因是社会的摧残和迫害,但也与苔丝本人性格上的弱点有关。她虽然不像父亲那样渴望攀附封建世家门第,但最初踏入亚雷·德伯家门时,也有几分虚荣心在起作用。她对克莱的认识也太单纯太幼稚，把他极力美化甚至神化，视他为自己幸福的唯一源泉和全部生活意义之所在，临死都没有意识到克莱实际上也是迫害自己的那个社会中的一分子，甚至痴情地将妹妹托付给克莱。她还没有完全摆脱封建道德观念的束缚，将自己不幸的源头归结为被亚雷夺走贞操，因而既视克莱遗弃自己是正当的，又偏执狂烈地向亚雷报复。更主要的是她相信人的一生是由命运安排的，总是将自己的不幸归咎于命运，因而用宽容和自我牺牲的态度来对待生活中的种种不幸。

小说中另外两个重要人物亚雷和克莱，他们既有本质上的一致性，又在思想品格上形成多方面的对照。亚雷·德伯出身于资产阶级暴发户家庭，是个寡廉鲜耻、凶险狡诈的流氓恶棍。开始他依仗金钱权势为所欲为，诱奸单纯的苔丝，后来他又披着宗教信徒的外衣，引诱并胁迫苔丝与自己同居，反诬是苔丝的美貌使他背叛上帝。他最后被苔丝所杀，是罪有应得。安玑·克莱是一个具有一定开明思想的资产阶级青年。他受过高等教育，举止斯文，鄙视某些世俗观念。他不愿遵循父亲的意志去当牧师，因为厌弃喧嚣庸俗的城市生活而跑到乡村学习农业技术，声称自己不愿"为上帝服务"，而要"为人类服务"。但是在资产阶级的本质上，他与亚雷没有根本的差异。他们的人生追求都是要成为凌驾于劳动者之上的人。克莱学习农业技术是为了将来当个大农场主，"作美国或者澳洲的亚伯拉罕，像一个国王一样"，掠夺殖民地人民。他对苔丝前恭后倨的态度暴露了他自私偏狭的灵魂。新婚之夜，他讲述完自己昔日在伦敦的放荡生活后毫无愧意，而听完苔丝述说的痛苦往事后，他便翻脸无情，恶语相加，将苔丝遗弃，直到后来在巴西经历挫折和苦难，才想到回国再从苔丝身上寻找精神安慰。这个行为非但没有改变苔丝的痛苦处境，反而在客观上酿成更大的灾难，使苔丝成了资产阶级礼法祭坛上的牺牲品。哈代对克莱这个人物的态度是矛盾的，既揭露他根深蒂固的道德礼法偏见和自我中心意识，又让苔丝倾慕他、顺从他，还让苔丝临死前把自己的妹妹托付给他。这一矛盾的态度反映作者人道主义思想的局限。

（三）艺术特点

《德伯家的苔丝》艺术上有如下几个特点。

第一，结构清晰，内容丰富而层次分明。小说以苔丝的命运为中心，把她的遭遇分为"处女""不再是处女""重整旗鼓""后果""吃亏的女人""回头人""结局"等七个阶段来叙述，层次十分清楚。这些小标题也有助于理解苔丝性格的发展变化和小说的思想内容。小说情节紧扣中心，同时又有合情合理的波澜曲折。

第二，在揭示情节发展必然性的同时刻意渲染巧合和偶然因素。如小说开头，父亲德伯喝醉酒，苔丝代父赶车，碰巧在打盹时与邮车相撞，全家赖以生存的老马被撞死，由此导致她后来不得不到亚雷家帮工，被骗失身。又如，苔丝婚前写了一封信向克莱述说痛苦往事，要克莱慎思之后再作是否结婚的决定，不料这封信被塞到地毯之下，克莱没有看到，结果招致她新婚之夜被遗弃。小说中用许多偶然性的事件暗示，苔丝的悲剧除了社会原因外，也是命中注定的，是祖辈罪孽的报应。苔丝被处死时，小说写道："'典刑'明正了，埃斯库罗斯所说的那个众神的主宰对于苔丝的戏弄也完结了。"意即人类只是命运之神的玩物。小说中众多渲染命运神秘、不可捉摸的情节和事件，削弱了小说对社会的批判力量，是哈代消极悲观的宿命论思想的表现。

第三，对自然风光和乡村景物的描写非常出色。小说中用大量的篇幅浓墨重彩地描写"威塞克斯"地区乡村的自然风貌，它们与主人公的情感、命运以及小说的思想内容有着千丝万缕的联系。苔丝在失身的那天夜晚被亚雷骗到森林里，林中幽暗阴森，迷雾重重，大自然的黑暗助长了人性的邪恶。后来写布蕾谷农场时色调又变得明丽欢快，蓝天白日下绿草如茵，繁花似锦，慢慢医治好了苔丝的心灵创伤，也烘托出她与克莱相爱的幸福心情和对生活重新燃起的希望。苔丝被克莱遗弃后，又被迫转到棱窟槐农场打工，小说笔调在这里又转为冷峻，突出描写了自然景色的严酷，预示女主人公的悲剧结局。

## 第三节　易卜生

亨利克·易卜生（1826—1906）是19世纪后期挪威乃至欧洲最卓越的现实主义戏剧家，"社会问题剧"的开创者。他的创作为挪威现实主义文学的繁荣与欧洲近代戏剧的发展作出重大贡献。易卜生使挪威文学在短时间里跻身于世界文学之林，并在19世纪末的欧洲掀起一场戏剧革命。

### 一、生平和创作

易卜生出生在挪威南部小城希恩镇一个木材商人家庭。1836年家庭破产，这使得小小年纪的易卜生不仅不能受到良好的教育，而且要做童工，饱历世态炎凉。易卜生16岁时便出外独立谋生，去县城药店做学徒。他不满当地人的狭隘、闭塞。其间他大量阅读莎士比亚、歌德、拜伦等人的作品，并自学拉丁文，同时开始诗歌和戏剧创作。

1850年易卜生前往挪威首都报考大学，未被录取，从此留在那里靠编辑报刊和从事文学创作谋生。1852年，他受聘于卑尔根剧院，担任剧作家和编导。1857年他返回首都，担任挪威剧院的艺术指导，为开拓挪威民族戏剧做出巨大贡献。1864年，普奥联军第二次侵略丹麦，易卜生呼吁瑞典、丹麦、挪威建立联邦，共抗外敌。在挪威政府拒绝施以援手之后，深以为耻的易卜生从此侨居意大利和德国26年之久。这段时期，他创作了10多部剧作。其中"社会问题剧"是他最重要的戏剧，标志着他思想和艺术上的成熟，也为他赢得世界性的声誉。1891年易卜生返回祖国，1906年去世，挪威为他举行国葬。

易卜生的创作可分为三个时期。

早期（1848—1868）主要创作浪漫主义历史剧。作品多取材于挪威的古代英雄传奇，却又注入现代民族意识，以此来颂扬民族英雄，宣扬爱国主义精神。《布朗德》（1866）通过主人公牧师布朗德坚持绝对真理、追求纯粹精神自由的悲剧，宣扬"人的精神反叛"。布朗德是一个理想主义者，也是一个不畏艰险的孤独的社会叛逆者。《培尔·金

特》（1867）的同名主人公是个人主义者，纵情享受，以自我为中心，从不考虑别人的得失，但到晚年时，在恋人的感化下，他终于找到人生真谛。作品在批判极端利己主义的同时，还提出人如何超越庸俗、病态的自我，获得精神净化的问题。

中期（1869—1883）开创社会问题剧，是易卜生创作的高峰期。著名作品有《青年同盟》（1869）、《社会支柱》（1877）、《玩偶之家》（1879）、《群鬼》（1881）和《人民公敌》（1882）等。其中《玩偶之家》是易卜生的代表作。社会问题剧是易卜生开创的现实主义戏剧新形式。它通过典型的人物和事件，提出现实生活中人们关注的社会问题，采用讨论法引起人们深思。这类戏剧常常揭露资本主义社会中某些不合理现象，宣扬个人精神反叛和道德改善的观点，具有强烈的现实性与批判精神。

《青年同盟》是易卜生第一部用散文创作的社会问题剧，旨在揭露资产阶级民主的虚伪。主人公斯丹斯戈是一个青年律师，靠出卖朋友、出卖信念、投靠统治集团很快爬进社会上层。通过这一形象，作家揭露了挪威的政治内幕。

《社会支柱》的主人公博尼克是一个造船厂老板，又是一个"模范丈夫"，深得市民的信赖，被称为"社会支柱"。但事实上，他是一个道德败坏的骗子：诱骗妇女，出卖朋友，诈骗钱财，只是由于他惯施小恩小惠，人们常被他蒙骗。通过这个人物，易卜生揭露了资产阶级政客以及道德和民主的虚伪。

《群鬼》是《玩偶之家》的后续之作。《玩偶之家》问世之后，引起评论界的非难和指责，易卜生愤然写出《群鬼》作为回击。主人公海伦恪守传统道德，一心一意当贤妻良母。她性格软弱温柔，屈从于母亲的意愿，嫁给花花公子阿尔文。结婚之后，阿尔文寻花问柳，荒淫作乐，海伦为了维护丈夫的名声，忍辱负重，把全部希望都寄托在儿子身上。为了让儿子摆脱父亲的恶劣影响，她拿出全部积蓄送儿子到国外读书。结果18年后儿子回国，照样吃喝嫖赌，不务正业，比父亲有过之而无不及。海伦一心一意信奉传统道德，结果害了自己，也断送了儿子。这个戏剧旨在表明，妇女如果不追求解放，不争取人格独立和自由，等待她们的必然是悲剧。

《人民公敌》是一出更具批判锋芒的社会问题剧。主人公斯多克芒是个医生，他发现皮革厂排出的污水污染温泉，使得浴场的水源带有大量病毒，于是提议关闭浴场，保护游客和市民的身体健康。为此他召开演讲会，准备揭露事实真相。结果市长和资本家操纵会场，反咬一口，说他企图断送全城市民的收入来源；同时煽动说，如果关闭浴场，会使这个旅游城市失去魅力。最后会议表决，斯多克芒被宣布为"人民公敌"。斯多克芒百般无奈，声嘶力竭地抗议说："世界上最有力量的人是最孤独的人。"斯多克芒是一个典型的个人精神反叛者形象。这类精神反叛者抨击大多数人认同的传统观念，为了捍卫真理而站在公众的对立面。该剧主题在于揭露社会的虚伪、庸俗和堕落，宣扬个人精神反叛。

晚期（1884—1906）创作象征主义戏剧。此时易卜生对情欲横流的社会完全失望，创作中批判的力量减弱，悲观主义色彩十分明显。重要作品有《野鸭》（1884）、《海上夫人》（1888）、《建筑师》（1892）等。《建筑师》旨在揭示人生爱情与事业的矛盾。建筑师索尔尼斯出身贫寒，靠个人奋斗爬上社会名流的高层。而名声越大，成就越高，他就越是陷入巨大的精神痛苦之中。首先，他害怕年轻的建筑师超越自己。其次，两个儿子死亡，妻子重病，他却由于工作繁重而无法照顾家庭。这种负疚感使他抱恨终生。最后，他理想破灭。他答应给少女希尔达盖一座"世界上最可爱的东西"——王国城堡。城堡盖成后，他爬到屋顶上去挂风向标，结果因为爬得太高而摔死了。

## 二、《玩偶之家》

三幕剧《玩偶之家》是易卜生最优秀的剧作。

### （一）情节梗概

《玩偶之家》的主要情节是：海尔茂律师刚谋到银行经理一职，他的妻子娜拉便请他帮助老同学林丹太太找份工作，于是海尔茂解雇手下的小职员柯洛克斯泰，准备让林丹太太接替空出的位置；娜拉前些年为给丈夫治病而向柯洛克斯泰借债，无意中犯了伪造字据罪，柯洛克斯泰拿着字据要挟娜拉，要求她劝阻丈夫开除自己；海尔茂看到柯洛克斯泰的揭发信后勃然大怒，怒骂娜拉是"坏东西""下贱女人"，毁了自己的前程；待柯洛克斯泰被林丹太太说动而退回字据时，海尔茂快活地叫道："娜拉，我没事了，我饶恕你了。"但此时娜拉已看清丈夫关心的只是他自己的地位和名誉，而拿她当玩偶，于是断然离家出走。

剧中的主要矛盾和冲突是在主人公娜拉和她的丈夫海尔茂之间展开的。冲突的实质是对资产阶级家庭关系是维护还是叛逆、反抗。作品通过娜拉识破丈夫海尔茂的虚伪面目而离家出走的故事，揭露资产阶级家庭的虚伪，揭示资本主义社会法律、宗教、道德的不合理，提出资本主义社会妇女的地位和妇女解放这一重大的社会问题。

### （二）人物形象

主人公娜拉是中产阶级家庭妇女。她不仅热情活泼、天真可爱、善良知足、挚爱丈夫，而且刚强勇敢，勇于追求人格的独立。她在丈夫海尔茂患重病无钱疗养时，不惜冒险，伪造父亲的签字向别人借钱，使丈夫的病得以康复。她为自己的行为感到骄傲，因为她是出于对丈夫的爱才这么做的。当柯洛克斯泰以此威胁她时，她没有屈服；当事情真相即将暴露时，她甚至决定自杀以挽救丈夫的名誉。她以为丈夫也很爱他，会为她挺身而出承担风险，但没想到海尔茂知道这件事以后，认为娜拉所做的事是违法的，会有损他的声誉、危及他的前途，对她大发雷霆，辱骂她是"下贱女人"，还要剥夺她教育子女的权力。娜拉这才彻底认清她在家中只不过是一个"玩偶"，是丈夫的"附庸"。她说："这些年我在这儿简直像个要饭的叫花子"；"你们何尝真爱过我，你们爱我只是拿我消遣"。面对丈夫的自私虚伪，她猛然觉醒，决心确立自己的独立人格，不再继续当丈夫的"玩偶"。同时，通过这件事，她认识到这个社会的法律、道德、宗教等都是不合理的。当海尔茂企图用法律规定来束缚她时，她说自己"不相信那些法律是正确的"，因为"父亲病得快死了，法律不许女儿给她省烦恼。丈夫病得快死了，法律不许老婆想法子救他的性命！"当海尔茂要求她承担起妻子和母亲的责任时，娜拉说她还有别的

"神圣的责任"，那就是"我对我自己的责任"。当海尔茂指出她想离开丈夫和孩子而出走的行为不符合宗教教义时，娜拉的回答是："我要仔细想一想，牧师告诉我的话究竟对不对，对我合用不合用。"最后，她毅然决然地离家出走。她向丈夫也向整个男权社会宣布："现在我要去学习。我一定要弄清楚，究竟是社会正确，还是我正确。"尽管她不知道外面的世界究竟会怎样，她会面临什么样的结局，但出走的行为本身就充分表现了她强烈的反叛意识和独立精神，反映了当时具有民主意识的新女性的觉醒。

娜拉的觉醒有一个清晰而逐步深入的过程。开始，她天真烂漫，满足于温馨的家庭生活。柯洛克斯泰的威胁打破了这种平静，她感到烦乱，又对丈夫心存幻想，希望丈夫能主动承担这一切。然而海尔茂一反常态，对他大骂，她幻想破灭，陷入冷静的思考，终于认清自己在家中的可悲地位，决定离开这个"玩偶之家"。她向海尔茂及社会发出宣言："首先，我是一个人，和你一样的人，至少我要学做一个人。"娜拉试图在未来的生活中实现人格的独立与自由，这是她思想一次质的飞跃。作品展现了娜拉的精神觉醒，即"精神反叛"，这就是易卜生所宣扬的妇女解放的全部内容。至于娜拉未来的生活道路即妇女真正得到解放的道路，易卜生却没有能力描绘出来。鲁迅在《娜拉走后怎样》一文中对这个问题做了精辟的论述。他指出娜拉的出走并没有解决妇女的地位问题，"从事理上推想起来，娜拉或者也实在只有两条路：不是堕落，就是回来"。他认为娜拉的出路即妇女解放的正确道路是通过"深沉的韧性的战斗"，在经济上得到独立，因此决定性的问题还是要改变当时的经济制度。

海尔茂则是男权中心主义者、资产阶级市侩和卫道士的典型。他当过律师和小职员，后来爬上银行经理的职位。他生活的核心是金钱、地位。表面上他钟爱自己的妻子，实际上是把她看成一个"玩偶"，在工作之余便去哄她、打扮她，自己从中获得男人的享受。他在家庭中唯我独尊，从来没有把妻子当作一个与自己一样平等人格的人，所以从来不跟她谈正经事，也绝不肯为妻子牺牲自己的名誉和地位，因此他对娜拉的爱本质上是自私的。这便是他同娜拉发生冲突的根源。他对娜拉说过："我常常盼望有桩危险事情威胁你，好让我拼着命，牺牲一切去救你。"而当他收到柯洛克斯泰的告发信后，他不但没有被娜拉冒险救他性命的行为所感动，相反只是担心自己的名誉和前途，大骂妻子是"伪君子""犯罪的人"，说："你把我一生的幸福全都葬送了。我的前途也让你断送了。"甚至还骂她的父亲。而几分钟后，他收到柯洛克斯泰退回借据的信，危险消除了，他又恢复往日的面目，亲热地叫着娜拉，并对娜拉说："受惊的小鸟儿，别害怕……一切事情都有我……我可以保护你。"前后态度的变化充分说明他的爱是虚伪的。

### （三）艺术特点

《玩偶之家》艺术成熟，特点鲜明。

第一，采用讨论法。对社会问题的讨论构成戏剧情节的核心和塑造人物性格的基本手段。剧中，娜拉与海尔茂就法律、宗教、道德、家庭和个人责任等问题进行激烈辩论，层层深入地探讨了当时的妇女问题，并由此形成戏剧高潮。观众所关心的首要问题不再是人物的命运，而是这类社会问题如何解决。这就改变了观众与戏剧的关系，使得观众有机会介入戏剧情节，各自作出不同的价值判断。正因为如此，《玩偶之家》问世之后，引起各国公众的强烈争论和巨大反响。

第二，巧妙运用追溯法即倒叙法。剧中某些重要情节在开幕之前早已经发生，而剧本所演绎的则是这些情节所导致的后果。作品的关键情节是八年前娜拉伪造父亲签字借债为丈夫治病，这一情节在剧中是通过人物的对话追叙出来的。追溯法是戏剧艺术的重要叙事技巧，它有助于将故事的叙述重点聚焦于主要的情节与高潮，从而节省笔墨，使得戏剧结构更加紧凑更加简洁。

第三，人物心理刻画细致、清晰。《玩偶之家》通过对话和动作来揭示人物的内心世界。刚开幕时，娜拉手里拿着送给孩子们的圣诞节礼物，兴高采烈地哼着歌从外面回到家里，说明她的内心很快乐很满足。后来发现柯洛克斯泰已将她假造签名借款之事写信告诉海尔茂，她望着上了锁的信箱，心烦意乱，想方设法阻止丈夫不去开信箱，于是要求丈夫弹琴，她"慌忙裹上一块杂色的长披肩"在房中跳起舞来，"跳得越来越疯狂……她的头发松开了，披散在肩膀上，她自己不觉得，还接着跳下去"。狂舞正是她内心烦乱的表现。当事实粉碎她对海尔茂的幻想后，她"脸色冰冷铁板"，语言义正词严，表明她已做出冷静的决定。

## 第四节　列夫·托尔斯泰

列夫·托尔斯泰（1828—1910）是19世纪俄罗斯现实主义文学最伟大的代表。他的创作将俄国现实主义文学推向最高峰，对人类文化发展作出了巨大贡献。

### 一、生平与创作

列夫·托尔斯泰1828年8月28日诞生于俄罗斯图拉省雅斯纳雅·波良纳庄园。父亲是个伯爵，参加过1812年抵抗拿破仑的卫国战争，母亲是公爵的女儿。托尔斯泰两岁时母亲去世，9岁时父亲又突然中风死去。从此他在姑母的监护下生活和学习。1844年，托尔斯泰考入喀山大学东方语文系，第二年转入法律系。大学期间，他醉心于法国启蒙主义者卢梭的学说，脖子上常常挂着卢梭的像章。1847年，托尔斯泰因病退学回家。同年，他与哥哥分家，得到雅斯纳雅·波良纳庄园和三百多个农奴。他亲自管理农事，设法改善自己和农民的关系。但是农民不理解他，更不相信他，他的改良归于失败。1850年，他去莫斯科，沉迷于上流社会的享乐生活。1851年，托尔斯泰随哥哥尼古拉去高加索服役，参加对山民的战争，由于在战斗中表现勇敢，被授予四级军士军衔。1854年11月，托尔斯泰被调到克里米亚的部队，到战事最激烈的塞瓦斯托波尔参战。这个城市当时正被英、法、土三国的军队包围，但俄军士气高涨，他一直坚持到该城最后沦陷。1855年末，托尔斯泰回到彼得堡，受到文学界的热烈欢迎，他随后成为《现代人》杂志的撰稿者。

1857年，托尔斯泰出国访问，到过法国、瑞士、意大利、德国。在长达一年半的旅行中，他对资本主义虚伪的文明有了深切的认识。这次旅行奠定了他终生否定和批判资本主义的思想立场。从国外回来，托尔斯泰继续探索解决农民问题的途径，他认识到腐朽的农奴制是迫切需要解决的问题。不久，他与车尔尼雪夫斯基等民主派因观点立场不同而决裂，并退出《现代人》。1861年，沙皇政府颁布农奴制改革法令。托尔斯泰认为改革法令"是一种彻头彻尾的空话"。他同情农民的悲惨遭遇，希望改善农民的处境。他专门为自己庄园里的农民建立一所子弟学校，并被当地人推选为地主和农民之间的调停人。在解决农民和地主的争端时，他维护农民的利益，一些贵族地主对他恨之入骨，不断向当局告密。1862年在他外出时，宪兵搜查了他的庄园和学校，使他非常愤怒。同年9月，托尔斯泰与索菲娅·安德列耶芙娜结婚。幸福的家庭生活暂时消除了他的苦恼和厌烦的心情。

1863年以后，托尔斯泰的世界观向宗法制农民思想转变已经露出端倪。19世纪70年代是俄国新旧交替的时期，封建旧基础逐渐崩溃，资本主义蓬勃兴起，而农民正趋于破产和赤贫。农奴制改革后十余年，社会矛盾非但没有消除，反而变得更加尖锐突出。托尔斯泰一方面反省自我，一方面对当代的政治、经济、农业、婚恋、家庭与道德问题进行思考，这些都在1873—1877年所写的《安娜·卡列尼娜》里深刻地反映了出来。

19世纪70年代末80年代初，俄国社会的矛盾越发尖锐，这大大地震动了托尔斯泰。列宁曾经指出：乡村俄国一切"旧基础"的急剧破坏加强了托尔斯泰对周围事物的注意，加深了他对这一切的兴趣，使他的世界观发生变化。托尔斯泰抛弃地主贵族的一切传统观点，转变到宗法制农民的思想立场上来，并站在这个立场抨击俄罗斯的国家制度、特权阶级的生活和道德。他开始改变自己的生活方式，简化衣食，亲自参加体力劳动，帮助农民盖房子。他对周围贵族老爷们的奢侈腐化的生活不能忍受。他在自传《忏悔录》（1879—1881）中说："我们圈子里的人——富豪、学者——的生活不仅使我厌恶，而且完全失去了意义。我们的全部行动、言论、科学、艺术——这一切都以一种新的含义出现在我的面前。"世界观的转变使他否定国家、教会、私有财产。与此同时，他的"托尔斯泰主义"逐渐形成。所谓托尔斯泰主义，指托尔斯泰的世界观和创作中所宣扬的思想体系。它包括三点：一是鼓吹不以暴力抗恶，把宽恕作为救世良药；二是鼓吹道德自我完善，认为每个人尤其贵族上层人士努力从道德上完善自己，便可以摆脱利己和贪欲，消除罪恶；其三是宣扬基督教博爱思想。作家反对官办教会的伪善，但主张信仰"心中的上帝"，认为信奉"博爱"可以拯救人类。

从19世纪80年代起，托尔斯泰更广泛地接触农民，积极从事有益于人民的社会活动。在莫斯科居留期间，他参加贫民窟人口登记工作，得以接触到社会底层。90年代他参加三年赈济救灾活动，这使他认识到农民贫困的根源在于"极端缺乏土地"。1891年他发表声明，放弃1881年以后所写作品的版权，放弃财产。他写了大量政论抨击时政，抨击教会。1901年，官方教会宣布开除他的教籍，引起全国各地的抗议。

1905年，俄国发生资产阶级革命，托尔斯泰虽然宣传不以暴力抗恶，但是反对沙皇政府屠杀无辜群众。他为此写下著名的政论文《我不能沉默》。托尔斯泰的晚年是在痛苦和矛盾中度过的。他力求在道德上自我完善，在生活上力求平民化，放弃特权，但这些举动并不能改变不平等的社会现象，而他又不能接受革命思想，因此觉得越来越痛苦。同时，他与家人之间的矛盾日益激烈，后者不愿意放弃财产，而他再也不能忍受家人那种富裕生活。于是他于1910年10月27日半夜离家出走，在火车上因受凉而得了肺炎。同年11月7日清晨在阿斯塔波夫车站逝世，终年82岁。

托尔斯泰的创作大致分为三个阶段。

1852—1863年为早期。1852年，他在《现代人》杂志发表处女作《童年》。批评界一致认为这是一部"真正美妙"的作品。这部作品与他1854年发表的《少年》、1857年发表的《青年》组成一部自传体小说三部曲。三部曲表现贵族孩子尼古拉考的精神成长过程。主人公是一个容貌不出众但十分聪颖的孩子，很早就开始精神探索。小说通过他与家庭教师、母亲、父亲和其他人的关系，尤其通过他对这些人的内心反应来展示他的精神世界和成长过程。自传体三部曲表现作者否定上层社会的倾向，也初步显示出他擅长心理分析的特色。

1855—1856年，托尔斯泰写了三篇具有特写性质的短篇小说，统称为《塞瓦斯托波尔故事集》，揭示出塞瓦斯托波尔战争的真相，歌颂普通士兵的英勇和爱国激情，揭露贵族军官们的贪生怕死和卑劣。车尔尼雪夫斯基对托尔斯泰的创作给予很高的评价，认为他的创作有两个基本特点：一是对内心生活隐秘活动的深刻理解；二是道德情感极为纯洁。并指出作家"最感兴趣的，却是心理过程本身，是这过程的形态和规律。用一个特定的术语来表达，就是心灵的辩证法"。

1856年，托尔斯泰发表中篇小说《一个地主的早晨》。作品反映托尔斯泰对农村问题的探索。小说主人公聂赫留朵夫也像托尔斯泰当年那样，没有毕业便离开大学，抱着一种善良的动机决心改善农民的处境，但是他的好心不为农民所理解，农民根本不信任地主，他的改革计划最终遭到失败。托尔斯泰在小说里真实地描绘了农奴制时代俄国农村的贫困落后和农民的悲惨生活，揭示了地主和农民之间矛盾的不可调和性。

1857年，他将自己旅游期间在瑞士目睹的一件残忍的事记录了下来，写成短篇小说《琉森》。小说写一个贫困的流浪歌手在街头卖唱，遭到英国绅士们嘲弄的情节，揭示资本主义文明的虚伪和资产阶级的冷酷自私。

1863年初，他完成中篇小说《哥萨克》。《哥萨克》探讨贵族和农民的关系问题，明确提出"平民化"的设想。年轻贵族军官奥列宁对彼得堡上流社会感到厌倦，来到高加索服役，企图在战争中了此一生。但高加索迷人的自然风光、高加索山民单纯自然的生活方式吸引了他。不久他爱上美丽的哥萨克姑娘玛莉安娜。由于哥萨克青年路希卡也爱玛莉安娜，他决定作出牺牲以成全他们。但他很快就发现自己内心并不愿意作自我牺牲，又去追求已经同路希卡订婚的玛莉安娜。玛莉安娜感觉他实际上无法与自己的偏见彻底决裂，和哥萨克山民格格不入，拒绝他的求婚。奥列宁最后沮丧地离开哥萨克山民。

1863—1880年，托尔斯泰进入中期创作阶段。在这段时间里，他完成两大巨著《战争与和平》（1863—1869）和《安娜·卡列尼娜》（1873—1877）。

《战争与和平》展示了1805—1820年间俄国的历史事件，以1812年俄国人民反抗拿破仑的卫国战争为中心，借助这一重大历史事件探索农奴制废除后俄国的前途和贵族在历史上的作用，歌颂俄国人民奋起反抗侵略的爱国主义热忱和英勇斗争精神。小说的总体框架是对四个贵族家庭的描写，对庄园贵族罗斯托夫、保尔康斯基和别素豪夫持赞美态度，而对漠视祖国利益、道德堕落的宫廷贵族库拉根持否定态度。

作品重点刻画了安德烈·保尔康斯基、彼埃尔·别素豪夫和娜塔莎·罗斯托夫等三个人物形象。安德烈是19世纪初优秀贵族青年的典型。他憎恶虚伪庸俗的贵族上流社会，努力探索人生的意义和目的。在奥斯特里茨战役中，他身负重伤，躺在原野上看着头上那片崇高宁静的天空，忽然醒悟自己长期以来梦寐以求的"荣誉"其实是很渺小的。回国后，妻子的死又给他打击，从此他专心致志于儿子的教育，对一切活动表示淡漠。娜塔莎的爱情重新点燃他对生活的热情，他积极投身于斯彼兰斯基的改革活动之中。1812年卫国战争爆发后，他重返战场，在著名的鲍罗金诺会战中，他不愿随司令官待在指挥所里，而是奋不顾身地投入战斗。后来他再次身负重伤，不久离开人世。安德烈爱祖国，同情人民，恪守贵族义务，他身上寄寓了作家的理想。彼埃尔也是一个优秀贵族青年的典型。他是别素豪夫伯爵的私生子。父亲死后，他继承一笔很大的遗产。与安德烈一样，他也在苦苦地探寻着人生的意义和目的，却长期找不到答案。1812年卫国战争爆发后，他自己出钱组织一个民兵团，保家卫国。鲍罗金诺会战时他上了战场，战士们奋勇杀敌的精神使他非常感动。莫斯科撤退时，他留下来准备暗杀拿破仑，结果被法军逮捕。在俘虏营里，他认识了农民普拉东·卡拉达耶夫。后者主张服从天命、逆来顺受、随遇而安，认为人不必反抗任何东西，上帝和天意会裁判一切。彼埃尔接受了他的思想，觉得过去使他苦恼的问题终于有了简单明确的答案，那就是一切听从上帝就可得到满足和幸福。卫国战争以后，彼埃尔同娜塔莎结了婚，他成了一个秘密团体的活动家。娜塔莎是托尔斯泰笔下最为动人的女性形象之一。她虽然出身贵族家庭，但与上流社会矫揉造作的妇女完全不同，她接近人民，热爱人民的生活和诗歌，内心充满诗情。

《战争与和平》场面宏伟壮阔，历时15年，人物多达550余人，具有史诗风格；情节脉络清晰，结构完整，广泛运用对比手法；心理描写生动细腻。

1881—1910年是托尔斯泰创作的晚期。1889年至1899年，他完成长篇小说《复活》。这一时期，托尔斯泰还创作了短篇小说《舞会之后》（1903）和中篇小说《哈吉穆拉特》（1896—1904）。《舞会之后》描写一个上校在舞会上与自己的女儿翩翩起舞，显得十分文雅和彬彬有礼。可是几个钟头以后，他竟然下令对一个犯有过失的少数民族士兵执行最残忍的鞭刑。这个故事揭露专制制度的残忍和不人道。《哈吉穆拉特》是托尔斯泰在最后十年中所写的艺术成就最高的作品。小说叙述19世纪50年代高加索少数民族反抗沙俄的斗争。主人公哈吉穆拉特原是少数民族首领沙米尔手下的一员大将，因同沙米尔有隙投奔俄国人。他要求俄国人用俘虏去换他的家属，但俄国人并不关心他的痛苦和要求，哈吉穆拉特只好从俄国人那里逃出来去救他们，却被俄国追兵杀死。哈吉穆拉特这个形象比较复杂。他有功名心和权力欲，有时候也狡猾和残忍，但他成了两个暴君——尼古拉一世和沙米尔的牺牲品。作家对他是基本肯定的，因为他身上有某些正面品质，如刚毅、勇猛和率直，热爱生活，对家庭和故土有很深的感情。

此外，托尔斯泰晚期还写了一些影响较大的戏剧，如《黑暗的势力》（1886）和《活尸》（1911）。前者揭露资本主义罪恶，后者批判俄国社会的法律制度。

## 二、《安娜·卡列尼娜》

《安娜·卡列尼娜》是列夫·托尔斯泰的第二部长篇小说。作品写于俄国社会发生重大变动的时期，一方面俄国充满农奴制度的残余，另一方面资本主义关系正在迅速发展。小说有两条情节线索：一条是安娜的爱情追求悲剧，另一条是列文的精神探索悲剧。强烈的动荡反映到俄国的经济生活、政治生活和家庭生活等领域中，作品反映的便是新旧交替时期俄国错综复杂的社会生活。

### （一）人物与主题

安娜·卡列尼娜是一个追求资产阶级个性解放的贵族妇女形象。她结婚8年并有了孩子。她与丈夫卡列宁的婚姻是由姑母一手安排的，她从来没有爱过丈夫，而卡列宁爱的也只是自己的功名、前程。与年轻军官渥伦斯基的相遇唤醒了安娜内心深处的渴望——对生机蓬勃的生活和自由爱情的追求。她说："我正像一个饥饿的人得到了食物一样。"但是面临职责与爱情的抉择，她矛盾过犹豫过，也害怕过甚至想退缩，但是爱情的巨大力量使她无法抗拒。她天性纯洁、真诚，不能容忍她与丈夫之间那种互相欺骗和说谎的生活，所以对于卡列宁提出的维持夫妇表面关系的建议感到屈辱和愤怒。她义无反顾地把自己的命运和渥伦斯基结合在一起，与卡列宁彻底决裂。她说："我要爱情，我要生活。"安娜受到上流社交界的反对和攻击，又失去儿子，渥伦斯基的爱情也逐渐冷淡，最后她不得不自杀，以此向冷酷虚伪的上流社会表示反抗。安娜追求真实生活和自由爱情，说明她接受了新兴资产阶级个性解放的思想。安娜的爱情悲剧是历史的必然要求与这个要求实际上不能实现的冲突，说明当时的俄国封建势力仍然强大，资产阶级不可能完全战胜封建势力。同时，安娜的形象也表明贵族阶级在分化，贵族之家在瓦解，俄国社会正在从封建主义向资本主义过渡。

造成安娜悲剧的原因很多。直接的和主要的原因是卡列宁以及他所代表的社会力量。在安娜的周围有三个集团：一个是以卡列宁为代表的政府官僚集团，一个是以莉季亚·伊凡诺夫娜伯爵夫人为代表的、由年老色衰、笃信宗教的贵族妇女组成的集团，一个是以培脱西·特维斯卡娅公爵夫人为代表的纵情享乐、跟娼妓没有本质区别的年轻贵妇人集团。这三个集团在不同的方面代表贵族社会势力，从不同方面形成与安娜的对立。卡列宁是沙皇俄国官僚的典型，他除了追求地位和勋章以外，再没有别的生活目的。安娜在回忆她和卡列宁的关系时曾说："他们说，他是那样富于宗教心，那样高尚，那样正直，那样聪明，他们没有看到我所看到的东西，他们没有知道八年来他怎样压碎了我的生命，压碎了活在我身体内的一切东西——他甚至一次都没有想过我是一个应该有爱情生活的女人……"当知道妻子与渥伦斯基的婚外恋之后，他首先考虑的是自己的社会地位。一方面，他觉得自己"不能因为一个卑贱的妇人有了犯罪行为而成为不幸的人"，他想找出一条最好的出路摆脱这种处境，另一方面，他又不愿意和安娜离婚，因为这样就会成全她和渥伦斯基的感情。最后他决定表面上维持夫妇关系，并且认为这样做"合乎宗教的精神"，是给犯罪的妻子以改过的机会。安娜离开以后，卡列宁为了报复她，拒绝她把儿子带走，甚至不允许她与她日夜思念的儿子见面，从心灵上折磨她。培脱西·特维斯卡娅、莉季娅·伊凡诺夫娜和渥伦斯卡娅等贵妇人都曾经或者正在背着丈夫作别人的情妇，过着非常堕落的生活，却对安娜与渥伦斯基之间公开的、真诚的爱情横加指责。因为在她们看来，安娜和渥伦斯基破坏了旧的家庭关系，不合乎上流社会的道德。

渥伦斯基也是造成安娜悲剧的重要原因。如安娜的哥哥奥布浪斯基公爵所说，侍从武官渥伦斯基"是彼得堡花花公子的一个活标本……非常有钱，人又长得漂亮，交游又广"。他最初追求贵族少女吉提，但又"无意和她结婚"。在车站遇见安娜后，他放弃吉提追求安娜。他爱安娜主要是因为安娜比吉提更漂亮，更能满足他在社交界的虚荣心。他与安娜相爱以后，虽然开始认识到贵族社会的生活和道德原则的虚伪和可耻，但他并不真正了解安娜。当知道安娜怀孕以后，他内心开始动摇、犹豫。他感到从青年时代起自己就有着强烈的功名心，现在爱情成了妨碍他实现功名的障碍。之后安娜越来越怀疑渥伦斯基对自己的感情。当社交界拒绝接受安娜时，志趣、感情投入力度等方面的差异最终导致他们感情破裂。

《安娜·卡列尼娜》表现了托尔斯泰矛盾的妇女观。一方面，他同情安娜，认为一切人都有权享受幸福，反对上流社会对安娜的摧残，认为上流社会没有权利谴责她。另一方面，他又指责安娜缺乏宗教感情，在永恒的道德面前是有罪的，小说题词"伸冤在我，我必报应"便体现了这层意思。同时，安娜为了追求自己的爱情而破坏家庭，也影响了社会的和谐。

与安娜爱情悲剧平行的另一条情节线是外省地主列文对生活意义、政治、经济、哲学等问题的探索。列文大学毕业后，专事农业经营，希望为乡村地主寻找出路。他不满过去的农奴制，认为这种制度劳动效率很低；他力图调和地主和农民的关系，改善农民的贫困状态，但是改革一再失败。列文对于欧洲的现代文明十分反感，与都市生活的繁华、时髦和阔绰格格不入，对随着资本主义的发展而出现的工业、通信、铁路、医院、学校也抱敌视态度。他忧虑地看到地主贵族正在逐渐没落，商人们正在蛮横无理地侵入地主们的生活。在政治上，列文既憎恨持自由主义立场的地主史惠兹斯奇，又不赞同保守的密哈尔·彼得洛维奇；他反对地方自治运动，但又参加贵族选举。列文在家庭关系上也遇到很多困难。因为他对待爱情的态度中还存在着家长制偏见，同吉提结婚后不久两人就常常争吵。农事改革中的失败、家庭关系中的矛盾使列文在绝望中想到自杀。哲学的探索把他从痛苦中拯救出来，他最终树立为别人而活着的人生观，并由此感到真正的幸福。列文是一个带有浓厚自传色彩的人物。

（二）艺术特点

《安娜·卡列尼娜》的艺术特点非常突出。

首先，小说采用拱形结构。小说中的两条情节线索平行发展。有人批评这两条情节线索之间缺乏联系，托尔斯泰回应说："结构上的联系既不在情节，也不在人物间的关系（交往），而在内部的联系。"即是说，安娜和列文都受到正在变化的社会历史的影响，希望获得爱情和生活的权利，或者对农民问题和生活意义进行探索，但他们的要求和愿望同传统的思想和社会法则发生冲突，不能实现。这就是两条情节线的内在联系。

其次，心理描写非常出色，充分体现了"心灵的辩证法"。作者善于表现人物心灵的运动，描写人物由一种情感状态向另一种情感状态不断运动、变化的心理过程。人物的每一个行动都有心理根据，每一个心理活动又是在一定情境的影响下产生的。如在莫斯科车站邂逅渥伦斯基，到参加吉提家里的舞会，再到返回彼得堡的途中，安娜的爱情有一个完整的发展过程。此外，对安娜与儿子谢廖沙见面时的心境，以及列文向吉提表白爱情前的心理活动的描写，都是非常精彩的片段。

最后，肖像描写极有特色。作者常常抓住人物的外貌和行为动作的独特之处，在情节的发展过程中经常提及，就使人物肖像极具个性化特点。如安娜敏捷而轻快的步子，"亮晶晶的"、在"浓密睫毛"掩映下"显得阴暗"的灰色眼睛，"纤细的手""富于精力的紧握"，以及"丰满的身体""优美的身姿"等，作者都反复提到，有效地反映了人物的精神面貌。如安娜的微笑和眼神中总"洋溢着"一种"过剩的生命力"，流露出"一股被压抑的生气"。这种特征正是安娜受压抑的心理状态的反映。

## 三、《复活》

长篇小说《复活》是作家世界观发生剧变，从宗法制农民思想立场出发完成的最杰出的作品。小说以"最清醒的现实主义"（列宁语）对沙俄社会作了全面的揭露和深刻的批判，具有进步的历史作用，但同时又鲜明地表现了作家的思想局限性。

### （一）人物形象

小说主人公聂赫留朵夫是19世纪末俄国优秀贵族的典型，是一个忏悔贵族形象。他的个性发展经历了由纯洁到堕落然后又复活的过程。聂赫留朵夫年轻时是一个纯洁的大学生。他努力探索社会问题和道德问题，信仰英国社会学家斯宾塞关于"正义不允许土地私有"的理论，将他从父亲手中继承的土地全部送给农民。因为撰写毕业论文在姑母家认识姑母的养女马丝洛娃以后，两人之间产生纯洁而朦胧的爱情。大学毕业后，聂赫留朵夫进入军队和上流社会，环境腐蚀了他，他与别的军官一样过着贵族公子的荒淫生活。在上前线前夕，他又来到姑妈家，诱奸然后遗弃马丝洛娃。托尔斯泰认为在聂赫留朵夫身上有两个人，一个是"精神的人"，一个是"兽性的人"，他正是在后者的支配下诱奸马丝洛娃的。聂赫留朵夫虽然在内心深处也觉得自己行为"丑恶、卑鄙、残忍"，但他想起别的贵族都做过同样的事，于是也就心安理得了。这一时期，他丧失了青年时代的道德和理想，彻底堕落了。作为陪审员的聂赫留朵夫公爵在法庭上见到犯了杀人罪的妓女马丝洛娃，他意识到自己是将她推到这一步的罪魁祸首。他毅然决定为自己赎罪，并开始重新评价自己以及所属阶层的生活。他无情地揭发自己身上一切卑鄙丑恶的东西。

他决定求得马丝洛娃的宽恕，必要时同她结婚。为了陪同有可能被判流放西伯利亚的马丝洛娃，他去农村处理庄园事务。农村之行使他的思想发生很大变化。他目睹农民们走投无路的生活，意识到农民贫困的根源在于被地主夺去了"养家活口的土地"，于是放弃巴洛沃庄园的土地所有权。为了改变对马丝洛娃的错误判决，他到彼得堡去上诉。在上访彼得堡的过程中，他看清法律制度的黑暗和沙皇官吏的残暴。上流社会的豪华奢侈同犯人的含冤受屈构成强烈对照。这个时期聂赫留朵夫同贵族社会的距离越来越远，而越来越接近被压迫者的世界。上访失败后，聂赫留朵夫随马丝洛娃一起去西伯利亚。旅途中，他接触到一群政治犯，从这些勇于为人民利益而献身的革命者身上发现了一个崭新的世界。他觉得他们身上存在着一种有别于普通人的特别崇高的精神和感情。聂赫留朵夫经过长期的怀疑、动摇、探索和思考，最后从宗教信仰中找到归宿，为如何消除社会罪恶找到一个答案："要从人们所遭受的可怕的罪恶中得救，唯一可靠的方法是人人承认自己在上帝面前永远有罪，因此不能够惩罚别人，或者纠正别人。"托尔斯泰通过聂赫留朵夫这一形象提出道德自我完善的思想。

卡秋莎·马丝洛娃是一个受侮辱受损害的下层妇女的典型。她本是一个纯洁天真的姑娘，在聂赫留朵夫的姑妈家里处于一半是养女一半是奴婢的双重地位，但她怀抱着乐观开朗的态度看待这个世界。聂赫留朵夫勾引并遗弃她，有了身孕的她在那个可怕的风雨之夜赶到车站，想同聂赫留朵夫见面，但当她见到聂赫留朵夫坐在灯光明亮的车厢里喝酒谈笑的时候，她认识到他已经完全忘记自己，内心的痛苦达到顶点，"从那个可怕的夜晚起，她再不相信善了……从那个夜晚以后，她相信凡是关于上帝的话，全都是骗人的话"。后来她被女地主赶出家门，受尽人间苦难，最后沦落为妓女。8年的妓院生活摧残了她的心灵，她学会抽烟喝酒，甚至为男人都需要她而感到骄傲。聂赫留朵夫第一次到监狱去看她，他竟然觉得"使她耻辱的不是妓女的身份而是犯人的身份"。尽管马丝洛娃在环境的影响下堕落了，她身上"精神的"因素还是逐渐战胜了"肉欲的"因素。聂赫留朵夫到监狱去看她，使她想起自己年轻时代的生活，她开始憎恶现在的生活。但使马丝洛娃走上复活道路的主要是那些同她一起被关在监狱里的政治犯。后者崇高的道德品质感染了她。最后，她拒绝聂赫留朵夫的求婚，决定跟着政治犯西蒙松走。马丝洛娃的遭遇反映当时社会下层人民不幸的命运，也表现了作者不以暴力抗恶的思想。

（二）思想主题

《复活》是托尔斯泰所有作品中批判力度最强的一部。

第一，小说批判沙俄专制的国家制度，揭露政府机关的黑暗和官吏的残暴。如退休的国务大臣贪婪成性，专门收取贿赂，鱼肉人民；副省长外表道貌岸然，骨子里却残忍无比，以鞭打犯人为乐；监狱长利用成百上千人的眼泪和生命换取高官厚禄。总之，沙皇政府机构"从上到下充满着现代生活的暴力和伪善"，所以作者愤怒地说："人吃人的行径并不是在原始森林里开始的，而是在政府各部门、各委员会、各司局开始的。"

其次，小说揭露法庭、监狱等暴力机关的黑暗和法律制度的不公正本质。作品开篇的法庭审判场面极具讽刺性。法庭上那些执法者表面上道貌岸然，实际上全在想着自己的私事：庭长一心想的是同瑞士来的情妇约会，只希望赶快审完案子；一个法官愁眉苦脸，因为早晨和老婆大吵了一架，生怕回家老婆不给他做饭；另一个法官得了胃病，又非常迷信，心里想着如果走到椅子那儿的步子数目可以被"3"除尽，胃病就会治好；负责起诉的副检察官连案卷也没有看，却自负地认定凡是自己提出公诉的案子就一定要判罪。最后马丝洛娃被判四年苦役就是这些法官草菅人命的结果。沙俄监狱里关满了无辜农民和其他劳动者。139个工匠因为身份证过期就被送进监狱，两名失业学徒因为偷了几条粗地毯一个惨死在监狱里，一个被判处苦役。农民明肖夫的妻子被酒店老板霸占，老板自己烧房子，勾结官府给明肖夫母子扣上纵火犯罪名关进牢房。正如铁路看守的妻子所说："真理都喂猪了，他们想干什么就干什么。"沙皇对政治犯的迫害更加残酷，监狱长、老将军的职责是把男女政治犯送进地牢，使这些人不出十年就死掉一半。

第三，小说无情地撕毁官办教会的"慈善面纱"，揭露官办教会的伪善和欺骗。作品描绘神父不过是穿着法衣的沙皇神职官僚，贪婪腐败。主持法庭宣誓的老神父为教会服务了46年，目的是死后得到一所房子和价值三万卢布的有价证券。教堂执事公开宣称做弥撒就同做买卖一样，种种仪式都有固定的价格。作品这样描写监狱里犯人做礼拜的场面："神甫一面跟典狱长聊天，一面漫不经心地伸出十字架和自己的手去，有时碰着犯人的嘴，有时碰着犯人的鼻子。"

第四，小说揭露和批判沙皇政权的经济基础地主土地所有制。作品广泛描写农民们走投无路的悲惨状况，指出农民贫困的主要原因在于"农民仅有的养家活口的土地被地主夺去了"。作家描绘农民赤贫如洗的画面：一个农民全家十二口人，却只有能够养活三口人的土地；农妇阿尼霞手中抱着一个毫无血色的、两条腿还不及毛毛虫那么粗的婴儿。作者大声疾呼："土地不属于任何人，土地不能成为任何人的财产，它跟水、空气、太阳一样，不能买卖。"

托尔斯泰虽然正确地指出了农民贫困和死亡的直接原因，虽然对地主和农民之间的矛盾有了更深刻的认识，但对如何解决社会矛盾则提出了错误的方法。在小说中，他大肆宣扬托尔斯泰主义。

（三）艺术特点

《复活》突出的艺术手法有三点。

一是单线结构。与《安娜·卡列尼娜》的双线情节线索不同，《复活》集中写聂赫留朵夫为马丝洛娃的冤案申诉而四处奔走这一件事。

二是广泛使用对比手法。作家运用对比手法揭示社会生活中各种对立现象和它们的内部联系，使作品能够充分反映生活的本质。如小说开篇描写脸色苍白、被诬告为杀人犯的马丝洛娃痛苦地、艰难地在路上走着，被押去法庭受审，而那个诱奸她并致使她堕落的花花公子聂赫留朵夫正躺在舒服的鸭绒床上吐着烟圈。这种对比清楚地揭示了社会的极端不公。又如小说最后将流放到西伯利亚的犯人与迁往乡下去的柯尔查庚一家作对比，揭示犯人们与柯尔查庚所代表的沙皇政权之间的某种联系。

三是讽刺手法运用娴熟。小说中常常通过揭露内容与形式的矛盾对某种生活现象进

行嘲笑。如法庭里所有参加审判的人都"相信自己在执行重大的、有价值的、严肃的公务",但实际上他们各自在想着私事。这个场面是对道貌岸然的法官们的尖锐讽刺。

## 第五节　马克·吐温

马克·吐温(1835—1910)是19世纪美国现实主义文学的杰出代表。他运用幽默讽刺手法揭露和批判美国资本主义社会中种种黑暗现象,在艺术方面独树一帜。

### 一、生平与创作

马克·吐温本名叫塞缪尔·郎荷恩·克列门斯,1835年出生在密苏里州。他12岁时丧父,开始独立谋生,先后当过报童、印刷厂学徒和排字工人。1857年起,他在密西西比河当水手和领航员,后来取笔名"马克·吐温"(意即水深两浔,航船可以安全通过)以纪念这段生活。1861年南北战争爆发,他中断密西西比河上的航运工作,怀着发财的梦想到内华达州去淘金,度过一段毫无收获、非常艰苦的生活。1864年起,他先后在《事业报》和《晨报》当记者,开始写通讯和幽默小品,不久就以"夸张的幽默家"的名声驰誉整个西部。1867年他发表短篇小说《加利维拉县有名的跳蛙》,开始创作生涯。

马克·吐温的创作可分为三个时期。

早期(1863—1870)主要创作幽默小说。这些作品迎合当时社会上流行的轻松幽默、专逗乐子的"幽默文学",格调幽默诙谐,讲述社会上一些可笑的人和事。主要作品有《加利维拉县有名的跳蛙》(1867)、《傻子国外旅行记》(1869)、《竞选州长》(1870)、《哥尔斯密的朋友再度出洋》(1870)、《百万英镑》(1870)等。

《竞选州长》是他早期的代表作。它通过老实人"我"参加州长竞选而遭遇的种种离奇怪事,揭露美国民主制度的虚伪性,讽刺民主选举"不过是愚弄人民的骗人把戏",也揭露新闻界大搞有偿新闻而造谣生事的种种黑幕。"我"参加州长竞选,却被操纵报界的共和党及民主党假托选民的名义指责为"伪证犯"、"盗尸犯"、"小偷"和"酒疯子",弄得声名狼藉,只好宣布退出竞选。《哥尔斯密的朋友再度出洋》描写华工在"人人平等"的美国遭受到的欺凌和迫害,嘲笑了"美国天堂"的神话。

中期(1871—1895)是马克·吐温成就最高的时期。其创作以长篇小说为主,反映生活面更加宽广,批判力度大大加强,风格也由轻松幽默转向尖锐的讽刺。1873年,他与华纳合写《镀金时代》,这是他参与创作的第一部长篇小说。接着,他独自发表《汤姆·索亚历险记》(1876)、《王子与贫儿》(1881)、《哈克贝利·费恩历险记》(1884)、《在亚瑟王朝廷里的康涅狄克州美国人》(1889)等作品,确立自己在美国文坛的地位。

《汤姆·索亚历险记》是马克·吐温最受好评的描写儿童生活的小说。小说描写南北战争前圣彼得镇上的儿童汤姆·索亚不堪忍受枯燥乏味的生活,同朋友哈克出去"冒险"的故事。汤姆是一个爱说爱闹、酷爱自由的小孩,他既有商人式的务实与精明,又有一颗活泼的童心，显示出无法压抑的生命活力与浪漫气质。作品的思想内容表现为如下几点。第一，批判小市民平庸闭塞的生活方式，颂扬自由欢乐的儿童世界。作者将儿童欢乐嬉戏的愉快生活同乡间小镇单调沉闷的生活对照。宗教仪式是当地小市民唯一的文化生活，作者却把教堂做礼拜的场面描绘成一幅讽刺画。当教堂的破钟闹哄哄响起来的时候，圣彼得镇的男女老少便赶到教堂听牧师讲《圣经》。牧师的祷告又臭又长，听众昏昏入睡。汤姆掏出一只大甲虫来玩，一只狮毛狗围着甲虫走了两圈，伸出鼻子去嗅，甲虫弹起来在狗的下巴处狠狠叮了一口，狮毛狗痛得汪汪乱叫，跳进主人怀里，而愤怒的主人又使劲把狗扔出窗外。这时全体观众一个个笑得满脸通红，透不过气来。第二，揭露陈腐的教育制度对儿童的摧残。作品里的主日学校如同牢房死气沉沉，阴森可怖，摧残着儿童的身心。学生唯一的学习就是背《圣经》。学校定出奖励制度，背两段奖一张蓝纸条，背二十段奖一张红纸条，背两千段就奖一本八角钱的《圣经》，还要召开全校大会隆重庆祝一番。一个小学生为了出风头，竟在台上一口气背诵三千段《圣经》，结果变成一个两眼翻白的大白痴。学校还经常进行体罚，校长常常毒打学生，以至他的教鞭很少有空闲的时候。

晚期（1896—1910）创作转向犀利的社会批判，同时又带有一种忧愤悲观的情调。此期马克·吐温写了大量杂文，激烈批判美国的帝国主义扩张和殖民主义侵略。杂文《给在黑暗中的人》（1901）公开支持中国反帝爱国的义和团运动，并且宣布："我就是义和团。"

中篇小说《败坏了赫德莱堡的人》（1900）是这一时期的代表作。赫德莱堡小镇以"诚实"和"清高"著称，这一声誉保持了"三代之久"。一个漆黑的夜晚，一个陌生人来到镇上首要居民之一理查兹家里，交给他一袋金币，称自己过去落魄时受到赫德莱堡一个好心人的帮助，现在以一袋金币报答。但他在黑暗中没记住恩人是谁，希望能找到这个人。于是镇里召开市民大会寻找金币得主，居然有19个人宣布自己是外乡人的恩人。镇里的牧师打开麻袋，发现里面放着一张纸条，上面说：根本就没有外乡人得过赫德莱堡人的帮助一事，陌生人的计划就是要败坏赫德莱堡的名誉，"把没有撒过一次谎，偷过一次钱的男男女女，变成骗子与窃贼"；口袋里装的也不是金元，而是铅块。小说深刻地剖析资产阶级的虚伪与自私心理，批判拜金主义对人性的侵蚀。

## 二、《哈克贝利·费恩历险记》

《哈克贝利·费恩历险记》是马克·吐温的代表作。

### （一）情节梗概

从内容上看，它是《汤姆·索亚历险记》的姊妹篇。小说的故事发生在南北战争以前。汤姆的朋友哈克贝利被寡妇道格拉斯收养，但他对"体面"、"规矩"的生活感到厌倦，向往自由自在的生活。他设法逃了出来，在一个小岛上遇见逃亡的黑奴吉姆。两人结伴乘木筏沿密西西比河漂流，准备逃到不买卖黑奴的自由州去。一路上，他们互相依靠，结下牢固的友谊。后来，自称为"国王"和"公爵"的两个江湖骗子登上他们的木筏，一路上大搞诈骗活动，竟偷偷卖掉吉姆。哈克贝利决心营救吉姆，正在这时，汤姆带来吉姆的女主人华森小姐留下的遗嘱，允许吉姆获得自由。

（二）人物形象

小说的主人公哈克贝利是美国文学史上最完美最动人的儿童形象之一。首先，他是一个社会底层的流浪儿，饱受冷眼与歧视的卑微地位铸成他丰富复杂、豪放不羁、无法无天而又讲究实际的个性。哈克从小就没有母亲，父亲是个酒鬼，经常把他打得死去活来。他无家可归，天晴就睡在市民宅院的台阶上，下雨就钻进自家装糖的大木桶里过夜。镇上的人都说他"又下流又没有教养，游手好闲，无法无天"。他穿的衣服破破烂烂，走起路来，烂布条前后飞舞，好像一群纷飞的蝴蝶。他几乎不识字，对人们顶礼膜拜的宗教不屑一顾，时时渴望摆脱文明的约束，"跑到无人管束的地方去"。他冷静务实，根本看不起汤姆那套卖弄玄虚的把戏，老是把"利润"、"好处"之类的词语挂在嘴边。其次，哈克贝利最动人的性格是酷爱自由，富有冒险精神。他痛恨虚伪的社会秩序，讨厌小市民的庸俗生活。他与汤姆在山洞里挖出一箱金元，便被道格拉斯寡妇收养。然而寡妇家的清规戒律和小市民循规蹈矩的安稳生活窒息他的生命元气，他毫不迟疑地抛弃安稳生活，逃跑到野外，并与黑人吉姆坐上木筏在密西西比河上冒险。当哈克贝利与吉姆顺水漂流的时候，木筏似乎成了一方和平与自由的净土，毫无拘束的自由与冒险使他第一次体验到人生的快乐，所以他说情愿当绿林强盗也不愿当美国总统。再次，哈克贝利具有正直与善良的心灵。在帮助黑人吉姆逃亡的问题上，他曾有过激烈的思想斗争。他反对蓄奴制思想的形成过程是小说中写得最为动人的篇章。哈克贝利生活在充满种族歧视的社会环境里，不可避免地接受了种族偏见的影响。当时社会上流行一种传言，说如果谁帮助黑人逃跑，谁就会被上帝送到地狱下油锅。于是吉姆越是接近自由，哈克贝利的内心负担也愈加沉重，他甚至打算写信告发吉姆。后来，吉姆真挚的友谊与善良感动了他，他"哗"的一声撕掉告发信。这正体现了哈克身上良心与人道的胜利。作品通过他的经历，颂扬白人与黑人的真诚友谊，说明白人应该与黑人共同为粉碎蓄奴制而斗争。

小说另一个主人公黑人吉姆是追求自由、具有丰富内心感情和优秀品质的新一代黑人形象。吉姆最突出的性格特征是勇敢坚强，富有反抗精神。他虽处于奴隶地位，却没有奴才的顺从与自卑自贱。吉姆本是华森小姐的家奴，女主人打算将他卖掉，他便逃出家门，乘木筏投奔黑人自由的卡罗镇。吉姆聪明能干，用几块木板便在木筏上盖了一个窝棚，两人待在窝棚里面就像住在家里一样舒适。哈克贝利赞叹说："吉姆差不多老是对的，他的头脑清楚极了。"吉姆的能力与智慧生动地说明黑人完全有能力创造属于自己的新生活。其次，吉姆心地善良，有一副无私的好心肠。在木筏上漂流的日子里，他处处关心照顾哈克贝利。后者年纪小，贪玩贪睡，他就代为值班守夜。吉姆也极富有人情味。他逃跑的另一个目的就是希望到北方工业城市打工赚钱，找个机会赎回妻子儿女的自由身。吉姆常常坐在木筏尾部不停地叨两个女儿："可怜的小丽莎呀，可怜的小章妮呀，我想我再也见不到你们了。"作者极力表现黑人的人性之美，旨在唤起整个社会对黑人命运的同情。当然吉姆也有缺点，他愚昧可笑，迷信思想严重。他多次告诉哈克贝利："谁捉小鸟谁就会死";"胸口上长毛的人一定会发大财";"谁数锅子里煮的东西一定会倒霉"。总之，吉姆没有斯托夫人笔下的汤姆叔叔的卑怯与顺从。吉姆形象的成功塑造开创了美国文学史上描写黑人形象的新传统。

### （三）思想主题

《哈克贝利·费恩历险记》的中心主题是反对种族压迫、种族歧视，歌颂白人与黑人的真诚友谊，闪烁着鲜明的人道主义色彩和批判锋芒。其思想内容表现在如下几个方面。

第一，揭露美国的种族歧视与种族压迫，批判南方庄园主给予黑人奴隶的残酷迫害和非人道待遇。黑人吉姆的悲惨遭遇是美国黑奴命运的缩影。吉姆是一个聪明能干的中年黑人，他辛勤劳动了半辈子，而狠心的奴隶主华森小姐却要把他卖到远方，活活拆散他的家庭。在奴隶主心目中，吉姆仅仅是一头会说话的牲口。在号称自由之国的美国，根本就没有黑人起码的人身自由。即使逃亡到了密西西比河上，吉姆不仅时时受到追捕的威胁，而且还被江湖骗子随手倒卖给农场主费尔普斯。作品还广泛描写南方各地残害黑人的种种惨状。枪手们像追捕野兽一样追捕黑人，以至沿河两岸，杀害逃亡黑人的枪声日夜响个不停。作品的局限性在于吉姆最终获得自由是由于华森小姐的恩赐。

第二，真实地反映19世纪美国社会贫富悬殊、城乡对立、在金元帝国镀金时代的背后隐藏着触目惊心的贫困与落后等社会本质。密西西比河两岸的小镇与乡村，房屋东倒西歪，道路满是泥泞，宗族械斗的枪声响个不断。江湖骗子"国王"与"公爵"的下流表演粗俗到了极点，却能得到小市民的狂热喝彩与掌声。可见，在所谓"人间天堂"的美国同样存在着骇人听闻的愚昧与贫穷。

最后，讽刺和批判小市民的庸俗无聊。圣彼得镇的闭塞保守就是小市民生活的缩影。道格拉斯寡妇是小市民的活标本，她一切都循规蹈矩，吃饭摇铃，祈祷摇铃，睡觉也摇铃，生活禁锢得像罐头盒一样。其他居民除了飞短流长地议论邻居的琐事之外，就剩下打牌、赌博。这种小市民的生活模式同哈克贝利在河上自由自在的旅行形成极其强烈的对照。

### （四）艺术特点

《哈克贝利·费恩历险记》典型地体现了马克·吐温的艺术特色。

首先，幽默讽刺和漫画式夸张相结合。马克·吐温的幽默包含深刻的社会内容，令人警醒，促人反思。他的讽刺包容尖锐的批判力量。比如哈克贝利蹲在河心的小岛上，亲眼看着人们打捞他的"尸体"，吃着为他祭灵的面包。这个小小场面辛辣地讽刺了人们的迷信思想和宗教的荒唐。有两个江湖骗子"国王"与"公爵"在舞台上表演怪物，"国王"全身画满红绿条纹，四肢着地乱爬，台下观众笑声雷动。这样的细节写尽小市民的庸俗与空虚。马克·吐温的讽刺是夸张型的讽刺，通过夸张与放大来强化讽刺的力度。比如镇上一家皮革厂老板彼得去世，留下万贯家财，于是"国王"与"公爵"决定冒充死者的弟弟以骗取钱财，他们发疯似地闯进灵堂放声大哭，那哗啦哗啦的眼泪立刻"把地面淋湿了一大片，活像打开了的自来水龙头一样"。

其次，充满童趣的叙事风格。作品视野广阔，涉及19世纪中期美国几乎所有最敏感的社会问题，如蓄奴制、城乡对立、宗族纠纷以及资本主义侵入农村造成社会动荡等，所有这些内容都被包容在一个14岁小孩的感受与视野之中。故事是由哈克贝利作为第一人称来叙述，他充满土语与方言的语言使得整个叙事过程就像一个乡镇少年在同读者直接对话。这种叙述体现了儿童的观察特点和理解水平。如哈克贝利向儿童勃克打听当地两个家族械斗的原因时问道："他们为什么打架来着，是为了争地吗？"而勃克回答："我猜我爸爸知道。可是他们现在却不知道当初到底为什么打起来。"这一段对话充满童趣，却包容了深刻的社会内涵：两个家族互相仇杀了几十年，死了无数人，却不知道为什么要互相残杀，而且还将继续不断地仇杀下去。这就暴露了当地法律的脆弱、宗法势力的猖獗以及乡村的愚昧。

最后，现实主义细节描写与浪漫主义抒情氛围相结合。作者对密西西比河上的乡村进行精雕细刻的描写，满地泥泞的街道，东倒西歪的房屋，这类愚昧落后的庄园经济正是铸成黑人吉姆悲惨命运的典型环境。作者描写河上的大自然风光则采用浪漫主义抒情笔调。如写清晨河面波涛汹涌，一望无垠，两岸树林里鸟语花香，升起一层紫色的雾霭，清新的晨风像被水洗过一样的洁净与柔软。这份妖娆的河上风光正是哈克心目中的理想之境，他感到只有在河上才能最充分地舒展本性并获得人生的快乐。

## 第六节　左拉

爱弥儿·左拉（1840—1902）是19世纪后期法国乃至欧洲文坛上最杰出的作家之一。他是自然主义文学的鼓吹者，但他的很多作品从主导倾向上看，实际上是继承并发扬了现实主义文学传统。

### 一、生平与创作

左拉1840年出生于巴黎。其父是意大利威尼斯人，其母是希腊人，他于1862年加入法国国籍。左拉7岁时父亲即去世。因为父亲承建的桥梁工程半途而废，家里欠下大量债务，左拉青少年时代生活十分艰难，靠外祖父的接济才勉强读完中学。中学毕业后他便独自谋生，备尝流浪、失业的辛酸。他的母亲和外祖父希望他继承父业，当一名工程师，他也一度对实用科学发生兴趣。但他真正的志趣是文学，渴望"当一名巴尔扎克"。

左拉于1862年进入一家出版公司当包装工，以其勤勉和才华很快被老板提升为广告部主任。此后他开始在报刊上发表作品。1864年，左拉出版第一部短篇小说集《给妮侬的故事》，优美的文笔和抒情气息受到人们的广泛赞赏。次年又出版第一部长篇小说《克洛德的忏悔》，左拉在法国文坛崭露头角。不久左拉离开出版公司，进入一家报社当记者，为多家报刊撰稿。几年后他脱离报界，潜心文学创作。三十多年间他创作60多部作品，近千万字。他对20世纪欧美和世界文学的影响，就深远程度而言，几乎不下于巴尔扎克。左拉曾声称不做政治家、哲学家和道德家，只做一个学者和文学家，但实际上他极富社会正义感。1894年法国发生政治迫害性的德雷福斯冤案，左拉为这一冤案仗义执言，发表致最高当局的公开信《我控诉》以及一系列演说和文章，揭露军政要人在这个冤案中的卑劣行径。左拉因此被判一年监禁和三千法郎罚金，他被迫逃往伦敦。一年以后，德雷福斯冤案得以澄清，他才回到巴黎。1902年9月28日，左拉不幸因煤气中毒而逝世。

左拉的早期创作接受浪漫主义文学的影响，这突出表现在他的第一部作品即小说集《给妮侬的故事》中。早期长篇小说《克洛德的忏悔》写一个女子的堕落和悔悟，虽然已有自然主义的苗头，仍有抒情性的浪漫主义色彩。左拉立志要在文学上"自己摸索一条道路"。1860—1870年代，生理学家贝纳尔的《实验医学论》在法国影响很大，文艺哲学家泰纳提倡用进化论和实证主义哲学从事文艺研究和文艺创作。受此启发，左拉写了《实验小说》（1880）、《戏剧中的自然主义》（1881）、《自然主义小说家》（1881）等文艺论著，提出完整的自然主义文学理论体系。他在《实验小说》中为自然主义下了一个简洁的定义："把近代的科学公式运用到文学上去便是自然主义。"左拉自然主义文学主张的核心是用自然科学的规律和方法研究人和社会生活。他认为人只是动物，根本属性与动物没有多少差异，因此文学家可以像生物学家一样观察、实验人的性质和人的生活；他认为文学要适应时代，19世纪已进入一个科学、实证的时代，这个时代的作家要超脱政治、哲学和道德，冷静客观、准确精细地观察和反映生活，用科学的小说代替虚构想象的小说；他强调文学要忠实于生活，主张写凡人小事，用生理科学的观点指导自己的写作；他重视真实性，主张如实地纯客观地记录生活材料，并将真实性与倾向性对立起来。自然主义文学理论忽视人受社会制约这一基本事实。1870—1880年代，左拉还组织一批作家，成立了以自然主义为宗旨的"梅塘集团"，将自然主义思潮发展为运动，他也因此成为法国文坛新潮的领袖。

在提出自然主义文学理论以前，左拉就已经进行大量的创作实践。1868年，他发表《德莱斯·拉甘》和《玛德莱纳·菲拉》。前者写一个女人及其情夫在肉欲的驱使下谋害了亲夫，可是她与情夫从此也失去内心的平静，彼此怨恨，最后自杀。左拉自称这部小说是"对生理学一种病况的有趣的研究"。后者则是一部研究隔代遗传对人的影响的小说。这两部志在革新的小说曾被一些批评家称为"糜烂的文学"。

左拉一生完成了三大创作计划。第一个计划是1868—1893年创作的总名为《卢贡-马卡尔家族》的系列小说。第二个计划是长篇三部曲《三名城》。第一部《鲁尔德》（1894）揭露宗教的欺骗性。第二部《罗马》（1896）批判腐朽的教会，探讨历史与艺术的关系。第三部《巴黎》（1898）写巴黎的政治与文艺运动。三部曲的基本思想是摒弃宗教，用科学改良社会。第三个计划是四部曲《四福音书》。它借用《圣经·新约》的构思，分别用宣讲四福音书的马太、路加、马可、约翰充当四部曲的主角来宣扬自己的社会改良理想。其主题是科学即上帝，即救世主。第一部《繁殖》（1899）写马太到农

村去扶植农村人口生育，奖励优生，用他的遗传学理论改造人的素质，进而改良社会。第二部《劳动》（1901）写路加改良经济和生产活动，使劳资之间团结，人剥削人的现象因此消除。第三部《真理》（1902）写马可改良教育与法律，充当传播真理的文化使者，意图重造国民精神。第四部《正义》由于左拉遽然去世而没有完成。按他的预想，作品将写约翰引导人类携手合作，创造出一个由公平和正义主宰的社会。

《卢贡－马卡尔家族》的整体构思受到巴尔扎克《人间喜剧》的启发。它代表左拉最高的文学成就。它的副标题为"第二帝国时代一个家族的自然史和社会史"，包括20部长篇小说，共约600万字，出场人物千余人，主要人物是卢贡－马卡尔家族五代32个成员。这个家族的生活涉及左拉生活时代法国社会的各个方面。关于"政治"的有《卢贡家族的命运》《卢贡大人》《普拉桑的征服》，关于"军事"的有《崩溃》，关于"教育"的有《莫雷教士的过失》，关于"商业"的有《女福公司》《贪欲》，关于"金融"的有《金钱》，关于"工人"的有《小酒店》《萌芽》《人面兽心》，关于"农民"的有《土地》，关于"家庭"的有《爱的一页》《家常琐事》《巴黎之腹》《生活的欢乐》《梦》，关于"艺术"的有《作品》，关于"交际"的有《娜娜》。其中成就高的是《金钱》、《萌芽》、《小酒店》和《娜娜》。

《卢贡－马卡尔家族》不同程度地体现了左拉的自然主义文学主张，但很多作品又有明显的现实主义倾向。就主导倾向而言，这20部小说大致可以分为三类。第一类是自然主义特征明显的。《人面兽心》是代表作。第二类是现实主义精神较强的。代表作是《卢贡家族的命运》。小说是这套系列小说的第一部，企图表明遗传因素对后代的决定性意义：富农女儿弗格先后与园丁卢贡和酒精中毒者马卡尔生过3个子女，他们分别接受了3个父母（两父一母）的遗传，又继续影响到卢贡－马卡尔家族的第三代、第四代以至第五代。但是小说中占主导地位的却是富有社会历史内容的情节：拿破仑三世政变时革命派与反对派的斗争，拿破仑三世的不得人心，共和军的浴血奋战，等等。在这场斗争中，卢贡－马卡尔家族的第二代皮埃尔以及他的两个儿子都站在反革命政变的一方做了丑恶的表演，而皮埃尔的外甥及其女友则站在反对政变的共和军一方，在起义中献出了生命。因此，小说的社会历史意义大大超过家族遗传问题。第三类作品自然主义与现实主义平分秋色。代表作是《小酒店》。左拉自己说这部小说的意图是既从生物学、病理学的角度去描写"民众的风俗、罪过、堕落和精神上、肉体上的畸形"，也指出造成这一切的原因"是由于现代社会工人所处的环境和条件"。这表明作者有"生物学"和"社会学"两个视角。

## 二、《萌芽》

《萌芽》（1885）是左拉最优秀的作品，也是法国文学史上第一部真实描写劳资矛盾冲突的杰作。正如他在写作提纲中所说，这部小说写的是"雇佣劳动的崛起"和"资本与劳动的斗争"。小说塑造产业工人的"群团形象"，其题材来自现实生活。1884年2月，法国昂赞煤矿爆发工人大罢工，左拉特地去做了详细调查，还多方了解第一国际领导工人运动的理论和实践行动，后写成这部小说，力图反映出资本主义社会的主要矛盾。左拉宣称："我希望它预告未来，它提出的问题将是20世纪最重要的问题。"后来的历史印证了左拉的预见。

（一）思想内容

《萌芽》的思想内容丰富而厚重。首先，小说中真实而生动地描绘煤矿工人罢工斗争的壮阔画面。左拉在写作计划中说：这部小说要表现工人的愤怒，是对社会的一次冲击。矿工们在共同命运的基础上联合行动，高呼"社会革命万岁"的口号，向资本家宣战，愤怒的浪潮席卷整个蒙苏矿区。罢工最艰难的时候，一天里甚至喝不到一勺菜汤，但没有一个工人退缩，面对持枪镇压工人斗争的军警，没有一个工人屈服，他们同军警展开了浴血奋战。

其次，小说细腻地描绘矿工们遭受的剥削和压迫，揭示工人们奋起斗争的原因。矿工马赫一家五代都替矿主卖命，他的父亲、叔叔和哥哥都死在塌井事故中，他的孙子11岁就当了童工。他本人为矿主工作了四十多年，被人"从井下救出来三次，每次都是死里逃生"，连吐出来的痰都是黑色的，他说"我身子里有的是煤，够我烧一辈子的"。侥幸活下来的矿工每天都像牲畜一样在黑暗潮湿、缺氧的矿井里冒着生命危险从事繁重的劳动，几代人像牲畜一样挤在一间破烂的黑屋里，在饥饿和疾病的煎熬下度日如年，以致一些孩子很小就变为畸形，赢弱不堪。而资本家却靠压榨工人的血汗过着腐化的生活，把工人逼得走投无路，终于导致工人们大规模的罢工运动。

最后，小说也清晰地描写了工人群众的觉醒过程。马赫嫂年轻时曾在井下当推煤工，婚后成为家庭妇女。起初，她怯懦怕事，反对丈夫参加反抗资本家的斗争。罢工组织者艾蒂安的宣传鼓动使她逐渐觉醒，她自己也投身于罢工的洪流之中，逐渐变得坚强勇敢。家里断炊，她不动摇；女儿违背罢工规定去上工，她愤怒斥责；军警来镇压，她鼓动丈夫去斗争。最后，罢工失败了，她的丈夫和3个女儿相继死去，为了生活，她不得不重下矿井，但她始终没有屈服，坚信矿工们的血不会白流。

（二）人物形象

《萌芽》塑造以马赫一家为代表的普通工人形象，还着力描写4个工运领导者的形象：机器工人出身的艾蒂安，无政府主义者苏瓦林，有妥协保守思想的拉赛纳和小资产阶级社会主义者普鲁沙。其中艾蒂安是作者肯定的中心人物。

艾蒂安是在具体的斗争实践中接受并运用革命理论而成长起来的工人领袖。他原是一个普通工人，因加入国际工人协会接受了先进的革命理论。他因失业来到蒙苏矿场后，一面寻找工作，参加劳动，一面宣传革命理论，组织和领导工人进行罢工斗争。他遵照国际工人协会的要求，在矿工中发展会员。他创办工人互助储金会，积极筹备资金以应付罢工斗争的需要。他经常召集会议并利用一切有利场合向工人做宣传鼓动工作。他代表工人同煤矿资本家进行谈判。在斗争中，他既反对拉赛纳的妥协主义，也反对苏瓦林的无政府主义，表现出出色的组织宣传才干和勇于献身的优秀品质。他的生活态度也很严谨，在工人中很有威信。但是艾蒂安还不是一个成熟的马克思主义者，他时而迷惑于

普鲁沙的主张，时而对拉萨尔的理论感兴趣，甚至相信社会达尔文主义的生存竞争理论，表现出政治上的幼稚与糊涂。因此，在罢工斗争中他未能制定出明确的政治纲领，也没有施行得力的斗争策略，最终导致罢工失败。此后，他离开蒙苏矿区，对工人斗争运动感到厌倦，并幻想通过议会选举去获得胜利。艾蒂安是早期工人运动中尚不成熟的领导者形象，在忠于无产阶级斗争的同时，也有小资产阶级的动摇性、虚荣心和指导思想上的模糊不清。

### （三）艺术特色

《萌芽》有鲜明的艺术特色。

一是结构严谨，中心突出，首尾照应。它以工人罢工斗争为中心事件，结构和主题都紧紧围绕劳资之间的冲突，情节一浪高过一浪地发展，艾蒂安及其活动是小说中人物、事件的枢纽。

二是笔力雄浑，气势磅礴，场景壮阔。小说用史诗性笔调描写工人斗争的场面。夜间集会一路上灯笼火把，火光映照出一张张情绪激昂的面孔；罢工队伍从一个矿区开到另一个矿区，如席卷群山的洪流，一路上几千条嗓子齐声高呼："消灭资产阶级，我们要面包！"后来又不约而同地简化为更雄壮的口号："面包！面包！"工人所到之处，填塞矿井，捣毁店铺，挤死工贼。大批军警开来镇压，工人们与军警展开殊死搏斗。这些场景都是用好几万字来铺写的。关于群体行动大场景的描写，在《萌芽》和左拉其他一些作品中给人留下极深的印象，所以有人称左拉为"写群团的能手"。

三是在现实主义的主导倾向中有自然主义的痕迹。小说中有些地方强调遗传的决定作用和人的动物性一面。如艾蒂安在斗争中的愤怒和勇敢无畏被部分归因于马卡尔家族的遗传；小说中不厌其烦地描写男女工人混乱的关系，等等。尽管如此，《萌芽》还是19世纪西欧文学中反映产业工人生活与斗争的最优秀的作品。

## 第七节 波德莱尔

夏尔·波德莱尔（1821—1867）是法国诗人、文艺评论家和诗歌理论家，19世纪后期法国象征主义诗派的先驱与精神领袖。他开掘了新的题材领域，创立了一种新的美学风格，对西方文学影响深远。

### 一、生平与创作

波德莱尔1821年4月6日出生于巴黎一个资产阶级家庭。父亲弗朗索瓦·波德莱尔60岁时续娶26岁的孤女卡洛琳·迪法伊斯，生下夏尔·波德莱尔。波德莱尔6岁时父亲去世，他与年轻的母亲相依为命；他7岁时，母亲再婚，他因此变得孤独、忧郁、敏感而脆弱。波德莱尔小学和中学学业优秀，但天性倔强，不愿循规蹈矩，在路易大帝中学上学时因不服从管束被学校开除。继父欧比克将军在政府担任过要职，但在波德莱尔心目中，他是当时社会秩序和资产阶级正统价值观念的体现者，对继父的憎恶与日俱增。中学毕业后，他被父母强制去大学注册攻读法律，此后他放弃攻读法律的道路，并拒绝继父为他在外交部找到的职位，选择写诗。他热衷于泡酒吧、咖啡馆，或徜徉于画廊里，混迹于一群文学青年中。1841年6月，为了遏止他的放浪生活，父母决定让他出游印度加尔各答。这次历时9个月的海上旅行打开了他的眼界，为他后来的诗歌创作提供了素材。返回巴黎后，他与继父和母亲彻底决裂，带上生父留给他的十万法郎离家，混迹于拉丁区的旅馆和酒店之间，过着挥金如土的浪荡生活。在这段时间里，他和女演员让娜·迪瓦尔断断续续同居。诗集《恶之花》中的一些诗篇，如《腐尸》、《阳台》、《舞动的蛇》、《吸血鬼》等描写两个人之间的微妙关系。不到两年，波德莱尔便将生父的遗产挥霍一半，后来母亲通过法律诉讼将他的遗产继承权冻结，他开始卖文谋生。1847年，波德莱尔阅读美国诗人、小说家爱伦·坡的作品，发现自己与这位大洋彼岸的怪诞作家有着相似的身世、精神气质和美学见解。1848年二月革命爆发，波德莱尔和友人参与巴黎街头游行。早年的放浪生活使波德莱尔病魔缠身，在生命的后期，他靠吸食鸦片造成的幻觉来医治艺术创造力的枯竭，而治病与吸食鸦片又令他债台高筑。1864年，贫病交加的波德莱尔为了赚钱去比利时的布鲁塞尔演讲，但演讲遭到冷遇。1866年他不慎跌倒，从此瘫痪和失语。1867年，波德莱尔死于脑中风。

波德莱尔是以艺术批评家的身份走上文坛的。《1845年沙龙》和《1846年沙龙》的发表奠定其艺术批评家的地位。他的评论涉及诗歌、小说、戏剧、绘画和音乐。他的象征主义艺术理论树立一代新诗风，对后世影响很大。

波德莱尔的象征主义文艺观主要包括如下内容。第一，以丑为美，化丑为美。他强调诗歌创作是"对美的一种向往"，他所推崇的美是一种丑恶的、病态的和痛苦的美。波德莱尔认为要"从恶中去发掘美"，现代诗歌要具有化腐朽为神奇的魅力，要从丑和滑稽中去发现美学价值。第二，提出通感理论。《应和》（又译《通感》《对应》）一诗以象征和隐喻的方式描写人与自然的关系，自然之中的万物都彼此联系，以种种方式彰显其自身的存在，共同组成一座象征的森林，人与自然、人的心灵与万物之间能够相应、契合、彼此交通。人的各种感觉器官彼此都互相感应，嗅觉、视觉、听觉可以相互转换，"芳香、颜色和声音在互相应和"。这首诗后来被誉为"象征主义的宪章"。第三，阐发全新的现代性概念。在他看来，现代诗歌更要关注现代资本主义社会急剧变化引起的对都市社会和历史存在物的新的知觉方式，为此，他提出现代诗歌要把握的现代性是"过渡、短暂和偶然的东西"，现代诗歌"要从时尚中抽取出历史性所包含的诗意内容，从暂时性抽取出永恒来"。第四，主张以象征手法表现感觉、情感和思想，突出诗歌的哲理性。因为波德莱尔对后世文学影响巨大，20世纪法国诗人瓦雷里赞誉他："波德莱尔不一定是法国最好的诗人，但却是法国最重要的诗人。"

波德莱尔从1845年开始发表诗作，到50年代中期，已经创作近百首诗歌。1857年他把自己所写的诗作汇编成集，以《恶之花》为名出版，不久却因"有伤风化和妨碍道德罪"遭到查禁。1861年他编订出版《恶之花》第二版，删除6首诗，又增添35首诗

《恶之花》的再版获得极大成功。1863年,他着手出版《恶之花》第三版,但未能遂愿。除《恶之花》之外,波德莱尔还创作近50首散文诗,部分散文诗发表时被冠以《巴黎的忧郁》的总题。该散文诗集直到波德莱尔逝世两年后才正式出版。这些散文诗有的由人物对话片断组成,有的是篇幅短小的叙事诗和景物描写。波德莱尔还发表过小说《芳法洛》(1847),散文作品《私人日记》、《人造天堂》(1860),评论集《美学珍玩》(1869)、《浪漫派艺术》(1869)等。

## 二、《恶之花》

《恶之花》是波德莱尔的代表作,也是法国现代诗歌的经典。"恶之花"法文原意是"病态的花朵"。"恶之花"的含义就是从现代都市生活的阴暗和丑恶中发现偶然的或者瞬间即逝的美。

1857年《恶之花》第一版出版时共收诗100首,诗集分成5个部分。1861年《恶之花》第二版共收录126首诗,诗集被分成6个部分:《忧郁与理想》、《巴黎风貌》、《酒》、《恶之花》、《反抗》和《死亡》。其中《忧郁与理想》约占全书三分之二的篇幅。

### (一) 思想内容

诗集6个部分的大致内容如下。第一部分《忧郁与理想》一方面写诗人在现实中的处境和命运,另一方面写诗人对艺术和爱情的追求。由于在现实生活中无法实现其追求的目标,诗人由此产生抑郁和厌倦情绪。第二部分《巴黎风貌》写诗人把目光转向外部世界,描绘巴黎的各个角落,向人们展现出一幅幅现代都市的生活场景。第三部分《酒》是抚慰失意者、孤独者的佳酿,它能让诗人进入"人造天堂"。然而酒只能产生短暂的效果,它非但不能止渴,而且使人更加焦渴。第四部分《恶之花》写诗人追求被禁的快乐,追求有毒的"恶之花"。他转而歌颂淫荡、吸毒和同性恋。但这种追求是饮鸩止渴,只能徒增烦恼。第五部分《反抗》表达诗人对上帝的不敬和否定,歌颂魔鬼撒旦对上帝的抗争。这是诗人绝望中的最后挣扎和自我拯救。第六部分《死亡》则是诗人对自己毕生理想追求的诗性总结。死亡既是凡人的归宿与解脱,也是诗人最终灵魂的去处,诗人将最后的希望寄托在前往未知的死亡世界的远航上,希望到那里能够发现新奇。

《恶之花》第一次将大都会的生活带进诗歌王国,同时也展示了在此背景下个人的悲剧遭遇与苦闷心理。诗集着重描述诗人的灵魂在光明与黑暗、灵与肉、虚幻与现实之间徘徊不定、不断寻求美和理想的曲折过程。第一首诗《祝福》写的是诗人按上帝的旨意降临人间,但迎接他的是仇视、虐待和轻蔑。开篇展示社会的丑恶以及对诗人的不容。从降生的那一刻起,他受到母亲的诅咒。至于其他人,"在供他吃的面包和葡萄酒里,/他们掺进灰尘和不洁的唾沫,/还虚伪地扔掉他触过的东西,/因把脚踏进他的足迹而自责"。他的妻子也要把他的心掏出,满怀轻蔑地扔在地上。这些诗作揭示诗人在现实中的艰难处境。在其他诗作中,诗人看见天上壮丽的宝座,因而明白了上天的意图和自己的使命。诗人来到人间,既要经受肉体的折磨,还要饱尝不被理解的痛苦,他像巨大的信天翁从天空掉到船上,遭到众人的奚落。他本是翱翔于天空的"云中之君",但"一旦落地，就被嘘声围得紧紧"（《信天翁》）。堕落到尘世的诗人渴望摆脱烦恼，渴望高翔，于是开始追求美和理想的历程。然而美和理想可望而不可即，精神之爱能唤醒他的灵魂，却是不可走近的幻影，在失望之余，他转而追求感官享受，肉体之爱充满着"污秽的伟大，崇高的卑鄙"（《你把全世界都放进……》）。

诗人试图摆脱种种诱惑和陷阱，但最终还是堕落了。他为自己的沉沦悔恨不已，试图用烟草和音乐来驱除忧郁。诗人如"一个不幸的中邪人，／为逃出爬虫的栖地，／在徒劳的摸索里寻找钥匙，寻求光明"（《无药可救》）。在寻求光明的过程中，诗人走向现实，想在巴黎大都市里找到美和快乐。诗人期盼"从我的顶楼上，／我眺望着歌唱和闲谈的工场；／烟囱和钟楼……／还有那让人梦想永恒的苍天……／在黑暗中建造我仙境的华屋"（《风景》）。然而诗人寻找到的美如同街上邂逅的女郎一样只是电光一闪，稍纵即逝。他所看到的乃是"一个污泥浊水的城市"，到处都是贫贱的红发女乞丐、衣衫褴褛的老人、年迈的老妪、呆滞的盲人。城市的角落处处可见沉湎于声色犬马的赌徒、老鸨和浪子，处处展示给他的是丑恶、可怖的景象。于是他求助于"酒"，因为酒可以给孤独者、拾破烂者、诗人以希望、勇气和骄傲，酒更能为诗人建造起人造天堂的幻境。诗人希望能够从中寻觅到"飞向上帝"的诗。但是酒里盛开着的只是"恶之花"，它诱惑着诗人去探险。在魔鬼的鼓动下，诗人终于品尝到女人、大麻的刺激，但放浪的结果仍是悔恨与绝望。最后诗人走向"反抗"。诗人原以为饱尝了苦难便可以得到拯救，但上帝无动于衷，于是诗人"向上帝吐出它的诅咒"，开始赞美撒旦虽然失败仍矢志不渝的勇气。至此，诗人仅存的唯一希望是向"死亡"寻求解脱。"穿过飞雪，穿过浓霜，穿过暴雨，／那是漆黑的天际的颤颤光华"（《穷人之死》）；"死亡像一个新太阳飞来，让他们头脑中的花充分绽开"（《艺术家之死》）。最后诗人"登船驶向冥国的海上"，开始死亡之旅，他"要深入渊底，地狱天堂又有何妨？／到未知世界之底去发现新奇"（《远行》）。

波德莱尔在谈到《恶之花》时曾经说过："在这本残酷的书里，我放进了我全部的心、全部的温情、全部的信仰（改头换面的）、全部的仇恨。"《恶之花》的主题是写恶及其与人的关系。在诗人看来，现实世界中的"恶"都是魔鬼撒旦企图蛊惑人类所施的伎俩，其目的是要控制人类。诗人和芸芸众生一样处在恶的重重包围之中，成了恶的牺牲品。诗人受魔鬼撒旦的诱惑，从天堂跌落到丑恶的现实中，与撒旦为伍，放纵和沉沦。然而诗人不甘于沉沦和堕落，从而产生悔恨和罪孽感，渴望摆脱撒旦的控制。《恶之花》重在表现诗人不甘沉沦、不断挣扎、灵魂上升的过程。

### （二）艺术特点

《恶之花》的诗歌艺术具有鲜明的创新性，其特征主要表现为三个方面。

第一，将"恶"转化为美。欧洲传统诗歌特别是浪漫主义诗歌都提倡以"美"入诗，表达美好、高雅和符合道德理想的感情。波德莱尔却在《恶之花》中展示人世间的丑恶事物，随后又从丑恶、病态中发掘美，开拓诗歌表现的新领域。《恶之花》中有许多题材直接呈现丑与恶。如《腐尸》写诗人携女友驻足于一具腐烂的尸体前，细致描绘腐尸令人作呕的可怖画面，然后笔锋一转，联想到自己的女友美好的躯体终有一天也会像腐尸那样腐烂变质，只是优美的形式留存在诗人的记忆中。

第二，实践"通感"理论。《恶之花》中处处可见诗人隐喻、暗示和象征手法的运用，重在以丰富的意象表现心灵世界复杂的感受。如《信天翁》一诗用信天翁象征诗人，通过信天翁的遭遇反映诗人的命运。

第三，极具音乐性。波德莱尔重视节奏的安排和韵律的运用，往往通过诗句的长短、发音强弱的变化使诗歌听起来有抑扬顿挫之感。《恶之花》中近一半的诗作都是格律极严的十四行诗，通过韵脚的安排和旋律的反复回环，加强诗的节奏感和音乐美。

## 第八节　王尔德

奥斯卡·王尔德（1854—1900）是 19 世纪后期兴起的唯美主义文学思潮的杰出代表。他开拓了美的领域，扩大了艺术表现的范围，对后世西方文学艺术产生了重大影响。

### 一、生平与创作

王尔德出生在爱尔兰的都柏林。父亲是著名的眼科医生，母亲是 19 世纪 40 年代青年爱尔兰运动的旗手和诗人斯潘兰扎。王尔德早年在都柏林三一学院学习，熟读古希腊和古罗马的文学经典。1874 年，他以优异成绩获得奖学金进入牛津大学莫德林学院，师从著名学者罗斯金、佩特。大学毕业后，他来到英国伦敦寻求发展。对于美天生敏感的王尔德很快就融入"为艺术而艺术"的风潮，从一个传统美学的拥护者转变为唯美主义的旗手。王尔德常常穿着华美繁复的服装，与中国花瓶、日本扇子、孔雀羽毛、向日葵和玉兰花为伍，不遗余力地扮演唯美主义浪荡子形象。1882 年，他以这样的姿态到美国宣传唯美主义艺术观点，引起轰动。王尔德从美国回来后，伦敦公众终于对他敞开双臂，他一时成为上流社会的宠儿。1895 年 2 月，王尔德的喜剧《认真的重要》在伦敦圣·詹姆斯剧院首次演出，盛况空前。但就在同一年，他因同性恋行为而被判有伤风化罪而入狱两年。这场牢狱之灾使王尔德身败名裂。王尔德晚年在《狱中记》（1905）里回忆说：他的生活中有两个转折点：一是父亲将他送到牛津大学，二是英国公众将他送进监狱。1897 年出狱后，他自我流放到法国，1900 年客死巴黎。他生前的最后一句话是："如果新的世纪开始我还活着，那就不仅是英国受不了了。"

王尔德创作数量不多，但体裁多样。早期作品有诗歌和童话故事。1881 年，他自费出版《诗集》。童话集《快乐王子和其他故事集》（1888）语言清新优美，诗意浓郁，是世界童话中的上乘之作。1891 年，他出版唯一的长篇小说《道连·格雷的画像》。

王尔德最为知名的作品是话剧，主要是 1 部悲剧和 4 部社会喜剧。王尔德用法语创作过唯一一部诗体悲剧《莎乐美》（1893）。该剧在英国遭到禁演，1896 年在巴黎演出受到热烈欢迎。莎乐美的故事源于《圣经·新约》，剧本写女主人公莎乐美为了得到施洗者约翰的爱，不惜将他杀死。诗剧将人的感官、感性和传统的灵魂、思想、精神等概念对立，并推崇前者，表现唯美主义、颓废主义的艺术理想与生活态度。4 部喜剧包括《温德米尔夫人的扇子》（1892）、《无足轻重的女人》（1893）、《理想丈夫》（1895）和《认真的重要》（1895）。这些喜剧构思巧妙，语言机智幽默，充分展示了作者的才华。同时，王尔德的喜剧中总有一个"花花公子"形象，他们衣着华丽，谈吐不凡，思想深邃。这类形象与佩特的唯美主义观念相联系，强调感性、形式以及瞬间的美的感受，具有弘扬个性和颓废享乐的色彩。《认真的重要》是王尔德的喜剧代表作，被公认为其最佳喜剧作品之一。年轻乡绅杰克假称城里有个名叫"哦拿实的"（Ernest）、生活放荡的弟弟需要他照顾，常常以此为由进城后就化名"哦拿实的"，趁机玩乐。城里的贵族青年爱尔杰龙的表妹格温多琳爱上了杰克，她的理想就是要爱上一个名叫"哦拿实的"的人。与此同时，爱尔杰龙假造出一个名叫"病不理"（Burbury）的久病不愈的朋友要他照顾，以便逃避城里的琐事，到乡下去寻欢作乐。受杰克监护的少女塞茜丽爱上爱尔杰龙，因为他假称自己名叫"哦拿实的"，塞茜丽就认为名叫"哦拿实的"的人最可爱。剧情围绕两位小姐都爱名叫"哦拿实的"的人，两个浪荡子都冒名"哦拿实的"去求爱这条线路展开。小姐们执意非"哦拿实的"不嫁，公子们则力图摆脱名不副实的困境。王尔德将反常的故事情节、可笑的人物形象和机智的语言艺术结合起来，挖苦19世纪末泛滥于英国社会的一种虚假和病态的"认真态度"，其批判锋芒直指维多利亚时期的道德规范。

此外，王尔德还发表了不少评论文章，如《谎言的衰朽》（1889）、《作为艺术家的批评家》（1890）等，集中阐述唯美主义美学思想，提出诸如"艺术乃撒谎""生活模仿艺术"等全新的见解与主张。

## 二、《道连·格雷的画像》

长篇小说《道连·格雷的画像》是王尔德的代表作。

### （一）情节梗概

《道连·格雷的画像》讲述美男子道连·格雷希望自己能够青春永驻、让画像承担衰老的厄运，最后奇想成真，却用匕首刺破画像结果刺伤自己的故事。故事围绕3个主要人物展开。青春貌美的贵族少年道连·格雷有两个性格、志趣截然不同的朋友：一个是心地善良、以追求美作为最高艺术目标的画家贝泽尔·霍尔渥德，另一个则是玩世不恭、追求享乐的亨利·沃登勋爵。

霍尔渥德为道连画了一幅妙不可言的画像，道连深爱这张肖像，情不自禁地感叹岁月的痕迹要留在脸上。他希望自己能与画像易位，让后者承担岁月流逝的后果，而自己则永远年轻英俊，为此他宁愿付出灵魂。作为一个享乐主义者，亨利勋爵认为利己主义是人类行为的基本原则，对美的欣赏是无穷无尽的感官享受，强调一个人青春美好、时光短暂，鼓励追求各种不同的生活体验。亨利赞扬道连的美，把他当作自己哲学的试验品。道连接受亨利哲学后，第一件事就是爱上女演员西碧尔·韦恩。

西碧尔扮演的莎剧女主角令人叫绝,"所有戏里了不起的女主角都集于她一身"。西碧尔也像道连一样是艺术的化身。她开始把爱情放在高于戏剧表演的地位,由于她经历过真正的爱而不能再表演爱了。而道连却把自己更多地看作艺术的卫士而非生活的卫士。他指责西碧尔扼杀了他的爱情,堕落成"一个长着一张漂亮脸蛋的三流女戏子"。他冷酷地宣称:"过去我爱你是因为你不寻常……因为你实现了伟大诗人的梦想,使艺术的幻影有了血和肉。……你离开了自己的艺术,是毫无价值的。"西碧尔的死使她成为艺术的殉道者,道连却在听到女演员的死讯后,被其中的"恐怖美"所打动,并把她的死看作"一出奇怪的戏的奇怪的结局"。由于道连的冷酷无情,他的画像的嘴角露出一丝残忍,当他为了忘掉西碧尔而去寻求新欢时,肖像的脸上出现欲望。

从此,道连完全忘记道德的约束,尽情追求形形色色的感官享受。他每做一件堕落的事,画中人的脸部便多添一分狰狞,身上也多增加一些血迹。一年年过去了,画像中的道连变得日益衰老,而他自己却保留了青春。当画家贝泽尔发现了这一秘密时,道连残酷地杀死了他,画像的双手立刻鲜血淋漓。尽管帮助道连毁尸的化学家坎培尔因良心发现而自杀,寻他报仇的西碧尔的弟弟又被流弹打死,道连的秘密永远不会被泄露,但他无法获得内心的平静。他在心中升起一瞬对纯洁青春的追叹之后,邪恶的念头又压倒了他,他决心毁掉这一可怕的证据,终于在愤怒中挥刀向画像刺去,岂料自己却应声倒地,面容变得丑陋可憎,那幅画像却重新焕发出青春和美好。

(二) 思想主题

《道连·格雷的画像》远远超越了单纯的叙事,而成了王尔德唯美主义创作原则的体现。作家在一个基本真实的现实背景中描述了一个纯粹虚构甚至荒诞的故事,使得这部小说具有浓厚的象征意味。作品中的主要人物和情节并不指向现实,而只是用来解释王尔德的艺术思想。通过道连·格雷的身体力行,作家力图穷尽美之存在的所有可能性,这不仅包括把生活变成艺术的尝试,也有对新的经验和感觉的不懈追求,这些经验和感觉甚至包括罪恶、邪恶、赎罪和受罚。

小说中的亨利勋爵是王尔德心目中理想的美学家。他"一向醉心于自然科学的方法",而道连正好为他提供了一个"饶有趣味"的研究课题。亨利把道连看作自己的创造品,相信这个实验能"结出丰硕的成果"。亨利勋爵非常满意自己成功地激发了道连对美和好奇的感觉,并将他变成"时代所寻找的美学典型"。亨利勋爵很高兴道连从来没有刻一座雕像,或画一幅画,只是把自己的生活变成了艺术。王尔德认为,比起伟大的诗人而言,那些"等而下之的诗人"更讨人喜欢,因为"他把写不出来的诗都在生活中实现了"。亨利就像《浮士德》中的靡菲斯特,既是引诱道连的魔鬼,又是对人生世态洞察幽微的观察者、冷嘲热讽的批评家。他以玩赏者的姿态撕去遮羞的面纱,一针见血地说出令所谓的正人君子发窘的俏皮话。

批评家常常认为《道连·格雷的画像》是作者"超道德"观的实证,作者用欣赏的笔调描写道连追求感官的行为,正是无视道德的反映。不过,情节中也存在明显的矛盾:亨利勋爵向道连宣扬的享乐主义计划,对前者来说不过是一种心理实验,而对后者来说,必然牵连到道德的问题。一方面，年轻的道连·格雷受到鼓励去追求各种各样的感官经验和本能的满足；另一方面，他因为沉迷于声色犬马的生活、违背自己的良心而不断受到惩罚。王尔德在小说的大部分篇章里都热情地支持道连的冒险。但是，当这个年轻的主人公杀人的时候，作者则收回赞赏。如果说在小说的开始，王尔德兴致勃勃地描述道连从道德的束缚中解放出来、沉迷在感官享受中，那么在小说的后半部分，当道连为摆脱一个罪恶而陷入另一个罪恶时，王尔德则忍不住直接点评："正是他的美貌毁了他，正是他祈求得来的美貌和青春葬送了他。要不是这两者，他一生可以不沾上一个污点。事实上，他的美貌不过是一张面具。青春则成了笑柄。"画家贝泽尔之死是一个转折点。画家死后，道连再也无法美化这血淋淋的罪行。王尔德确实想借此传达唯美主义文艺观。无视道德的道连虽然风采依旧，他的画像却日渐丑陋，这正是对他不道德行为的惩罚，最终他想毁掉这一丑陋的画像，但毁伤的却是他自己。他的画像可以说是社会中普遍存在的道德观念的一种物化形象。道连最关心的是如何才能摆脱道德的制约，以便自由自在地进行感官享乐的体验与历险。他将画像藏起来，却始终没能逃脱其控制。由此可知，小说的道德寓意是清晰的：不提倡过分地沉迷于感官的满足，主张达到各种能力的和谐的发展，包括有意识的与无意识的、肉体与灵魂、智力与情感。实际上，王尔德认为纵欲与禁欲一样，也应受到批判。

《道连·格雷的画像》呈现了艺术与生活、美与道德、感性与理性之间的冲突与调和。小说的首要目的在于探讨艺术和道德及生活的关系。作品的情节、人物都按照美与道德的冲突这条主线展开。以感觉为基础、以快乐为旨归的唯美主义理想始终贯穿于作品之中，但是这种唯美哲学包含了某种自甘堕落的病态成分，它似乎暗示着美的本体里带有罪恶，作为纯粹美的追求者，非但不应回避，反倒要领略和享受它。这种哲学尽管使人获得了对生活的新理解，并从艺术角度取得了一种纯粹审美的观念，但实践起来则是危险的。

# 第九章　20世纪前期文学

20世纪前期欧美文学是指20世纪初至第二次世界大战结束这一阶段的欧美文学。这一时期，欧美文坛思潮更迭、流派林立，但从整体格局来看，大体上可分为传统现实主义文学、社会主义现实主义文学（含无产阶级文学）和现代主义文学等3大板块。

## 第一节　概述

### 一、社会文化背景

20世纪前期，进入垄断资本主义阶段的欧美各主要资本主义国家由于瓜分殖民地和争夺势力范围在1914年爆发规模空前的世界大战，战争席卷欧、亚、非三大洲，伤亡人数多达3000万。1917年，列宁领导的俄国十月革命取得胜利，在俄国建立起世界第一个社会主义国家。在十月革命的影响下，世界各国共产主义运动风起云涌。十月革命开辟了人类历史的新纪元。1930年代中后期，斯大林发动的肃反运动造成非常严重的影响，残酷的政治斗争致使大批无辜者丧失生命。与此相关，世界范围内包括西方国家曾经出现的"红色的30年代""马克思主义化的十年"低落下去，苏联的国际声望也因此受损。

1939年，第二次世界大战爆发，以德、意、日为首的法西斯阵营和以英、法、苏、美、中为首的反法西斯阵营进行长达6年的战争。1945年战争以法西斯阵营的彻底失败结束。由于科学技术的发展和武器装备的进步，此次战争在规模和破坏性方面比第一次世界大战更大。战后，一批社会主义国家和民族独立国家相继出现，在政治上形成以美、苏为中心的两种不同社会制度长期对立的世界冷战格局。由于核恐怖、频繁的经济危机、层出不穷的社会问题和国际政治舞台上的风云变幻，战后世界依然动荡不安。

第一次和第二次世界大战给人类造成的巨大灾难使人们感到科学的进步和物质文明的发展并未给人类带来幸福和安宁，相反有可能让人类走向毁灭。人类理性的力量和善的力量遭到深刻的怀疑，从而产生了严重的精神危机。这种精神危机明显地渗透在20世纪前期的欧美文学之中。

同时，20世纪前期，欧美流行的各种非理性主义哲学思潮和现代心理学如叔本华的唯意志论、尼采的权力意志论、柏格森的生命哲学和弗洛伊德的精神分析学等，对这一时期的欧美文学特别是对现代主义文学产生了深远影响。这一时期马克思主义哲学也广泛传播到世界各地，不仅为全世界无产阶级指明了求解放的道路，也为世界无产阶级文学提供了丰富的思想资源。

## 二、传统现实主义文学

20世纪前期的欧美传统现实主义文学虽然已经失去它在19世纪欧美文坛的霸主地位，但仍然保持着旺盛的艺术生命力。

### （一）20世纪现实主义文学的基本特征

20世纪传统现实主义文学是对19世纪现实主义文学的继续和发展。在内容上，一方面它继承了传统现实主义文学的优良传统，具有对现实的批判精神，另一方面它又不同程度地带有改良主义、悲观主义和厌世主义的色彩。20世纪前期现实主义文学在题材和主题方面也有大幅的更新和发展。资本主义确立和巩固时期的劳资矛盾在新的形势下得到深刻而有力的表现。战争给各国人民带来的深重灾难和心灵创伤，工业、科技和经济的高速发展造成的种种社会问题，现代生活中人们心理上和精神上的压力，世界范围内反帝、反殖、反种族歧视的斗争，核战争的威胁，社会主义国家出现后形成的新的国际关系格局等，都作为新题材进入20世纪传统现实主义文学描写的范围。20世纪传统现实主义文学突出了反战、无产阶级争取自身解放和殖民地人民争取民族独立等主题。

在艺术上，20世纪传统现实主义文学继承了19世纪现实主义文学的创作原则，强调文学表现的真实性，坚持按照生活的本来面目反映生活。在此基础上，又出现一些新特点。第一，注重从宏观角度反映生活，出现"全景小说"和"长河小说"这样的百科全书式的作品。第二，更倾向于对人的内部心灵的发掘。第三，艺术表现手法更为丰富多样。它广泛融合、吸收其他文学流派的表现技巧和手法，如采用意识流等多种现代主义文学表现手法，创造出"纪实小说"或"非虚构小说"，等等。

### （二）西欧现实主义文学

英国是20世纪前期传统现实主义文学最有成就的国家之一。其中劳伦斯的创作和思想影响巨大。

萧伯纳（1856—1950）直译为乔治·伯纳德·萧，是英国最有代表性的现实主义戏剧家，世界文学史上喜剧大师之一，1925年获诺贝尔文学奖。他共创作51部戏剧。萧伯纳的戏剧深受易卜生的影响，反映迫切的社会问题，在讨论问题时表现了尖锐而深刻的批判性；在艺术上以幽默讽刺见长。萧伯纳在思想上流露出改良主义倾向，主张用改良渐进的办法实现社会主义，是费边社的重要成员。他于1892年开始创作剧本，第一个戏剧集《不愉快的戏剧集》包括《鳏夫的财产》、《华伦夫人的职业》、《荡子》等3部剧本，第二个戏剧集包含《武器与人》等4部剧本，第三个戏剧集《为清教徒而写的戏剧集》包含《魔鬼的门徒》等3部剧本。重要作品有《华伦夫人的职业》（1894）、《巴巴拉少校》（1905）、《伤心之家》（1917）、《苹果车》（1929）等。《巴巴拉少校》是其代表作。剧本描写在宗教慈善组织救世军担任少校的女青年巴巴拉与她的百万富翁的父亲安德谢夫之间的矛盾。巴巴拉不仅在大街上向穷人施舍，不使他们挨冻受饿，而且还决心拯救父亲安德谢夫这个军火商和"混世魔王"的灵魂。她要他放弃罪恶的军火制造，投身救世军这一无比高尚的事业。后来，她发现救世军的经费就来源于她父亲一类的资本家。救世军并没有能拯救安德谢夫的灵魂，相反安德谢夫一类资本家拯救了救世军。巴巴拉幻想破灭、信念动摇，退出救世军。巴巴拉的未婚夫库辛斯是一个希腊文教授，原来也与巴巴拉一样反对安德谢夫，后来却信奉后者的"金钱与军火的福音书"，并继承了他的军火制造事业。剧本通过财产继承权问题，揭示金钱的巨大力量和垄断资产阶级的本来面目。剧本将安德谢夫和巴巴拉及其未婚夫合作作为解决社会问题的办法，表现出改良主义思想。

约翰·高尔斯华绥（1867—1933）1932年获得诺贝尔文学奖。他一生写下大量的小说和戏剧，其中以描写福尔赛家族几代人生活为主要内容的系列长篇小说成就最高，这就是他的具有史诗规模的3套三部曲：《福尔赛世家》、《现代喜剧》和《尾声》。其中《福尔赛世家》包括《有产业的人》（1906）、《骑虎》（1920）和《出租》（1921），是他的代表作。这些小说以19世纪30年代中期至20世纪20年代中期的英国社会为背景，描写福尔赛家族几个主要人物的家庭生活和爱情纠葛，塑造了福尔赛家族的群像，反映了英国资产阶级的盛衰史。

约瑟夫·康拉德（1857—1924）是英国波兰裔作家。他有20余年的海上航行经历，擅写海洋冒险题材，有"海洋小说大师"之称。主要作品有《吉姆爷》（1900）、《黑暗的心》（1902）等。代表作《吉姆爷》中的吉姆开始在"帕特纳"号客船上做大副，因为在一次沉船事件中逃生而被法庭判失职罪。吉姆为逃避舆论，从一地躲到另一地，最后和一群土著和睦相处，赢得尊敬，成为"吉姆爷"。最后他出于良心的折磨而引咎请罪。

约瑟夫·鲁德雅德·吉卜林（1865—1936）是英国小说家、诗人，1907年因"作品以观察入微、想象独特、气概雄浑、叙述卓越见长"而获诺贝尔文学奖，成为英国第一位获此殊荣的作家。诗集《营房谣》（1892）、《七海》（1896）以豪迈笔调讴歌英国军队在异国的征战，为他赢得"帝国诗人"称号。小说名作有短篇小说集《生命的阻力》（1891）和动物故事集《丛林之书》（1894—1895）、长篇小说《基姆》（1901）等。他提出著名的"丛林法则"，即自然界物竞天择、优胜劣汰、弱肉强食的规律或法则。

威廉·萨姆特·毛姆（1874—1965）是英国20世纪前期著名的现实主义小说家和戏剧家。他的3部长篇小说影响最大：《人性的枷锁》（1915）、《月亮与六便士》（1919）、《刀锋》（1944）。《刀锋》是毛姆的代表作。作品通过主人公的精神探索，反映一战后西方青年的迷惘、彷徨、忧郁和恐惧的精神状态。小说的题名"刀锋"形象地暗示了西方人的精神危机。

法国是欧洲现实主义文学的发源地，20世纪前期仍然涌现出一批杰出的作家。其中罗曼·罗兰的声誉最高。

阿纳托尔·法朗士（1844—1924），法国小说家，1921年诺贝尔文学奖获得者。他的主要作品是四部曲《当代史话》（1896—1901）。作品的主要情节是写法国某城两个长老争着当该城主教的事情，以及德雷福斯案件的经过。长篇小说《企鹅岛》（1908）、《诸神渴了》（1912）讽刺社会的丑恶，但流露出历史循环论的悲观思想。

马丁·杜伽尔（1881—1958）1937年获诺贝尔文学奖。代表作《蒂博一家》（1922—1940）共8卷，写两代人3个主人公的悲剧命运。父亲蒂博先生生活在过去的时代和价值观念中，和两个儿子有很深的代沟，陷于孤独之中。大儿子安托万是个有才干有毅力的年轻医生，在前线中毒气致残，退伍回家，最后失去自信心，自杀身亡。小儿子雅克是家庭的叛逆者和理想主义者，积极参加反战活动，最后被法国士兵误当成德国间谍而枪杀。

弗朗索瓦·莫里亚克（1885—1970）擅长心理分析，1952年荣获诺贝尔文学奖。他的重要的作品有《爱的荒漠》（1925）、《苔蕾丝·德斯盖鲁》（1927）、《蝮蛇结》（1932）。《蝮蛇结》是他的代表作。作品塑造了一个心如铁石、了无情义、爱财如命的守财奴形象路易。他与妻子儿女相互视为仇敌，儿女们一心希望他早死，他也在暗中策划和实施对全家的报复计划。围绕财产继承问题，老路易一家人就像纠结在一起的一窝毒蛇。

安德烈·保罗·吉约姆·纪德（1869—1951）是1947年诺贝尔文学奖得主。主要作品有小说《田园交响曲》（1919）、《伪币制造者》（1926）和散文诗集《人间食粮》等。《伪币制造者》讲述一个真实的历史事件：1936年纳粹分子命令集中营中的犯人大量伪造外国货币，企图以此破坏英国的经济，萨利和一组囚犯专家被迫在德国的萨克森豪森集中营制造外国流通纸币，阿道夫·博格拒绝利用自己的才能为纳粹利益效劳。

安德烈·马尔罗（1901—1976）的《征服者》（1928）描写1925年中国的省港大罢工。《人类的命运》（又译《人的状况》，1933）故事发生在中国，描写1927年上海工人起义和"四一二"大屠杀，表现蒋介石和中国共产党人的冲突，以及后者不惜牺牲生命、前仆后继与蒋介石进行殊死的搏斗。

圣埃克絮佩里（1900—1944）主要作品有《夜航》（1931）、《人类的大地》（1939）、《小王子》（1943）等。《小王子》讲述B612号小行星的王子去7个星球旅行、最后来到地球的奇遇。

德语国家的传统现实主义文学在20世纪前期得到重大发展。布莱希特是20世纪前期德国伟大的戏剧家和戏剧理论家。

亨利希·曼（1871—1950）在第一次世界大战后完成了《帝国》三部曲，包括《臣仆》（1914）、《穷人》（1918）、《首脑》（1925）。作品对20世纪前期德国反动势力日益猖獗的真相进行揭露和讽刺。其中《臣仆》塑造一个德国帝国主义忠顺臣仆的典型形象——赫斯林。他怯懦残忍、欺软怕硬，信奉的信条是："凡是践踏别人的人就得忍受别人的践踏，这是权力的铁的规律。"他在强者面前是奴才，在弱者面前则是暴君。这一形象概括了君主专制的崇拜者、沙文主义者和德国法西斯分子的典型特征。

托马斯·曼（1875—1955）是 20 世纪前期德语世界最重要的现实主义作家，1929年获诺贝尔文学奖。1933 年希特勒上台，他撰文谴责法西斯对德国文化的歪曲和破坏，被迫流亡，1938 年移居美国，后加入美国国籍，1952 年返回瑞士定居。他的主要作品有长篇小说《布登勃洛克一家》（1901）、《魔山》（1924）、《浮士德博士》（1947）等。他的代表作《布登勃洛克一家》写"约翰·布登勃洛克公司"及其家族的故事，通过大商人布登勃洛克家族的盛衰史真实地反映德国从自由资本主义转向垄断资本主义的历史变迁，揭示资产阶级没落的规律和资产阶级家庭内部人与人之间赤裸裸的现金交易关系。

艾利希·马利亚·雷马克（1898—1970）是德国著名的反战小说家。他的代表作《西线无战事》（1929）以真实、细腻的笔触淋漓尽致地描写保尔·包依麦尔所在的一个班的 8 名普通士兵的日常生活、战斗场面、思想感受和心理变化，具体真实地再现了战争的残忍和恐怖，形象地说明战争给人们带来的灾难和心灵创伤。

斯蒂芬·茨威格（1881—1942）是奥地利著名的现实主义作家。他的小说以心理分析见长，具有动人的艺术魅力和深沉的人道精神。重要作品有中篇小说《一个陌生女人的来信》（1922）、《一个女人一生中的二十四小时》（1922）、《象棋的故事》（1941）等。《一个陌生女人的来信》以书信体的形式剖析了一个女人在爱情上不求回报、坚贞不渝的高尚纯洁的心灵，同时也谴责了上流社会中文化人轻薄无情、玩弄女性的不道德行径。陌生女人是作家虚构的道德理想化的女性形象。

（三）北欧、南欧现实主义文学

20 世纪前期北欧和南欧也涌现出一批杰出的现实主义作家。

克努特·哈姆生（1859—1952），挪威小说家、戏剧家和诗人，1920 年获诺贝尔文学奖。他推崇尼采哲学，主张"超人"统治世界，公开歌颂战争。代表作《大地硕果》三部曲（1917）的主人公是反对现代工业城市文明、追求自给自足农耕生活、渴望回归自然的农民伊沙克，他认为人类只有回到原始的自然生活才能保持精神纯洁和真诚。作品表达作者返回自然的哲学观。

西格莉德·温塞特（1882—1949），挪威女小说家，1928 年获诺贝尔文学奖。出生于丹麦，她两岁时全家移居挪威，1940 年反对纳粹德国而流亡到美国，1945 年重返挪威。代表作是《克里斯汀》三部曲——《新娘·主人·十字架》。作品以 13 世纪的中古挪威为背景，描述中世纪斯堪的纳维亚人民的生活。

格拉齐亚·黛莱达（1871—1936），意大利真实主义作家，1926 年获诺贝尔文学奖。代表作《母亲》（1920）描写天主教教徒母亲拯救神父儿子而失败的故事。

（四）美国现实主义文学

美国现实主义文学在 20 世纪前期取得了辉煌的成就。

西奥多·赫曼·阿尔伯特·德莱塞（1871—1945）是 20 世纪前期美国最杰出的现实主义作家。他的重要作品有《嘉丽妹妹》（1900）、《珍妮姑娘》（1911）、《欲望三部曲》——《金融家》（1912）、《巨人》（1914）、《斯多葛》（1945）等。其中《美国的悲剧》（1925）是德莱塞的代表作，当时评论家称它为"我们这一代最伟大的美国小说"。小说通过一个普通美国青年在腐朽的社会风气的影响下追求资产阶级奢侈豪华的生活最后堕落成杀人犯的故事，集中批判美国腐朽的资产阶级生活方式和生活原则，深刻揭露美国社会制度特别是美国司法机构的黑暗和罪恶。主人公克莱德的悲剧是一个典型的"美国的悲剧"。出身贫寒的克莱德在贫富悬殊、两极分化的美国社会没有正当的发展机会，美国腐朽的社会风气使他形成极端的利己主义、享乐主义的生活观念和不择手段、寡廉鲜耻的恶劣品质，他就这样一步步走向堕落、走向毁灭。

杰克·伦敦（1876—1916）的重要作品有《荒野的呼唤》（1903）、《铁蹄》（1908）、《马丁·伊登》（1907）等。代表作《马丁·伊登》是一部自传体小说。作品通过马丁·伊登的悲剧无情地抨击和鞭挞资本主义社会金钱、地位至上的势利习气及其对人类崇高情感和聪明才智的摧残。马丁·伊登最后自杀说明资本主义社会是一个与人类理想背道而驰的、不适合追求理想者生存的社会，同时也表现了一种逃避现实、悲观厌世的消极情绪。

厄普顿·辛克莱（1878—1968），美国"社会丑闻揭发派"或"揭露黑幕运动"作家。他的名作有讲述立陶宛移民家庭在屠场当雇工的苦难的《屠场》（1905），描写科罗拉多州煤矿工人罢工事件的《煤炭大王》（1917），抨击垄断资本家的《石油》（1927），揭露政治腐败和警察暴行的《波士顿》（1928）等。

辛克莱·刘易士（1885—1951）1930年获诺贝尔文学奖，是美国第一个获此殊荣的小说家。他重要作品有《大街》（1920）和《巴比特》（1922）。前者对美国中西部城镇的资产阶级的庸俗、守旧、沉闷、毫无生气的生活作了生动的描写。后者通过成功地刻画美国西部中等城市里的一个房地产经纪人巴比特的形象，表现美国社会上传统的保守势力的巨大力量。

约翰·斯坦贝克（1902—1968）1962年获诺贝尔文学奖。主要作品有《人鼠之间》（1937）、《愤怒的葡萄》（1939）、《伊甸之东》（1952）等。代表作《愤怒的葡萄》以美国20世纪30年代经济大萧条时期大批美国农民背井离乡向美国西部逃荒为背景，描写俄克拉荷马佃农约特一家历尽艰辛、离家前往加利福尼亚另谋生路的苦难历程，再现了美国经济大萧条时期真实的社会状况。

女作家赛珍珠（1892—1973）本名珀尔·布克，1938年由于"对中国农民生活史诗般的描述"获得诺贝尔文学奖。她的代表作《大地》三部曲——《大地》（1931）、《儿子们》（1932）、《分家》（1935）叙述农民王龙的发家史及其家族三代人的兴衰。

玛格丽特·米切尔（1900—1949）是美国"南方文学"的代表之一。她的代表作《飘》（或译《乱世佳人》，1936）叙述南北战争前后塔拉庄园贵族小姐郝思嘉同庄园主儿子艾希利，以及3任丈夫之间的情感纠葛，表现美国内战前后南方的生活风俗与价值观念。

## 三、社会主义现实主义文学

20世纪前期，随着第一个社会主义国家苏联的诞生，亚洲、东欧和拉丁美洲等地先

后出现一批社会主义国家，社会主义现实主义文学得以傲立于世。与此同时，其他国家也继续和发展着无产阶级文学。这些文学既继承了19世纪英国宪章派文学、德国工人诗歌和巴黎公社文学等早期无产阶级文学的战斗传统，又吸收了19世纪欧美现实主义文学的民主精神，真实地再现了社会主义国家的政治与军事斗争、经济精神，以及无产阶级的革命斗争。在艺术上，它既采用现实主义的创作方法，又吸收和借鉴其他文学流派如现代主义文学的创作技巧和方法，极大地增强了艺术表现力。

### （一）20世纪前期苏联文学

20世纪前期，苏联的社会主义现实主义文学成就最大。其文学的发展可分为两个时期。

第一时期（1917—1934），即从十月革命到全苏作家协会成立大会召开。十月革命胜利以后，由于战争、动荡和经济危困，出现一个"混乱的二十年代"，文坛上出现形形色色的派系和团体，互相之间展开激烈争论，提出了种种不同的思想主张。影响较大的派系是"无产阶级文化协会"和"拉普"。"无产阶级文化协会"成立于十月革命前夕，曾在工人中起过积极作用，但十月革命后犯了一系列错误，如向新政权要求独立，否定一切文化传统，鼓吹艺术脱离生活，主张取消艺术的倾向性等，因此受到列宁和俄共（布）中央的严厉批评。"拉普"是20世纪20年代到30年代初苏联最大的文学团体，全称是"俄罗斯无产阶级作家联合会"，成员上万。这个团体在抵制文化领域中的资产阶级影响和建立社会主义文学方面起到了开拓者的作用，但后来犯了一系列错误，思想作风上妄自尊大，组织上大搞宗派主义和关门主义，理论上宣扬"辩证唯物主义的创作方法"，大搞教条主义和庸俗社会学。针对"拉普"的错误以及当时整个文艺界的混乱，苏联共产党中央在1925年和1932年先后颁布《关于党在文学方面的政策》和《关于改组文艺团体》两个决议，从思想和组织两个方面进行有效的整顿。第二时期（1934—1954），即从第一次全苏作家代表大会到第二次全苏作家代表大会之间的20年。1934年8月，在高尔基主持下召开了第一次全苏作家代表大会。会议规定"社会主义现实主义"是苏联文学创作与批评的基本方法。此后，社会主义现实主义文学成为苏联文学的主流。

第一时期苏联文学中最繁荣的体裁是诗歌。影响较大的诗人有马雅可夫斯基、勃洛克、叶赛宁等。马雅可夫斯基（1893—1930）是苏联社会主义现实主义诗歌的奠基人。他的代表作是长诗《列宁》（1924）和《好！》（1927）。《好！》是诗人为了向十月革命胜利十周年献礼而创作的一部长诗。《列宁》创作于列宁刚刚逝世之际，由序诗和3章正诗组成。这部长诗第一次成功地塑造了列宁的形象。诗人在广阔的历史背景下，从列宁的革命活动、人民对列宁的敬爱、列宁与党的关系、列宁的日常生活等多方面刻画列宁平凡而伟大、可亲而可敬的领袖形象。勃洛克（1880—1921）的代表作是长诗《十二个》（1918）。在这部长诗中，诗人以浪漫主义的激情和象征手法，通过描写12个红军战士在暴风雪中行进时的所作所为和所见所感，对革命进行了热情歌颂，对旧世界作了辛辣讽刺，也对革命中出现的过激行为和无政府主义思想提出了批评。12个红军战士暗含着耶稣的12门徒的意思，使这部作品表现出宗教文化与时代精神相融合的特点。叶赛宁

（1895—1925）是俄国意象派诗人，被称为"最后一个乡村诗人""最纯粹的俄罗斯诗人"。代表作是抒情组诗《波斯抒情》（1924—1925）。

第一时期小说创作上影响最大的作家是高尔基、肖洛霍夫。此外，绥拉菲莫维奇、富尔曼诺夫、法捷耶夫、阿·托尔斯泰、革拉特珂夫、奥斯特洛夫斯基等人的创作也有很高的成就。绥拉菲莫维奇（1863—1949）的《铁流》（1924）、富尔曼诺夫（1891—1926）的《恰巴耶夫》（1923）和法捷耶夫（1891—1956）的《毁灭》（1926）并称为20世纪20年代苏联文学中3部"里程碑式的小说"。这三部小说分别从群众革命觉悟的提高、人民英雄的成长、在"战争中进行人才精选"等不同侧面，对革命和布尔什维克党进行了热情的歌颂。

阿·托尔斯泰（1883—1945）是"同路人"作家中的代表。他出生于大贵族家庭，十月革命后不能理解这场革命，于1919年前往法国，4年后又回国，其间他经历严峻的思想斗争和艰难的选择。他的代表作是长篇小说《苦难的历程》（1921—1941）三部曲。小说描写了4个旧俄知识分子在新旧交替的时代如何迷途知返、重新回到祖国的怀抱、追随新时代前进的艰难历程。革拉特珂夫（1883—1958）的《水泥》（1925）是反映苏联20世纪20年代中期开始的国民经济恢复工作中工人阶级的劳动热情和创造精神的一部重要作品，题材属于当时流行的"生产小说"。尼·奥斯特洛夫斯基（1904—1936）的长篇小说《钢铁是怎样炼成的》（1934）是这一时期苏联文学中世界性影响最大的作品之一。这是一部自传性很强的小说，主人公保尔·柯察金的形象就是作者以自己的生活经历和思想体验为基础而塑造出来的。保尔的一生生动地表明党的教育和革命实践的锻炼是苏维埃新人成长的必然条件，也回答了人的一生应当怎样度过才有意义这一重大的人生哲理问题。

此外，旅居法国的布宁（又译蒲宁，1870—1953）也是第一时期的主要作家。他于1933年获诺贝尔文学奖，是苏联第一位获此殊荣的作家。他于1920年流亡法国，二战期间拒绝与纳粹合作，战后欲回国，终未成行；1953年病逝于巴黎。他的诗歌多以爱情为主题，充满感伤色彩，名篇有《我们偶然相遇在街角……》（1905）。中篇小说《乡村》（1910）是其代表作，以乡村地主子弟吉洪、库兹兄弟的经历和视角，扫描1905年俄国革命前农村生活与人们的心态，被称为俄国"贵族庄园文学"绚丽的晚霞。重要作品还有自传体长篇小说《阿尔谢尼耶夫的一生》（1927—1933）。

第二时期以苏联卫国战争为界，又可分为战前、战时两个阶段。战前阶段中，作家们的注意力集中在社会主义工业化和农业集体化以及保卫十月革命成果和塑造苏维埃新人等重大问题上。代表作有马卡连柯（1888—1939）的长篇小说《教育诗》（1935）、克雷莫夫（1908—1941）的小说《油船"德宾特"号》（1938）、特瓦尔多夫斯基（1910—1971）的抒情叙事长诗《春草国》（1936）、伊萨科夫斯基（1900—1973）的诗歌《卡秋莎》（1938）等。其中《卡秋莎》写一个少女对守卫边疆的爱人的纯洁、真挚、高尚的爱情。"卡秋莎"的形象后来成为苏联人民忠于祖国和爱情的象征。

战时阶段苏联文学是鼓舞苏联人民与法西斯德寇作战的有力武器。诗歌的代表作有西蒙诺夫（1915—1979）的抒情诗《等待着我吧》（1942）、吉洪诺夫（1928—2009）的叙事长诗《基洛夫和我们同在》（1941）、特瓦尔多夫斯基的长诗《华西里·焦尔金》（1941—1945）。其中《华西里·焦尔金》是描写卫国战争最优秀的长诗。诗作深刻地表达人民对战争的看法和人民在战争中的感情。诗中塑造了一个富有爱国主义精神、勇敢、乐观、赤诚的普通战士华西里·焦尔金的形象。这部长诗语言明朗朴素，富于民歌色彩，深受广大人民的喜爱。小说的代表作有西蒙诺夫的中篇《日日夜夜》（1943）、戈尔巴托夫（1908—1954）的中篇《不屈的人们》（1945）、法捷耶夫的《青年近卫军》（1945）等等。其中《青年近卫军》是战时影响最大的一部长篇小说。它的题材来自卫国战争中的真人真事。在乌克兰顿巴斯矿区有一座名叫克拉斯诺顿的小矿城。1942年7月德寇占领这座城市，大肆屠杀。在地下党的领导下，留在敌后的共青团员和青年们组织"青年近卫军"，与德寇展开多种形式的斗争，给侵略者以有力的打击，配合苏联红军正在进行的斯大林格勒战役。不幸由于叛徒的出卖，整个组织被敌人破获，一百多个"青年近卫军"几乎全部壮烈牺牲。以此为素材，小说热情歌颂了苏联青年和广大军民在卫国战争中表现出来的崇高的爱国主义精神和英雄主义气概，深刻揭露了法西斯侵略者惨无人道的暴行及其极端虚弱的本质。小说在塑造青年英雄的群像时，突出了奥列格、邬丽亚、谢辽萨、万尼亚和刘巴等5个总委员的形象。作家着力发掘出每一个人独特的精神美，揭示出"苏维埃新人"蕴含的丰富个性。戏剧的代表有西蒙诺夫的《俄罗斯人》（1942）、列昂诺夫（1899—1994）的《侵略》（1942）和柯涅楚克（1905—1972）的《前线》（1942）等。其中《侵略》写一个战前的囚犯在战争中为国捐躯的事迹，对主人公的心理活动作了深邃的剖析。

### （二）20世纪前期西欧、美国无产阶级文学

20世纪前期法国无产阶级文学的重要作家有亨利·巴比塞（1873—1935）和路易·阿拉贡（1897—1982）等。亨利·巴比塞是法国无产阶级文学的奠基人和杰出代表。他的重要作品有《火线》（1916）和《光明》（1929）。《火线》是他的代表作，以"一个步兵班的日记"为副标题，生动地记录一个班士兵的相貌、性格、思想和感情，以一种纪实风格描写他们在战争中的艰苦生活和在战场上出生入死的实况以及战争给人们带来的深重灾难，揭示战争的真相和残酷本质，表现他们对战争的荒谬性和欺骗性的认识、对自身被迫充当炮灰的奴隶地位的反省和革命意识的觉醒。

路易·阿拉贡是法国诗人兼小说家。1919年，他与布勒东、苏波一起创办《文学》杂志，成为超现实主义运动发起人之一。1927年加入法共。小说《共产党人》（1949—1951）是他的代表作，被评论界称为"反法西斯的史诗"。作品以"民族的戏剧性遭遇"为经，以"个人的戏剧性遭遇"为纬，反映第二次世界大战爆发前后法国极其动荡的社会生活。作品描写主人公赛西尔和让·德·蒙塞的爱情及其悲欢离合的命运，展现法国共产党人在战场上和地下抵抗运动中反法西斯斗争的英雄风采。

20世纪前期美国无产阶级文学的重要作家有约翰·里德（1887—1920）、迈克尔·戈尔德（1894—1967）、艾伯特·马尔兹（1908—1985）等。里德是美国无产阶级文学

的开拓者，其代表作是长篇报告文学《震撼世界的十天》（1918）。作品是关于俄国十月革命最初几天所发生的惊心动魄的事件的报道，对俄国十月革命的伟大胜利进行热情讴歌。戈尔德公开宣传斯大林路线和社会主义文学理论，提倡无产阶级文学。他的代表作是《没有钱的犹太人》（1930）。这部作品被认为是"美国无产阶级文学史上的一块里程碑"。作品描写了犹太人居住区里的贫困生活和堕落现象，愤怒地谴责美国的阶级压迫和种族歧视，指出只有无产阶级革命才能消灭贫困。马尔兹是美国剧作家、小说家，其代表作是长篇小说《潜流》（1940）。作品以美国城市底特律为背景，真实而生动地反映1930年代美国工人阶级在共产党领导下的革命斗争，热情歌颂以普林塞为代表的美国共产党人的牺牲精神和英雄行为。

### （三）20世纪前期东北欧无产阶级文学

20世纪前期东欧各国的无产阶级文学具有一定的声势，其中重要作家有民主德国的安娜·西格斯（1900—1983），捷克的哈谢克（1883—1923）、尤·伏契克（1903—1943），南斯拉夫的安德里奇（1892—1975），等。

安娜·西格斯1928年参加共产党。其代表作是《第七个十字架》（1942）。小说描写德国纳粹分子以7天为时限追捕从维斯特霍芬集中营中逃走的7个囚犯过程。最后7天过去了，第七个十字架始终空着，象征着法西斯不可战胜的神话被粉碎。

哈谢克是讽刺作家、"捷克散文之父"。1915年参加奥匈帝国第一步兵团，被俄军俘虏，后参加红军，并成为布尔什维克党员。长篇小说《好兵帅克》（1921—1923）通过普通的捷克士兵帅克在一战中的经历，揭露奥匈帝国统治者的凶恶专横及其军队的腐败堕落。

伏契克的代表作是长篇特写《绞刑架下的报告》（1945）。作品揭露法西斯分子的罪行，表现庞克拉茨监狱中革命者英雄斗争的种种情景，歌颂共产党人和革命人民的英雄气概与伟大的精神力量，表达对共产主义事业必胜的乐观主义信念。

安德里奇是1961年诺贝尔文学奖获得者。他曾于1956年访问中国。安德里奇主要作品有波斯尼亚（南斯拉夫社会主义联邦共和国的加盟共和国之一，现为波斯尼亚和黑塞哥维那）三部曲：《德里纳河上的桥》（1945）、《特列夫尼克纪事》（1945）、《萨拉热窝女郎》（或译《女士》，1945）。代表作《德里纳河上的桥》以一座大桥的兴与废追述16世纪至第一次世界大战期间的重大历史事件，反映波斯尼亚人民在土耳其帝国、奥斯曼帝国和奥匈帝国占领下的命运，以及他们为争取民族独立而展开的斗争。

北欧无产阶级文学的杰出代表是丹麦作家尼克索（1869—1954）。尼克索原名马丁·安德逊，被称为"北欧的高尔基"。他自幼做过牧童、报童、农场雇工、石匠、鞋匠和水泥匠，是1930年成立的丹麦共产党的创始人之一。他的重要作品是描写丹麦工人运动的红色三部曲：《征服者贝莱》（1906—1910）、《蒂特——人的女儿》（1917—1921）、《红色莫尔顿》（1945）。《征服者贝莱》描写丹麦人民的解放斗争，围绕两位工人领袖即马克思主义者莫尔顿和机会主义者贝莱的活动而展开。《蒂特——人的女儿》通过劳苦农妇蒂特一生的遭遇，描绘丹麦城乡劳动人民的悲惨处境与优秀品德，歌颂蕴藏在人民

群众中的伟大力量，指出只有革命才是人民获得解放的唯一道路。《红色莫尔顿》运用对比手法歌颂十月革命的伟大历史意义，反映丹麦工人运动中机会主义和马克思列宁主义两条路线的斗争。

## 四、现代主义文学

现代主义又称现代派或先锋派，是20世纪前期欧美各种反传统的资产阶级文学流派的总称。现代主义文学的产生与垄断资本主义社会、非理性主义哲学和现代心理学以及文学自身的演变分不开。

### （一）现代主义文学产生的社会背景和思想文化基础

从社会背景这一角度看，现代主义文学是欧美垄断资本主义的产物。20世纪前期欧美资本主义社会危机四伏，科技的高度发展、武器的更新给世界带来了战争的恐怖。人们由此普遍感到幻灭和绝望，对传统的理性意识、宗教信仰、真善美的观念以及自由平等博爱等资本主义社会所赖以建立的精神基础产生了怀疑，对未来的命运感到悲观和焦虑。现代主义文学是此时欧美资本主义社会中精神危机的艺术表述。

从文化思想这一角度看，现代非理性主义哲学和现代心理学为现代主义文学的产生提供了理论基础。与传统的理性哲学相反，现代非理性主义哲学注重人的非理性和人的本能冲动。其主要代表有柏格森的生命哲学和直觉主义、尼采的权力意志论和超人哲学以及弗洛伊德的精神分析学。尼采（1844—1900）是德国唯意志主义的集大成者。他的权力意志论强调个人的主观意志，要求最大限度地发挥个人的意志、欲望。超人哲学强调超人是权力意志和智慧达到顶峰的人，是人类的救星，他不受道德习俗的约束，是自然和社会的主宰。柏格森（1859—1941）的学说主要由直觉主义与生命哲学构成。他认为直觉是一种超越理性和感性的东西，是一种神秘而不可知的先天能力，是认识世界的唯一途径。柏格森认为世界的本质既非物质，也非精神，而是一种超越于二者的"生命冲动"。生命冲动表现为一个永不停息的流程，生命的基本特征是"绵延"。此外，他还提出"心理时间"的概念，认为人的意识变化遵循"心理时间"而不是"空间时间"的规律，人的意识流动总是在心理时间的向度上，将过去、现在、未来颠倒错乱。弗洛伊德（1856—1939）是奥地利心理学家。他的精神分析理论前期和后期略有区别。前期把人的意识分为意识和无意识两大部分，无意识又分潜意识和前意识两部分。潜意识包括人的原始冲动和各种本能，是人性中最阴暗的东西。潜意识理论是弗洛伊德精神分析学的核心部分。后期弗洛伊德又提出了人的心理由"本我""自我""超我"3个层次构成。本我是一种动物性的本能冲动，特别是性冲动，它是盲目的、混乱的、无理性的，遵循享乐原则。自我是根据现实环境的要求调节自己行为的意识，遵循现实原则。超我是人类特有的心理结构层面，指文明社会中道德、伦理、法律和宗教的力量，它帮助自我压制本我。

从文学自身发展这一角度看，现代主义文学是19世纪欧美文学发展演变的结果。现代主义文学的美学原则是19世纪浪漫主义文学的美学原则、福楼拜的"客观而无动于衷"的创作理论、自然主义的艺术观念、陀思妥耶夫斯基的"虚幻现实主义"和唯美主义文学的"为艺术而艺术"主张等在新时代的继续和发展。

### (二) 现代主义文学的基本特征

现代主义文学流派众多,内部极为复杂,但总的倾向是反传统,在思想内容和表现技巧上刻意求新。

在思想内容上,现代主义文学主要表现处于垄断资本主义阶段的欧美社会现实中由政治危机、经济危机所导致的人的精神危机,具体说来,它有3大特点。

第一,呈现出非理性文化批判倾向。与19世纪批判现实主义文学偏重社会批判和经济批判不同,现代主义文学更注重对传统理性文化展开批判。传统的理性文化使资本主义社会科技突飞猛进,经济高速发展,却导致社会的混乱、道德的沦丧和毁灭性的战争,人们纷纷对传统理性文化表示失望、怀疑并进行深刻反思。基于此,现代主义文学以尼采的"上帝死了""打倒偶像""一切价值重估"为口号,展开对传统的理性文化的批判。然而,现代主义者对传统的理性文化采取了全盘否定的文化虚无主义的态度。

第二,着重表现人的异化的主题。现代主义文学突出地表现了现代社会人的"异化"现象。所谓异化,是指一个事物在其发展的过程中产生出自己的对立面,人的异化实际上是人变成物或非人,人的自我丧失,其作为人的身份得不到确认。现代主义文学对异化现象的表现实际上就是对现代资本主义社会和文明的批判。这种异化表现在人与自然、人与他人、人与自我3种基本关系上。人与自然的关系的异化指自然与生存于其中的人的对立和物质文明与人的精神的对立,自然不再是人居住的诗意的家园,天空成了一块裹尸布,大地成了没有任何生机的荒原,高度发达的物质文明将人变成了奴隶,成为奴役人的对立力量,人被物质文明所制约,走向异化。人与他人的关系的异化指人与单个的他人和作为整体的他人即社会的对立。现代主义文学表现了人与人之间不能沟通,相互之间无法信任。现代主义文学还表现了作为他人群体的社会不仅不能给个人带来安全和福利,相反成为威胁个人生命安全的异己力量。人与自我的关系的异化指人的自我受到压抑和人的自我的丧失,人无法确证自己的身份。现代主义文学中寻找自我、守住自我这块阵地、保全自我作为人的本质成为普遍流行的主题,英国文学批评家艾思林甚至将现代主义文学称为"寻找自我"的文学。

第三,表现人的精神危机的主题。现代主义文学广泛地表现现代欧美社会中人的危机意识。现代欧美资本主义社会危机四伏,政治危机、经济危机、战争危机和人际关系危机以及随之而来的思想危机给西方人的生存造成极大的威胁,也给他们带来难以承受的精神压力。如何摆脱这些危机是现代主义文学需要回答的问题。现代主义文学对此提出了种种解决方案,有的主张恢复宗教信仰来拯救日趋堕落的西方世界,有的主张通过人的非理性本能的解放达到对造成现代社会危机的传统理性文化的反叛,有的认为危机无法克服,对西方社会的发展前途感到悲观失望。

在艺术上,现代主义文学崇尚表现论,反对反映论,无意反映外在的客观世界,强

调表现人的内在自我意识，将人物的不受理性支配的"内心真实"作为最高的真实，具有明显的向内转的倾向。在艺术技巧上注重实验、力求创新。

第一，现代主义文学普遍运用象征作为叙事的手段。现代主义文学作家既反对现实主义的客观描写，又反对浪漫主义的主观抒情，提倡采用象征、隐喻、暗示来曲折地表现人物内在的精神世界。这里的象征不同于修辞学中的象征，已被提升到现代主义文学的叙事模式的高度。现代主义文学借助象征这一叙事模式，使文学对人的内在精神世界的表现从表象走向本质，从表层走向深层，从而使作品获得更深刻的美学意义。

第二，现代主义文学大多运用意识流手法。现代主义文学常常打破时间顺序和空间界限，以心理时间代替空间时间，按人物意识流动的先后顺序来叙事，且往往采用自由联想和内心独白的方式来展示人物的潜意识，从而将人物的直觉与幻觉、记忆与印象、现实与梦境杂乱无章地糅合在一起，时空错乱，人物的意识流动也具有极大的随意性和跳跃性。现代主义文学采用意识流的手法，大大拓展了心理描写的范围，也使作品的结构呈现出明显的立体感。

第三，现代主义文学强调表现病态的社会生活，"以丑为美"。作品大量描写死亡、黑夜、堕落、犯罪、畸形、变态、疯狂、瘟疫、尸体等一类丑的事物。然而，现代主义作家大量地描写丑，并不是把生活中的丑作为美来肯定，而是企图在对丑的暴露和否定中肯定美。这也是波德莱尔的"发掘恶中之美"意义。因此，现代主义文学在表现丑的背后蕴含着作家对人生的严肃而崇高的爱和对美的执着追求。现代主义文学作家对丑的事物倾注极大的热情，对丑的事物描写细致入微，在他们的作品中几乎见不到人性的美与崇高，流露出他们对现代社会的悲观情绪。

第四，现代主义文学提倡文学创作的非个人化，要求作家退出作品。现代主义文学作品力求避免作家个人价值观念和主观倾向对作品的渗透。由于对人物和情节不作任何介绍和说明，使作品情节淡化、人物形象模糊、语言支离破碎，人物之间的关系更是使人摸不着头脑。

20世纪前期现代主义文学真实地表现了欧美现代社会的异化现象和资本主义世界的精神危机，尽管它还存在着这样那样的缺陷，如悲观主义、非理性倾向、泛性论等，但它对欧美现代社会现实的表现仍然达到了一定的深度与广度。尤其是它在深入挖掘现代人内心世界的丰富性和复杂性方面做出了独创性贡献。同时，现代主义作家在艺术表现形式和表现技巧方面做了大量实验，虽然有的作品深奥艰涩，有的过分追求新奇成了文字游戏，但思想直觉化、象征暗示的手法、意识流手法、多角度复合式叙述法等对于增强文学艺术的表现力有着深远的意义。

（三）现代主义文学主要流派

20世纪前期的现代主义文学流派主要有后期象征主义、表现主义、未来主义、意识流小说、超现实主义、"迷惘的一代"等。

象征主义是出现最早、持续时间最长、影响最大的现代主义文学流派。象征主义分为前后两个时期。前期象征主义兴起于19世纪后期的法国，1857年法国诗人波德莱尔发表的诗集《恶之花》被认为是象征主义的奠基作。20世纪20至40年代形成了一个更具国际性影响的象征主义流派，文学史上称为后期象征主义。后期象征主义以象征来表现人的主观精神世界。这种象征多半是个人的独创，是一种"私人象征"，它们将具有很强的私人性的联想引入诗歌，引发联想之物与联想到的意象之间有很大的主观随意性，完全靠个人偶然的直觉、幻觉将二者联系起来。后期象征主义还强调感觉的移借，即"通感"或"移觉"，指声音、颜色、香气、味道给人的感觉可以互相转化。它还追求诗歌形式的美和音乐美，重视诗句的内在节奏和旋律。后期象征主义的代表性诗歌有英国诗人T·S·艾略特的《荒原》（1922）、爱尔兰诗人威廉·巴特勒·叶芝（1865—1939）的《驶向拜占庭》（1928）、法国诗人保尔·瓦雷里（1871—1945）的《海滨墓园》（1926）、德国诗人莱纳·玛利亚·里尔克（1875—1926）的《杜伊诺哀歌》（1922）、美国诗人埃兹拉·庞德（1885—1972）的《诗章》等，戏剧代表有比利时的梅特林克（1862—1949）的《青鸟》（1908）。象征主义在匡正欧美当时浅陋直露的诗风、加强诗歌的凝练、含蓄、韵味和质感等方面有巨大的贡献，对西方诗歌的发展起了积极的作用。但是，由于大量地运用私人象征和具有极大随意性的联想，造成了诗歌的晦涩难懂；同时由于诗人只关注内心世界的真实，削弱了诗歌的社会意义。

表现主义是20世纪初最先在德国产生而后传播至欧美其他国家的一个现代主义文学流派。表现主义一词最早见于1901年在法国巴黎举办的玛蒂斯的画展上，它是画家埃尔维的一组油画的总标题。1911年，希勒尔在德国《暴风》杂志发表的一篇文章中第一次用表现主义来称呼柏林的先锋派作家。从此表现主义渗透到德国文学界和欧美的一些国家，发展成为表现主义文学思潮。表现主义采用内心外化的方式表现人物的主观感受，注意描写人物的内心体验和复杂的变态心理，表现人物在资本主义社会中产生的灾难感、恐惧感和孤独感；常采用象征、夸张、怪诞、扭曲变形的手法表现事物内在的本质。其代表作家作品有奥地利卡夫卡的小说《变形记》（1915）、《城堡》（1922），捷克的恰佩克（1890—1938）的戏剧《万能机器人》（1929），瑞典斯特林堡（1849—1912）的戏剧《去大马士革》三部曲（1898—1904）和《鬼魂奏鸣曲》（1907），德国凯泽（1878—1945）的戏剧《从清晨到午夜》（1916），德国托勒尔的戏剧《群众与人》（1922），美国的尤金·奥尼尔的戏剧《毛猿》（1922）、《琼斯皇》（1920）等。

未来主义是20世纪初从意大利流传到欧美各国的现代主义文学流派。它的创始人是意大利的诗人、剧作家马利内蒂（1876—1944）。他于1909年在巴黎的《费加罗报》上发表《未来主义宣言》，次年又发表《未来主义文学宣言》，这标志着这一流派的诞生。未来主义否定一切文化遗产和传统，要求表现机械的喧嚣、电气化的速度、现代都市生活的骚乱、炸弹的毁灭性威力等题材，要求"摧毁一切博物馆、图书馆和科学院"。在艺术上，未来主义文学追求标新立异，致力于形式与表现手段的革新，强调直觉和对主观情绪的随心所欲地表现，否定一切语言规范，将不连贯的、杂乱无章的名词和原形动词拼凑在一起,提倡生造词语,甚至不惜借助数学符号、字母、乐谱、词的字体变化、各种图案的组合剪贴等来表现内心的感受;主张绝对自由的类比,把表面看来迥然不同的、甚至相互对立的事物联系起来。未来主义的代表作品有法国诗人阿波利奈尔(1880—1918)的《醇酒集》(1913)、俄国诗人马雅可夫斯基(1893—1930)的长诗《穿裤子的云》(1914—1915)等。20世纪20年代以后,作为文学流派的未来主义在欧美实际上已不复存在,但它在诗歌的形式、语言、内容和表现手法等方面的大胆而新奇的实验,不仅拓展了诗歌表现领域和表现手法,而且对以后的欧美文学也产生了较大影响。

意识流小说是20世纪前期欧美现代主义文学中的一个重要流派。它产生于英国,流行于20世纪20年代至40年代的欧美各国。意识流原是美国心理学家威廉·詹姆斯(1842—1910)首先提出的一个心理学术语。1884年他在论文《论内省心理学所忽视的几个问题》中说意识"流动着。'河'或'流'这样的比喻才能最自然地把它描写出来。以后当我们谈到它的时候,让我们称它为思想流、意识流和主观生活流吧"。詹姆斯的意识流动说和奥地利的心理学家弗洛伊德的精神分析说、柏格森的关于心理时间的学说一起为意识流文学奠定了理论基础。意识流小说有4大特征。第一,着重表现人物各种意识流动的过程。意识流作家把注意力集中在人的内心活动特别是无意识活动方面,主张作家退出小说,让人物自己直接表现自己的思想意识。第二,运用自由联想作为基本的叙事方法。人物的自由联想不以事物的相似或相关为前提,它表现出意识流动的跳跃性、随意性以及突兀多变、无规则的特点。第三,时空错乱的艺术处理和多层次的立体结构。意识流作家在描写人物意识流动时,以心理时间取代空间时间,将过去、现在、未来任意颠倒、互相渗透,从而产生了时空错乱的艺术效果。意识流小说还通过多股意识流去表现同一件事情或同一个人物,各股意识流之间呈相互交叉的态势,从而形成意识流作品的多层次立体结构。第四,运用内心独白手法。意识流文学采用的内心独白有两种:直接内心独白和间接内心独白。直接内心独白常用第一人称,间接内心独白常用第三人称。意识流文学最有代表性的作品有爱尔兰作家詹姆斯·乔伊斯(1882—1941)的《尤利西斯》(1922)、法国小说家普鲁斯特(1871—1922)的《追忆流水年华》(1913—1922)、美国作家威廉·福克纳的《喧哗与骚动》(1929)、英国女作家弗吉尼亚·伍尔夫(1882—1941)的《达罗卫夫人》(1925)和《到灯塔去》(1927)等。其中《追忆似水年华》共7部15卷,作品以19世纪末20世纪初的法国社会为背景,揭露和讽刺垄断资本主义社会上层人物腐败,又对他们逝去的繁华世界不胜惋惜,甚至流露出颓废情调。作品采用第一人称,以回忆联想的方式表现主人公马赛尔复杂而真实的内心世界,展现"我"30年间"流水年华"中的悲欢苦乐,带有明显的自传色彩。小说把"消逝的时光"和"重现的时光"交织在一起,将人物的主观意识、印象、感觉乃至潜意识活动连成一体,传统的空间时间被心理时间所取代,时间、空间的变换让人眼花缭乱。《尤利西斯》主要叙述1904年6月16日早晨八点到次日凌晨两点多3个爱尔兰都柏林人斯蒂芬·代达罗斯以及布鲁姆、莫莉夫妇的生活经历和内心活动。作品在情节、人物和结构等方面刻意模仿荷马史诗《奥德赛》，小说中3个主要人物是《奥德赛》中奥德修斯、佩涅洛佩和忒勒玛科斯的现代版。作品套用《奥德赛》的神话结构，表达救赎的主题，呼应现代人寻找精神家园的渴望。

超现实主义是两次世界大战期间从法国流传到欧美的现代主义文学流派。其名称来源于阿波利奈尔的戏剧《特勒吉娅的乳房》（1918）的副标题《超现实主义的戏剧》。它作为一个文学流派是达达主义的继承和发展。"达达"本是法国幼儿语中的"小马"，是达达主义者在德法词典中偶然翻到的一个词，用做一种文艺思潮的名称，表示无意义、无所谓之意。1916年，罗马尼亚诗人查尔拉在瑞士成立达达主义团体，提倡推翻一切现存伦理和艺术标准的虚无主义观点。达达主义衰落后，其成员之一的法国作家安德烈·布勒东（1896—1966）在巴黎组织超现实主义运动。1919年，他与人合作第一部超现实主义小说《磁场》，尝试自动写作方法。1924年，他在《超现实主义与革命》杂志上发表《超现实主义宣言》，超现实主义形成一股文学潮流。1930年他发表第二个《超现实主义宣言》，超现实主义进入全盛期，但从此分裂为两派：一派以阿拉贡为首，加强对社会的关心，接近社会主义，他们当中的许多人曾加入法国共产党，支持苏联，参加过西班牙内战和反对希特勒法西斯的斗争；一派以布勒东为首，作为纯粹艺术运动来推进。二战期间，布勒东到了美国，开展超现实主义运动，并于1942年发表《超现实主义第三宣言》，但收效甚微，超现实主义从此衰落。超现实主义文学有3个明显的特点。第一，强调表现超现实、超理性的梦幻世界和无意识世界。第二，采用自动写作法（又称无意识书写）和梦幻记录法进行创作，作品具有艰深晦涩的风格。第三，在语言上反对逻辑法则和语法规则，有的超现实主义作品甚至变成了文字游戏。超现实主义重要作品有布勒东与苏波（1897—1990）合写的《磁场》（1919），布勒东的长篇小说《娜嘉》（1928），艾吕雅（1895—1952）的诗集《为了不死而死》（1924）和《痛苦的首都》（1926），阿拉贡（1897—1982）的长篇小说《巴黎的乡人》（1920）等。

"迷惘的一代"是第一次世界大战后出现在美国的一个现代主义文学流派。名称来自侨居巴黎的美国女作家斯泰因，她曾指着海明威说："你们都是迷惘的一代。"1926年，海明威以此作为长篇小说《太阳照样升起》的题词。这一流派没有发表过宣言，也没有统一的组织和纲领。他们中的绝大多数经历过第一次世界大战，战后流落巴黎，在战争中身心受到严重创伤，厌恶和痛恨帝国主义战争；他们战后对危机四伏的西方社会与动荡不安的生活感到失望和苦闷，找不到生命的意义和可靠的精神支柱，精神空虚，常常在醉生梦死中过日子。他们的作品着重描写战争造成的不幸，集中表现主人公的心灵创伤，反战的主题占有重要地位。此外，他们还表现战后青年一代理想破灭、精神迷惘的悲剧。在艺术上，"迷惘的一代"基本保留了传统小说的情节、结构和人物的完整性，同时也运用现代主义文学的意识流、象征、暗示等手法。其代表作有海明威的《太阳照样升起》（1926）和《永别了，武器》（1929），多斯·帕索斯（1896—1970）的《三个士兵》（1921），菲茨杰拉德的（1896—1940）《了不起的盖茨比》（1925）等。

## 第二节 高尔基

马克西姆·高尔基（1868—1936）既是19世纪俄罗斯传统现实主义文学的继承者，又是20世纪苏联社会主义现实主义文学的奠基人和杰出代表。列宁称"高尔基是无产阶级艺术最杰出的代表"和"权威"，鲁迅说"高尔基的名字代表着世界文学史上的新时期"。

### 一、生平和创作

高尔基原名阿列克赛·马克西姆维奇·别什可夫。"高尔基"是他的笔名，在俄语中有"苦难的""痛苦的"等意思。他于1868年3月16日诞生在伏尔加河畔下诺夫戈罗德镇的一个木匠家庭。他4岁时父亲去世，他跟母亲一起在外祖父家度过童年。外祖父开一家染坊，是个愚昧粗暴、贪财冷酷的小市民，经常打骂高尔基，这培养了高尔基敢于反抗、疾恶如仇的性格。外祖母仁慈善良，很会讲民间故事，启发了童年高尔基的文学想象力和讲故事的才能。10岁那年，他母亲去世，外祖父又因染坊失火而破产，高尔基成为孤儿，开始独立谋生。他先后当过学徒、搬运工、看门人、面包工人、饭店堂倌、轮船上伙夫助手、戏班子里跑龙套的角色，饱尝人世艰辛，切身体验到下层人民的苦难。在此期间，他刻苦自学，探求改造社会的真理。1884年，他参加民粹党小组，阅读民粹党人著作和马克思的著作，积极投身于革命活动。他4次被捕入狱。1905年，高尔基加入俄国社会民主工党。1906年，他受列宁的委托，由芬兰去美国进行革命活动，在美国出版具有划时代意义的长篇小说《母亲》，确立他作为无产阶级艺术最杰出代表的地位。后定居意大利卡普里岛，由于远离革命中心，他受了与马克思主义相抵触的波格丹诺夫的造神论影响，受到列宁批评。1913年，高尔基从意大利回国，从事无产阶级文化组织工作，主持《真理报》的文艺专栏。1917年十月革命后，伴随着革命出现的混乱、破坏、无政府主义思潮及各种暴力事件，高尔基与列宁及新政权之间产生矛盾。他发表很多文章，与新政权展开论战，同时也做了大量普及文化、保护文化遗产、团结知识分子的工作。1921年10月，由于疾病，也由于与布尔什维克政权的分歧，高尔基出国疗养。1928年，高尔基回到苏联，在斯大林的安排下，他在阔别6年的祖国作了两次长途旅行观光后决定回国定居。1934年他主持召开苏联第一次作家代表大会，当选为作协主席。回国后的高尔基作为苏联文化界的一面旗帜，为苏维埃的文化建设做了大量工作。但20世纪30年代苏联出现的种种问题又使他与斯大林及现实政治保持一定的距离。1936年6月18日，高尔基因病去世。

高尔基的创作可以分为4个时期。

第一时期（1892—1910），这是高尔基在文坛崭露头角的时期，也是俄国由农业社会向工业社会转型、俄国解放运动由资产阶级民主革命向无产阶级革命过渡的时期。高尔基这时期的创作传达了历史交汇点的时代精神：不满旧制度，渴望新生活，批判碌碌无为的庸人，赞颂勇于为人民而牺牲的英雄。体裁上大都是短篇小说，题材大多来自民间故事和自己青少年时代的流浪生活经历，艺术风格上有浪漫主义和现实主义的两类。

高尔基以浪漫主义创作步入文坛。这类作品中的名篇有1892年发表的处女作《马卡尔·楚德拉》和《少女与死神》（1892）、《伊则吉尔老婆子》（1895）、《鹰之歌》（1895）等。其基本特征是：有昂扬的、战斗的思想情绪，能给读者以激越奋进的鼓舞力量；有深刻的哲理性和社会意义，不像以往的浪漫主义小说总是局限在以爱情故事为中心的模式里；善于汲取民间文学的营养，常常采用大故事套小故事的结构形式和富于象征意味的拟人化手法；形象之间构成鲜明强烈的对比；语言色彩绚丽而富有音乐感，表现出一种情感激越、爱憎分明和充满诗情画意的艺术力量。《伊则吉尔老婆子》是这类作品的代表。它包括两个民间传说和一个现实故事。第一个故事是关于腊拉的传说。腊拉本是雄鹰和少女所生的儿子，但他长期离群索居，性格自私孤傲。他杀死了一个拒绝爱他的女孩，于是人们罚他永远过孤独的生活，最后他变成一个空虚黑暗的影子。这个传说谴责现实中的极端利己主义。第二个故事描写伊则吉尔的一生。她年轻时健壮美丽，热爱生活，向往自由，但她只追求个人享乐，没有人生目的，结果虚度年华，后来成了"一副赤裸裸的骷髅"。她的一生说明了享乐主义的危害。第三个故事最突出，是关于英雄丹柯的传说。丹柯和他的族人被异族人追赶，在浓密的森林里迷了路。当雷雨降临、林中漆黑、大家异常恐惧的时刻，丹柯掏出自己的心高高举起。那颗心就像燃烧的太阳照亮了整个森林。他的族人走出森林得救了，他自己却倒地牺牲。丹柯是理想的英雄，他用自己的生命为人类换来自由、幸福和光明。高尔基通过他歌颂了为人民利益而献身的英雄主义精神。

高尔基早期创作中还有大量现实主义短篇，如《叶米良·皮里雅依》（1893）、《我的旅伴》（1894）、《切尔卡什》（1895）、《草原上》（1897）等。它们的主人公大都是苦力、乞丐、小偷、妓女、工人和农民等，总之都是"流浪汉"。这一类作品广泛反映了现实生活，提出了许多深刻的社会问题。《切尔卡什》颇具代表性。小说写两个流浪汉在海港码头上发生的一场冲突。切尔卡什雇佣刚流浪到城市来的青年农民加夫里拉深夜去盗卖码头上的货物，切尔卡什表现出机智大胆的冒险精神，而加夫里拉则胆小迷信。第二天分赃时加夫里拉起了贪心，想杀死伙伴独吞巨款。切尔卡什察知后轻蔑地把钱全部丢给加夫里拉，觉得自己是"一个英雄"。这个故事运用对比的手法描绘了两个不同的性格：一个爱好自由，鄙视金钱，自发地反抗资本主义制度；另一个的灵魂则被私有制观念毒害。高尔基肯定了切尔卡什的叛逆精神，但也指出他是一个被生活遗弃的人，他对现实的不满和反抗是消极的。高尔基早期重视写流浪汉有两方面的原因：一是由于当时俄国资本主义的发展使大批城乡劳动者破产，沦落成为无业游民，通过他们的生活可以揭示资本主义的罪恶；另一方面，高尔基本人的生活经历使他熟悉他们、了解他们，想在他们身上发掘出远远高于小市民和资产阶级的精神品质。

第二时期（1900—1907），这时期正处于俄国1905年革命的前后，工人运动蓬勃发

展。高尔基有意识地将自己的创作与无产阶级革命事业紧密联系在一起。他写下散文诗《海燕》（1901），以及一系列优秀的戏剧如《小市民》（1901）、《在底层》（1902）、《避暑客》（1903）、《太阳的孩子》（1905）和《敌人》（1906）等，而最重要的收获是发表长篇小说《母亲》（1906）。《海燕》是高尔基参加1901年彼得堡游行示威后写的，是他早期浪漫主义创作的发展。《海燕》主要运用象征手法。乌云、狂风、雷声、闪电象征黑暗的反动势力，海鸥、海鸭、企鹅等水鸟象征害怕革命的资产阶级，大海象征日益觉醒的人民群众，暴风雨象征日益逼近的无产阶级革命，太阳象征无产阶级革命胜利的光辉前景，而海燕——俄文意思是"暴风雨的信使"——象征着无产阶级革命战士。散文诗的最后，海燕作为"胜利的预言家"发出洋溢着战斗豪情的呼唤："让暴风雨来得更猛烈些吧！"《海燕》是一首表现时代精神、歌颂革命理想、洋溢着革命浪漫主义激情的战斗诗篇。

剧本《在底层》奠定了高尔基在俄国戏剧史上的地位。该剧是高尔基体验并观察流浪汉生活20年的总结。《在底层》描写一群处于生活底层的流浪汉的悲惨命运。剧本的中心问题是讨论如何改变残酷现实、摆脱痛苦人生，对这个问题的探讨同剧中游方僧鲁卡和无政府主义者沙金的形象联系在一起。鲁卡是妥协容忍哲学的宣扬者。他针对生活在苦难中的各种人的处境和意愿散布各种各样的谎言，制造形形色色的幻想，把人们引向虚幻的世界而忘却眼前残酷的现实。他的说教只能使苦难者坐以待毙，永远过着被奴役的日子。鲁卡实质上是人吃人的资本主义制度的帮凶。沙金是与鲁卡对立的人物。他要人们意识到自身的价值和尊严，鼓动大家以不合作的态度来对付当下社会。沙金能唤醒被压迫者去改造生活、反对资本主义制度，但也不是积极行动的斗士，只是一个空谈家和无政府主义者。所以高尔基说，《在底层》里没有真理的直接代表者，真理包含在剧中人物悲惨结局的逻辑之中，剧中有"起义的信号"。因此有人把该剧称为"戏剧中的《海燕》"。《在底层》的艺术手法新颖别致。第一，它没有一个统一的外部情节。第二，它的冲突是内在的、深刻的，富于哲理性。戏剧的中心思想是他们的出路问题。第三，人物语言具有鲜明的个性化特征。

长篇小说《母亲》是对俄国1905年革命的艺术总结，生动地反映了无产阶级政党领导下的群众革命斗争。主人公巴威尔和他的母亲尼洛夫娜的成长道路体现了马克思主义对人民群众的巨大改造力量。小说没有回避斗争的严酷和艰巨，但又洋溢着理想主义的激情。

第三时期（1907—1917），这是俄国两次革命之间的反动统治时期，思想政治斗争错综复杂。高尔基大部分时间都侨居在意大利的卡普里岛，主要作品有《忏悔》（1908）、《夏天》（1909）、《奥古洛夫镇》（1910）、《马特维·科日米亚京的一生》（1911）、《意大利童话》（1911—1913）和自传体三部曲中的《童年》《在人间》（1913—1916）等。它们反映了高尔基在俄国革命的低潮时期尽管有所迷惘却仍在不懈地追寻真理、剖析社会、探索俄国解放的道路。《忏悔》描写农民出身的青年马特威在流浪中寻找真理的故事。马特威从小饱受人间辛酸苦难，由于有根深蒂固的宗教观念，仍然顽强地寻找上帝和真理。最后他发现，上帝和真理就是人民正在创造的一种"新神——美和理智、正义和爱之神"。小说虽然揭露了欺骗和奴役人民的官方教会，但主要是为反马克思主义的"造神论"作艺术图解。为此，列宁曾给以严肃的批评。《童年》、《在人间》和十月革命后完成的《我的大学》合称高尔基的自传体三部曲。三部曲是一部以反映时代风貌和时代精神、表现新人成长历程为主题的作品，是高尔基最优秀的作品之一。第一部再现19世纪70年代俄国的社会生活和小主人公阿辽沙·别什科夫在外祖母家度过的艰辛岁月。弱肉强食、尔虞我诈、为争夺财产而争吵打架是这个小市民家庭司空见惯的事，只有外祖母真正关心与爱护阿辽沙，使他萌生了对美好生活和正义事业的朦胧向往。第二部写阿辽沙少年时代的生活。他成为孤儿，四处流浪，为谋生做过各种各样的工作。这时他爱上了读书。书在他面前展现了一个奇妙的新世界，给他带来了无穷的乐趣和教益，培育了他对英雄业绩的景仰，并使他开始思考人民的命运和人的崇高使命。第三部描写阿辽沙16岁到20岁在喀山的生活，表现了19世纪80年代俄国复杂的政治和思想形势。大学生和革命青年组成的秘密小组成为阿辽沙的"社会大学"。他开始阅读革命民主主义和马克思主义的著作，同城市无产者发生联系。小说表现了阿辽沙在喀山时期寻求正确的革命理论和革命道路的复杂曲折的过程。

第四时期（1917—1936），这是高尔基在苏维埃时代的20年，他在积极从事新政权文化建设方面的组织领导工作的同时写了很多作品和回忆录、政论、文学评论，其中主要有《不合时宜的思想》（1918）、《阿尔塔莫诺夫家事业》（1925）、《克里姆·萨姆金的一生》（1925—1936）等。总的说来，它们反映了作为俄罗斯人道主义传统的继承者和无产阶级文学奠基人的高尔基，面对一个全新的世界时所产生的思想矛盾，表现了高尔基在新的历史条件下对真理的不倦探索。

《不合时宜的思想》主要表现高尔基带有人道主义色彩的社会主义理想。他追求社会和人的解放，力图对广大群众进行以新文化启蒙为内容的人道主义教育。他把关注的重心放在新文化建设上，因此更多地强调知识分子在创造、建设新文化中的使命。强调通过文化建设使充满无政府主义、缺乏自尊意识的俄罗斯民众变得更"人道"，在政治激情之外激发他们"道德的和美学的情感"，这在两个阶级大搏斗的时代自然显得"不合时宜"。在很长一段时期里，苏联文艺界一直认为《不合时宜的思想》是同果戈理的《致友人书简》一样的"叛逆"之作，是作家在十月革命胜利初期错误观点的集中表现。到20世纪80年代后期，苏联文学界开始认为这组文章反映了高尔基这一时期的思想矛盾，有片面性和误解，也有关于永恒真理的思考。

## 二、《克里姆·萨姆金的一生》

《克里姆·萨姆金的一生》（1925—1936）是高尔基最后一部长篇巨著，也是他全部创作的代表作。高尔基曾强调，他写这部作品是为了"认识俄罗斯，尽可能全面地反映从19世纪80年代到1918年40年来的俄国生活"；"我应当描写所有的阶级、流派、思潮、世纪末的全部地狱般的混乱和20世纪初期的风暴"。作家原计划从19世纪70年代

写到十月革命前夜，但最终只写到1917年二月革命。尽管如此，作家的基本构思已经实现。

（一）思想内容

《克里姆·萨姆金的一生》共4卷，展现了近半个世纪以来俄国社会变迁的全景图，描写了民粹派瓦解、马克思主义传播、1905年革命、一次大战和二月革命等重大事件，以及各种社会思潮和文化思潮的尖锐冲突，并着重考察了俄国知识分子的历史命运。小说中人物众多，时代气息浓郁，社会场景广阔，被称为革命前俄国社会生活的百科全书。同时，小说体现了高尔基晚年的创作风格。

小说的中心主人公克里姆·萨姆金出身民粹派知识分子的家庭。他从外省中学毕业后来到京城深造，先在彼得堡，后又上莫斯科，大学毕业后当过律师。1905年革命时，他"迫不得已地"加入起义者的行列，但很快又转向与当局合作，成了告密者。当二月革命风暴来临时，作为旁观者的他在一次群众集会中被踩死。他的人生道路是那些灵魂空虚的知识分子走向精神毁灭的历史。萨姆金的性格存在深刻矛盾：强烈的"领袖欲望"与实际的平庸可笑，所谓的"自由独立"的生活态度与实际上的随波逐流和投机心态。小说深刻地揭示了社会转型时期一部分俄国知识分子市侩化和政客化的特征，集中抨击了这些知识分子的个人主义生活观。高尔基曾经这样谈到塑造这一类典型的意义："关于市侩习气，我们过去和现在都写了很多，但是还没有把市侩习气体现在一个人物身上、一个形象身上，必须通过一个人物把它描绘出来，而且要描绘得像浮士德、哈姆雷特等世界典型那样巨大。"高尔基正力图在萨姆金形象的塑造上做到这一点。小说再现主人公的"灵魂史"，即他的性格、心理、思想的形成与发展过程。由于国民劣根性的影响，萨姆金只能在空虚无聊、悲观绝望中消磨一生。正是在这个意义上，作品使人深切地体会到在俄罗斯民族的历史巨变中精神文化建设的重要性。

与萨姆金对革命运动从旁观、被裹挟乃至反对的过程相对照，作品也塑造了库图佐夫式的优秀知识分子的形象，描绘了革命知识分子的成长历程。作者在这方面着墨不多，但因与全书体现的历史发展趋势相呼应，也值得重视。

（二）艺术特点

在艺术上，《克里姆·萨姆金的一生》达到了很高的水平。具体来说，其艺术特点主要体现在以下4个方面。

首先，作者突出了主人公性格中"观察"这一重要特点。通过主人公的"观察"，作者写出一部主人公感受中的社会精神生活史。萨姆金的职业是律师，经常往来于城乡，这使他有机会广泛接触各阶层的生活和观察各种社会风潮。作者正是借主人公的这一特点展示广阔的社会背景，以及伴随着巨大的社会变动而出现的人们精神生活的复杂变化。萨姆金的个人生活史在小说中并不占据主要位置。沿着主人公生活轨迹，历史依次展开，各种社会思潮和它们的代表人物相继出场，那是一场由许许多多的人们参与其间的永无终结的关于俄国前途和命运的论战，处于社会转型时期的俄国社会精神生活的方方面面由此而得到深刻而又清晰的揭示。

其次，小说具有史诗品格。它描绘了俄罗斯生活的广阔画面，因而被人称作"俄罗斯生活的百科全书"。

再次，写实方法与现代艺术技巧相结合。一方面，小说在平稳而坚实的写实叙述中，有一种"史诗般的沉静"；另一方面又有意吸收现代主义文学的一些心理描写技巧，如通过梦境、幻觉、联想、回忆、潜意识来揭示人物的内心世界。

最后，小说具有极强的哲理意味。小说表现了近半个世纪俄国社会、政治、哲学、宗教、美学、伦理道德等方面各种思潮、学说、流派的嬗变，因而它又有"思想小说"之称。

## 第三节　肖洛霍夫

米哈伊尔·亚历山大罗维奇·肖洛霍夫（1905—1984）是苏联文学中影响最大的作家之一，其创作独树一帜，蜚声世界文坛。他的《静静的顿河》已经成为世界文学宝库中的珍品。

### 一、生平和创作

肖洛霍夫诞生在顿河流域的维约申斯克镇附近的一个小村庄。他的母亲是当地农民的女儿，父亲是从外乡迁入的小商人，有不少藏书，肖洛霍夫因此从小接受了文学熏陶。顿河两岸的草原风光，沙皇时代军屯州的特殊文化，哥萨克人的劳动、生活、习俗与开朗而勇敢的性格都在童年和少年时代的肖洛霍夫的脑海里留下深刻的印象，培育了这个哥萨克后代的情操。肖洛霍夫只上过4年教会学校，由于1918年内战爆发而辍学。他目睹了十月革命后顿河上游地区发生的时间最长、规模最大的哥萨克反革命暴乱。1920年顿河地区建立苏维埃政权，年仅15岁的肖洛霍夫立即投身到红色政权的革命工作中，担任镇革委会的办事员和区征粮委员，同白匪在草原上进行过战斗。这些经历为作家积累了丰富的创作素材。1922年，肖洛霍夫来到莫斯科，开始创作生涯。1924年，他回到故乡，从此从事文学创作。30年代初，他加入联共（布）。在1934年召开的全苏作协第一次大会上，他当选为作协理事，后一直担任理事会书记处书记。1939年，他当选为苏联科学院院士。1961年，他被选为苏共中央委员。他还是历届苏联的最高苏维埃代表。他一生中曾荣获斯大林文学奖、列宁奖金、社会主义劳动英雄称号，以及5枚列宁勋章和其他许多国内国外的奖章和荣誉勋章。1965年，正值60岁诞辰之际，以其"在描写俄罗斯人民生活中一个历史阶段的顿河史诗中所表现的艺术力量和正直"，肖洛霍夫荣获诺贝尔文学奖。1984年2月，肖洛霍夫在家乡病逝。

1924年，19岁的肖洛霍夫发表第一个短篇小说《胎痣》。其后陆续发表一系列小说。1926年，他将这些小说编成《顿河故事》和《浅蓝色的原野》两个集子出版。它们以作者的亲身经历和见闻为素材，反映国内战争时期顿河流域敌对阶级和新旧势力之间尖锐复杂的斗争。肖洛霍夫不像当时苏联文坛上写同类题材的作家一样把笔墨集中在阶级、集团的斗争上，而是把巨大的阶级斗争场面浓缩在人与人的关系上，特别是通过家庭成员之间的对立与冲突如夫妻反目、兄弟火并、父子残杀等，来折射阶级斗争的激烈性和残酷性，表现新旧世界大碰撞的严酷现实和这种碰撞引起的时代变革。如《胎痣》描写当了叛匪头目的父亲杀死当红军连长的儿子，而后又自杀的悲剧；《看瓜田的人》描写白匪军官因妻子同情红军而打死了她，而他的小儿子为了救出当红军的哥哥又砍死父亲；《粮食委员》中的主人公严厉惩处私藏粮食的富农父亲。

继两个短篇小说集问世之后，肖洛霍夫想写一部描写哥萨克在历史剧变时期的命运的长篇小说。起初定名为《顿河乡土》，后改为《静静的顿河》。这部鸿篇巨制历时14载始告完成。

1930年，肖洛霍夫在创作《静静的顿河》的同时又开始创作长篇小说《被开垦的处女地》。小说第一部于1932年发表，第二部到1960年才完成，因而留下两个时代的烙印。第一部以20世纪30年代初顿河地区的广大农村消灭富农的农业集体化运动为背景，故事发生在顿河草原的一个村庄，情节有一明一暗两条线索：明线是从列宁格勒来帮助哥萨克建立集体农庄的工人达维多夫的活动，暗线是白卫军官波罗夫采夫、富农奥斯特洛夫等人千方百计破坏集体化运动。小说通过这两条线索的逐步展开揭示贫农、中农同富农、白卫军分子之间的不可调和的矛盾，以及人民内部之间多种矛盾冲突，展示哥萨克农村所有制的变化、新人的诞生、新型的社会主义生产关系的建立等。第二部虽然写的仍是农业集体化运动时期的那个村子，但通过他们的日常生活来揭示人的性格。主人公达维多夫被塑造成一个具有民主作风和尊重人、同情人、爱护人的高尚品质的人物，突出表现了50年代中后期随着政治气候的变化而日益得到强调的人道主义精神。

1941年卫国战争爆发，肖洛霍夫作为战地记者走上前线，发表了一系列随笔和特写。战争结束后，肖洛霍夫开始构思、创作以这场战争为题材、以歌颂苏联军民的英雄主义和爱国主义为主题的长篇小说《他们为祖国而战》。不过这部小说直到肖洛霍夫去世都没有完成。

1956年和1957年之交，肖洛霍夫的中篇小说《一个人的遭遇》在苏共中央的"喉舌"，《真理报》上以连载的形式发表，引起强烈反响。小说以战争中的一个人的命运作为切入点，讲述普通战士安德烈·索科洛夫的故事。索科洛夫在战前有个美好的小康之家。他本人是司机，他妻子是个孤儿，他们生了3个儿女，一家五口安居乐业。不料希特勒入侵，战争爆发，妻子的痛哭伴他登上军车。他上前线不久就被俘，在德寇地狱般的集中营里历经磨难。德军溃败时，他抓获一个敌军军官，驾车回到自己人这边，眼看可以与妻子儿女团聚，却得悉妻子和两个女儿已被德军飞机炸死。他日思夜想的"家"变成了一个巨大的、积满死水的弹坑。他剩下的唯一希望是当上红军炮兵军官的儿子，父子相逢指日可待，不料在苏军攻克柏林时流弹夺去儿子的生命。战后他重操司机旧业，收养一个孤儿，以车为"家"。

《一个人的遭遇》在当时的苏联文坛实现了多方面的突破，在苏联文学发展史上具有里程碑式的意义。第一,在思想主题方面,它强调人道主义的思想。以往苏联卫国战争题材作品的主题总是英雄主义和爱国主义,而在《一个人的遭遇》中,人道主义成为最强音,体现了苏联50年代中后期大力提倡的关心人、爱护人的精神。它没有正面描写动人心魄的战争场面,也没有讲述主人公轰轰烈烈的英雄行为,而是通过主人公催人泪下的娓娓叙述表现作者对战争中"人的命运"的热切关注,呼唤人道主义的回归。第二,在取材方面,有意识地选择普通人物和平凡事件。以往的战争文学大都描写重大战役和英雄人物、领袖人物,而《一个人的遭遇》则写一个普通苏维埃人在战争中的遭遇,着重表现战争给苏联人民带来的沉重灾难,控诉法西斯的罪恶,同时也赞颂普通劳动者朴素的爱国精神和不屈的坚强意志。这样的取材拓宽了苏联卫国战争题材文学的取材范围,也能够引起最为广泛的共鸣。小说塑造了索科洛夫这个新型正面人物形象,他像土地一样朴实无华,像岩石一般坚不可破,历尽苦难而始终保有坚贞美好的人性,失去所有亲人依然存有一颗爱心,他的坚强性格和可贵品质,正是普通劳动者精神力量的象征。第三,在美学风格上,突出了悲怆和悲剧性。以往苏联的卫国战争文学大都追求崇高,《一个人的遭遇》引起的是"沉重的忧郁",是男人的"吝啬而伤心的眼泪"。它在主要讲述主人公战争时期的苦难遭遇之外,也提到了他在战前特别是战后的不幸命运。这实际上是告诉人们在苏联也有悲剧。这是对苏联文学长期以来只是歌颂苏维埃社会、只是描写现实生活中的光明这种文艺政策的重大突破。

肖洛霍夫的创作数量上并不算多,总计两部长篇小说、两个短篇小说集,几篇没有结集的中短篇小说,一部未完成的长篇小说和一些政论、随笔、杂感。他以独特风格著称于20世纪世界文坛。首先,他善于通过地方性题材反映具有重大社会历史意义的主题。他的全部作品几乎都和顿河密不可分,他向世界展示了顿河地区哥萨克人充满乡土气息的巨幅历史画卷,又使人们能从中看到整个时代的变迁。其次,他强调表现生活的真实,以真实性作为文学创作的第一生命。他自称是"现实主义艺术的坚定的信徒",总是用最严格的现实主义精神去反映社会生活和社会斗争,他既不粉饰生活,也绝不回避矛盾。第三,他善于描写历史转折时期的悲剧性冲突,开创了苏联文学中悲剧性史诗的独特风格。与此同时,也善于在悲剧基调上穿插喜剧因素和幽默情景。最后,他既坚持俄罗斯文学的人道主义传统,又努力赋予其新的社会历史内容。肖洛霍夫强调在人生的苦难中表现人性的美好,极力发挥文学作品以情动人的本质力量,因此能在意识形态斗争激烈的"冷战"年代同时受到"东方"和"西方"的推崇,同时获得价值标准大相径庭的斯大林文学奖和诺贝尔文学奖,成为苏联文学和20世纪世界文学中独树一帜的文学大师。

## 二、《静静的顿河》

《静静的顿河》于1926年开始写作,1940年写完最后一部。小说引起强烈的反响,成为肖洛霍夫的代表作。这部史诗性巨著气势磅礴,场面恢宏,着笔既粗犷又细腻。无论就其反映现实生活的深度和广度,揭示生活中复杂矛盾的真实性和深刻性,还是塑造

人物形象的生动性以及高超的艺术技巧来看,《静静的顿河》都堪称是苏联文学和世界文学的杰作。

（一）思想内容

关于这部作品的构思,肖洛霍夫曾说要通过"对顿河哥萨克生活的描写"来表现"由于战争和革命的结果,在风俗、生活以及人们的心理状态中发生的巨大变动","揭示了1914年至1921年间发生的各种事件的激烈旋涡中的个别人的悲剧命运"。按这一整体构思,小说分为4部8卷。第一部描绘1912—1916年也即第一次世界大战爆发前后的事件对顿河军屯州哥萨克人生活的影响与冲击,再现了自中世纪以来形成的顿河哥萨克的历史状况和特殊的风俗民情、社会文化心态。第二部写1916年10月至1918年春顿河地区复杂的阶级斗争,包括二月革命、科尔尼洛夫叛乱、十月革命直到顿河地区国内战争的开始。第三部表现1918年春至1919年5月这段国内战争最激烈时期的斗争,哥萨克人在沙皇反革命势力的操纵下与新生政权的对抗。第四部反映1919年春至1922年顿河地区叛乱的匪帮遭到彻底失败和苏维埃政权的日趋巩固。在这样的社会历史巨型画卷中,肖洛霍夫以主人公葛利高里·麦列霍夫的命运和他一家人的遭遇作为小说的中心情节,并以此为焦点和视角,透视顿河哥萨克在历史转折时期从生活方式到社会心理的巨大而深刻的变迁。

哥萨克是俄国的一个特殊社会阶层。"哥萨克"是"自由人"的意思。他们的祖先原是俄国内地的农奴,大约在十五六世纪时逃到当时还很荒凉的顿河边定居,逐渐形成一个酷爱自由、骁勇善战的社会群落。历代沙皇为了使哥萨克成为驯服工具,都采取恩威并施的两面手法,在顿河建立"军屯州",有意识地培养他们视自己为特殊阶层的优越感和对沙皇统治的无条件服从,在土地分配与赋税征收上给他们以优惠,让他们充当维护皇权的打手。在十八九世纪俄国进行的多次内、外战争中,哥萨克充当了沙皇任意利用的工具。种种社会历史原因造成了哥萨克集自由农民与天职军人于一身的特点,在他们心理上积淀起一种独特类型的"哥萨克气质":既以土地为根本,向往和平自在的田园生活,又视战争为天职,膜拜荣誉、战功;身为劳动农民,却以特殊阶层自居,看不起城市工人和非哥萨克身份的"庄稼佬";不满内部的等级压迫和贫富悬殊,又被民族意识、集团观念模糊了阶级意识;酷爱自由,追求独立,又有挥之不去的依附心理;勇于叛逆,富有反抗精神,又看重传统,服从权威。小说充分揭示了这种充满矛盾的"哥萨克气质"。顿河哥萨克也正是因此而在历史巨变时期陷入悲剧性境地。

《静静的顿河》内容宏富,能给人以不尽的思索,但它的基本主题是明朗的:揭露长期统治哥萨克和俄国的旧制度、旧势力的反动和没落,展现它不可避免的覆灭;反映顿河哥萨克在十月革命以后追随新时代前进的曲折艰难而又充满痛苦的历程;热情赞颂布尔什维克领导的社会主义革命给俄罗斯带来的翻天覆地的变化;同时也以沉重的笔触描写新生政权中部分人的"左"倾错误所造成的悲剧性后果。

（二）人物形象

主人公葛利高里·麦列霍夫是一个在历史转变时期力图探索正道而又迷失了方向,

因而陷入苦难境地的哥萨克农民形象。他在十月革命以后的内战时期，反复动摇于革命和反革命之间，两次参加红军，3次参加叛乱，走上一条痛苦不堪的悲剧性道路。作为一个劳动者，葛利高里同人民有着天然的血肉联系，他向往美好、正义的一切，但作为小私有者和"哥萨克气质"的代表，他对真理和新生活的追求带有不切实际的幻想和个人奋斗的性质。这种追求有时表现得相当强烈、坚决，但并不始终如一，而是屡屡动摇。数百年来形成的哥萨克顽固保守的传统和偏见牢固地占据着他的心灵，所以他常常刚刚前进一步又马上退了回来。他出众的才华和刚毅自信，大大加剧了这种左右摇摆的幅度，为他以及他周围的人带来更大的痛苦和不幸。在新旧两个世界激烈拼搏的年代里，他憎恶地主资本家及白军的统治，但又对新生的无产阶级政权心存疑虑，与之格格不入，竭力去寻找自以为是"真理"而实际上却不可能寻求到的"中间道路"——哥萨克自治：既不依附于红军，也不投靠白军。当他意识到自己的谬误，开始承认并接受新政权的现实时，却已经深陷泥沼，进入迷途知返而不能返的苦难境地。历史要求个人对它负责的铁律以及战争年代某些狂热分子的过火行为使他无法回到本来是欢迎他这种劳动者的新政权的怀抱。他万般无奈，只好听天由命，铤而走险，一次再次沦为叛匪。但在史诗结尾，葛利高里抛弃武器，拒绝跟残匪出逃外国，冒着被逮捕处死的危险回到家门，紧紧抱住战乱中幸存的儿子，这就表明，哥萨克劳动者的良知最终还是使葛利高里把自己的命运、哥萨克的命运跟苏维埃世界联系到了一起。由此可见，葛利高里身上那种以特殊阶层自居的哥萨克本质特征决定着他的动摇性，而他那种正直、善良、自信、顽强以及与之相伴的粗犷、鲁莽、盲目无知的个性又使他的不舍追求和悲剧结局更加震撼人心。这一艺术形象是一个既集中体现了十月革命前后哥萨克人的本质特征，又具有鲜明个性的艺术典型。

葛利高里的形象主要是通过爱情纠葛和军旅活动两条主线表现的。他与婀克西妮亚的情史是他生活的重要组成部分。一开始，他把传统习俗、严父警告和舆论非议等置之度外，抛下新婚不久的妻子娜塔莉亚，坚决跟有夫之妇婀克西妮亚出走，去做李斯特尼茨基的奴仆。待他发现婀克西妮亚与少东家的不轨之后，他对主人凶狠报复，对情人一顿鞭打。后期，他们的爱情变得更加强烈。暴动失败后，葛利高里全家的亲人几乎都在战乱中死去，婀克西妮亚成了他生活中唯一的精神支柱，他两度不顾生命危险约她潜逃。不料出逃路上，一颗流弹夺去了她的生命。他们的爱情几乎是一种排除了一切社会因素的、唯有两个生命要强烈地厮守在一起的激情。如果说葛利高里与婀克西妮亚的爱情追求充分表现了他作为哥萨克劳动者渴望自由的天性，那么他的军旅生活则表现了他作为哥萨克军人的社会性特征。第一次世界大战中的亲身经历以及和布尔什维克的交往使他认识到帝国主义战争的荒谬，破坏了他"哥萨克军人天职的全部概念"，使他第一次在政治上"睁开了眼睛"，他竟敢对前来医院慰问伤病员的皇族突然表现出"极端不可饶恕的行为"。但是沙皇政府颁发给他一枚十字勋章及父老乡亲们对他的谄媚和尊敬又立刻淹没了他身上"伟大的人类的真理"，一个月后他"忠实地保持着哥萨克的光荣"重返前线。十月革命后，他参加红军，并当了连长，奋不顾身地同白军作战；可一听到旧军官伊兹瓦林关于哥萨克不要布尔什维克领导、搞"自治"的言论,又觉得有道理。新政权的吸引和哥萨克自治的蛊惑从相反的方向拉扯他,使他产生迷惘和疑惑。哥萨克革命者波特捷尔珂夫在群众大会上的演讲曾经使"以前的真理又在他心里占了上风",但波特捷尔珂夫对被俘军官的镇压又引起他对布尔什维克的怀疑和反感。当他因在叛军中立功而升为师长时,他并不感到高兴,而是责备自己"反对人民"。此后,他两次擅离阵地,下令释放被叛军关押的一百多名红军家属,营救被俘的红军朋友。1919年春天叛乱失败后,他再次投身于红军队伍,当了布琼尼骑兵师的副团长,立下许多战功。但复员回乡后,村苏维埃政权偏偏只追究他参加过叛乱的罪行,于是他铤而走险,第三次投身于叛匪残部。叛匪彻底失败以后,葛利高里毫无目的地在草原上流浪了三天三夜。这时他的父母、兄嫂、妻子、情人以及小女儿都死了。

肖洛霍夫对葛利高里的激情和心灵运动的描写的审美价值就在于:他的优秀品质和美好人性跟他逆历史潮流的追求和行动发生尖锐的悲剧性冲突,既体现了作者希望通过主人公向世界说明"关于人的魅力"的意图,又显露出历史不可违逆的必然趋势的威力及其胜利前景。因此,葛利高里的悲剧可以说是殁于历史过程的矛盾中的一个牺牲者的悲剧。

### (三)艺术特点

《静静的顿河》取得了很高的艺术成就。

第一,广阔的史诗画面。作家善于描绘各种错综复杂的政治与军事事件,并展示它们之间的因果关系和发展变化。小说对顿河村庄日常生活和主人公命运的描绘与重大的政治事件、军事行动的描绘交替进行,从而造成一种内容浩繁、人物众多、画面壮观、结构宏伟的史诗效果。小说广泛地引入历史文献、编年史、命令、日记、书信等各种资料,并依据这些历史资料,对各种政治事件和军事形势作了精辟的概括和评价,赋予作品以深刻的真实性和巨大的历史感。

第二,精巧的艺术结构。小说情节的中心是麦列霍夫家族的命运,主要线索是葛利高里和婀克西妮亚的情感瓜葛,补充线索是葛利高里和娜塔莉亚的关系。但作家绝不把自己的笔触局限于这一范围。小说中存在着偶然性插曲,但作家对这些偶然场面进行精心细致的处理,使它们同作品的基本矛盾冲突内在地、巧妙地联系在一起,使得长篇史诗的结构尽管十分自由、呈开放型,但又给人一种浑然、有机的整体之感。

第三,浓厚的地方特色。作为一个出身于哥萨克农民家庭的作家,肖洛霍夫栩栩如生地描绘了顿河哥萨克的日常生活习俗,不仅描绘了哥萨克农民的日常劳动,而且描绘了哥萨克的节日、葬礼、婚宴、晚会、服装、跳舞、唱歌。小说大量使用北部顿河地区哥萨克的民间语言。这种种艺术追求和艺术处理使小说具有浓厚的地方特色,从而产生"越是地方的,便越是世界的"这种特殊的艺术魅力。

## 第四节 劳伦斯

戴维·赫伯特·劳伦斯（1885—1930）是 20 世纪具有国际声誉的英国作家，也是本世纪最有争议的小说家之一。他毕生锐意探索资本主义社会现代工业对自然人性的压抑和扭曲、畸变。他的真诚坦率触痛了现代西方文明的弊端。

### 一、生平与创作

劳伦斯于 1885 年 9 月 11 日出生于英国诺丁汉郡一个矿工家庭。父亲性情暴躁，父母婚姻不幸，母亲将感情寄托在儿子身上。劳伦斯 16 岁中学毕业后，在一家医疗器械厂工作。后来又进入诺丁汉大学学习，1912 年拜见一位教授时爱上对方的妻子，后与之私奔。劳伦斯一生大部分时间在国外过着漂泊不定的生活，足迹遍及意大利、锡兰、澳大利亚、美国和墨西哥等地。1930 年 3 月 20 日，他因患肺病在法国南部的万斯镇疗养院逝世，丧礼简单凄凉，只有妻子弗利达母女和作家奥尔多斯·赫胥黎等几个朋友送葬。

英国文学史上很少有像劳伦斯这样多才多艺、富于激情的作家。他在小说、诗歌、散文、戏剧、绘画、文学批评和文学翻译等方面都有所探索，作品多达 40 卷。他的主要成就是小说，一共写了 10 部长篇小说、7 部中篇小说和 60 多个短篇小说。其中重要作品是长篇小说《儿子与情人》（1913）、《虹》（1915）、《恋爱中的女人》（1920）、《羽蛇》（1926）和《查泰莱夫人的情人》（1928），中篇小说《狐》（1921）、《圣·莫》（1925）和《死去的男人》（1928），以及短篇小说《菊花的馨香》（1911）等。

《儿子与情人》是劳伦斯的成名作，带有自传性质。小说故事的背景是诺丁汉郡矿区。父亲莫瑞尔是矿工，长年沉重的劳动和煤井事故使他变得脾气暴躁。母亲出身于中产家庭，有一定教养。婚后夫妇不和，母亲开始厌弃丈夫，把全部感情和希望倾注在孩子身上，由此产生畸形的母爱。小说前半部写保罗和母亲之间俄狄浦斯式的感情，后半部着重写保罗跟情人克拉拉和米里艾姆之间两种不同的爱，一种是情欲之爱，一种是柏拉图式的精神之恋。保罗在母亲阴影之下，无法选择自己的生活道路，直到母亲病故后，他才摆脱束缚，离别故土和情人，真正成人。小说描写了特定环境下母子间和两性间的复杂、变态的心理，小说强调人的原始本能，把理智作为压抑天性的因素加以摒弃。小说还对英国工业化物质文明和商业精神进行了批判。

《虹》是劳伦斯的代表作之一。它和《恋爱中的女人》是姊妹篇。《虹》再现了三代夫妻间的心路历程。在主题上，《虹》具有双重性：一方面，作家继续他在《儿子与情人》中对大工业生产严重侵蚀英国乡村的批判；另一方面，劳伦斯又开了英国文学注重探索人的性心理的先河。作品通过一家三代人的正常与非正常的两性关系的交往，以寻求建立自然和谐的性关系的可能性。家庭的第一代汤姆·布兰温和莉迪娇生活平淡无奇，两人满足于两性关系的和谐，同时双方又感到某种生疏感，因此保持着各自的特异性，若即若离。应当说，他俩的婚姻关系较为圆满。然而，汤姆酒后溺水而死，象征着在工业化大潮的冲击下这一代人的婚姻难逃厄运的必然性。第二代安娜与威尔在醉人的蜜月生活之后便开始了源于信仰分歧、感情挫折、性格冲突和争夺支配地位的无休止的争斗，从而陷入精神的困境。一切都在平庸、沉寂中度过，而"人心的热情，它在人体消灭之前就早已死亡！"哀莫大于心死，这正是他们生活的真实写照。小说重点描写了第三代厄秀拉的成长与追求。厄秀拉是20世纪初一位愤世嫉俗又孤独迷惘的小资产阶级知识分子的形象。她受过高等教育，思想深刻，勇于探索，始终不渝地探寻爱的真谛、人生的意义。她满怀对现存秩序的叛逆精神，蔑视宗教，痛恨民主制度，抨击狭隘闭塞的家庭生活，要求男女享有平等的权利。她对工业化社会造成的人感情上的冷漠与虚伪极为不满，做了许多尝试以追求精神和肉体的满足。她的身上虽有强烈的反叛与探索精神，然而屡遭挫折，孤独失望，只有天空中飘浮的那道彩虹给她带来一丝安慰。这条彩虹象征现实生活的空虚和未来的美好，象征着人与人之间圆满和谐的关系。

## 二、《查泰莱夫人的情人》

《查泰莱夫人的情人》是劳伦斯的代表作之一。

### （一）思想内容

故事发生在英格兰中部。女主人公康妮出身于一个中产阶级知识分子家庭，受过良好教育。她在1917年第一次世界大战中和出身贵族的克利福·查泰莱结婚。蜜月刚过，克利福就重返前线，不久"一身破碎地被运返英国"，虽然幸免一死，但下肢瘫痪，丧失了性功能。1920年，克利福承袭了男爵的爵位，和康妮回到老家拉格比居住。这幢18世纪中叶的建筑坐落在一个"优美的满是橡树的老林中"，可附近却是烟尘弥漫的煤矿物。康妮很不习惯这座阴森森的宅第和附近的环境，唯一喜欢的是那个林园。正是在这个林园中，她遇到了后来成为她情人的梅勒斯——克利福雇佣的守林人。康妮初识梅勒斯并非一见钟情，可对方却敏锐地注意到她有"一种渴慕着什么，不满什么的感觉"。康妮在拉格比过了近两年的"毫无生气的日子，生命日渐衰萎"，几乎都给"闷死了"。她算是看透了克利福这类自诩为统治阶级的人，"内心坚钝无情""只有一种冷酷的虚荣心，没有温热的人道"。康妮清楚地认识到，跟克利福在一起只有死路一条。她要反抗，但又找不到出路，只好一有机会就逃到她唯一的避难所——树林中去。在那儿，她可以呼吸到新鲜而自由的空气，感受到一种奇异的、有力的、向上的生命。不久，她与梅勒斯有了第一次性爱。此后，康妮经常到树林中去和梅勒斯幽会，她深深地体验到：作为一个女人，她复活了。在这个尚未被工业文明污染的伊甸园，这对情人充分地实现了一种自然和谐的性爱关系。

《查泰莱夫人的情人》是20世纪西方文学中最富争议、最有影响的小说之一。这部小说自1928年问世后，因其中对性爱的直露描写而被视为色情作品，遭到广泛而严厉的批评，在1960年以前一直被英国官方当作淫秽作品禁止出版，世界上许多国家也将它列为禁书。然而随着时间的推移，人们逐渐认识到这部作品的真正价值。英国文化批评家理查德·霍加特的一段话颇能代表当代评论界的观点："《查泰莱夫人的情人》不是一本脏书。它干净、严肃并富于美感。如果我们坚持把它视为淫秽的东西，这就正说明我们自己的肮脏。"实际上，《查泰莱夫人的情人》是劳伦斯哲学思想、性爱思想的集大成者，它充分地展示了西方工业文明对人性的摧残和扼杀，展示了人类文明的进程与生命原欲、自然本能的冲突抗争。小说通过康妮同克利福和梅勒斯这两个男人的截然相反的关系的描绘，以大胆直露的性描写肯定了主人公崇尚生命、探索生存价值的积极意义，同时也无情地抨击了资产阶级虚伪、自私的婚姻观和性爱观。它通过主人公对生活的热爱和执着的追求肯定了生活，肯定了生命存在的价值。对性爱的体验便是生命力和生存意义的体验，这与纯粹的感官的肉欲有着天壤之别。

（二）人物形象

透过小说表层的三角关系，人们发现，真正构成小说人物冲突的内在张力来自两个阵营：克利福和梅勒斯。而女主人公康妮是处于这两个阵营之间的人物。

克利福是英国贵族的一员，一个继承了父亲的煤矿、庄园和爵位的绅士，同时又是一个完全适应现代工业文明的矿山主和作家。他是一个典型的文明人，信奉"工业先于个人"的原则，与自然格格不入。19世纪的理性对人的异化和20世纪工业文明对人的异化都在他的身上体现出来。他只关心自己的利益，恬不知耻地要求康妮给他生一个儿子，好使自己后继有人，保持"英国传统"。于此，作家深刻地、辛辣地嘲讽了他的冷酷和寡廉鲜耻。他与康妮的婚姻无疑是毫无情爱关系可言的，这种婚姻绝对不是"健康的或宝贵的"，而是死亡。克利福代表的正是一个濒临死亡的文明。

与死亡相对立的是生命，与文明相对的是自然。小说中与克利福相对立的人物是梅勒斯。他代表的就是自然，是生命。在小说中，作家将园林看守人梅勒斯描写成自己的代言人，一个劳伦斯式的英雄。梅勒斯来自矿山的劳动阶层，是一名退役的军官。他有两种语言：一种是中产阶级的，一种是农民的。他对世界充满嫉恨，独自躲进树林，在猎狗、野鸡、松树、山花的世界里生活得十分平静，独往独来，俨然是一个现代的自然之神——潘。正是依靠他健全的身躯和生理功能、粗犷又不乏细腻的爱以及同自然的亲密无间，梅勒斯才可能同自己的主人克利福分庭抗礼。他在揭露世界的黑暗、道出对世界与人类的看法的同时，又找到了出路：从文明社会复归到残余的自然天地中去。在作品中，作家突出了他的性能力，把他描绘成是与大自然融为一体、充满了活力的自然人。他不仅自己有强大的生命力，而且还能将生命力赋予被文明社会禁锢得奄奄一息的康妮。从此，他结束了隐士生活，重新走出来直面人生、直面社会，再次进入工业文明的喧嚣中去。梅勒斯站出来与工业文明抗争，与理性搏斗，他想用他的能量和勇气给人类社会重新注入活力。在小说结尾处，梅勒斯为他和康妮找好了出路。他们将有自己的小农场，他们将永葆活力，获取自我的完善。在这一场理性和原始的殊死搏斗中，原始终于战胜了对手。梅勒斯像一轮骄阳，有足够的光和热去融化任何坚冰。

女主人公康妮是劳伦斯小说中由多个女性逐步进化来的，因此也是作者笔下最完美的女性。她把寻找真正爱情的过程看成是自我价值实现的过程。从表面上看，她是克利福不忠实的妻子，是梅勒斯狂热的情人。但是我们如果把这一层表面社会地位和关系剥去，我们就可以发现另一层象征性的关系：康妮是一个处于文明与自然之间的人。康妮最终抛弃查泰莱夫人的地位而投入守林人梅勒斯的怀抱，实际上是她最终否定自己的文明人格而选择自然人格的一种隐喻。康妮从文明人到自然人的转化是通过性爱来完成的。在文明的世界里，康妮得不到真正的性爱，而最初与梅勒斯相爱时，她仍然是一个处于文明与自然之间的双重人格的人。她对性爱的渴望仍属于一种精神或理性的东西，那是克利福式的"残废"的爱，因此她畏惧、犹豫甚至厌恶她与梅勒斯的行为。渐渐地，这种理智变成了痛苦，她开始感到一种自惭的悲哀。她承受不了本能的压力，又摆脱不掉文明的人格对她的桎梏。直到她的自然人格真正复活，直到她在这种复活的驱动下彻底抛弃了作为查泰莱夫人这一个文明的躯壳之后，康妮才第一次真正成了一个女人。这个20世纪英格兰的夏娃才找到了自己真正的亚当，找到了一块他们曾经失去的自然乐土。

康妮通过性爱的途径所走过的从文明人格到自然人格的蜕变过程阐明了劳伦斯的一个信条，那就是："个人之间的温存与激情能超越意识和人格的界限，同样是这种个人之间的温存和深深的激情能彻底否定工业文明的精髓。"现代人的生命复活必须通过一种纯洁的爱的方式来完成，而这种爱又意味着彻底突破意识、理性和个人的壁垒，超越原有的自我，也意味着抛弃工业文明的残废的道德、伦理等。康妮同守林人性的结合使她超越了原来的自我，超越了原来文明的存在状态，这就意味着她也超越了作为一个社会中的文明人的痛苦；而这种超越的结果是她与自然的亲近，和自然融为一体。性爱仿佛是一种与天地同行的自然韵律，让他们进入到灵肉统一、自我超越的境界。人与人的和谐和人与自然的和谐在这里融为一体了。

（三）艺术特点

首先，对性爱的大段描写是这部小说的主要特征。性爱是这部小说的中心，是一个具有深刻和丰富的象征意义的主题。作品中对性行为明白而具体的描写是劳伦斯这部小说的生命，删掉它们就会使这部小说失去它的艺术价值和道德价值。作家带着诗意渲染了主人公在探究性秘密时的惊异和赞叹。小说的第五章开始对性爱作了一次胜过一次的描述。作家对每一段性爱的描写都采用了不同的手法，从不同的层次、不同的角度对性爱场面加以渲染，其宗旨是歌颂人性的复归。

其次，比喻和象征的运用是小说的另一大特色。综观全书，不难发现其中每一个主要人物和场景都是某种象征意义。生机盎然、充满大自然气息的守林人小屋象征着万物复苏的根，而死气沉沉的拉格比庄园则是伪善、颓败的英国上流社会的缩影。矿主克利福是只有意志没有激情的资产阶级代表，他下肢瘫痪上肢发达象征着英国资产阶级的重理性不重情感、重精神不重肉体。出没于朦胧、幽静、生机勃勃的树林的守林人梅勒斯过着劳伦斯一贯提倡的"自然人"的生活，他是作者心目中完美男性的象征。小说中的象征手法的运用比比皆是，其意蕴深远，读后让人浮想联翩、回味无穷。

总之，《查泰莱夫人的情人》是一部现代人的罗曼史。它表现出来的对工业文明的唾弃和对自然的向往是动人的。虽然主张抛弃文明、复归原始的思想有偏颇之处，但我们不能因此过分地指责作为艺术家的劳伦斯。《查泰莱夫人的情人》这部富于诗意的罗曼史自有其不可否定的价值。它会给这个多难世界中的人们以慰藉和勇气。正如小说开篇所言：不管天翻地覆，我们都得生活。

## 第五节　罗曼·罗兰

罗曼·罗兰（1866—1944）是19世纪末至20世纪前期法国卓越的现实主义作家、伟大的人道主义者与和平战士。他被称为"欧洲的良心"。

### 一、生平和创作

罗曼·罗兰出生于法国中部的克拉姆西城，父亲是一个公证人，母亲是虔诚的教徒，爱好音乐。1880年10月，罗兰全家迁到巴黎。1886年，他考上巴黎高等师范学院，先学文学，后攻历史。1888年，他给举世闻名的文坛泰斗列夫·托尔斯泰写了一封信，向他询问如何对待人生和艺术，得到后者长达38页的回信。1889年，罗兰大学毕业，以研究生的身份进入法国设于意大利的罗马考古学校做了两年研究工作。回国后，他先后在两所大学担任声乐史教师。1895年，罗兰完成了学位论文《现代歌剧之起源》，获得博士学位并受到法兰西学士院的褒奖。从1895年起，他先后在巴黎高等师范学院和巴黎大学教授艺术史，并开始文学创作。

罗曼·罗兰的著作甚丰，涉及音乐和文学领域。在文学方面，他写了大量的诗歌、戏剧、小说、传记和文学评论等。他一生共写过21部剧本，其中6部是他早年的试作，分别收入《信仰悲剧》和《革命戏剧》两集中。《信仰悲剧》收入《圣路易》（1897）、《阿埃特》（1898）和《理性的胜利》（1899），《革命戏剧》收入《群狼》（1898）、《丹东》（1900）和《七月十四日》（1902）。

从1902年开始，罗兰感于世风日下，把变革现实的希望寄托于"英雄"身上，为此他创作了几部名人传记。他先后写了《贝多芬传》（1903）、《米开朗琪罗传》（1906）、《托尔斯泰传》（1911）和《甘地传》（1926）。罗兰要为具有巨大精神力量的英雄立传，让世人"呼吸到英雄的气息"。这些传记极力颂扬主人公们渴望自由、主持正义的精神，赞美他们以造福人类为己任、为坚持真理和信仰而受苦受难的钢铁意志。但他过分夸大个性的力量，甚至把托尔斯泰的博爱主义和甘地的不抵抗主义作为救世良方。

与此同时，罗兰完成了具有史诗规模的巨著《约翰·克利斯朵夫》（1904—1912）。这部作品是20世纪前期世界文学最伟大的作品之一，奠定了罗曼·罗兰在文学史上的地位。

1914年第一次世界大战爆发，罗兰走出书斋，参加日内瓦"战俘通信处"的工作。他发表《超乎混战之上》一文，谴责战争，呼吁以精神的力量去遏止战争势力，从而成为著名的反战主义者。1915年，罗兰因"他的文学作品中的高尚理想和他在描绘各种不同类型人物时所具有的同情和对真理的热爱"而获得诺贝尔文学奖。罗兰把奖金全部赠给国际红十字会等组织。1917年十月革命取得胜利，罗兰著文表示敬意，但他又对无产阶级革命怀有恐惧心理，从而谢绝列宁对他的访苏邀请。1931年，他发表自称是"忏悔录"的著名文章《向过去告别》。从此，他由一个资产阶级个人主义者、人道主义者转变成为反帝反战的民主战士，转变为倾向社会主义革命的现实主义作家。

罗兰后期的代表作是他的第二部长篇小说《母与子》（1922—1933）。小说展现了20世纪二三十年代的社会动向。主人公安乃德逐步走出个人生活的小天地，投入社会革命的斗争之中，走的是知识妇女的正确道路。她的儿子玛克的成长过程则要复杂一些。他虽然早年不学好，却富有正义感，在妻子阿西娅的推动下，最终成为反法西斯的革命战士。小说描写了母与子从追求精神独立到萌生革命意识的过程，反映了作者"内心斗争的演变"——从"狭隘的个人主义一直发展到无产阶级革命"这一主导思想，从而表现了西方部分知识分子在帝国主义战争和社会主义革命怒涛汹涌的历史时期的斗争历程。

1935年，罗兰发表两部政论集《战斗十五年》和《通过革命，争取和平》。1939年发表的剧本《罗伯斯庇尔》赞颂雅各宾党人。此剧是他一生从事的文学创作的总结。

第二次世界大战爆发，法国沦陷，罗兰蛰居在巴黎郊区维莱兹。1942年，他发表回忆录《内心旅程》；1944年，罗兰完成《贝多芬的主要创作时期》和《贝吉传》。1944年8月，他以欣喜的心情迎来巴黎的解放。同年12月30日，罗曼·罗兰逝世。

罗曼·罗兰的一生和创作道路曲折而复杂。他为争取人类的自由、民主与光明进行了不屈不挠的斗争，从一个资产阶级民主主义知识分子转向无产阶级和社会主义。他的道路体现了西方正直知识分子宝贵的探索精神。罗兰的创作体现了十月革命前后进步知识分子的动向，表现了反对战争、争取和平的思想，但又掺杂着博爱和非暴力主义的因素。在艺术上，罗兰的作品往往通过一两个人一生的经历反映一个时代的变迁，发展了19世纪现实主义作家通过一整套小说反映时代的写法。这种多卷本小说的优点是描写集中，容量大。罗兰认为，生活就像一条长河那样，连续不断地流动，小说也应反映这种丰富、博大、不停地发展的状态。这种"长河小说"气势雄浑，具有史诗的规模。

## 二、《约翰·克利斯朵夫》

《约翰·克利斯朵夫》是一部"长河小说"，是罗曼·罗兰的代表作。作品以德、法、意和瑞士为背景，反映19世纪末20世纪初风云变幻的时代和具有重大意义的社会现象，揭露批判帝国主义时期资本主义社会的政治、新闻和艺术以及上流社会的腐败堕落，展现资本主义世界中天才艺术家的悲剧命运。

### （一）情节结构

小说主人公约翰·克利斯朵夫是一个小资产阶级知识分子，一个进行个人奋斗的孤独的反叛者，一个新时代的贝多芬式的英雄。他出生在德国莱茵河沿岸一个城市里的音乐师家庭，从小过着贫困和屈辱的生活。他的祖父常给他讲拿破仑的故事，诱导他向往英雄人物，走成名成家的道路。6岁时他就决定要当作曲家，幻想有朝一日名满天下。

他有很好的音乐天赋和才能，11岁就被任命为"宫廷音乐会第二小提琴手"，14岁时便给人教授钢琴。然而，在等级森严和市侩风气浓厚的德国，艺术家被贬为奴仆的地位。在这个尊卑森严的环境中，他从小就孕育了反抗性格。一次他去接在富人家帮厨的母亲，东家的两位小主人对他百般凌辱，他一气之下把两位少爷小姐打翻在地。可是母亲反而不问情由对他就是几个嘴巴，回来后他又遭到父亲一顿毒打。在痛苦中，他为父母居然对那些恶人卑躬屈膝感到可耻。他对贵族少女弥娜产生了爱情，弥娜的母亲指出他出身卑微，说："那是不可能的，不单是金钱一项，还有多少问题……比如门第。"这激起了他强烈的反抗心理，他通过书信回击说："即使我没有你的门第，我可是和你一样高贵。"虽然因地位低下无法与弥娜结婚，但他认为自己"也许超过多少伯爵的品德"。克利斯朵夫渐渐长大，成了一个性格倔强、鄙视豪门、反抗意识极强的青年。

青年时期的克利斯朵夫特立独行，不迎合贵族社会。在公共场所，他嘲笑德国的市侩，攻击迎合市民趣味的灰色音乐。他的批评直言不讳，与社会越来越格格不入，他的作品也因为遭到别人的歪曲和敌视而失败。他在与大公爵对立的报纸上发表文章，得罪了大公爵，大公爵训斥他说："你什么权利也没有，唯一的权利是不开口。"克利斯朵夫反驳道："我不是您的奴隶，我爱说什么就说什么，爱写什么就写什么。"他甚至差一点伸出手去打大公爵的脸。后来在一次乡民们的节庆会上，大兵们欺侮农村姑娘，他出于义愤打死其中一个大兵。他因此遭到当局的通缉，被迫逃往法国。至此，他的个人反抗达到高潮。

克利斯朵夫曾把巴黎想象为自由的天堂，文人不会相轻，批评界不压制天才。他认为自己到了那里能够充分发挥才能，实现创造真正艺术的理想。然而，巴黎远非他想象的那样美好。他在巴黎看到的是，出版商像猛兽等待猎物一样专候艺术家走投无路。文学专门描写淫荡的肉欲，到处"弥漫着精神卖淫的风气"。文人标榜"为科学而科学""为艺术而艺术"，实际上他们是"为金钱而艺术"。在作家们眼里，财富是一种美，也是一种德，他们的作品是"现代工商业化的一种出品"。整个巴黎纸醉金迷、光怪陆离，金钱控制了全部艺术和思想。巴黎文艺界与广场上的市集没有区别，人人都在那里推销自己的拙劣作品，并且互相攻讦。这些人发现克利斯朵夫是一个大胆的革新者，便想方设法阻碍他获得成功。至于贵妇人，她们生活空虚，只求享乐。议员一心只想捞到财产和再次当选。文化和精神的颓废沉沦是巴黎社会的真实写照。面对巴黎艺术界的堕落腐败，克利斯朵夫极为愤慨，并对它进行了无情地揭露。他猛烈抨击巴黎资产阶级腐朽的文化艺术，引起了上流社会对他的敌视。他到处碰壁，得不到理解和支持，反而招来一大批新的敌人。后来在一次演出自己作品的音乐会上，他被一阵疯狂的喝倒彩声气倒，以致重病不起。尽管如此，他没有屈服，哪怕是处于昏眩状态时还在向敌人宣战："即使世界上都是魔鬼，即使他们要吞噬我们，我们也不怕。"他还极力呼吁艺术家要忠于自己的职责，为维护艺术的纯洁性和真实性而坚决斗争。所有这一切，都生动而有力地表现了克利斯朵夫作为一个真正艺术家的刚毅性格和民主倾向。

正当克利斯朵夫极度失望之际，他结识了法国一个年轻诗人奥里维。由于都不满于资产阶级社会现实以及对革新艺术有共同要求，两人建立起了亲密的友谊。在奥里维的指引下，他逐渐认识了法国伟大的文化传统、诚实的艺术家和普通纯朴的法国人。这时候，他发现自己与奥里维爱着同一个姑娘、一个工程师的女儿雅葛丽纳，他便主动退出，让奥里维与她结为夫妇。克利斯朵夫在精神上受到鼓舞，从而创作了一些很好的作品。他过去的学生、一个长期热恋着他并暗中帮助他的贵妇人葛拉齐亚让他终于得到巴黎音乐界的承认，成为欧洲音乐界的名人。同时，他在奥里维的影响下，把目光转向下层人民，深入工人群众，为他们谱写革命歌曲。但克利斯朵夫在思想上并不赞成工人的革命活动，也不愿意和搞社会革命的人结成联盟。"五一"节游行那天，他和奥里维不自觉地走进游行的队伍，在工人们同警察的激烈冲突中，克利斯朵夫出于义愤也身不由己地参加了战斗。结果奥里维在激战中被人群推倒，被踩成重伤，克利斯朵夫则在混战中杀死一个警察。奥里维因伤致死的消息使克利斯朵夫悲痛欲绝，万念俱灰。这一时期与工人群众的接触在某种意义上使克利斯朵夫的创作得到了升华。

由于克利斯朵夫杀死了警察而成了被追捕的罪犯，他被迫逃离法国，来到瑞士。先住在一个医生朋友家中，后因与朋友的妻子有染，他为自己的不道德行为感到羞耻，便离开朋友家，到瑞士的一个山村过了10年隐居生活。在那里，他感到自己已经无力再进行战斗和反抗了，便把上帝作为心灵的寄托和人生的归宿。他在一个夏日的傍晚意外地遇见新寡的女友葛拉齐亚，葛拉齐亚纯洁的友谊给了他无限的慰藉。此时，他的反抗意志已经消失，他说："我老了，不会再咬人了，牙齿钝了。"他倾注全力培养奥里维的儿子乔治和葛拉齐亚的女儿奥洛拉，让自己纯洁而伟大的心灵和充满着自由创造的力量以及博爱精神的艺术代代相传。他潜心于宗教音乐的创作，艺术境界变得清明恬静，完全失去了往日的战斗气息。他收敛了疾恶如仇的锋芒，甚至与对手和解，最后在对往事的回忆和心灵的和谐中走到生命的终点。

### （二）人物形象

克利斯朵夫不仅是一个具有非凡艺术才华的音乐家，而且还是一个意志坚强、英勇不屈的具有个人主义反抗精神的英雄。他刚直不阿、疾恶如仇，为捍卫真正的艺术和人类的尊严、实现人道主义的社会理想进行了艰苦卓绝的斗争。他在跟他所憎恶的社会现实进行斗争时表现出贝多芬式的英雄气概。面对强大的黑暗势力，无论是门第等级制度的不公、大公爵的权威、市侩们的世俗观念，还是文坛上腐朽文人的卑鄙，他都敢于挑战。尽管他在斗争中屡遭败绩，常常陷入孤独和痛苦的境地，但他意志坚强，从未屈服。直到弥留之际，他还表示愿意"为新的战斗而再生"。这种大无畏的反抗精神在腐败的、很多知识分子苟且偷安随波逐流的社会里是很有积极意义的。然而，克利斯朵夫毕竟是一个个人主义的反抗英雄，尽管他同情广大劳动人民和工人运动，也接近人民，有民主进步的倾向，但他不赞成工人阶级以革命的方式来变革现实，对人民争取生活权利的斗争抱着轻视态度，认为自己所追求的精神自由远高于人民所追求的物质利益。他说："只要你们只关心物质利益，你们就不会使我感到高兴。等到有一天，你们为了信仰而奋斗的时候，我一定跟你们联合起来。要不然大家为了肚子而拼命，我来干什么？"他主张通过"艺术感化"的途径来净化道德、改造社会。正因为他将自己孤立于人民之外，他的孤军奋战的个人主义反抗得不到人民的支持，必然以失败告终，他在精神上也因此陷入悲观主义的深渊。所以他晚年就断言："反抗社会是不自然的"；"世界是无法改造的。"这些言论明显流露出悲观情绪。

罗曼·罗兰曾把克利斯朵夫称为"新的人物"——一个心灵伟大的英雄。从根本上来说，克利斯朵夫在思想上仍然没有超越19世纪现实主义文学中的于连等个人奋斗者的形象。不过，从人生理想、奋斗目标、个人气质等方面来看，于连等一类形象都不可能同克利斯朵夫相提并论。于连等人奋斗的目标是个人的名利地位，为此他们不择手段，不惜妥协投降，与权贵同流合污，而克利斯朵夫的奋斗并非完全从个人出发，奋斗的目标是自我价值的实现，是以自己的艺术才能服务于人类社会。在斗争中，他不屈服于权贵的淫威和来自各方面的打击与诽谤。

### （三）艺术特点

在艺术上，《约翰·克利斯朵夫》取得了突出的成就。其成就主要表现在音乐性、象征性、内向性和史诗性等4个方面。

首先，音乐性。《约翰·克利斯朵夫》被人们誉为"音乐小说"，其具体表现是：其一，在题材上，它写的是音乐家的生活，着重描绘了一个音乐家的内心世界。其二，在结构上，《约翰·克利斯朵夫》的各卷有如交响乐的几个乐章，分成序曲、发展、高潮和结尾，气势浩荡，浑然一体。主人公的童年、青年时期的反抗是第一乐章，他在巴黎直到他成熟前的斗争是第二乐章，他的成功和平静是第三乐章。其三，作品中的评论性文字显示了作家具有精湛的音乐修养，作家在小说中穿插对音乐作品和音乐家的评点，带领读者漫游欧洲古典音乐的王国，使读者陶醉在音乐曲调的享受中。

其次，象征性。小说中的主要人物及人物关系具有象征意义。克利斯朵夫是欧罗巴精神的象征，在他身上集中了德意志民族的"力"、法兰西民族的"理性"和意大利民族的"诗意"。葛拉齐亚是理想美的象征。德国人克利斯朵夫和法国人奥里维的亲密友谊象征着德、法两国民族的和睦相处。

再次，内向性。小说的基本内容是描写克利斯朵夫战斗的一生，但重点不是描写他一生的悲欢离合和是非得失的外在经历，而是表现他的心灵发展变化的过程。每当克利斯朵夫在人生的历程中经受精神震荡或在艺术创作中情感勃发时，作者总是立刻转入对其内心世界进行精雕细刻的描写。作品总是以主人公的内在感情发展的因果关系为枢纽，带动故事不断向前推进，甚至对社会环境和自然环境也是从人物的内心感受出发来描写。小说中的自然景色往往是人物内心感情波澜的衬托。

最后，史诗性。小说分为4册10卷，以克利斯朵夫为中心人物，以德、法、瑞、意4国为背景，在跨度较长的历史发展中描绘了广阔的社会图景，提出了许多重大的社会问题。整部小说像一条长河，发展脉络清楚，一气呵成，丰富、博大，气势雄伟，具有史诗的规模。

## 第六节 布莱希特

布莱希特（1898—1956）是20世纪德国剧作家、诗人、戏剧活动家。其思想和实践早已赢得广泛的赞赏和支持；在他去世后不久，他的影响更加广泛，各国戏剧界几乎都不同程度地掀起了"布莱希特热"。

### 一、生平与创作

1898年2月10日，布莱希特出生在巴伐利亚州奥格斯堡的一个工厂主家庭。1917年他进入慕尼黑大学攻读医学。1918年德国十一月革命爆发，他应征参加战地医疗工作。革命失败后，布莱希特根据这段经历创作剧本《夜半鼓声》，流露出厌战情绪。1922年，该剧在慕尼黑首演成功，并获得"克莱斯特奖金"。布莱希特从此受到德国戏剧界的注目。

布莱希特的早期创作受到毕希纳、斯特林堡等人的影响，充满了表现主义文学的特征。1924年，应著名导演莱因哈特的邀请，他从慕尼黑移居柏林，担任德意志剧院的戏剧顾问。这是他艺术生涯的一次重要转折。当时的柏林舞台生活丰富多彩，约有50多家剧院在此竞相演出，给这个欧洲戏剧的中心注入了艺术的活力。布莱希特在这里开阔了艺术视野，积累了新的艺术经验。他以不懈的创作热情和进步的艺术见解逐渐吸引了一批著名的艺术家，并与他们长期合作，开始探索戏剧革新的道路。1924年创作的剧本《人就是人》就是他探讨、创造新的表现形式的开端。

1926年，布莱希特开始研究马克思主义。1928年他与女演员海伦娜·魏格尔结婚。这一时期，布莱希特开始形成自己的艺术见解，提出史诗剧（叙事剧）理论。20世纪20年代末到30年代初，布莱希特尝试运用马克思主义学说解释、剖析社会问题，写了一些探讨资本主义社会实质的作品。他和音乐家K·魏尔共同创作的《三分钱歌剧》是他最获成功的史诗剧。作品根据18世纪英国作家约翰·盖伊的《乞丐歌剧》改编而成。剧本以强盗头子"刀子麦其"为中心，描写他与"乞丐大王"皮丘姆之间的怨仇以及同号称布朗老虎的警察局长的勾结，揭示了资本主义社会里金钱主宰一切的无情事实。作品于1928年在柏林船坞剧院首演成功，布莱希特开始享有国际声誉。布莱希特这一时期还写有歌剧《马哈哥尼城的兴衰》（1928）和话剧《屠宰场里的圣约翰娜》（1930）。这两部作品都对资本主义社会的本质进行了揭露。当时没有一家剧院敢于冒着政治风险上演这两部作品。这一时期，德国共产党为了紧密结合当前斗争形势，组织宣传队员走街串巷出演节目。这种节目的内容和形式使布莱希特大受启发，他创作了一系列教育剧。《措施》以及根据高尔基同名小说改编的剧本《母亲》都最早直接表现了无产阶级的革命斗争。这两部剧作的演出成了当时轰动一时的政治事件。

法西斯攫取政权的1933年，布莱希特携妻带女被迫于国会纵火案的第二天离开德国，流亡苏、美、奥、瑞士、丹麦等国，长达15年之久。在流亡期间，布莱希特的创作进入鼎盛时期。他创作了大量剧本，名作有《第三帝国的恐怖和灾难》（1938）、《伽利略传》（1938）、《大胆妈妈和她的孩子们》（1939）、《四川好人》（1939—1941）、《潘蒂拉老爷和他的仆人马狄》（1940）、《在第二次世界大战中的帅克》（1941—1943）、《高加索灰阑记》（1945）等。这些剧作都表现了最迫切的现实问题，给反法西斯斗争提供了精神武器。

布莱希特一直以演说、论文、剧本注释等形式阐述他的戏剧理论和演剧方法，著有《中国戏曲表演艺术的陌生化效果》（1936）、《娱乐戏剧还是教育戏剧》（1936）、《论实验戏剧》（1939）、《表演艺术的新技巧》（1940）等。二战结束后，布莱希特写了理论著作《戏剧小工具篇》（1948）。这是布莱希特关于史诗戏剧和理论探讨的经验集成，被人誉为"新诗学"。

1948年秋，布莱希特返回东柏林，结束流亡生活。1949年，在民主德国政府的支持下，他与夫人一起创建柏林剧团，并领导该团的活动，亲任导演，全面实践他的史诗剧理论。多年的舞台艺术实验丰富了布莱希特的演剧方法，使它从理论走向实践，形成了异彩纷呈的舞台演出风格。布莱希特还运用辩证唯物的哲学思想解释舞台艺术规律，他的史诗剧理论也逐渐发展为辩证戏剧理论。布莱希特的史诗剧在现代欧洲戏剧界独树一帜，形成世界戏剧史上的"布莱希特体系"。

1956年8月14日，布莱希特因心脏病突发，溘然长逝。

布莱希特的叙事剧理论也叫史诗剧，创建于20世纪20年代末30年代初。布莱希特敏锐地发现两千年来的西方戏剧理论一直把叙述性和戏剧性对立起来。他把戏剧分成两个类型：传统戏剧（又叫戏剧性戏剧或亚里士多德式戏剧）和叙事剧（叙事性戏剧）。前者诉诸情感，常常使观众进入一种迷幻状态，压制了观众的思考能力，不能对舞台上的事件作出理性的判断。后者诉诸理性，让观众冷静，在冷静的观看中去思考、判断是非曲直，受到教育。这是对以亚里士多德为代表的传统的模仿论戏剧的反拨。不过，最早提出"史诗剧"概念的是曾和布莱希特合作过的德国著名导演艾尔文·皮斯卡托。后者1924年导演的《旗帜》的副标题就是"史诗剧"。布莱希特接受了这一术语，并以"非亚里士多德式戏剧"的概念发展和丰富了这个概念。布莱希特在叙事剧理论中强调"间离化"（陌生化）效果。所谓间离化（陌生化）效果，就是把人们习以为常的事物以另一种样式或变形的样式展示给观众，让日常平凡的东西以不平凡的面目出现，以引起观众惊奇，诱发他们去思考生活，达到认识生活本质的目的。根据叙事剧理论，布莱希特的戏剧可分为3种类型：教育剧、寓意剧和历史剧。教育剧的名篇是《母亲》，寓意剧较著名的两部是《四川好人》和《高加索灰阑记》，历史剧的佳作是《大胆妈妈和她的孩子们》。

## 二、《大胆妈妈和她的孩子们》

《大胆妈妈和她的孩子们》是布莱希特揭露法西斯统治和反战题材的代表作之一。

1938年，希特勒集党、政、军权于一身，开始实现其侵略扩张的意图。西方一些资本主义国家为法西斯德国的嚣张气焰所震慑，采取绥靖政策以保全自身，一方面同希特勒订立互不侵犯条约，以此来束缚希特勒的侵略野心，另一方面却又把大量钢铁贩卖给德国，供其制造战争武器。布莱希特十分敏锐地感受到迫在眉睫的战争危机，于1939年秋创作了这部历史剧。

### （一）思想内容

《大胆妈妈和她的孩子们》一剧取材于17世纪德国现实主义小说家格里美尔斯豪森的《女骗子和流浪者大胆妈妈》。布莱希特在剧中借用了这个人物的名字，以17世纪德国的"三十年战争"为背景，讲述德国一个普通妇女——安娜·菲尔琳（绰号"大胆妈妈"）在这场战争中家破人亡的悲剧故事。

此剧共分12场，前后经历11年之久。布莱希特采用几个典型场景组合的方法，将"三十年战争"的历史高度浓缩，展示战争的全貌，表现历史的本质真实。

安娜·菲尔琳是一个随军女商贩。她先后嫁过几个不同国籍的丈夫，身边有3个孩子。"大胆妈妈"的买卖随着战事的发展时而兴隆、时而不景气。但她仍把生活的希望完全寄托在战争上。大儿子、二儿子先后在战争中被处决，哑女卡特琳也因向哈勒城的黎民百姓击鼓鸣报军情而惨遭杀害。天亮时，部队开拔前进，"大胆妈妈"请当地农民安葬她的女儿，自己孤身一人拉着篷车，继续跟着军队走了。

《大胆妈妈和她的孩子们》描写了动荡岁月中小人物的悲惨遭遇。大胆妈妈和她的孩子们受尽了生活的屈辱和磨难，没有了正常人的尊严，没有了正常人的道德观念和价值标准，只是麻木地生活着。"大胆妈妈"的结局是悲惨的，这个把生活的希望完全寄托在战争上的女人最后落得个家破人亡。靠着战争，非但没有发财，反倒贫困潦倒。正如剧中一个上士望着她的篷车预言道："谁要想靠战争过活，就得向战争交出些什么。"她付出的代价太大了，30年的战争与和平，受害者总是她。次子为保护联团的钱箱而被天主教军队杀害，换来的是篷车尚存。她忍受了极大的痛苦沉默着。战争把"大胆妈妈"的人格扭曲了。和平时期也没能使她免遭生活的折磨，她的生意受到破产的威胁。更为痛苦的是，大儿子埃里夫因抢劫行为被判死刑，与前一次抢劫农民耕牛受到嘉奖相比，这种所谓的和平给小人物带来的灾难与战争的危害毫无二致。战争时紧时松，最后又夺去她唯一的女儿的生命。

### （二）艺术特点

首先，布莱希特辩证地刻画了"大胆妈妈"这一复杂的人物形象。她是个没有思想觉悟的人，默默地忍受着战争的无数折磨。她似乎没有想过自己对家破人亡负有道义上的责任，只是唱着"凡是没有死去的，赶紧开步打仗去"，又跟着部队出发了。她痛恨战争给她带来灾难，咒骂"这战争真该死"，可又离不开战争，因为"只有战争才能把人养得更好一些"，她甚至"不喜欢听和平的钟声"。这些似是而非的话表现了"大胆妈妈"的矛盾心理。布莱希特把她塑造成了一个始终未觉悟的人，直到最后还要喊叫着"开步打仗去"，揭示了这个人物形象的悲剧性。"大胆妈妈"的"反常"性格没有违反生活的真实。布莱希特认为:"观众不必期望大胆妈妈最后从自己的经历中认识错误,作者也没有义务非得作这样的描写,剧作者的目的应该是让观众在这个悲剧故事中受到启发,能够认清并痛恨这种掠夺战争,只要观众认清大胆妈妈的盲目行动,这出戏就算达到了目的。"

其次,布莱希特对"大胆妈妈"反常性格的刻画运用了陌生化方法。他强调在演剧中必须破除"第四堵墙",填平传统戏剧的舞台和观众之间的不可逾越的鸿沟。他将戏剧性情节、对话和歌唱组成一个整体,有时让演员直接对观众说话、发表议论,说明一些关键性的情节,使观众对人物的悲惨遭遇进行理性思索。这样,观众成为舞台艺术创造中积极的参与者。同时,观众又时刻清醒地认识到自己是在看戏,不致陶醉其中,忘却理性思索。

最后,布莱希特在舞台上表现历史的时间和空间方面受到中国戏曲写意编剧法的启示。1935年,他在莫斯科观看中国京剧《打渔杀家》的表演时,对演员用一把木桨表现河上驾舟的超凡本领叹服不已。他在西方戏剧的基础上灵活地吸收了这种写意艺术的养分。在《大胆妈妈和她的孩子们》一剧中,布莱希特选择了古代战争中最富于浪漫和神秘色彩的人物——随军商贩,给了她一辆大篷车。大篷车是该剧的主要道具,大篷车维系着全家人的命运,大篷车是"三十年战争"的见证物。一辆大篷车,场场出现,跨越时间和空间,在不断的转圈行进中,"三十年战争"的整个经过便真实地展示在舞台上了。

# 第七节 海明威

厄纳斯特·海明威(1899—1961)是20世纪前期美国最重要的小说家之一,也是"迷惘的一代"的杰出代表。他在继承马克·吐温等人的现实主义传统的基础上,形成一种独特的风格。他的创作对20世纪美国文学乃至世界文学产生了深远的影响。

## 一、生平和创作

海明威出生于美国芝加哥郊区的橡树园镇。他的父亲是医生,喜欢运动与渔猎。小时候,他经常随父外出行医及捕鱼打猎,对游泳、钓鱼、拳击、踢球有特殊爱好,这些练就了他强健的体魄和刚强的性格。母亲是位虔诚的教徒,喜爱音乐与绘画,经常带孩子们去芝加哥看画展。家庭环境的熏染对他日后的生活道路和文学创作有很大的影响。1917年,海明威中学毕业,正赶上美国参加第一次世界大战,那时的他精力充沛,充满了理想和冒险精神,于是报名应征,但因为左眼在拳击时受过伤,体检不合格,未能如愿。同年十月,他到堪萨斯市《星报》担任见习记者。严格的新闻写作训练为形成他简洁、明快、活泼的文体风格打下坚实的基础。

1918年,海明威作为救护车队的中尉到意大利前线参战。不久,他在抢救一名意大利的伤兵时被炮击受伤,在米兰医院住院治疗3个月。医生从他的左腿取出237块弹片。

 外国文学史

意大利政府因此授予他军功奖章、银质奖章和勇敢奖章各一枚。

1919年冬，海明威任《多伦多明星报》驻巴黎记者，结识旅居巴黎的美国著名女作家斯泰恩、诗人庞德、爱尔兰小说家乔伊斯等。20年代，他先后出版第一本作品《三个短篇和十首诗》(1923)和短篇小说集《在我们的时代里》(1925)、《没有女人的男人》(1927)以及长篇小说《太阳照样升起》(1926)、《春潮》(1926)、《永别了，武器》(1929)等。这些作品确立了他在文学史上的地位。

《太阳照样升起》是海明威的第一部长篇小说。作品以作者20世纪20年代初在巴黎和欧洲各地采访时的见闻和经历为素材，通过侨居巴黎的一群美国青年的生活透视一代青年精神世界的深刻变化，表现他们在第一次世界大战后迷惘、苦闷的精神状况，揭示了战争给人们生理上、心理上造成的巨大创伤，具有一定的反战色彩。小说男主人公杰克·巴恩斯是在巴黎工作的美国记者，在战争中负伤而失去了性爱能力。他与战时结识的英国女护士勃雷特·艾希利关系密切，两人倾心相爱，但是他们的爱情因为巴恩斯丧失性机能而变得残缺不全。为了解除精神上的苦闷与无聊，他们约好几个意气相投的朋友来到西班牙比利牛斯山区，整日聚饮、垂钓、狩猎、观看巴斯克斗牛，或者在三角恋爱关系中争风吃醋、争吵斗殴，想借此来消磨时光。在战后的精神荒原上，他们的生活完全失去了目的和意义，无论怎么努力也改变不了对生活的失望、厌倦和精神上的空虚、迷惘状态。最后，他们回到巴黎，太阳照常升起。这部小说被誉为"迷惘的一代"的奠基作。

20世纪30年代，海明威先后在美国佛罗里达州和古巴居住，还到过北非的丛林打猎。他创作了称颂斗牛仪式的长篇特写《死在午后》(1932)、札记《非洲青山》(1935)、短篇小说集《胜者一无所得》(1933)和短篇小说《乞力马扎罗山上的雪》(1936)等作品。在《乞力马扎罗山上的雪》这个短篇小说中，他成功地运用现实与梦幻交织的意识流手法，用爬上雪山死去的豹子象征主人公哈里的追求精神。

1936年，西班牙爆发内战，海明威以记者身份前去报道西班牙战况，并积极参加西班牙人民的反法西斯斗争。这段时期，他发表剧本《第五纵队》(1938)、长篇小说《丧钟为谁而鸣》(1939)以及一些特写。这些作品表现了反法西斯的主题，表明海明威进入了一个新的创作领域。《丧钟为谁而鸣》以西班牙内战为背景，通过活跃在敌后的一支游击分队的一次军事行动，展现了西班牙人民反法西斯斗争的广阔画面。这部小说标志着海明威的创作已从早期的个人主义狭隘圈子里摆脱出来，转向描写如火如荼的群众斗争。作品的反战主题也由消极厌战发展到为异国人民的解放事业自觉献身。

二战爆发后，海明威又积极投入到反法西斯的斗争。40年代初，他曾以记者身份来中国报道中国抗日战争的战况。战后，他长期居住古巴，创作出长篇小说《过河入林》(1950)和中篇小说《老人与海》(1952)。《老人与海》的出版震动文坛，荣获1952年美国普利策奖。1954年，海明威因"精通现代叙事艺术，突出表现在其近作《老人与海》之中，同时也因为他在当代风格中所发挥的影响"而获得诺贝尔文学奖。

《老人与海》取材于作者早年听一个老渔夫叙述他在海上跟踪鲨鱼并与之搏斗几天

的故事。小说情节十分简单。主人公桑提亚哥是一位老迈倔强的古巴渔民,在哈瓦那近海以捕鱼为生。他连续84天没有捕到鱼,生活陷于困境,平时跟他学捕鱼的孩子马诺林迫于父母之命早已离他而去。到第85天,老人独自扬帆出海,他自信可以冲破一连串的厄运捕到大鱼。他终于如愿以偿,钓到一条从来没有见过的、比他的船还长的大马林鱼。老人在海上和鱼进行了三天两夜殊死搏斗才把大鱼杀死。当他把战利品捆在船边返航的时候,又遭到一群鲨鱼的疯狂进攻。为了保卫自己的劳动成果,老人竭尽全力与鲨鱼群进行了一昼夜的恶战。最后,捕到的大鱼被鲨鱼吃得只剩下一副骨架。上岸后,疲惫不堪的老人一头躺在鱼棚里睡着了,他梦见了狮子。表面上看,这是一部描写捕鱼的小说,其实故事本身具有明显的象征意味。桑提亚哥名义上是个渔夫,实际上是现代社会人类的抽象体现;他与鲨鱼的搏斗象征着人与自然的斗争,人在同自然界的斗争中逃避不了失败的命运,但面对失败,人仍要不失尊严、勇敢、决不妥协,永远保持精神不败。小说中有一句名言:"一个人并不是生来要给打败的,你尽可能把他消灭掉,可就是打不败他。"桑提亚哥是"硬汉子"性格的化身,他的硬汉子性格表现在他不懈地出海以及捕杀大鱼、苦斗群鲨的过程之中。"硬汉子性格"有两大特点:一是充满自信、决不屈从于命运;二是坚忍不拔、勇于拼搏、知其不可为而为之,在精神上永远是强者。

海明威的一生具有传奇色彩。他曾在战争、狩猎和飞机失事中多次身负重伤,却都幸免于难。但早年精神和身体上的创伤导致他晚年病魔缠身,精神抑郁。1961年7月2日早晨,他用猎枪结束了自己的生命。

海明威的创作显示出三大特征。第一,塑造了"迷惘的一代"的形象,表现了反战和迷惘的主题。第二,塑造了"硬汉子"形象,表现了"硬汉性格"。"硬汉子"形象随着海明威思想和创作观的发展变化而具有不同的内涵和外在表现,大致可分为三类。早期的"硬汉子"以短篇小说《打不败的人》中的年老斗牛士曼努尔为代表,他是为个人荣辱而奋斗的勇士。中期的"硬汉子"以《丧钟为谁而鸣》的主人公乔丹为代表,他是为人民事业献身的英雄。晚期"硬汉子"以《老人与海》中的老渔夫桑地亚哥为代表,他是一种永恒的、超时空的存在,一种压倒命运的力量,一种体现着人类尊严和在命运重压下仍有优雅风度的硬汉子形象。第三,遵循"冰山"原则。在特写《死在午后》中,海明威用插笔的方式总结自己的创作经验,提出"冰山"原则。他说:"冰山在海里移动很庄严宏伟,这是因为它只有八分之一露在水面上。"海明威认为,创作就像浮在海上的冰山那样,作者写出的只是露在水面的八分之一,而把八分之七的内容隐于水面之下,即应尽力追求一种含蓄、凝练的意境。这种简约含蓄的风格表现在作品的语言方面,就是运用电报式语句,句子结构简单清新,文字凝练、含蓄,表现在作品体裁方面,就是通过短小的篇幅表现史诗性的内容,截取故事的一个时间段或一个时间点,以集中反映重大的主题或历史事件。

## 二、《永别了,武器》

《永别了,武器》是海明威的代表作之一,也是"迷惘的一代"的最高成就。小说以第一次世界大战为背景，以主人公的个人幸福被破坏为主线，揭示战争对人类物质和精神文明的摧残，以及对整整一代人所造成的心灵创伤，表现出强烈的反战倾向。

（一）思想内容

美国青年亨利本是一个学建筑的大学生，诚实、正直、充满幻想，受到美国政府"拯救世界民主"口号的欺骗，志愿到意大利军队里服役。在奥地利前线，由于受到炮击，他腿部受伤。秋季，亨利伤愈重返部队，正赶上德军反攻，意军全线败退。在撤退的路上，亨利被宪兵误认为是德国间谍而被捕。他看到意大利宪兵胡乱枪杀撤退中的军官，于是伺机跳河逃跑，告别了战争。凯瑟琳本有一个理想的未婚夫，原打算等战争结束成立家庭，不料未婚夫在前线牺牲。亨利和凯瑟琳相识后，两人产生了真爱，但由于战争，他们的幸福遭到了毁灭性的破坏。最后，凯瑟琳死于难产，亨利孤苦伶仃。两位主人公成了这场战争的牺牲品。在残酷的现实面前，亨利认识到，披着神圣外衣的战争只不过是一场以千百万人的生命为赌注的赌博。他说："什么神圣、光荣、牺牲这些空泛的字眼儿，我一听就害臊，我可没有神圣的东西，光荣的东西也没有什么光荣，至于牺牲，那就像芝加哥的屠宰场，不同的是把肉拿来埋掉罢了。"这些话辛辣地揭露了狂热战争宣传的欺骗性和反动本质。

作品还表现了大多数官兵的厌战和反战情绪。部队中的官兵大都憎恨战争，咒骂战争，盼望战争早日结束。有的人为逃避上前线，甚至自伤肢体。亨利曾在路上遇见一个腿部受伤的士兵，为了不再上前线，他故意扔掉绷带，又把自己的头部弄伤。还有的人拼命喝酒，以致疾病，逃避战争。军队中的士兵甚至直接喊出了"打倒军官！和平万岁！""回家去"的口号。

小说笼罩着一种悲观迷惘情绪。作家在1948年插图版小说的序言中说："这本书是一部悲剧，这个事实并没有使我不愉快，因为我相信，人生就是一部悲剧，也知道人生只能有一个结局。"开始，亨利把希望寄托在个人幸福上，在他看来，任何信仰、任何理智上的思考都没有实际的用处，都是虚妄的，只有个人的幸福才是看得见、摸得着、靠得住的东西。在战争这场空前的灾难面前，他认为孤独的个人是无能为力的，"世界颠倒了"，但他不想"把它整好"。他也不去追究这场战争是怎么回事，只是逃避社会，躲进自我的小天地。因为，他能做的、想做的事情唯有"吃饭、喝酒、同凯瑟琳睡觉"。后来，他的个人爱情幸福遭到了毁灭，于是得出结论：人好比"着了火的木头上的蚂蚁：有的逃了出来，烧得焦头烂额，不知往哪儿逃的好。但是多数都往火里跑，接着掉过头来朝尾端逃，挤在凉快的顶端，末了还是烧死在火里"。在这个世界末日面前，再好的人都免不了一死，"世界杀死最善良的人，最和气的人，最勇敢的人。……倘若你不是上边这三类人，你迟早当然也得一死，不过世界也不特别着急要你的命！"亨利不少善良勇敢的意大利同伴都死于炮火，他心爱的凯瑟琳好不容易熬过战争这一难关，却难逃死亡的厄运。亨利最后也只不过是留着一个躯壳活在这世上，生不如死。回顾过去，过去是一场噩梦，展望将来，将来一片迷惘。这些都体现了战后一代青年的悲观迷惘的情绪，反映了"迷惘的一代"的心声。

## （二）人物形象

小说成功地塑造了亨利和凯瑟琳两个"迷惘的一代"青年的典型形象。

男主人公亨利是一个对战争怀抱理想和热情的美国青年，最后成了厌战和反战者。作品描写了亨利从参战到厌战再到弃战的过程。亨利受到战争的蛊惑参加了第一次世界大战。但到底为什么而战，他却糊里糊涂，他跟朋友们一道随世沉浮，及时行乐，玩世不恭，放荡不羁，酗酒、逛妓院、与女护士调情，无所不为。在战场上，亨利还非常卖力地为帝国主义战争效劳，赢得了上司的青睐。凯瑟琳的爱情使亨利精神面貌焕然一新，也使他逐渐认识到战争的本质。亨利和凯瑟琳由相识到相爱有一个过程，他开始"并不爱凯瑟琳，也没有任何爱她的念头。这是一场游戏，就像打桥牌一般"。而凯瑟琳和亨利相好，原来只不过是"所谓护士下班调情这一套"。但是随着他们关系的发展，真正的、专注而深沉的爱情产生，两人相依为命，不再孤独。对幸福的渴望与战争的残酷发生了冲突。亨利认识到了帝国主义战争的本质，认识到"神圣""光荣""牺牲"这些宣传性字眼的欺骗性，于是他产生了强烈的厌战和反战的情绪。最后促使亨利果断地告别战争的契机是意大利战地宪兵对他的带有侮辱性的拘捕。他本是为意大利人抵御侵略者来到前线参战的，而意大利宪兵却只是因为他"口音不纯正"而把他作为德国间谍抓起来。亨利看到一个个跟部队走散了的校级军官被扣上"叛逆"罪遭到枪杀，而他自己也要被当作"披着意军制服的德国煽动者，从速就地枪决"。这对亨利所要尽的"军人职责"是一个无情的嘲笑。面对近在眼前的性命之忧，他毅然决定弃战，于是趁着黑暗跳河逃走。作品着力说明的是，意军内部的腐败无能是使他退出这场战争的原因。他在爬上岸时宣布：我的"愤怒在河里洗掉了，任何义务职责也一同洗掉了"。从此，他与战争"单独讲和"并与武器永别。逃离前线后，亨利一心只想在凯瑟琳的爱中寻找精神寄托，可是由于凯瑟琳难产而死，他最后的精神支柱也倒掉了，成了一个失去过去、没有现在、也看不到未来的"迷惘的一代"的典型。

凯瑟琳是个美丽、善良、温柔的女性。战争的魔爪并没有放过她，先是夺走了她的未婚夫，使她几乎剪掉美丽的秀发进修道院。当她结识并爱上亨利以后，为了亨利，她牺牲了一切。她把女性的名誉抛在一边，不与亨利正式结婚，因为军中规定，已婚女子不能待在前线。她甘愿与亨利过着不是夫妻的夫妻生活。她虽与亨利共享过一段幸福，但更多的是担惊受怕，像逃犯一样四处亡命。在瑞士，原以为可以躲过战争的魔爪，但由于难产，母子都死于洛桑的医院里。这个美丽的生命终于成了战争恶魔的牺牲品。小说结尾写亨利进产房与死去的凯瑟琳告别，他一言不发，呆滞冷漠，绝望，迷惘。这是无声的悼念，难言的悲痛，也是对帝国主义战争无声的抗议。

## （三）艺术特点

在艺术方面，《永别了，武器》有如下4个方面的特征。

首先，表现现实的客观性。作者在小说中不直接发表议论，而是让人物自己行动，使读者感到好似亲历其境，目睹了作品里的情景，亲耳听到了作品里人物的声音。对景物和一些大场面的描写强调照相式的真实，不夹杂作家个人爱憎的感情色彩，使读者有身临其境的真实感。

其次，象征暗示等现代主义文学技巧的运用。海明威在这部小说中用晴天象征幸福，用阴雨象征灾难的降临，此后天上的晴雨就一直随着主人公的苦乐而变换。小说还将人类比作处在一根燃烧着的木头上的蚂蚁，以此象征人类的悲剧命运。

再次，冷峻讽刺和反讽式幽默。小说往往用表面轻描淡写、实质犀利深刻的方式来揭露事物的真相，如揭露官方将人命当儿戏，任凭军营中霍乱横行："不过当局设法防止，所以到末了军队里只死了七千人。"这种对人类的痛苦和灾难开玩笑的讽刺幽默手法可以说是美国"黑色幽默"的雏形。

最后，简洁含蓄的文体风格。海明威曾对记者说过，这部小说结尾处最后一页他改写了39遍才感到满意。简洁含蓄、文字凝练是《永别了，武器》在艺术上的一个重要特点。作品结尾那段像电报一样简洁的对话，不仅可以看到亨利与死去的妻子告别时绝望的表情，也可以感受到他麻木而呆滞的心。

## 第八节 艾略特

托马·斯特恩斯·艾略特（又称 T. S. 艾略特）（1888—1965）是欧美后期象征主义诗歌的杰出代表。他的诗歌最先成功地表现"现代意识"，集中地体现了现代主义诗歌的特点。他通过自己的诗歌创作和文学批评改变了一代人的文学趣味。

### 一、生平和创作

艾略特出生于美国密苏里州圣路易斯市的一个大砖瓦商家庭。他祖籍英国，先辈于1670年移居美国波士顿。祖父威廉毕业于哈佛大学神学院，是北美基督教联合教会的神父，为传福音来到圣路易斯市，在那里倡导创办了史密斯学院和华盛顿大学。父亲是一位很有修养的砖瓦商，母亲夏洛蒂·斯特恩斯是一位诗人。他的家庭具有很高的文化修养，而且一直保持新英格兰加尔文教的传统。

1906年艾略特进入哈佛大学，攻读哲学和英法文学，受业于新人文主义者欧文·白璧德和哲学家桑塔亚纳。白璧德对他影响很大，使他确立了反对浪漫主义的立场和对印度佛教神秘哲学的爱好，倾向于古典主义。1908年，他受到法国象征主义诗人于勒·拉福格的诗作的影响。1910年获哈佛大学硕士学位。1914年去德国，后因第一次世界大战爆发转赴伦敦，进入牛津大学从事研究，完成博士论文《F. H. 布拉德雷哲学中的认识和经验》。因为战争无法回哈佛进行答辩以取得博士学位，于是定居伦敦。1915年6月，由于在伦敦结识的美国诗人庞德的极力推荐，芝加哥的《诗刊》发表他的诗歌《普鲁弗洛克的情歌》。此后他在伦敦文学界崭露头角。1917年，为了生计他又转入劳埃德银行当职员，业余时间担任先锋派杂志《自我主义者》的助理编辑。1922年，他创办文学评论季刊《标准》，并自任主编，直到1939年。他的长诗《荒原》就发表在该刊物上。

1927年，他加入英国国籍。1928年，他在文集《给朗斯洛·安德鲁斯》中宣称自己是"文学中的古典主义者，政治上的保皇主义者，宗教上的英国天主教徒"。1948年，由于"对当代诗歌作出的卓越贡献和所起的先锋作用"，他获得诺贝尔文学奖，随后又获得英王颁发的"劳绩勋章"。1952年，艾略特出任伦敦图书馆馆长。1965年1月4日，他在伦敦去世。

艾略特的创作带较强的实验性质。他的诗歌创作大致可以分为3个时期。第一时期（1915—1921），主要作品有《普鲁弗洛克的情歌》（1915）。这部作品130行。诗人模仿法国象征主义诗人拉福格的文体风格，以抒情的、自嘲式的"戏剧独白"表现一战后脆弱的知识分子在求爱途中矛盾变化的心理和悲观失望的情绪。这首诗中关于人的内心的复杂性、意识的碎片性和流动性，以及"反浪漫主义"的爱情描写，使当时美国的《诗刊》主编感到惊异不解。第二个时期（1922—1926），主要作品有《荒原》（1922）和《空心人》（1925）。《荒原》是艾略特的代表作之一。《空心人》通常被认为是艾略特描写精神空虚的"现代人"的重要作品。这首诗将西方人描绘成"有声无形，有影无色"、头脑中塞满稻草、精神空虚的空心人。全诗弥漫着浓郁的悲观主义和虚无主义气氛。第三时期（1927—1965），主要作品有《圣灰星期三》（1930）、长篇组诗《四个四重奏》（1935—1943）、剧本《大教堂里的凶杀》（1935）等。《圣灰星期三》表明诗人已从早期那种精神无所依托的荒原状态转向宗教的怀抱。诗人认为，现代人只有在宗教中才能找到安身立命之处。

《四个四重奏》是艾略特后期的重要作品，也是诗人的代表作之一。它仿照四重奏音乐的结构分为4个部分：《燃烧的诺顿》（1936）、《东科克》（1940）、《干燥的萨尔维奇斯》（1941）和《小吉丁》（1942）。它描写一个皈依宗教的人在寻找真理、探索人生意义的过程中的精神历程。诗人在深沉地思考了个人经历、历史事迹和人类命运之后，试图寻找到一种永恒的、普遍的真理，而这种寻找又始终围绕着时间主题来展开。诗人在对时间的深沉思考中发现了历史的轮回，暗示人们放弃自我拯救，从历史的轮回中超脱出来，投入永恒的上帝的怀抱。《四个四重奏》在结构、意象、韵律、语言等方面都具有创新之处，特别是对诗歌的音乐性的创新极为突出。艾略特在这首诗中有意模仿四重奏音乐结构，每一个四重奏都由5个乐章构成，基本采用呈现、展开、变调、过渡和再现的音乐方式来表现主题，给人一种荡气回肠的感觉。这组诗在传统的格律诗的基础上创造了一个诗行有四个重音、诗句有明显停顿的新形式，配上适当的韵律变化，使全诗既有口语一样的节奏，又有韵文的浑然有序。

艾略特是英美形式主义批评的鼻祖，他的文论在现代文论史上引人注目。他共出版过9部文集，其中代表性的有《传统与个人才能》（1917）、《哈姆莱特和他的问题》（1919）、《批评的功能》（1923）、《诗歌的用途和批评的作用》（1939）、《玄学派诗人》、《欧文·白璧德的人文主义》等。他的诗歌理论可以概括为4个方面。

第一，"非个性化"理论。他认为一个艺术家要不断放弃自己，不断消灭自己的个性，正如他在《传统和个人才能》中所说："诗不是放纵感情，而是逃避感情；不是表现个性，而是逃避个性。"艾略特反复强调批评家应将注意力从诗人移到诗本身，应对作品文本进行具体分析。第二，"客观对应物"说。诗人提出"诗人表现感情的唯一途径"就是寻找一种"客观对应物"。第三，"思想知觉化"说。艾略特认为好的诗歌要写思想，但是要用象征的手法使思想能被知觉所感知，即"感受到思想像立即闻到一朵玫瑰花的芬芳一样"。第四，"同时并存"说。他认为，诗人不能超越传统，但诗人的才能又可以像催化剂那样促使传统发生变化；真正的诗人在写作时不仅骨髓里有他那时代，而且感到从荷马以下的整个欧洲文学，都同时存在，组成了一个同时并存的秩序。

## 二、《荒原》

《荒原》是艾略特的代表作，是西方文学中的一部具有划时代意义的杰作，被誉为"现代诗歌的里程碑"。《荒原》由于晦涩费解引起了评论界的非议。有的认为它是"一堆废话"，有的讥笑它是"看不懂的伟大诗篇"，美国诗人威廉斯埋怨它是20世纪的"一场灾难"。但当代著名诗人兼评论家阿伦·塔特说，尽管他第一次读《荒原》时一个字也看不懂，不过他已意识到这是一首伟大的诗篇。随着对它的深入了解，文学界终于承认《荒原》在内容和艺术方面为英美乃至整个西方诗歌带来了全新气象，代表着现代诗歌的发展方向。

### （一）情节结构

《荒原》是一部小型史诗，原稿有800多行，后经庞德大段删节，才成现在的434行。

全诗共分5章。第一章"死者的葬仪"，共76行。这一章表现现代西方是一个无意义、无爱、到处充斥着死亡和绝望的荒原。诗人首先写对季节反常的反应。春暖花开的"四月"竟然是"最残忍的一个月"，这是对引言中西比尔死亡愿望的回应。对求死不能的西比尔来说，四月只能是最残忍的一个月。诗人接着表现败落的贵妇人玛丽对其破灭的往昔浪漫史的回忆，从而暗示西方文明的衰落。接着诗人借《圣经》中的典故描写荒原景象：破碎的偶像承受着太阳的鞭打，枯死的树不能遮阴，焦石间没有流水的声音，只有红石，恐惧在一把尘土里……然后诗人引用中世纪骑士传奇《特利斯坦和绮瑟》中的故事，表现对无法实现的爱的绝望心情，暗示现代西方荒原人的生存状态和精神危机。最后通过伦敦这座西方文明之都的衰败展示当今西方世界的荒原全貌："死亡毁坏了这许多人。"诗人最后问道："去年你在花园里种的尸首，它发芽了吗？今年会开花吗？"这真是令人触目惊心的荒原景象。

第二章"对弈"，共96行。这一章通过对3个帝王宫廷的纵欲生活和卧室里一对相互猜疑、百无聊赖的夫妻的生活以及市井少妇丽儿因乱交、堕胎而早衰的堕落生活的展示，表现西方从古到今、从上层到下层社会的全面腐败和堕落，以及人们精神生活的空虚无聊。"对弈"的意象是双方在互相猜疑、欺骗、较量、斗智，用尽心计在较量中取胜。这是西方社会人与人之间貌合神离、尔虞我诈的关系的象征。

第三章"火诫"，共139行。这一章首先写泰晤士河畔的今昔对比，往昔繁华的夏夜连痕迹都没有留下。"仙女们已经走了",留下的只有空瓶子、绸手绢、香烟头,再加上饮泣、冷风、白骨、老鼠、沉舟和父亲的死。这些暗示情欲泛滥之后的破败。接着诗人具体描写弥漫着冬日黄雾的伦敦城:薛维尼与博尔特太太母女在寻欢作乐;唯利是图的商人在奔走交易。一个女打字员和一个长疙瘩的青年有欲无情的苟合,她还隐隐约约在想:"总算完了事,完了就好。"男青年走了,女打字员随后用机械的手"在留声机上放上一张片子"。这一幅幅景象说明现代西方人沉迷于情欲而不能自拔。最后,在泰晤士河女儿的哀歌和忏悔声中幻化出圣奥古斯丁和释迦牟尼的声音,告诫人们"情欲、仇恨与迷恋皆能损坏理性",暗示人类要得到拯救只有通过宗教,以信仰之火取代情欲之火。标题"火诫"原是佛祖劝门徒禁欲、达到涅槃境界的意思。人类要拯救精神荒原,必须借助于佛陀净火的冶炼。

第四章"水里的死亡",仅10行。这一章写人欲横流带来的死亡。第一章占卜者所说的腓尼基商人弗莱巴斯溺水而死的预言应验了,他是因为纵欲而葬身大海。水是生命的象征,又是情欲物欲的象征,"水里的死亡"暗示今天无数的现代人仍然在情欲的汪洋大海中纵情作乐,他们必遭毁灭。

第五章"雷霆的话",共113行。这一章写拯救荒原的途径。人们在荒原中寻求得救的各种努力都失败了。荒原到处是干旱、枯竭的景象,人们期待已久的雨迟迟不来,等来的却是一阵雷霆传来的话:"施舍、同情、克制。"诗人以此说明,要拯救西方世界,必须恪守"施舍、同情、克制"的宗教道德教谕。长诗最后出现渔王垂钓的形象,正当渔王还在犹豫是否应把荒芜的田地收拾好的时候,伦敦桥倒塌了,罪人就"隐身在炼他们的火里"。诗人以此暗示西方人已经积重难返,能否通过"施舍、同情、克制"获得拯救还是一个悬而未决的问题。这表现了诗人对西方世界的前途的深切怀疑和焦虑。

(二)思想主题

诗人用西方流传的关于圣杯的传说和关于渔王的神话故事作为框架展开全诗。诗人在给原诗撰写注释时着重提到了魏尔登女士的《从祭仪到神话》和弗雷泽的《金枝》。根据这两本书,古代渔王冒犯天威,上帝动怒伤其阴部以示惩罚。渔王受伤达千年之久,整个王国变成一片荒芜的不毛之地。于是,骑士们带着宝剑出发去寻找圣杯。这圣杯是耶稣在最后的晚餐上使用过的杯子,相传可以医治百病。据魏尔登女士解释,宝剑代表男性,圣杯代表女性,只有两者同现才能繁衍生命,使大地回春。弗雷泽则具体谈到了繁殖神的健康与否与大地的丰歉之间具有的直接关系。结果圣杯找到,渔王病愈。长诗即以此为框架,纳入大量有关的事实、印象、故事、典故、引征等,构成一个有机的整体。

诗歌表现第一次世界大战以后资本主义世界人们的精神危机,展示了西方世界的荒原景象:传统的价值观念为残酷的现实所摧毁,人们普遍感到幻灭和绝望,整个西方变成了一个道德沦丧、人欲横流的世界,文明彻底衰落。诗人用死气沉沉的"荒原"作为这一世界的象征,认为只有依靠宗教才能使这个荒凉腐败的社会得到新生。

长诗开头的引言揭示了诗歌的主题:"是的,我自己亲眼看见古米的西比尔吊在一个笼子里。孩子们问她'西比尔，你要什么'的时候，她回答说，'我要死'。"西比尔是古希腊神话中的女先知，她向日神要求得到和沙粒一样多的岁数，却忘了说要永恒的青春和健康。日神赐予她预言的能力和不死的生命。她后来活了700岁，老年的痛苦忍受了许久，但她还得一直活下去。那时她老得身体缩成一团，四肢像羽毛一样轻。这种不死不活的状态就是荒原状态：死不了；活着只有痛苦和不幸，美丽的青春已成为过去，昔日的繁华已无迹可寻。

（三）艺术特点

《荒原》是一首典型的现代主义诗作，它独树一帜的艺术特征主要表现在以下4个方面。

第一，神话结构和电影蒙太奇的剪接手法相结合。长诗以荒原这一意象为中心，把远古的神话和传说、宗教人物和说教、古典文学和历史故事以及现代西方的生活片断等奇妙地剪接在寻找圣杯的神话传说的整体框架之中，体现了诗人说的"这些片断我用来支撑我的断壁残垣"的创作构思。

第二，丰富复杂的象征。长诗的题目"荒原"是一战后西方世界的象征，作品中的每一章都有很多具体的、个别的意象含有深邃的象征意蕴。《火诫》一章中的火既是作为圣火的象征，也是作为欲火的象征。《水里的死亡》一章中的"水"这个意象具有双重象征意义：水既是土地肥沃、农业丰收的根本保证，又是由繁殖神崇拜引申而来的、以性欲为代表的人类各种欲望的象征。荒原缺水，要等待水来解救，这时水是"活命之水"；西方社会人欲横流，水太多了，窒息了生命，这时水是"死亡之水"。这种象征闪烁着辩证法的光辉，使作品的诗意更加浓郁。

第三，大量用典，旁征博引。在庞德的坚持下，艾略特在出《荒原》的单行本时为全诗作了52个脚注。全诗有一半以上的篇幅与用典或摘引有关。这首诗摘引了包括莎士比亚戏剧、维吉尔《埃涅阿斯记》、但丁《神曲》以及《圣经》、《吠陀》等东西方35个作家56部作品的片断，有的来源于诗人自己也记不确切的某些新闻报道和民间传说。作品涉及英语、法语、希腊语、梵文、德语、拉丁语、西班牙语等7种语言，包括流行口语、书面语、古语、土语等语言形式。大量征引典故和前人的名章佳句等有画龙点睛、发人深省的作用，也使诗歌蕴含的情致更加丰厚、深邃。不过，这种旁征博引也使作品变得极为晦涩难懂。

第四，病态的都市生活题材。长诗主要描写伦敦阴沉、灰暗的城市生活。为了突出城市生活的病态、堕落和绝望，他用异常怪诞的意象来加强艺术效果，如"太阳的鞭打""白骨碰白骨的声音""老鼠拖着黏湿的肚皮""长着孩子脸的蝙蝠"等意象，给人们留下极为深刻的印象。尤其使读者震惊的是那句："去年你种在花园里的尸首，它发芽了吗？"令人毛骨悚然、冷汗直冒。诗人一反过去诗歌表现美的传统，继承了波德莱尔以来表现恶与丑的艺术观念，以诗歌的形式揭露现代都市社会的阴暗面，把现代西方人的精神上的危机感、绝望感以及道德沦丧表现得入木三分。

## 第九节　卡夫卡

弗兰茨·卡夫卡（1883—1924）是奥地利小说家，表现主义文学的杰出代表，被誉为西方现代主义小说的鼻祖。

### 一、生平和创作

卡夫卡出生于奥匈帝国统治下的捷克首府布拉格。他的父母均为犹太血统，父亲白手起家，开了一家妇女用品批发商店，对儿子管教十分严厉。母亲出身名门，颇有教养，对儿子的文化启蒙有很大影响。1901 年，卡夫卡读完中学，进布拉格德语大学学习日耳曼语言文学，后遵从父命攻读法律。1906 年他大学毕业，取得法学博士学位。毕业后，卡夫卡先后进私立通用保险公司和半官方的布拉格"劳工事故保险公司"供职。1922 年因病辞职。1924 年 6 月 3 日，因肺结核病恶化，卡夫卡在疗养院去世。

卡夫卡除了曾去瑞士、德国、意大利等欧洲国家作过短暂旅游外，几乎终生在布拉格度过。他一生充满着矛盾，既有时代、社会、种族、家庭的客观因素，也有自身的心理因素。他以其特有的敏感看到了社会问题，但找不到解决问题的方案。他自卑自责，悲观厌世，称自己是"不幸的人"。他把自己的文学创作简简单单地称之为"写"。临终前，他留下遗言要求挚友布洛德把他的全部手稿付之一炬，但布洛德没有执行他的遗嘱。在他死后，布洛德在 1935 年编辑出版了他的 6 卷本文集，后来又在 1958 年整理出版了他的 9 卷本文集。卡夫卡文集发表后，在西方文坛引起巨大的反响，得到高度的评价，一度形成"卡夫卡热"。

卡夫卡虽是一个业余作家，但他创作了大量优秀的作品。其中重要的作品有中短篇小说《变形记》（1912）、《判决》（1912）、《司炉》（1913，后成为《美国》第一章）、《在流刑营》（1914）、《乡村医生》（1919）、《饥饿艺术家》（1922）、《地洞》（1935）和 3 部未完成的长篇小说《美国》（1912—1914）、《审判》（1914—1918）、《城堡》（1922）等。

短篇小说《判决》写一个儿子由于不堪忍受父亲的专横而反抗，结果被父亲判处投河自杀。这说明宗法家长制统治对人的生存构成了致命的威胁。《乡村医生》是一篇梦幻式的作品，写一个医生出诊，到了病人家里之后却被剥掉衣服，硬被按倒在垂死的病人的床上，最后只能赤裸着身子冒着严寒流浪在外。作品揭露了资本主义社会到处都是骗局，毫无安全感。《饥饿艺术家》写一个艺术家以表演饥饿为职业，风靡一时，但当这种表演为别的时髦艺术所代替时，他不得已接受马戏团的聘请，在铁笼中表演饥饿长达 46 天而悄然死去。作品揭示了资本主义社会艺术家的悲惨处境。《地洞》描写一只小动物为了保护食物和维持生命，精心营造了一个地洞，然而对这个地洞的安全性却始终表示怀疑，并被一种神经质似的恐惧折磨得寝食难安。它想尽了办法，却无从摆脱，每时每刻都准备着应付紧急情况的发生。这说明现代资本主义社会是一个毫无安全感的社会。

《美国》是卡夫卡的第一部长篇小说，作品描写16岁的少年卡尔·罗斯曼受到中年女仆的引诱，被父亲放逐到美国。在纽约码头，他意外地遇见一个声称是他舅舅的参议员，并在一家客店结识了两个流浪汉，在"西方大旅社"又受到女厨师的青睐，找了个开电梯的差事，接着在罢工、游行的街头被警察追捕，被迫做了那两个流浪汉的仆人，最后，他设法逃了出来，被剧团录用为演员和技工，乘火车奔向不可知的远方。小说没有写完。卡夫卡从未到过美国，这部作品所写的实际上是他虚构的普遍化的资本主义世界。这个世界与人为敌，使人陷入绝境，卡尔最终成为这个世界的牺牲品。

《审判》的主人公约瑟夫·K是个银行经理，他30岁生日那天早晨突然被法院派来的两名警察逮捕。但奇怪的是，他的行动仍然自由，照常上下班。他四处奔走，一心想把罪名洗清，但一个个熟人都爱莫能助。他找律师写状子，但律师告诉他，法院是个藏污纳垢的地方，黑暗无比。最后，一天夜里，两个黑衣人把他绑架走了，在一个荒废的采石场上把他刺死——这是法院对K的最后判决。他至死也没有将自己的罪名弄清。作品通过主人公K的悲剧揭露了资本主义法律的荒谬、腐朽和残忍。这不仅表现在K无端被逮捕、无端被审判、无端被杀害上，同时也表现在K无论怎么奔走求助都始终弄不清自己犯了什么罪、也始终都不能为自己找到任何解脱的办法这一点上。

《城堡》的主人公K自称是土地测量员，经过长途跋涉，从家乡赶往城堡，准备履行自己的职责。他先投宿在城堡管辖下郊外的一家旅店里，第二天他去城堡，城堡就在眼前，却怎么也走不到。领导K工作的是一个名叫克拉姆的部长，他通过信使先后给了K两封内容充满矛盾的信。这些信没有具体的日期。K想尽一切办法要见克拉姆，但始终达不到目的。最后他与城堡进行联系的一切努力均告失败。小说没有写完，据布洛德在《城堡》第一版附注中说，卡夫卡计划的结局是，K将"奋斗到精疲力竭而死"，在弥留之际，城堡传谕，准许K在村中居住和工作，但不许进城堡。这个城堡象征着资本主义社会的官僚机构。它高高在上，有着让老百姓可望而不可即的威严；官员们忙忙碌碌，却只与卷宗打交道，与老百姓的痛痒毫不相干。作品还揭露了资本主义社会中一些带普遍性的问题，诸如专制压迫、社会等级森严、官僚腐化荒淫、机构庞杂无度、人间世态炎凉、人民苦难深重等。

卡夫卡认为："生活是虚无，是一场梦，一次徘徊。"尽管卡夫卡所表现的是一个真实的世界，但他的作品给人的感觉却是神秘而奇特的，就像进入了梦境，但这个梦是噩梦，使人抑郁、窒息、迷惘、恐惧、不安。这与卡夫卡作品所运用的独特的艺术手法有关。他的独特的艺术手法主要表现以下几个方面。第一，象征。他的作品从局部到整体，从人物、情节到环境都具有象征意义。《城堡》中，作为官府象征和国家统治机器缩影的城堡高高矗立在山丘上，但接近它比登天还难，这喻示帝国的权力机构与老百姓之间存在着一条不可逾越的鸿沟。《判决》中的父亲是某种统治力量的象征。第二，佯谬。佯谬即荒诞而真实、真实而荒诞等手法。卡夫卡的作品常常通过夸张、怪诞的手法扭曲客观事物的外部形态来揭示事物的本质,具有很强的哲理性,也具有悲剧性和喜剧性相结合的特点。《城堡》中的城堡,看得见而走不到。其中的主人公 K 耗费了毕生精力也办不了户口,但到他弥留之际,城堡却突然宣布准予他在村子里住下。《诉讼》中无辜的主人公约瑟夫·K 突然被逮捕,而逮捕令又不限制他的自由,他照常可以上下班。文学批评家多将这种将荒诞离奇的故事叙述与对现实本质的深刻揭露相结合,亦即现象的荒诞与本质的真实相结合的手法与风格称为"卡夫卡式"。第三,意识流手法。卡夫卡的作品的故事往往没有前因后果,也缺乏社会背景的描绘,对故事的叙述也不受时间、空间的限制。整个作品在故事的叙述和安排方面都以人物的直接感受与看法来表达。

## 二、《变形记》

中篇小说《变形记》是卡夫卡的代表作。

### (一)情节梗概

《变形记》描述一个人变成甲虫的荒诞故事。小说的主人公格里高尔·萨姆沙是某公司的旅行推销员,一天早晨,他从不安的睡梦中醒来,发现自己变成一只大甲虫。他十分恐慌,因为要是他不能按时上班,就会被公司解雇,而他却承担着这个家庭的经济重担。他的变形也引起了家庭的震惊和恐慌。日子一天天过去,他仍旧保持虫的形态,家里的人也习惯将他当虫看待了,父亲不理他,母亲很悲伤,妹妹开始时怜悯他,给他送食物和打扫卫生,后来也对他厌恶起来。因此,他的生活没有了保证,房间越来越肮脏。由于格里高尔的变形,家里的经济每况愈下。父母为了增加收入,空出几间房子租给房客,把腾出的家具一股脑儿塞到了格里高尔的寝室里。一天,格里高尔被妹妹的小提琴声吸引,走了出来,这个巨大的甲虫暴露在房客们的面前,房客们便闹着要退房租。妹妹气愤地叫嚷着一定要将他弄走。格里高尔绝望了。终于在某天晚上,他怀着对家人的温柔和爱意告别了人世。格里高尔死后,家人迁入新居,很快忘却了那段令人难堪的日子,开始了新的生活。

### (二)思想主题

《变形记》的思想内容非常丰富。作品通过主人公格里高尔的变形和由此带来的悲剧性的命运,反映了现代资本主义社会的惊心动魄的异化现象和现代人丧失自我、在绝望中挣扎的生存状态,表现了现代社会人与人关系的冷漠和"小人物"的压抑感、灾难感和孤独感。

首先,作品深刻地表现了资本主义社会普遍存在的人的"异化"现象。主人公格里高尔在生活负担和职业习惯的双重压力下,一夜之间由人变成了一只大甲虫,这一荒诞的情节象征着资本主义社会中人的"异化"。人突然变成甲虫是荒谬的,是不可思议的。但如果作者不是写格里高尔变成一只甲虫,而是写他积劳成疾,或工伤致残、或遭人诬陷、或失业破产、或精神失常,那么他的遭遇和结局便是人们司空见惯的。事实上,"人"异化为"非人"是资本主义社会里一种不可避免的严酷现实。早在 19 世纪文学中,巴尔扎克、雨果等批判现实主义作家就描写了葛朗台、芳汀等被资本主义社会异化的人，葛朗台变成守财奴，失去人的灵魂，芳汀变成资产阶级的玩物。卡夫卡与巴尔扎克、雨果等作家不同的是，他不追求形似，只追求神似，他不写人的异化过程，只写人的异化结果。小说主人公格里高尔变成一只甲虫，其实甲虫不过是一种象征代码，它可以换成别的代码，如犀牛、毛猿等。格里高尔的变形诉说了现代人自我价值与个性丧失的悲剧。作为公司里的一名旅行推销员，格里高尔任人摆布，有苦不能诉，精神上感到十分压抑。由于他的父亲在破产后欠下公司一大笔债，他不得不每日任劳任怨地为公司奔忙。尽管如此，他依然得不到上司的信任。公司的秘书主任指责他玩忽职守，老板甚至怀疑他贪污了公司的钱。这位老板盛气凌人，总是坐在办公桌上居高临下地发号施令，俨然是一个高踞于王座上的暴君。格里高尔内心常常希望他从高高的办公桌上摔下来，但外表上还不得不恭恭敬敬。格里高尔成了被公司强行驱使着机械运转的机器，既没有自由，也谈不上自主与个性。实际上，在格里高尔变成甲虫以前，他已被公司所异化，失去人的个性，变成了公司老板任意使唤的一条狗。他变成甲虫后，更是丧失了人的价值，也丧失了生存下去的基本权利。这一变形使他的异化状况更为触目惊心。

其次，作品还表现了资本主义社会人与人之间关系的异化。在资本主义社会里，人与人之间除了赤裸裸的利害关系之外，剩下的就只有疏远、冷漠、隔绝、陌生和敌视，连家庭里的骨肉至亲也不例外。格里高尔在变成甲虫之前，靠当小职员的薪俸维持家庭的生计，一家人还亲密和谐。但在变成甲虫之后，他就遭到遗弃。父亲用苹果砸他，母亲不敢接近他，还默认他的自杀，妹妹开始同情他，继而厌恶他，最后下决心要把他赶走。那位来看他的秘书主任一见他那副"虫相"，就吓得仓皇而逃。他惨死之后，全家人如释重负，没有一个人为之悲伤，甚至还有一种说不出的高兴。这深刻地揭示了西方现代资本主义世界中人与人之间关系的异化。人与人之间关系的异化直接导致人的孤独意识的产生。

**（三）艺术特点**

卡夫卡的《变形记》被人们誉为现代主义文学的典范之作，它在艺术上的特色主要表现在如下几个方面。

第一，寓真实于荒诞之中，体现出"卡夫卡式"风格。小说把超现实的人物、荒诞的情节和真实的典型环境组合成一个完美的艺术整体。"真实"是因为作者平平静静地描写了主人公变形前具体的生活细节和变形后逼真的心理状态，使人感到他所处的始终是一个真实的人的世界。"荒诞"是因为故事的整体框架——人变成虫的故事本身是荒诞的，它只是用来寄寓人在哲理意义上的异化的生存状态。格里高尔在变成甲虫之后依然具有人的情感，如在充满敌意的环境中产生的自卑感、孤独感和灾难感，依然保持着善良而充满人情味的性格。这种现象是不可思议的，但这种情感却是真实的、感人的。

第二，象征。作品中人变成甲虫的情节象征西方资本主义社会人的异化。作品主人公格里高尔的形象是西方社会人们痛苦、孤独的社会情绪的象征。

第三，冷静客观的叙事风格。卡夫卡用一种平静得近乎冷漠的态度叙述一个凄惨而又令人触目惊心的故事，所采用的语调是客观而冷冰冰的。人变成甲虫是一件让人难以接受甚至可怕的事，但作者的叙述却是那样漫不经心，无动于衷，如作品开头写道："一天早晨，格里高尔·萨姆沙从不安的睡梦中醒来，发现自己躺在床上变成了一只巨大的甲虫。"

第四，意识流手法。《变形记》的内在主线就是格里高尔变成甲虫后的心理——情感流动的过程。主人公变成甲虫后的内心感受和心理活动是小说的主体。他变成甲虫之后的心理活动有来自现实的真实感受，也有由恐惧、焦虑、痛苦与绝望而生的幻想、幻觉，与自由联想相伴的时空倒错、逻辑混乱、随意性与跳跃性比比皆是，明显具有意识流的特征。

## 第十节　福克纳

威廉·福克纳（1897—1962）是美国"南方文学派"的领袖，也是20世纪西方意识流文学重要代表。他的作品构思独特，风格不凡，在世界文坛享有崇高的声誉。

### 一、生平和创作

福克纳出生在美国南方密西西比州北部拉法艾特县一个庄园主后代的家庭里。1902年随家迁居到奥克斯福镇。他的家族历史悠久，在当地颇有名望，但到福克纳出生时已开始没落。他的祖父当过州议员和本地银行的董事长。他的父亲开过一家马车行，当过密西西比大学的助理秘书。他的家族在他父亲手里开始衰败。由于家境不好，他读完十一年级就辍学了。第一次世界大战爆发后，福克纳成为加拿大皇家空军学校的学员，但训练尚未完成，战争便已结束。战后，他在密西西比大学念了一年书，以后干过多种工作，并业余从事创作。1925年福克纳来到当时美国南方的文化中心新奥尔良市，结识美国著名小说家舍伍德·安德森。他的第一部小说《士兵的报酬》即是在安德森的帮助下于1926年出版的。

1946年马尔科姆·考利编辑的《袖珍本福克纳文集》出版，这本集子的结构与序言显示出福克纳的作品有一个属于他自己的独特天地。他的各部作品都是他建构的"约克纳帕塔法世系"的一个组成部分。这使美国人开始认识到福克纳是一位有个性的作家。1949年，"因为他对当代美国小说所作的强有力的和艺术上无与伦比的贡献"，福克纳获得诺贝尔文学奖。从1955年起，福克纳受美国国务院的委派，到日本、瑞典、委内瑞拉等国从事文化宣传工作。1962年7月6日晨，他因心脏病发作逝世。

福克纳的重要作品有《士兵的报酬》（1926）、《沙多里斯》（1929）、《喧哗与骚动》（1929）、《我弥留之际》（1930）、《八月之光》（1932）、《押沙龙，押沙龙！》（1936）、《去吧，摩西》（1942）、《斯诺普斯三部曲》——《村子》（1940）、《小镇》（1957）、《大宅》（1959）等。其中《沙多里斯》是福克纳的"约克帕纳塔法世系"的开端，《喧哗与骚动》是他的代表作。

福克纳的创作大多是以自己熟悉的南方社会的历史和现实生活为题材。他一共创作19部长篇小说与近百篇短篇小说，另外还写过为数不多的散文与诗歌。其中15部长篇与绝大多数短篇的故事都发生在他虚构的一个位于密西西比州北部的约克纳帕塔法县。这些作品构成了他创作中的"约克纳帕塔法世系"。"世系"中的作品描写约克纳帕塔法县杰弗生镇及附近乡村不同社会阶层若干个家族几代人的生活及精神状态，时间上从美国独立战争前夕一直延续到第二次世界大战之后。有名有姓的人物达六百多个，这些人物在各个长篇小说与短篇小说中交替出现。各篇小说的故事既有独立性，又相互衔接。整个"世系"具有巴尔扎克《人间喜剧》的规模，表现了美国南方地理的典型特征，具有浓厚的乡土气息。作者在"世系"中探讨了作为庄园奴隶主的祖先的罪恶及其给后代留下的精神负担，机械文明和金钱意识对人性的摧残，现代西方社会中人的异化，以及人与人间的疏远和难以沟通等问题。同时，作者通过塑造健康、勇敢、温存、诚实、勤劳、尊严的人物形象，表现"人性复活"的理想。

福克纳的小说在艺术上也很有特色。第一，常以凶杀、乱伦、梦魇为题材，深入发掘人物的内心生活中的潜意识，并突出地表现人的性本能。第二，采用多股意识流交错的手法表现同一个人物或同一个事件，从而形成多层次的立体结构。第三，采用时空错乱的叙事手法，突出历史和现实的因果关系。其作品常常将现实、历史与神话结合起来，具有相当的历史深度。

## 二、《喧哗与骚动》

《喧哗与骚动》是福克纳的代表作，在20世纪西方文学中极受推崇。书名出自莎士比亚悲剧《麦克白》中的一句有名台词："人生如痴人说梦，充满着喧哗与骚动，却没有任何意义。"

### （一）情节梗概

小说的故事发生在约克纳帕塔法县杰弗生镇的康普生家。这是一个曾经显赫一时的望族，祖上出过一位州长、一位将军。家中原来广有田地，黑奴成群，如今只剩下一幢破败的宅子，黑佣人也只剩下老婆婆迪尔西和她的小外孙勒斯特。一家之主康普生是个律师，但从不见他接洽业务，整天醉醺醺地发些愤世嫉俗的空论。他把悲观失望的情绪传染给了大儿子昆丁。康普生太太无病呻吟，总感到自己在受气、吃亏、命苦，实际上是她在拖累、折磨全家人。她时时不忘自己南方大家闺秀的身份，家中没有一个人能从她那里得到爱的温暖。

康普生家唯一的女儿凯蒂幼时受贵族世家的严格教育，恪守"南方淑女"的各种规约。但是物极必反，在南方新秩序的冲击和影响下，她成了一个轻佻放荡的女子，未婚先孕，不得已与某男子草草结婚，婚后被丈夫发现隐情，遭到遗弃。她生下私生女后，不得不远走他乡，去大城市闯荡谋生。

长子昆丁作为没落的庄园主阶级最后一代的代表，始终被一种没落感所主宰。他是一个大学生，极其骄傲，极其敏感，精神和肉体又都极其虚弱。妹妹的沦落破坏了家族的荣誉，也粉碎了他心目中"南方淑女"的美好形象，他不愿看到家庭的没落，遂于1910年6月2日投水自杀。自杀前，他精神崩溃，意识杂乱无章，乱伦与自杀意识一直纠缠着他。他的精神崩溃及自杀代表着贵族世家肉体和精神的彻底毁灭。

杰生是凯蒂的大弟弟，他与昆丁不同，随着金钱势力在南方的上升，他顺应潮流，变成一个市侩、冷漠无情的生意人。由于姐姐凯蒂的失贞，姐夫许诺给他的好职位成了泡影，因此他认为姐姐影响了自己的前程，他痛恨姐姐，并把自己的恨发泄在外甥女小昆丁的身上。他通过各种手段把姐姐每月寄给小昆丁的生活费据为己有，又向母亲隐瞒真相。他对她们的诋毁与憎恨恰恰暴露了自己灵魂的丑恶。杰生的冷漠、残酷、无耻是资本主义新南方的产物。他的实利主义表现了这个贵族世家的不肖子孙精神上的堕落，也表现了与旧道德规范相对的资本主义新秩序的丑恶。

三子班吉是一个先天"白痴"，33岁的他智力相当于3岁的小孩。他只有感觉，没有分辨能力。他分不清事情的先后。他对任何事情只知其然，不知其所以然，因此，他对生活的感受表现为肤浅的、颠倒模糊的意识流。读者从他的意识流里只能得到关于康普生家族零星、片断的信息。他又傻又哑，但内心世界却纯洁美好，而且感觉非常敏锐，他能嗅出纯洁少女时的凯蒂身上"有一股树的香味"，凯蒂失贞后，他就再也闻不到这种香味了。班吉怀念姐姐，渴望爱心，追求美好，然而这一切都不可得，只好整天拿着凯蒂的拖鞋表示他的失望和悲哀。"白痴"班吉象征性地表现了贵族子弟精神的退化。

### （二）思想主题

《喧哗与骚动》是南方望族没落的一曲挽歌。福克纳以康普生家族的没落来表现一个阶级、一种制度的没落，以康普生家庭为缩影表现南方道德规范和传统价值标准的彻底破产和南方大庄园制的崩溃瓦解，同时也揭示了当代知识分子的幻灭感，反映了资本主义社会的精神危机。

作者通过女黑奴迪尔西这个人物讴歌了存在于纯朴的普通人身上的精神美，体现了作家"人性的复活"的理想。迪尔西是福克纳最喜爱的人物。她勇敢、大胆、豪爽、温存、诚实，具有深厚的同情心。她不畏主人的仇恨与世俗的歧视，勇敢地保护弱者。在作品阴郁的画卷中，只有她是一个亮点。她的忠心、忍耐、毅力与仁爱同昆丁、杰生、班吉的病态性格形成了强烈的对照。

### （三）艺术特色

《喧哗与骚动》在艺术上的特色表现在以下三个方面。

第一，复合型意识流，即通过多股意识流去表现同一件事或同一个人。这是福克纳对意识流小说的发展做出的巨大贡献。乔伊斯在《尤利西斯》中把早期单纯型的意识流发展成为"交错型"意识流，这种意识流在较广泛地反映生活上无疑是一个巨大进步，但它也存在着各行其是、互不相干的弱点。福克纳在《喧哗与骚动》中又把意识流发展成为"复合型"意识流。这种意识流与乔伊斯的交错型意识流的区别是：交错型意识流各想各的，近乎"同床异梦"，复合型意识流是不同的人想同样的事，近乎"异床同梦"。小说中几个人物的意识流涉及的都是与凯蒂有关的故事。这样一个故事，通过几个人的意识从不同角度反映出来，互相交汇，映衬对照，就像几个不同方向的反光镜把光线统统集中到一个焦点上。这样就大大强化了中心事件，突出了中心人物，加强了作品的表现力和立体感。另外，复合型意识流可以减少一般意识流的单调枯燥，它的叙事角度不断变换，加强了悬念和趣味性。

第二，时序颠倒。小说在情节安排上是时序颠倒的。第一部分，1928年4月7日；第二部分，1910年6月2日；第三部分，1928年4月6日；第四部分，1928年4月8日。其时序是按照BCAD的方式展开的。在心理时间里，人们可以从现在返回到过去，或者直接从过去跳到未来。小说中4个叙述者各自描绘了自己印象中的人物形象以及自己的形象。读者在读作品时再把这众多的图景"组装"起来，以时间为序，理出个头绪，就形成一幅全景图。在小说颠倒的时序中，作者所反映的事件在内容上是具有连贯性的。第一部分通过班吉的脑中印象表现康普生家子女们的童年生活，并模糊地点出凯蒂的沉沦。第二部分通过精神崩溃的昆丁的意识活动，集中反映凯蒂的堕落及昆丁的绝望。第三部分通过杰生的意识活动，引出凯蒂的私生女小昆丁的故事。第四部分则以老黑奴迪尔西为中心，写出小昆丁出走一系列事件。这些事件前后相连，具有时间上的连贯性。另外，这些被割裂的、颠倒的时间断片在表现意识的深度上还具有层次性。小说从班吉混沌不清的模糊意识开始，中间经过昆丁的"半模糊"意识和杰生的"准清醒"意识，以迪尔西的完全清醒的意识而告终。读者对作品的认识也随着意识的清晰度的变化而变化。时序的颠倒性、内容的连贯性和意识的层次性三者结合成一个完美的艺术整体。

第三，神话模式，是福克纳创作这部小说时所用的另一种手法。所谓神话模式，就是在创作一部文学作品时有意识地使其故事、人物、结构大致与人们熟知的一个神话故事平行发展。《喧哗与骚动》在时间和情节安排上都与基督教《圣经》中的神话形成对照，具有颠倒的象征意义。小说第二章"1910年6月2日"，圣父耶和华坚定了圣子耶稣为人类赎罪而肩负十字架的信念是在6月2日。与此形成强烈对照的是，这一年的6月2日作为父亲的康普生却用自己的虚无主义动摇了长子昆丁赖以安身立命的精神支柱。小说第一、三、四章的标题分别为1928年4月7日、6日、8日，这三个日子恰好是基督受难日到复活节。在这里，福克纳似乎有意以基督的庄严、神圣使康普生家的子孙显得更加猥琐，而他们的自私、得不到爱、受挫、失败、互相仇视也说明了资本主义社会中现代人违反了基督死前对门徒所作的"要你们彼此相爱"的教导。福克纳运用这样的神话模式，除了给他的作品增添一层反讽色彩外，也使他的故事从日常琐事中突破出来，成为一个探讨人类命运问题的寓言。如复活节前的星期六是基督在阴间拯救亡灵、在爱的沐浴下为儿童举行命名仪式的传统日子，小说中班吉的思绪却回到当年为他改名字的记忆上来，因为他和舅舅同名，母亲怕这个"白痴"儿子辱没了她的娘家人，就为他改名为班吉。与基督那颗博大的仁爱之心相比，康普生太太那颗连母爱都没有的心是何等残酷。再如在复活节带着班吉上教堂的迪尔西倒像是走在荆棘丛里的基督，在整个摇摇欲坠的世界里只有她是稳固的柱石。

# 第十章 20世纪后期文学

第二次世界大战结束至20世纪末，欧美文学总体上依然是现代主义和现实主义两大主流共存共生。与20世纪前期文坛相比，20世纪后期两大主流文学相互渗透的现象更为明显。

## 第一节 概述

### 一、历史背景与文学主题

第二次世界大战结束至20世纪末这一时期虽然有现实主义和现代主义（或后现代主义）两大文学主流，但它们有一致的产生背景和相同的基本主题。

#### （一）社会政治与思想文化背景

第二次世界大战结束后，美国、苏联两个超级大国形成两大对立阵营的中心，世界进入"冷战"时期。20世纪80年代末90年代初，东欧剧变、德国统一、苏联解体，之后单边主义、霸权主义又卷土重来。与此同时，由于第三世界的崛起及两大阵营的内部分化，整个世界又呈现出多极化发展趋势。

20世纪后期欧美社会有三大问题特别引人关注。一是战争的破坏性。无论第二次世界大战还是"冷战"时期的局部战争与暴力活动，都使人类付出惨重代价。据统计，第二次世界大战中死伤人数达六千七百万，物质损失约四亿美元。战争的破坏性、毁灭性及反人性暴露得一览无余。二是科学技术的双刃剑特点。一方面，科技作为第一生产力，正在形成"第三次浪潮"，推动世界各国先后进入"信息社会"和"后工业社会"，越来越多的欧美国家进入物质高度繁荣时期。另一方面，科技专制化、理性工具化的倾向也日益明显，物质财富的片面富裕却未能丰富和健全人们的精神世界，生、化、核等高端先进但又具有大规模杀伤性的武器被频频用于非正义战争，这些都暴露出现代科技的负面作用。三是社会的动荡。20世纪后半期，尤其是六七十年代，欧美不少国家的青年学生、妇女、黑人等一直在进行各种抗议活动，主题包括反传统观念、反等级制、反种族歧视、反权威、反中心、反战争，其中以法国1968年"五月风暴"和美国的黑人民权运动最为著名。除此之外，艾滋病的蔓延、毒品的泛滥、恐怖活动的猖獗以及生态环境的恶化等，都在西方世界引起人们的高度关注。

对 20 世纪后期欧美世界影响最大的哲学思潮是存在主义，其次是尼采的唯意志主义。存在主义是随着第二次世界大战的爆发并最终在战争的废墟及对人类毁灭的预感的基础上形成的一种哲学思潮。这一思潮的代表人物是德国哲学家海德格尔和法国哲学家和文学家萨特。它的主要观点是：第一，存在即自我。存在主义认为只有自我感觉到的个人存在即"此在"才是真正的存在，根本否认客观事物的独立存在。第二，存在即荒诞。每个人都是被随意地抛到这个陌生而危险的世界上来的，他被不可知的无理性、无规律的力量所限制所逼迫，世界是荒诞的，人的存在是偶然而荒诞的。第三，存在即自由。既然世界是荒诞的，人就有权力自由地选择自己的本质，就应该完全按照自己的"设计图"设计自己的人生道路，而不受制于任何社会规则和传统观念。由此可知，存在主义实际上是西方资本主义危机时代的唯心主义悲观哲学。尼采的唯意志主义的核心主张是权力意志论和超人说，通过弗洛伊德、柏格森等人的发展，其中的非理性内涵得到详尽的挖掘，又经过福柯、德里达、哈贝马斯等后现代主义思想家的阐释，其中的消解传统、消解中心的思想得到进一步的张扬。上述两大思潮既源于时代，反过来又影响这一时代的社会心理。

（二）20 世纪后期文学的基本主题

在这样的时代背景和思想氛围中，当代西方人普遍产生恐惧感、荒诞感、异化感和绝望感。也因如此，20 世纪后期欧美文学不管是现实主义还是现代主义（后现代主义），都表现出"地球村意识"和"宇宙意识"，都注重反映全球性的热点和重点问题。这些共同的全球性问题凝聚在文学作品中就形成当代西方文学的基本主题。其中关于人类的生存境遇和人的本质状况的问题尤其引人关注。这一问题又可细分为 3 个基本主题。

第一，荒诞主题。所谓荒诞，词典上的意义是违反常规、不合逻辑、不可理喻、荒唐可笑。这里所说的"荒诞"主要包括两层含义：一指人类生存的环境即世界无法为人类所理解所控制，即世界的不可知性；一指人与他人之间存在无法穿透的隔膜，人与人无法沟通，人类作为个体永远是孤独的，即他人的不可知性。

第二，自我本质危机主题。所谓自我本质，是指西方从文艺复兴运动至启蒙运动一直标榜的人的主体性，即所谓的"大写的人"。到了 20 世纪后期，这种主体性受到普遍的质疑直至最终的消解。迷失自我、寻找自我成为此期西方文学的一个重要命题。

第三，异化主题。这一主题早在 19 世纪末期尤其 20 世纪前期就已得到开掘，这一时期则拓宽了这一主题的含义。如果说以前着力表现的是具体的"物"如金钱、法律制度、资本家的剥削性活动等对人的异化，这一时期凸显的则是抽象的"暴力"对人的异化，这种"暴力"可以是战争、国家机器，也可能是生活方式、习俗传统。

除了这三类最基本的主题之外，科技发展的前景、环境保护、多元文化的冲突与融合等问题也受到越来越多的关注。

## 二、后现代主义文学

关于现代主义文学和后现代主义文学的区分一直存在争议。本书认同一种最简便的说法，即将第二次世界大战之前的现代主义文学称为现代主义文学，将第二次世界大战之后的现代主义文学称为后现代主义文学。

### （一）后现代主义文学同现代主义文学的联系与区别

关于后现代主义文学同现代主义文学的关系有不同说法。有人认为后现代主义文学是对现代主义文学的反拨，更多人则认为后现代主义文学是现代主义文学的继续和发展。事实上，两者无论在思想内容还是在艺术表现方面，都明显有着一贯性，即都具有离经叛道的反传统性。不过，两者之间的区别也是显而易见的：思想观念方面，后现代主义反传统的态度更为偏激，怀疑情绪也更为浓烈；艺术表现方面，现代主义作品虽然晦涩难懂，但尚有深层的隐含的意义，而后现代主义则标榜要消解一切主题，一切作品都是无意义、无主题的，文学创作不过是"语言游戏"而已。

文艺复兴运动以来，西方的传统观念是：世界是有规律可循的，人类可以凭理性认知一切。现代主义开始质疑这种传统观念，认为世界已趋崩溃，人性已经堕落，理性不可信任，非理性才是真实；后现代主义则进一步断言世界本来荒诞，人性原本丑恶，理性与非理性都应受到怀疑。如果说现代主义的怀疑还仅仅表现在认识论层面，即否认人们能够认识世界，或者说质疑人们认识世界的能力，那么后现代主义的怀疑则是本体论层面的，即认为世界的本质就是虚无、不真实，就是荒诞和无意义。可见，后现代主义的怀疑更加深刻和悲观，它反映二战后西方知识界精神危机的进一步恶化。后现代主义文学丧失了探索自我和世界的热情，表现出思想的冷漠和理性的麻木。

与此同时，现代主义作品虽然故弄玄虚、晦涩难懂，但总归还是有意义可寻，总归还可以解读出明确的含义。而后现代主义文学则力求消解一切意义：作品中人物身份不明、性格模糊，甚至连名字也没有；情节若有若无，即使有一些故事也是混乱暧昧；结构松散，多为零碎片段；叙事角度随意变换，令人摸不着头脑；虚构与事实相交相混；在语法、文字方面则刻意突破传统，大玩游戏。正如美国后现代文学批评家哈桑所言，后现代主义作品的特点就是"反创造"、"反叙述"、"反形式"，并广泛运用"反讽"手法。一言以蔽之，后现代主义文学的实验色彩更加浓厚。

### （二）后现代主义文学主要流派

后现代主义文学主要流派有存在主义文学、荒诞派戏剧、新小说派、垮掉派、黑色幽默以及魔幻现实主义等。

存在主义文学是二战后第一个后现代主义文学流派，20世纪三四十年代产生于法国、五六十年代流行于欧美各国。这一流派的文学，思想内容上是对存在主义哲学的演绎，着重描写世界与人生的荒诞，表现人在绝望境地中的精神自由；艺术形式上虽然常常采用意识流、寓意或隐喻手法，但基本上继承传统写法，如编织完整的故事，注重人物的塑造和环境的描写，语言简单明晰。代表作家是法国的萨特、加缪和波伏娃。

阿尔贝·加缪（1913—1960）的名作有长篇小说《局外人》（1942）、《鼠疫》（1947）和哲学随笔《西西弗斯的神话》（1943）。以"论荒诞"为副题的《西西弗斯的神话》集中阐述"荒诞哲学"。在加缪那里，看到生命的荒诞仅是起点，重要的是从中引出挑战、反抗的行动准则。他的代表作《局外人》以阿尔及尔一家船运公司的职员默尔索的自叙形式写成。他像讲别人的故事一样极其冷静地讲述自己单调而麻木的生活。默尔索有两句口头禅，一是"无所谓"，二是"这不怪我"。作品的主题是人类与其生存条件的不协调。加缪说："荒诞不在人，也不在世界，而在于两者的共存。"《鼠疫》描写奥兰市的居民抗击鼠疫的斗争，这场斗争既象征着欧洲人民反对纳粹的斗争，也在更广泛的意义上象征人类反对邪恶的斗争。《鼠疫》由个人的觉醒上升为集体的斗争。加缪于1957年获得诺贝尔文学奖。

西蒙娜·德·波伏娃（1908—1986）是存在主义女权主义理论家和文学家。19岁时宣称"我绝不让我的生命屈从于他人的意志"。她的主要著作有被后人奉为"女权运动圣经"的理论著作《第二性》（1949）和长篇小说《女宾客》（1943）、《达官贵人》（1954）等。

荒诞派戏剧，又称反戏剧，是20世纪50年代产生于法国而后流行于欧美的后现代主义戏剧流派。它的思想基础是存在主义哲学，最常见的主题是世界冷酷、陌生而无法理喻，人与人之间无法沟通；艺术上主要通过直喻（即明喻）把人的荒诞处境和荒诞感加以外化，展示为直观的舞台形象，表现出强烈的反传统倾向。代表作家是法国的贝克特和尤奈斯库。此外，法国的热内（1910—1986）、英国的品特、瑞士的迪伦马特和美国的阿尔比（1928—2005）等也是这一派的名家。荒诞派戏剧在语言运用和艺术技巧方面表现出反传统的特色：结构方面，没有贯穿始终的中心事件，没有明确的时间、地点，没有开端、发展、高潮、结局等起承转合的程式；人物塑造方面，剧中的每个角色都难以辨认，无明确身份，无稳定性格；舞台场景光怪陆离、杂乱无章、支离破碎，如挤满舞台的椅子、遍地的鸡蛋、半截入土的人，甚至不断膨胀的尸体等都可能登台亮相；剧中人物的语言常常充满陈词滥调、莫名其妙的喊叫和无文法结构的呓语，人物对话往往答非所问、翻来覆去、漏洞百出。

尤涅·尤奈斯库（1912—1994）原籍罗马尼亚，1938年后定居法国，用法语写作。他一生创作40多个剧本，其中《秃头歌女》（1950）、《椅子》（1952）和《犀牛》（1960）为其三大作品。《秃头歌女》为荒诞派戏剧的经典作品，原名《简易英语》，因排练时一个演员将台词中的"金发歌女"误念成"秃头歌女"便干脆改为现名。全剧通过主人公史密斯夫妇接待马丁夫妇的故事以及4人之间烦琐反复、漏洞百出的对话，反映英国中产阶级生活的平庸无聊，揭示人生和社会的荒诞无意义。独幕剧《椅子》通过生活在孤岛上的一对年逾九旬的老夫妇被舞台上的椅子所排挤而跳海自杀的故事，讽喻西方社会越来越发达的物质文明已挤掉人类的立足之地。三幕剧《犀牛》展示某城的人争相变为犀牛的荒诞故事，表现世界的荒诞。

哈罗德·品特（1930—2008）是英国剧作家、戏剧导演，2005年诺贝尔文学奖获得者。主要有《房屋》（1957）、《送菜升降机》（1957）、《看管人》（1960）、《归家》（1965）等。代表作《送菜升降机》是独幕剧，剧情由两个职业杀手班与格斯的闲谈构成。该剧是一部典型的"威胁喜剧"。

弗里德里希·迪伦马特（1921—1990）是瑞士的德语剧作家。代表作《老妇还乡》（1956）的女主人公是亿万富翁，在离别45年后重返故乡，为了害死导致她17岁时沦为妓女的昔日情人伊尔，用金钱收买全城居民。剧本揭露资本主义金钱万能的现象，艺术上采用"悲喜剧"手法。

新小说是20世纪五六十年代在法国兴起的后现代主义文学流派，因其对以往的小说传统持彻底的否定态度，讲究创新，进行形式实验，又称为反小说、实验小说。该派深受萨特的存在主义思想的影响，着力表现生命的无意义、世界的冷漠以及人与人之间的无法交流等主题，艺术上强调"物"的重要性以及对"物"的"记录"、"照相"。新小说派的两位大师是罗伯-格里耶和克洛德·西蒙，名家还有萨洛特、布托尔等。新小说派的主要艺术主张是：强调物的重要性，要求对物作细致的描写，使小说成为记录客观世界的一张清单；反对虚构故事情节，主张小说记录平淡、琐碎的日常生活；反对塑造人物形象，认为"人物已经死亡"，外在世界只是一个物的世界；贬斥小说的社会意义，认为小说就是捕捉人的存在和物的存在，而这种存在乃是游离于社会和人群之外的孤立存在。新小说派作家运用多种写作技巧，或专事描摹肉眼看得见的事物，或录话，或翻来覆去描写分析同一件事物，或在小说中镶嵌进一个具有象征隐喻性的细节和物件，或搞文字游戏，或设文字谜语，等等。新小说派在强调创新的同时，由于企图消解小说艺术的基本要素，最终把畸形美学奉为小说创作的圭臬。

新小说派分为"视觉派"（或叫客观派）和"听觉派"（又叫内心派）。前者热衷于描写肉眼所能见的物，反对描写肉眼不可见的事物的内部及人的思想感情；后者在作品中大量使用对话、内心独白等手法，展示人物心灵深处的意识活动。"视觉派"的代表是罗伯-格里耶和西蒙，"听觉派"的代表是萨洛特和布托尔。

克洛德·西蒙（1913—2005）是新小说派代表作家之一，1985年获得诺贝尔文学奖。他的代表作《弗兰德公路》（1960）以自己二战期间亲历的战争感受为题材，通过主人公乔治散乱的、不连贯的回忆，再现1940年5月法军一支骑马队在法比交界处的弗兰德公路地区被德军击溃而退却的情景。

女作家娜塔莉亚·萨洛特（1902—1999）是新小说派元老和主要理论家。《无名氏肖像》（1948）、《行星仪》（1959）是其主要作品，而论文集《怀疑的时代》（1956）则被认为是新小说派的理论宣言。

米歇尔·布托尔（1926—2016）的作品采用绘画手法，让历史、现实、回忆、梦想、想象、幻觉同时出现。代表作是长篇小说《变》（1957），被认为是有许多创新的"新样品"。

垮掉的一代，简称垮掉派，是20世纪50年代中期至60年代初期美国出现的一个后现代主义文学流派。"垮掉"（beat）一词由凯鲁亚克最先使用，它包括3种含义：一指当时流行的"波普"爵士乐的疯狂急促的节奏；二指《圣经》所载的耶稣"登山训海"的福音（the beatitudes）；三指精神上的绝望感和世界末日即将来临的感受。因此，凯鲁亚克所谓的"垮掉"概括了当时美国青年一代的生活和精神面貌。这一派的成员多为年

轻知识分子。他们对战后现实不满，对未来也丧失信心，对一切传统观念嗤之以鼻，拒不承认社会责任，把吸毒、参禅、性滥交当作生活的主要内容，声称"诗人、浪子、毒鬼"三位一体是做人的最高境界。他们在创作中热衷于描写暴力、堕落、吸毒和犯罪等颓废生活，蔑视高雅文学，追求语言和表现技巧的创新，提倡"自发写作"和"放射诗"。代表人物是凯鲁亚克和金斯堡，两人被称为垮掉派的"双子星座"。

杰克·凯鲁亚克（1922—1969）的代表作是长篇小说《在路上》（1957）。作者把一卷长达一百米的滚筒纸塞进打字机，不假思索地进行自发创作，把被称为"新型美国圣人"的主人公狄恩的流浪生活（酗酒、吸毒、混乱的性生活）以及与同伙的谈话都记录下来。作品只花了3个星期便匆匆写成这部作品。

艾伦·金斯堡（1926—1997）的长诗《嚎叫》（1956）用怨气冲天的哀号，表达出在这个非人道的世界中青年一代的忧郁和愤怒情绪，被誉为"五十年代的《荒原》"。

广义的垮掉派还包括黑山派和自白派。前者是根据北卡罗来纳一座存在时间不久的文学艺术学院黑山学院命名的诗歌流派，极力提倡"放射诗"（又译"投射诗"），主张用自由格律和诗人的呼吸来确定音节、诗行。该派的领袖是曾任黑山学院院长的查尔斯·奥尔森（1910—1970）。后者因强调以坦白方式揭示诗人的内心活动，包括个人隐私、内心创伤甚至性欲冲动而得名。该派的首脑是著名诗人罗伯特·洛威尔（1917—1977）。他的诗集《人生研究》（1959）和金斯堡的《嚎叫》构成美国当代诗坛的两座里程碑。

"黑色幽默"是20世纪60年代崛起于美国的后现代主义文学流派，因美国作家兼文学评论家弗里德曼（1930—　）在1965年编选的作品集《黑色幽默》而得名。这一派作家受到存在主义哲学的影响，认为世界和人生是荒诞的，主张用极度夸张和冷漠的幽默手法嘲笑世界的荒诞和人生的痛苦，强调用喜剧形式处理悲剧内容。该派代表人物是约瑟夫·海勒、品钦和冯古内特。"黑色"在英语中常象征阴暗、沮丧甚至死亡。幽默而黑色，则意味着"绝望的幽默"、"大难临头的幽默"或"绞刑架下的幽默"。黑色幽默文学作品在情节结构方面具有非逻辑性、时空混乱等"反小说"的特征；人物言行可笑卑下，多为"反英雄"；大量采用夸张、寓意手法。

库特·冯古内特（1922—2007）的作品多以科幻小说的形式出现。代表作《第五号屠场》（1969）记叙美国普通士兵毕利由于德军的炮轰，躲进德累斯顿一家屠宰场的地下室（即第五号屠场），得以目睹法西斯军队灭绝人性的暴行和盟军对文化名城的毁灭。小说借"541号大众星"上和平宁静的生活环境谴责地球上战争的残酷与地球人生活的不幸。

托马斯·品钦（1937—　）是黑色幽默大师，被公认为当代美国最重要的作家之一。他把物理学中的"熵"概念引入社会观中，"死亡"是他作品最重要的主题。名篇《V》（1962）揭示人类的痛苦与科学技术的发展有关联这一命题。代表作《万有引力之虹》（1973）围绕第二次世界大战中德国的 V-2 火箭展开，是一个情欲和科技互相渗透互相感应的怪异故事。作品阐述科技与性欲总是结合在一起并向死亡发展的荒谬而悲观的理论。"万有引力之虹"是导弹发射后形成的弧线。

拉丁美洲地区的文学在20世纪30年代开始出现一批思想内容深刻、艺术技巧独特的先锋派小说，到60年代形成空前繁荣的局面。这一现象被称为"拉丁美洲的文学爆炸"。拉美文学爆炸的四大主将是阿根廷作家胡里奥·科塔萨尔（1914—1984）、哥伦比亚作家加西亚·马尔克斯、墨西哥作家卡洛斯·富恩特斯（1928—2012）和秘鲁作家马里奥·巴尔加斯·略萨（1936—2025）。拉美文学爆炸的出现，既是拉美地区多种文化形态，如古代印第安文化和近代现代殖民者文化综合的产物，也是欧洲文学尤其是西方现代主义文学诸流派共同影响的结晶，归根到底则是拉美人民觉醒的表现，是民族自省和反思的表现。此时，拉美文坛出现了多种流派，如心理现实主义、结构现实主义、社会现实主义、魔幻现实主义等。其中魔幻现实主义取得了举世瞩目的成就。

科塔萨尔的代表作《跳房子》（1963）是结构现实主义的代表作之一，有"西班牙语的《尤利西斯》"之称。作品描写一个侨居巴黎的阿根廷人奥利维拉的不幸遭遇，在艺术上提供了多种阅读的顺序与方法，抽离了故事的连续性。

富恩特斯的《最明净的地区》（1959）是社会现实主义的代表作之一，反映墨西哥人在推翻迪亚斯独裁统治后的贫穷而荒诞的社会现状，既是"墨西哥城的传记"，又是"现代墨西哥的总结"。

略萨是结构现实主义大师，于2010年获得诺贝尔文学奖。略萨的作品大多以政治和社会生活为题材，带有鲜明的倾向性和批判精神。主要作品是长篇小说《城市与狗》（1963）、《绿房子》（又译《青楼》，1965）等。《城市与狗》是作者根据自己少年时在军校学习的亲身经历写成。"城市"指秘鲁社会，"狗"指军校学员。作品中用了大量篇幅描写打架斗殴、金钱交易、赌博、嫖娼、上课捣蛋等丑恶行为，揭示出底层人生存的艰难处境。《绿房子》描写秘鲁北部20世纪20年代起长达40年广阔的社会生活，既有上流社会醉生梦死的豪华奢侈，也有底层民众水深火热的呻吟挣扎。作品无情地针砭社会的黑暗与时弊，控诉社会制度的不合理，对下层人民和贫苦妇女寄予深切的同情，从而唤起人们对秘鲁乃至拉丁美洲国家悲剧性现实的认识与关注。全书由5个相对独立的故事构成，但是巧妙地安排在小说各个章节之中。略萨将这种"结构现实主义"的表现手法称为"中国套盒式"写法。

魔幻现实主义是20世纪三四十年代出现、六七十年代形成高潮的拉丁美洲地区的后现代主义文学流派。它的基本特征是采用魔幻的手法反映拉丁美洲的社会现实生活，"变现实为幻想而不失其真实"；它立足于传统文化，大量表现印第安人的古老神话、民间传说与巫术，带有浓郁的地方色彩；它还大量吸收西方现代派文学的表现手法，如象征、荒诞和意识流手法。该派的代表作家是哥伦比亚的马尔克斯和墨西哥的鲁尔福，其先驱是危地马拉的阿斯图里亚斯和古巴的卡彭铁尔。

米格尔·安赫尔·阿斯图里亚斯（1899—1974）创作小说、诗歌，1967年由于"其作品深深植根于拉丁美洲民族气质和印第安人的传统之中"而荣获诺贝尔文学奖。代表作、长篇小说《总统先生》（1946）是反独裁文学的经典之作。作品描绘一起看似偶然的杀人事件所引起的一场政治阴谋，展现一个典型的拉丁美洲专制暴君形象。

阿莱霍·卡彭铁尔（1904—1980）的代表作是长篇小说《这个世界的王国》（1949）。他对魔幻现实主义的最大贡献是全面阐明了关于"神奇现实"的理论。

胡安·鲁尔福（1918—1986）的代表作是中篇小说《佩德罗·帕拉莫》（1955）。小说写鬼魂胡安向另一个死人讲述自己的父亲佩德罗罪恶的一生，情节离奇怪诞，时空交叉错乱。主人公佩德罗表面上是一个阴间的鬼魂，实际上又是拉美所有的独裁统治者和恶霸地主的化身。

后现代主义文学中引人关注的还有实验小说。严格地说，它不是一个文学流派，只是指对小说创作技巧的革新。它遍及20世纪后期尤其是60年代以后的欧美文学界。典型的实验小说家有阿根廷的博尔赫斯、意大利的卡尔维诺和英国的福尔斯等。

豪尔赫·路易斯·博尔赫斯（1899—1986）创作诗歌、散文和短篇小说。著名作品有短篇小说集《小径分岔的花园》（1941）、《虚构集》（1944）、《布罗迪的报告》（1970）、《沙之书》（1975）等。短篇小说《交叉小径的花园》表面上看是一篇间谍小说，它讲述一战期间在英国为德国当间谍的华裔俞聪博士在同伴被捕、自己被追杀的情况下，为了把重要情报告知德国上司，不惜杀死英国汉学家艾伯特的故事，实际上却是一部阐述作者对世界、人生、时间和小说的看法的迷宫小说和哲理小说。博尔赫斯最著名的思想是"世界就是一座迷宫"，而以模仿、戏拟为标志的博尔赫斯精神成为后现代主义小说的精髓。

伊泰洛·卡尔维诺（1923—1985）的小说在叙事上保留了传统的手法，但具有极强的寓言性，故事情节往往超常怪异，而传达现代人精神生活的信息却非常准确。他最著名的作品是"我们的祖先"三部曲：《分成两半的子爵》（1952）、《树上的男爵》（1957）和《不存在的骑士》（1959）。

约翰·福尔斯（1926—2005）的小说融传统创作技巧与个人理念、手法为一体，打破历史与虚构、小说与非小说的界限，被誉为"战后英国最有才华、最严肃的小说家"。他影响最大的作品是《法国中尉的女人》（1969）。

后现代主义文学在20世纪70年代开始逐渐走向衰落。20世纪90年代以后，作为文学流派的后现代主义在西方文坛已基本消失，但它的思想倾向、艺术观点和表现手法等已融入各流派的创作之中。

## 三、现实主义文学

20世纪后期欧美现实主义文学对既往的现实主义文学有扬也有弃，随着时代的变化而有所发展。

### （一）战后现实主义文学的基本特征

与20世纪前期现实主义文学相比，20世纪后期欧美现实主义文学表现出如下几个特征。

第一，更加追求真实性和时代感。当代科学技术的重大发展，社会生活的光怪陆离，使人们对直接反映现实的作品尤感兴趣，也使作者贫乏的想象感到难堪，于是作家们自觉不自觉地把现实生活中的真人真事写进作品，创造众多的"纪实文学""新新闻体""非虚构小说"。即使故事和人物纯属虚构的作品，也依然攫取重大历史事件或当代生活作为背景，以求增加几分真实性。与此同时，现实主义作家们还尽量使自己的作品更富时代特征，更适合当代读者的审美趣味。

第二，主观化倾向更强。由于物质生活富裕促使人们对精神生活更加关注，战后欧美现实主义文学的内倾性更加突出。作家们更致力于描写和表现人物的精神世界和内心活动，形成所谓的心理现实主义。

第三，艺术表现手法更趋多样化。20世纪后期欧美现实主义文学广泛吸收、融会各种现代主义和后现代主义文学的种种表现技巧，或热衷小说戏剧化、诗歌散文化、散文韵文化之类的文体创新，或采用电影蒙太奇结构、假定性、意识流等手法，为现实主义文学创作开创新的格局。

### （二）战后西欧现实主义文学

战后英国现实主义文学的成果首先体现在"愤怒的青年"的创作上。"愤怒的青年"是20世纪50年代在英国出现的一个现实主义文学流派。该派作家大多为出身下层平民和工人阶级的青年，他们均接受过高等教育，故又称"新大学才子派"。他们创作的思想基调是出于对当权集团和保守、狭隘的中产阶级势力的不满而发起的猛烈抨击和批判。代表作家是奥斯本和艾米斯等。

约翰·奥斯本（1929—1994）的代表作《愤怒的回顾》（1956）被誉为"现代英国戏剧的里程碑"。主人公吉米有文凭、有私店、有妻室，已步入小康生活，却感到精神上有一种失落感。这种不幸源于现代世界中人们"没有信仰、没有信念、没有热情"的精神状态。

金斯利·艾米斯（1922—1995）的代表作是长篇小说《幸运的吉姆》（1954）。从立意和结构上看，这部小说可以说是一篇性别颠倒的现代灰姑娘的故事。作品涉及阶级对立、精英与大众的矛盾、文化界与工商界的龃龉，内涵极其丰富。

20世纪后期英国有一批著名的现实主义作家。

格雷厄姆·格林（1904—1991）一生创作了大约30部长篇小说。无论40年代创作的《权力与荣耀》（1940）、《问题的核心》（1948），还是50年代之后创作的《安静的美国人》（1956）、《人的因素》（1978）等，都体现了作者对现实生活尤其是当代人的生活的关注。

威廉·戈尔丁（1911—1993），英国小说家、诗人，1983年荣获诺贝尔文学奖。他喜欢采用寓言和童话形式表现人性邪恶的主题。代表作是长篇小说《蝇王》（1954），以现代寓言的形式讲述一群英国小孩由天真堕落到邪恶，最后酿成灾难的故事。

多丽丝·莱辛（1919—2013）是20世纪后期英国女性主义文学的代表，2007年获得诺贝尔文学奖。反对种族歧视、抨击殖民政策、争取妇女平等权利是她创作的基本主题。代表作是长篇小说《金色的笔记》（1962），该作品被诺奖评委会称为"20世纪审视男女关系的巅峰之作"。它是"自由女性"安娜的成长记录，由5本笔记构成。黑色笔

记描写作家安娜在非洲的经历，涉及殖民主义和种族主义；红色笔记写她的政治生活，记录她对斯大林主义由憧憬到幻灭的思想过程；黄色笔记是爱情故事；蓝色笔记记录主人公精神的轨迹；金色笔记是作者对人生的哲理性总结。

乔治·奥威尔（1903—1950）是英国左翼作家。名作有《动物庄园》（1944）。代表作《一九八四》（1948）属于政治寓言小说。作者这样表述自己的创作动机："我试图从极权主义思想出发，通过逻辑推理，引出其发展下去的必然结果。"

出生于北爱尔兰的诗人谢默斯·希尼（1939—2013）是公认的当今世界最好的英语诗人和文学批评家，1995年因其诗作"具有抒情诗般的美和伦理深度，使日常生活中的奇迹和活生生的往事得以升华"而获诺贝尔文学奖。希尼亲历了北爱尔兰天主教徒为争取公民权举行示威而引起的暴乱。他的诗学散文集有《写作的场所》（1989）、《诗歌的纠正》（1995）等。

战后法国文坛的现实主义文学发展势头有所减弱。尤瑟纳尔、杜拉斯、萨冈等3位女作家影响较大。

玛格丽特·尤瑟纳尔（1903—1987），诗人、小说家、戏剧家和翻译家，法兰西学院第一位女院士。代表作《亚德里安回忆录》（又译《哈德良回忆录》，1951）以公元2世纪古罗马皇帝亚德里安的第一人称讲述，以一封写给他收养的孙子、未来皇位继承人马克·奥里略的书信形式结构全篇。

玛格丽特·杜拉斯（1914—1996）是以高产多才著称的小说家和剧作家。名作有自传体小说《抵挡太平洋的堤坝》（1950）、电影剧本《广岛之恋》（1959）等。代表作、长篇小说《情人》（1984）用传统手法讲述了一个传统的悲欢离合的爱情故事。作品取材于作者16岁时与一位在越南经商的中国男人之间一段美丽而绝望的爱情。

弗朗索瓦斯·萨冈（1935—2004）的小说大多描写有闲阶级的情感生活，表现世界大战后看破红尘的法国青年一代空虚绝望的心情。她19岁时创作的第一部长篇小说《你好，哀愁》（1954）描写少女塞西尔和大学生希利之间的风流生活，以及她与想干预其生活的中年妇人之间的种种复杂关系。塞西尔是西方现代社会中一部分青年的缩影。萨冈多写小资多角恋，表现当代都市人的孤独和空虚。她的名篇还有《某种微笑》（1956）、《你喜欢勃拉姆斯吗》（1959）、《厌倦的战争》（1985）、《失落的镜子》（1996）等。

克莱齐奥和莫迪亚诺是20世纪末期非常活跃的作家。勒·克莱齐奥（1940—  ）生于法国，还持有毛里求斯国籍，是20世纪后半期法国新寓言派代表作家之一，2008年因"将多元文化、人性和冒险精神融入创作，对游离于西方主流文明外和处于社会底层的人性进行探索"而获得诺贝尔文学奖。其作品以探索人性疯狂为主题，后以寓言、幻想为主题。主要作品有《诉讼笔录》（1963）、《逃遁之书》（1969）、《金鱼》（1997）、《烧伤的心》（2000）等。

帕特里克·莫迪亚诺（1945—  ）被称为法国新寓言派代表作家，2014年获诺贝尔文学奖。其作品聚焦于纳粹占领及其对法国的影响。主要作品有《暗铺街》（1978）、

《八月的星期天》（1986）、《青春咖啡馆》（2007）、《地平线》（2010）等。《暗铺街》的叙述者是位患了健忘症的私家侦探。为了找到自己的真实身份和了解自己前半生的经历，他孜孜不息地寻访亲朋好友的踪迹，甚至远涉重洋来到法属波利尼西亚的一个小岛。这些调查把读者带回到德军占领年代，再现这一黑暗时期法国社会生活的某些侧面。

此外，法国还有几位移民作家也属于现实主义文学之列。除来自捷克的米兰·昆德拉外，还有来自中国的程抱一、高行健等。

程抱一（1929— ），法国华裔小说家、诗人、书法家。2002年当选法兰西学院院士，是该院第一位华裔和亚裔院士。诗歌《石与树》被选入《20世纪法国诗歌选》，小说有《此情可待》（2002）等。自传体小说《天一言》（1998）叙述江西青年力图将东西方哲学和艺术融为一体的探索历程。

高行健（1940— ），法籍华人小说家、剧作家和画家。2000年因"其作品的普遍价值，刻骨铭心的洞察力和语言的丰富机智，为中文小说和艺术戏剧开辟了新的道路"而获诺贝尔文学奖，成为首位获诺奖的华语作家。主要作品是长篇小说《灵山》（1990）和《一个人的圣经》（1999）。

战后初期的"废墟文学"和"四七社"，以及伯尔、格拉斯、伦茨、沃尔夫、施特里特马特等人的创作，构成当代德国现实主义文学的主体。

"废墟文学"是对战后初期德国文学的形象定义，因为当时的德国无论是物质还是精神状况都处于灾难、崩溃、混乱和低潮之中，是一片真正的废墟。这一口号虽由西德文学界提出，但实际上概括了当时苏占区和盟军占领区的文学创作特点。这种文学的主题有3个：暴露法西斯罪行；反思邪恶战争爆发的原因；肃清法西斯主义的流毒。代表作家作品有博歇尔特（1921—1947）的剧本《大门之外》（1947）、艾希（1907—1972）的诗作《盘点》（1946）、伯尔（1917—1985）的中篇小说《列车正点到达》（1949）等。

"四七社"是战后西德最重要的一个文学团体。当时西德最重要的文学刊物《呼声》被美国占领当局撤销许可证后，编辑安德施等人和一些志同道合者聚会商讨筹办新的文学杂志《蝎子》。刊物没有被批准出版，但这种聚会的方式却保留了下来，而且第二次聚会后就按成立的年代即1947年命名为"四七社"。"四七社"是一个没有纲领的、松散的文学团体，它的聚会成了推荐作家和作品的场所，也是年轻作家交往、活动的天地。该社的活动直到1967年才停止。20年中，它培养了伯尔、格拉斯等文学大家，促进了联邦德国文学的发展和繁荣。

赫里奇·伯尔是二战后西德最重要的作家之一，他是小说家、剧作家，也是个翻译家。1972年获诺贝尔文学奖。他最初写战后的"废墟"，继而写经济奇迹。他的作品大多涉及战争，主人公绝大部分是小人物，他曾自称"伟大盲"。代表作是长篇小说《莱尼和他们》（又译《一个妇女为中心的群像》《女士及众生相》，1971），记叙"一个快50岁的德国妇女的命运，她从1922年到1970年承担了全部历史的重担"。小说采用第一人称展开叙述。为了了解莱尼这个沉默寡言、遭人辱骂的妇女，作者拜访了众多与莱尼有过密切关系或有过往来的人，进而把一大堆琐碎事件和众多人物变成一幅具有广阔社会内容的油画。作品对西德社会现状进行全面讽刺和批判，也表现作者对小人物命运的愤愤不平。

君特·格拉斯（1927—2015）是 20 世纪后期联邦德国最重要的作家之一，1999 年荣获诺贝尔文学奖。他的代表作、长篇小说《铁皮鼓》（1959）与中篇小说《猫与鼠》（1961）、长篇小说《非人的岁月》（又译《狗年月》，1963）合称"但泽三部曲"。《铁皮鼓》通过 30 岁的主人公奥斯卡·马策拉特在杜塞尔多夫一所疗养院里的回忆和自叙，展示他大半生离奇的经历，描绘 1924—1954 年间以但泽为中心的德国的社会现实，表达对纳粹势力的深恶痛绝，揭露天主教会的虚伪与软弱，嘲讽当时的阿登纳政府，并提出西德开始出现的诸如物质丰裕却精神空虚等问题。

西格弗里德·伦茨（1926—2014）的代表作是长篇小说《德语课》（1968）。小说用第一人称写成，通过少年犯西吉在德语课上写作文回忆充当纳粹乡村警察的父亲耶普森奉命没收、而自己设法保护画家南森的作品的故事，表现纳粹时期盲目服从的危害，以及上一代的错误、罪行对下一代人的严重影响。

民主德国最享盛誉的现实主义作家是克里斯塔·沃尔夫（1929—2011）。她的代表作是长篇小说《分裂的天空》（1963）。小说首次提出两个德国的问题。它以 1961 年修建柏林墙为背景，讲述赛德尔和曼弗雷德的不幸的爱情故事。小说显示民主德国、联邦德国两种社会制度的对立以及人们在现实面前不得不作出的痛苦选择。

此外，奥地利女作家、2004 年诺贝尔文学奖得主埃尔弗里德·耶利内克（1946—　）也为 20 世纪后期德语文学创作做出了重大贡献。她擅于以冷峻的笔调描写性、政治等话题，经常因为作品中强烈的女权主义色彩和社会批评意识引发广泛争议。长篇小说《钢琴教师》（1983）叙述一个名叫埃里卡的女钢琴教师在母亲极端变态的钳制下心灵如何被扭曲和情爱如何被变异的痛苦历程。

### （三）战后东南欧现实主义文学

20 世纪后期，东南欧国家具有世界性声誉的现实主义作家有意大利的莫拉维亚、达里奥·福，西班牙的塞拉，葡萄牙的萨拉马戈，土耳其的帕慕克等。

阿尔贝托·莫拉维亚（1907—1990）的创作集中表现人性的迷失这一主题。他的创作遵循写实主义传统，在情节描写中不时插入哲理性评述，被评论家称为"论述性小说"。他的代表作是长篇小说《罗马女人》（1947）。

达里奥·福（1926—2016）是喜剧作家和喜剧演员，1997 年获诺贝尔文学奖。他执着于创作"富有战斗性的戏剧"，主要是政治性极强的讽刺喜剧。代表作是政治剧《一个无政府主义者的意外死亡》（1970）。作品以一个喜剧的框架编织一个悲剧：一位无政府主义者因涉嫌参与一起爆炸事件而被捕，在严刑逼供中丧生，并被从窗口抛尸楼下，法庭宣布他是跳楼自杀，警察局的责任仅仅在于来不及防范而发生"意外死亡"。作品批判锋芒直指资产阶级国家机器。

卡米洛·何塞·塞拉（1916—2002）是 20 世纪西班牙语世界最负盛名的作家之一，

1989年获诺贝尔文学奖。他的长篇小说《蜂房》（1951）是一部描写战后马德里中下层居民日常生活的全景式小说，饥饿、性、恐怖成为小说的三大主旋律。

若泽·萨拉马戈（1922—2010）写诗歌、散文、戏剧，成就最大的是小说。1998年获得诺贝尔文学奖。代表作是长篇小说《修道院纪事》（1982）小说写了国王劳民伤财建造修道院、洛伦索神甫制造"大鸟"两个故事，批判独裁专制和对真理、权力的垄断，歌颂人类的创造精神和纯洁的爱情。

奥尔罕·帕慕克（1952— ）是享誉国际的土耳其文坛巨擘，2006年因为"在追求故乡忧郁的灵魂时发现了文明之间的冲突和交错的新象征"而获得诺贝尔文学奖。他的主要作品有长篇小说《白色城堡》（1985）、《黑书》（1990）、《我的名字叫红》（1998）、《雪》（2002）、《伊斯坦布尔》（2005）和《我心片刻异常》（2010）等。帕慕克创作的中心主题是表现东西方文化的差别、交流和碰撞。

### （四）20世纪后期苏联现实主义文学

20世纪后期苏联文学以社会主义现实主义文学为主流。

战后初期苏联文学的基本主题是歌颂卫国战争中和战后经济建设中苏联人民的英雄业绩。代表作有费定（1892—1977）的《不平凡的夏天》（1948）、革拉特珂夫（1883—1958）的自传三部曲《童年的故事》（1949）和列昂诺夫（1899—1994）的《俄罗斯森林》（1953）等。其中《俄罗斯森林》通过正直的林学家维赫洛夫和对手之间错综复杂的斗争，从如何利用森林资源问题入手，提出如何消除掠夺性的生产与经营所造成的恶果这一重大社会问题。此时苏联文学界出现一股"西化"思潮，少数作家信奉唯美主义和个人主义。为此，联共（布）中央作出《关于〈星〉和〈列宁格勒〉两杂志》（1946）等4个决议，批判左琴科和阿赫玛托娃。简单粗暴的行政命令方式以及对斯大林的个人崇拜给苏联文学带来了不良影响。公式化、概念化、"无冲突论"盛行，作家不敢写生活中的阴暗面和矛盾，有人还提出苏联文学应该是"节日文学"的主张。巴巴耶夫斯基（1909—2000）的小说《金星英雄》（1948）、包戈廷（1900—1962）的电影剧本《幸福的生活》（1951）是这类作品的典型。

1953年斯大林逝世，苏联政治、文化思想等各方面发生变化。1954年年底，苏联作协举行第二次代表大会，修改社会主义现实主义创作方法。1956年年初，苏共二十大召开，赫鲁晓夫否定对斯大林的个人崇拜，并指责文艺"落后于生活，落后于苏联现实"。这一系列事件促使苏联文学进入一个新时期。艾伦堡（1891—1967）的中篇小说《解冻》（1954）揭开苏联文学新时期的序幕。《解冻》写某厂厂长茹拉甫辽夫一味追求超额完成生产任务，不关心工人的生活，最后工人居住的工棚遭到风暴袭击而倒塌，他被撤职。小说最后借人物之口说："解冻的时候到了。"以此为开端，20世纪50年代中期至60年代初期，苏联文坛兴起揭露社会阴暗、呼唤关心人尊重人的人道主义的文学思潮，史称"解冻文学"。解冻文学的代表作是肖洛霍夫的短篇小说《一个人的遭遇》（1956—1957）。与此同时，50年代中后期苏联文坛出现"奥维奇金派"。奥维奇金（1904—1968）先后发表《区里的日常生活》（1952）、《在同一个区里》（1954）和《艰难的春

天》(1956)等一系列农村特写,揭露农村社会中的矛盾特别农村基层政权中的官僚主义。受此影响,尼古拉耶娃(1911—1963)的中篇小说《拖拉机站站长和总农艺师》(1954)、田德里亚科夫(1923—1984)的中篇小说《死结》(1956)等相继出现。

在反对"无冲突论"和"节日文学"的同时,也有人走向另一个极端,主张专门写现实中的黑暗面。这种倾向被戏称为"翻转过来的无冲突论"。代表作有索尔仁尼琴(1918—2008)的中篇小说《伊凡·杰尼索维奇的一天》(1962)、特瓦尔多夫斯基(1910—1971)的长诗《焦尔金游地府》(1963)、帕斯捷尔纳克的长篇小说《日瓦戈医生》(1957)等。索尔仁尼琴于1970年获诺贝尔文学奖,因其长篇小说《古拉格群岛》(1973)被视为苏联"集中营文学"的代表。50年代末60年代初出现的"第四代作家"将这种倾向推到极端。叶甫图申科(1933—2017)、阿克肖诺夫(1932—2009)等青年作家自称是"苏共二十大的产儿",西方报刊称他们为"俄国垮掉的一代""俄国愤怒的青年"。影响较大的作品有叶甫图申科的《斯大林的继承者们》(1962)、阿克肖诺夫的《带星星的火车票》(2000)等。前者是一首政治抒情诗,带有全盘否定斯大林的偏激情绪。后者是小说,描写一群刚满17岁的少男少女离开学校到处流浪的故事,反映当时苏联青年的迷惘情绪。

针对"解冻文学"、"奥维奇金派"、"第四代作家"引发的揭露生活阴暗面、批判历史和现实的文学思潮,一些作家力图捍卫"传统"。如柯切托夫(1912—1973)的两部长篇小说《叶尔绍夫兄弟》(1958)和《州委书记》(1961)就坚持这一立场。围绕文艺对现实应该歌颂还是暴露的问题,苏联文坛出现两派:以《新世界》杂志主编瓦特尔多夫斯基为首的一方主张多写阴暗面,被称为"抹黑派"或"自由派";以《十月》杂志主编柯切托夫为首的一派要求文学作品要多歌颂光明,被称为"粉饰派"或"保守派"。勃列日涅夫上台后提出要"反对两个极端",既不人为地抹黑,也不有意粉饰。苏联作协第一书记马尔科夫在70年代提出社会主义现实主义"开放体系"新理论,认为社会主义现实主义是一种"多方面地认识和真实地表现生活的、历史地开放的、崭新的美学体系",它"对不断发展着的现实生活的客观认识是无止境的,在题材的选择以及采用足以表达生活真实的表现手法方面,也是没有限制的",它可以"把过去和现代的其他各种艺术流派在表现手法方面取得的成果融合成为一个整体"。这一理论给了苏联作家更多的创作自由。

20世纪50年代末期至80年代初期,苏联文坛两大题材的作品影响极大。一是卫国战争题材。五六十年代之交出现风靡一时的"战壕真实派"作家。这一派作品的特点是:故事多发生在"弹丸之地",时间在一天或几天里,人物不多;事件往往是一场小战斗;艺术上重视细节真实,有自然主义倾向。代表作有邦达列夫(1924—2020)的《最后的炮轰》(1959)、贝科夫(1924—2003)的《第三颗信号弹》(1962)和巴克兰诺夫(1923—2009)的《一寸土》(1959)等。它们或渲染战争的残酷,或通过主人公的言论来笼统地谴责战争,或表现主人公的求生本能,或描写无谓的牺牲,流露出和平主义的情调。60年代后半期出现一批"全景小说"。"全景小说"范围广,线索多,时空跨度大，代表作有西蒙诺夫（1915—1979）的《最后一个夏天》（1971）、恰科夫斯基（1913—1994）的《围困》（1968—1975）等。前者写一个集团军的行动，规模相当宏大，并有许多战争细节的描绘。后者长达5卷，180万字，从卫国战争的前一年写到1943年列宁格勒围困被突破时为止。"全景小说"尽量客观地描绘斯大林的形象及其作用。这一阶段颇负盛名的战争题材小说还有瓦西里耶夫（1924—2013）的《这里的黎明静悄悄》（1969）。作品写五名女兵在树林中追歼十五名德寇最后都在静悄悄的黎明献出自己生命的故事。小说竭力在战争与人性、英雄主义与悲剧精神、爱国主义与人道主义中找到契合点。二是道德探索题材。如特里丰诺夫（1925—1981）的《交换》（1969）、《滨河街公寓》（1976）等，多以莫斯科为背景，对城市中的物欲横流、损人利己、心灵堕落的现代市侩作了生动描绘，被评论界称作"莫斯科小说"和"反市侩小说"。阿斯塔菲耶夫（1924—2001）的《鱼王》（1976）等则更多地在人与自然的关系中融进对道德的思考。

1985年，苏共中央总书记戈尔巴乔夫提出"新思维"，这给一度经济停滞、思想僵化的苏联社会注入新的活力，也带来不安定因素。1986年全苏作协召开第八次代表大会，提出文学要密切配合戈尔巴乔夫的"新思维"。对斯大林时代的再反思，对现实与未来的新构想，对官僚主义、个人崇拜以及社会生活中不正常现象的揭露和批判，对一批曾受到批判的作家的重新评价，使这一时期的苏联文学出现新气象和新热点。一是改革文学热。当时出现了一批影响很大的政治剧，如阿尔布卓夫（1908—1986）和沙特罗夫（1932—　）等人的《银婚》、《良心专政》、《最后一个来访者》、《石樟》等。它们通过揭露现实中种种不正常现象，探讨社会变革的走向。小说成果更丰硕，有拉斯普京（1937—2015）的《火灾》，阿斯塔菲耶夫的《悲伤的侦探》，邦达列夫的《岸》、《选择》、《人生舞台》，贝科夫的《采石场》等引人注目的作品。这些作品把视野投向人与人、人与社会、人与自然的关系上，强调一种具有全球性的忧患意识。二是回归文学热。1985年以后，多家文学刊物展开一场从档案中发掘过去几十年里遭禁或挨批作品的竞赛。扎米亚金（1884—1937）的《我们》、杜金采夫（1918—1998）的《穿白衣的人们》、特瓦尔多夫斯基（1910—1971）的《有权回忆》、雷巴科夫（1911—1998）的《阿尔巴特街的儿女们》、阿赫玛托娃的《安魂曲》、格罗斯曼（1905—1964）的《生活与命运》以及索尔仁尼琴的《古拉格群岛》等纷纷被推出。阿赫玛托娃（1889—1966）的组诗《安魂曲》写于1935—1940年间，反映30年代中期苏联肃反运动扩大化给人民心灵带来的巨大创伤，表现她对祖国和人民的热爱。三是反思文学热。一大批作家将注意力放到对历史和现实的重新思考上，这种思考大都是立足于人道主义之上的道德反思。格拉宁的小说《野牛》揭示专制体制、恐怖政治给科学和人类的进步文明带来的灾难。沙特罗夫的剧本《前进……前进……前进!》让列宁、斯大林、布哈林、托洛茨基等历史人物一同登台，就十月革命、国内战争、1937年"清党"、党内团结、民主及人格、良心等问题展开讨论。拉斯普京的长篇小说《活着，可要记住》开掘了个人的心理、道德、人格尊严意识。

1991年苏联解体，苏联"第四代作家"大都转化为所谓"无所顾忌"的作家，更年轻的作家群不断崛起，后现代主义十分盛行，各种倾向、各个流派都试图充分发挥自己的作用。

帕斯捷尔纳克（1890—1960）是20世纪后期苏联最重要的作家之一，集诗人、小说家、翻译家于一身。诗集《雨霁》（1956—1959）是他的诗歌代表作。但他更有影响的作品是长篇小说《日瓦戈医生》。作品于1957年在意大利最先面世，第二年即获得诺贝尔文学奖。在各种压力下，帕斯捷尔纳克违心地宣布放弃诺贝尔文学奖。《日瓦戈医生》以革命中知识分子的命运和思想冲突为主线，勾画出俄国十月革命前后近半个世纪的历史面貌，对历史、自然、人生、社会、生命、死亡、自由、真理等命题都作了独特的思考，核心问题是暴力革命与道德人性的冲突。日瓦戈医生根据带宗教色彩的人本主义道德审视历史和现实，他发现无论是封建主义时代还是资本主义时代，都存在种种对人的不合理和不公正。十月革命激流汹涌而来时，他最初感到周围的一切都是为了"人的权利"，因而非常兴奋地迎接它，把它看作一项非常出色的手术，对"人们顶礼膜拜的几万年的非正义作了判决"。但随着革命的深入，他又发现革命创造出来的生活并不如自己所想的那样温情脉脉，而是充满着战争、流血、恐怖、暴力、死亡等丑恶的事物，日瓦戈医生失望了。他开始逃避，超然于一切事态之外。他的悲剧也就由此开始。他孑然独立，颠沛流离，找不到生命的归宿，最后猝死街头。主人公在现实面前苦苦寻觅拯救俄罗斯、拯救人类的永恒之道。《日瓦戈医生》艺术上表现出一种将哲理性、抒情性和音乐性熔于一炉的风格，被称为"帕斯捷尔纳克文体"。

钦吉斯·艾特玛托夫（1928—2008）被誉为"当代苏联文学的开拓者""问题小说"作家，西方评论界称他为继高尔基、肖洛霍夫之后的第三位文学大师。60年代以前，他创作中短篇小说，主要通过对大后方环境的描写表现战争与人性的关系。名作有中篇小说《查密利雅》（1958）、《别了，古利萨雷!》（1966）和短篇小说集《群山和草原的故事》（1962）。《查密利雅》写卫国战争期间家境殷实的美貌少妇查密利雅离开大男子主义丈夫而与伤残退伍兵、当地民歌手丹尼亚尔相恋的故事。收入《群山和草原的故事》的《第一位老师》通过苏联科学院女院士苏拉依曼诺娃回忆乡村教师的故事，歌颂复员的红军战士玖依申。70年代开始，艾特玛托夫由一般的道德问题转向生与死等永恒问题的思考，哲理意味和悲剧色彩增强，表现手法上由单纯的现实主义转向综合运用神话、传说、象征和假定性形式等。名篇有中篇小说《白轮船》（1970）、《早来的仙鹤》（1975）和《花狗崖》（1977）等。《白轮船》是仿童话体小说。主人公是没有名字的7岁小孩，生活在西伯利亚森林。他最爱去伊塞克湖边玩，湖里有一艘白色的轮船来往，白轮船是幸福的象征。护林员奥洛兹古尔盗窃国家木材，强迫60岁的莫蒙爷爷杀死森林神物大角母鹿。小孩被逼得跳进小河，游向象征幸福的白轮船。80年代以后，随着"社会主义现实主义开放体系"理论讨论的深入，艾特玛托夫开始用"全球思维"和"综合方法"指导自己的创作。此期的名作是长篇小说《一日长于百年》（1980）、《断头台》（1986）、《卡珊德拉印记》（1995）等。《一日长于百年》涉及人类的生态问题，提出全球性思维。作品写了三个层面的悲剧：现实层面——边远车站铁路工人卡赞加普去世，同事叶吉盖运送其棺材到阿纳贝特墓地安葬，路上他回忆两人几十年的友谊以及与墓地有关的神话传说，短短一日覆盖百年沧桑。但宇航火箭发射基地用铁丝网阻挡送葬人的道路，叶吉盖只得把棺材埋在附近荒地上。历史层面——一个吉尔吉斯战士被柔然人俘虏，被套上骆驼皮袋子而成为"曼库特"即失忆人，他用箭射杀母亲，母亲被埋进阿纳贝特墓地。未来层面——反对美国和苏联在草原建立拦截林海人的宇宙飞船的太空火箭发射基地，向往外星人的林海文明即绿色文明。《断头台》则通过三个意象叙写自然、现实和精神领域的三个悲剧。母狼阿克巴拉的经历是"自然世界的悲剧"：州委要用野生动物完成肉类收购计划，在草原上大肆屠杀野生动物，母狼失去三窝狼崽后疯狂报复，叼走波士顿的小儿子肯杰什。牧人、改革者波士顿的经历是"现实世界的悲剧"：波士顿向领导建议个人承包牧场，党委书记反对任何改革，寻机迫害波士顿。"现代基督"阿夫季的经历是"精神世界的悲剧"：身为神学院学生的他以成为"现代上帝"为追求，混进贩毒团伙劝阻其贩毒行为，被推下火车差点丧命；他劝阻别人屠杀野生羚羊，被人捆在狼窝附近的十字架形状的老盐木上，最后流血而死。

**（五）20世纪后期美国现实主义文学**

20世纪后期美国现实主义文学流派众多，名家辈出。

南方文学全盛期在20世纪三四十年代，二战后虽有衰颓之势，但因特色卓著，仍独树一帜。南方人一方面缅怀昔日的豪华风光，把它想象成一个失去的天堂聊以自慰；一面又为祖辈的罪孽深重而感到内疚，试图通过道德批判而自我拯救。这种矛盾心理表现在文学上便是南方文学所特有的那种怪诞畸形、孤独怀旧、梦魇罪愆。战后南方文学最具代表性的作家是斯泰伦和奥康纳。

威廉·斯泰伦（1925—2006）的长篇小说《躺在黑暗中》（1951）、《苏菲的抉择》（1976）都是南方小说的经典。后者已经成为大屠杀文学的经典之作。小说讲述人在极端境遇的生死抉择。二战中，波兰姑娘苏菲被关押在奥斯威辛集中营里，她面临着艰难的选择，第一次是选择让哪个孩子活下来，最后她的小女儿被纳粹送入毒气室。此后为了打听跟自己隔离开来的儿子的下落，她又委身于德国军官。战后苏菲跟随共患难的犹太青年内森来到纽约，面对楼下邻居、文学青年斯汀戈的满腔关爱，苏菲还是选择精神已经失常的内森，最后双双服毒自杀。这部小说让我们领悟到人性的复杂与尊严，感受到人生的苦难与哀伤。

女作家弗兰纳里·奥康纳（1925—1964）一生只创作过两部长篇小说和两部短篇小说集。她被认为是战后美国最优秀的短篇小说家之一。短篇小说《好人难寻》（1955）是她的代表作。作品讲述有着一个爱唠叨的老太婆的六口之家在外出旅行时遇人不善，从而使喜剧变成悲剧的故事。

20世纪后期黑人文学的代表性作家是埃利森和莫里森。拉尔夫·埃利森（1914—1994）的长篇小说《看不见的人》（1952）主要描写一个无名无姓的黑人半生的经历，既反映黑人的生活和当时社会上的种族矛盾，又从存在主义的观点抒写人生的盲目性，用主人公如何失去和寻找自我本质来隐喻现代社会里的个人命运及人与人之间的关系。该书已被奉为美国现代文学名著。

托尼·莫里森（1931—2014）是1993年诺贝尔文学奖得主。她的长篇小说《所罗门之歌》（1977）通过黑人麦肯一家的遭遇，既勾画出一部美国黑人民族的苦难史，又首次明确提出黑人文化的价值问题。莫里森认为，在白人文化入侵黑人文化的大背景下，黑人应保持自我和自己的种族性，应致力于重建本民族的新文化。同时，莫里森特别关注黑人妇女的生活与心灵。她的长篇小说《秀拉》（1973）、《宠儿》（又译《宝贝儿》，1987）就是这类作品。《秀拉》中的同名主人公是一个特立独行、彻底反抗传统的黑人女斗士形象，是美国60年代民权运动和女权主义思潮共同作用下产生的黑人新女性形象。

女性文学是战后美国现实主义文学园地的一朵奇葩。正如哈佛版《美国当代文学导论》所言，女性主义文学是指"那些以亲身体会来描写妇女经历的女作家"的作品。战后美国女性文学的主题有两个：一是批判男性中心主义文化传统，提倡两性平等；二是探讨女性意识，改变传统女性形象。按照美国女性主义批评家伊莱恩·肖沃尔特在《她们自己的文学》（1977）一书中的观点，1920年之后为女性文学的第三阶段"女性时期"，它以强调女性的自我意识、自我发现为主要特征。最能代表这一时期美国女性文学水平的是两位黑人女作家，即托尼·莫里森和艾利丝·沃克。

艾利丝·沃克（1944— ）是一位女权运动的战士。她十分关心美国妇女尤其是黑人妇女争取自由的斗争。她的长篇小说《紫颜色》（又译《紫色》，1982）通过黑人少女西丽的成长过程说明，妇女摆脱了男尊女卑的旧思想以后，可以通过自力更生以及妇女间的友爱互助而成为独立自主、自食其力的新女性。

犹太文学在20世纪后期美国文坛占据重要位置。犹太文学指的是犹太人创作的关于犹太移民生活的作品。它经常诠释的一连串犹太式主题如边缘地位自我本质危机、孤独、异化、归化等，在当代美国具有普遍意义。此期著名的犹太作家有索尔·贝娄、梅勒、辛格、马拉默德和罗思等。

诺曼·梅勒（1923—2007）的代表作是战争小说《裸者和死者》（1948）。小说通过美国军队里官兵之间的关系描写权力与人性的矛盾。小说中的战争机器和战争生活是当代历史的缩影和象征。梅勒还写了四部"新新闻报道"或"非虚构小说"：《夜间行军》（1969）、《迈阿密及围攻芝加哥》（1969）、《月球上的火焰》（1971）和《刽子手之歌》（1979）。

艾萨克·巴什维斯·辛格（1904—1991）用下层犹太人的意第绪语创作。他的长篇小说的主题可分为两类：一是反映在现代文明和排犹主义双重压力下犹太社会的解体过程，如《莫斯卡特家族》（1950）；一是描写犹太人的爱情与宗教信仰，如《卢布林的魔术师》（1960）。后者是他的代表作。辛格1978年获诺贝尔文学奖。

伯纳德·马拉默德（1914—1986）的代表作是长篇小说《店员》（1957）。作品以20世纪30年代经济危机时期纽约犹太贫民区里一家小杂货店为背景，描写一个意大利浪荡青年最后皈依犹太教、改邪归正的故事。传统文学中往往是犹太人皈依基督教，作者却反其道而行之，认为犹太教能在一定程度上体现人类的精神。

菲利普·罗思（1933—2018）致力于探索当代犹太人在新旧价值观冲突中的痛苦和彷徨，在争取社会地位过程中的个性与抗争。他的名篇有《波特诺诉苦》（1969）和《反生活》（1987）等。

除了上述流派和名家之外，20世纪后期美国文坛还有塞林格、厄普代克和密勒等三位现代主义色彩明显的现实主义作家值得一提。

杰罗姆·大卫·塞林格（1919—2010）的代表作是长篇小说《麦田里的守望者》（1951）。主人公是一个十几岁的中学生霍尔顿，他对成人社会的矫揉造作、势利虚伪、唯利是图厌恶到极点，只幻想将来能够做个麦田里的守卫者，保护那些做游戏的孩子。人们把霍尔顿称为"现代城市中的哈利贝克·费恩"。该书出版后立即引起轰动。约翰·厄普代克（1932—2009）的代表作是"兔子"三部曲：《兔子，跑吧》（1960）、《兔子回家》（1971）和《兔子富了》（1981）。外号"兔子"的安格斯特罗姆是美国中产阶级的代表。作品表现现代人在新的社会背景和心理意识面前的困惑和苦闷。阿瑟·密勒（又译阿瑟·米勒，1915—2005）主要以戏剧创作闻名。代表作是《推销员之死》（1949）。剧本写的是年过六旬的推销员威利·洛曼为公司奔波一生后被解雇，走投无路之余撞车自杀，以骗取人寿保险金给儿子作资本。作品是对"美国梦"的挑战。

此外，20世纪后期美国文坛还有一批华人华裔作家非常活跃。汤亭亭（1940— ），主要作品有长篇小说《女勇士》、《金山华人》、《孙行者》（又译《西游记》）等。谭恩美（1952— ），主要作品有《喜福会》《灶神之妻》《接骨师之女》等。严歌苓（1957— ），主要作品有《一个女人的史诗》《小姨多鹤》《娘要嫁人》《第九个寡妇》《金陵十三钗》《陆犯焉识》《老师好美》等。哈金（1956— ），主要作品有长篇小说《池塘》《等待》《南京安魂曲》等。

**（六）战后加拿大、拉丁美洲国家现实主义文学**

二战后加拿大文学出现勃兴之势，最具代表性的是两位女作家。

玛格丽特·阿特伍德（1939— ）是加拿大著名小说家、诗人、文学评论家，也是女权主义者、社会活动家。她的主要作品有《可以吃的女人》（1969）、《女仆的故事》（1985）、《别名格雷斯》（1996）、《羚羊与秧鸡》（2003）、《黑暗中的谋杀》（2010）等，代表作是长篇小说《盲刺客》（2000）。她的创作涉及女权主义和生态环境批评等主题。

爱丽丝·门罗（1931—2024），被誉为"当代契诃夫""当代最伟大的短篇小说家"，2013年获诺贝尔文学奖。她创作了11部短篇小说集和1部长篇小说。名作有短篇小说集《你以为你是谁?》（1978）、《爱的进程》（1986）、《逃离》（2004）、《石城远望》（2006）等。她的小说大多表现小镇平民中的爱情、家庭日常生活，反映小地方普通人特别是女性的隐含悲剧命运。

战后拉丁美洲现实主义文学的成就以智利的聂鲁达、巴西的亚马多、墨西哥的帕斯和加勒比地区的圣卢西亚的沃尔科特为代表。

巴勃罗·聂鲁达（1904—1973）是智利诗人，当代拉丁美洲最有影响的诗人，1971年诺贝尔文学奖获得者。他的代表作《漫歌集》（1950，又译《诗歌总集》）是一部卷帙浩繁、绚丽多彩的拉丁美洲史诗。作品描绘一幅幅拉丁美洲五彩缤纷的历史和现实社会图景，不仅讴歌美洲的风光、赞美人民的品德，而且也表现作者由一个个人主义者发展成为被压迫人民的代言人的过程。

若热·亚马多（1912—2001）是当代巴西拥有读者最多、影响最大的作家。他的作品多以农业工人、流浪汉、妓女等下层人物为主人公，描写他们的苦难，抨击资本主义制度的剥削本质。代表作是长篇小说《加布里埃尔》（1958）。

奥克塔维奥·帕斯（1914—1998）是当代墨西哥最伟大的诗人和思想家之一，1990年获诺贝尔文学奖。他的创作主题是反映墨西哥当代知识分子彷徨、迷惘的情绪，擅长写哲理诗。他的代表作是长诗《太阳石》（1958）。该诗以古代印第安的阿兹特克太阳历石碑为题，堪称人民历史文化的万花筒。全诗584行，正好与阿兹特克人太阳历中一年天数相同。

德里克·沃尔科特（1930—2017）是圣卢西亚诗人、剧作家，1992年获诺贝尔文学奖，成为首位获此殊荣的加勒比海作家。他的诗结合英国诗歌形式，形象地描写加勒比海的生活。他在《在绿夜里》（1962）、《放逐者》（1965）和《海湾》（1969）等诗集中描绘寻求文化认同的过程。戏剧《猴山上的梦》（1971）通过一个烧炭老人幻想已当上非洲皇帝的故事，展示当地人民和殖民主义者在政治、文化等领域相互斗争又相互依存的历史发展过程。

## 第二节　萨特

让—保尔·萨特（1905—1980）是20世纪法国著名的哲学家、文学家和社会活动家。他的哲学、文学与道德对战后西方影响极为深远。

### 一、生平与创作

萨特出生于巴黎一个海军军官家庭。幼年丧父，寄居在外祖父家。中学时开始接触叔本华、尼采、柏格森等人的著作，并写了两个短篇小说。19岁考入巴黎高等师范学院攻读哲学，但并未放弃从小酷爱的文学，曾自信地宣称："我要同时成为司汤达和斯宾诺莎！"1922年大学毕业后他在中学任教。参加中学哲学资格考试时结识西蒙娜·德·波伏娃，从此两人结成终身伴侣。1933年赴德国柏林进修哲学，接受胡塞尔现象学和海德格尔存在主义哲学。回国后一边任中学教师，一边发表哲学著作和文学作品。二战爆发后，萨特应征入伍，1940年被俘被关进集中营。次年逃出后与左派知识分子建立"社会主义与自由"反战组织，集合反纳粹力量，为将来建立民主新政权而做准备。战争结束后，与朋友主编存在主义论坛《现代》杂志。1945年辞去教职，专事创作，并先后到欧、亚、非、拉美等地旅行。1955年访问中国，撰写《我对新中国的观感》，盛赞中国的社会制度。1968年以后，萨特热衷于对国内外大事表态，成为国际注目的社会活动家。70年代以后，他的身体状况日趋恶化，1980年4月15日病逝。出殡时约有五万群众自发赶来送葬，其场面之壮观，是雨果逝世以来绝无仅有的。

萨特是当代一位极富人类同情心和正义感的贤哲之士。他不仅参加了二战，参加了法国的抵抗运动，还曾抗议美国的侵朝战争，谴责苏联镇压"布拉格之春"，支持法国1968年的"五月风暴"，声援希腊、智利和西班牙遭到镇压的社会、文学团体。因不满法共党内的一些做法，1956年他与法共公开决裂。1964年瑞典皇家学院决定授予他诺贝尔文学奖，他拒绝接受，理由是自己"一向拒绝一切来自官方的荣誉"。萨特的所作所为充分显示他主持正义、不畏强暴、襟怀坦白的政治风格，人们赞誉他是"20世纪人类的良心"。

萨特首先是一个哲学家。他的主要哲学著作有《存在与虚无》（1943）、《存在主义是一种人道主义》（1946）、《马克思主义和存在主义》（1957）以及《辩证理性批判》（1960）等。《存在与虚无》集中阐述无神论存在主义哲学观，提出三条基本原则：存在先于本质；自由选择；世界是荒谬的，人生是痛苦的。在《辩证理性批判》中，作者表明自己不是要抛弃马克思主义，而是要把马克思主义与存在主义结合起来，突出"人"在马克思主义中的地位。萨特的思想和人生态度在他的一些评论性著作中得到集中的阐述。最有名的是《词语》和《家庭白痴》，前者被称作"20世纪最伟大的忏悔录之一"，后者是作者集十年心血研究19世纪法国文豪福楼拜的专著。

萨特的文学观是其存在主义哲学思想的延伸。首先，萨特呼吁废除所谓消遣文学和纯粹的感伤文学，提倡作家介入时代、介入社会，因此有人称萨特的存在主义文学为"介入文学"。他作品的主人公常常直接接触时代最重大的社会事件，与时代的脉搏息息相通。其次，他强调文学对人的关注。他认为文学作品的写作仅是一个环节，文学创作还包括阅读，只有读者阅读过才有意义。再次，自由是他的文学创作的首要原则。萨特哲学的核心问题是自由。他作品中的主人公多是在种种不同处境中进行自我选择的人。他努力要表现处境中的人，一方面揭露那些束缚人的自由的东西，另一方面又号召人们行使自由选择的权利，对自己的行动和整个世界负责。最后，他的创作表现一种否定的态度、否定的哲学。他的作品中贯穿一种希求超越、摆脱自我、摆脱世界的精神，他否定既定的一切，包括自身，甚至否定自然，要努力超越过去，向着未来进行自由选择。他也认为文学创作过程本身就是一个连续不断的、不断否定的过程。第五，他提倡真实的文学。他的作品力求表现最平常状况下的世界，塑造存在于具体生活中的人即真实的人。

作为文学家的萨特，既是一个小说家，又是一个戏剧家。在小说方面，他的重要作品有长篇小说《恶心》（1938）、短篇小说集《墙》（1939）和长篇小说三部曲《自由之路》（1945—1949）。

以西班牙内战为背景的短篇小说《墙》是一部具有深刻哲理的作品。小说主人公巴布罗·伊比埃塔被俘后誓死不屈，被判死刑。为了戏弄敌人，他故意说战友、游击队长雷蒙躲在坟地，不料"受骗"的敌人果真在那里抓到雷蒙，巴布罗免受死刑。他得知真相后不禁大笑不止。他为了戏弄敌人开了一个玩笑，反被荒谬世界开了一个更大的玩笑。他最后的大笑既有对荒谬世界的嘲笑，也有对自己无奈的嘲笑。作品通过对巴布罗等待死亡的描写，揭示人的存在与死亡的限制和荒谬性，同时也说明在人的存在和他可能成为的东西之间存在着一面墙，集一切荒诞性、偶然性的墙。

长篇小说《自由之路》是萨特二战后小说的力作，它包括《理智之年》、《延续》和《心灵之死》3部作品（1981年伽利玛出版社出版的《萨特小说全集》将《古怪的友谊》正式列为其第四部）。小说通过主人公马迪厄在日常生活和战争时期的精神探索历程，形象而深刻地揭示自由选择这一存在主义命题。第一部原名《反抗》，主要展示巴斯德中学的哲学教师马迪厄及其情妇马塞尔、大学生鲍利斯等知识分子的感情体验，他们总是面对令人作呕的丑恶存在，终日感到平庸、无意义，处于选择之前的焦虑之中。第二部展现的是1938年9月23日到30日即《慕尼黑条约》签订之前七天里发生的事情，着重体现马迪厄那种责任与无能的感觉并存的心境。第三部原名《最后的机遇》，更加赤裸裸地把处于灾难、失败、战俘营等最可怕境况中人物心灵最深处的痛苦展现出来，把悲剧推向高潮，同时也让马迪厄在经历种种磨难之后参加游击队，最终介入战争，从而实践了存在主义的最高伦理准则，即对平庸的反抗。

萨特的戏剧是他的文学中最引人注目的部分，成就和影响远远超过其小说。萨特的戏剧强调对处境的刻画，力求"表现人类普遍的处境及在这些处境中进行选择的自由"。萨特称他的戏剧为"境遇剧"或"自由剧"。这类戏剧常常设置一个封闭式的环境，较少作铺垫，直接进入戏剧冲突，让人物在特定环境中"自由选择"自己的行动，造就自己的本质。冲突往往在两个层面展开：一是人物与外部环境之间的冲突，二是人物内心的冲突，后者是表现的重心。萨特共创作了11部戏剧，名篇有《苍蝇》（1943）、《禁闭》（1945）、《死无葬身之地》（1946）、《恭顺的妓女》（1947）、《肮脏的手》（1948）及《魔鬼与上帝》（1951）等。

在独幕剧《禁闭》中，萨特把逃兵加尔桑与同性恋者伊乃丝、杀婴犯艾丝苔尔三个人的鬼魂放在地狱某个封闭的房间这个特定的环境中，他们互相窥伺、互相猜疑，每个人都置对方于痛苦的境地，谁也不能如意。"每一个人对其他两个人就是刽子手"，作者通过人物之间的关系揭示剧本的主题："他人就是地狱。"

《苍蝇》是萨特戏剧的代表作之一，它形象而又精辟地体现了存在主义哲学关于处境与自由及其相互关系思想。该剧借用古希腊神话，写阿伽门农与克吕泰涅斯特拉之子俄瑞斯忒斯3岁时被逐出故乡阿尔戈斯城，克吕泰涅斯特拉与情夫埃癸斯托斯合谋杀死国王阿伽门农，夺取王位。十几年后，俄瑞斯忒斯回到故乡，看见都城到处苍蝇飞舞。原来诸神派遣来的苍蝇象征着克吕泰涅斯特拉与奸夫的杀人行为使全城都承担着悔恨。俄瑞斯忒斯与姐姐厄勒克特拉相遇相认，准备惩罚罪人。但主神朱庇特警告俄瑞斯忒斯不要触动城邦的秩序和人们心灵的平静，否则会引起灾难，并要他屈从命运，尽快离开故乡。俄瑞斯忒斯没有顺从神的旨意，毅然杀死母亲及其奸夫，并向人民宣告他是为着解放他们而来。之后，俄瑞斯忒斯离开都城，苍蝇也随他而去。剧本的主题表明：人注定是自由的，这种自由是绝对的，无法阻挡。该剧在第二次世界大战期间首次公演，起到了鼓舞法国人摆脱萎靡、悔恨以反抗德国法西斯的社会政治作用。

## 二、《恶心》

长篇小说《恶心》是萨特第一部长篇小说，也是他的成名作。他本人对这部小说最为满意。在萨特思想发展的过程中，《恶心》是他否定精神的开端，因而在他的作品中占有特殊地位。这部小说以哲学和文学相结合的方式开创法国现代小说的新局面，在发表后的十年中一直成为畅销书，也是人们研究最多、解释最多的小说之一。

### （一）情节与人物

小说采用第一人称日记体的形式，情节非常简单。主人公罗冈丹在6年旅行之后来到小城布维尔，准备写一部有关18世纪的政治冒险家罗尔邦侯爵的著作。在图书馆，他认识了按书名的字母顺序阅读书籍的自修生。晚上，他经常去铁路工人饭店消磨时光，专点一张爵士歌曲唱片《这些日子里》。每次与老板娘厮混时，他都会想起与他分手4年的情人、那个总企盼"完美时刻"的安妮。有一天，罗冈丹突然发现自己对周围的一切都感到恶心。他终于明白：恶心就是被显露出来的并不美好的存在。不过他还心存一线希望，因为安妮写信说要来看他。但见面之后他发现，安妮已变成一个心灰意冷、笨重肥胖的女人，他们之间无话可说。罗冈丹再次陷入孤独之中。他觉得自己周围那些心满意足的人是那么陌生。他感到再研究罗尔邦侯爵已无意义，决定离开布维尔去巴黎。

小说主人公罗冈丹是一个漂泊无根的知识分子，一个存在主义者的典型。他意识到自己生活得浑浑噩噩，全然是个没有理由的、偶然的存在，便为一种虚妄、荒诞的感觉所缠绕，对一切都感到恶心和厌倦。他来布维尔是为了写一本关于一个失败了的政治冒险家的传记，因为这里有他需要的资料。当研究逐渐深入后，他才发现罗尔邦侯爵欺骗了历史，因而也欺骗了他。他感到自己行为的荒诞，因为他是用史实的假设来证明罗尔邦是什么样的人，而不是让事实说话。一旦明白这一点，罗冈丹便再没有勇气完成这篇论文，他不由得发出痛苦的疑问："我要怎样才能度过我的一生呢？"事业成就之梦破碎了，对爱情的追求还可以作为生存的理由。4年前他与安妮有过一段甜蜜爱情，但安妮抛弃了他，他认为之所以分手是因为双方无法承受"难以抑止的炙热的爱情"的重担。而这次重逢，她又抛弃了他，因为她不再追求完美时刻，以她的方式发现了存在。罗冈丹的事业、爱情都化为乌有，只剩下孤独和自由。在他的生活中，仅有的交际对象是自学者和老板娘。可自学者是个愚蠢的书呆子，又是个卑怯的同性恋者；铁路饭店老板娘一方面是一个善于经营的好掌柜，一方面又是一个来者不拒的淫妇。罗冈丹不屑于与他们"灵魂相通"，他以不屑一顾的神情应付自学者，以不负责任的态度玩弄着老板娘。他觉得自己是"完全孤零零的一个人"，对一切都感到厌烦。因此，他时时感到萎靡不振、彷徨苦闷，"恶心"的感觉经常笼罩着他。同时，罗冈丹也是一个软弱的思想者，一个彻头彻尾的局外人。他时刻处于探索、反思之中，有时也感到自己有反击社会的必

要。他曾宣布:"我是孤单一人,可是我像一支军队进袭一座城市那样地走着。"他用自己的思想对布维尔城进行无情攻击,用夸张、漫画式讽刺手法为各色人等作一个个精彩的特写。但是,他并不能以自己的行动改变现实,最后他像个多余人和局外人一样,只能对一切发出无力的哀叹,只能逃往他梦中的避难所。罗冈丹这一形象暴露了现实的黑暗与丑恶,又体现了存在主义者的软弱、悲观的本质。

### (二) 思想主题

《恶心》的思想主题可从3个层面来理解。

第一,它以文学的形式提出存在主义哲学的一个基本命题:没有本质的存在等于虚无。小说中罗冈丹的独白集中表明这一主旨:"这公园,这城市,以及我本身,一切都是无所谓的。当意识到这些时,心里就翻腾,一切都在你面前浮动起来,于是你就想呕吐,这就是恶心,这就是那些混蛋们企图用他们的法权想掩盖的东西,这是多么可怜的谎言啊!"罗冈丹发现"一切存在之物都是毫无理由地生出来,出于软弱而继续活下去,最后随遇而死",从虚无中来又回到虚无中去。整部小说刻画罗冈丹的这种心理体验,亦即揭示尚未获得本质的存在的自在状态。

第二,小说是对当时法国社会的否定。作者说过:"《恶心》在很大程度上是攻击资产阶级的。"当时在资本主义世界经济危机和二战前夕的政治危机交织的特殊"境遇"之中,中小资产阶级感到自己的生存和自由受到威胁,处于迷惘、不安、痛苦、绝望之中。

第三,作品对整个人类、人类的存在以及整个物质世界表示否定,因而传递出作者的虚无主义观点和悲观主义生存哲学。当然,主人公对他生活的那个社会的恶心也标志着醒悟的开始。

### (三) 艺术特点

艺术上,《恶心》别出心裁,有意将小说与哲学、虚构与自传、想象与真实熔于一炉。同时,它采用日记体形式,集中笔墨描写主人公的内心体验和思索。这些写作技法对战后法国乃至整个西方的文学创作都有深刻的影响。

不过,《恶心》同萨特其他作品一样,负荷了太多的哲学内涵,难免有"哲理传声筒"之嫌,这又限制了其文学创作的艺术水准。

## 第三节 贝克特

塞缪尔·贝克特(1906—1988)是荒诞派戏剧的奠基人和代表作家,1969年因为"他那具有新奇形式的小说和戏剧作品使现代人从精神贫困中得到振奋"而获得诺贝尔文学奖。

### 一、生平与创作

贝克特原籍爱尔兰,出生于都柏林一犹太家庭。他于1927年毕业于都柏林三一学院，获文学学士学位，次年赴巴黎高等师范学院任英文讲师。在此期间，他结识同乡詹姆斯·乔伊斯。1930年他重返三一学院，当法文教师，同时研究笛卡尔的著作，获文学硕士学位。1930年辞去教职，专门从事写作。1938年定居法国巴黎。二战中，贝克特参加反对德国纳粹的抵抗运动。

从1920年代末开始，贝克特开始创作诗歌、小说，撰写评论文章。1930年发表诗歌《占星术》，表达对变化多端的人生的感受。他的长篇小说《莫菲》（1938）、《瓦特》（1945）都开始显露出荒诞小说的特征。长篇小说三部曲《马洛伊》（1951）、《马洛纳之死》（1951）和《无名的人》（1953）体现贝克特创作思想的主要特征：世界的荒诞，人生的痛苦以及拯救的无望，是法国新小说派的先声。之后他又接连发表小说《迷失的一群》（1971）、《默西厄与卡米厄》（1974）、《恶语来自偏见》（1982）等，描写人在荒诞世界中的苦闷与恐惧。艺术上，贝克特的小说明显受到乔伊斯和卡夫卡等人的影响，常常使用象征与意识流手法。

贝克特1947年写过一个三幕剧《伊留塞里亚》，但未发表。《等待戈多》（1952）引起轰动后，他便将主要精力转向戏剧创作，包括广播剧、电视剧以及电影剧本。他先后发表的戏剧有《结局》（1957）、《哑剧Ⅰ》（1957）、《哑剧Ⅱ》（1957）、《最后一盘磁带》（1958）、《美好的日子》（1961）、《喜剧》（1964）、《来来往往》（1966）、《一段独白》（1979）及《俄亥俄即席演说》（1981）等，发表的广播剧有《所有受难的人》（1957）、《余烬》（1958）和《不是我》（1975）等。

贝克特的创作受爱尔兰作家乔伊斯和法国作家普鲁斯特的影响较深。他的创作主题深受存在主义哲学的熏陶。他的小说尤其是长篇小说三部曲已显露出后来戏剧创作的主题和对完美艺术形式的追求。他用两句话简明概括自己的创作主题和艺术方法："我将永远是忧郁的。""只有没有情节、没有动作的艺术才算得上是纯正的艺术。"就题材和主题而言，贝克特在自己的作品中展现一幅幅令人心碎的人类受难图，形象地描绘人类生活在荒诞世界上的孤独、痛苦和乏味。《结局》中的4个人物都是畸形人：主人公汉姆双目失明，瘫痪在轮椅上；他的父母在一次车祸中失去双腿，三人生活均不能自理，全靠仆人张罗，而这仆人也有一种怪病：只能站着，不能坐下。舞台上的布景也极为恐怖：室外光秃秃的，死一般寂静，室内则空荡荡的，地狱般阴森可怕。序幕一拉开，剧中人的一串哀叹就定下了全剧的基调："完了，是完了，就要完了，也许马上就要完了。"有评论家称这个剧本像一篇遗言，记载一种文明的毁灭。《美好的日子》的主人公维尼明明被沙土埋得只剩下脑袋，死亡已渐渐逼近，却还在一厢情愿地赞美"美好的日子"。《最后一盘磁带》中唯一出场的人物是年过70的残疾老头克拉普，他做的唯一事情便是反复播放30年前过生日时的录音。他太孤独了，只得从往事中寻求虚幻的快乐。《喜剧》中，只看到立在坛子里、只有脑袋露在外面的妻子、丈夫及其情妇一男二女在争风吃醋、打情骂俏，灯光照在谁的脸上，谁就死人复活般地讲着话。丈夫欺骗了妻子，妻子却在丈夫的谎言中原谅了他；情妇正做着与情夫私奔的美梦，而那男子却在突然间失踪了。最后他们明白了，这不过是一场闹剧而已。

外国文学史

就艺术特征而言，贝克特的创作典型地体现了"荒诞派"戏剧的特点：用荒诞的形式表现荒诞的主题，在幽默中寄寓着悲哀与绝望。这一点集中体现在剧中人物形象的塑造上。贝克特戏剧中的人物大多是残废、病态的畸形人。他们生活在痛苦、恐惧的煎熬之中，又平庸、猥琐，都喜欢喋喋不休地议论，做一些莫名其妙的动作。表面看，他们只能引人发笑，但他们的所言所行其实正是他们内心痛苦的外部标志，是他们想证实自己存在的可悲努力。在形式上，贝克特的戏剧没有冲突，没有完整的情节，没有传统的程式，甚至没有明确的时间和地点，布景、道具极为简单，动作单调，等等。这些都使他的戏剧往往显得古怪、晦涩，让人不知所云。

### 二、《等待戈多》

《等待戈多》是贝克特的代表作，也是荒诞派戏剧的经典。它写于1949年，1952年发表，1953年1月在巴黎巴比伦剧院首次上演，连演三百多场；后在伦敦艺术俱乐部剧院上演，再次引起轰动。

#### （一）剧情梗概

这是一个两幕剧。主角是两个老流浪汉弗拉基米尔（又称狄狄）、埃斯特拉冈（又称戈戈）。客串人物是奴隶主波卓、奴隶"幸运儿"和戈多的信使小男孩。

第一幕发生的时间是某天黄昏，地点是只有一棵树的乡间路旁。衣衫褴褛的戈戈和狄狄在荒野路旁相遇，彼此说着一些不着边际的话，忽而说要为自己来到这个世界忏悔，忽而说要去死海度蜜月，忽而又谈起耶稣的故事。同时，他们做着一些毫无意义的动作，一个不停地脱发臭的靴子，一个不停地嗅发臭的帽子。他们一会儿想走，一会儿想上吊，一会儿又说要等待戈多，但又不知道戈多是谁。接着，波卓用绳子拴着"幸运儿"用鞭子赶着他上场，"幸运儿"又是唱歌又是作胡言乱语的长篇演讲。最后，小男孩出场，说戈多今晚不来，明晚准来。两个流浪汉声言要走，但仍坐着不动。

第二幕又是一个黄昏，又是同一地点，只是树上长出了几片叶子。戈戈和狄狄又在此说同样的话，做类似的动作。他们没话找话，互相对骂。波卓主仆再次上场，但此时波卓双眼已瞎，"幸运儿"已成哑巴，一顿胡言乱语之后，退场。小男孩又出场，宣布戈多今晚不来，明晚准来。两个流浪汉绝望了，解下裤带，想上吊，但裤带却被拉断。于是二人商议明天再来等待。

#### （二）思想主题

这部戏剧之所以引人关注，在于它鲜明而深刻的思想主题。

这部作品的主题可以从两个层面来理解。首先是哲学层面。贝克特曾说："一个人不能再谈论什么存在，一个人只能谈谈混乱。"《等待戈多》就是通过两个主角一大堆胡言乱语和无聊可笑的动作，说明人类存在的荒诞和混乱。混乱本来是没有任何意义的，为了使我们的"混乱"变成有意义的"存在"，人类自己必须赋予"混乱"以本来不具有的意义，正如戈戈和狄狄给他们所做的一切乱七八糟的事情都赋予一个最终意义：等待戈多。"戈多"是谁并不重要。所以《等待戈多》实际上成了萨特存在主义哲学的最好

的文学诠释：人生就是一种等待，一种痛苦无望的等待，但也正是在这种等待中保留着一点无济于事的慰藉和生存的力量。马丁·艾斯林在《荒诞派戏剧》中指出：这部剧作的主题并非戈多而是等待，是作为人类的存在的一种本质特征的等待。

其次是现实层面。等待是该剧的戏眼。等待、失望、再等待，不正是现代西方人浑浑噩噩而又虚空痛苦的生活体验吗？他们不正是遥遥无期地等待着一个模模糊糊的难以实现的希望吗？如果说艾略特的《荒原》表现了西方世界的荒漠情景，《等待戈多》则进一步表现了西方人在荒漠之中的悲凉状况和精神状态。他们只有在等待中耗尽生命。所以，这部戏剧深刻而真实地揭露了西方荒诞的社会面貌，反映了西方一代人的内心焦虑。这样，作品虽然宣扬了悲观主义，但对西方文明实质的揭露仍有一定的积极意义。

（三）艺术特点

在艺术上，《等待戈多》最大的特色便是创造了与荒诞内容相一致的荒诞形式。这种荒诞的形式主要表现在如下几个方面。

第一，荒诞的舞台形象和背景。幕布一拉开，出现的是一派荒诞凄惨的景象：灰蒙蒙、阴森森的黄昏，无边而空旷的荒野，小路旁光秃残败的枯树，衣衫褴褛、神态恍惚的流浪汉，等等。这些舞台形象和背景大大加强了戏剧效果，在这里是比对白、台词更为重要的戏剧因素。

第二，荒诞的剧情和结构。整个戏剧既没有开场、起伏、高潮、结局的程式，也没有离奇曲折、引人入胜的情节。人物、环境、事件都显得鸡零狗碎、杂乱无章。而全剧是一个重复的结构，第二幕基本上是第一幕的重复，幕启后两个流浪汉已等了几天，幕终时他们还要等待下去，没有开头、没有结尾，一切都是永远等待的过程。

第三，荒诞的戏剧语言。剧中人物的语言颠三倒四，不断重复，大都前言不搭后语，是毫无意义的胡言乱语。作者用这种荒诞的人物语言，或是用其填补时间的空白，或是用其表现非理性的、非人道的世界。

此外，《等待戈多》中的人物、道具、布景都具有象征意义。剧中的每个人物及其行动都具有象征意义，他们的姓氏也代表不同的国籍。埃斯特拉冈是法国人常用的姓，弗拉基米尔是捷克或俄罗斯人常用的姓，波卓是意大利人常用的姓，"幸运儿"吕克是英国人常用的姓，因此这四个人实际上代表所有的欧洲人或整个西方人。最具象征意义的人物是戈多。关于这一形象有多种解释。最常见的一种解释是戈多（Godot）就是上帝（God）。所以剧情可以解释为：埃斯特拉冈和弗拉基米尔在等待上帝，但上帝没有来，观众看到的是没有上帝的人的苦难。另一种解释是，戈多接近旧鞋（Godillot）这个词，因为剧中的埃斯特拉冈一心只想等待穿上合适的鞋子。剧中的布景、道具也有不同的含义：荒野是西方现代"荒原"的象征，枯树是衰亡腐朽的西方社会的象征，波卓的小凳子则是他的权力宝座的象征，等等。

## 第四节　罗伯-格里耶

阿兰·罗伯-格里耶（1922—2008）是新小说派的领袖与代表作家，也是法国20世纪下半叶最重要的小说家之一。他以先锋实验写作扩张了小说创作的可能性，他的文学观念和小说实践对世界文学产生了重要影响。

### 一、生平与创作

罗伯-格里耶1922年8月18日出生于法国西部城市布勒斯特。1940—1942年，他在巴黎圣路易高中就读农学预备班，1942—1945年在国立农艺学院学习。毕业后，他在国家统计及经济研究所任特派员，1949年到塞纳-马恩省的布瓦-布德朗人工授精和激素研究中心工作。1950—1951年他担任殖民地农作物及柑橘研究所工程师，先后到摩洛哥、几内亚等地进行热带水果的研究。1952年他进入巴黎农会常务理事会，次年离职。这段农艺师的经历对罗伯-格里耶精确、冷静、简洁的写作风格具有潜在的影响。从1955年开始，罗伯-格里耶担任午夜出版社的文学顾问，此后他的大部分小说都在这一出版社推出。2004年3月，罗伯-格里耶当选法兰西学院院士。2008年2月18日，这位一生都在探索的作家因心血管病去世。法国总统发表悼念声明："随着罗伯-格里耶的去世，法国的知识分子史和文学史上的一个时代已经结束。"

罗伯-格里耶的创作分为3个阶段。

1950年代为早期。1950年在返回法国的邮轮上，他开始写小说《橡皮》，1953年由午夜出版社出版。这一阶段主要作品有《窥视者》（1955）、《嫉妒》（1957）、《在迷宫里》（1959）等。《橡皮》采用仿侦探小说的形式，但与常见的侦探小说不同，"序幕"就将真相交代得一清二楚：杜邦教授遇刺，但只受了轻伤，为了安全起见，宣称已经身亡。正文冷静地记述对此毫不知情的密探瓦拉斯的调查过程，最终瓦拉斯在杜邦家中将悄悄回来取东西的杜邦当做凶手误杀，追查凶手的人却成了凶手。《窥视者》讲述马弟雅思到一个小岛上推销手表的经历。小说第一部分和第二部分之间出现了时间"空缺"，就在这段"空缺"时间小雅克莲被杀。第三部分叙述马弟雅思的活动与意识，他过分紧张，像是做贼心虚。但马弟雅思在那段空缺的时间里到底做了些什么，是不是凶手，小说没有直接交代，最后马弟雅思安全离开小岛。《嫉妒》几乎没有故事情节，通篇都是细致冷静的描绘：露台上的光影变化，对面的香蕉树、公路、山谷，以及A梳头、A与弗兰克在露台上交谈、A与弗兰克进城、捻死墙上的蜈蚣等，一个个场景渐次出现。叙述者没有出场，但从弗兰克和A在场时的三套刀叉、三只杯子、三把椅子，他们出发后仅剩一套刀叉等蛛丝马迹，以及叙述者表现出的对A与弗兰克二人关系的过分敏感，可以推断叙述者就是题目所示的"嫉妒者"。看似冷静的描写背后是一位嫉妒者近乎神经质的敏感。这三部小说的叙述线索基本清晰，因为小说中有大量精确、客观、冷静的物象描写，作家被冠以"物本主义"（Chosisme）的标签。

1960年代至1970年代是罗伯-格里耶创作的中期。主要作品有长篇小说《幽会的房子》（1965）、《纽约革命计划》（1970）、《幽灵城市》（1976）、《金三角的回忆》（1978）等，以及短篇小说集《快照集》（1962）。从1960年代起，罗伯-格里耶开始涉足电影。由他担任编剧的《去年在马里安巴》于1961年获得金狮奖。此后，罗伯-格里耶对电影的兴趣一发不可收，先后完成《不朽的女人》（1963）、《欧洲快车》（1966）、《说谎的人》（1969）、《伊甸园及以后》（1971）、《N拿起骰子》（1972）、《欲念浮动》（1974）、《玩火》（1975）等。他还将其中一些电影剧本以"电影小说"的名义出版。罗伯-格里耶的电影工作对其小说创作产生了重要影响，他追求的客观性、主观性和不确定性等小说观念就受到电影艺术的启发，小说的具体写法也对电影有所借鉴。罗伯-格里耶还曾从事过拼贴画的尝试，并同画家、摄影家合作出版过一些图文配合的作品，可谓另一种形式的艺术探索。

20世纪80年代至去世是罗伯-格里耶创作的晚期。主要作品有中篇小说《吉娜》（1981）、"新自传三部曲"《重现的镜子》（1985）、《昂热丽克或迷醉》（1988）、《科兰特最后的日子》（1994），以及长篇小说《反复》（2001）、《情感小说》（2007）等。此外，他还编剧电影《美丽的女俘》（1983）、《使人疯狂的噪音》（1995）、《格拉迪瓦在叫你》（2006）等。"新自传三部曲"是罗伯-格里耶一生思想和创作的总结，也是他最宏大的作品。传统自传中，真实的"我"往往是唯一的叙述者和中心人物，而在"新自传三部曲"里，除了"我"之外，还有一个虚构的叙述者和中心人物亨利·德·科兰特。在科兰特冒险故事的空隙处和断裂地带，作者撷拾了他作为一个作家、出版社文学顾问和大学教授的生活碎片，记录了自己思想形成发展的历史。

罗伯-格里耶对写作有着明确的意识。1955年因《窥视者》得奖引起论战，罗伯-格里耶发表一系列雄辩有力的文章，对各种攻讦予以回击，后经修订结集为《为了一种新小说》（1963）。罗伯-格里耶明确反对巴尔扎克，要求颠覆已成为定式的现实主义写作模式，也反对萨特的"介入文学"，将故事、人物、形式与内容等视为过时的概念。他将娜塔丽·萨洛特、米歇尔·布托尔、克洛德·西蒙等风格各异的作家在"反叛"旧有小说模式这一点上聚集起来，为确立"新小说"派的文学史地位做出了突出贡献。他的《未来小说之路》（1956）、《自然、人本主义、悲剧》（1958）等论文被视为新小说派的理论宣言。

## 二、《在迷宫里》

罗伯-格里耶小说写作的本质精神是对不确定性的追求，这在早期作品中已见端倪，在中后期作品中得以真正确定。小说《在迷宫里》（1959）比较典型地体现了这一特点。

与罗伯-格里耶的大多数小说一样，《在迷宫里》没有一个特别明晰的故事，几乎没有什么情节。一个士兵在大雪中来到一座城市，要将一个纸盒交给某人。他在这座建筑雷同得如同迷宫的城市中游荡，最终也没能完成任务，那个须臾不离身的纸盒里也没

有什么特别的东西。

### （一）艺术特点

《在迷宫里》这部作品在小说形式上的探索值得重视。

首先，精确的描写营造出不确定效果。传统现实主义小说以人物形象、故事情节为核心，叙述是小说的主体。而在罗伯－格里耶的小说中，描写涵盖了叙述。在很大程度上，罗伯－格里耶小说呈现的是一幅幅静态的画面。《在迷宫里》有各种场景客观、精确的描写，如："铸铁灯柱的底部都是一个锥形的基座，上窄下宽，底座上围绕着几个大小不一的圆环，四周环绕着浮雕状的常春藤树枝：弯曲的茎，掌状的叶，尖尖的叶子有五片。脉络清晰，叶面上涂的黑漆已经部分剥落，露出里面的铁锈。再往上是一个人的一段腰，一只胳膊，一只肩膀，斜靠在街灯柱上。这个人穿一件说不清颜色的军大衣，已经褪色，像绿色或者接近卡其布的颜色。他脸色发灰，面容消瘦，使人感到他已经极度疲劳；但也可能是几天没刮胡子更使人产生这种印象。长时间的等候，特别是长时间伫立在寒风中，使他的脸颊、额头和嘴唇变得毫无血色。"通常只作为陪衬的"物"在罗伯－格里耶这里被细致地描写，甚至对"物"的描写具有了优先性，描写由物及人，且人的腰、胳膊等也首先作为"物"被引入。这段描写令人想起摄影机取景框的移动。传统小说并不缺少细致的描摹，如巴尔扎克小说中对房屋、家具、服装、容貌、体态等都有着大段的描写。这种描写为故事的发展提供背景，增强人物的可信性，为人物确定行动的框架。而罗伯－格里耶的许多描写对故事和情节发展都没有太大的意义，但正因如此，被描写的"物"本身却凸显出来了。

不仅如此，《在迷宫里》精确、细致的描写往往是反复的，这些反复出现的描写似乎是同一个场景，但又有明显的矛盾，每个单独的片段都很精确、清晰，但从总体上看又模糊不清，从而呈现出不确定的效果。如小说第一段："现在，我独自一人待在屋里，不受风雨的侵袭。外面下着雨，有人正在雨中赶路，低着头，一只手遮住眼睛，看着前面，只看到前面几公尺远的地方，看到潮湿的几公尺沥青路面。外面很冷，风在光秃秃的黑色的树林中间刮着，风在树叶间刮着，摇晃着将整个枝桠一起刮走，摇晃着，摇晃着，摇晃的树影投向在白色灰墙上。外面阳光灿烂，没有一棵树，哪怕一棵小树，也都没有一点树荫。有人在大太阳底下赶路，用一只手遮住眼睛，看着前面，只看到前面几公尺远的地方，看着几公尺布满灰尘的沥青路面。风在路上画出平行的、叉形的以及螺旋形的图案。"第二句的"雨"和"冷"不冲突，和第一句一致，可视为"我"的所见。但第四句以后，一切都变了。"阳光"和前面的"雨"明显矛盾，而行路人的动作又同第二句一样，因此两句中必有一假。然而小说并没有肯定或否定哪一句。这个段落可视为整部小说结构方式的缩影，类似的人物、场景反复出现，却又互相矛盾，相互拆解，各种可能性复杂地堆积在一起，最终所有描写都是不确定的。

其次，蒙太奇式叙述营造出不确定效果。罗伯－格里耶借鉴电影的蒙太奇手法，在不同时间、空间的场景和不同层次的叙述之间自由切换，而这些叙述秩序及场景之间往往存在着矛盾，切换又过于频繁，从而呈现出一种极其特殊的迷乱效果。如小说第一句话是第一人称叙述，接下来"我"没出现，大致的外景和屋内环境的交替描写可视为"我"之所见。随后屋外风雪中出现一个士兵"他"，仍继续屋外屋内的描写，直至第一章结束。"我"的身份、风雪中的士兵与"我"是何种关系没有交代。第二章开始是对第一章中挂在屋内墙上的一幅画的描写。这幅20世纪的黑白木刻画展现的是一家酒吧里的情景：老板、市民、孩子，以及三个士兵等。但忽然这景象变成彩色的，士兵和孩子活动起来，开始对话。屋外的景象、士兵的活动与第一章是一致的，"我"仍没有出现，小说变成第三人称叙事，一直到第十四章。在小说最后的第十五章，一直隐匿着的"我"突然出现："我"是医生，这个医生在前几章曾偶尔出现，但这个人物不会追踪士兵的活动，也不可能获知他的心理，因而小说主体的叙述者不会是这个"我"。第十五章的"我"的叙述对主体叙述的含混有所廓清，但"我"并不了解所有的情况，甚至又像是小说主体叙述的阅读者，开始评点小说中出现的人物。接下来小说又描绘咖啡馆内以及外面的景象，士兵还活着，还想再次走出去。小说似乎回到了主体叙述秩序中。但更古怪的事发生了：这些描写突然又成了画框中的景象，挂在衣柜之上。小说再次回到第一章描写过的室内景象，屋外也有人在雨中行进。小说最后一句提到"我背后的整个城市"，"我"第三次出现。如果将《在迷宫里》的第二章至第十四章视为一个独自待在屋里的人为墙上画框中的景象、人物编制的梦幻般的叙述的话，叙述可分为三层：第一层为"我"对所在房间及外面的描写，第二层为与第一层叙述里木刻画相关的咖啡馆、士兵、孩子的活动，第三层为第二层叙述里士兵的意识活动。罗伯-格里耶将这几种叙述秩序自由地组接在一起，不断变换，从而营造出迷幻效果。

最后，时间、空间、人物等故事因素也不确定。小说中没有明确的时间标志，时间发展线索只能由事件或场景之间的先后顺序来确定。然而相似的事件或场景又反复出现，并且都是以现在时态处理，这些场景是回忆，是观察，还是想象？是对发生了一次的事件的多次描述？这些问题难以确定，因此时间方面是不确定的。此外，3种叙述层次呈现出不同的空间，这些空间之间的关系也不明确。在主体叙述中被雪覆盖的城市到处是一模一样的，士兵游荡于像迷宫一样的城市，迷失了方向，这一空间也不具有现实感。作品中的人物都没有名字，只用"士兵"、"孩子"、"老板"以及"年轻女人"等泛指，只能靠穿着、特定行为等外部特征来辨认他们。人物是故事的主体，人物身份不明确，就使得故事线索陷入混乱。

罗伯-格里耶的小说呈现出强烈的不确定效果，但其写作却是理性的、自觉的。小说中反复出现的场景与意象既相似，又矛盾，相互关联、呼应，使作品从形式上看是严密的整体。罗伯-格里耶的作品呈现出一个独特的景观：故事层面的混乱不清与话语层面的细密严谨奇特地结合在一起。

**（二）思想主题**

尽管罗伯-格里耶没有讲述一个确切的故事，但其作品并非仅仅是文字游戏，它们同样表达了对世界的观念，只是它更多地体现在形式上。在他看来，不同时代有不同的现实，也有不同的真实性概念，不同的现实、真实性需要不同的形式，形式上革新才是

真正接近现实的途径。他独特的小说形式对不确定性的追求，都与他对社会现实的理解有关。他曾经自问："在一种对人对己都十分荒谬的关系中，一切东西都是双重性的、相互矛盾的和不可捉摸的，而我能'很简单地'用这种关系来表述什么呢？"正是基于对世界和自我的认识，罗伯-格里耶的写作才具有突出的不确定性。这种不确定性要求读者阅读时保持积极主动。在这个意义上，"新小说"比起传统的小说具有更大的社会意义。

## 第五节　海　勒

约瑟夫·海勒（1923—1999）是美国黑色幽默派的代表作家。他的长篇小说《第二十二条军规》（1961）已成为当代西方讽刺文学的经典。

### 一、生平与创作

海勒出生在美国纽约市布鲁克林区康尼岛上一个犹太移民家庭。祖上原居俄国，1913 年为躲避沙皇迫害迁居美国。海勒 4 岁时，父亲去世。由于家境贫寒，海勒的兄姐只得放弃上大学的机会，让海勒上学。中学毕业后，海勒为经济所迫当了一名邮差。10 岁至 19 岁，他参加一个名叫"互忠社"的俱乐部，成为其中年龄最小的一员。这个被称为"康尼岛文艺复兴"的组织既使他在后来的文学创作上受惠，又使他在感情和人生态度上受益。二战爆发后，海勒应征入伍，被编入美国空军第十二飞行中队任投弹手，该中队的基地位于地中海中的科西嘉岛。参战期间，他执行轰炸任务 37 次，退伍时获得中尉军衔。战后，海勒进入纽约大学学习，1948 年获文学学士学位；第二年又进入哥伦比亚大学读硕士学位，期间获富布莱特奖学金，赴牛津大学进修英国文学。回国后，他在宾夕法尼亚州立大学教授英国文学。1952 年至 1961 年，他先后在《纽约时报》、《时代》周刊及《展望》等几家报刊从事广告文字写作；1961 年后成为专业作家。

海勒写过短篇小说、戏剧等，但主要成就是《第二十二条军规》、《出了毛病》（1974）、《像戈尔德一样好》（1979）等 3 部长篇小说。他的创作态度极为严谨、刻苦。如《第二十二条军规》写了 7 年，而《出了毛病》则写了 13 年。

《出了毛病》主要反映美国中产阶级知识分子的精神危机和美国社会普遍存在的孤独感和危机感。主人公斯洛克姆是一家大公司的部门经理。他过着中产阶级富裕的生活，却时刻有一种忧郁感，对周围一切疑神疑鬼，总怀疑什么地方"出了毛病"。如他害怕关着的门，想象门里一定有什么不可告人的阴谋，但又害怕打开的门，担心里面的"罪恶"一览无余。他周围的人被他搅得人心不宁，妻子与女儿变得歇斯底里而真的"出了毛病"，公司里的同事则相互提防，形同路人。

《像戈尔德一样好》用滑稽、讽刺笔法描写犹太人的"异化"和自我本质危机。主人公戈尔德是一个犹太教授，美国现代社会的权力结构使他产生荒诞的梦想。他写了一篇吹捧总统的文章，博得总统的青睐。总统请他出任官职，没想到华盛顿的官场生活同样使他灰心丧气,他感到人类理性价值已经土崩瓦解,人们把混乱当成了秩序,把不正常当成了正常。作品把他的家庭生活和美国腐化堕落的社会生活交织在一起,形成一幅关于美国政治、社会生活的绝妙讽刺漫画。

海勒的创作在思想上受存在主义哲学的影响,其作品着力抒写资本主义社会里的疯狂和混乱,并对资本主义制度进行揭露和批判,但缺乏理想,津津乐道某些旨趣不高的琐事;在艺术上擅于运用喜剧形式表达悲剧内涵,喜用夸张、漫画式手法,人物语言极富个性化,文风幽默而深沉。海勒认为喜剧的形式或许是人类在对理性、对现实和幻想失望之余唯一可以采取的姿态。这种将痛苦和不幸当做开玩笑对象的手法常常令读者在捧腹之余又感到心酸、恼怒甚至恐惧。正如海勒自己所说:"我要人们笑出来,然后在回味时感到惊恐不已。"

## 二、《第二十二条军规》

《第二十二条军规》是海勒的代表作,也是"黑色幽默"派的代表作。小说1961年出版时影响并不大,但到了60年代中期,随着越南战争的爆发,美国国内反战情绪高涨,这部小说的反战主题及其"黑色幽默"手法一下子引起人们的普遍关注。有的人说它是一部"令人毛骨悚然的喜剧",有的人说它是"拉伯雷式的讽刺小说",有的人说它是"残酷而又明智健全的"佳作。

### (一)情节与人物

小说没有完整的故事情节。虽以第二次世界大战为背景,但实际并未正面表现你死我活的战争场面。作品大致情节是:一支美国空军部队驻扎在地中海中的孤岛皮亚诺扎上。这里到处是一片混乱与疯狂的景象,人欲横流,道德沦丧,疯人受勋,坏人当道,正义与理性受到嘲弄。当官的借战争大发横财或飞黄腾达,普通人则生活于惴惴不安之中。整部小说由42章组成,一个章节侧重写一个人物,又以上尉投弹手尤索林的行为贯穿始终。通过这个空军基地40余人的言行以及他们的生活境遇来反映这个世界的本质。

小说最重要的人物是尤索林。他是一个上尉投弹手。表面上看,他最突出的性格是胆小怕死,一心只想在战争中保住性命。他生命的最高原则或唯一信条就是"活下去"。每次执行任务,他总是胡乱地扔完炸弹就没命似的逃回基地。不仅如此,他还常常装病住院,打定主意要在医院里度过战争余下的岁月。而实际上,尤索林是皮亚诺扎岛上为数不多的清醒明智的人。他开始怀疑战争的实质,敢于对抗自私、贪婪而残暴的上级。他曾是爱国而勇敢的青年,起初在战斗中表现非常出色,后来发现战友死的死、伤的伤、疯的疯,而任务仍在增加,士兵们出生入死,只不过成了军官们升官发财的垫脚石而已。所以他针对"为祖国为上帝而战"的口号一针见血地指出战争的实质:"我看不见上帝,看不见圣人,也看不见天使,我只看见人们利用每一种正当的冲动,每一出人类的悲剧拼命捞钱。""没有什么爱国精神,就是这么回事,也没有什么爱国心。"尤索林感到为军官们卖命是毫无意义的,他视中队长卡斯卡特等人为敌人,按他的说法:"谁让你去送死,谁就是你的敌人,不管他站在哪一方面……这一点你千万不要忘记,你记得的时间

越长，你活得也就越长。"等他执行完任务提出要停飞回国时，卡斯卡特等人提出可以让他以英雄身份回国，条件是他得为战争唱赞歌，为上司们说好话。尤索林面临两难选择：同意这笔交易，就意味着他所鄙视的一切是正当的；拒绝这笔交易，则意味着他将面临无尽的飞行任务和无休止的迫害。他既不能同意，又不愿留下，逃跑便成唯一选择。他最后开小差逃往瑞典是他明智而勇敢的表现。总之，尤索林是荒诞社会中一个不甘心被愚弄的小人物，一个敢于反抗荒诞社会的"反英雄"，也是一个不仅能认识世界的荒诞而且能在恶劣环境中做出自我选择的存在主义的信奉者。

（二）思想主题

《第二十二条军规》引起轰动，主要是因为其思想主题深刻。

作品的主题包括两个方面。一方面，小说通过主人公尤索林在二战期间的言行和思想变化，揭露和嘲讽美国军队及社会官僚体制的黑暗、荒诞及残酷，表达反战思想。小说中的官僚们组成了一张为所欲为的统治网。负责指挥皮亚诺扎空军部队的两个将军德里德尔和佩克姆，都是贪婪虚荣、争名逐利之徒。佩克姆将军"对别人的缺点相当敏感，而对自己的缺点则熟视无睹"，常常自叹唯一的缺点是"没有缺点"。为了标新立异，取宠上司，他曾灵机一动，命令"地中海战区内的帐篷统统并排搭起，帐篷门要朝着国内华盛顿纪念碑的方向，要有气派"。德里德尔将军坚决反对这一做法，两人为此打了一场官司。佩克姆甚至建议："应该让部下穿着军礼服去作战，这样他们被击落时，就可以给敌人留下一个良好的印象。"德里德尔虽然没有如此做作，却同样冷酷无情，认为接受他命令的小伙子应该甘愿为了下达命令的老年人的理想、抱负和癖性而献出自己的生命。两人互相拆台，互相倾轧，上司便派来一个新的司令官谢司科普夫将军。此人是个战争狂。战争的爆发使他欣喜若狂，因为这样他可以天天穿军装。他醉心于搞阅兵式，为了在阅兵式上一举夺魁，他甚至想把合金钉钉入士兵的股骨中，再用铜丝把士兵的手腕固定在钉子上，演习时士兵便可以不摆动双臂而步伐整齐。这位"军事天才"果然步步高升。中队长卡斯卡特上校是个铁石心肠的人，他曾自诩："我对损失人和飞机根本无所谓。"他又是一个醉心于"爬上去"的人。他36岁，看到"有成千上万和他年纪相同，甚至比他大一点的人，都还没有爬到少校一级"时便志得意满，又因为"有一些和他年纪相同或比他年轻的人，已经是将军了，这又使他很痛苦，感到壮志未酬，急得直咬手指"。迈洛是基地食堂里的一名管理员，却神通广大。他简直就是一个天才的生意人。他以"迈—明水果土产联合公司"起家，小打小闹，后又组建"跨国公司"，经营的商品包括日常生活用品和食物，也包括战时奇缺的各种物资，如麻醉剂、石油等，入伙者包括普通士兵也包括将军、上校，最后连敌方德国军队都被拉来入股。他视生意为上帝，视利润为宗教。他曾与美、德交战双方签订合同：让美军轰炸德国的公路桥，又叫德国高射炮打美国的飞机，为此他两边收费，还外加百分之六的"小费"。作品虚构这些人物和故事，目的在于揭示美国军队及现行社会的权力运行机制的腐败、黑暗和摧残人性。

另一方面，作品也形象地表明：世界和人生是荒诞的、不可知的，外部世界时刻在威胁人、作弄人。这是标准的存在主义观点。书中，一个鲸研究专家因为国际商用机器公司的一架计算机阳极出了问题，便被无情地胁迫去到战地医疗队。丹尼尔医生明明活着，却因为"证明他阵亡的材料像虫卵一样迅速繁殖，而且无可争辩地相互印证"，最终成"死人"。人们宁愿相信计算机和文字材料，而不愿正视生活的现实。同时，大规模的战争使人们时时生活在"世界末日"的阴影中，灾难感和恐惧感笼罩在人们的心头，如亨格利·乔整夜号叫，弗卢姆潜逃荒野，赫赫有名的佩克姆将军也被一个陌生人的电话吓得魂不附体，主人公尤索林更是整日生活在恐惧之中。

作品标题所示的"第二十二条军规"其实并不存在。作品中有一段话："这里面只有一个圈套，就是第二十二条军规。这条军规规定，面临真正的、迫在眉睫的危险时，对自身安全表示关注，乃是头脑理性活动的结果。奥尔疯了，可以允许他停止飞行，只要他提出请求就行。可是他一提出请求，他就不再是个疯子，就得再去执行飞行任务。"书中还写到，当尤索林指出卡斯卡特上校不断增加飞行次数违背司令部的规定时，前者被告知第二十二条军规规定下级要绝对服从上级。所以，第二十二条军规的本质就在于它是一个圈套。首先，作为一条军规，他是强制性的；其次，它运用自相矛盾的推理逻辑，在似是而非中隐含着祸心。这条军规暗指一种永远无法摆脱的困境，即人类难以回避、无法摆脱的异己力量。

### （三）艺术特色

艺术上，《第二十二条军规》体现了"黑色幽默"文学的基本特征。

第一，"反英雄"式的人物。小说主人公尤索林、军医丹尼尔等人都是这类典型。"反英雄"的根本特征在于敢于反叛本已被扭曲因而显得荒谬的社会准则和观念，换言之，因社会把不正常视为正常，"反英雄"以表面消极的态度来违逆这个社会，便是一种真正清醒、明智、健全的英雄之举。

第二，反逻辑的情节。合乎逻辑的情节应是有前因后果、有内在联系因而合情合理的情节，但《第二十二条军规》中的故事和细节往往是荒诞不经的，其逻辑常常是扭曲而倒错的。军官们的命令全是反逻辑的，如梅泽少校规定，只有当他不在家时客人才能来访；科恩中校说，只有从不发问的人才可以提问；军医丹尼尔为了得到飞行补贴，不管出勤还是不出勤，每次都把自己的名字写在自己所在的飞行小组的名单中，结果一次飞机失事，全机组人员无一幸免，尽管他这次没有出勤，但因为名字写在飞行小组名单上，他便也被视为阵亡者，尽管他健康地活着，他的同事、上司也明明看见他活着，他的妻子还是接到丈夫阵亡通知书，他还是被材料报纸视为已经死亡；与此相反，尤索林的一位室友早已阵亡，因官方阵亡名单上落了他的名字，他的死亡便得不到承认。一方面是活人被当作死人，一方面是死人享受活人待遇，这个世界的荒诞可见一斑。

第三，反常规的语言。作者常常运用故作庄重的语调描述滑稽怪诞的事物，用插科打诨式的文字表达严肃深邃的哲理，用幽默嘲讽的语言诉说沉重绝望的境遇，用冷漠戏谑的口气讲述悲惨痛苦的事件。作品用相互矛盾的词语并列起来形成反讽，以求荒诞效果。如描写与尤索林一同住院的得克萨斯人，先说得克萨斯人原来是好脾气，接下来却说："不出三天，就没人能受得了他了。"在第二十二条军规中，前面说发疯的人可以提

出停飞请求，只需本人提出申请即可；后面却说，既然能提出申请，就不是疯子，就不能停飞。同时，书中人物对话也是拖泥带水，重复回旋，废话连篇。这种对话说明人与人之间正常而有意义的交流是不可能的，只有在无意义的世界里，这种无意义的交流才可能存在。

第四，"反小说"的叙事结构。用传统标准衡量，《第二十二条军规》似乎毫无结构可言。实际上，该书包含两条交叉的线索，以尤索林为中心的部分采用心理时间，时序颠倒混乱，以迈洛为中心的部分则按事件发生的时间先后写成，两条线索交叉，给人一种混乱的感觉。作者有意用这种外观松散的结构来显示他所描述的现实世界的荒谬和混乱。他认为当今社会已无秩序可言，只有采用这种反传统的叙事结构，才可以恰到好处地反映这个世界的特点。

## 第六节　纳博科夫

弗拉基米尔·纳博科夫（1899—1977）是美籍俄裔作家、文体学家、翻译家、批评家和昆虫学家，二战后美国实验小说的先驱。

### 一、生平与创作

纳博科夫1899年出生于俄国圣彼得堡一个富有的贵族家庭。祖父是沙皇亚历山大二世和亚历山大三世的司法大臣。父亲以政治家和新闻记者的身份参加俄国立宪民主的斗争。纳博科夫早慧、多病，但后来体格强健。纳博科夫从小就学习法文和英文。他在回忆录《说吧，记忆》中自称："我学习阅读英语在我能阅读俄语之前。"11岁那年，纳博科夫进入圣彼得堡铁尼塞夫学校接受中等教育。此时，英文、法文和俄文已经成为纳博科夫可以自由使用和随意转换的语言，这种杰出的语言能力对他后来的文学创作有很大的帮助。1917年，全家流亡西欧。1918年10月，纳博科夫依靠一笔政治性奖学金进入剑桥大学三一学院学习。1922年在柏林一家剧院里，他的父亲被俄罗斯流亡的极右分子暗杀。纳博科夫大学毕业后来到全家寄居的柏林，靠教授拳击、网球和英语谋生。在流亡生活中，他曾在柏林、布拉格、巴黎、布鲁塞尔等流亡者聚集的中心举行公开朗诵会。1925年，纳博科夫邂逅同样是从圣彼得堡逃亡来的犹太富商之女薇拉，不久两人结婚。因为薇拉的犹太人身份，全家不得不离开德国，避居巴黎。1940年，纳博科夫一家移居美国，他先后在斯坦福大学、韦尔斯里学院、康奈尔大学讲授俄罗斯和欧洲文学以及文学创作。1945年加入美国国籍。1958年以后，《洛丽塔》的出版和出名使他富裕起来，他离开大学讲坛从事专业写作。纳博科夫于1960年移居瑞士，到1977年去世。

纳博科夫一生创作丰富，其作品包括俄文创作的400余首诗、5部诗剧、3部散文剧，和用英语创作的52篇短篇小说、17部长篇小说。

纳博科夫的创作可以分为3个时期。

1922年至1937年，他一直生活在柏林，这是他创作的第一个阶段。此期，他用俄语写作，以描写颠沛流离的流亡生活和纷乱的离愁别绪为主要内容。主要作品有长篇小说《玛申卡》（1926）、《国王，王后，坏蛋》（1928）、《光荣》（1932）、《黑暗中的笑声》（1932）、《绝望》（1936）和《斩首之邀》（1936）、《礼物》（1937）等。

长篇小说《玛申卡》的男主人公流落异乡，对故乡充满深深的思恋。当他发现同住一家旅馆的一名男子等待的妻子正是他昔日恋人玛申卡时，第一个念头就是设计将情人"截获"，继续昨日爱情。然而，在和玛申卡约好一起离开时，他却在对方到来之前的一小时独自一人登上开往法国的列车。他明白昔日不会再来，一味执着于过去无济于事。小说通过对男主人公情感的描写，表现漂泊在外的流亡者浓浓的乡愁。

长篇小说《光荣》描写马丁小时候曾听母亲讲过一个童话：一个小孩走进床头的画里，在画里的小路上消失了。成年后的马丁流亡在外。小说的结尾，马丁闯进苏联，结果一去不复返。作品中马丁的行为和母亲的童话构成对应关系，马丁闯进苏联不仅代表着空间上的回归，还代表马丁在时间上向童年的回归。这是一部带有浓厚自传色彩的小说。纳博科夫在小说中表达了对回归故乡的渴望和对已逝去的时光的留恋。纳博科夫俄语时期的作品虽然采用了一些现代主义手法，但整体上还是现实主义的。

1940年至1959年，纳博科夫在美国生活的近二十年，是他创作的第二阶段，这期间他主要用英语写作。随着归乡希望的日渐渺茫，纳博科夫逐步告别乡愁主题，转向探索永恒而纯粹的思辨性主题，如时间、自由等。流亡的生存体验使纳博科夫把时间视为与生命价值紧密相关的问题。他认为，对于流亡者来说，时间是一座牢狱。纳博科夫在文本中多方位地表达了这种独特的时间感知体验，并在想象中努力找寻时间之狱的出口，以实现个体的自由。他认为在幻想性的艺术空间里可以消弭时间而获得永恒。以艺术想象在时间之环中穿行，以艺术记忆超越时间之链，是潜存于纳博科夫文学世界深层的美学旨趣。这一时期主要作品有长篇小说《塞巴斯蒂安·奈特的真实生活》（1941）、《洛丽塔》（1955）、《普宁》（1957）等。

《普宁》是纳博科夫第一部引起美国读者广泛关注的小说。普宁生于彼得堡一个富裕的中产阶级家庭，父亲是著名的眼科医生，住着高级公寓，生活对普宁来说无忧无虑。然而，战争改变了一切。普宁流落到巴黎，之后又来到美国，在一所学院任教。对于普宁来说，他像无根的浮萍体验着流离失所的辛酸。他性格温柔而又古怪，与周围环境格格不入，同事们嘲笑他，妻子也离开他。他只好沉溺于故纸堆中钻研俄罗斯文化聊以自慰。小说对普宁教授在美国学院里的任教生活的介绍是由叙事者"我"来完成的，而"我"不是别人，正是普宁被解雇后代替普宁教职的人，所以"我"象征着普宁的"未来"。普宁的过去是普宁自己的回忆，普宁的当下生活却是叙事者"我"的叙述。作者在文本的想象中使普宁的过去、现在和未来在艺术中实现了结合，让普宁摆脱时间的奴役，实现了心灵的自由。

1959年，纳博科夫从康奈尔大学退休，移居瑞士，开始第三个阶段的创作。主要作品有长篇小说《微暗的火》（1962）、《阿达》（1969）、《透明物体》（1972）和回忆录

《说吧，记忆》（1967）等。他在美国大学的讲稿先后被结集出版，题为《文学讲稿》、《俄罗斯文学讲稿》、《〈堂吉诃德〉讲稿》。

《微暗的火》被认为是纳博科夫的代表作之一，也是后现代主义文学的典范。全书由前言、一首名为"微暗的火"的999行长诗、注释和索引共4部分组成。长诗"微暗的火"是谢德教授所作，占全书篇幅的十分之一。全书大部分篇幅是金波特为长诗所作的不切题的注释。小说的情节是金波特幻想自己是被废黜的赞巴拉国的国王，后化名金波特逃至美国，在一所学校任教。他的邻居和同事谢德教授是一个诗人，金波特想让他把自己的故事写进诗篇。后来谢德被一个精神病人杀死，金波特却认为是赞巴拉国派遣来刺杀他的人误把谢德当成他杀死。谢德死后，金波特拿到谢德写的长诗《微暗的火》。长诗是自传体叙事诗，描述的是谢德的故事，根本没有提及金波特和赞巴拉国。金波特很恼火，便对长诗进行不切题的注释，他的注释描述的是赞巴拉国的故事。作品中注释和长诗构成两个独立平行的文本。所有的故事都远离线性的时间轴而以混乱的碎片漂浮在文本中，时间在这部作品中完全终结，过去、现在、未来在同一瞬间进入文本。

## 二、《洛丽塔》

《洛丽塔》是纳博科夫的代表作。这本被视为"肮脏的书"最初遭到美国5家出版社的拒绝，1955年由巴黎的奥林匹克出版社出版，1958年才在美国正式出版，引起评论界的"洛丽塔旋风"。

### （一）情节与主题

《洛丽塔》的情节并不复杂，叙述一个中年男人对一个少女的畸恋故事。出生于巴黎的40多岁男子亨伯特·亨伯特原是欧洲一所大学的教授，在经历一次失败的婚姻后于1939年前往美国，继承他在美国的叔叔留给他的遗产。到了美国后，亨伯特因精神方面的原因在疗养院住了一年多，后经人介绍到中年寡妇黑兹太太家里租房继续疗养。黑兹太太12岁的女儿、"小仙女"洛丽塔让他想起少年时的女友安娜贝尔。为了接近洛丽塔，他与黑兹太太结了婚。不久黑兹太太遭遇车祸身亡，亨伯特占有了洛丽塔，开车带着她四处游历，出入不同的汽车旅馆。两年后，洛丽塔终于摆脱亨伯特的纠缠，神秘失踪。最后亨伯特找到诱骗洛丽塔的奎尔蒂，将其击毙，他随后被捕。在狱中他写下这部又名"一个白人鳏夫的自白"的奇书《洛丽塔》，以期洛丽塔永远活在后人的心中。但未及开庭，他便因病去世，洛丽塔也于同年死于难产。

小说的主题引起极大的争议。一个性变态的中年男人对一个12岁"性感少女"的迷恋与追逐，这让很多读者认为小说描写的是下流的、不道德的故事。人们一直为此争论不休。道德主题成为探讨《洛丽塔》不可回避的问题。小说前半部分中有不少关于病态情欲的描写，很多人以此指责小说是色情之作。纳博科夫完全不能接受这种说法。他认为文学作品中有关性爱的描写与作为煽情的色情文字是完全不一样的，前者是整部文学作品中的有机部分，是内容与题材的需要，而后者只是一种直接的、露骨的渲染，只能引起读者粗俗的感官满足。纳博科夫认为真正的文学作品不必忌讳对性爱的描写，从古代的英雄史诗到薄伽丘的《十日谈》再到劳伦斯的小说等，都有类似的描写。从小说的内容来看，纳博科夫对亨伯特病态情欲的描写，只是出于对亨伯特变态、丑恶心理进行揭示的需要。他让这个性变态者在死前最后56天的监狱生活中痛述自己的"经历"，并时时刻刻处在自我谴责的痛苦之中。小说揭示的是某些病态色欲者危险的行为倾向，描绘亨伯特这类人物的危害，可以达到一种道德上的"警世"作用。实际上，在小说的"序文"中，纳博科夫借小约翰·雷博士之口表达对这部作品的道德价值的认识："作为一份病例，《洛丽塔》无疑会成为精神病学界的一本经典之作。作为一部艺术品，它超越了叙事的各个方面，而在我们看来，比科学意义和文学价值更为重要的，就是这本对严肃的读者所具有的道德影响，因为在这项深刻的个人研究中，暗含着一个普遍的教训：任性的孩子，自私自利的母亲，气喘吁吁的疯子——这些角色不仅是一个独特的故事中栩栩如生的人物，他们提醒我们注意危险的倾向，他们具有巨大影响的邪恶。"

除了道德主题外，《洛丽塔》还表现了纳博科夫对时间与自由之关系的形而上探寻。纳博科夫相信，在现实世界之外还有一个"彼岸世界"，这个彼岸世界是可以超越时间的，而时空交错感是导向彼岸世界的必要桥梁。小说《洛丽塔》展现了时间对生命个体自由的限制这一主题。《洛丽塔》写的是主人公亨伯特为"过去"所压迫，期望用篡改、谋杀"现在"的方式永远占有"过去"，最终归于失败的故事。40多岁的亨伯特对12岁性感少女的迷恋其实是对某种过去了的特殊时间的迷恋。亨伯特13岁时与同龄的安娜贝尔相爱，因为那时无法实现的欲望，使他在20多年后将安娜贝尔化身为洛丽塔，希望过去能够在未来实现。但是在"过去"与"未来"之间有一堵无法逾越的"现在"之墙，那就是洛丽塔的母亲，以至于亨伯特不得不先和黑兹太太结婚，然后才能寻找机会亲近甚至占有洛丽塔。小说的情节清晰地描述了时间的概念：在现在，也即黑兹太太车祸死亡后，亨伯特才占有了未来——洛丽塔，亨伯特以强暴的方式将"过去"和"未来"融合，他试图不背弃传统的时间观而拥有特殊的时段，但最终失败。这部小说之后，纳博科夫在艺术创作中一直努力打破人类生存的时间牢狱，使其获得自由。后来的小说《普宁》、《微暗的火》对传统的时间观进行重构，在艺术想象中再无时间的阻隔，可以自由行进。

### （二）艺术特点

纳博科夫在《洛丽塔》中努力探寻和实验新的写作技巧。

首先，他对各种文学样式"随意"地运用，以小说为主干，嵌入诗歌、戏剧、书信、日记、传记甚至评注等多种文学或非文学体裁。《洛丽塔》有传记的特点，它以第一人称记述亨伯特的一生的经历；在叙述基调上，它又是一部忏悔录，主人公亨伯特剖析自己丑陋的灵魂；小说在叙述过程中夹杂日记的体裁，连续十来页的篇幅都是亨伯特1947年6月的日记，甚至还有天气记录；在记叙亨伯特掳掠洛丽塔游历美国的过程时，小说又以游记的笔法让读者跟随主人公欣赏沿途风光；而在洛丽塔出走失踪前后，故事又变成一部侦探小说：陌生人的神秘出现，洛丽塔的变幻莫测，情节悬念迭生，处处暗藏玄机，环环相扣，直到故事结尾才真相大白。

其次，《洛丽塔》采用了戏拟手法。作者戏拟了60多位西方有名的作家，通过人物、

结构或文体等不同层面的滑稽模仿，讽刺自己所反对的作家及其作品。小说最大的戏仿是对美国诗人、小说家爱伦·坡的戏仿：亨伯特爱上12岁的小姑娘洛丽塔是对爱伦·坡曾经爱上13岁小姑娘弗吉尼亚的戏仿，亨伯特少年时的恋人安娜贝尔是对爱伦·坡诗歌《安娜贝尔·李》的戏仿，亨伯特与洛丽塔投宿旅馆时使用埃德加·亨·亨伯特博士的化名是对埃德加·爱伦·坡名字的戏仿等。再如小说中对弗洛伊德的戏拟。他常常故意在小说中让他的人物按照弗洛伊德学说的观念去行事。弗洛伊德以性本能阐释全部文化的精神动力，并且将性本能的压抑追溯到清白无辜的儿童或婴儿，这在纳博科夫看来简直荒唐可笑。在小说的前四章，亨伯特一脸真诚地追述自己恋童癖的根源、变态行为的动机以及被压抑的童年性经验等，就是对这一观念的戏拟嘲弄。第五章中亨伯特称自己"在欧洲那段时期的成年生活竟然双重到荒谬的地步"，明里与成年女子保持关系，暗里却渴望每一个性感少女，"所有这一切，现在我全据理来加以说明。在我二十多岁和三十出头的那些年里，我并不那么清楚明白我的苦闷。虽然我的身体知道它渴望什么，但我又变得盲目乐观。我受到清规戒律的遏制。精神分析学家用伪性欲的伪释放来劝说我"。这显然是对弗洛伊德意识压抑无意识说法的戏拟。

## 第七节　马尔克斯

加西亚·马尔克斯（1928—2014）是哥伦比亚当代著名小说家，拉丁美洲魔幻现实主义文学的杰出代表。智利诗人聂鲁达认为他的长篇小说《百年孤独》是"继塞万提斯的《堂吉诃德》之后最伟大的西班牙语作品"。1982年因为"把读者带进了一个奇异的世界。在那里既有不可思议的神话，也有最纯粹的现实生活"，马尔克斯荣获诺贝尔文学奖。

### 一、生平与创作

马尔克斯1928年3月6日出生于哥伦比亚马格达雷达省的阿拉卡塔卡镇。父亲是电报报务员。8岁之前马尔克斯一直住在外祖父家，外祖父是位上校军官，参加过1899—1903年的内战，外祖母善讲故事。12岁时他随家迁居首都波哥大，先在教会学校读书，后考入波哥大大学读法律，并加入自由党。1948年哥伦比亚发生内战，保守党与自由党争权夺利，全国大乱，马尔克斯只得中途退学。不久他进入新闻界，任《观察家报》记者，遍访意、法、英等国。该报副刊总编辑博尔达是哥伦比亚现代主义文学奠基人，在他的指引下，马尔克斯走上文学之路。1955年他因写一篇题为《一个海上遭难者的自述》的报道揭露海军参与走私活动的丑闻，受到当局迫害，长期流亡国外，1960年任古巴拉丁通讯社记者，1961年至1967年，他移居墨西哥，从事文学、新闻和电影工作。从1975年起，为抗议智利军事政变，他举行"文学罢工"，直到1981年才重新发表作品。1982年哥伦比亚政权更迭，马尔克斯在新总统的亲自保证下，离开居住多年的墨西哥回到祖国。

马尔克斯从1947年起开始发表作品。早期的14个短篇小说均发表在他供职的《观察家报》上。从1955年起，他的创作走出模仿期，日趋成熟。1955年发表的短篇小说《周末后的一天》获全国文艺家协会奖，同年发表的中篇小说《枯枝败叶》引起拉美文学界的普遍注意。这部小说描写沿海小镇马贡多一个家族的命运，集中刻画一位上校和他的子孙们孤独的生活境遇和忧伤的内心世界。这是《百年孤独》的前身，标志着作者的魔幻现实主义风格的形成。1961年发表中篇小说《没有人给他写信的上校》，这是作者自认"写得最好的小说"。作品写一位战功卓著的上校年老退休后的悲惨境遇，每天盼望政府的慰问信和津贴，却始终不能如愿，最后把生活的希望寄托在一只斗鸡的身上。这部作品连同长篇小说《百年孤独》（1967）、短篇小说《巨翅老人》（1970）及长篇小说《家长的没落》（1975）都是魔幻现实主义的典范作品。结束"文学罢工"后，马尔克斯的创作风格发生明显变化，中篇小说《一件事先张扬的凶杀案》（1981）、长篇小说《霍乱时期的爱情》（1985）基本是现实主义的。20世纪90年代创作短篇小说集《十二篇异国旅行的故事》（1992）、长篇小说《爱情和其他魔鬼》（1994）时，他所擅长的魔幻现实主义手法又一次大放异彩。

马尔克斯1999年罹患淋巴癌，2012年患老年痴呆症，2014年4月17日在墨西哥首都墨西哥城去世。哥伦比亚时任总统曼努埃尔·桑托斯当天在其个人微博上称马尔克斯是历史上最伟大的哥伦比亚人，在当天发表电视讲话说马尔克斯的辞世让哥伦比亚举国悲痛，带来"千年的孤独和悲伤"，并宣布举国哀悼3天，政府机构降半旗志哀。

在马尔克斯的创作中，《家长的没落》是继《百年孤独》引起世界轰动之后再次产生"爆炸性"影响的作品，被评为1976年世界十大优秀作品之一。小说成功地塑造了独裁者、某共和国总统尼卡诺尔的形象。他冷酷残忍、荒淫无度、横征暴敛、倒行逆施。在政治生活中，为了排除异己，他把政敌处死以后扔到河里喂鳄鱼，并把政敌的皮剥下来送给其家属，他甚至把政敌放在火上烤焦，让其私人卫队食用；在私生活上，他穷奢极欲，荒淫成癖：他一生有1千多个情妇，情妇们为他生了5千多个怀孕7个月就出生的"七月子"。最后尼卡诺尔恶贯满盈而自取灭亡。尼卡诺尔集中了拉丁美洲所有独裁暴君的一切特征。作品在极度夸张中无情地鞭挞专制暴君的丑恶行径和灵魂，表达人道主义和民主主义的立场。

《霍乱时期的爱情》则摈弃魔幻现实主义手法，在这部小说里，"一切都是严肃的，有分寸"。作品讲述发展于费尔米纳·达萨、费洛伦蒂纳·阿里萨以及医生胡维纳尔·乌尔比诺之间的一段长达半个多世纪的三角恋爱。马尔克斯在作品中展示了所有爱情的可能性和所有的爱情方式：幸福的爱情、贫穷的爱情、高尚的爱情、庸俗的爱情、粗暴的爱情、柏拉图式的爱情、放荡的爱情、羞怯的爱情等，甚至"连霍乱本身也是一种爱情病"。透过这些爱情，小说深入剖析一个观念，即经历爱情的折磨是一种尊严，也表达哥伦比亚的历史是哥伦比亚人自己破坏哥伦比亚的历史这一看法。

马尔克斯的创作表现了民族觉醒的"拉丁意识"，既揭露国内的反动独裁统治，又抨击外来的殖民侵略，既控诉社会黑暗，又抗议时政流弊，因而具有明显的进步倾向。在艺术上，他的创作借鉴了现代主义常用的夸张、象征、怪诞等手法，并将其与古老的印第安神话传说和拉美的地域风情有机地结合起来，成功地熔铸成"变现实为幻想而又不失其真"的魔幻现实主义方法。在他的大部分作品中，悲观、孤独、郁闷、忧伤的气氛非常浓厚，这固然是拉美腐朽黑暗社会的产物，同时也是拉美许多知识分子情绪的真实流露。这种情绪表明，在寻求真理的道路上，拉美知识分子正处于苦闷与彷徨之中。

## 二、《百年孤独》

1967年，马尔克斯用18年时间构思和创作的长篇小说《百年孤独》问世，引起一场"文学地震"，轰动美欧两大洲。至今它已被译成30多种文字，产生了极为广泛的世界性影响。

### （一）情节结构

小说记叙布恩迪亚家族七代人的经历和马贡多小镇百余年的历史，时间长、人物多、场面大、情节离奇繁杂。

第一代何塞·阿卡迪奥·布恩迪亚和表妹乌苏拉结婚后，因担心近亲结婚会生下长猪尾巴的孩子而不敢同房。后来布恩迪亚被邻居取笑性无能，他在盛怒之下杀死邻居。但邻居忧伤的鬼魂一直在布恩迪亚夫妇面前出现，夫妇俩决定离开祖居地，另辟新居，最后在沼泽地马贡多定居。旅途中及定居后，夫妇俩先后生下何塞·阿卡迪奥、奥雷良诺和阿玛兰塔，乌苏拉后又收养孤女雷贝卡。后来，马贡多逐渐发展起来，第一批阿拉伯商人紧随西班牙、葡萄牙殖民者而来。吉卜赛人梅尔加德斯也来到此地。

第二代长子何塞·阿卡迪奥出走多年后突然回家，与幽居的雷贝卡结婚，生下阿卡迪奥，后因救弟弟而被敌人枪杀。次子奥雷良诺与马贡多镇长之女雷梅黛丝结婚，生下儿子奥雷良诺·何塞之后，雷梅黛丝被阿玛兰塔误毒致死。内战爆发后，奥雷良诺参加反政府军，先后被任命为马贡多的军政长官、上校及革命军总司令，并在不到12年的南征北战之中与17个女人生下17个儿子，这些儿子都清一色地取名奥雷良诺。内战结束后，奥雷良诺因叛乱罪而被处死刑，行刑时，他被哥哥所救，遂逃往外地，晚年回到家乡，天天在家关起门来制作小金鱼。阿玛兰塔用计抢得寡居的前嫂子雷贝卡的未婚夫、意大利人克列斯比，克列斯比自杀后，她又与侄子奥雷良诺·何塞发生乱伦关系。

第三代阿卡迪奥在上校叔叔外出打江山后接手管理马贡多，后被政敌枪毙，留下女儿雷梅黛丝、孪生子阿卡迪奥第二和奥雷良诺第二，而奥雷良诺·何塞不久也死于政府军枪下。

第四代阿卡迪奥第二和奥雷良诺第二共同拥有情妇佩特拉·柯特。前者组织香蕉公司工人罢工，反对美国佬的残酷剥削，后者与菲兰达结婚，生下女儿雷纳塔（梅梅）、儿子何塞·阿卡迪奥；"俏姑娘"雷梅黛丝有洁癖，后抓住床单飞天而逝。

第五代梅梅生下小奥雷良诺·布恩迪亚后被母亲送进修道院，在此苦度余生，而神学院学生何塞·阿卡迪奥被人淹死在浴池里。

第六代小奥雷良诺·布恩迪亚疯狂地爱上自己俊俏、风流的姨妈阿玛兰塔·乌苏拉，两人生下一个长猪尾巴的孩子。这个孩子是布恩迪亚家族的第七代，最后被蚂蚁吞食。紧接着，马贡多小镇也被飓风一扫而光。

（二）思想主题

《百年孤独》有"当代拉丁美洲的百科全书"之称，因为它内容异常丰富、深广，具有很高的认识价值。它的内容主要包括3个方面。

首先，它以马贡多小镇经历的创建、繁荣、沦落和消亡的百年沧桑，浓缩哥伦比亚乃至拉丁美洲从19世纪初到20世纪上半叶百余年的历史。马尔克斯在1982年出版的文学谈话录《番石榴飘香》中曾说：布恩迪亚家族的历史，实际上就是拉丁美洲的历史。因此，小说中虚构的马贡多小镇和布恩迪亚家族实际上是哥伦比亚国家和民族的缩影，是整个拉丁美洲社会生活的缩影。马贡多原来是一片未开垦的沼泽地，初创时期也不过20来户人家，人们居住在河边用泥巴和芦苇搭的房子里。"这块天地还是新开辟的，许多东西都叫不出名字，不得不用手指指点点。"这时虽然原始、愚昧、落后，却也安宁、公平。这时的马贡多是哥伦比亚和拉丁美洲土著生活的写照。接着，西班牙、葡萄牙殖民者用剑与火，加上十字架征服了土著居民，大批移民涌入这块大陆。小说中有关吉卜赛人来到马贡多、乌苏拉发现与外界的通道以及引来第一批移民的描写，就是这段史实的再现。从此，马贡多的社会结构、思想信仰到风俗习惯都发生了深刻变化。这是哥伦比亚历史上第一次大转折。布恩迪亚家族第一代主要生活在这两个阶段。19世纪初哥伦比亚独立以后，党派纷争，内乱不止，百姓流离失所，生灵涂炭。从1830年到1899年间，全国爆发了27次内战。这是哥伦比亚历史上第二次转折。布恩迪亚家族第二代即奥雷良诺上校和第三代的经历，就是对内战时期的生动概括。19世纪末期20世纪初期，哥伦比亚内战停止，开始经济恢复阶段，但英美等新殖民者又以经济手段打进这一地区，使之成为他们的原料供应地、产品倾销市场和投资宝地。小说对这段史实作了真实而突出的反映。马贡多居民被火车、电灯、电话、电影、留声机惊得目瞪口呆，眼花缭乱，美国佬在这个小镇上建立香蕉公司，各种人像潮水一样涌进来，马贡多的面貌被彻底改变。这种变革表面上给马贡多带来了繁荣，实际上却是帝国主义残酷剥削和掠夺的开始，而且为了维护既得利益，他们常常用暴力镇压人民的反抗。布恩迪亚家族的第四代何塞·阿卡迪奥就曾组织香蕉公司工人进行罢工，结果政府派军队残杀了3000名工人，尸体装了二百节车皮。布恩迪亚家族第四代起就一直生活在这个新殖民时期。

其次，作品揭示拉丁美洲民族深层的文化和心理特征，指出孤独落后带来的严重危害。这是小说的主题。马尔克斯在解释作品标题时曾说："百年"表示年代的长久，而"孤独的反义词是团结"，换言之，孤独就是不团结。所以《百年孤独》艺术地总结了不团结给民族、国家带来的严重危害。作者衷心希望哥伦比亚以及整个拉美地区的人们摆脱"孤独"，团结起来，结束漫长的苦难岁月。这一思想集中体现在布恩迪亚家族众多人物的形象刻画方面。这些人物生活时代不同，遭遇有别，性格上却有一个明显的共同点，即都有深入骨髓的孤独感。这种孤独的本质是人们因为不能掌握自己的命运而产生的绝望、冷漠和疏远感，它的后果是制造愚昧、落后、保守和僵化的现状，导致家族衰败、民族落后、国家灭亡。第一代何塞·阿卡迪奥·布恩迪亚和表妹结婚以后就遭受孤独的折磨，他由于害怕生下长猪尾巴的后代而不敢和妻子同房，杀死嘲笑者后又受到鬼魂的困扰，不得不远走他乡，晚年则精神恍惚、疯疯癫癫，最后被捆绑在栗树干上孤独地死去。第二代奥雷良诺上校年轻时身经百战，却一片茫然，不知为谁卖命。战败归来，他把自己反锁在屋里制作小金鱼，做好化掉，化掉后再做，"连内心也上了门闩"。香蕉公司出现之后，他目睹专横傲慢的美国佬和雇佣刽子手随意杀死平民，便决定再次发动战争以推翻新殖民者支持的腐败政府，却无人理睬，还丢了16个儿子的性命。这个家族中的女人也是孤独成癖。第二代中的阿玛兰塔一方面阴险地破坏别人的婚姻，另一方面又冷酷地拒绝自己的求婚者，晚年又旷日持久地为自己编织精美的尸衣，孤独地等待死神的召唤。第四代"俏姑娘"雷梅黛丝每天上午在浴室里待上整整两个小时，慢条斯理地冲洗身子以打发时间，最后抓住一条被单飞向天空。这种孤独的恶习在布恩迪亚家族中代代相传，周而复始，恶性循环。小说结尾，这个家族连同马贡多小镇被飓风刮走，极富象征意义地揭示了孤独必然导致家庭和社会消亡的悲剧。

　　第三，《百年孤独》还表明反对内战、抨击新老殖民主义的坚定立场。独立战争后，哥伦比亚摆脱了西班牙、葡萄牙的殖民统治，建立了共和国，但党派之间明争暗斗，政局动荡不安。从19世纪30年代至90年代，哥伦比亚爆发内战27次，其中10次是全国规模的战争，使数十万人丧生。作品通过奥雷良诺上校富有传奇色彩的经历反映了这一段辛酸的历史。派到马贡多小镇的镇长唐堂·阿波利那尔是保守党，在主持选举时营私舞弊，其女婿奥雷良诺极为愤慨，带领20条大汉前去投靠自由党的军队，官至上校，终成革命军总司令。奥雷良诺一生发动过32次武装起义，逃脱14次暗杀、77次埋伏和一次行刑队的枪决。上校的经历看似神奇，实际上真实地反映了哥伦比亚乃至拉美大陆上层统治集团党派斗争的激烈性和残酷性。西、葡殖民者入侵，固然改变了拉美原始闭塞与世隔绝的状态，输入了西方文明，但殖民者的最终目的在于用一切手段掠夺拉美地区的财富。小说中写到，吉卜赛人用两块小小的磁铁就换走了布恩迪亚家的一头骡子和一群山羊，用一架放大镜就换回那块磁铁和乌苏拉的父亲劳累一生积攒下的30块金币。布恩迪亚父子3人为看一下冰块，便付给吉卜赛人30个里亚尔，为摸一下，每人又付了5个里亚尔。这正是老殖民者掠夺拉美财富的形象反映。至于19世纪末20世纪初入侵的新殖民者，更是剥夺成性，残酷至极。他们建立公司，规范街道，确实给马贡多带来重大的变革，但是这种变革是以确保他们能够在此获取高额利润为前提的。一旦工人罢工危及他们的利益，他们就会串通傀儡政府"授命军队不惜子弹"打死工人。作品通过何塞·阿卡迪奥第二的亲身经历和感觉，抨击新殖民者的凶残和无人道：政府军开枪后，他"倒在地上，满脸是血。他苏醒时才发现自己躺在塞满火车车厢的尸体上。他从一个车厢爬到另一个车厢，透过微弱亮光，便看见了死了的男人、女人和孩子：他们像报废的香蕉给扔进大海……这是他见过的最长的列车——几乎有两百节货运车厢"。

### （三）艺术特点

　　《百年孤独》在艺术上取得了举世公认的成就。这主要体现在"魔幻"手法的运用上,而这一手法的运用又具体表现在如下几个方面。

第一,在丰富想象的基础上广泛运用夸张和畸变的手法。作者常常把现实生活中的情况作故意而大胆的夸张,甚至描写成完全不可能存在或发生的事情,有时则故意扭曲、变形,使其显得荒诞不经、滑稽可笑。如孤女雷贝卡有一怪癖,可以几天不吃饭,靠吃土和石灰维持生活;奥雷良诺第二、阿卡迪奥第二兄弟俩的共同情妇的情爱具有惊异的刺激动物生殖的功能,她养的母马一胎生三驹,母鸡一天下两次蛋,几只兔子一夜间繁殖一院子的兔子;何塞·阿卡迪奥自杀后,鲜血竟流过一条街道,转过一个弯,最后流到他家里通知亲人;奥雷良诺第二和音乐学校女校长之间长达三天的大嚼比赛,等等。

第二,大量使用印第安传说、阿拉伯故事和《圣经》中的典故,使之与具体的现实生活巧妙地结合起来。这种写法进一步加强了神秘气氛,使幻想与真实难分难解,构成光怪陆离的社会生活画面。如鬼魂与活人搅在一起,并能与人谈话,交流思想;吉卜赛人梅尔加德斯死了两次,每次死了以后仍然在马贡多小镇出没;阿吉廖尔被刺死以后时时纠缠老布恩迪亚夫妇。这类描写是印第安人传统观念的表现。此外,小说中关于"俏姑娘"雷梅黛丝抓住床单升天的情节,显然借用了《一千零一夜》中的故事,而马贡多一连下了四年十一个月零两天的大雨,雷梅黛丝白日升天的描写,也与《圣经》中"洪水灭世""圣母升天"的典故大同小异。

第三,运用象征手法,表达深刻寓意。象征是魔幻现实主义作品常用的手法,《百年孤独》也不例外。黄色在西方人习惯中多象征不幸和死亡。作品写道:老布恩迪亚死亡时,天空降下许多黄花雨,整个马贡多仿佛铺上了一层密实的地毯,以致人们不得不用铲子和耙子为送葬队伍清理道路。"俏姑娘"雷梅黛丝是美的化身,她不仅长得美,而且有严重的洁癖,每天要用两个小时冲洗自己的身子。她不沾染任何恶习,不受一切风俗的诱惑,多次拒绝求婚。又如马贡多镇的人们先后患上"失眠症"和"健忘症",这些病症象征人们容易忘记历史。冰块这一贯穿小说始终的意象,则预示着马贡多必然毁灭的命运。而整部作品的情节,其实正是哥伦比亚乃至拉丁美洲历史和生活的象征和缩影。

第四,崭新的时间观念与别致的叙事方法。为了表现拉美百年孤独的现实,马尔克斯创造了新的时间观,即认为:时间在拉丁美洲是静止的,是在一个封闭的圆圈里循环的。如作品开头一句话就说:"多年之后,面对行刑队,奥雷良诺上校将会想起那久远的一天下午,他父亲带他去见识了冰块。"这句话表明:叙述者是站在"现在"去讲述"多年之后"的那个"将来",又从这个"将来"回顾"那久远的一天"这个"过去",一句话里包含了现在、将来和过去,形成一个时间的圆圈,这个时间的圆圈正表明了时间的封闭性与停滞性。与之相对应,作者采用循环往复的叙事法,打破过去、现在和将来的界限,将心理时间与物理时间混合在一起。这种写法既将过去、现在和未来严密地组织在一个整体里,又制造了悬念。这样的时间结构在作品中多次出现,使作品一环接一环,环环相扣,悬念迭生。

第五,设置明暗两条线索,显示出构思上的魔幻性。作品里有一条明显的线索,那

就是布恩迪亚家族对近亲结婚会生出长猪尾巴孩子的恐惧。小说从该家族前一代生下长猪尾巴孩子的传说开始，到这个家族的第六代果真生下一个长猪尾巴的第七代的现实而结束，实现小说结构上的完整。而梅尔加德斯的"羊皮书"手稿在小说结构上也起了重要作用。羊皮书用神秘的文字预言布恩迪亚家族的命运，这个家族每一代都有人在努力破译手稿中的神秘含义，但都无果而终，直到第六代小奥雷良诺·布恩迪亚看见自己的长"猪尾巴"的孩子被吃掉的一瞬间，才猛然领悟手稿中的含义。羊皮书的神秘文字和布恩迪亚家族代代相传、挥之不去的恐惧感，形成一暗一明、一虚一实两条线索，相互映衬，体现了小说结构的完整和构思的神秘性和魔幻性。

## 第八节　昆德拉

米兰·昆德拉（1929—2023）是20世纪后期法国籍捷克裔小说家和诗人。他对小说艺术的精辟论述，尤其是所创作的长篇小说确立了他在20世纪70年代以来的世界文学中的重要地位。

### 一、生平与创作

昆德拉出生于捷克斯洛伐克的布尔诺市（今属捷克）。其父是钢琴家、音乐学院教授。昆德拉于1947年加入捷克斯洛伐克共产党，1950年脱离共产党，1956年又恢复党籍。他为自己生长于一个小国而自豪，因为这利于他成为一个广闻博识的"世界性的人"。童年时代，他学过作曲，受过良好的音乐熏陶和教育。少年时代，他开始广泛阅读世界文学名著。青年时代，他学过写诗和剧本，画过画，搞过音乐。他毕业于电影学院，在布拉格电影学院从事过多年教学工作。从50年代初开始，他作为诗人登上文坛，成为一个颇有争议的名诗人。直到30岁左右写出第一个短篇小说，他才确定小说创作为自己的主攻方向。1967年，身为主席团成员的昆德拉在捷克斯洛伐克第四次作家代表大会上发表言辞激烈的演讲，成为1968年"布拉格之春"的先声。同年，他的第一部长篇小说《玩笑》在捷克斯洛伐克出版，获得巨大成功。1968年春，捷共最高层在民众的推动下实行全面改革，史称"布拉格之春"，昆德拉以捷共党员的身份参与了这一历史事件。但同年8月，苏联纠集华约一些国家出动25万军队，以"保卫社会主义成果"的名义入侵捷克斯洛伐克。苏军坦克一夜之间占领了布拉格。昆德拉受到当局的惩罚，他在电影学院的教授职位被撤销，作品被禁止发行。1975年，他携妻子离开捷克斯洛伐克，移居巴黎，次年发表长篇小说《为了告别的聚会》，1981年加入法国国籍。昆德拉迅速成为法国读者最喜爱的作家之一。之后，他一直在巴黎大学执教。2019年，昆德拉重获捷克公民身份。2023年7月11日去世。

昆德拉最先创作诗歌，先后发表《人，一座广阔的花园》（1953）、《独白》（1957）以及《最后一个五月》（1959）等诗集。他的诗表达了对人性、对爱情的追求，但常遭非议。当时的捷克斯洛伐克文坛充斥着公式化、概念化作品，自觉遵守艺术规律进行创作的作家受到不同程度的排挤，如1984年诺贝尔文学奖获得者、捷克著名诗人赛弗尔特（1901—1986）就曾两次被迫搁笔。昆德拉明白自己的处境后，决定抛弃直抒胸臆、直奔主题的诗歌创作，而把小说创作确定为自己的追求。他的小说创作从短篇小说开始。这些作品着重描写男女之间在性爱和爱情方面的矛盾与纠葛，对男女的性心理等问题进行分析与探索。之后，他转入长篇小说创作，主要作品有《玩笑》（1967）、《为了告别的聚会》（1976）、《笑忘录》（1978）、《不能承受的生命之轻》（1984）、《不朽》（1990）等。他原来一直用捷克语创作，90年代用法语创作了《缓慢》（1995）和《身份》（1997）等长篇小说。

　　《玩笑》是昆德拉的成名作。小说在捷克斯洛伐克出版后引起巨大反响，而且很快被译成多种西方文字。相当一部分西方评论家在相当长一段时间里将昆德拉当作纯粹"出于义愤或在暴行的刺激下愤而执笔写作的社会反抗作家"，因而把《玩笑》视为政治小说。昆德拉本人则认为："《玩笑》只是个爱情故事！"这个"爱情故事"的主人公是卢德维克。小说开始时，他是一个爱开玩笑的年轻大学生、捷共党员。他在给严肃正经的女大学生玛盖达表白爱意的一张明信片上玩笑似的写道："乐观主义是麻醉人民的鸦片！健康气氛发出了愚昧的恶臭！托洛茨基万岁！"这个小小的玩笑让他付出惨重代价，他先是被开除党籍、学籍，后来被遣派到矿区服苦役。在孤寂的劳役生涯中，卢德维克邂逅经历同样不幸的露西娅。后者认为爱情与性欲无关，她对卢德维克的狂热追求的唯一表示是送给对方一束花。一次，卢德维克出于冲动，一把抱住露西娅，露西娅惊恐万分，说："你并不爱我。"然后神秘地消失。15年过去了，卢德维克获释后，回到大学完成学业，进了研究机构。一次偶然的机会，他碰见了当年迫害他的党小组长泽马内克的妻子海伦娜。他决定通过勾引她来报复泽马内克。事后他才发现，自己不但没有达到报复的目的，反而帮了泽马内克的大忙，因为泽马内克有了新欢，早就想甩掉海伦娜，而且政治上也改变了立场，成了反斯大林主义的英雄。于是卢德维克感慨：一切都是罗网。这部小说的思想主题至少可从三个角度理解：一为爱情小说，探讨爱情的真谛何在；二为政治小说，反映捷共党内、捷克斯洛伐克国内多变的政治气候；三为哲理小说，用卢德维克不断陷入玩笑怪圈的个人遭遇象征人类的普遍境况。

　　昆德拉善于用反讽手法、以幽默语调描绘人类境况。他的作品表面轻松，实则沉重；表面随意，实则精致；表面通俗，实则深邃。正因如此，在世界许多国家，才一次又一次地掀起"昆德拉热"。

　　昆德拉是一个学者型的作家，集文论家与小说家于一身。他出版过3本论述小说艺术的随笔集，其中《小说的艺术》（1986）和《被贩卖的遗嘱》（1993）在世界各地广为流传。他把哲学理念与文学之间的血缘关系通过作品体现出来，使小说从单纯的文学体裁成为反映人类思想的典籍。他认为："小说艺术就是上帝笑声的回响"，因而小说的实质乃是表现"独立思想、个人创见"；"小说的智慧"是"幽默"。他借用福楼拜"现代化的愚蠢并不是无知，而是对各种思潮的生吞活剥"的断言，指出："这些洪水般的思

潮输入电脑，借助于大众传播媒介，恐怕会凝聚成一股粉碎独立思想和个人创建的势力。"因此，"那些不懂笑、毫无幽默感的人，不但墨守成规，而且媚俗取宠，他们是艺术的大敌。"

## 二、《不能承受的生命之轻》

昆德拉移居法国巴黎后，潜心于小说创作，接连发表多部作品。其中 1984 年出版的长篇小说《不能承受的生命之轻》使他的声誉达到顶点。小说中充满哲理的思索，并将哲理小说与田园抒情诗有机地结合起来，达到一种新境界。小说大受西方报刊的赞美和推崇，《华盛顿邮报》认为这部小说是"20 世纪最伟大的小说之一"。

### （一）情节与人物

小说共分 7 部，依次是"轻与重""灵与肉""不解之词""灵与肉""轻与重""伟大的进军""卡列宁的微笑"。主体故事涉及的时间大致为 1962 年至 1975 年，以 1968 年苏军镇压"布拉格之春"事件为中心。故事分两条线索展开，有交叉、有联系：一条线索叙述外科医生托马斯与女摄影记者特雷莎之间的相识及婚恋的故事，地点包括捷克斯洛伐克首都布拉格、偏远小镇、农庄，和瑞士的苏黎世；另一条线索叙述女画家萨比娜先后与托马斯、日内瓦大学教授弗兰茨之间的感情纠葛，地点涉及布拉格、日内瓦、巴黎及美国诸城市。两条线索的交叉点就是托马斯与萨比娜之间所谓的"性友谊"和托马斯之子西蒙向萨比娜报告父母噩耗的信函。

小说的主人公托马斯是布拉格的外科医生，一个普通的知识分子。表面上，他潇洒轻松，甚至玩世不恭，颓废放荡，是个典型的"浪子"。作品主要通过他的性爱游戏来表现这一点。他和第一个妻子共同生活不到两年，唯一的收获便是"对妇女的恐惧"，因此离婚时他"像别人庆贺订婚一样高兴"。他发现自己是个"十足的单身汉胚子"，于是出于对女人又"渴望"又"害怕"的心情，同时与多个女人保持所谓的"性友谊"，并且为确保这种"性友谊"不发展成为"带侵略性的爱"，他与情妇们见面讲究轮换周期，坚持"三三原则"。实际上，托马斯真诚执着，坚持正义，富有感情。他活得很累，很沉重。他与特雷莎相遇，一见钟情，并厮守终生，他对特雷莎的爱是真诚的、深刻的。为了特雷莎，他拒绝了瑞士一家医院对他的邀请，后来又满足她的心愿陪她离开已被苏联人侵占的布拉格；当特雷莎因忍受不了异国他乡的生活不辞而别后，他又紧随其后回到祖国；当特雷莎感到苏联人入侵后的布拉格已了无生趣时，他又陪她来到农庄，过着安宁而又贫困的田园生活。尽管与特雷莎结婚之前甚至以后，他都与其他女人有染，但他其实已经破坏了与她们之间的"不成文的性友谊合同"，因为他与情妇们幽会时"眼前老是浮现特雷莎的形象"，以致"他与那些情人们的风流韵事，使他蒙受耻辱"，所以连给他"最多舒坦"、与他最为投机的萨比娜也不得不感叹："穿过浪子托马斯的形体，居然有浪漫情人的面孔。"托马斯也是一个极富正义感的知识分子。他在"布拉格之春"期间写了一篇文章发表在捷克作家联盟的周报上，谴责执政当局的追随者。这些追随者在执政者受到责难时一味为自己开脱："我们不知道！我们上当了！我们是真正的信奉者！我们内心深处天真无邪！"托马斯认为这些"内心纯洁"的"热情分子"应像俄狄浦斯王一样，勇敢地把自己的眼睛挖掉，流浪他乡。苏联出兵捷克斯洛伐克以后，托马斯被要求收回那篇文章，后来又被要求在一份包含亲苏、许愿效忠当局、谴责知识分子并痛斥那位发表他的文章的周报编辑的声明上签名，托马斯拒绝了。为此，他不能再做医生，成了布拉格街头的一名清洗工。这些都表明他能分清是非，坚持正义。正如他的儿子为他写的墓志铭所言，"他要在人间建起上帝的天国"。这里所说的"上帝的天国"，就是正义的世界。这是托马斯的追求。当然，托马斯也有软弱、惶惑的一面。正如非常器重他的主治医生所言，托马斯不是"民族的救星"，不必在政治问题上栽跟头。托马斯也的确不以"民族的救星"自居，他拒绝收回发表的文章，拒绝在宣誓效忠的声明上签字，其中一部分原因是出于不"媚俗"。因此，当那位周报编辑后来请他在一张呼吁共和国主席赦免所有政治犯的请愿书上签名时，尽管有儿子催促，他还是拒绝了。这是出于谨慎，也是因为软弱、害怕。同时，他最终和特雷莎隐居乡村，安心过宁静而贫困的生活，也说明他看破红尘之后开始退缩。总之，托马斯的一生以游戏人生开始，以悄然死亡结束，但他的生活的主体部分则是充满责任、情感和正义的。他的生命中更多的是"不能承受之重"。

女画家萨比娜是一位极具个性的知识分子。她最明显的性格特点是敢于反叛，毫不媚俗。她对人对事往往有自己独到的见解。她跟托马斯逢场作戏而且终生不悔，是因为她觉得托马斯是反对"媚俗王国"的"魔鬼"，这一点恰恰与她意气相投。她跟弗兰茨谈情说爱之后又逃之夭夭，是因为她觉得弗兰茨极具才学、非常健壮，但对她"缺乏下达命令的力量"。萨比娜迷醉于背叛清教徒似的父亲，用热爱毕加索的画来背叛"成批制作共产主义政治家们的肖像"。萨比娜从不媚俗。她参加强制性的游行，总是合不上大家的步伐，她认为"人们举着拳头，众口一声地喊着同样的口号齐步游行"是一种"更本质更普遍的邪恶"，即缺乏思考和媚俗。萨比娜对自己的祖国感情非常复杂，因为自己的祖国总是与"监狱""迫害""禁书""占领""坦克"这类"丑陋"的词联系在一起。她似乎更爱瑞士和美国，因为日内瓦的赞助人和美国人出于对她弱小祖国的同情买下了她的全部作品，使她生活优越，事业上也有成就感，但是她自己也感觉到这种对他国的爱是"表面的""异己的"。无论是私生活还是工作，无论是在国内还是流亡途中，萨比娜似乎都活得洒脱，轻松，然而也活得空虚、惶惑。她感受更多的是生命的"不能承受之轻"。

(二) 思想主题

这部小说故事情节并不复杂，但思想内容非常丰富，而且仁者见仁，智者见智。对这部作品思想主题，可以从三个角度来理解。

首先，它是一部爱情小说。《不能承受的生命之轻》的主体部分讲述托马斯与特雷莎之间的爱情故事，比较了性爱与爱情的本质区别。作品借这一故事和这一比较歌颂纯洁、真诚因而理想化的爱情。托、特之恋可谓充满了巧合和偶然性，然而他们一见钟情而且终生不渝。作品不仅描写他们情感历程中的喜怒哀乐妒，而且上升到理论层面来诠释。托马斯发现对情妇的感觉与对特雷莎的感觉不大一样，他只想跟前者做爱，而希望同后者睡觉，因为"爱情不会使人产生性交的欲望（即对无数女人的激情），却会引起同眠共寝的欲求（只限于对一个女人的欲求）"。作者还借用柏拉图《对话录》中的著名假说，指出托、特之间的感情是名副其实的爱情，因为他们都"渴望着失去了的那一半自己"。

其次，它是一部政治小说。昆德拉不喜欢别人把他的小说当作政治讽刺作品，但事实上，他的故事多以敏感的政治事件为背景，作品中的人物又常常涉足于政治活动，对这一部分内容视而不见乃是掩耳盗铃之举。这部作品以苏军出兵镇压"布拉格之春"这一事件为主要背景，主人公的所作所为、所思所想也与这一事件密切相关，涉及许多政治问题，如对苏联霸权行为的控诉，对捷克左倾文艺政策的不满，对越南在苏联教唆下侵略柬埔寨的抗议，对捷克有识之士在布拉格事件之后勇敢、正直的斗争精神的歌颂，等等。

最后，它是一部哲理小说。应当说，《不能承受的生命之轻》是一部典型的哲理小说。作品开头即用长篇大论阐述尼采的"永恒轮回"说，然后以之为依托，阐明轻（轻松）与重（沉重）的深刻含义。当然，这部作品的哲理内涵远不只是表现在罗列众多哲学家、神学家的观点这一方面，更主要的，表现在作者本人对一些事件和问题所作的形而上的思辨上。具体来讲，这部小说至少提出了两个哲学命题和一个普遍的时代问题。一是何为轻、何为重？人们该选择沉重还是轻松？二是灵与肉的关系怎样？灵比肉重要吗？肉比灵更庸俗吗？对前一个问题，作者结合尼采、巴门尼德和贝多芬等人的观点，肯定了"重"。对后一个问题，作者结合诺斯替教大师瓦伦廷、神学家圣哲罗姆、埃里金娜的言论及斯大林儿子雅可夫之死，表明心灵与肉体不可调和，但彼此都很重要。作品涉及的普遍的时代问题是：托马斯、萨比娜等知识分子的窘境与困惑实际上是当代人类普遍面临的境遇和拥有的心态。

（三）艺术特点

《不能承受的生命之轻》的艺术特色十分明显，具体表现在以下几个方面。

第一，深刻的哲理性。全书有约三分之一的篇幅是作者的就题发挥，引证丰富，阐释深刻，充分体现了作者集小说家与哲学家于一身的特长，也形成了作品叙述与议论相辅相成、有机交织的特色。

第二，浓郁的抒情性。有评论家称《不能承受的生命之轻》是一首田园牧歌，它深情地描绘了托马斯、特雷莎一生奔波、一路坎坷之后的归宿和皈依。作品最后一章《卡列宁的微笑》则以其宁静、和平的乡村背景，人与人之间的融洽关系以及人与动物相依相伴的情景，极具诗意地诠释了这一主题。换言之，作品的主题是哲理性的，文笔则是诗意化的。

第三，幽默讽刺手法。昆德拉善于运用讽刺性的玩笑造成幽默的效果，以表达自己的愤怒之情。这一点最突出地表现在对苏联入侵行为的抨击上。萨比娜流亡瑞士之后瑞士人出于同情购买了她的全部作品，她辛酸地说："多亏了俄国人，我才成了阔太太。"这句话既是自嘲，也是对俄国人的反讽。捷克作家联盟办的周报上曾登载一幅宣传画，这张画模仿1918年苏联国内战争时的一张征兵宣传画，原画上戴红五星帽的俄国士兵用食指指向观众，问："公民，你加入了红军吗？"周报上这张画的俄文标题被捷克文标题取而代之："公民，你在两千字宣言上签名了吗？"这一"绝妙的玩笑"辛辣地嘲讽了苏联入侵者镇压捷克言论自由的行为。书中还用一些貌似格言警句的语句来嘲笑某类现象，如宣称："调情就是勾引另一个人使之相信有性交的可能，同时又不让这种可能成为现实。换句话说，调情便是许诺无确切保证的性交"，就幽默地揭示了一部分捷克人的无聊、空虚的生活状态。

第四，行文富有变化。《不解之词》一章突破前文和后文的叙述、议论轮流替换的行文方式，独具匠心地编辑了一份薄薄的"不解之词简编"，简明扼要地比较了弗兰茨与萨比娜之间的文化背景和思想观念的差异，给人别开生面之感。

## 第九节 贝娄

索尔·贝娄（1915—2005）是20世纪后期美国最重要的作家之一，1976年他因为"对当代文化富于人性的理解和精妙的分析"而获得诺贝尔文学奖。

### 一、生平与创作

索尔·贝娄1915年6月10日出生于加拿大魁北克省拉辛城，父母是俄国犹太移民。1924年全家迁居美国芝加哥，贝娄在此上完中学。动荡不定的城市生活、交错繁杂的文化传统和风俗影响，引起他的困惑多思和对社会问题的兴趣。1933年他考入芝加哥大学，两年后转入西北大学，在该校获得社会学和人类学学位后进威斯康星大学攻读硕士学位。1938年以后贝娄短期在商船上服务，作过记者，参加过《大英百科全书》的编辑工作；二战期间在美国海军服役。战后他在明尼苏达大学、纽约大学、普林斯顿大学等高校任教，80年代至90年代为芝加哥大学教授和社会思想委员会主席。1993年秋，他转入波士顿大学任教。2005年4月5日，贝娄在马萨诸塞州布鲁克莱恩的家中去世。

贝娄从1941年开始发表作品以来，迄今已发表长篇小说10部、短篇小说集3部、剧本4个、其他著作4部。他的创作以长篇小说为重，包括《晃来晃去的人》（1944）、《受害者》（1947）、《奥吉·玛琪历险记》（1953）、《雨王汉德逊》（1959）、《赫索格》（1964）、《赛姆勒先生的行星》（1970）、《洪堡的礼物》（1975）、《院长的十二月》（1982）、《更多的人死于心碎》（1987）和《拉维尔斯坦》（2000）。

《晃来晃去的人》是贝娄的第一部长篇小说。作品以日记形式记叙主人公约瑟夫27岁时的一段生活经历和心理活动。约瑟夫已大学毕业，有5年婚龄，现在辞去旅游公司的工作等待应征入伍。他想利用这段空闲读点书、写点东西，充分享受一下个人自由。谁知在这期间他晃来晃去，无所事事，生活反而越来越空虚，精神也越来越苦闷。于是他来到兵役局，希望立刻到军队去，以结束自己的自由。这部小说隐含着现代人难以直言的痛苦，这种痛苦实际上就是对现代社会的幻灭意识和对生活的厌倦感。主人公约瑟夫成了20世纪40年代美国文学中的"反英雄"典型。

《雨王汉德逊》近似一部现代传奇。主人公汉德逊是贝娄笔下唯一的非犹太主人公。他出生富豪之家，祖辈显赫于政界，父亲是著名学者，本人是硕士和三百万美元遗产的继承人，但他在这样的环境中感到空虚，常因找不到个人在生活中的位置而痛苦，内心深处经常发出"我要，我要"的呼声。二战期间，他主动参战上了前线，但除了肉体留下创伤外，精神上一无所获。退役后他回家养猪，把自己优雅的古屋变成肮脏的猪场，但烦恼仍未消除。为了弄清自己到底要什么，他抛下家产前往非洲，经历无数坎坷，终于醒悟自己追求的是为他人服务的理想，于是决定回国学医。作品表现的是一个生活态度严肃、勤于思考的知识分子的精神危机及其为寻求摆脱危机的出路而作出的努力。

《赫索格》是贝娄的代表作之一。主人公赫索格是一位大学教授，为人敏感、善良，但现实生活给予他一连串打击，特别是妻子与挚友的私通使他最终明白，在现代社会中，人性的观念已经发生变化，人道主义理想已经被现实生活击得粉碎。他的精神支柱遭到摧毁，心态失去平衡。他发现自己接受的高等教育简直毫无用处，不知道应该怎样来认识周围的现实，怎样来对待和安排自己的生活，甚至怀疑生命的本质、生存的意义，发生所谓"自我本质的危机"。虽然作品着重描写的是主人公内心世界的受难，但他的精神危机在本质上是一种时代病，正如作者所说："不可避免的个人混乱，也就是社会悲剧的写照。"

《更多的人死于心碎》的第一人称叙述者肯尼思打算推行"具有人文性质的转折点计划"，以帮助美国人达到内心世界与外部世界和谐统一的理想境地。他将计划的实现寄托在执意要为精神世界的丰富和发展作贡献的植物学家本·杰民身上。本是这个时代地地道道的人文主义者，但在属于技术管理者、传媒大亨、娱乐文化和商业文化巨头的美国现代社会里，他屡屡受伤。最后本·杰民发现，北极的冰雪荒原要比美国这个"更多人死于心碎而不是核辐射"的国度更适合于自己的生存。小说结尾展示了一场"人文主义者的终结游戏"。这一结局象征性地揭示：现代美国精神文化"贫血症"由来已久，知识分子软弱的"精神自救"又无助于医治它，因此，"更多人死于心碎"这一时代病症将继续存在下去。

贝娄是一个学者型作家。他认为："作家是富于想象力的历史学家，比社会科学家更接近和了解当时的社会实况。"他受欧洲的非理性主义哲学和存在主义思想的影响，在创作中主要揭示当代美国社会里的人们尤其是知识分子的精神世界，着重反映他们精神的痛苦、沮丧和孤独。因此，他的创作最重要的主题就是表现美国人尤其是知识分子的"自我本质危机"。他笔下的主人公绝大多数为犹太人。贝娄等犹太作家认为，透过犹太人的经历和感受能最贴切地表现美国当代社会的异化现象，因为在犹太人的传统观念里，只有上帝的世界才是真实的世界，人间世界乃是异己的世界；同时犹太人历史上多次受外族侵略甚至被驱逐出境，祖国常存在其记忆与想象中，自己生活的世界只不过是暂时的栖身之所。贝娄的创作还有一个主题，即表现美国普遍存在的弱化人性本质的幼稚病，而这种幼稚病反映出美国人精神上的不成熟。在艺术方法上，贝娄既继承了现实主义传统，又吸收了现代派描绘和反映人物心理的新手法，如意识流技巧、蒙太奇手法；同时他的创作又洋溢着自我嘲讽的喜剧性风格。

## 二、《洪堡的礼物》

《洪堡的礼物》发表于 1975 年，次年贝娄即获诺贝尔文学奖。评论界普遍认为，贝娄的文学地位主要是由这部作品奠定的。

### （一）情节结构

小说背景是 20 世纪后期的美国知识界。作品所描写的美国社会生活瞬息万变的场景和扑朔迷离的精神状态，主要是通过"我"即查理·西特林回忆往事的自叙形式再现出来的。西特林回忆分两部分：一部分是不久前的往事，即西特林成名之后的所作所为，以及洪堡之死；另一部分则是发生得更早的"往事中的往事"，主要是洪堡成名及后来的"倒霉"的情形。作品开始，年已 40 岁的西特林回忆 20 世纪 30 年代起他与洪堡的交好与后来的交恶，重点叙述诗人洪堡 30 年代的追求和 40 年代末"倒霉"后的颓废、忧郁和落魄。然后西特林转而回忆自己的经历：洪堡成为名诗人时，西特林还是威斯康星大学的学生，他登门拜访洪堡，洪堡提携他进入文坛。他依靠写历史情节剧《冯·特伦奇》和一本评威尔逊的书声名鹊起。但之后他陷于感情和事业的困窘之中：前妻索要赡养费，情人以与他人要好逼婚，创作上的失败，生意场上的失利，律师、诉状代理人乃至街头流氓都向他逼债。正当他处境最艰难的时候，传来已故诗人洪堡送给他一份礼物即两份戏剧提纲的消息。洪堡的礼物重新引起人们的极大兴趣，西特林凭借它们又财源滚滚。于是他又一次回忆自己与洪堡之间的种种变故，并身怀愧疚地回忆自己成名之后避而不见恩师、对恩师之死不闻不问等往事。

### （二）人物形象

小说的主人公是诗人洪堡。他是一个现代悲剧型的知识分子形象。他生于犹太移民家庭，聪明早慧，博学多识，22 岁时发表诗集《滑稽歌集》，轰动文坛，在 20 世纪 30 年代享有很高的文名，是纽约文化界的一颗新星。他最突出的性格是勤于思索、勇于追求。西特林在与他交往的过程中发现："洪堡在苦苦思索着，如何在过去和现在、生与死之间周旋，才能使某些重大问题得到完满的回答。"他追求真正的艺术，真正的美。他的作品"纯正而富有人道气息"，他的脸上"流露出更严肃更重要的人情味"。不仅如此，洪堡还以天下为己任。他认为在美国当代社会这个"没有灵魂的，只有范畴的世界等待着生命的回归"，而完成生命回归、人道重现的使命落在自己的头上。他强烈希望当时参加总统竞选的艾德莱·斯蒂文森能够获胜，因为热爱文学艺术的斯蒂文森会让这个国家的知识分子"出头"，会让他成为"新政府的歌德"，这样，在美国，"市侩主义"就会完蛋，文化就会复兴。但是，满腹经纶、满腔豪情的洪堡生不逢时。20 世纪 40 年代以后，愈演愈烈的种族歧视和反共情绪，使得理想、信念迅速解体，背叛和利己主义堂皇登台。与此同时，物质主义和商业文化又导致物欲横流、金钱至上。执着于传播人道主义温情的洪堡再也找不到用武之地，不仅文坛地位每况愈下，就连找个稳定的职业混口饭吃都成了问题。作品写道："或许美国是不再需要艺术和内在的奇迹了，因为它外在的奇迹已经足够了。"于是，洪堡终于明白，"要当一个美国诗人的崇高思想"正在使他变成"可笑的角色，像个孩子，像个小丑，像个傻瓜"，他终于发现自己"正在变成一个有名的孤独者"。由于对社会不满，又由于自己的无可奈何，他成为一个酒鬼、药罐子、抑郁症患者。他的精神开始崩溃，他的满腔悲愤无处发泄，最后找自己的亲人和朋友出气，于是无端指责西特林的《冯·特伦奇》是剽窃之作，并采取聚众围攻等手段报复西特林对他的疏远和冷漠。即使这样，他仍然没有解脱精神上的痛苦，所以在行将就木之际，他怀着忏悔之心给忘年交留下一封道歉信和一份礼物。通过洪堡这个形象，作者深刻地表现了美国社会里一代善良知识分子的精神危机和悲剧性命运。

查理·西特林表面上看起来是与洪堡完全不同的知识分子形象。洪堡执着于精神追求，他则把艺术当作发财手段，玩弄手腕，巴结权贵，贪念女色，广交三教九流，处处逢场作戏，并且忘恩负义，良心泯灭，但作品通过洪堡提携他进入文坛、临终前留给他一份礼物等情节，又将两人紧密相连。事实上，西特林和洪堡作为诗人、戏剧家，他们在当时美国社会里更多的是同志，而非仇敌。在物质主义和商业文化占绝对统治地位的环境里，他们的遭遇和命运是一样的。西特林面对洪堡的礼物，想到的不仅仅是洪堡的遭遇，也包括自己的下场。在这个意义上讲，洪堡送给他的礼物就不只是一笔使他脱离贫困的财产，也是一块醒目的警示牌。这个警示牌上写着：洪堡的命运就是西特林的命运，今日的洪堡就是明日的西特林。

（三）思想主题

《洪堡的礼物》以两代作家的命运和思想为中心线索，在广阔的社会生活画面上表现了从20世纪30年代到70年代美国知识分子的精神、品性和情操。作品提出的问题是艺术和艺术家在美国社会的价值和出路问题。

这部作品的思想内涵包括两个方面。首先，作品昭示了当时美国知识分子极度受伤甚至畸形病态的心理特征和精神风貌。洪堡早在30年代就已成名，是纽约文艺界的一颗新星，但就是这样一位赫赫有名的大诗人却在时代风云变幻、社会矛盾日趋激烈的年代里产生了强烈的恐惧心理，失魂落魄，抑郁沉沦，原因就在于他所追求的人道主义传统在物质主义和商业文化的进逼之下已分崩离析。而查理·西特林则走上了与他的老师截然不同的"发家"之路，他是文学商业化的产物。但是他同样也活在"悲惨世界"里，精神痛苦、经济拮据。所以，这两代作家的遭遇和命运集中代表了美国精神文化的危机。

其次，作品提出了如何恢复人的本性、人文情怀，从而不使人变成物的奴隶这一重大课题。贝娄是个观察敏锐、思考深刻的作家，他创作的中心主题便是探讨当代美国乃至整个西方社会的精神危机问题，并试图寻找解决这一时代症结的途径。这部作品中的洪堡跟作者其他作品中的主人公一样，是个敏感的知识分子，他对当代都市的政治、经济、文化生活感到疑惑和烦恼，追求某种高于现实生活的精神世界。但是他的悲剧结局说明，像他这样的知识分子在当代社会中是找不到精神出路的。

（四）艺术特色

《洪堡的礼物》艺术特色也十分明显。

第一，现实主义倾向与现代主义表现手法有机结合。作品基本上属于现实主义，但跟传统的现实主义作品又不完全相同。小说采用主人公兼叙述者西特林追忆往事的写法，笔触开放，时间跨度40余年，地点涉及欧美及北非广大区域，人物包括总统、法官、律师、职员、娼妓等各阶层各行业的人。这一切构成一个广阔而真实的社会背景。它虽然表现的是个人的思想流程和命运遭遇，但这些个人的东西又与时代的经济、政治、文化等重大问题紧密相连。所以说，作品的主要创作方法是现实主义的。但是作者没有追求世界和事物外表的真实，而是着力表现人物的主观真实，选取的事物与人物的内心活动是浑然一体的。作者大量运用意识流手法述说故事、结构作品，用随意性的独立场景和零散片段构造出一种新的小说形态，从而使作品的叙述方式新颖别致，体现出现代主义小说的特点。

第二，大量讽刺和幽默手法的运用，使作品的悲剧性内涵以喜剧性的形式表现出来。洪堡明明生活在一个物欲横流、金钱至上、真正的艺术和人道主义思想被窒息的时代和社会里，却一心想做个真正的诗人，做个"大写的人"，结果连他都觉得自己"像个小丑，像个傻瓜"。这样一个"过时"的艺术家，俨然一个当代美国的堂吉诃德。面对这一形象读者首先会觉得好笑，但又会感到辛酸和沉重。作品写道：洪堡"满怀激情地奏完了成功的主旋律。他是以一个失败者而告终的"。作品以西特林的口吻写道："我总是在回避这些神圣的字眼，而洪堡，我认为堆砌得太多了——诗啊，美啊，爱啊，荒原啊，异化啊，政治啊，历史啊，无意识啊，不一而足。"这些语句，充分表现了幽默讽刺背后深藏的痛苦和绝望。

第三，善于采用对比和反衬手法刻画人物、表现主题。作品中的对比和反衬体现在两个主人公的追求上：洪堡追求精神文化和人文关怀，西特林寻求物欲满足和表面的成功，两人的思想境界不同；而两个追求不同的人却都以悲剧收场，则说明在现代资本主义社会里艺术及艺术家是没有出路的。小说中有这样一个场景的对比：诗人洪堡和富翁朱利叶都患了心脏病，前者无钱可治，只好等死，后者则利用金钱起死回生。这一对比清楚地揭示出现代资本主义社会物质强于精神的现实。

# 第十节 奈保尔

维·苏·奈保尔（1932—2018）是英国籍印度裔小说家，2001年因其创作"将具有洞察力的叙述和不为世俗所囿的详细考察融为一体，促使我们看清被隐蔽的历史事实"而获得诺贝尔文学奖。

## 一、生平与创作

奈保尔出生于西印度群岛特立尼达的一个小村庄。他的种族和文化背景复杂。祖辈

是印度婆罗门的后裔，他从小在特立尼达的印度殖民社区成长，受到过印度文化的影响。同时，当时的特立尼达是英国的殖民地，奈保尔从小接受了英国式学校教育。从思想倾向上看，欧洲文化对奈保尔的影响更深刻一些。据奈保尔回忆，童年的印度式生活并没有给他留下什么好印象，但英国的文学和文化塑造了他的雄心和欲望。进入中学后，奈保尔在学校如饥似渴地阅读能够接触到的一切英文读物，不断提高自己的阅读和写作水平。奈保尔感到，作为宗主国的英国是无比强大甚至无所不能的，"它送给我们一切的一切"。1950年，奈保尔到英国牛津大学学习，后来出版的《奈保尔家书》记述了作家这段时期的经历和思考。从这些书信看，牛津生活对奈保尔产生了重要影响。在此，他开始尝试进行文学创作，他对英国文学和文化的热爱至此定型，他还发现特立尼达殖民地生活中很多不尽如人意的地方。奈保尔曾坦言自己根本不能适应特立尼达的生活方式，因为这个地方实在太狭小了，那里的价值观完全是混乱的，而且那里的人也很卑微。从牛津大学毕业后，奈保尔作为自由撰稿人，曾为BBC做"西印度之声"广播员并为《新政治家》杂志做书评。1955年，奈保尔在英国结婚并定居。2018年8月11日，奈保尔去世。

奈保尔受到多种文化的影响，对于其中任何一种文化，他既不能彻底割舍，又不能完全融入，从而成为文化上的流浪儿。这种文化身份上的焦虑和认同危机深深影响到他的创作。

1957年，奈保尔发表第一部小说《灵异推拿师》。作品描述特立尼达的印度裔青年甘涅沙如何通过努力从推拿师走入政坛的故事。小说以近乎荒诞的笔法表现传统文化在移民身上渐渐流失的情形。1959年，奈保尔发表重要作品《米格尔街》。这是一部类似于短篇小说集的回忆性作品。在这部小说中，作家以诙谐幽默而略带讽刺的笔调，记述特立尼达的米格尔大街上各色小人物的日常生活。1961年，奈保尔发表《比司沃斯先生的房子》。小说描述西印度群岛一个印度移民大家庭的生活。这个家庭的众多人口挤在一座破旧的房子里。主人公比司沃斯先生最大的愿望就是能够有一间自己的房子，从这个吵吵闹闹的大家庭中搬出去。这部作品已经透露出奈保尔对殖民地和印度文化的不满。

20世纪60年代以后，奈保尔在世界各地旅行，发表一系列游记类作品，主要包括印度三部曲：《幽黯国度》（1964）、《印度：受伤的文明》（1977）和《印度：百万叛变的今天》（1990），以及伊斯兰国家旅行记《在信仰者中间》（1981）和《超越信仰》（1998）等。1979年，奈保尔发表代表作、长篇小说《河湾》。1980年，奈保尔的历史散文随笔集《伊娃·贝隆的归来》出版，作品收录了《迈克尔·X与特立尼达黑人力量的杀戮》《伊娃·贝隆的归来》《刚果新王：蒙博托与非洲虚无主义》和《康拉德的黑暗》等4部历史随笔。1994年，奈保尔发表长篇小说《世间之路》。这是一部真实与虚构交织的作品，讲述南美洲早期殖民地独立运动领导人法兰西斯·德·米兰达、格拉纳达和工人运动领袖布特勒等重要人物的斗争经历。奈保尔通过重述历史的方式，表达自己对美洲民族独立运动和革命运动的反对。如作品写到20世纪30年代格拉纳达人因为当地特立尼达人的嘲弄，在布特勒的领导下举行大规模的罢工运动，导致暴力滋生和秩序破坏。奈保尔认为这种掺杂着暴力的反抗运动带来的只能是无意义的混乱，根本无助于问题的解决。作家对拉美工人运动缺乏必要的理解和同情，对革命运动的内在原因和规律的认识也存在一定局限。

2001年，奈保尔发表长篇小说《浮生》。这部小说带有半自传色彩。小说故事发生在20世纪上半叶，英国大作家毛姆到印度采风，偶然结识主人公威利的父亲。威利长大后，天天梦想着要到英国去读书和生活。父亲通过毛姆的帮助，把威利送到英国，并让他在那里谋得一份工作。威利在英国生活如鱼得水。他发现伦敦简直就是世界的中心，在这里不仅可以遇到各种大人物，而且影响世界的各种大事件好像就发生在身边。后来，英国社会的种族歧视日益严重，威利不得已跟随女友来到非洲。但是威利根本无法适应非洲的生活，对英国生活怀念不已，并最终找机会回到欧洲。2003年，奈保尔完成《浮生》的续作、长篇小说《魔种》。故事从威利在柏林的生活讲起，描述威利中年后的生活经历。小说延续了奈保尔一贯平实的叙述风格，通过主人公的经历和对话，作家不时透露出对历史和现实政治问题的看法。

奈保尔的其他重要作品还有小说《模仿人》（1967）、《自由国度》（1971）、《游击队员》（1975）、《抵达之谜》（1987）等。

奈保尔的目光始终注视曾为殖民地的第三世界国家的文化、政治、经济状况和人们的生存状态。后殖民地时代这些地区所面临的经济困顿、政局动荡、种族暴力和文化归宿困惑等问题在他的创作中都得到充分的体现。奈保尔不仅仅是批判殖民主义，而且对前殖民地的历史和现状进行了更为深入的反思。

## 二、《河湾》

长篇小说《河湾》是奈保尔的代表性作品。小说故事发生在非洲民族独立大潮刚刚结束、很多国家获得独立的20世纪中后期。作品讲述非洲一个内陆国家从白人殖民者的统治下独立出来后经历的种种波折，真实地反映了非洲前殖民地国家的历史和现实境遇。

### （一）思想内容

《河湾》分为《第二次反叛》《新领地》《大人物》三部分。小说开篇讲述主人公萨林姆驾车进入这个内陆国家的历程。通过萨林姆一路的见闻，作品展现了刚刚进入后殖民时代的非洲大地军阀割据、战乱频仍和民不聊生的社会状况。随着萨林姆在刚果河拐弯处的小镇做起自己的生意，他得以更深入地观察这个社会。他发现，这个国家虽然独立了，殖民时代的遗产被清理干净了，但是新时代的秩序还没有建立起来，经济建设、政治体制建设和文化建设还没有找到自己的道路。统治阶级自大而无能，人民得不到正规的教育和基本的生活保障，青年人没有信仰，外国人只是一味地捞钱，一切都处在无秩序状态。在对这里的一切都感到极度失望后，萨林姆最终选择离开河湾小镇。

从思想内容上看，《河湾》是一部具有强烈批判色彩的现实主义小说。作品生动地展现了20世纪中后期新独立的非洲国家所面临的种种难题。首先，小说细致地描绘了20世纪后期非洲国家动荡的局势。主人公萨林姆观察到，从殖民者的统治下独立后，位于河湾的这个非洲国家并没有形成安定团结的局面，反而很快陷入一场又一场争夺权力的内战。作品写道：一开始，一个武士部落认为，根据非洲古老的传统，他们有资格统治这个新国家。但是这个武士部落的人好吃懒做，管理方法也很野蛮原始，他们给当地人带来的只是灾难。后来来自中央政府的军事力量镇压了这个部落，但是新来的国家军队里的人以前都是替白人殖民者服务的，他们的统治方法完全模仿殖民者，"这些人带着枪，开着吉普，四处猎象牙、偷黄金。象牙、黄金——再加上奴隶，就齐了，和过去的非洲没什么两样"。

其次，作品对非洲本地统治阶级的腐败进行了尖锐批评。这个国家最有权力的统治者是一位新总统，这位新总统本是当地的一个青年，加入军队后，逐渐获得了权力。成为新国家的领袖后，他想的不是怎么建设好自己的国家，而是如何捞取个人的利益。这个新国家的经济处于十分凋敝的状态，贫富分化严重，人民生活异常艰难，但是国家的统治阶级对这一切熟视无睹。为了自己的享受和炫耀，统治者斥巨资建立一个新领地，里面高楼大厦和现代设备一应俱全；而与此同时，普通老百姓却仍然在丛林中过着极其简单落后的生活。

再次，小说深刻描绘了新独立的非洲国家的经济结构，批判大资产阶级的冷漠和对国家财富的肆意掠夺。小说中，处于国家经济结构顶层的是以纳扎努丁和因达尔为代表的国内大资产阶级。他们涉足银行和地产等重要行业，积累了大量的资产。小说主人公萨林姆属于非洲的中小资产阶级，生活有一定的保障，但也称不上富裕。他们的生存状态非常脆弱，不仅无法参与国家的政治生活，而且要在经济上依附于大资产阶级。非洲妇女扎贝思是非洲本土经济的代表。她是土生土长的非洲人，从萨林姆那里买入针头线脑等日常用品，然后转卖给生活在丛林中的非洲人。她的生活刚刚处在温饱线上。大量默默无闻的非洲普通劳动者是整个国家的最底层、生活境况最困难的人群。奈保尔对这个国家的大资产阶级进行激愤的批判。他们对国家的前途和命运漠不关心，唯一感兴趣的就是如何在动荡中保住自己的财富，并把财富转移到国外去。如纳扎努丁本是在这个国家发迹的，但是国家一出现动荡，他立刻变卖所有的房产和资产，带着钱跑到英国去了。因达尔家族两代人在这个国家经营，但是国家一遇到困难，因达尔就想着迅速离开这个国家，到英国去留学。另一方面，新政权成立后的腐败也给一些大资产阶级淘金的机会。希腊商人诺伊曼就是这样一个典型。他为人活络，"擅长和官员打交道，也有本事承包政府的业务"，获得了大量的国家订单，在新领地的建设中大发其财。诺伊曼整天口口声声说自己很爱这个国家，要把这个国家当成自己的家乡，实际上他根本不看好这个国家。发财之后，他就偷偷摸摸地"变卖了一切资产，举家迁移到澳大利亚"。

最后，作品还深入描绘了非洲独立国家在文化和价值体系建设方面所遭遇的种种困难。一方面，这个国家的社会道德和伦理体系处于崩溃状态，甚至正义和非正义都成了相对的概念。马赫士的经历是这一境况最好的反映。马赫士是个忠于爱情、有家庭观念的人，本性善良，但在现实生活中，他却不断进行各种非法的生意，甚至一度倒卖过铀。他坦言这一切都是迫不得已的，因为在这个国家里，你"根本分不清哪些事情是正当的，哪些是不正当的"。另一方面，这个国家的年轻人也处在身份认同的深刻危机中，他们不知道自己在这个国家中的地位是什么，也不知道自己能为这个国家做些什么。费尔迪南的经历非常具有代表性。他是一个具有爱国心的非洲青年，但是他一直无法形成稳定和正确的价值观念。当统治者要表明自己是反抗殖民统治的伟大领袖时，他们就大肆宣传西方殖民者的恶行和劣迹，鼓励青年人反抗西方；当统治者想过西方式的生活时，他们不仅请来西方顾问，还反过来论证西方文明的优越性，要求费尔迪南这样的年轻人向西方学习。费尔迪南原以为自己是"非洲新人类"，但是在他真正成了官员之后，他发现这个国家其实处在严重的腐败中，"大家都想捞一把就走"，更糟糕的是，他对这一切束手无策。小说结尾，费尔迪南陷入彻底的绝望。奈保尔认为，如果一个国家的青年人都不能找到自己的位置，不能形成健康向上的情绪，那么这个国家的未来将是非常暗淡的。

### （二）艺术特点

《河湾》的艺术达到了非常高的水准。

第一，《河湾》精心构思，叙事结构精巧严谨。整体上看，小说以主人公萨林姆进入河湾小镇为故事的开端，又以萨林姆的离开为故事的结尾，前后照应，形成了一个完整的叙事结构。而在具体的叙述安排上，则以萨林姆在河湾小镇的生活和经历为主线，一层一层地铺展开整个故事。萨林姆是小说故事得以展开的关键。一方面，他联系着河湾社会的各个阶层。他和扎贝思做生意，通过他展示了非洲底层社会的生活；他是非洲青年费尔迪南的监护人之一，通过他，读者可以了解非洲新生代的生活和思想状况；他结识白人女性耶苇特，通过她，读者可以进入非洲上流社会，甚至政治圈子。另一方面，萨林姆还联系着欧洲世界。他拥有英国护照，随时可以飞往欧洲；萨林姆还是纳扎努丁的女婿，而纳扎努丁在欧洲和美国都有生意和财产。总之，通过萨林姆的这些关系，我们可以了解欧洲世界与非洲本土之间的冲突与融合。

第二，《河湾》具有浓郁的现实主义风格。小说的叙事平实质朴，能够将虚构的故事置入真实的社会历史背景中，反映出作家对当今世界重大现实问题的关注与关切。《河湾》对独立后非洲前殖民地国家情况的描述很大程度上反映了它们的实际情况。在奈保尔看来，这些非洲国家从独立走向富强将是一个漫长的过程，这中间还有很长的路要走，有很多事情要做。独立后的殖民地国家只有勇于直面存在的问题，反思存在的问题，才能真正走上繁荣富强的道路。《河湾》在20世纪花样翻新的文学潮流中，继承和发展了文学反映现实、干预现实的传统，对现实世界和真实生活进行了大胆表现和深刻反思。

# 第十一章 21世纪初期文学

21世纪初期的欧美文学延续着20世纪多样化、个性化、去中心化的显著态势，进一步发展了20世纪后期文坛众声喧哗、异彩纷呈的特点，在文学形态上，现实主义、现代主义、后现代主义的交织与互融已然成为普遍现象。

## 第一节 概述

### 一、历史背景与文学主题

新世纪之后，伴随全球化进程的日益加深，在以互联网为代表的新兴媒体的冲击下，纯文学阅读在大众文化生活中的地位渐趋边缘化，上个世纪的诸如"后现代浪潮""拉美文学大爆炸"等震撼世界文坛的轰动性事件的影响力也逐渐消退，欧美文学思潮的零散性、去中心化的特征因此十分突出。总之，当代社会错综复杂的历史问题和瞬息万变的现实环境势必深刻地影响到"新千年"初叶的文学面貌。

（一）社会政治与思想文化背景

"冷战"的结束开启了世界格局多极化发展的总体趋势，虽然和平与发展仍然是21世纪的主流趋势，但霸权扩张、金融危机、族群分裂、劳资对立、贫富悬殊、极端主义、地区冲突、局部战争等沉疴痼疾仍在困扰着西方世界。21世纪初期欧美社会的突出矛盾，一是环境问题。严峻的空气污染、生态破坏和气候变化等问题持续威胁着人类的生存处境，西方国家声势浩大的环保主义运动在2000年之后仍然此起彼伏，成为一股具有重大感召力的社会思潮；二是政治问题。霸权主义、单边主义、保护主义、民粹主义、强权行径、冷战思维、移民（难民）潮等问题在新的千年不但没有缓和的迹象，反而有愈演愈烈之势，以美国为首的西方阵营内部或多或少都面临诸多充满不确定性的政治危机的干扰和冲击，国际局势因之愈发趋于复杂多变；三是恐怖主义问题。2001年发生的美国"9·11"恐怖袭击引起了全世界对于这一问题的高度重视，欧美国家作为频繁遭受恐怖主义极端组织攻击的对象，其反恐形势极为严峻；四是高科技的负面效应问题。数字科技、现代机器人和智能制造主导下的"第四次工业革命"在21世纪取得长足进展，然而网络普及、人工智能、基因编辑等引发的伦理争议和安全隐患也与日俱增，在"工业 4.0"时代的背景下，西方知识界对于科学技术的飞速进步带来"反噬性"的审视与反思形成了大量文学艺术和哲学理论成果。五是消费主义问题。价值观异化的温床滋生的"消费主义陷阱"正随着资本全球化的进程蔓延至世界各个角落，消费主义颠倒了"人"与"物"的主从关系，催生了扭曲的金钱观，使人沦为物欲的奴隶，这也表征着马克思《资本论》所批判的资本主义商品拜物教和货币拜物教在 21 世纪的延续。

21 世纪初期欧美文化界流行的哲学思潮基本接续 20 世纪后期的思想脉络，存在主义、唯意志主义、精神分析学说余绪仍存，以德里达、拉康、福柯、罗兰·巴特、布尔迪厄等为代表的现代主义/后现代主义哲学及以本雅明、霍克海默、马尔库塞、阿尔都塞、列斐伏尔、哈贝马斯等为代表的西方马克思主义诸流派持续发生广泛影响，然而形而上层面的哲学思潮对于形而下层面的社会运动的引领作用已赶不上上个世纪的强劲势头。21 世纪欧美作家的人生观、世界观、价值观一方面仍然受到现代主义/后现代主义体系的强烈影响，另一方面其所接触的哲学思想更为多元化，在接受不同思想流派时更加注重自主选择的个性取向。

### （二）21 世纪初期文学的基本主题

面对人类社会迈入千禧年后涌现的各种纷繁复杂的现实问题，置身瞬息万变的后工业化时代之中而深感茫然的欧美文学创作者将其书写主题主要集中在对过去、当前和明日的省思、关切与展望和对于个人、社会和世界的拷问、质疑与审视上面。21 世纪初期文学创作因此便围绕着立足当代语境反思历史事件、秉持全球视野反映现实境况、基于人文关怀思索未来前景、关注现代人（乃至"后人类"）的生活困境与生存焦虑、凝视社会各阶层群体的命运遭际和探寻多元文化冲突与融合的出路等一系列主题展开，而上世纪文学对于荒诞处境、人的异化、信仰失落、物欲陷阱、精神与道德危机等命题的重视仍然得以赓续，创作者力图植根 21 世纪繁杂而多变的时代环境推陈出新，既令现实主义的文学传统继续发挥其历久弥新的生命力，又使现代主义/后现代主义竭力拓展文学固有边界、打破艺术历来规范的先锋实验不至中断。

21 世纪的欧美作家尝试在题材、主题和写作手法等方面有所创新，充分演绎西方人与西方社会自新千年以降所面临的身份、种族、性别、移民、全球化、乌托邦/异托邦、经济危机、生态破坏、历史记忆、自我救赎、多元文化、殖民主义等诸多问题，展现出与时代脉搏的深度共振。

进入新千年后，成名于 20 世纪下半叶的作家仍在持续推出精品佳作，而登场于 21 世纪文坛的新生代作家也陆续崭露头角。无论是名家近作还是新秀力作，都在印证欧美文学在 21 世纪依然保持着旺盛的创造活力。

鉴于 20 世纪广泛流行的现实主义、新现实主义、现代主义、后现代主义等文学流派和表现技巧在新世纪的西方文坛已然普遍呈现常态化的相互渗透与融合的情形，不同作家之间的差异性更不应再基于某个单一指标来径直认定，在把握相关作家作品之总体特征时已不适宜简单地套用几类标签，因此本章将以国别/语言/地区作为分类依据对 21 世纪初期欧美文学创作概况进行简要介绍。

外国文学史

## 二、21 世纪初期的欧洲文学

### （一）21 世纪初期英国文学

V. S. 奈保尔（1932—2018）在 2001 年获得诺贝尔文学奖后依然笔耕不辍，陆续推出半自传体长篇小说《半生》（2001）及其续集、同时亦为其小说封笔之作的《魔种》（2004）。此外，他还出版散文随笔集《我们的普世文明》（2002）、《康拉德的黑暗我的黑暗》（2003）、《作家看人》（一译《看，这个世界》，2007）和游记《非洲的假面剧》（2010）等作品，展现出持久且旺盛的创作活力。

霍华德·雅各布森（1942— ）是英国犹太裔作家，擅长创作以犹太裔英国人为主角的喜剧小说，风格诙谐机智。他凭借 2010 年出版的《芬克勒问题》获得英语世界最高文学奖布克奖。该作以幽默讽刺的手法描绘电台制作人朱利安·特雷斯洛夫和他的犹太朋友的生活与精神困境，以风趣而不失庄重的态度探讨犹太人的身份认同、反犹主义、家庭伦理、巴以冲突等严肃问题。他的主要作品还有情爱小说《爱情迫害狂》（2008）和改写自莎翁著名喜剧《威尼斯商人》的《夏洛克是我的名字》（2016）等。

朱利安·巴恩斯（1946— ）是以独具匠心的想象力著称的英国著名作家，其早期成名作为构思精巧的传记小说《福楼拜的鹦鹉》（1984），此后他又推出后现代主义风格的《$10\frac{1}{2}$ 章世界史》（1989）、《英格兰，英格兰》（1998）和以《福尔摩斯探案集》作者亚瑟·柯南·道尔为原型的侦探小说《亚瑟与乔治》（2005）等。2011 年出版的《终结的感觉》为他赢得布克奖殊荣。该作通过一位名叫托尼·韦伯斯特的退休男子的讲述，逐步勾勒出主人公错综复杂的生活经历，展现出作者对于对记忆与衰老等命题的沉思。

萨曼·鲁西迪（1947— ）是著名印度裔英国作家，早在 1981 年便已以其反映印度近代社会历史和思想文化变迁的魔幻现实主义小说《午夜之子》获得布克奖，在影射巴基斯坦建国前期政治动荡历史的《羞耻》（1983）之后问世的《撒旦诗篇》（1988）是一部引发了伊斯兰世界的巨大不满的极具争议性的长篇作品。随后他还创作了《摩尔人最后的叹息》（1995）、《她脚下的土地》（1999）等小说。进入 21 世纪，鲁西迪仍有着数量可观的作品问世，包括《愤怒》（2001）、《小丑沙利玛》（2005）、《佛罗伦萨的女神》（2008）、《两年八个月二十八夜》（2015）、《黄金屋》（2017）、《吉诃德》（2019）和《胜利之城》（2023）等。这些作品延续他一贯天马行空的构思、奇异梦幻的笔法和错综复杂的隐喻，营造出光怪陆离、绚丽奇崛乃至令人目眩神迷的独特意境，大多以生活在西方的印度裔人为主角，题材也往往涉及东西方古往今来文化的交流与碰撞及其产生的一系列现实问题。

伊恩·麦克尤恩（1948— ）是英国著名小说家。其首部短篇小说集《最初的爱情，最后的仪式》（1975）获得毛姆文学奖，又以长篇小说《阿姆斯特丹》（1998）斩获布克奖。2001 年他出版被公认为其最佳作品之一的《赎罪》，这部具有"元小说"性质的作品围绕 1935 年的英国乡间庄园、二战时期的敦刻尔克战场和 1999 年的伦敦三个时空背景展开，讲述一个上流社会女孩因其无知犯下的错误毁掉一对真诚相爱的恋人的一生，多年后成为作家的她仍然生活在良心自责的阴影之下，试图采取小说写作的方式补偿性地为自己过往的行径赎罪。此后他相继出版了长篇小说《星期六》（2005）、《在切瑟尔海滩上》（2007）、《太阳能》（2010）、《甜牙》（2012）、《儿童法案》（2014）、《坚果壳》（2016）、《我这样的机器》（2019）、《课程》（2022），涉及政治、讽刺、法律、悬疑、黑色幽默、科幻、自传等多种小说类型，展现出高超的艺术造诣。

肯·福莱特（1949— ）是一位高产的英国历史和悬疑小说作家。他自1978年推出间谍小说《针眼》起就成为畅销书榜单上的常客，其"王桥系列小说"《圣殿春秋》（1989）、《无尽世界》（2007）、《永恒火焰》（2017）、《暗夜与黎明》（2020）和《光之铠甲》（2023），皆围绕一座名为"王桥（King's Bridge）"的小镇展开，时间跨度从中世纪延伸到19世纪，涉及英格兰无政府时期、英法百年战争、黑死病流行、宗教改革、欧洲黑暗时代、法国大革命、拿破仑战争、工业革命等重大历史事件，惊悚悬疑的故事情节融合谋杀、灾难、战争、爱情、阴谋等元素。他的"世纪三部曲"由《巨人的陨落》（2010）、《世界的凛冬》（2012）和《永恒的边缘》（2014）组成，讲述英、美、俄（苏）和德的五个相互关联的家族的三代人在20世纪波澜壮阔的命运历程，囊括一战、俄国革命、工党崛起、二战、古巴导弹危机、水门事件和黑人民权运动等标志性事件。

希拉里·曼特尔（1952—2022）是以创作历史小说见长的英国著名作家。她凭借《狼厅》（2009）及其续集《提堂》（2012）成为第一位两度获得布克奖的英国本土作家。早期作品《一个更安全的地方》（1992）聚焦于法国大革命中的风云人物波澜壮阔的命运跌宕。其最为重要的作品是致力展现都铎王朝亨利八世时期惊心动魄的宫廷权谋斗争的"狼厅三部曲"《狼厅》《提堂》与《镜与光》（2020）。

卡罗尔·安·达菲（1955— ）是苏格兰诗人与剧作家，她是首位被任命为英国桂冠诗人（任期自2009年至2019年）的女性。其诗歌以通俗易懂的语言、灵动微妙的姿态围绕形而上的生命哲学和形而下的社会问题进行深入探讨。2005发行的爱情诗集《狂喜》令其获得当年的T·S·艾略特奖。她还创作了不少以儿童读者为对象的诗歌作品，如《遇见午夜》（1999）、《世界上最老的女孩》（2000）、《好孩子的摇滚指南》（2003）、《帽子》（2007）等。

伯娜丁·埃瓦里斯托（1959— ）是具有尼日利亚血统的英国黑人女作家，她凭借描绘英国黑人女性群像并探讨她们在当代西方社会复杂境遇的《女孩，女人，其他》（2019）而获得布克奖，成为首位获得这一重要奖项的黑人女性。她还是英国皇家文学学会的首位黑人会长。她的作品还包括关注黑人少女成长史的诗体小说《皇帝的宝贝》（2001）、关注伦敦帮派文化的书信体小说《你好妈妈》（2010）以及关注英国加勒比人社区生活的《情人先生》（2013）等。

安娜·伯恩斯（1962— ）是北爱尔兰作家。她的第一部小说《无骨》（2001）描述一个身处北爱尔兰动乱时期的女孩在贝尔法斯特的成长岁月。以1970年代北爱尔兰军事冲突为背景的小说《送奶工》获得2018年布克奖及美国国家书评人协会奖。

西蒙·阿米蒂奇（1963— ）是英国当代著名诗人、剧作家和小说家。他的诗作以对现代生活的诙谐而深刻的解读而著称，其首部诗集《放大!》（1989）巧妙地运用头韵、类韵、跨行连续、视觉意象等独特手法，以诙谐新颖的风格和生活化的语言审视英格兰西约克郡的日常生活，获得英国诗坛的好评。他于2019年被伊丽莎白二世女王任命为英国桂冠诗人（任期十年）。近年来问世的诗集有《呐喊》（2005）、《未死者》（2008）、《纸飞机》（2014）和《磁场》（2020）等。

戴安娜·赛特菲尔德（1964— ）是英国畅销书作家。她的处女作《第十三个故事》（2006）以一位旧书商的女儿对名作家维达·温特讳莫如深的生活秘密展开抽丝剥茧的调查为主线，是一部融合探案、神秘、温情等元素的哥特式悬疑小说，发行后荣登当年《纽约时报》畅销书排行榜榜首。2013、2018年她又分别出版《贝尔曼与布莱克》和《从前有一条河》（又译《天鹅酒馆》）。

萨拉·沃特斯（1966— ）是威尔士作家。她最为读者熟知的作品是一系列以维多利亚时代为背景、以女同性恋为主角并展现鲜明女性主义意识的小说，如流浪汉小说《轻舔丝绒》（1998）、书信体小说《灵契》（1999）、历史犯罪小说《指匠》（2002）等，其作品多次入围布克奖。

扎迪·史密斯（1975— ）是英国新生代作家的代表人物，其母为牙买加裔非洲人。她的成名作《白牙》（2000）以英国与英联邦移民的关系为中心，讲述一对相识于二战期间的好友（一位孟加拉人和一个英国人）在伦敦的家庭生活经历，披露后殖民时代语境下的英籍移民族群与战后本土一代的心路历程。随后问世的《签名买卖人》（2002）、《论美》（2005）与《摇摆时光》（2016）分别以一名犹太裔伦敦华人、一位美籍英国人及其非裔妻子和一对黑白混血女孩为主人公。此外她的作品还有展现当代伦敦都市生活的小说《西北》（2012）、取材自维多利亚时代真实事件"蒂奇伯恩案"的历史小说《骗局》（2023）、随笔集《感受自由》（2018）和短篇小说集《大联盟》（2019）等。

（二）21世纪初期法国文学

安妮·埃尔诺（1940— ）是法国当代著名女作家，2022年被授予诺贝尔文学奖，以表彰"她以勇气和医学般的精确挖掘个人记忆的根源、隔阂和集体约束"。其作品大多具有鲜明的自传色彩，早期作品《空衣橱》（1974）、《如他们所说的，或什么都不是》（1977）与《被冻住的女人》（1981）取材自作者青年、少年与童年的经历，《一个男人的位置》（1984）讲述她与父亲的关系及在法国小镇的成长历程，《一个女人的故事》（1988）则通过对其母亲的动人记忆敏锐地揭示出女性之独特的生命体验，《简单的激情》（1991）描绘作者与一名已婚商人之间的长达两年的禁忌之恋，《羞耻》（1997）锐利地审视隐藏于日常生活中令人难以启齿的暴力、恐惧与羞耻的阴暗面，《我走不出我的黑夜》（1997）记录作者在照护自己罹患阿尔茨海默病的母亲的过程中对于衰老、死亡与母女关系的内省与沉思。新千年后问世的《记忆无非彻底看透的一切》（2000）、《沉沦》（2001）、《占据》（2002）、《一个女孩的记忆》（2016）等也都描述作者亲身经历的堕胎、爱欲、婚姻、背叛等体验。2008年出版的回忆录《悠悠岁月》生动地展示出二战后至 21 世纪初法国社会变迁，通过讲述一个普通女性在六十年间的复杂际遇勾勒出一代人的集体记忆。

让-雅克·舒尔（1941— ）是法国作家和评论家，其最知名的作品是赢得 2000 年龚古尔文学奖的传记小说《英格丽·卡文》，该作以作者本人的人生伴侣（一位德国女演员兼歌手）为原型，在虚构与现实之间绘就 20 世纪六七十年代欧洲的文化艺术生活景象。

雅克-皮埃尔·阿梅特（1943— ）是法国作家和评论家，2003 年以小说《布莱希特的情人》荣获龚古尔奖。此作围绕谎言与背叛的主题，讲述德国著名左翼剧作家贝托尔特·布莱希特在晚年与东德秘密机构"斯塔西"的女间谍之间的感情纠葛，是一部颇为另类的爱情小说。

莉迪·萨尔维尔（1946— ）是西班牙裔法国作家，同时还是一位精神科医生。她的早期成名作《幽灵陪伴》（1997）以内心独白的叙事视角和精巧的心理分析刻画出一位饱受痛苦记忆摧残、陷入精神错乱的老妇人形象，以西班牙战争中的反法西斯斗争为背景、依据作者本人母亲青年时代的亲身经历而写成的长篇小说《不哭》（2014）为其赢得龚古尔奖。

法国作家帕斯卡·基尼亚尔（1948— ）的小说多以艺术工作者（钢琴家、维奥尔琴手、雕刻师等）为主人公。2002 年推出的《游荡的影子》获得龚古尔奖，这部沉思录式的作品融合诗歌、寓言、散文与小说等多重文体，西方思想史上的众多先贤哲人化身"游荡的影子"，对一系列哲理命题进行深刻的辩驳与思索。他的主要作品还有《阿玛利娅别墅》（2006）、《眼泪》（2016）、《罗马阳台》（2000）、《爱，海》（2022）等。

皮耶尔·勒迈特（1951— ）是法国作家和电影编剧，他以第一次世界大战后的法国为背景、讲述两个普通士兵的残酷命运的史诗式小说《天上再见》（2013）荣获龚古尔奖。此后他又陆续推出《火光之色》（2018）与《悲伤之镜》（2020），并创作"卡米尔·范霍文警长系列犯罪小说"《凶手的手稿》（2006）、《必须找到阿历克斯》（2011）、《必须救出罗茜》（2011）和《必须牺牲卡米尔》（2012）等。

让-克里斯托夫·吕芬（1952— ）是法国作家、外交官和人道主义组织"无国界医生"的最早成员之一，其获得 2001 年龚古尔文学奖的长篇历史小说《红色巴西》再现 16 世纪法国殖民主义势力企图侵略与征服巴西的隐秘历史，描绘欧洲文明与印第安文明的遭遇与对峙的历程，并涉及殖民者内部的天主教与加尔文派的宗教争端。此外他还创作有以西非撒哈拉地区为背景的《卡迪巴》（2010）、以文艺复兴初期查理七世时代为背景的《造梦人》（2012）和以展现不同文化背景的族裔在思想观念上的交融与碰撞为主题的短篇小说集《七个来自远方的故事》（2011）等。

米歇尔·维勒贝克（1956— ）是一位高度关切现实议题的法国小说家、诗人和散文作家，同时他还兼具演员、电影制片人和歌手等多重身份。2004 年凭借描述一位法国艺术家虚实难分的创作旅程的《地图与疆域》获得龚古尔奖，他表示此作的主题是在探讨"衰老、父子关系以及艺术对于现实的呈现"，同时立足当代语境对爱情、金钱、政治等问题进行尖锐的剖析。随后推出的《屈服》（2015）大胆触及当前西方社会不同意识形态和宗教信仰对立的敏感话题，此外还创作有涉及情色产业与恐怖主义问题的《情色度假村》（2001）、揭示未来世界克隆人与现实社会矛盾关系问题的《一个岛的可能性》（2005）、反映法国农民在经济危机中的生存问题的《血清素》（2019）和聚焦法国政治纷争及族群撕裂等问题的《湮灭》（2022）等作品。

阿提克·拉希米（1962— ）是一位法国籍阿富汗作家、电影导演，以达里语（波斯语）写成、译为法语后出版的《土地与尘埃》（2000）展现一位饱尝战火苦难的阿富汗乡村老人的心路历程。他的第一部用法语写作的小说《坚韧之石》（2008）获得龚古尔奖，该作品仍以硝烟弥漫、满目疮痍的阿富汗为背景，谱写一曲阿富汗女性挣扎求生的悲歌。此外他还推出过构思奇妙的绘本《我和你一样！》（2015）、《给我画一个上帝》（2017）等作品。

玛丽·恩迪亚耶（1967— ）是一位女性主义色彩强烈的塞内加尔裔法国作家，她凭借小说《三个折不断的女人》获得2009年龚古尔文学奖。小说中的场景在法国和塞内加尔之间展开，讲述三位黑人女性拒绝屈辱、拥抱生活的故事。另一部以命途多舛的女性为主角的小说《罗茜·卡尔普》（2001）获得费米娜奖。她的作品还有呈现三代非裔女性的痛苦命运的《拉迪维娜》（2013）和描绘草根阶层女性奋斗史的《女大厨》（2016）等。

埃里克·维亚尔（1968— ）是一位法国作家、电影导演和编剧。其前期小说有反映皮萨罗征服秘鲁和印加帝国衰落的《征服者》（2009）、以美国西部开拓时期著名人物"水牛比尔"为主人公的《大地的悲伤》（2014）和从普通人的角度重述攻占巴士底狱事件的《7月14日》（2016）等。小说《议程》（2015）荣膺龚古尔奖，该作品用别出心裁、悬念迭起的手法揭露1930年代纳粹党上台和德奥合并前后各方势力的明争暗斗，作者为当代读者体察法西斯主义崛起的原委提供了一种颇为新颖和富于启示性的理解思路。此后他又出版取材自16世纪德意志农民战争的《穷人的战争》（2019）和以1887—1954年间法属印度支那为背景的《光荣的退出》（2022）。

洛朗·戈代（1972— ）是当代法国文坛的中生代小说家、剧作家。获得龚古尔文学奖的小说《斯科塔的太阳》（2004）用粗粝硬朗的文风刻画生活在炎热干燥的意大利南部山区中的斯科塔家族三代的传奇史诗。其他作品还有《宗戈国王之死》（2002）、《地狱之门》（2008）和《萨利娜：三个流亡者》（2018）等。

马蒂亚斯·埃纳尔（1972— ）是一位曾在中东地区长期居住的法国作家和翻译家。他的第一部小说《完美射击》（2003）深入探寻一名狙击手在战场上的内心冲突，影射上世纪70—90年代的黎巴嫩内战。2008年出版的《地域》以巴以战争为背景，文本内容由第一人称的长篇内心独白组成，几乎无限延伸的叙事方式赋予这部近五百页的小说以一种奇特的浑然一体之感。依托作者本人深厚的东方学素养创作出的《罗盘》（2015）为其赢得龚古尔文学奖，该作借助一位迷恋东方文明的维也纳音乐学家的回忆，呈现西方人眼中流光溢彩的东方图景。

尼古拉·马修（1978— ）是一位特别关注后工业化时代劳工阶层生活境遇的法国作家。其首部小说《动物战争》（2014）聚焦于法国东北部萧条破败的老工业区的中青年工人群体的困苦生活，获得龚古尔奖的《他们之后的孩子》（2018）则描绘在20世纪90年代法国东部洛林地区钢铁业危机冲击之下工人阶级子弟放纵、叛逆、愤怒、无聊与幻灭交织的成长历程。《康尼马拉》（2022）的主角是21世纪初期法国东部城郊地区的中年人，作者力图细致地展现出他们恋旧、忧郁、愤懑与失落等复杂心绪。

蕾拉·斯利玛尼（1981— ）是摩洛哥裔法国作家和记者，她的小说处女作《食人魔花园》（2014）讲述一位如同当代"包法利夫人"一般的法国女人因自身的性瘾而失去对生活的控制的故事。其第二部小说《温柔之歌》获得2016年度龚古尔文学奖，该作取材自一桩两名儿童被保姆杀害的真实事件，作者从这一悲剧切入并观照底层女性艰辛煎熬的生存处境。随后推出的自传性质小说《他人之地》（2020）则讲述1950年代摩洛哥去殖民化时期作者外祖父母的生活史。

### （三）21世纪初期德语文学

弗丽德里克·迈昌克（1924—2021）是奥地利先锋派诗人、2001年毕希纳文学奖得主，其诗歌擅长利用语言的想象潜力来捕捉日常生活、自然世界、爱和悲伤的细节之处，同时力图借助竖琴音调般的语言回应生活的忧郁和生命的困惑。她的创作生涯始于1940年代，持续到21世纪初，出版八十多本著作，堪称德语诗坛的常青树。晚期作品有《恩斯特·扬德尔安魂曲》（2001）、《1939—2003年诗选》（2004）、《我摇晃了亲爱的》（2005）等。

沃尔特·卡帕赫（1938—2024）是获得2009年度毕希纳奖的奥地利作家。他的《赛琳娜或另一种生活》（2005）从高中教师斯特凡深入反思自我生活的视角探讨19世纪德国浪漫主义先驱让·保罗提出的关于灵魂不朽的拷问。《飞宫》（2009）以审视奥地利文学家胡戈·冯·霍夫曼斯塔尔晚年中十天生活的方式探究衰老、孤独与回忆等主题。此外还有《银箭》（2000）、《红石之地》（2012）、《五月二十四日》（2013）等作品。

威廉·格纳齐诺（1943— ）是擅长以幽默冷峻和诗化风格描写小人物的生活和心理状态的德国小说家。他的成名作《阿布沙菲尔》三部曲（1977—1979）勾勒任职于法兰克福一家航运公司的一名31岁单身汉自我封闭的精神世界与支离破碎的情感生活，2000年以后创作的《一把雨伞给这天用》（2001）关注都市男性面对中年危机时的自我拯救，《女人，房子，一部小说》（2003）是具有鲜明自传性质和反思色彩的成长小说，《爱的怯懦》（2005）探讨衰老、三角恋及其带来的无奈人生，《幸福，在幸福远去的时代》（2009）用意识流手法深刻描摹出现代人心灵彷徨的境况。他于2004年获得毕希纳奖。

弗里德里希-克里斯蒂安·德里乌斯（1943—2022）是一位主要关注20世纪德国历史事件的德国作家、2011年毕希纳奖得主。《里贝克的梨子》（1991）回顾东德解体前勃兰登堡州里贝克的城市史，《我成为世界冠军的那个星期天》（1994）讲述1954年7月德国赢得世界杯当日一名11岁男孩的奇妙经历，《杀心萌动那一年》（2004）围绕一名柏林青年决心刺杀被法院无罪释放的前纳粹法官的故事展开,《教皇的左手》(2013)转向对罗马、教皇和天主教千年以来的影响与作用的思考,巧妙地将艺术、历史、政治和宗教等元素交织在一起。

娜塔莎·沃丁(1945— )是一位乌克兰裔德国作家、翻译家。她以非虚构小说《她来自马里乌波尔》(2017)、《暗影中的人》(2018)和《娜斯佳的眼泪》(2021)著称于世,这三部自传性作品分别取材自作者的母亲、父亲和作者本人所经历的苦难岁月,将东欧普通家庭半个世纪以来催人泪下的艰辛经历与二战时期苏联强征劳工的遭遇、战后东德难民颠沛流离的处境和两德统一前后乌克兰移民后代的困局等宏大命题融合起来,书写出惊心动魄的平民史诗。

埃米娜·塞夫吉·奥兹达玛(1946— )是一位关注移民题材的土耳其裔德国作家、戏剧导演和演员,1991年英格博格·巴赫曼文学奖与2022年毕希纳奖获得者。她的短篇小说集《母语》(1990)探讨生活在德国的土耳其女性的身份认同议题,"伊斯坦布尔—柏林三部曲"《生活是一个商队旅馆》(1992)、《金角湾大桥》(1998)和《奇怪的星星凝视地球》(2003)从第一人称叙事角度呈现多种文化交融中的女性移民及其复杂的生活经历。她于2021年出版自传体长篇小说《幽暗天地》。

马丁·莫泽巴赫(1951— )是一位德国作家,其创作范围涵盖小说、电影剧本、歌剧剧本、戏剧、广播剧等多种类型,他于2002年获得克莱斯特奖、2007年获得毕希纳奖。其处女作和成名作是以纳粹德国迫害犹太人的历史为背景的《床》(1983),1992年出版的《西区》讲述世纪之交法兰克福西区的资产阶级家族史,《长夜》(2000)力图表现1960年代后的中产阶级家庭在生活梦想与现实功利之间不断拉锯的图景,《月亮与姑娘》(2007)以现代大都会及都市人群的变迁为背景,讲述一对中产阶级夫妻在婚姻关系中历经的悲喜剧,《此前发生的事》(2010)通过揭示男女恋情中的纠缠与复杂的面相以呈现如同迷宫一般的生活本身。

德国作家莱因哈德·伊尔格尔(1953— )是2009年毕希纳奖获得者。其处女作《母亲父亲》(1990)运用内心独白和梦幻叙事的手法描绘东德战后一代的心路历程,《告别敌人》(1995)借助一对反目成仇的兄弟影射东西德两个政权的历史恩怨,《未完成》(2003)展现一个苏台德地区的德国家庭三代人跌宕起伏的命运,《叛教者》(2005)聚焦于柏林的新闻行业并充满对资本主义社会的犀利批判,反乌托邦科幻小说《地球上没有你》(2013)将时空背景设定在25世纪,讲述火星上的人类定居者如何以侵略性的方式返回地球的故事。

赫塔·穆勒(1953— )是一位出生于罗马尼亚的德国作家和诗人,其作品大多以罗马尼亚境内的德裔少数民族的生活遭遇和历史处境为题材,致力于呈现专制社会中的暴力、残酷与恐怖带来的心灵后遗症。她于2009年获得诺贝尔文学奖,理由是"以诗的凝练和散文的率直,描写了一无所有、无所寄托者的境况"。其处女作短篇小说集《低地》(1982)围绕罗马尼亚巴纳特地区(德裔族群聚居地)的村庄里充斥道德堕落行径的鄙陋而艰苦的生活展开。1987年移居西柏林后推出的长篇小说《狐狸那时已是猎人》

（1992）聚焦于齐奥塞斯库政权时代的罗马尼亚人时刻处于恐惧、屈辱和绝望之中的生存状态，这一主题在随后发行的《心兽》（1994）和《今天我不愿面对自己》（1997）中得到延续。2009 年出版的小说《呼吸秋千》以诗意的力量描绘一位罗马尼亚的德裔青年如何在二战末期被强征至苏联劳改营后忍受住长达五年虐待的岁月，该书的创作灵感来自诗人奥斯卡·帕斯托尔和包括作者母亲在内的其他幸存者的亲身经历。此外她还创作了《发髻里住着的女士》（2000）、《托着摩卡杯的苍白男人》（2005）等诗集和《赤足的二月》（1987）、《一颗热土豆是一张温馨的床》（1992）、《国王鞠躬，国王杀人》（2003）等散文集。

西碧拉·莱维查洛夫（1954—2023）是获得过 2010 年柏林文学奖和 2013 年毕希纳奖的德国小说家。她的处女作《弹球》（1998）讲述一个疯狂的男人决心拯救世界的故事，同时深入思考人类生存状态的荒谬性。《圆满》（2006）借一名独自坐在咖啡馆里的中年教师的内心独白探讨死亡这一终极命题，带有自传色彩的《阿波斯托洛夫》（2009）讲述身为保加利亚移民后代的两姐妹返回故土埋葬上吊自杀的父亲的故事，《布鲁门伯格》（2011）以哲学家汉斯·布鲁门伯格在书桌上发现一只狮子的奇异场景为引子，集中探寻一系列发人深省的神学与哲学问题，《基尔穆斯基》（2014）则是她尝试创作犯罪题材小说的成果。

拉尔夫·罗斯曼（1953— ）是一位致力于展现从二战到当代之德国人生活全景的作家，获得过 2017 年克莱希特奖、2023 年托马斯·曼奖等德语文坛的重要荣誉，其小说作品大多带有比较鲜明的自传性特征。《公牛》（1991）、《森林之夜》（1994）、《牛奶和煤炭》（2000）、《青春之光》（2004）的故事地点皆为德国西部传统工业地带鲁尔区，以局外人的立场和多维度的书写角度绘制出鲁尔区青年工人的现实处境与精神世界；《逃跑吧，我的朋友！》（1998）、《热》（2003）、《火不会燃烧》（2009）则将事发场景置于柏林，描写了 1960 年代至两德统一后那些身处生活漩涡之中的人们所面临的困境；《那年夏天的上帝》（2018）、《死于春天》（2015）、《下雪之夜》（2022）以惨烈的第二次世界大战为背景，讲述普通人备受战争摧残的多舛命运及他们难以愈合的心灵创伤。他的短篇小说以精确清晰的观察和注重细节的极简主义风格而著称，有《鹿之冬》（2001）、《海边的鹿》（2006）和《莎士比亚的鸡》（2012）等短篇小说集。

马塞尔·巴耶尔（1965— ）是一位深受奥地利诗人弗丽德里克·迈吕克和法国新小说派影响的德国作家、2016 年毕希纳奖得主，他的作品多以二战时期法西斯主义肆虐的纳粹德国为背景，代表作有《人肉》（1991）、《狐蝠》（1995）、《间谍》（2000）、《卡尔腾堡》（2008）等。

扬·瓦格纳（1971— ）是德国诗人，曾获 2015 年莱比锡书展奖和 2017 年毕希纳奖。他的诗歌力图赋予日常生活当中的平凡事物以新的意涵，将习以为常的、转瞬即逝的、边缘的和平淡的意象诗化为令人惊叹的自然奇观，以自由凝视、自然接受的姿态刷新读者对于既定生活的固有观念、传递新的具有突破性的启迪。其诗集有《试钻天空》（2001）、《格里克的麻雀》（2004）、《澳大利亚》（2010）、《雨桶变奏曲》（2014）、《蜂群自画像》（2016）、《蝴蝶秀》（2018）等，散文集则有《上锁的房间》（2017）、《幸福时刻》（2021）等。

特雷西娅·莫拉（1971— ）是德裔匈牙利作家，荣获 2017 年毕希纳奖。她耗时十年创作的"达里乌斯·科普三部曲"《大陆上唯一的男人》（2009）、《怪物》（2013）和《在绳索上》（2019）述说一位情绪焦躁、心态扭曲的中年男性 IT 专家在失控的私人生活中所承受的烦恼与悲伤及其重新融入社会的尝试。为其赢得不来梅文学奖的短篇小说集《外星人之恋》（2016）展现如同外星人一般的社会边缘人物的生存处境，聚焦于诸如遭遇抢劫的前铁路售票员、原生家庭残缺的年轻情侣、亲情关系疏离的护理员、非法滞留德国的贫穷画家、为谋生疲于奔命的单身母亲等，以其精准的笔触揭示出现代社会人际关系的冷漠、隔阂与脆弱。《穆纳或半生》（2023）通过描写主人公在恋爱关系中面临精神和身体暴力，探讨厌女症这一严峻的社会议题。

卢卡斯·贝尔福斯（1971— ）是瑞士的德语作家和剧作家，2019 年毕希纳奖得主。获得瑞士图书奖的《考拉》（2014）通过一桩自杀事件探询沉重的生死问题，同时作者借助这一主题将自己的家族史与澳大利亚的殖民史联系起来。

克莱门斯·J. 塞茨（1982— ）是奥地利作家，获得 2021 年毕希纳奖。他的处女作《儿子与行星》（2007）讲述一个沉浸于自我的精神世界而极力逃避现实责任的父亲与其被忽视的儿子之间分崩离析的亲情以及这个失败的父亲如何从儿子跳楼自杀的残酷教训中走向成长的故事。探案类惊悚小说《靛蓝》（2012）描写一位年轻数学老师同他所在寄宿制学校中的"靛色系儿童"之间发生的神秘而离奇的事件。长达千余页的心理小说《女人与吉他的时光》（2015）则揭示年轻女看护与其照料的残疾男性之间爱恨纠缠、扭曲变异的情感联系。

### （四）21 世纪初期俄语文学

柳德米拉·彼得鲁舍夫斯卡娅（1938— ）是一位深受亚历山大·索尔仁尼琴影响、有"当代契诃夫"之誉的俄罗斯小说家、戏剧家。《夜深时分》（1992）讲述后苏联时代俄罗斯家庭主妇安娜如何心力交瘁地试图维系一个支离破碎的家庭。《异度花园》（2004）建构了一个折射出现实中人心险恶的虚拟游戏世界，《但求安身》（2008）是记叙作者自己在 20 世纪三四十年代的成长经历的自传体小说，在英美出版的短篇小说集《曾经有一个女人试图杀死邻居的婴儿》（2009）以十九篇"恐怖童话"记录苏联严酷而讽刺的现实生活；《1/2 的谢尔盖》（2017）用黑色幽默的荒诞笔法描述一起暴露不同阶层不同身份的人各自心怀鬼胎的换子风波。此外她还有短篇小说集《黑蝴蝶》（2008）、《两个王国》（2009）和《我生活中的故事》（2009）等。

柳德米拉·乌利茨卡娅（1943— ）是一位犹太裔俄罗斯作家。她常以平和冷静的态度和简洁明快的纪实性文风描述笔下的人物，其小说大多涉及当代俄罗斯女性的生存状况、宗教与政治的宽容问题、苏联文化与知识分子的处境等主题。《美狄亚和她的孩子们》（1996）书写为家庭倾尽心血和为传统道德束缚的两代克里米亚女性的爱恨恩怨与命运沉浮；《欢乐的葬礼》（1998）映射出旅居纽约的俄罗斯犹太移民与其故土在历史文化之间斩不断的精神羁绊；《库科茨基医生的病案》（2001）讲述实行堕胎禁令的苏联时代一位遗传学教授和妇科医生的曲折遭遇；基于作者本人家族史写作的《雅科夫的梯子》（2015）以史诗般的格局展现出奥谢茨基家庭六代人自19世纪末至21世纪初的漫长而跌宕的命运，打破了一般意义上的家族传奇与纪实文学的界限；以一位在盖世太保的魔爪之下多次救助犹太人幸免于难的天主教牧师为主角的《翻译员达尼埃尔·斯泰因》（2006）阐述多种信仰共存、宗教宽容和相互尊重等深刻命题；短篇小说集《女孩儿们》（2002）和《女人们的谎言》（2002）则旨在探究各个年龄段女性的感官与感情体验。

俄罗斯作家列昂尼德·约瑟夫维奇（1947—　）以创作侦探小说和历史小说而闻名，他擅长运用精湛的文学手法将真实的历史信息融入小说情节中。代表作《冬季之路》（2016）讲述俄国内战时期"雅库特叛乱"中红军与白军鲜为人知的故事。此外还有历史侦探小说《丑角服装》（2001）、《卡扎罗萨》（2002）等。

谢尔盖·卢基扬年科（1968—　）是俄罗斯奇幻小说作家，其作品以情节刺激、充满张力著称，同时往往嵌入关乎人性的道德困境。他的代表作是以现代俄罗斯为主要场景、以善（光明使者）恶（黑暗使者）对立共存为主要架构的"守夜人系列/巡者系列"——《守夜人》（1998）、《守日人》（1999）、《黄昏使者》（2003）、《最后的守护人》（2005）、《新守护人》（2012）等。

米哈伊尔·希什金（1962—　）是目前唯一一位获得俄罗斯布克奖、大书奖和全国畅销书文学奖三项俄语文坛重要奖项的作家，其重视文字锤炼的语言风格延续了契诃夫、布宁、纳博科夫等俄国经典作家的传统，同时又着力借鉴西方意识流和"新小说"作家大胆前卫的实验技巧。处女作《拉里奥诺夫笔记》（1993）借一位庸庸碌碌的旧俄贵族的口吻回顾他所亲历的动荡的19世纪俄国历史，1995年移居瑞士后发表的《攻克伊兹梅尔》（1999）以"新小说"式语言游戏描摹20世纪苏联社会的没落萧条而又千奇百怪的现实景象，《维纳斯的头发》（2005）从一位负责处理政治庇护申请的瑞士移民局俄语翻译的视角揭示当代俄罗斯政府、社会与国民所身处的重重困境，书信体小说《时空书信》（2010）通过一对恋人之间的鱼雁往返串联起20世纪俄国的一系列影响深远的历史事件，展现出凭借彼此深爱而穿越时空与生死阻隔的两颗真挚鲜活的心灵。

维克多·佩列文（1962—　）是一位擅长融合流行文化、深奥哲学与科幻文学等诸多元素于一炉的俄罗斯作家，其作品常常基于幻想与现实、历史与虚构的交织，以后现代主义和荒诞派精神，运用幽默、隐喻、讽刺、碎片拼贴和游戏恶搞等手法构建苏联解体前后社会现实的多层次图景。《夏伯阳与虚空》（1996）通过营造1990年代初三个莫斯科精神病人零碎纷乱的梦境反映后苏联时代的俄罗斯萦绕纠缠的历史症结与社会光怪陆离的现实生活；《"百事"一代》（1999）以叶利钦执政时期的莫斯科为背景，再现成长于20世纪90年代俄罗斯转轨期间的一代青年人的故事；《数字》（2003）讲述一个求助于数字魔力的苏联男孩如何一步步成长为成功的银行家的奇异人生；《狼人圣书》（2004）以狐女与狼人之间艰难的爱情故事为主线，通过女性的叙述角度揭示爱对于实现完满之灵性的重要性；以网络聊天形式写成的《恐怖头盔》（2005）围绕参与者关于古希腊牛头怪（弥诺陶洛斯）神话的对话，建构一个跨越历史现实与网络虚拟世界的神秘叙事迷宫；科幻小说《V 帝国》（2006）冷峻而锐利地讽刺沉溺消费主义陷阱、痴迷金钱崇拜的现代俄罗斯人；富含哲理隐喻的《T》（2009）描写 T 伯爵（指列夫·托尔斯泰）的逃亡之旅，探讨作者与主角、造物主与被造物、宿命与自由意志之间的关系等玄奥的哲学命题；他此后推出的作品还有后末日科幻小说《S. N. U. F. F.》（2011）、《V 帝国》的续集《蝙蝠侠阿波罗》（2013）、阐述并宣扬佛教禅那理论的《富士山秘景》（2018）等。

叶夫盖尼·沃多拉兹金（1964— ）是一位出生于乌克兰的俄罗斯作家，其代表作《拉夫尔》（2012）以中世纪俄罗斯为背景，讲述一位草药师因难产死亡的爱人而竭力忏悔赎罪并最终成为东正教僧侣中最高品阶的大庄严僧，作者由此探讨灵与肉、爱与死、罪与罚、上帝与救赎等沉重的命题。

玛丽亚·斯捷潘诺娃（1972— ）是俄罗斯著名诗人、小说家，她在俄语诗坛上重视传统民谣作为一种诗歌体裁的价值，吸纳和颠覆传统的韵律及形式，且经常使用俄国文学独特的"Skaz"（即模仿民间日常口语风格和语调的第一人称叙事方式）叙事技巧。其诗集有 2001 年发行的《北方南方人的歌》《关于双胞胎》《这里有光》以及《一朵花正在玻璃的皮肤底下死去》（2019）等。基于拯救和保存大时代浪潮中的家族记忆的愿望而创作的小说《记忆记忆》（2017）复合史学、哲学与文学的文体类型，以双线叙事结构展示出一个俄国犹太家庭几代人的故事。

阿列克谢·萨利尼科夫（1978— ）是一位出生于爱沙尼亚的俄罗斯作家、诗人和记者。他最广为人知的作品是长篇小说《彼得罗夫流感》（2016），该作以流感病毒侵袭为切入点揭露彼得罗夫一家的家庭成员各自的隐秘生活，隐喻后苏联时代困于破败萧条的老工业区（铁锈带）中人们苦闷焦躁、失落无望乃至歇斯底里的残酷生存真实。此外他还有小说《部》（2018）、《间接》（2019）和诗集《雪人日记》（2013）等作品。

S. A. 阿列克谢耶维奇（1948— ）是白俄罗斯著名作家、记者，主要从事非虚构文学/纪实文学的创作。她力图呈现重大历史事件对脆弱无助而又坚韧不屈的生命个体和平凡家庭带来的剧烈冲击，以口述记录的方式保存珍贵且鲜活的大众记忆与历史细节，把被主流意识形态的宏大叙事所遮蔽的"沉默的大多数"推到读者的面前，谱写出一首首艰难岁月中无数平民有血有泪的生活史诗，因为"她的复调书写是我们这个时代的苦难和勇气的丰碑"而获得 2015 年诺贝尔文学奖。其主要作品有记录二战战场上苏联女兵残酷而真实经历的《战争中没有女性》（1985）（一译《我是女兵，也是女人》），展现苏德战争的幸存儿童之苦难历程的《最后的目击者》（一译《我还是想你，妈妈》，1985），承载阿富汗战争中苏联军人及其家属之血泪记忆的《锌皮娃娃兵》（1991），《死亡迷恋》（1993）讲述因苏联解体而备受打击的人们自杀和试图自杀和的故事，《切尔诺贝利的祭祷》（1997）通过采访大量当事人揭示出切尔诺贝利核泄漏事故对普通人生活造成的灾难性影响，《二手时间》（2013）以口述采访的形式反映苏联解体后二十年间俄罗斯民众在激烈残酷的社会转型中承受的痛苦与折磨，将一幅后苏联时代触目惊心的底层图景完整地呈现于世人眼前。

**（五）21 世纪初期其他欧洲国家文学**

凯尔泰斯·伊姆雷（1929—2016）是匈牙利犹太裔作家，同时是奥斯威辛集中营的幸存者。他最具代表性的作品是依据自己在集中营的亲身经历写成的自传体小说《无命运的人生》（1975），2002 年被授予诺贝尔文学奖，以表彰"他对脆弱的个人在对抗强大的野蛮强权时的痛苦经历的深刻刻画"。此后他又创作中篇小说《寻踪者》（1977）、《英国旗》（1991），长篇小说《惨败》（1977）、《给未出生的孩子做安息祷告》（1990）等，21 世纪以后推出中篇小说《清算》（2002）、回忆录《K 君的档案》（2006）、日记《最后的酒馆》（2014）等。凯尔泰斯将自己的文学成果与袒露个人心灵创伤的"见证文学"紧密联系在一起，其作品的题材大多源于作者在二战时期的大屠杀记忆，并融合大量形而上命题，具有浓郁的哲理意味和诗意氛围。

纳道什·彼得（1942— ）是获得过匈牙利文学艺术最高奖科苏特奖（1992 年）的犹太裔作家。他的成名作《回忆之书》（1986）讲述一位正处于写作过程中的匈牙利小说家在东柏林陷入三角恋的故事。2005 年推出耗时十八年创作的长篇小说《平行故事》（包括《寂静之地》《夜的深处》和《自由的呼吸》三卷），巧妙地将匈牙利和德国的两个家族的政治、情感史交织在一起，叙事时间跨越一战爆发到东欧剧变（即"短 20 世纪"）。

克拉斯诺霍尔卡伊·拉斯洛（1954— ）是一位后现代风格浓烈的匈牙利作家，其处女作和成名作《撒旦探戈》（1985）以多角度叙述的方式描绘匈牙利一个几乎与世隔绝的破败村庄中上演的荒诞剧，游记作品《天下的悲伤与毁灭》（2004）是作者自 20 世纪 90 年代起多次游历中国后的思想结晶，以日本、波斯、希腊等东西方古典文化为背景的《西王母下凡》（2008）抒发作者对于当代审美体验的理解，讲述一位老年匈牙利贵族在流亡海外多年后返回家乡却遭受误解的《温克海姆男爵的归乡》（2016）采用颇具实验性的叙事结构，文中有些句子长达数页。

米尔恰·克尔特雷斯库（1956— ）是罗马尼亚诗人、小说家，他的青年时代深受 1960 年代美国反主流文化的影响。其作品多以 20 世纪的布加勒斯特为背景，将成长记忆和现实体察融入魔幻与荒诞的文学表达之中。代表作包括后现代史诗《黎凡特》（1990），小说《怀旧》（1989）、《炫目》三部曲（1996—2007）以及小说集《美丽的陌生人》（2010）、《感伤》（2019）等。

翁贝托·埃科（1932—2016）是意大利小说家、批评家和符号学家，他在学术著作之外还著有大量以悬疑、神秘与睿智、讽刺风格见长的小说和杂文，其最驰名的作品为融合众多符号学、历史学、宗教学知识与隐喻，以 14 世纪天主教方济各会改革活动为背景的探案小说《玫瑰之名》（1980）。之后他创作了以中世纪基督教发展史为背景的《傅科摆》（1989）、以十七世纪欧洲大航海时代为背景的《昨日之岛》（1995）、以第三次十字军东征为背景的《波多里诺》（2001）。2010 年出版的历史悬疑小说《布拉格墓园》取材自 19 世纪著名反犹书籍《锡安长老议定书》出台前后的风云岁月。其生前出版的最

后一部小说《试刊号》（2015）围绕着从二战到1970年代的一系列恐怖袭击事件展开，并参考了意大利现代史上的诸多真实人物。

埃莱娜·费兰特（1943—　）是一位擅长创作女性题材小说、隐瞒真实身份的意大利作家。其首部长篇小说《令人不安的爱情》（一译《暗处的女儿》，1992）通过描写主人公寻找母亲意外死亡的真相的过程，揭示因备受压抑而由温情蜕变为冷酷的母女关系；《被遗弃的日子》（2002）关注一位中年妇女如何从一段维系了十五年却突然破裂的婚姻中得到自我解脱的过程；她的著名畅销书"那不勒斯四部曲"《我的天才女友》（2011）、《新名字的故事》（2012）、《离开的，留下的》（2013）和《失踪的孩子》（2014），讲述生于1950年代那不勒斯贫民社区的两个聪颖且坚韧的女孩莉拉和埃莱娜从童年到晚年的人生奋斗史及她们之间维持终身的友谊，内容涉及女性友谊、青年成长、母性心理、那不勒斯城市史和意大利工人运动与南北差异等主题。《成年人的谎言生活》（2019）则聚焦于那不勒斯中产家庭的叛逆少女乔瓦娜的青春成长历程，延续四部曲的书写主题。

桑德罗·韦罗内西（1959—　）是两获意大利文坛最负盛名的斯特雷加奖的小说家，《过去的力量》（2000）讲述一位儿童文学作家在发现父亲隐瞒至死的间谍身份和婚姻关系的隐秘真相之后遭遇的生活荒诞剧，《平静的混乱》（2005）剖析一名事业有成却陷入中年危机的男人在面对生活阴暗面时的幻灭与苦恼，《蜂鸟》（2019）以非线性叙事结构书写眼科医生马可·卡雷拉如一场毫无意义的悲剧一般的人生，勾画出主人公像在空中保持静止的蜂鸟一样的消极顽固的性格与命运。

尼科洛·阿曼尼蒂（1966—　）是意大利作家、导演和编剧，其成名作《我不害怕》（2001）讲述1978年意大利南部小镇的一个男孩发现他的父亲和其他镇民绑架一个来自北方富裕家庭的男孩的惊险故事，《遵照上帝的命令》（2006）描写意大利东北部小镇上一名13岁少年和父亲在揭发一起性暴力犯罪事实真相的过程中的不幸遭遇。他还创作过关注罹患自恋型人格障碍儿童的《我和你》（2010）和故事背景设定在后末日时代病毒肆虐的西西里岛的《安娜》（2015）。

安东尼奥·斯库拉蒂（1969—　）是意大利作家和文化学者，取材自1999年美国哥伦拜恩高中屠杀事件的《幸存者》（2005）以一个致力于调查犯罪原委的幸存者的视角审视校园暴力行为的复杂成因，备受好评的历史小说《M：世纪之子》（2018）以扣人心弦的笔法展现从1919年"意大利战斗者法西斯"组织成立至1925年该组织头目墨索里尼（即书名中的"M"）攫取国家政权、建立法西斯独裁的动荡历史进程，随后又推出续作《M：天选之人》（2020）、《M：欧洲的末日》（2022）和《M：命运时刻》（2024）。《我们生命中最美好的时光》（2015）则通过讲述反法西斯战士莱昂·金兹堡的英勇抵抗和作者家族在二战期间的境况描绘一段烙印在意大利民族心中不可磨灭的历史记忆。

保罗·裘唐诺（1982—　）是意大利新生代作家，获得巨大成功的首部小说《质数的孤独》（2008）讲述曾经历童年创伤、曾是问题少年的一对男女因种种原因不得不如孪生质数一般彼此吸引却又始终无法结合的情感纠缠，该作让作者成为史上最年轻的斯特雷加奖得主。

西班牙诗人胡安·马卡里特（1938—2021）是2019年塞万提斯奖得主，其创作生涯从20世纪60年代延续到21世纪。他力求通过自由诗的创作寻求真理并热情直面充斥肮脏、喧闹、丑陋、疲惫和暴力的艰难生活，认为诗人的任务与建筑师的任务一样是建造一个坚固的结构，应当以简洁、坚实、准确的语言给人们带来安慰的力量。21世纪问世的诗集有《爱情诗全集（1980—2000）》（2001）、《乔安娜》（2002）、《巴塞罗那最后的爱情》（2007）和《迷人之冬》（2017）等。

克里斯蒂娜·费尔南德斯·库巴斯（1945— ）是以短篇小说闻名的西班牙作家，她追求简洁、精确、奇幻和充满张力的文体风格。短篇小说集方面，早期作品有《我的妹妹艾尔巴》（1980）、《布鲁马尔的阁楼》（1983）、《恐怖角度》（1990）与《与阿加莎在伊斯坦布尔》（1994）等，《魔鬼的穷亲戚》（2006）通过幻影、鬼魂或梦境向读者讲述各色人物最隐秘的内心世界，属于哥特式惊悚文学的《诺娜的房间》（2015）聚焦于一群因日常幻想而逐渐陷入噩梦、妄想的女人。

哈维尔·塞尔卡斯（1962— ）是一位擅长历史小说的西班牙作家，亦为赫罗纳大学西班牙语文学教授，其作品常常融合非虚构、年代记、随笔与小说等多种文体。成名作是以西班牙内战为背景、以调查长枪党创始人桑切斯·马萨斯的离奇逃亡为主线的《萨拉米斯的士兵》（2001），《瞬间的解剖》（2009）抽丝剥茧地揭示出1981年西班牙未遂政变幕后的原因与动机，《边境法则》（2012）讲述西班牙民主转型时期在赫罗纳地区边境从事抢劫的三个少年罪犯的故事，《骗子》（2014）真实地还原了以纳粹集中营幸存者的虚假身份招摇撞骗的西班牙著名骗子恩里克·马可的行为轨迹，《幽冥中的君王》（2017）则以作者母亲的叔叔为主角，通过这名年仅十九岁即在西班牙内战中阵亡的长枪党成员、国民军少尉的短暂人生折射出战争的残酷与历史的无情。

约翰·班维尔（1945— ）是爱尔兰小说家，其早期代表作是关注历史上伟大科学家的"革命三部曲"《哥白尼博士》（1976）、《开普勒》（1981）和《牛顿书信》（1982），"框架三部曲"《证词》（1989）、《幽灵》（1993）和《雅典娜》（1995）从不可靠叙述视角探索艺术作品的力量，"亚历山大和卡斯·克利夫三部曲"《日食》（2000）、《裹尸布》（2002）和《古老的光》（2012）以一位失意的演员及其女儿的家庭、情感生活为主线，赢得布克奖的《海》（2005）用深沉的思考与优美的语言讲述一位退休的艺术史学者怎样试图让自己接受儿时和成年时所爱之人的离世，《无限》（2009）从众神的使者赫耳墨斯的角度记录一位老人弥留之际时全家人各怀心思的反应，冷静而机智地审视了人生百味，《奥斯蒙夫人》（2017）是对英裔美国作家亨利·詹姆斯1881年的小说《贵妇画像》别具一格的改编。此外他还以笔名本杰明·布莱克创作了"奎克系列"犯罪侦破小说，包括《夏日之死》（2011）、《复仇》（2012）和《神圣命令》（2013）等，主角是一位1950年代住在都柏林的病理学家。

科尔姆·托宾（1955— ）是一位多次入围布克奖的爱尔兰作家，早期作品有《南方》（1990）、《灿烂的石楠花》（1992）和《夜的故事》（1996）等，获得普遍好评的虚构传记《大师》（2004）讲述亨利·詹姆斯从剧院事业失败到归隐英国东萨塞克斯乡村

期间的生活经历，侧重处理主人公的内心变化、性取向及其对待爱尔兰的态度等，《布鲁克林》（2009）关注1950年代爱尔兰的赴美移民，《诺拉·韦布斯特》（2014）描写一位因丧偶而要独立抚养四个孩子的爱尔兰母亲，《名门》（2017）别出心裁地重述古希腊俄瑞斯忒亚的传说，《魔术师》（2021）致力于还原德国文豪托马斯·曼跨越半个世纪历经一战、二战和冷战的人生曲折、家庭传奇与内心激荡。

罗迪·道伊尔（1958— ）是爱尔兰小说家和剧作家，他的作品多以爱尔兰为背景，侧重反映都柏林工人阶级的生活和爱尔兰历史上的重要事件，文本风格以人物对话为主，很少描述或说明。他的代表作是将故事场景置于都柏林北部巴里镇的"巴里镇五部曲"《承诺》（1987）、《鲷鱼》（1990）、《面包车》（1991）、《帕迪·克拉克哈哈哈》（一译《童年往事》，获得1993年布克奖）和《胆量》（2013），主要人物包括一群组建灵魂乐队的失业青年、出身保守工人阶级家庭却未婚先孕的年轻女子、被解雇后尝试与朋友一起创业的中年男子、正在经历成长阵痛的十岁男孩、即将步入暮年之际发现自己罹患癌症的音乐人。此外他的"最后的围捕三部曲"《一个叫亨利的明星》（1999）、《哦，玩那个东西！》（2004）和《亡灵共和国》（2010）则讲述出生于都柏林的亨利·斯马特从参加爱尔兰独立战争到逃亡并定居美国的横跨整个20世纪的传奇人生。

安·恩莱特（1962— ）是爱尔兰作家，她的小说《你是什么样的？》（2000）围绕一对出生时就被分开的双胞胎女孩玛丽和玛丽亚的故事展开，探讨亲人之间讽刺性的紧张关系，获得2007年布克奖的《聚会》讲述39岁的薇罗妮卡试图找寻她最亲近的哥哥自杀原委的过程，由叙述者的内心旅程追溯这个家族坎坷隐秘的过往，《被遗忘的华尔兹》（2011）以黑色喜剧的手法颠覆性地描写一段婚外情，《绿路》（2015）讲述麦迪根家的母亲罗莎琳和她的四个孩子各自平凡却不平淡的生活故事。

保罗·林奇（1977— ）是一位擅长诗意抒情风格和探索复杂主题的爱尔兰小说家，处女作《血色清晨》（2013）记录早期爱尔兰赴美移民的血泪史，成长小说《格蕾丝》（2017）述说一位年轻女孩在19世纪爱尔兰大饥荒时期为生存而奋斗的可歌可泣的故事，《超越大海》（2019）讲述两个被困在海上的男人克服体力和精神的极限挣扎求生的惊险历程，获得2023年布克奖的反乌托邦小说《先知之歌》虚构爱尔兰共和国坠向极权主义之时一位四个孩子的母亲试图拯救自己家庭的惊心动魄的冒险经历，作者成功地通过渲染动荡、暴力和迫害等因素而营造出令人窒息、幽闭恐怖的氛围。

萨莉·鲁尼（1991— ）是近年来声名鹊起的爱尔兰作家，被认为是"千禧一代"的代表人物，她将自己定位为女权主义者和马克思主义者。处女作《聊天记录》（2017）通过一位爱尔兰女大学生坦白自己所遭遇的情感迷惘精准捕捉当今年轻世代面临的成长困惑与道德难题，《正常人》（2018）讲述出身贫寒的康奈尔和家境富裕的玛丽安之间错综复杂的情爱和友谊，呈现两位青年在跨越阶级界限的交往过程中的矛盾与挫折，《美丽的世界，你在哪里》（2021）描写一位爱尔兰女作家与她的身为文学编辑的挚友和情人之间的故事，主题涉及爱情、友谊、社会阶层、不稳定生活状态及年轻人的生活迷茫。

约恩·福瑟（1959— ）是被评论界认为代表易卜生戏剧传统之现代延续的挪威剧

作家、小说家和诗人，因其"创新的戏剧和散文为不可言说的事物发出了声音"而获得2023年诺贝尔文学奖。他的作品语言简约、意蕴深刻、情节淡化、内省倾向强烈，常常接近抒情散文和诗歌，极简主义风格明显，因此常被归入1960年代以来的先锋派戏剧（即"后戏剧剧场"）和后现代主义文学的脉络之中。小说方面，《忧郁》（1995）用意识流的叙事手法讲述挪威画家拉尔斯·赫特维格因痛苦的单恋和对艺术的怀疑而最终走向精神崩溃的故事；《早晨和晚上》（2000）由一位渔夫的人生回顾展开，在叙述他的出生和死亡的同时重温其生命中的重要地点与时刻；合并为"三部曲"的中篇小说《无眠》（2007）、《乌拉夫的梦》（2012）和《疲倦》（2014）呈现一对年轻情侣从浪迹天涯到艰难谋生再到养育子女的经历，以灵动绵延、简洁深沉的语言构建了一个以爱与救赎、忍耐与反抗为主题的生命寓言。戏剧方面，《名字》（1995）讲述一对年轻夫妻在怀上孩子后搬去和女方父母同住却彼此隔阂、无法沟通的故事，《夜曲》（1997）刻画一对刚刚生下第一个孩子的年轻夫妇之间的冲突和厌倦，《秋日之梦》（1999）的场景是一对旧情复燃的男女在即将举行葬礼的墓地前的娓娓交谈，《我是风》（2007）记述两个男人乘船旅行，中途一个男人投水自杀的故事，隐含作者对现代社会人际关系转瞬即逝的本质以及现代人慢性抑郁征候的担忧。

卡尔·奥韦·克瑙斯高（1968— ）是以六卷本长篇自传体小说《我的奋斗》而享誉国际的挪威作家，这部长达3500多页的作品以近乎无情的诚实、惊人的坦率记述作者一生的庸碌和屈辱、不甘与抗争以及私密的乐趣与阴暗的思想，对自己过去和现在经历的具体事件和人物进行详细的特写和冷静的描述，其直面本心、袒露自我、充满力量和真诚的写作行为不啻于一场文学冒险，但这一向公众大胆分享家庭隐私的举动也引起激烈的争论。其处女作《出离世界》（1998）描写一个陷入不伦之恋的小学代课教师亨里克·范克尔的内心波动，《万物皆有时》（2004）聚焦于一位16世纪的意大利神学家对天使问题终其一生苦苦求索的心路历程。

斯蒂格·拉森（1954—2004）是瑞典作家、左翼记者，在他突发心脏病去世后出版的犯罪小说"千禧年三部曲"《龙纹身的女孩》（2005）、《玩火的女孩》（2006）和《直捣蜂窝的女孩》（2007）赢得空前的成功，全球销量累计超过一亿册。三部曲讲述由顶级网络黑客莉丝·莎兰德和新闻调查记者、《千禧年》杂志的合伙人迈克尔·布隆维斯特联手揭穿诡异犯罪案件之真相的惊险经历。

托马斯·特朗斯特罗姆（1931—2015）是瑞典诗人和心理学家，"因为经过他那简练、通透的意象，让我们用崭新的方式来体验现实世界"而获得2011年度诺贝尔文学奖。他的诗歌通俗易懂，同时也融入现代主义和表现主义、超现实主义等元素，情感基调温和，风格简约内敛，擅于使用大胆的比喻、自由的节奏和古典的结构，力图通过短小精炼的意象和诗句吸引读者。他青睐于捕捉四季韵律之中的自然之美和日常生活中潜藏的神秘感和惊奇感，不少诗作宗教色彩浓郁。其诗集有《17首诗》（1954）、《看见黑暗》（1970）、《波罗的海》（1974）、《为生者和死者》（1989）和《哀伤贡多拉》（1996）等，最后一部诗集《巨大的谜》（2004）收录诗人晚年所作的45首俳句诗和5

首自由体诗，以言简意深的短诗实现对于及时行乐、宗教顿悟、自然风景、旅途纪行和死亡思考等主题的浅吟低唱。

索菲·奥克萨宁（1977— ）是一位拥有爱沙尼亚血统的芬兰剧作家和小说家，2007年芬兰国家剧院上演的剧目《清洗》是她的代表作，次年作者将其改编为小说出版。此作以爱沙尼亚苏维埃社会主义共和国时期为故事发生的背景，讲述住在偏远乡村的一名老妇人及其姐姐的孙女被迫面对自己曾沦为妓女、遭受性暴力的黑暗过去，同时也借助小人物的悲剧呈现爱沙尼亚人在苏联统治下遭受压迫的不堪回首的沉重过往。

阿诺德·英德里达松（1961— ）是冰岛犯罪推理小说作家，他最著名的作品是以侦探埃尔伦杜尔·斯文森为主角的"埃尔伦杜尔探长系列"小说，其中《污血之站》（2000）与《墓地的沉默》（2001）相继获得北欧犯罪推理小说的最高奖玻璃钥匙奖。

## 三、21世纪初期的美洲文学

### （一）21世纪初期北美文学

科马克·麦卡锡（1933—2023）是当代美国文坛的旗帜性作家，共著有12部小说、2部戏剧、5部剧本和3篇短篇小说，涉及美国西部、后世界末日和南方哥特文学等主题，其作品以对暴力行为的露骨而生动的描述著称，他很少使用标点符号（用"and"代替大多数逗号），刻意追求简单克制、明确锐利、直击人心的表达方式，不少评论者认为他有力地继承了海明威和福克纳的文学风格。西部史诗小说《血色子午线》（1985）是其早期代表作。为他赢得广泛赞誉的"边境三部曲"——《天下骏马》（1992）、《穿越》（1994）和《平原上的城市》（1998），围绕两个年轻牛仔约翰·格雷迪·科尔和比利·帕勒姆在美国西南部与墨西哥边境的成长和冒险故事展开。《老无所依》（2005）讲述发生在得克萨斯州沙漠腹地的一起毒品交易失败案件引起的警探、毒贩与杀手之间的血腥争夺。《路》（2006）记述一位父亲和小儿子以独行者的姿态穿越世界末日后的美国，一路逃避食人族追捕，追寻坚持不吃人的"好人"的艰苦跋涉。《乘客》（2022）及其姊妹篇《斯特拉·马里斯》（2022）讲述一位救生潜水员和他的数学天才妹妹的奇异人生，触及科学伦理问题。

玛莉莲·罗宾逊（1943— ）是美国小说家和散文家，她的小说以对宗教信仰和乡村生活的描写而闻名。早期代表作《管家》（1980）讲述生活在爱达荷州偏远农村的三代女性令人动容的人生故事，2004年出版的书信体小说《基列家书》获得2005年普利策奖，主人公是基列小镇上一位年事已高的牧师，他以给幼子写家书的形式回溯这个家族从南北战争到1995年一个多世纪以来的变迁。《基列家书》中涉及的信仰、苦难与救赎等主题在长篇小说《家园》（2008）、《莱拉》（2014）和《杰克》（2020）中得到接续。

莎朗·奥兹（1942— ）是当代美国诗人，也是2012年T. S.艾略特奖和2013年普利策诗歌奖的获得者。她的诗作尤为关注家庭和两性关系的阴暗面，并且不惮以粗俗的语言和令人震惊的场景来传达有关家庭暴力、政治压迫、血缘关系和婚姻围城的残忍真相，其主要诗集有《撒旦说》（1980）、《父亲》（1992）、《未打扫的房间》（2002）、《一个秘密》(2008)及《雄鹿之跃》(2012)等。

露易丝·格丽克(1943—2023)是美国当代著名女诗人,因为"她以独特的诗意嗓音和朴素的美感使个体的存在具有普遍性"而成为2020年诺贝尔文学奖得主,此外她还曾获得过普利策诗歌奖、美国国家图书奖和美国桂冠诗人等荣誉。她的诗歌受到精神分析学说及古典寓言、传说和神话的影响,富于强烈的精神自传乃至自我忏悔的色彩,常抒发关于死亡、失落、孤独、忧郁、悲伤、欲望等命题的体验与思考,也常借助神话典故或自然意象展开对现代生活的深切省思。其主要诗集有《阿喀琉斯的胜利》(1985)、《野鸢尾》(1992)、《阿维尔诺》(2006)、《忠贞之夜》(2014)、《合作农场的冬日食谱》(2021)等。

莉迪亚·戴维斯(1947—  )是一位以短篇小说见长的美国作家,有杰出的微型小说实践者之誉,她以简洁的语言、巧妙的文风、新颖的结构、日常世界的精确取材、深邃的人性洞察而独树一帜。其主要作品有短篇小说集《几乎没有记忆》(1997)、《塞缪尔·约翰逊很愤怒》(2001)、《困扰种种》(2007)、《不能与不会》(2014)以及迄今为止唯一一部长篇小说《故事的终结》(1994)

爱德华·P.琼斯(1950—  )是美国非裔小说家,处女作是描写20世纪50—70年代华盛顿特区非裔美国工人阶级生活的短篇小说集《迷失在都市》(1991),另一部短篇小说集《夏甲姨妈的孩子们》(2006)则是《迷失在都市》主题的延续和扩展,具有史诗格局的长篇小说《已知的世界》(2003)获得了2004年普利策小说奖,作者以南北战争前的弗吉尼亚州为背景,描写黑奴亨利·汤森从用钱赎得自由身到成为家产丰厚的种植园主的传奇经历,用绵密交错的结构展现美国蓄奴历史的复杂性,揭露蓄奴制度的非人道本质,成功塑造了黑人奴隶主形象。

路易丝·厄德里克(1954—  )是具有奥吉布瓦人血统的当代美国"印第安文学"的代表作家,也是第二波美国原住民文艺复兴浪潮的重要人物,她的小说多反映印第安裔美国人对原生族群的身份与文化认同危机,写作风格上结合印第安土著的口述传统与后现代先锋叙事的技法,善于运用美洲部落的神话传说、习俗信仰等本土元素,在彰显美洲原住民族裔特性的同时又深入探寻有关人类生活与情感的普遍性问题,打破印第安文化与美国主流文化的二元对立。其成名作是讲述五个印第安家族之生活史的长篇小说《爱药》(1984)。她在21世纪的作品有《小无马地奇迹的最后报告》(2001)、《四魂》(2004)、《鸽灾》(2008)、《踩影游戏》(2010)、《圆屋》(2012)、《拉罗斯》(2016)、《守夜人》(2020)和《判决》(2021)等。

乔治·桑德斯(1958—  )是以创作构思机警、意味深长的短篇小说而知名的美国作家,主要作品有短篇小说集《衰败中的内战之地》(1996)、《天堂主题公园》(2000)、《劝诱之邦》(2006)、《十二月十日》(2013)和《解放日》(2022)。他在2017年出版的第一部长篇小说《林肯在中阴》取材自亚伯拉罕·林肯总统的丧子之痛,以与亡魂世界对话的形式探讨一系列关涉生命存在之终极意义的问题,此作发行后颇受评论界好评,并于当年赢得布克奖。

本·方登（1958— ）是近年来蜚声文坛的美国作家，他的短篇小说集《与切·格瓦拉的短暂相遇》（2007）获得海明威处女作小说奖，聚焦伊拉克战争参战老兵的战后经历、凸显美国主流社会对海外服役军人境遇的隔膜与误解的长篇小说《比利林恩漫长的中场休息》（2012）获得美国国家书评人协会奖。

威廉·T. 沃尔曼（1959— ）是美国作家、记者，他凭借以二战中苏德战争为背景的小说《欧洲中心》获得2005年美国国家图书奖，此作以虚实结合、大胆拼贴、扑朔迷离的后现代主义方式叙述置身战争旋涡之中的从将军到战士、从军官到诗人、从革命家到艺术家等各式人物的命运轨迹，作者意在借此展现"一系列关于著名的、臭名昭著的和不知名的欧洲人士在决定时刻的道德寓言"。此外他还创作了《王室》（2000）、《阿尔加尔》（2001）和《垂死之草》（2015）等作品。

乔纳森·弗兰岑（1959— ）是美国小说家和散文家，他是北欧及东欧移民的后代，其作品尤其关注当代美国家庭机能不全、分崩离析的现状。早期作品有《第二十七座城市》（1988）、《强震》（1992）。获得2001年美国国家图书奖的《纠正》奠定他在文坛的声望，该作以解剖刀一般的精准笔法反映美国中产阶级家庭内部支离破碎、光怪陆离的残酷真相，《自由》（2010）依然聚焦中产阶级家庭成员之间摇摇欲坠的亲情关系与他们疲惫不堪、迷惘苦闷的精神状态，《纯真》（2015）则关注现代社会青年女性的遭遇与困境上，《十字路口》（2021）呈现1970年代伊利诺伊州一个小镇上的家族传奇。

杰弗里·尤金尼德斯（1960— ）是希腊裔美国作家，其荣获普利策小说奖的代表作《中性》（2002）通过一位雌雄同体的叙述者讲述一个美国的希腊裔家庭三代人的悲喜宿命，以小见大、以点带面地铺陈开一幅离奇跌宕的移民史，而主人公的"两性人"属性也成为美籍希腊后裔所遭遇的身份认同之尴尬纠葛的深刻隐喻。

保罗·贝蒂（1962— ）是美国黑人小说家及诗人，20世纪90年代开始陆续出版自己的诗集。他在2015年推出的小说《出卖》记述一位非裔美国人尝试在洛杉矶社区中复兴奴隶制和种族隔离制度的离奇故事，此书荣获2015年美国国家书评人协会奖及2016年布克奖，作者因此成为首位获得布克奖的美国作家。

珍妮弗·伊根（1962— ）是美国当代著名女作家，在其哥特式悬疑小说《塔楼》（2006）之后，她的代表作《暴徒来访》（2010）获得普利策小说奖和美国国家书评人协会奖的双重肯定，奠定作者在美国文坛的地位。该作由13个相对独立的故事组成，叙事结构多线交织、纷繁错落，情节富于跨越时空的想象力，"复调小说"的特征十分明显，亦充分表现出后现代主义的实验性写作风格。其后她又创作了以20世纪三四十年代美国社会为背景的《曼哈顿海滩》（2017）和作为《暴徒来访》之续集的《糖果屋》（2022）。

迈克尔·夏邦（1963— ）是美国小说家、编剧和专栏作家，其创作风格以打破通俗文学与严肃文学之间的藩篱而著称，他的长篇小说代表作《卡瓦利与克雷的神奇冒险》（2000）以奇妙风趣、别具一格的方式讲述二战后一对犹太兄弟成为美国漫画业传奇人物的历程，该作获得2001年普利策小说奖，《犹太警察工会》（2007）是一部获得雨果奖、星云奖肯定的科幻色彩浓郁的侦探小说，此外他还创作有洋溢黑色幽默情调的奇幻冒险小说《哈扎尔绅士》(2007)和再现二战后美国犹太人生活境遇的《月光狂想曲》(2016)等。

卡勒德·胡赛尼(1965— )是一位阿富汗裔美国作家,其作品大多以饱受战乱的阿富汗为背景、以颠沛流离的阿富汗人为对象,笔下的主要角色往往展现出感人至深的人性的坚韧与善良,洋溢着浓郁的中东风情。他的处女作是现象级畅销书《追风筝的人》(2003),讲述一个关于喀布尔的普什图族男孩阿米尔的成长故事,涉及友谊、背叛、内疚、救赎以及父子之间不安的爱等主题,主人公在成长旅途中的遭遇伴随着一系列阿富汗历史的巨大动荡:从君主制的垮台到苏联入侵再到难民潮的爆发与塔利班政权的崛起,他后续又连续推出讲述两个阿富汗妇女在战争年代的不幸人生的《灿烂千阳》(2007)、讲述一个阿富汗贫民家庭在动乱之中的悲欢离合的《群山回唱》(2013)和讲述一对叙利亚难民父子背井离乡的艰难命运的《海的祈祷》(2018)。

朱诺特·迪亚兹(1968— )是一位高度关注来美移民境遇的多米尼加裔美国作家,其成名作是1996年发行的半自传体短篇小说集《沉溺》,描写多米尼加非法劳工在寻找"美国梦"的过程中所经历的严酷考验。他的首部长篇小说《奥斯卡·瓦奥短暂而奇妙的一生》获得2008年普利策小说奖,该作以魔幻现实主义方式呈现一位在美国新泽西州长大的多米尼加裔肥胖男孩的成长经历及其返乡之旅,并借助这样一出悲喜剧反思多米尼加的苦难历史与现实处境。

王鸥行(1988— )是一位新生代的越南裔美国作家,他的第一部作品《大地上我们转瞬即逝的绚烂》(2019)赢得巨大成功,这部自传性质的书信体小说由越南裔美籍儿子写给他的文盲母亲的信件组成,记录一位出生在越南战争期间的西贡、后来移民到美国康涅狄格州的少年饱含辛酸的成长经历与一个远渡重洋的越南难民家庭不断在苦难中挣扎的血泪史,他的以亲历越战的创伤记忆为主题的诗作《夜空穿透伤》(2016)获得T. S. 艾略特奖。

雅阿·吉亚西(1989— )是加纳裔美国黑人小说家。她的创作通常聚焦于种族血统、历史创伤以及美国黑人的身份归属等问题,获得美国图书奖的处女作《回家》(2017)讲述一位加纳阿散蒂族妇女及其后代一波三折的人生故事,小说横跨两个世纪的宏大历史背景,涉及英国—阿散蒂战争、奴隶制、种族隔离、囚犯租赁制度、非裔美国人大迁徙、美国爵士时代等重要事件;《超验王国》(2020)则讲述一个美国的加纳移民家庭在种族主义环境中所承受的父亲离家出走、母亲罹患忧郁症、弟弟吸毒成瘾等悲剧。

安妮·卡森(1950— )是一名加拿大诗人、作家和古典学教授。她的诗体小说《红的自传》(1998)对赫拉克勒斯猎杀怪物革律翁的古希腊神话进行别具匠心的现代重构,重点探讨性、爱和身份认同的难题,其续作是融合诗歌、散文和戏剧形式的《红色文档》(2013);诗歌与散文集《下班后的男人》(2000)容纳短诗、韵文、墓志铭、散文、访谈、剧本以及古希腊语和拉丁语译本等多种文体,内容涉及东西方文学家、思想家、艺术家以及历史、宗教和神话等多个领域,打破了一般意义上的既定的长诗写作模式;赢得T. S. 艾略特奖的诗集《丈夫之美》(2001)记录诗人第一段失败的婚姻,作者

秉持济慈《希腊古瓮颂》中阐述的"美即是真、真即是美"的不朽格言，尽情地展露出在恋爱—结婚—离婚过程中真切体验到的迷恋、困惑、幻灭和辛酸。

艾丽斯·芒罗（1931—2024）是以专攻短篇小说创作而蜚声世界文坛的加拿大国宝级作家，因其身为"当代短篇小说大师"的杰出成就而获得2013年诺贝尔文学奖。她的作品往往聚焦于加拿大郊区小镇平民家庭悲喜交织的日常生活，在看似平淡如水的描绘中融合对于苦与乐、爱与恨、生与死等主题的沉重思考，以简洁的散文风格探索复杂幽暗的人性和纷杂矛盾的生活，用意味深长的笔触、朴素细腻的刻画带来真挚深沉的感染效果。芒罗擅于将她的文学世界建立在简明、微妙和富于启示性的细节与顿悟时刻的呈现之上，在保持克制平静叙述的同时传递出锋利而脆弱的心理感受。其早期作品如《女孩和女人们的生活》（1971）、《你以为你是谁？》（1978）等常以女孩的成长为主题，诉说女主人公是怎样地随年岁渐长而在冲突与妥协之中与家人和家乡相处；而在《好女人的爱情》（1998）、《恨，友谊，追求，爱情，婚姻》（2001）、《逃离》（2004）等作品中，作者则将焦点转移到中年、单身女性和老年人的情感挫折与心绪变化上面。《岩石堡风景》（2007）则是一部融合小说与回忆录两种文体的作品，从一个苏格兰家族18世纪的历史跨越到这个家族后代的作者当下的晚年生活，交错映照出令人百感交集的群体与个体的曲折命运；《幸福过了头》（2009）用十则故事剖析现代女性所面临的真实而残酷的生活命题，她们或忍受记忆创伤，或陷入畸形爱恋，或遭遇成长迷惘；《亲爱的生活》（2012）里各式各样关于"如何对待生活"的故事显现出微妙、含蓄、隐秘的光彩。此外，由于芒罗的小说大多以她的家乡安大略省休伦县为背景、以加拿大南部小镇的居民为主角，具有鲜明的地域特色，故不少评论者将之与威廉·福克纳（1897—1962）和弗兰纳里·奥康纳（1925—1964）代表的美国南方文学作比较，亦有人将她的作品归入"南安大略哥特式小说"，即在体现安大略南部风土民情的故事场景下分析和批判种族、性别、宗教和政治等社会状况，通常以严肃的现实主义为特征，在彰显生存处境中的恐怖与怪诞因素、揭示人类灵魂中的邪恶和扭曲面相时常常体现出强烈的道德关怀倾向。芒罗的《短篇小说选》（1996）、蒂莫西·芬德利（1930—2002）的《猎头人》（1993）、玛格丽特·阿特伍德的《双面葛蕾斯》（1996）和《盲眼刺客》（2000）等被认为是该流派的标志性文本。

玛格丽特·阿特伍德（1939—　）是一位两度获得布克奖的加拿大著名小说家及诗人，她的作品大多深度涉及民族、性别、宗教、身份认同与强权政治等严肃话题。早期代表作有讽刺消费主义社会的《可以吃的女人》（1969），探讨女性在险恶的权力社会中的生存地位的反乌托邦小说《使女的故事》（1985），贯穿女性成长及女权主义主题的《猫眼》（1988），讲述男女之间的权力斗争的《强盗新娘》（1993），基于真实凶杀案件虚构而成的历史小说《双面葛蕾斯》（1996）等。进入21世纪后，她仍然保持旺盛的创作活力，先后推出多部颇受好评的作品，包括赢得2000年布克奖的悬疑小说《盲眼刺客》，融合推理、爱情、冒险与科幻元素的后末日虚构作品"疯狂的亚当三部曲"《末世男女》（2003）、《洪荒年代》（2009）和《疯狂的亚当》（2013），改写自古希腊神话传说并具有鲜明女性主义色彩的《佩涅罗珀》（2005），解剖情爱纠葛与变态人性的反乌托邦小说《心劫》（2015），对莎士比亚的悲喜剧《暴风雨》进行现代重述的《女巫的子孙》（2016）以及《使女的故事》的续集《证言》（获得2019年布克奖）等。另外她还出版了思考怎样直面不可避免的衰老和死亡等问题的诗集《门》（2007）和《亲爱的》（2020）。

玛丽-克莱尔·布莱斯（1939—2021）是有"21世纪的弗吉尼亚·伍尔夫"之誉的加拿大魁北克地区的法语作家，其作品曾四次获得总督奖。她最具标志性的创作成就是1995—2018年陆续发行的十卷本"渴"系列小说，这部卷帙浩大、极富野心的意识流作品被视为魁北克文学的里程碑之作，其故事发生在以作者晚年定居的美国佛罗里达州基韦斯特岛为原型的一个小镇上，令人眼花缭乱的百余个人物形象相互交织，其中很多都脱胎自真实人物，小说的写作风格以近乎漫无边际的长句为主，叙述节奏在内心独白和对话交谈之间自然地迅速切换，循环式的叙事结构没有章节划分，甚至也没有段落间隔。

迈克尔·翁达杰（1943— ）是获得了诸多文坛荣誉的斯里兰卡裔加拿大诗人、小说家，他以诗歌创作开启文学生涯，迄今已出版十余部诗集。获得布克奖的长篇小说《英国病人》（1992）是其代表作，该作讲述四个性格迥异却又都深陷战争阴霾之中的人在二战意大利战役期间的因缘际会；以1983年爆发的斯里兰卡内战为背景、以一个国际人权组织的法医病理学家为叙事主角的《安尼尔的鬼魂》（2000）描绘锡兰岛上饱受战乱杀戮之苦的民族苦难历程；《遥望》（2007）的故事围绕一位单身父亲和他的孩子展开，探寻家庭破碎与青少年自我成长等命题；具有自传色彩的《猫的桌子》（2011）以诗意的笔调展现出一个11岁男孩在一艘远洋客轮的三周航程中的经历冒险与成长的故事；《战时灯火》（2018）通过扑朔迷离的叙述结构讲述伦敦一对兄妹在二战即将结束时被父母托付给一位神秘人物照料的往事，作者在以丰富精巧的细节还原历史场景的同时深入探讨记忆与真相、战争与人性等深刻命题。

诺玛·邓宁（1959— ）是一位加拿大因纽特裔作家，她的处女作、短篇小说集《安妮·穆克图克和其他故事》（2018）讲述以因纽特人为中心的一连串引人入胜的故事，敏锐地传达原始的情感和人性；获得2021年英语小说总督奖的短篇小说集《泰纳》则关注住在加拿大南部、远离传统聚居区的各类现代因纽特人的生活经历。《阿基亚：另一面》是一本旨在向逝去的因纽特人致敬的诗集，作者试图借助诗歌想象一个没有殖民主义、因纽特人的生活不被干涉的自由纯洁的世界。

米里娅姆·托尤斯（1964— ）是一位出身门诺教家庭的加拿大作家。其处女作《我的幸运之夏》（1996）以幽默诙谐的口吻书写依靠社会福利金生活的两位单身母亲之间不断增进的友谊，《复杂的善意》（2004）则讲述生活在门诺教小镇上的一位十六岁叛逆少女遭遇家庭破裂后面对保守的宗教传统与复杂的成人世界时的困惑与迷惘，《伊尔玛·沃斯》（2011）、《我所有微不足道的悲伤》（2014）和《女人的谈话》（2018）也都以门诺教社区为故事场景，致力于展现生活于其中的人们所承受的生活挫折与情感伤痕，《斗争之夜》（2021）诉说一个多伦多的三世同堂之家里的女性故事，呈现出她们在家庭生活中的痛苦、欢乐和无私的爱以及如何以战斗的姿态迎接生活的挑战。

帕特里克·德威特（1975—　）是一位长期居住在美国的加拿大小说家和编剧，其成名作为洋溢黑色幽默风格的西部小说《西斯特兄弟》（一译《淘金杀手》，2011），《管家助手迈纳》（2015）是一部融合神秘冒险、冷血谋杀与奇异爱情元素的哥特式小说，《法式离场》（2018）用荒诞喜剧的方式讲述一对关系不和的破产母子被迫变卖家产从纽约搬往巴黎的离奇故事，《图书管理员》（2023）是一个关于一位名叫鲍勃·科米特的退休图书管理员的故事，作者抽丝剥茧地勾勒出一位性格内向的独居老人平凡却动人的人生经历与悲喜交错的内心世界。

"奇卡诺"（Chicano）是20世纪中期以后墨西哥裔美国人的代称，墨西哥裔美国作家造就的"奇卡诺文学"是美国少数族裔文学中的重要组成部分，这些作品具有鲜明的拉美民族属性、反殖民立场与非主流色彩，主题往往涵盖种族、阶级、宗教与性别等多元的社会议题，同时呈现出杂糅印第安人的土著文化、西班牙殖民者的天主教文化和美国白人社群的清教文化的混合特质，早期代表作有罗道夫·冈萨雷斯（1928—2005）的史诗《我是华金》（1967）、鲁道夫·安纳亚（1937—2020）的小说《祝福我，乌蒂玛》（1972）和桑德拉·希斯内罗丝（1954—　）的小说《芒果街上的小屋》（1983）等；21世纪初期"奇卡诺文学"的重要小说作品有桑德拉·希斯内罗丝（1954—　）的《拉拉的褐色披肩》（2002）、安娜·卡斯蒂略（1953—　）的《守护者》（2007）、阿里汉德罗·莫拉利斯（1944—　）的《天使之河》（2014）等。

### （二）21世纪初期拉美文学

卡洛斯·富恩特斯（1928—2012）是拉美文坛上声望卓著的墨西哥作家，亦为1960—1970年代"拉美文学爆炸"时期的代表人物之一，他在2000年后依然保持着引人注目的创作活力，相继推出《伊内兹》（2001）、《鹰之王座》（2002）、《命运与欲望》（2008）和《伊甸园的亚当》（2009）等作品。其中《鹰之王座》是一部颇具力度的政治讽刺小说，它通过一系列政坛要人往来的书信反映出当代墨西哥的腐败政治和动荡社会等诸多严峻冷酷的现实情形，揭露用心险恶的政客集团不择手段地利用背叛、性、虚伪和任人唯亲来实现个人私利的丑恶嘴脸。

豪尔赫·爱德华兹·巴尔德斯（1931—2023）是智利著名小说家和外交官（2010年获得西班牙国籍），1999年塞万提斯奖得主，早年以批评古巴当局的《不受欢迎的人》（1971）成名，其晚期作品常常取材自真实历史人物的经历，2000年出版的《历史之梦》的灵感源自为西班牙帝国服务的18世纪意大利建筑师华金·托斯卡的一生，《家中无用的人》（2004）围绕作者的祖辈、英国裔智利作家华金·爱德华兹·贝洛的生活展开，《陀思妥耶夫斯基的房子》（2008）聚焦于智利诗人恩里克·林生命中的三个关键时刻，《蒙田之死》（2011）和《最后的姐妹》（2016）的主角分别是16世纪法国哲学家米歇尔·德·蒙田和二战时期法国抵抗运动的成员、"国际义人"玛丽亚·爱德华兹，《哦，邪恶》（2019）则是关于智利大诗人巴勃罗·聂鲁达与他的缅甸情人之间的爱情故事。

埃莱娜·波尼亚托夫斯卡（1932—　）是一位致力探讨社会和人权问题、关注妇女与穷人生存问题的墨西哥作家和记者，2013 年塞万提斯奖获得者。讲述 1968 年墨西哥学生抗议活事件的《广场之夜》（1971）是其早期代表作，晚年创作的《天空的皮肤》（2001）展现一位墨西哥天文学家全身心为事业奉献的人生，《火车最先经过》（2006）反映 1950 年代墨西哥铁路工人的真实生活状况，《索卡洛的黎明》（2007）记录 2006 年墨西哥城宪法广场爆发的抗议选举舞弊的社会运动。

巴尔加斯·略萨（1936—2025）是蜚声国际的秘鲁著名作家（1993 年取得西班牙国籍），也是拉美文学的旗帜性人物之一，其作品经常揭露和批判秘鲁社会（尤其是军政府时期）的弊端与丑恶，被认为既是现代主义小说又是后现代主义小说，因为"他对权力结构的描绘以及他对个人反抗、起义和失败的尖锐描绘"而获 2010 年诺贝尔文学奖。这位拉美文坛巨匠在 21 世纪仍然笔耕不辍，相继出版《公羊的节日》（2000）、《天堂在另一个街角》（2003）、《坏女孩的恶作剧》（2006）、《凯尔特人之梦》（2010）和《真正的英雄》（2013）、《五个角落》（2018）等作品。其中《坏女孩的恶作剧》以 20 世纪下半叶利马、巴黎、伦敦、东京和马德里等地发生的政治变革运动为背景，讲述一对恋人长达四十年的分分合合的爱情故事，《凯尔特人之梦》改编自英裔爱尔兰外交官、爱尔兰民族主义者罗杰·凯斯门特的生平，《五个角落》描绘 20 世纪 90 年代秘鲁动荡不安的社会中不同阶层人物的形象与处境。

阿尔弗雷多·布里塞·埃切尼克（1939— ）是早年以表现利马上流社会生活的《朱利叶斯的世界》（1970）享誉文坛的秘鲁作家（1988 年取得西班牙国籍），进入 21 世纪后推出的《我爱人的花园》（2002）以浪漫喜剧的形式写成，讲述一位百万富婆和一个青年学生的别样爱情；《潘乔·马朗比奥的低劣装修工作》（2007）以巴塞罗那为背景，用幽默的风格讲述一个热衷炫耀的骗子的故事。

爱德华多·加莱亚诺（1940—2015）是乌拉圭左翼作家和记者，早年以回顾与分析拉美历史的《拉丁美洲被切开的血管》（1971）和《火的记忆》三部曲（1982—1986）知名，近年创作的《镜子》（2008）通过历史上默默无名之辈的生活讲述不为人知的人类历史，将简单、幽默且精致的讽刺与日常、强权和谴责等主题联系起来；《当年的孩子们》（2011）是一本将 366 个不同时代无名英雄的故事和令人惊奇的事件汇集起来的日历体小说。

安东尼奥·斯卡尔梅达（1940— ）是智利作家、编剧和电影导演，2014 年智利国家文学奖得主。早期代表作、短篇小说《燃烧的耐心》（英译本题名《邮差》，1985）虚构一位平凡的邮差与声名显赫的智利诗人巴勃罗·聂鲁达成为朋友的感人故事，2000 年以后推出将智利的动荡历史与个人冒险历程交织在一起的《长号手的孙女》（2001），讲述一名出狱的罪犯、一名盗贼和一位年轻舞者之间的三角恋情的《维克多利娅的舞蹈》（2003），生动演绎出皮诺切特当政时期左翼知识分子苦难境遇的《彩虹的日子》（2011）。

克里斯蒂娜·佩里·罗西（1941— ）是早在 1972 年便流亡西班牙（三年后成为西班牙公民）的乌拉圭小说家、诗人，2021 年塞万提斯奖得主。她的颇具实验性质的作品常常含有强烈的女权主义思想、对少数群体的关怀、对人性欲望的探究和对政治现状的批判。早期代表作、长篇小说《愚人船》（1984）是一篇关于流亡的寓言，此后又创作《流亡国度》（2003）、《欲望的策略》（2004）、《酒店房间》（2007）等诗集和《最后独自一人》（2004）、《私人房间》（2012）等短篇小说集。《欲望的策略》叙述一个充满激情的爱情故事，点缀情色、怀旧和梦幻的想象，爱情、言语、记忆和身体的情景是作者构建其诗歌话语的重要元素；《私人房间》的每段情节都发生在酒店房间、办公室等封闭空间中，以微妙而讽刺的视角描写人们在追求友谊、爱情或性的过程中的欲望、冲突和幻想。

伊莎贝尔·阿连德（1942—　）是一位创作了诸多畅销书的智利小说家、2010年智利国家文学奖得主，她自1989年起就住在美国加州，并于1993年获得美国公民身份。其作品通常以个人经历和历史事件为基础，同时广泛涉猎政治、魔幻、神话、历险、侦探、女性主义、现实主义等多种元素，体现出不再关注"元虚构"、转而重视历史真实、回归现实主义的拉美"后爆炸"文学的特征。处女作《幽灵之家》（1982）描述特鲁埃瓦家族四代人的生活，追溯智利后殖民时代社会和政治的动荡历程；《财富的女儿》（1998）及其续集《棕褐色肖像》（2000）讲述一位生于1940年代的智利女性及其后代不断与生活搏斗并寻求自我认知的故事；故事背景为亚马逊雨林的《野兽之城》（2002）是一部面向青少年读者的冒险奇幻小说；历史小说《我心中的伊内斯》（2006）围绕西班牙殖民者佩德罗·德·巴尔迪维亚征服智利并建立圣地亚哥城的史实展开。此后她还出版了以海地革命为背景的《海底之岛》（2009）、以二战为背景《日本情人》（2015）、以纽约布鲁克林为背景的《隆冬》（2017）和以西班牙内战为背景的《海的花瓣》（2019）等作品。

塞尔吉奥·拉米雷斯·梅尔卡多（1942—　）是获得2017年塞万提斯奖的尼加拉瓜作家、左翼政治家、1979年尼加拉瓜革命的关键人物，2018年获得西班牙国籍。他凭借取材自尼加拉瓜真实历史事件的小说《玛格丽塔，大海很美》（1998）名噪一时，此作被视为是拉美"新历史小说"的典范。进入21世纪后，他出版了描写尼加拉瓜革命进程的《不过是影子》（2003）、回顾19世纪尼加拉瓜摄影师卡斯特利翁的传奇生涯的《一千零一次死亡》（2004）、以虚构的尼加拉瓜缉毒局督察为主角的侦探小说《上天为我哭泣》（2008）和根据哥斯达黎加作家尤兰达·奥雷穆诺的人生经历创作的《逃亡者》（2011）等。

费尔南多·巴列霍（1942—　）是哥伦比亚作家、电影制片人，2007年获得墨西哥国籍。他的成名作《杀手圣母》（1994）再现20世纪90年代哥伦比亚第二大城市麦德林充斥毒品和黑手党的暴力世界，此后出版的《兰布拉大道》（2002）讲述一位著名作家在生命的最后几天挣扎于记忆迷宫之中的故事，《我的市长兄弟》（2004）讽刺南美荒唐虚伪的选举政治，《生命的礼物》（2010）以对话的形式深入探讨关于死亡的主题。

保罗·科埃略（1947—　）是一位巴西小说家和诗人，他以奇幻探险小说《炼金术士》（又译《牧羊少年奇幻之旅》，1988）而成为知名作家，21世纪以后创作以揭示人性贪婪为主题的《魔鬼与普里姆小姐》（2000）、讲述一位年轻的巴西妓女对于爱和自由的追寻的《十一分钟》（2003）、描写吉卜赛部落女性成长史的《波托贝洛的女巫》（2006）和自传体小说《阿莱夫》（2011）等。

路易斯·塞普尔维达（1949—2020）是曾长期遭受皮诺切特当局严酷迫害的智利左翼作家和记者，他自1997年即侨居西班牙直至逝世，其作品因对拉丁美洲环境问题的讨论和环保主义意识形态的表达而备受关注。小说《读爱情故事的老人》（1992）是其成名作，2000年出版的短篇小说集《边缘历史》由三十个篇目组成，讲述那些渴望为自己的理想而奋斗、不向恐吓屈服的反抗者们的故事；《我们的影子》（2009）讲述遭到皮诺切特政权严厉镇压的智利左派武装分子的悲壮事迹。

塞萨尔·艾拉（1949—  ）是阿根廷当代文学的代表人物，其创作达一百多部，包括短篇小说集、长篇小说和散文集等，他的作品具有鲜明的后现代主义、超现实主义和先锋美学的特征，擅于融汇惊悚、悬疑、科幻、荒诞、流行/非主流文化等元素营造充满奇思妙想和戏剧张力的情节。他主要从事中短篇小说的创作，并将自己的作品定义为"达达主义的童话"或"成人的文学玩具"。早期代表作《我是如何成为修女的》（1993）讲述一个性别意识模糊且心智早熟的六岁孩子的内心世界与现实生活，此后出版中短篇小说集《风景画家的片段人生》（2000）、《音乐大脑》（2005）、《上帝的茶话会》（2010）、《冒险之旅》（2017）、《科莫多》（2021）、《园丁、雕塑家和逃亡者》（2022）等。

克里斯托瓦·特扎（1952—  ）是意大利裔巴西作家，其大获成功的自传体小说《永远的菲利普》（2007）运用内心独白的手法将一位父亲悉心照护和帮助患有唐氏综合征的儿子克服生活中重重困难的感人事迹娓娓道来，后续他又推出《情感的错误》（2010）、《教授》（2014）、《爱情的暴政》（2018）、《时间的表面张力》（2020）等作品。

罗贝托·波拉尼奥（1953—2003）是一位经常被拿来与博尔赫斯、科塔萨尔等拉美文豪相提并论的智利著名作家、诗人（1977年移居西班牙）。他最为著名的小说是《荒野侦探》（1999）和《2666》（2004），前者讲述1970年代的两位诗人：智利人阿图罗·贝拉诺（作者本人的化身）和墨西哥人乌利塞斯·利马寻找20世纪初期的墨西哥诗人切萨雷亚·蒂纳赫罗的故事，也是对墨西哥"现实以下主义"诗歌运动的致敬；后者围绕一位曾亲历二战且行踪神秘的德国作家、一位流亡国外的智利哲学教授、一位调查墨西哥妇女连环凶杀案的美国黑人记者展开，以宏大的篇幅探索20世纪的历史记忆、精神危机、政治流亡、道德堕落等严峻问题。此外还有讽刺小说《智利之夜》（2000）、散文诗小说《安特卫普》（2002）和他去世后出版的《第三帝国》（2010）、《科幻精神》（2016）以及短篇小说集《地球上的最后夜晚》（1997）、《邪恶的秘密》（2007）、《回归》（2010）和诗集《浪漫的狗》（2006）等。

海梅·巴以利（1965—  ）是秘鲁作家、媒体工作者，1992年移居美国，其小说常体现出享乐主义的思想倾向，但同时亦不乏孤独、幻灭和自我忏悔的情绪流露。他的代表作品有同性恋题材小说《不要告诉任何人》（1994）和《夜晚是处女》（1997）、表现

三角恋情的《我兄之妻》（2002）、以友谊和家庭为主题并嵌入两条平行叙事线的《突然，一个天使》（2005）等。

埃德蒙多·帕斯·索尔旦（1967— ）是玻利维亚作家、20世纪90年代兴起的"麦贡多"一代的主要人物之一，1991年移居美国。"麦贡多"一代偏离魔幻现实主义的写作手法，不再执着于把故事设定在幻想与现实因素共存的"马孔多"小镇一般的湿热丛林中，而是侧重以粗犷冷酷、琐碎平实、远离政治的态度描写在贫困、毒品、犯罪、全球化、消费社会和美国文化的威胁与冲击之下的拉丁美洲的大众文化与城市生活。他创作的《逃亡之河》（1998）是一部投射玻利维亚历史与政治状况的成长小说，《图灵的谵妄》（2003）聚焦于一个旨在反抗政府和跨国公司的黑客组织与国家安全机构的较量，《北方》（2011）讲述三名墨西哥裔移民在美国的故事。此外他还创作过科幻小说《鸢尾花》（2014）。

豪尔赫·博尔皮（1968— ）是墨西哥作家、20世纪末"爆裂"一代的成员，2022年入籍西班牙，其作品不同于魔幻现实主义的潮流，并不执著于关注拉丁美洲的民族心理和历史背景，而是把主要精力放在探究人物的行为过程和有关历史、科学等学术主题上面。他的代表作是讲述二战结束后不久参军一位美国科学家奉命寻找神秘的纳粹德国科学家"克林索尔"的侦探惊悚小说"20世纪三部曲"：《寻找克林索尔》（1999）、《疯狂的终结》（2003）和《不再是地球》（2006），作者建构出虚构与真实界限消失的叙事迷局，探讨科学对于战后世界的重塑和科学与人性之间的联系等主题。

胡安·加夫列尔·巴斯克斯（1973— ）是一名哥伦比亚作家、记者，其颇受好评的首部长篇小说《告密者》（2004）从一位追求社会正义的新闻记者的视角讲述二战时期哥伦比亚政府鼓动德裔移民检举告发亲纳粹分子而造成的人伦悲剧；《科斯塔瓜纳秘史》（2007）以混淆虚实的手法描绘一个背井离乡的哥伦比亚人重建自己生活的故事，其命运与波兰裔英国作家约瑟夫·康拉德紧密联系在一起。他最知名的作品《坠物之声》（2011）以20世纪90年代的波哥大为背景，讲述毒品犯罪猖獗的社会中普通人的命运挣扎；《名誉》（2013）、《废墟的形状》（2015）和《回首》（2020）分别以一位极具影响力的传奇政治漫画家、一位力求阴谋论背后之真相的律师和哥伦比亚著名电影导演赛尔希奥·卡夫雷拉为主角。

瓜达卢佩·内特尔（1973— ）是墨西哥作家，她的作品较多涉及对于自我与社会的思考，且因患有先天性眼疾而能感同身受地给予弱势群体以真切的人文关照。她的短篇小说集《红鱼的婚姻》（2013）以表现"人的动物性"为主题揭示各种不同的人类行为与他们身边的生物的行为之间的相似之处，长篇小说《冬天过后》（2014）讲述住在纽约的一位悲观厌世的古巴中年男子和在巴黎攻读研究生的一名孤独寂寞的墨西哥年轻女性的短暂恋情，作者旨在借这个故事探讨人在面对痛苦后自我救赎的可能性。

萨曼塔·施维伯林（1978— ）是一位获得众多国际奖项的阿根廷作家，她自2012年以来一直居住在德国柏林。处女作《骚动的心》（2002）用恐怖作为隐喻、以十二则故事探讨各种关于现实生活的命题，《营救距离》（2014）是一部受阿根廷环境污染问题启发而创作的惊悚小说，《侦图机》（2018）反思社交传媒空前发达的时代高新科技与人类力量的博弈。此外她还有短篇小说集《吃鸟的女孩》（2009）和《七座空屋》（2015）。

本哈明·拉巴图特（1980— ）是一位智利作家，其代表作《当我们不再理解世界》（2021）通过五则以真实科学家为原型的短篇"历史—元小说"深入探讨科学发现及技术进步背后的牺牲、疯狂、暴力和破坏的主题，作者奇特的叙事风格刻意模糊历史、回忆录、散文和小说的边界；随后推出的用英文写作的《理性的疯狂梦》（2023）是一部关于天才科学家约翰·冯·诺依曼的虚构传记，同时也涉及物理学家保罗·埃伦费斯特、人工智能的兴起以及李世石与AlphaGo的围棋对弈等人物或事件，在呈现科学发展史的同时又蕴含丰富的哲学思考。

## 第二节　古尔纳

古尔纳（1948— ）是英国籍坦桑尼亚裔作家，其母语为斯瓦希里语，使用英语写作。他的作品主要围绕前殖民地国家人民的生存状况、欧洲殖民/帝国主义造成的历史创伤、流亡非洲裔人士的身份认同困境、白人与黑人之间的种族与文化冲突、后殖民时代非洲人面临流离失所与彷徨无奈等主题展开，因其"毫不妥协和富有同情心地洞察了殖民主义的影响以及难民群体在文化和地域鸿沟中的命运"而被授予2021年度诺贝尔文学奖。

### 一、生平与创作

古尔纳1948年生于位于非洲东部的桑给巴尔岛（当时归属于桑给巴尔苏丹国），出身也门裔阿拉伯商人家庭，1964年初桑给巴尔革命爆发，该国占人口多数的黑人族群推翻了阿拉伯人对桑给巴尔近两百年的统治，同年与坦噶尼喀合并为坦桑尼亚联合共和国。18岁的古尔纳离开故土，并于1968年以难民身份移居英国。他曾自述："当我初到英格兰时，'寻求庇护者'这类字眼与其在当下的意思并非完全相同——更多的人是在挣扎着逃离恐怖的国家。"他先是就读于坎特伯雷基督教会大学，随后于1982年以学位论文《西非小说批评的标准》获得肯特大学哲学博士学位。1980年至1983年，古尔纳在尼日利亚的卡诺巴耶罗大学任教，随后担任英国肯特大学的英语及后殖民文学教授，直至2017年退休。他于2006年当选英国皇家文学学会会士，还曾担任凯恩非洲文学奖、布克奖和英国皇家文学学会文学奖等多个文学奖项的评委。

青年时代的古尔纳因难以抑制的思乡之情而走上文学道路，从最初的日记到后来的散文再发展到小说虚构，他凭借写作去理解和记录自己作为身处文化夹缝中的非洲难民和客居他乡的少数族裔的复杂而尖锐的内心感受，并探索殖民主义和战争动乱带来的挥之不去的创伤。他坦承："对我来说，整个写作经验的动力就来自意识到自己失去了在世界上的位置。"这也使其大部分作品都以东非海岸为故事背景，作品中的主人公大多来自

有"香料群岛"之称的桑给巴尔。

古尔纳的第一部长篇小说《离别的记忆》(1987)讲述一位出身阿拉伯裔穆斯林家庭的东非斯瓦希里少年哈桑·奥马尔在支离破碎的家庭关系与投奔异国后的情感冲击之中，逐步走向成熟乃至获得精神重生的艰难历程。随后推出的《朝圣者之路》(1988)的主人公达乌德是一名因故乡的政治动荡而被迫从坦桑尼亚移民至英国的护理员，他在异国遭受了光头党和其他人的种族歧视，也遇到过泛非主义—黑人民族主义者，又对医院护士凯瑟琳产生了爱慕之情。作者通过达乌德令人同情的人生揭示出移民身份和流亡体验所带来的精神烙印与情感结构。《多蒂》(1990)的故事主角是出生于英国利兹、家境贫寒的非裔女性多蒂·巴杜拉·法蒂玛·贝尔福，这是古尔纳迄今唯一一部以女性为主角的作品。小说记录女主人公在母亲去世后承担起家庭的重任并为自己赢得人生主导权的艰辛经历，这部关于后殖民时期新生代移民成长经历的小说塑造出了一位出身社会底层、在不断学习、思考和抗争中顽强生存并成长起来的年轻女性形象。《天堂》(1994)围绕20世纪初出生于坦桑尼亚卡瓦小镇的小男孩优素福展开，他的父亲因为拖欠一名阿拉伯富商的债务而将不得不将他抵押给债主做仆从，于是他和商队一道前往坦噶尼喀湖以西的非洲腹地，令他在亲历生存之难的同时又大开眼界，当商队返回东非时恰逢一战爆发，优素福被横扫坦桑尼亚的德国军队强征入伍。《赞美沉默》(1996)中的叙述者是一位1960年代初逃往英国的桑给巴尔男子，这个背井离乡二十余年的男人后来成了一名沉默而倦怠的中学教师，直至收到一封邀请回国探亲的家书才促使其开始反思自己的过去并思考家园和生命的意义。作者以令人感同身受的叙述方式精心刻画第一代移民面临的身份认同、情感隔阂与心灵归属等一系列困境。

《海边》(2001)讲述20世纪末利用假护照从桑给巴尔来到英国寻求政治避难的中年男人萨利赫·奥马尔与其家乡仇人之子在异国他乡的相遇，并由此牵连出有关家族恩怨和民族苦难的历史。《遗弃》(2005)将两代非洲人不容于世俗的爱情与东非海岸的古老习俗、陈腐社会、动荡历史和纷纭政治联系起来，逃亡和抛弃是贯穿该作品的主题。《最后的礼物》(2011)系《赞美沉默》的姐妹篇，主人公阿巴斯在青年时因自卑和猜忌而抛妻弃子，逃离故乡桑给巴尔，成为一名穿梭于世界各大港口的水手，十多年后在英国与一位黑人混血姑娘再度成家，他始终对自己的过往讳莫如深，直到晚年中风后才在妻子的鼓励下回顾并反思自己的过去，为迷失于身份归属问题的一双子女留下最后一份生命的礼物。《砾心》(2017)的故事背景从20世纪60年代的非洲延展至90年代的伦敦，讲述中学毕业后被舅舅从桑给巴尔带到英国留学的萨利姆在母亲去世后返回家乡，试图探寻父母离异、家庭分裂之锥心真相的故事。小说涉及的主题超越后殖民文学的范围，以古尔纳擅长的平静深刻、克制敏锐的文风对现代社会权力和道德的关系、贪婪与无私的人性进行了深入的洞察与解剖。《来世》(2020)以20世纪上半叶为背景，讲述生活在东非斯瓦希里海岸的年轻人在德国殖民统治下的苦难境地及其重建生活希望的艰苦挣扎：伊利亚斯离家出走后被德国庄园主养大，后来参加德国殖民军队，离家多年后才回到村庄，但父母早已去世，妹妹阿菲娅寄人篱下，饱受收养家庭的苛待；同样是非洲土著兵团士兵的哈姆扎从战场归来,肉体和精神都伤痕累累,所幸遇见了美丽勇敢的阿菲娅才终于有了自己的家。作者记录了一段西方主流社会忽略的德国东非殖民史,以其一贯的悲悯情怀生动呈现了殖民扩张和殖民战争对非洲年轻世代造成的不可磨灭的影响,同时也萦绕着对于应当如何从如此巨大的破坏中走出并迈向未来的思考。

古尔纳自称在自己的学术著作和小说创作中都试图揭示"殖民主义如何改变了世界上的一切,而经历过殖民主义的人们仍然在面对这种经历及其带来的创伤"。亚非移民的流散写作在持续地丰富和改变着当代英语文学乃至西方文学的面貌,这是21世纪一个日益突出的文化现象,古尔纳在这一过程中无疑扮演着不可或缺的重要角色。他以其出色的小说艺术和博大的同情心为长期被主流社会忽视的沉默且边缘的少数族裔发出声音,细腻而真切地映照出非裔移民时刻面对的疏离感和孤独感,在后殖民主义语境中深刻反思了关于家园丧失和身份破碎之命题。

## 二、《遗弃》

### (一) 情节与人物

1899年的某个清晨,一位英国旅行家马丁·皮尔斯从沙漠跋涉而出,筋疲力尽地倒在肯尼亚(当时为英属东非)一座清真寺外的印度裔店主哈桑纳利面前,后者将他带回家照顾直到他康复,然而不久一位闻讯赶来的英国殖民当局官员却指责哈桑纳利偷走了英国旅行家的私人物品,并迅速将旅行家送回了住所。皮尔斯思想开明、知识渊博,颇具东方学家风范,当他去哈桑纳利家中为后者蒙受的不公正待遇致歉时,他偶遇了哈桑纳利的妹妹雷哈娜(其从事航运贸易的前夫阿扎德在一次出海后再未回家),两人一见钟情。他们不顾种族、国籍、身份与信仰阻碍的爱情迅速演变成当地的丑闻,雷哈娜只能被迫离开小镇,和皮尔斯一起移居他乡。但是最终皮尔斯还是抛下雷哈娜,独自返回英国。

半个世纪后的桑给巴尔,拉希德和他的哥哥阿明、姐姐法里达都已渐渐长大并完整地接受了殖民教育。阿明爱上了一位年轻美丽却因为离婚和出身的原因而名声不佳的女人贾米拉(她是皮尔斯与雷哈娜的孙女)。他的父母在发现两人幽会的秘密后感到无法容忍,在他们看来,这个卑贱女人的祖母"做了一个英国人的情妇"、她自己也曾"和欧洲男人过着肮脏的生活",总之"不是我们这种人"。阿明被要求发誓永远不再见贾米拉,而阿明也的确这么做了,但他终其一生都为这一遗弃之举而备受良心的煎熬。

满怀求知热忱的拉希德成功考取了英国名校,他选择了背井离乡,乃至于遗弃故土的文化,因为"这个地方让他感到窒息:社会的谄媚、中世纪的宗教信仰、历史的谎言"。桑给巴尔在经历独立和革命之后,所有人的生活都发生了彻底的改变。决心与祖国断绝联系的拉希德内心仍在惦念家乡的动荡局势,他与家人虽然保持着通信往来,但随着时间的流逝和国内政治局势的恶化,这种通信变得越来越令人紧张。多年以后,拉希德借助阿明留下的笔记本、自己的记忆以及他与皮尔斯的另一位后代的偶遇经历,才断断续续地拼凑出上述那些尘封已久的往事。

### (二) 思想主题

古尔纳将小说中悲惨的爱情故事与东非海岸的历史和政治紧密地联系起来,书名

"遗弃"具有多重维度的意涵：既指被只顾掠夺的殖民者蹂躏后遗留的落后、衰败、荒芜的非洲大地，也指被皮尔斯、阿明舍弃的可怜女性雷哈娜与贾米拉，还涉及以拉希德为代表的处在两种文化夹缝之中的流散者对家乡故土的主动疏离。作者由此在讲述两段禁忌之恋的同时，将殖民主义、帝国主义、种族主义、男权社会、性别歧视、穆斯林文化、桑给巴尔历史、身份认同、流散心态等主题有机地融入文本之中。

《遗弃》紧贴时代背景与地理风貌，古尔纳立足于浓厚的乡土情怀和真诚的人道关切，既向读者展现了非洲殖民地人民所受到的殖民主义的多重影响，又徐徐铺展开一幅描绘东非海岸风土人情的动人画卷。读者可以看到非洲殖民地人民如何遭受来自英国的帝国主义者和殖民者的践踏和摆布、殖民地的破败荒凉的状态与欧洲列强殖民扩张的罪恶行径之间的因果关系，以及殖民主义、殖民者和殖民历史对文本中主要人物的性格命运产生的深远影响。

通过雷哈娜与贾米拉的爱情悲剧，作者批判了殖民主义、种族主义和男权主义对于弱势的殖民地女性带来的深重伤害，也呈现出非洲殖民地陈旧闭塞、顽固僵化的观念习俗和社会风气给追求自由幸福的年轻一代带来的不幸遭遇；通过漂泊异国的拉希德对于故乡的背离及其自身陷入无法融入西方主流社会的身份焦虑，又反映出流散者不被理解、辛酸苦涩的心路历程。古尔纳以凄美悲悯的笔调勾勒出被殖民状态下的非洲儿女生活中的喜怒哀乐、悲欢离合，并借此将宏大的历史与现实反思融入其中，把殖民主义、殖民者和殖民历史对非洲社会和非洲人的"遗弃"及其后果淋漓尽致地展示在读者面前。

（三）艺术特点

古尔纳精心设计了小说的叙述结构，文本总共十章，其中九章由拉希德叙述，另外一章的内容来自他哥哥阿明的私人笔记，在两段同质异构、循环往复的爱情悲剧里，小说的"遗弃"主题得以揭示。作者以优美的文笔、娴熟的叙事技巧和细腻的心理刻画描写了拉希德对家族传闻带有"不可靠叙述"色彩的回顾及其个人的成长生活经历，以温情平和的态度讲述甜蜜而悲伤的爱情故事，以细腻生动的笔触刻画不同性格的人物形象，同时力图使个人悲哀与族群命运相互交织、相互映照。

《遗弃》的故事场景分别为1899年的肯尼亚、1949年的桑给巴尔和1964年的桑给巴尔和英国，作者利用叙述者拉希德的第三人称叙述视角将书中角色之间的故事串联起来。小说的出场人物跨越三代，时空背景涉及西亚、西欧与东非，作者由此得以在广阔的视野下将其笔下的爱情故事与从殖民时代到后殖民时代的宏大历史进程和从祖辈到孙辈的漫长家族史联系起来，该作呈现的殖民地人民的生活与情感史也就因此而被置于全球化语境之下得以凸显。

正如古尔纳在诺贝尔文学奖获奖演说中所说的那样："写作并非关于某件事，关于这个或那个问题，这种或那种关注；它所关注的是人类生活的各个方面，所以，残暴、爱和软弱迟早都会成为它的对象。我相信写作还必须揭示：什么是与现实相反的可能性，冷硬而专横的眼睛无法捕捉到什么，身形看似矮小的人为何在别人的冷眼下仍能找到自信。所以，我发现也有必要书写这些东西，采用忠实的笔法，丑行与美德都能出场，人类个体摆脱简单化和刻板印象的限定。当此之际，某种美便会从中而生。"这一段自述正可以解释《遗弃》何以体现出面对动荡现实、苦难命运与复杂人性时保持谨慎、忠实、克制并且充满同情心之写作态度的深层缘由。

## 第三节　石黑一雄

石黑一雄（1954—　）是日本裔英国籍小说家，但其作品并不受少数族裔或流散作者的文化限制，而多围绕记忆、时间、边缘身份和自我欺骗等主题展开，致力于描摹人类普遍情感的常态与异态、探寻人类内心世界的"表象"和"真象"。1989 年以《长日留痕》获得布克奖，1995 年被授予大英帝国勋章，2017 年因"在具有强大情感力量的小说中，揭示了我们与世界相联系的错觉之下的深渊"而荣膺诺贝尔文学奖。

### 一、生平与创作

石黑一雄 1954 年出生于日本长崎，其父是一位海洋学家。1960 年他随家人移居英格兰萨里郡，直到 1989 年他才作为日本国际交流基金会短期访问学者回到母国。石黑的少年时代曾练习吉他弹奏和歌曲创作，一度以成为一名职业歌手作为人生目标，1978 年在肯特大学获得英语和哲学学士学位，1980 年获得东英吉利大学创意写作课程的文学硕士学位，其毕业作品后来成为他的处女作《远山淡影》，1983 年获得英国国籍。尽管石黑一雄将他的前两部小说的故事场景设定在日本，不过其本人表示自己对日本文学并不十分熟悉，即便谷崎润一郎等作家对他的写作产生过间接影响，但石黑自认以小津安二郎和成濑巳喜男为代表的日本电影对他的影响更大。

《远山淡影》（1982）以神秘幽暗、模糊可疑的叙述语调讲述独居英国的日本寡妇悦子的故事。当她和英国丈夫所生的小女儿来访的时候，她谈及长女自杀之事，进而回忆自己与长女在战后长崎的艰苦岁月以及她们所承受的战乱带来的精神阴影，并在追忆的过程中编织了一个他者的故事以减轻自己的负罪感。叙述者悦子出于恐惧、内疚、逃避等心理动机不断闪烁其词甚至扭曲事实，令读者置身于迷雾之中，亦真亦幻的记忆迷宫之中浮现出个体命运的徘徊挣扎与真实人性的复杂面相。《浮世画家》（1986）中的日本画家小野增二回忆了自己在二战期间为军国主义摇旗呐喊的行为及其后果，战后名声一落千丈的小野内心充满愧疚、负罪与自卑的情绪，并最终在小女儿与男朋友家的见面会上公开正视自己不堪的过往，日本战后幻灭一代的人生浮世绘由此跃然纸上。《长日将尽》（1989）中的达林顿庄园管家史蒂文斯回忆 20 世纪初自己与女仆役长肯顿小姐的恋情纠葛和身为管家的职业生涯，他为了维持理想中贵族管家的体面和尊严而失去与父亲和肯顿小姐的亲密关系。通过一个人被自己赖以生存的理念所摧毁的故事，作者既刻画了处世性格与真挚情感的矛盾关系，也借此探析了传统英国人的精神气质特征。《无可慰藉》（1995）描写一位著名钢琴家瑞德来到中欧的一个城市举办音乐会期间遭遇的种种吊诡荒诞之事，他因自己无法掌控局面而倍感沮丧，一个有关人生无奈境遇的现代寓言也由此得以呈现。

《我辈孤雏》（2000）讲述英国私家侦探班克斯于1930年代回到自己童年时期生活的上海以探寻双亲离奇失踪之真相的历程，作者运用其擅长的还原记忆与颠覆记忆的叙事手法，呈现出一个孤儿远赴重洋以寻求心理慰藉的故事。《莫失莫忘》（原名《别让我走》，2005）巧妙地融合了推理、悬疑、科幻与爱情等元素，以未来克隆人的生存状况探析未来科技给生命伦理带来的冲击。《夜曲》（2009）是一部关于时间流逝和飞扬音符的短篇小说集，其中收录的五个故事都从第一人称的不可靠叙述者的视角聚焦于音乐、音乐家以及他们的百味人生。《被掩埋的巨人》（2015）中的一对英国老夫妇埃克索和比特丽丝住在后亚瑟王时代英格兰乡下，村庄附近的迷雾使人们患上严重的选择性失忆症，但他们凭借着对有一个儿子的模糊记忆毅然踏上寻子的冒险之旅。这部引人入胜的奇幻小说深刻审视了个人与集体如何对待记忆创伤的命题。反乌托邦科幻小说《克拉拉与太阳》（2021）将故事背景设定在未来美国，受太阳能驱动的人工智能机器人克拉拉被体弱多病的女孩乔西选为"人造朋友"，克拉拉陪伴乔西的童年并帮助她恢复健康，克拉拉在乔西长大后被废弃，但它在回首往事时仍然充满快乐的记忆。在飞速进步的科技重塑人类传统道德观念的时代，克拉拉对人性的观察沉静而敏锐，而克拉拉无怨无悔的付出也极具启示意义地为"什么是爱""如何去爱"等永恒题目添上了令人深思的注脚。

石黑一雄的笔法典雅细腻、含蓄婉约，其作品多采取第一人称叙述视角，善于深入刻画人物内心世界的迷惘、孤独、压抑、苦闷、自欺与焦虑，故事普遍笼罩着伤感悲哀的氛围，行文初看似乎平淡无奇，但却不难从中体察到被刻意压抑的情感潜流。石黑并不执着于自己的日裔出身，对于日本或东方文化亦并未表现出特别浓厚的兴趣，其小说中的日本因素大多仅停留在想象性的虚构背景层面，因此他的写作主题与取材也不符合流散文学的严格定义。就其创作姿态而言，他广泛涉猎并驾驭了多种类型与形式、不同题材与风格的小说，在中世纪与现代和未来世界的时空之间灵巧腾挪，将言情、历史、侦探、意识流、科幻、魔幻等元素融于笔端，追求的是探讨超越特定民族—国家的历史文化限制的具有普世性、共通性与永久性的人心、人情与人性，用他在诺奖致词中的话来说："对我来说，最重要的一点在于，小说可以传递感受；在于它们诉诸的是我们作为人类所共享的东西——超越国界与阻隔的东西"，是故石黑一雄体现"国际主义"特质的作品更适宜于放置在包容开阔的"世界文学"谱系中去加以理解。

## 二、《莫失莫忘》

### （一）情节与人物

故事的背景设定为20世纪90年代的英国，此时大规模克隆人类的计划已经被批准并付诸实施。小说的主角和叙述者是31岁的凯西·H，她和汤米、露丝等同伴自幼在远离尘嚣的全封闭寄宿学校黑尔舍姆无忧无虑地长大，接受了良好的教育。孩子们受到校方的严密监控，并被教导创作艺术和保持健康，学生们最好的艺术作品由"夫人"挑选出来放在画廊里展览。有一次凯西买到一盘磁带，里面有一首歌是一个女人对她的情人诉说"宝贝，永远别让我走"，她随着这首歌曲翩翩起舞，想象着自己是一位母亲，正在为自己的孩子唱这首歌，而此时凯西发现"夫人"正在走廊里双眼噙泪地看着她，然后又匆匆离开了。

随着年岁渐长，当凯西等人临近离开黑尔舍姆去往村舍前，老师露西小姐却告诉学生们，他们其实是专为罹患疾病的人类捐献器官的克隆人，注定了英年早逝。露西小姐因此被学校开除，而学生们则被动地接受了宿命。凯西、汤米和露丝（他们是一对恋人）在村舍与来自其他封闭区域的克隆人共同生活了一段时间，有年长的克隆人谈及他们听到的一个谣言，即如果一对克隆人能证明他们真心相爱，则可以推迟若干年再进行捐献。汤米又告诉了凯西一个理论："夫人"之所以收集他们创作的艺术品，是为了确定哪些情侣是真正相爱的，学校监护人认为克隆人的艺术创作可以揭示他们的灵魂。

几周后，凯西申请成为一名照料临终克隆人的护理员，在亲眼陪伴和见证了露丝的捐献与死亡之后，她又成为汤米的看护者，并与之展开了一段恋情。在露丝的遗愿的鼓励下，他们试图去学校说服监护人推迟汤米的器官捐献，并带来艺术作品以证明他们真心相爱。然而校方表示延期捐献的传言并非事实，前校长艾米丽小姐透露黑尔舍姆是一场实验计划的一部分，该实验旨在让人们将克隆人视为人类，因此要确保克隆人能够像普通人一样接受人文教育，学校鼓励学生们创作艺术作品也是为了向外界传达克隆人实际上是具有灵魂的正常人的信息。但是一位教授试图创造基因优越的克隆人的一系列行为引发公众舆论转向反对该项计划，黑尔舍姆也随之关闭。"夫人"告诉凯西，当她看到凯西在黑尔舍姆随着歌曲"别让我走"跳舞时，她想到了凯西是在企图抓住一个更古老、更仁慈的世界，然而这个世界永远不会回来了。

汤米在面对死亡时感到愤怒，并疏远了凯西，凯西辞去汤米的护理员一职，但她仍然会去看望他，直到他被交给新的护理员。汤米死后，凯西收到她的捐献通知，面对即将迎来的命运，她思考着她记得的一切和她失去的一切。

### （二）思想主题

石黑一雄在诺贝尔文学奖获奖演讲中提及："科学、技术与医学的重大突破向人类提出的挑战已经近在眼前了——还是说，已经到了眼前？新基因技术——比如基因编辑技术 CRISPR——以及人工智能和机器人技术的进步都将为我们带来惊人的、足以拯救生命的收益，但同时也可能制造出野蛮的、类似种族隔离制度的精英统治社会以及严重的失业问题，甚至连那些眼下的专业精英也不能从中幸免。"《莫失莫忘》正反映了作者对于技术进步导致文明蜕化的沉重忧虑，小说以其对科学伦理之限度与人类存在之价值的深刻质疑和细腻表达而体现出强烈的人文关怀与情感力量，作者通过刻画克隆人的成长、困惑与挣扎而呈现出一则富于启示意味的关于生命与死亡的深邃寓言，同时也通过凯西的叙事视角延续了作者对于记忆主题一以贯之的执著探寻。

无论如何，克隆人本质上仍然是一条鲜活的生命、是全体人类的一员，应当拥有与一般人类相当的道德地位和平等权利，然而他们一个接一个地在最美好的年纪献出器官、

走向死亡的结局却严重地违背了生命伦理道德的基本原则,"后人类"时代突飞猛进的基因技术带来了创造新生命形态的可能性,同时也对人性、人道之底线构成严峻挑战。《莫失莫忘》将克隆人处理为与普通人类毫无二致的生命体,以引导读者对凯西、露丝和汤米无力反抗的悲剧处境产生充分共情与深入反思,而对于克隆人的同情与理解势必指向对于"克隆时代"语境下的"何谓人类"、"何谓人性"、"何谓人道"等问题的犀利拷问,小说由此也彰显出反乌托邦的性质。正如加拿大著名作家玛格丽特·阿特伍德所说:"《莫失莫忘》是一部对向任何群体施以泯灭人性的对待所触发的后果的研究,一次思想深刻、方法高明,却令人忧虑的研究。……小说里没有英雄,结局也不能给人慰藉。尽管如此,它依旧是一位技艺纯青的大师的高超的作品。他选择了一个艰难的主题:'自我',一个从镜子中看到的,隐蔽在阴暗处的自我。"

### (三)艺术特点

作为一部具有反乌托邦色彩的科幻—成长小说,《莫失莫忘》并未像一般科幻文学那样特别重视对于未来科学技术前景的描绘,而是以充满悲悯之心的人道主义情怀聚焦于克隆人从童年到青年的日常生活、社会交往与内心世界,克隆人短短三十余年的生命于是成为整个人类生活状态的浓缩与隐喻,因此使得这部作品的主题内涵更为丰富与广阔。作者不仅关注科技进步引发的生命伦理困境,还触及并揭示友谊、爱情、权力规训、疾病与死亡等具有普遍意义的主题。

以回忆视角展开叙事的《莫失莫忘》采取了现在与过去交替并行的双轨叙事结构,主要人物在往昔(黑尔舍姆)与当下(村舍)的时空维度中来回穿梭,凯西等人的成长经历与现实处境就在这一时间结构中融为一体,这同时也充分唤起读者从见证者、亲历者的角度去对克隆人之产生过程及其"人"之存在意义进行理解与反思。

石黑一雄的小说并不刻意追求情节上的跌宕起伏和扣人心弦,而是力图于平淡中见深意,《莫失莫忘》以凯西的回忆娓娓道来,叙事节奏虽舒缓却不单调,而是抽丝剥茧、细腻真切地揭示出克隆人对于自我身份、生命意义和存在价值等命题的苦苦探询与执意求索;人物内心的诸多强烈感情往往隐忍不发,而是潜藏在文本背后,令读者涵泳感悟。另外,虽然涉及具有极大争议的伦理议题,但小说并未显露出道德说教或参与论争的意图,而是力求以事感人、以情动人,通过耐人寻味的故事本身蕴藉严肃的思考与深刻的反省,作者对于事件后果与人物结局的安排也都保持克制平静、含而不露的态度,以期达到使阅读者深长思之、别有会意的效果。

# 下编 亚非文学

亚非文学又称东方文学。相对于欧美文学而言，亚非文学最突出的特征是源远流长。一般认为，古埃及文学和古巴比伦文学是世界上最古老的文学。古埃及的诗文总集《亡灵书》是迄今发现的世界上最古老的书面文学，而巴比伦史诗《吉尔伽美什》是迄今发现的世界上最早的一部完整的史诗。也因此，亚非的古代文学成就斐然，特色鲜明。无论是在原始社会末期至奴隶社会的上古，还是在封建社会的中古，亚非文学的宗教意识都非常强烈，不仅佛教、基督教、伊斯兰教等各种宗教的教义与道德观深入渗透文学，文学作品甚至成为宗教宣传的工具。与此同时，民间文学和文人创作齐头并进。劳动歌谣、神话传说、民族史诗、宗教颂诗、爱情诗歌、民间故事、戏剧、寓言等对后世文学产生了深远影响。其中，古代东方各国的诗歌尤其发达。

19世纪中期至20世纪前期，亚非文学进入近现代阶段。由于亚非国家的资本主义发展不充分，有些国家和地区甚至沦为西方的殖民地，政治经济方面的落后也导致文学发展步伐缓慢，此时期亚非各国文学普遍受欧美文学思潮的影响，各种思潮流派迅速更迭。第二次世界大战以后至21世纪初叶的亚非文学呈现出新的面貌。由于诞生在东方各国民族解放运动的风雨之中，当代东方各国的文学普通具有鲜明的政治倾向，而且，在与西方文学频繁交流的同时，更注重凸显东方文学的气派和风格。

# 第十二章 古代文学

亚非文学是指亚洲和非洲的文学，相对欧美文学被称为西方文学而言，亚非文学又被称为东方文学。"东方"与"西方"最初是地理概念，后来演变成宏观划分世界政治、经济、文化的基本概念。

亚非古代文学又称亚非上古文学，是指原始社会末期至奴隶社会时期的文学。亚非两大洲是人类文化的发祥地，世界文明的摇篮。古代埃及、巴比伦、印度和中国四大文明古国就诞生在这块土地上。早在5000多年前，东方各民族的祖先已先后摆脱茹毛饮血的野蛮状态，跨进历史的文明阶段，因此亚非文学也源远流长，是世界文学史上起源最早的文学，世界上最古老最庞大的诗歌总集、人类最早和最长的史诗等都出现在东方。亚非文学分布辽阔，包括众多国家和不同的文化体系。但同处地球的东半球和社会历史演进的相似性以及文化之间的相互交融与影响，使得亚非文学具有超越文化体系的共同性，在多元发展的格局中又有共同的规律和特征。

## 第一节 概述

### 一、古代亚非文学的产生背景和基本特征

世界四大文明古国古埃及、古巴比伦、古印度和中国都发源于江河流域。肥沃的土地、良好的气候和相对集中的人口成为从渔猎捕鱼时代向畜牧农耕时代发展过渡的优厚条件，因而生产发展较快。在金石并用的公元前4000年至公元前3000年的时候，东方出现世界上第一批奴隶制国家。其中较发达的有西亚幼发拉底河和底格里斯河流域的巴比伦，北非尼罗河流域的埃及，南亚恒河流域的印度和东亚黄河、长江流域的中国。次之还有小亚细亚中部和东南部的赫梯、地中海东岸北部的腓尼基、地中海和约旦河之间的希伯来以及伊朗高原的米提和波斯等国家。这些文明古国经过漫长历史时期的演变，有的为邻国所灭，有的不断发展，在公元前后的几百年间陆续进入封建社会。

古代亚非社会在漫长的历史时代里长期实行"亚细亚生产方式"。亚细亚生产方式是马克思对东西方社会的历史与现实进行广泛的考察、比较和研究后提出的概念，是对东方古代社会经济基础一般特征的概括。亚细亚生产方式既不同于古希腊、罗马的奴隶

制，也不同于西方中世纪拉丁—日耳曼的封建制。其主要特点是：第一，以共同占有为基础的土地公有制。自然形成的共同体（家庭和通过家庭形成的部落或部落联盟）集体占有土地，每个人只有作为这个共同体的成员才能把自己看成是土地的占有者。第二，建立在亚细亚土地公有制基础上的农村公社自然经济。每个自然共同体（农村公社）的生产范围限于自给自足，农业和简单的手工业相结合，公社成员劳动的目的不是创造价值以换取他人的产品，主要是为了满足个人及整个共同体生存的需要以及为生存而再生产的需要。这种农业和手工业相结合、自给自足的自然经济一方面使得农村公社完全能够独立生存，从而每个公社都是独自封闭的实体；另一方面，生产只是满足于生存，因而只是不断地重复生产，没有发展生产的紧迫需要和强大动力。第三，以自然经济为基础的宗法血缘关系。在亚细亚生产方式中，个人离不开共同体。个人和家庭一起独立地在份地上劳动。劳动过程的共同性、共同占有利用土地的生产方式、农业和手工业结合的自给自足的自然经济形式都决定个人不能独立于基于血缘而结合起来的共同体，而成为共同体网络上的一个节点。亚细亚生产方式与宗法血缘关系是互为因果互为依从的：亚细亚生产方式需要血缘关系，血缘关系强化了亚细亚生产方式。

与亚细亚生产方式相适应的是东方古代社会的专制主义政治。凌驾于小的共同体之上的统一体是一个更高的或唯一的所有者，即专制君主。君主才是真正的土地所有者，这成为东方专制主义的政治—经济基础。东方古国的奴隶主就是由原始部落酋长转化而来。在他们与奴隶的冲突中，形成了用来镇压奴隶的国家，实行极端中央集权，专制君主具有无上权威，他们以军队和地方官府作为统治支柱，以土地国有、贡赋和战争掠夺的战利品为经济实力，用绝对服从的体现君主意志的法律治理臣民，统治非常严酷。古代东方社会最高的政治权力完全掌握在专制君主即国王手中，政治体制上是鲜明的东方专制主义。在巩固国王统治权力的过程中，宗教发挥了很大作用。祭司们竭力宣扬王权神授说，把国王的命令说成神意的再现。一些政治和军事领袖同时也是宗教领袖。

在这样的经济、政治背景下，古代亚非文化表现出一些明显的特征。

第一，"天人合一"的宇宙观和人生观。古代东方民族认为个体与本体、小宇宙与大宇宙是统一的，人要设法获得这种统一，将个体与大自然、无限本体融合为一。"天人合一"是中国古代哲学的表述，印度则为"梵我合一"，阿拉伯则是"亲近真主"。封闭的农业社会是"天人合一"宇宙观的土壤，"天人合一"的宇宙观成为东方文化的基础。它是人合于天而非天合于人，这种宇宙观表现在人生实践层次上又成为东方的人生观。它要求人追求与自然的和谐，因而舍弃自我、超越有限的个体和现实、追求永恒和无限本体以实现内在世界的宁静和谐。

第二，思维方式的内倾化与直觉化。由于简单重复的生产、闭塞的社会环境和专制政治下等级身份的束缚，个人在外在世界发展的机会很少，因而对外在世界相对淡漠，于是将目光集中于自身的内在世界，形成东方思维的内倾性。这种内倾性思维又以直觉、顿悟的方式表现。古代东方民族不像以古希腊为代表的西方民族那样偏重以科学和理性来认识外在对象，而是强调直观、内省和神秘的个人体验。这种内倾化、直觉化思维又往往与宗教意识结合在一起，佛教的"悟"、伊斯兰教苏菲派的"神智"、老庄的"静观玄览"都是东方思维方式的不同表达，都有内倾化、直觉化特点。

第三，人际关系的伦理化和等级化。将"天人合一"的人与自然的关系推及社会，人与人的关系也追求和谐。为达到社会的和谐，以维持共同体的长期延续，因而有各种各样的基于宗法血缘关系的伦理规范，按各人的位置和身份规定其等级，人人在伦理化的等级范围内生存和活动。当个体与群体发生矛盾时，要求牺牲个体而维持群体利益；当等级制（主要是齿序年龄和政治身份上的等级）中的"下级"同"上级"出现冲突时，强调前者绝对服从后者。

第四，生活方式上的尚勤、克俭、无争。前述的宇宙观、人生观、思维方式和人际关系落实到个人具体的生活方式上，就是尚勤、克俭、无争。讲求个人的自我修养，要求个人内省以明心见性，克制过分的欲望以顺乎天理，达到心物合一、空灵无我的境界，以勤劳刻苦为美德，奉行"日出而作，日落而息"的生活方式。因而，古代东方民族少自我中心，少极端个人主义的倾向和过分的物质享受追求。

上述4个方面可以用"东方精神"来概括，这是东方古代社会基于亚细亚生产方式而形成的文化一致性。这种文化一致性成为亚非文学具有相对统一性的文化心理基础。在这样的社会历史文化背景下形成的古代亚非文学具有如下基本特征。

第一，大都是人民群众集体创作，民间文学色彩浓厚。民间口头文学创作是东方各民族文学的源头。由于年代久远，又缺少文字记载，这种文学很难完整地保存下来。现在能看到的少量作品大都凭口耳相传，或在较晚时期根据口头转述记载而得，其形式表现为劳动歌谣、民歌等。它们大都是劳动者在劳作和生活中为宣泄情感吟唱出来的，表达劳动人民的思想感情、愿望和要求，质朴自然。在原始社会，由于生产力不发达和知识水平低下，人类无法解释各种自然现象，因而出现万物有灵的神话传说和英雄故事。东方各民族几乎都产生了各种大同小异的开天辟地的神话、创造世界的神话、大洪水的神话等。随着生产力的发展，人类有了理解和顺应自然规律的能力，神话也有了变化，有些神话中的神具有了人的形态，出现了人神同体或人神相似的现象。如在古代埃及产生的有关拉神的神话、奥西里斯的神话，在西亚两河流域产生的吉尔伽美什的传说、大洪水的传说，在巴勒斯坦产生的创世神话、诺亚方舟的故事，等。随着原始公社的解体，人类社会逐渐向奴隶制过渡，伴随这一过渡的是东方许多民族之间发生氏族兼并等大规模战争。文学形式也发生相应的变化，出现了史诗。在两河流域的古巴比伦产生了现存人类社会最早的完整史诗《吉尔伽美什》，在印度出现了两大史诗《摩诃婆罗多》和《罗摩衍那》。进入奴隶制社会以后，由于劳动分工较细，出现了专职文人。他们把过去口头流传的文学作品加工整理，或是自己进行创作，文学发展于是进入新的阶段。

第二，宗教意识深入渗透，往往成为宗教宣传的工具。古代东方文学同宗教有着极为密切的关系。流传至今的许多作品都有宗教思想的流露，如希伯来文学的集大成之作《旧约》就与犹太教思想密切相关；古代印度文学特别是其诗歌总集《吠陀》与婆罗门教有非同寻常的联系，其寓言故事集《本生经》和佛教思想息息相通，有的甚至直接宣传某种宗教教义。许多赞美诗、抒情诗、咒文、祈祷文、忏悔诗，甚至戏剧、民间故事、寓言故事等都成了宗教宣传的媒介。宗教对文学具有二重作用，一方面经僧侣或祭司之手使大量古代文学遗产得以保存并流传下来，另一方面文学变成了宗教宣传的艺术装饰品，许多古代流传下来的文学创作没有纯粹的文学特性。

第三，体裁丰富，经历多源并行之后逐渐融合并影响西方文学。在古代亚非文学中，劳动歌谣、神话传说、民族史诗、宗教颂诗、爱情诗歌、民间故事、戏剧、寓言等应有尽有，对后来世界文学各种体裁的形成与发展产生深远的影响。并且，古代东方文学几乎是同时在很多地区兴起，在一段较长的历史时期里是各走各的河道，呈现多源并行的局面。同只有古希腊这个源头的欧洲文学相比，这是一个迥然不同的特点。四大文明古国的文学创作，最初在各自国家的土壤上独立发展起来，都具有独特的民族风格，并逐渐形成东亚、南亚、西亚北非3个中心，后来由于历史的演进，交通与贸易的发展，东方各邻国之间有了接触与交流，显示出融合的趋势，进而对古希腊罗马文学，并通过古希腊罗马文学对后来的西欧文学产生深远的影响。

## 二、古代亚非文学发展概况

亚非最早的文学产生在公元前4000年的西亚两河流域。在巴比伦、古埃及、希伯来、古波斯、古印度和中国出现了堪称繁荣的古代文学，产生了丰富的神话传说、诗歌、散文故事和戏剧。

### （一）神话传说

神话传说是亚非各民族最初的口头文学。它以幻想的形式表现亚非民族由原始社会向奴隶社会过渡的社会现实，反映古代东方人民认识自然、探索自然的意识和能力。远古东方民族的神话传说中最多的是关于开天辟地、解释自然现象的神话，以及缅怀为本民族做出巨大贡献的英雄的传说。

对天地万物的来源、人类的产生，古代人都有朴素的解释。埃及有拉神开天辟地的神话；希伯来有耶和华六日创世的神话；波斯人认为是神主马兹达在与恶魔阿赫里曼的斗争中创造了天国和尘世万物；印度有水生蛋，蛋成羊，羊成生主，生主以口创众神、身变万物的神话；中国则有盘古开天辟地，女娲抟土造人的神话。在亚非的创世神话中，以巴比伦的叙事诗《咏世界创造》中的神话最为生动：远古时候，既无天也无地，只有原始天父阿普苏海洋和地母娣阿玛特深渊，他们的水混合，成为太初的混沌，后生成众神；众神不满地母深渊的统治，预谋造反篡权，娣阿玛特大怒，众神惶恐；只有马尔都克挺身而出，力战地母，经一番苦斗终于获胜，他将地母撕作两半，上为天、下为地，继而创造星辰万物，又以黏土调和天神之血，创造了人类；创世竣工之日，众神在天庭兴建神庙和巴比伦塔，拥戴和赞美马尔都克。

古埃及人认为生活的每个领域都由一个神或几个神掌管，如太阳神拉，水神努，尼罗河、土地及丰收之神奥西里斯，恶神赛特，死神内布其司，智慧与司书之神托司，爱情女神赫托尔，战神贺尔等。最早出现的开天辟地的神话有多种，有的神话说世界是天牛创造的，也有的说赫诺姆神塑土创造了世界，但最普遍的说法是太阳神拉开天辟地。混沌初开之际，拉在水神努的体内孕育成形，以蛋形花苞状升于水面，显形为一轮太阳，大地便有了光和热。拉神创造了天、地、日、月、星空和万物。后由于人类堕落犯罪，拉神派女儿、爱情之神赫托尔去毁灭人类，但又恐人类灭绝，就在她的必经之路上造出美酒之湖，使她饮后醉卧不醒，停止毁灭人类的工作。这则神话既反映古代埃及人对天地、人类和万物的朴素的想象和理解，也表现了他们对大自然力量的崇拜。

　　古代亚非有不少解释四季变换、自然万物诞生的神话。苏美尔神话《杜姆兹和印南娜》说：丰产之神杜姆兹和储备女神印南娜秋天结婚，后丈夫被冥王劫去，整个大地凋零枯萎。印南娜闯入地府与冥王协商，每年让杜姆兹定期返回大地，大地又充满生机。这个解释季节变换的神话在巴比伦衍化为《伊什塔尔下地府》的神话，后经叙利亚辗转到希腊，成为著名的农神得墨忒尔的女儿珀尔塞福涅被冥王哈得斯抢去冥府为后的故事。在说明季节变化的神话中，埃及奥西里斯的神话曲折而富有东方特色。奥西里斯是自然之神，神话叙述他在和兄弟之间的冲突中几次死而复活的经历，也是以人间的社会活动和人的喜怒哀乐变化来解释自然界春夏秋冬四季枯荣的变化过程。

　　在亚非各民族的早期神话中都有关于洪水浩劫的神话。虽然各族的洪水神话有各自的特点，但对洪水汹涌泛滥、吞噬一切的情形都有具体生动的描述，保留了原始东方人对洪涝灾祸的恐怖记忆，也艺术地反映了初民与洪水抗争的艰难和勇气。

　　在上古亚非各民族发展的漫长历史过程中，有某些祖先以其智慧或勇武为民族的生存和发展做出了巨大贡献。他们的事迹和精神受到人们的赞美，在民间传颂不衰，这就是英雄传说的由来。英雄传说在流传过程中被赋予很多神话色彩，成为神话的重要一支。苏美尔神话中的尼努尔塔、吉尔伽美什，印度神话中的友邻王、黑天，波斯神话中的神箭手阿拉什、民族英雄扎黑尔，希伯来神话中的亚伯拉罕、摩西等都是传说中的英雄。他们都有不平凡的身世、超凡的本领和高尚的情操，或在征服自然的斗争中大显身手，或在保卫民族的战场上奋勇拼杀，或代表正义与邪恶作艰苦的较量，直至献出生命。这些英雄传说既体现上古东方人民对英雄祖先的怀念，也寄寓他们的社会伦理观念和人生理想。

　　在上古东方，以印度的神话传说成就最高。印度的《吠陀》和"吠陀文献"、史诗《摩诃婆罗多》、18部《往世书》中保存了大量优美的神话传说。它虽然没有古希腊神话那样严密完整的系统，但很多神话传说中的神也同古希腊神话一样具有人的性格、特征和欲望。关于因陀罗、大梵天、毗湿奴和湿婆的众多神话，想象丰富优美，曲折动人，而且成为后来印度文学重要的灵感触媒和题材宝库。

### （二）诗歌

　　诗歌是古代亚非文学最突出的成就。它品种繁多，艺术上比较成熟，有原始劳动歌谣、恋情诗歌、宗教祈祷诗、赞美诗、咏物诗、哲理箴言诗和史诗等。巴比伦史诗《吉尔伽美什》是迄今为止发现的世界上最早的一部完整的史诗。据考证，它形成于公元前2000年，但包含公元前3000年就已流行的苏美尔神话传说。全诗3000余行，刻写在12

块泥板上。史诗描写乌鲁克国王吉尔伽美什与野性未泯的恩启都由交战到结为好友,协力战胜杉妖芬巴巴,杀死天神派遣的危害人间的天牛。他们的行为触怒天神,恩启都受惩病逝。吉尔伽美什因好友的死而远走异乡探寻长生之秘,却失望而归。这部人类文明之初的史诗,对于认识当时人类的思维和文化心理有特别的意义,从中可以看到当时人们对于人与自然关系的理解、人的主体意识的初步觉醒。吉尔伽美什和恩启都的关系形象地反映了古代两河流域苏美尔城邦奴隶制文化和闪族游牧原始文化的冲突与融合。同时,史诗也表现了古代巴比伦人对生命奥秘和自然规律的探讨与认识。史诗对后世文学影响深远,被不断改写成不同的版本流行于西亚地区,并对古希腊的荷马史诗产生一定影响。

《摩诃婆罗多》和《罗摩衍那》是上古时期印度乃至亚非最重要的史诗。

古代亚非不仅拥有世界文学中最早和最大的史诗,还有如埃及的《亡灵书》、印度的《吠陀》、希伯来的《旧约·诗篇》和中国的《诗经》等大型抒情诗集。这些诗集虽然是经祭司或王室文人出于宗教或政治的目的加以收集编订的,但诗集中有淳厚古朴的颂神诗、多姿多彩的咏物诗、清新婉约的恋情诗、思辨深邃的哲理诗、悲哀沉痛的悼亡诗等,其中不乏表现当时人民的思想情感、反映古代东方民族文化心理的优秀之作。东方民族对滋养他们的河流予以深情的赞美。如印度的《梨俱吠陀》中有诗赞颂印度河的磅礴气势:

> 闪光的印度河施展无穷的威力,
> 他的咆哮声从地上直达天国;
> 犹如雷鸣中倾泻的滂沱大雨,
> 他奔腾向前似怒吼的公牛。

如古埃及的《尼罗河颂》约形成于公元前 13 世纪,抒写古代埃及人民对尼罗河的感激之情:

> 万岁,尼罗河!
> 你在这大地上出现,
> 平安地到来,给埃及以生命;
> 食物的爱惜者、五谷的赐予者,
> 普塔神啊,你给家家户户带来了光明。

古埃及的《亡灵书》是迄今发现的世界上最古老的书面文学,成书年代据考证约在公元前 1400 年前后,其中最早的诗歌在公元前 3700 年时就已经流行。《亡灵书》是规模庞大、宗教色彩浓厚的诗文总集。古埃及人相信人死之后要经受地下王国的种种磨难,亡灵要通过这些考验才能荣登上界,得到复活。因此,古埃及人十分重视尸体的保存和死后生活的指导,把死者的尸体制成木乃伊,并在古埃及特有的纸草上写下许多诗歌,置于石棺和陵墓中,指导死者对付地下王国的种种磨难。后人从金字塔和其他墓穴中把这些指导死者生活的诗歌编辑成集,题名为《亡灵书》。《亡灵书》汇入大量的神话诗、祷文诗、颂诗、歌谣、咒语等,内容驳杂,有利于后人了解与研究古埃及人民的生活习俗、思想意识、世界观及宗教信仰。

《吠陀》是印度最早的诗歌总集,形成于公元前1000年左右,后经婆罗门解释,逐渐被印度人视作宗教"圣典"。《吠陀》包括《梨俱吠陀》《娑摩吠陀》《耶柔吠陀》《阿闼婆吠陀》等4部,由祭祀仪式中奉献给众神的颂歌构成。其内容十分庞杂,包括了语音、语法、词源、韵律、天文、医学、音乐舞蹈、军事、建筑等百科知识,甚至有瑜伽和冥想的技巧、居士的注意事项、对政府组织结构的解释、建造庙宇或住房的指导等内容。"吠陀"就是"知识的总汇""智慧之大全"的意思。

古代亚非的抒情诗往往与人类早期的万物有灵的神话意识、宗教观念相关,艺术表现上往往借助于日常生活物象表达内在激情,叙事、抒情交织渗透,情感浓烈,意象清晰,语言朴素。除上述大型抒情诗集外,还有像巴比伦、埃及流传的民间创作的劳动歌谣,也有像希伯来的耶利米等著名抒情诗人的文人诗歌。

### (三) 散文故事

以散文体写作的故事也是上古亚非文学的重要样式,包括历史故事、生活故事和寓言故事等3大类。

历史故事包括历史人物传记和历史事件史传。前者如埃及古王国时期的《梅腾传》,被认为是世界文学史上最早的传记文学作品;希伯来《旧约》中的大卫、扫罗、所罗门三王的故事是世界古代传记文学的代表作。《旧约》中的《以斯拉纪》、《尼希米纪》等记叙耶路撒冷圣殿和城墙的重建,叙述生动翔实,是难得的关于古代历史事件的史传。

生活故事以埃及最为繁荣。《能说会道的农夫的故事》、《赛努西的故事》、《昂普·瓦塔兄弟的故事》都具有叙述生动情节曲折的特点,表现了古代埃及人对命运的怀疑和对是非的探究。印度的《鹦鹉的故事》以一只鹦鹉为排除商人妻子独居的寂寞而讲述故事为框架,叙述一些男女偷情,巧妙地掩人耳目以及凭智慧达到目的的生活故事。希伯来的《路德记》以朴实的笔调描述宗法社会的古老生活。

寓言故事在古代印度十分丰富。《佛本生故事》(又译《本生经》)和《五卷书》是古代印度著名的寓言故事集。《佛本生故事》是一部规模庞大的佛教寓言故事集,计有547个故事,以讲述佛祖释迦牟尼前生故事的方式,将流行民间的寓言故事加以编订。这些寓言以弘扬佛法、褒贬善恶为基本主题,通俗易懂,质朴幽默。《五卷书》以教诲王子、使3个愚蠢的王子开愚启智为大框架,通过生动有趣的动物寓言,在对飞禽走兽世界的描绘中,宣传婆罗门教的"修身处世统治论",包括治国方略、处世经验、实用知识和道德规范等,形式上采用故事套故事的结构,韵文、散文杂糅。《五卷书》后来以阿拉伯文译本《卡里莱和笛木乃》为中介,随着中古东西方文化交流而传遍世界主要国家,其内容和形式都对后世的印度文学和世界文学产生了深远影响。由于《五卷书》

的广远流传，印度博得了"世界寓言的故乡"的声誉。

### （四）戏剧

戏剧是亚非上古发展最慢的文学形式。虽然早在埃及古王国时期就产生了戏剧的雏形，如《金字塔铭文》中保存的哀悼奥西里斯和欢呼其复活的宗教剧片断，但上古东方戏剧长期停留在原始歌舞和宗教祝祷阶段。希伯来的《约伯记》通篇由对话构成，有人物之间的冲突，从中也可以看到早期戏剧的痕迹。亚非古代戏剧在公元前后的印度才获得较快较成熟的发展。印度古代戏剧是在《吠陀》对话诗的基础上发展起来的。公元2世纪产生的《舞论》是对早期梵语戏剧实践经验的总结，成为古代亚非绝无仅有的戏剧美学著作。它以戏剧表演为中心，涉及戏剧的各个方面，尤其是对印度古典美学中的"味"作了全面系统的论述，从观众接受的角度对戏剧的审美情感和审美效应作了自成体系的深入探讨。《舞论》的理论成就表明公元前后印度戏剧已经有了相当程度的发展和积累。但早期梵语戏剧大多失传，现存最早的梵语戏剧是在我国新疆发现的佛教诗人、戏剧家马鸣（约公元1—2世纪）的《舍利弗》残卷。代表早期梵语戏剧成就的则是跋娑（约公元2—3世纪）和首陀罗迦（约公元3世纪）的戏剧创作。

跋娑是后世称道的古典梵语戏剧大师，但他的剧本在1909年才在南印度发现。他的剧作大多取材于史诗，戏剧性强，人物性格鲜明，场景描写生动，其代表作是《惊梦记》。首陀罗迦的代表作是《小泥车》，这是上古亚非文学中最富有社会意义的现实主义戏剧。剧情描写奴隶起义，推翻暴君统治，交织着恋情描写；情节曲折，跌宕起伏，充满戏剧冲突和紧张气氛，同时又洋溢着幽默情趣和对生活的乐观理解，不乏充满诗情画意的戏剧场景。

## 第二节 《旧约》

《旧约》既是犹太教最主要的经书，又是古代希伯来最具代表性的文学作品总集。它以多种多样的文学形式反映了古代希伯来人的历史变迁、社会生活、思想情感，表达了他们的理想和愿望，在思想和艺术上都取得了比较高的成就。

### 一、《旧约》的生成背景与基本构成

希伯来人属于闪族的一支，是逐水草而居的游牧民族。早在公元前3000年左右，原在阿拉伯半岛西南部过着游牧生活的希伯来人迁徙到幼发拉底河下游的乌尔地区居住，后来又向北游牧，来到幼发拉底河上游的哈兰；在公元前1900年左右又迁徙到号称"到处流着奶和蜜"的迦南地区，即现在的巴勒斯坦地区。当时的迦南人称他们为"希伯来人"，意为"从幼发拉底河那边过来的人"。公元前1700年前后，希伯来人因当地饥荒而迁居到埃及尼罗河三角洲一带游牧。公元前13世纪时，希伯来人因不堪忍受埃及法老的残酷奴役和压迫，在民族英雄摩西的率领下逃出埃及，重新返回迦南地区，从此在这

块土地上定居立国。公元前 11 世纪初，希伯来人在同迦南人和非利士人的激烈冲突中先后建立起犹太部落和以色列部落。公元前 1030 年，以色列建国，扫罗被拥立为国王。后来扫罗战败自杀，犹太部落的首领大卫夺取王位，统一了以色列和犹太两个部落，迁都耶路撒冷。大卫死后，其子所罗门凭着自己的聪明智慧和卓越才干使希伯来进入历史上的鼎盛时期。所罗门死后，王国分裂成犹太王国和以色列王国。公元前 722 年，亚述帝国攻灭以色列国。公元前 586 年，新巴比伦王尼布甲尼撒二世焚毁圣城耶路撒冷，灭了犹太王国，将包括犹太贵族、祭司、工匠、歌手等在内的 5 万余人劫掳到巴比伦，这就是著名的"巴比伦之囚"。从此，希伯来人的国家不复存在。公元前 538 年，波斯王居鲁士打败新巴比伦王国，将被囚的希伯来人放回耶路撒冷，允许他们重建圣殿。其后的几百年里，这一地区又相继遭到马其顿、托勒密、塞琉古诸王朝的侵占。公元前 64 年，罗马人侵入这一地区。公元 70 年，重建的耶路撒冷城和神殿又被毁坏。希伯来人被迫背井离乡，流落世界各地。

古代希伯来文学就是在这样的历史背景中形成和发展起来的。希伯来文学最初靠口耳相传，立国之后在腓尼基文字的影响下希伯来人创造了本民族的拼音文字，开始出现书面文学。饱经兵燹战乱磨难之苦的希伯来人在获准离开巴比伦返回耶路撒冷后，认为民族多灾多难的原因主要是违背了耶和华神的诫命，因此受到惩罚，只有忠诚于犹太教才能解脱深重的苦难。为了弘扬犹太教的教义，祭司们广泛搜集本民族自古流传下来的各种文献和文学作品，其中包括宗教教规、神话传说、历史故事、先知训诫、国法政令等，经过筛选整理，于公元前 6 世纪至公元 2 世纪陆续汇编成犹太教《圣经》、《次经》、《伪经》和《死海古卷》等 4 部经典。这些出于宗教目的而汇编成的文献总集保存了古代希伯来最优秀的文化遗产。在这 4 部经典中，《圣经》（即《旧约》）是最为重要的一部。《旧约》的编纂工作完成于公元前 5 世纪至公元 1 世纪，汇集了自公元前 12 世纪至公元前 2 世纪希伯来的各种文献和不同类型的文学作品。基督教兴起之后，犹太教《圣经》为基督教所接受，将其收入基督教的《圣经》之中，称为《旧约》，以区别于基督教创始人编写的经典《新约》。

《旧约》全书共 39 卷，按内容一般将其分为律法书、历史书、先知书和诗文杂著等 4 部分。

律法书又称经书，包括《创世记》、《出埃及记》、《利未记》、《民数记》和《申命记》5 卷。它们被确定为犹太教经书的时间是在公元前 444 年，相传是创国英雄摩西受命于天而写成的，故又称为"摩西五经"。这 5 卷的主要内容是关于耶和华神创造世界、伊甸乐园和诺亚方舟等神话故事，有关希伯来人的祖先亚伯拉罕、雅各、摩西、约书亚等的传说，还收有犹太教的 3 部法典。"摩西五经"重点记叙了摩西率领以色列人逃出埃及重返迦南的艰苦历程。

历史书包括《约书亚记》、《士师记》、《撒母耳记》（上、下）、《列王记》（上、下）、《历代志》（上、下）、《以斯帖记》和《尼希米记》等共 10 卷，约在公元前 300 年成书，主要内容是记述以色列—犹太王国从立国到亡国的兴衰成败的历史。这些历史书中交织着史实、传说、神话与故事。

先知书计 15 卷,包括三大先知书即《以赛亚书》《耶利米书》《以西结书》,十二小先知书——《何西阿书》《约珥书》《阿摩司书》《俄巴底亚书》《约拿书》《弥迦书》《那鸿书》《哈巴谷书》《西番雅书》《哈该书》《撒迦利亚书》《玛拉基书》。先知书的中心内容是阐述犹太教教义,评议各种社会问题,谴责社会弊端,劝告人们敬神守法,预言希伯来人的凶吉祸福,记述各种奇闻轶事。

诗文杂著又称诗文集,包括诗歌《诗篇》、《雅歌》、《箴言》、《传道书》、《耶利米哀歌》,散文故事《路得记》、《但以理书》,诗剧《约伯记》等 9 卷。这是犹太教《圣经》中成书最晚的部分。这些作品代表了希伯来文学的最高成就,也是古代世界文学的珍品。

## 二、《旧约》文学的种类和主要内容

《旧约》中的文学样式主要有神话传说、史诗性作品、史传文学、先知文学、诗歌、诗剧、小说等。

神话是人类社会早期的文学产物。《旧约》中收录的神话不是很多,但很精彩,对后世文学产生了深远影响。《创世记》中耶和华神创世造人、伊甸乐园和诺亚方舟等神话至今仍显示出动人的艺术魅力。

《旧约》中还收录了不少传说,如《创世记》中关于民族祖先亚伯拉罕、以撒和雅各的传说。亚伯拉罕是希伯来民族的始祖,有关他率众南迁、逃荒埃及、以妻为妹、杀敌救侄、与神立约、燔子献祭、遣仆娶媳等故事,多方面地展示了他作为族长的智慧、威严、勇敢、公正的风范。以撒是亚伯拉罕的儿子,他中年娶妻、求神得子、掘井息争、因老眼昏花受幼子哄骗为其祝福等传说,则表现了他诚实宽厚易受欺骗的性格。雅各是以撒的小儿子,他青年时用一碗红豆汤换取兄长以扫的长子继承权,用诡计蒙骗父亲获得祝福,使计谋夺得岳父大量财产,背主人携妻带物返归故乡,斗天使迫其赐名以色列,送礼物给以扫兄弟等故事传说,展现他聪明诡诈、善用心机的性格特征。雅各和两妻两妾共生了 12 个儿子,成为希伯来人 12 支派的祖先。这类故事传说真实与虚构相结合,具有清新浓郁的生活气息、离奇曲折的故事情节、鲜明生动的人物形象和简洁明快的语言风格,集中体现了希伯来民间文学的艺术特征。

《旧约》中的史诗性作品和史传文学相当丰富。"律法书"中有关约瑟、摩西,《约书亚记》中有关约书亚,《士师记》中有关参孙的故事等就具有英雄史诗的性质。史传文学则主要集中于"历史书"中。其中既有民族兴衰历史的记载,又有不少颇具文学价值的史传作品。《撒母耳记》中有关扫罗和大卫的故事,《列王记》中有关所罗门的故事,都是非常著名的作品。这些作品运用现实主义的手法,客观、真实地记述了不同人物的种种事迹,刻画了他们复杂的性格特征。

诗歌在希伯来文学中占有很大比重。《旧约》中各类诗歌作品的总量约占全书的四分之一。这些诗歌可分为抒情诗和哲理诗两大类。它们是希伯来文学的精华,不少诗作

堪称世界古代文学中的珍品。

抒情诗的代表作有诗集《诗篇》、《耶利米哀歌》和《雅歌》等。《诗篇》共收诗作150篇。其中有69篇标明"大卫的诗",其实这些诗作并非出自大卫一人之手。《诗篇》的基本主题是对耶和华神的崇拜和赞颂,赞美他拯救希伯来人的无上功德,歌颂他惩恶扬善的圣明公正,渴望得到他的训诫、赦宥、护佑和拯救。有些作品还反映民族的苦难命运和美好理想,表达对贫弱病残者的深切同情。如第137篇《被掳于巴比伦者之哀歌》就表现希伯来人被囚禁在巴比伦的凄凉悲惨的处境,抒发了他们怀念故国家园的深情,流露出强烈的爱国主义精神。

《耶利米哀歌》相传为先知耶利米所作,共5章,是一部悼念耶路撒冷被毁的诗篇。从作品内容看,不是耶利米一人所作。诗篇表达亡国者以泪洗面、凄凉痛苦的情景和复兴故国的愿望,凄楚哀婉、悲愤恸绝之情感人至深。这部作品凝聚着希伯来民族沦亡后的忧患激情,被誉为希伯来人的民族绝唱,每逢国耻纪念日他们必诵唱此哀歌。作品成功地运用希伯来人独创的"贯顶体"诗歌形式和"气纳体"的句法韵律,形式整齐规范,诵之给人以悲痛欲绝、泣不成声之感,达到内容和形式的和谐统一。

《雅歌》又称"所罗门之歌",但据考证并非所罗门所作。全诗共8章,采用对话体形式,描写一对青年男女之纯朴动人的婚恋故事,基本情节是描写一对青年男女在山野林间相遇,互相爱慕,坠入情网,最终成婚,婚后相互依恋,新郎新娘极尽对对方的赞美之辞,倾诉热烈似火的爱情。关于这部作品的内容,有种种不同的说法,诸如"象征神人之间的爱""君王与宠妃之爱""世俗青年男女之爱"等。从作品的内容看,后一说较为准确。关于这部作品的诗体,也有几种不同的见解,有"牧歌说""戏剧说""情歌说"等观点。细品诗章,"情歌说"较为合理。整部诗作没有一点宗教的色彩,充满清新自然、纯朴浓郁的生活气息,歌颂纯真、质朴、专一、自主的爱情。语言优美清丽,情感浓烈真切,具有极高的艺术价值,是世界古代爱情诗中的珍品。

《旧约》中的哲理诗也很丰富,《箴言》、《传道书》和《约伯记》是其代表作。《箴言》是一部教训格言诗集,共31章,收录不同年代的格言和谚语,是希伯来人在长期的社会实践中的生活经验的总结和广大人民群众智慧的结晶。《传道书》是一部阐述关于人生价值问题的哲理诗和散文诗集,与《约伯记》一起并称为古代希伯来"智慧文学"的双璧,被认为是世界哲理诗中的优秀作品之一。《约伯记》是一部哲理诗剧,采用诗体的对话形式写成,共42章。诗剧集中讨论人在世间受苦的原因和对耶和华神的态度。作品通过约伯的故事宣扬善有善报、恶有恶报的观念。诗剧结构宏大,场景壮阔,诗情与哲理融为一体,显示出较为娴熟的写作技巧。

《旧约》中散文故事的名篇有《路得记》、《以斯帖记》和《但以理书》等,它们也可被视为古代东方文学中的小说。《路得记》共4章,以士师时代为背景,写一个异族通婚和寡妇再嫁的故事。有一年迦南地区闹饥荒,希伯来人以利米勒和妻子拿俄米带着两个儿子去摩押逃荒,两个儿子在那里都娶了摩押人的女子为妻。10年后以利米勒和两个儿子相继去世,拿俄米决定返回故乡伯利恒,她劝两个儿媳各回娘家。大儿媳与婆母吻别，小儿媳路得一定要跟婆母生活在一起。回到故乡后，正值麦收时节，路得靠捡拾麦穗供养婆母，受到人们的称赞。后路得同前夫的"至亲"波阿斯相爱、成婚，并生下一子，起名俄备得，即后来的大卫王的祖父，博得永恒的光荣。小说仅有三千多字，但描写详略得当，语言简练流畅、人物形象丰满。

《以斯帖记》是一篇历史小说，以波斯帝国统治时期为背景。被掳至巴比伦的希伯来少女以斯帖以超群出众的美貌被选入王宫，立为波斯王亚哈随鲁的王后。她的养父末底改因有功于王而深得国王信任，傲慢狠毒的宰相哈曼对他心怀嫉恨，欲假借国王之命杀死国内所有的希伯来人，并造绞架一具，准备首先处死末底改。为了拯救养父和同族人免遭毒手，以斯帖冒死设宴，请国王带哈曼参加。席间她向国王揭露哈曼的阴谋，并用智谋使哈曼伏诛，被吊死在他自己准备的绞架上。希伯来人终于获救，末底改后被任命为宰相。这篇小说情节生动曲折，人物形象鲜明。女主人公以斯帖的崇高品德和机智沉着的性格受到希伯来人的普遍敬仰。

《但以理书》是一篇启示小说，写于公元前164年，共12章。小说的前半部分追述400年前希伯来人被俘虏到巴比伦后的遭遇和灾难，借古喻今，隐喻当时希伯来人在叙利亚塞琉古王朝统治下的苦难；后半部分用出没于大海碧波中的4只怪兽象征巴比伦、米提亚、波斯和希腊等4个帝国的必然没落，预言外族统治必将结束，希伯来人必然获救，以激励同族人坚定胜利的信念，同征服者进行斗争。这篇小说运用暗示、象征、隐喻等手法，充分体现了启示文学的特征。

### 三、《旧约》文学的基本特征

首先，《旧约》文学与宗教、历史紧密结合。《圣经·旧约》文学是犹太教和基督教的经典，其宗教思想之系统、宗教色彩之浓郁远非其他文学所能比拟。《旧约》是出于宗教的目的而编纂成的一部融宗教、历史、文学于一体的集大成著作，绝大多数作品中都渗透着犹太教一神教的宗教观念，耶和华成了一个几乎贯穿全书的形象。他至高无上，至仁至义，无处不在，无所不能，创造一切，主宰一切。这唯一最高神的神圣光环其实是希伯来人理想和信念的化身、民族精神和智慧的结晶。《旧约》也反映了希伯来民族由氏族社会到奴隶社会的演变过程，完整地展示了以色列和犹太王国从立国到亡国一千五百年的历史。如《历代志》描写从亚当夏娃的神话传说直到"巴比伦之囚"及其被遣返家园的史实。《撒母耳记》和《列王记》前后衔接，完整地表现从以色列人撒母耳统一定国、扫罗和大卫之间的争斗到公元前6世纪所罗门继大卫为王、耶路撒冷沦陷的历史和传说。这些作品都刻下了希伯来民族灾难深重的历史和不屈不挠的奋斗历程。

其次，《旧约》文学是古代希伯来民族心声的真情倾诉。《旧约》的主要体裁是诗歌和故事。其中大部分作品都以爱憎分明的思想感情、清新纯朴的语言，吟唱着民族灾难的悲歌，倾诉着整个民族的心声。在《耶利米哀歌》中，作者沉痛地诉说人民的悲惨境遇：

我们的产业，归于外邦人；
我们的房屋，归于外路人。
我们是无父的孤儿，
我们的母亲好像寡妇。

但是希伯来民族具有强烈的自尊心和爱国主义精神，在外来侵略的暴行面前，在深沉的思乡情绪中，维护着民族的尊严。

再次，《旧约》文学富有浓郁的生活气息，是民间文学的奇葩。《圣经》中的作品大多是劳动人民智慧的结晶，是流传久远的民间口头文学的书面总结。许多歌谣、抒情诗都散发着泥土的芳香，表现了欢快的劳动场景：

"井啊，涌上水来！
你们要向这井歌唱。"
这井是首领和尊贵人
用圭，用杖所搅所掘的。

《雅歌》汇集来自民间的一首首清新朴实、优美动人的爱情诗篇，诗歌采用比喻、拟人化的手法，歌颂劳动人民的真挚纯朴和坚贞不渝的爱情：

我的佳偶在女子中，
好像百合花在荆棘内。
我的良人在男子中，
如同苹果树在树林中。
我欢欢喜喜坐在他的荫下，
尝他果子的滋味觉得甘甜。

《旧约》中的文学作品还塑造了一些希伯来民间广为流传的英雄形象，如底波拉、基甸、大卫、参孙等。作品以丰富的想象、跌宕曲折的故事情节，通过对英雄人物的塑造，表现了奋斗不屈的民族精神。

此外，清新质朴、言简意丰是《旧约》文学的文体风格。《旧约》文学体裁繁杂，以诗歌和故事为主。这些作品语言简洁生动，是在口头文学基础上形成的书面文学。其风格特点是质朴清新、叙述客观、笔调明快、言约意丰，包含真挚的情感。如《历代志》中关于耶利米哀歌的记述："耶利米作哀歌，所有歌唱的男女都唱，直到今日，而且在以色列成了定例，这歌载在哀歌书上。"简单几句话就把耶利米哀歌的来源、影响、意义、传播之广远的情况以及它记载在什么地方等等信息都传达给了读者。"上帝创世"的神话译成中文只有800来字，却包含极为丰富的内容。《旧约》的文体风格被称为

"圣经笔法",影响后世西方很多作家。

以《旧约》为代表的古代希伯来文学随着基督教的传播,对世界各国尤其是西方社会及其文学艺术都产生了极为深刻的影响,同古希腊文学一道构成为西方近代文学发展的两大书面源头。一代又一代的作家、诗人、艺术家从《旧约》中撷取题材进行再创作,创造出不少优秀的文学艺术作品,如但丁的《神曲》,弥尔顿的《失乐园》、《力士参孙》,歌德的《浮士德》,拜伦的《该隐》,拉辛的《以斯帖记》,托马斯·曼的《约瑟和他的弟兄们》,福克纳的《押沙龙,押沙龙》等。古代希伯来民族国家虽然在公元初就消亡了,但古代希伯来文化、文学却随着《旧约》而在世界范围内生生不息地流播。

## 第三节 《摩诃婆罗多》《罗摩衍那》

《摩诃婆罗多》和《罗摩衍那》并称为印度古代两大史诗。两大史诗是在长达数世纪的过程中在民间口头流传的基础上发展起来的。它们是印度人民巨大而宝贵的精神财富,并成为后世印度和其他国家文学艺术的重要素材来源。

### 一、《摩诃婆罗多》

《摩诃婆罗多》是"历史传说",是一部叙事长诗。"摩诃"意思是"伟大的","婆罗多"是印度古代王名。全诗共18篇,约十万"颂"。颂是一种印度诗体,一颂两行。《摩诃婆罗多》的篇幅相当于荷马史诗《伊里亚特》和《奥德赛》总和的8倍,曾被认为是世界上最长的诗。

#### (一)情节梗概

《摩诃婆罗多》很可能是公元前后几百年间许多人积累和加工的产物。诗篇中虽然提到史诗的作者是毗耶娑(广博仙人),但从作品的巨大篇幅看来,它很难出于一个时期的一人之手。目前很难确定实有广博仙人其人,估计是一个传说人物。

《摩诃婆罗多》的中心内容是写婆罗多的后代堂兄弟之间为争夺王位而爆发的内部斗争。故事的基本情节大致如下:婆罗多的后裔中有一对兄弟,哥哥叫持国,是个盲人,生有一百子;弟名般度,生有五子。持国和般度的父亲死后,般度继承了王位,但不久死去,由其兄持国继任国王。后来,般度的长子坚战长大了,王位应由他来继承,但持国的长子难敌企图霸占王位。于是,婆罗多族内部的纷争便开始了。首先,难敌企图纵火将般度五子及其母烧死,由于事先有人通风报信,般度一家得以逃出。在他们下到民间生活的这一期间,般度五子通过婚娶,有了共同的妻子黑公主,并拥有自己的盟国。他们克服种种困难,放火烧荒,开辟国土,扩大自己的势力。在这种情况下,难敌只得同意分治王国,让般度族在西部荒凉地区称王。难敌见般度族日趋强盛,便再次耍弄阴谋,派人用假骰子与坚战赌博,坚战在输光一切之后,兄弟五人连同妻子沦为奴隶,流放森林十二年,第十三年还得隐姓埋名躲藏起来,若被发现就要重新流放十二年。流放

期满后，般度族五兄弟坚持索还国土，他们在召集盟国举行的军事会议上，决定先派黑天为使者去与难敌谈判。但是难敌一意孤行，致使和谈破裂。于是，双方各自联络盟国，在古称"俱卢之野"（今德里附近）展开一场可怕的毁灭性大战，附近的许多国王也分别参加双方的战斗，经过十八天的大血战，般度族五子得胜。难敌死了，由般度长子继承王位。最后般度五子登雪山修道，四人先死，只有长子坚战达到天堂。

### （二）思想主题

《摩诃婆罗多》描写一场大规模的毁灭性的宗族内战，阐明古代印度人的战争观，即战争未爆发之前应遏止战争，尽一切努力争取和平，但是，如果敌人硬要挑起战争，就坚决以"无畏的决心"斗争到底。从这一基本观点出发，史诗热情地歌颂了般度族人气壮山河的英勇斗争，严厉地谴责了难敌一方霸占他国领土、肆意发动战争的行径，并通过生动的事实告诉人们：像难敌那样的暴君最终得到可悲的下场完全是咎由自取。

这部史诗通过对战争的描述，还表达了古印度人民热爱和平、终止不义之战的强烈愿望。作者对那场亲族间的战争所造成的损失感到万分痛心，指责那是一场"可怕的""该死的""无益的"战争。与此同时，作者还通过妇女们在战后走向"伤心惨目"的战地、哭悼亲人的场面，呼吁人们应该坚决制止这种"亲戚屠杀亲戚"的战争。总之，史诗的主要内容写的是政治斗争，作品真实地反映了古代印度王国的纷争。

这部史诗有不少局限性，如宿命论、报应论以及正法思想等。如按正法规定，武士阶层打仗和杀人是不受报应的，死后反而可以赢得武士的天堂。

《摩诃婆罗多》汇集了印度古代相传的各种材料和各类知识，以高度的艺术概括力反映当时的社会面貌、时代矛盾以及各个哲学派别的主张。因此，对印度人民来说，它不是一部单纯的文学作品，可说是一部诗体的百科全书。这部史诗对于认识和研究印度古代社会的历史有很重要的价值，作品中所插入的许多小故事如《那罗传》、《莎维德丽》等，也深受人民的喜爱。

## 二、《罗摩衍那》

《罗摩衍那》意为"罗摩传"，约有两万颂。印度人称之为"最初的诗"。在这部史诗中，也提到作者的名字——音译"跋弥"，意译"蚁蛭"，但究竟有无其人，答案很分歧。统观全书，基础部分的文体基本上是统一的，如果说有一个作者对全书加过工，也是可能的。

### （一）情节结构

《罗摩衍那》写的是罗摩与妻子悉多悲欢离合的故事，中间穿插不少小故事，描写自然景色和打仗的场面又占了相当大的篇幅。它的内容大致如下：在名为《童年篇》的第一篇里，提到蚁蛭仙人把自己创作的长诗教给两个学生（后来说是罗摩的双生子），让他们唱给罗摩听。而罗摩的故事则从这一篇的第五章开始，由罗摩二子朗诵出来。内容以罗摩的出生和结婚为主，说罗摩是十车王经过祭祀天神后所生的长子，他因武艺超群、折断神弓而娶得邻国的公主悉多为妻。悉多是邻国的国王遮那竭耕地时在犁沟里发现的（悉多即犁沟之意），她的母亲是大地，父亲是遮那竭。第二篇《阿逾陀篇》主要讲十车王宫中的矛盾与罗摩的被流放。十车王年老后，决定立罗摩为太子，但他的小王妃吉迦伊却在驼背侍女的煽动下，以过去老国王曾答应要给她两项恩赐为借口，胁迫老国王流放罗摩14年，立自己的亲生儿子婆罗多为王。十车王痛苦地应允后，不久即死去。罗摩出走后，弟弟婆罗多在位期间，供奉着罗摩交给他的一双作为替身的鞋子执政14年。

第三篇到第六篇的主要内容是：罗摩夫妇和弟弟罗什曼那被流放到森林后，悉多不幸被十首罗刹王罗波那抢去，罗摩兄弟四处寻找未获。后来，罗摩帮助一个猴王夺回王位，并结成联盟。神猴哈奴曼侦察到悉多被囚禁魔宫后，猴子们立即为征讨罗刹国的罗摩大军造桥过海。罗摩大败十首魔王罗波那后，派人从魔宫接回悉多，一并启程返国。罗摩回国登基后，他统治的时代出现太平盛世。

第七篇估计是后加的。在这一篇里，罗摩的形象发生很大的变化，即从一个被迫害的受难者变成封建专制暴君。如其中谈到罗摩即位若干年后，听信所谓人民的意见，怀疑悉多居魔宫时不贞而将她抛弃。十几年后，悉多的不白之冤仍得不到昭雪，最终不得已求救于地母，让大地裂开，纵身跳了进去。作品的最后结局是全家在天堂重新相聚。

（二）思想主题

《罗摩衍那》是一部巨大而又庞杂的史诗，最初只是由口头流传下来，经过长期增删而写定后仍无定本。大家公认，七篇中第二篇至第六篇是全书较原始的部分，第一篇和第七篇晚出，可能是后加的。最早的部分估计成于公元前三或四世纪，而最后写定是在公元后二世纪，也就是说全书形成的过程长达五六百年。因此关于它的思想内容和反映的社会面貌众说不一。印度教徒把它看作圣书，因为罗摩是大神毗湿奴的化身。西方学者有的认为悉多原意是田地里的垄沟，垄沟象征着农业技术，史诗隐喻的是农业技术从印度北方传播到南方的过程。有的则认为《罗摩衍那》是一部战胜艰苦和强暴的英雄颂歌，歌颂罗摩为家族和好、政权安定而作出的自我牺牲，赞扬他支持正义战争、关心平民利益、在奴隶社会中站在平民的一边。他是原始公社制社会解体并向奴隶制社会过渡的历史时期氏族上层阶层的进步势力的代表。但也有学者指出，《罗摩衍那》不是奴隶社会而是封建社会的产物。罗摩代表新兴地主阶级，以农业为生，而罗波那代表没落的奴隶主阶级。从肤色和家谱等来看，罗摩属本地的原始居民，而罗波那是婆罗门，是外来的靠游牧和吃肉为生的雅利安人的代表，因此罗摩与罗波那的斗争实质上是本地新兴封建地主阶级与外来的从事掠夺的奴隶主阶级之间的斗争。另外还可以看到，书里宣扬的道德信条类似中国汉代的三纲五常的伦理体系，似乎已属于封建社会的意识形态了。如《罗摩衍那》中一个重要思想是通过宣扬一夫一妻制强调妇女的贞洁来维护王位继承的纯洁性。

以上各家说法各有根据，但差别却很大。这是因为这部史诗并非毕其功于一役。它最早可能源于原始公社社会解体并向奴隶制社会过渡时期的民间口头创作，后来经过奴隶社会的崩溃和封建社会的建立这一漫长的历史时期，才形成现在这个样子。所以从思想内容上看，既有民间的可贵因素，又有统治阶级的思想意识和为统治阶级服务的宗教思想。例如罗什曼那在批评罗摩相信命运时说：

> 那精力衰竭的胆小鬼，
> 他才受命运的播弄。
> 那些自尊自重的英雄汉，
> 完全不把命运来纵容。

这种否定命运的观点反映了当时进步的思想，是史诗中的精华。但在同一史诗中也可以看到不少糟粕。就在主人公罗摩身上便有前后矛盾的性格，即从一个品德崇高的受难者一变而成封建专制的暴君。特别是在第七篇里，糟粕更多，其中插进这样一个故事：罗摩当政时，一个刚刚死去独生儿子的婆罗门要求罗摩救活他的孩子，罗摩四处访求孩子死去的原因，发现是由于一个低等种姓的首陀罗模仿高等种姓的婆罗门修炼苦行所致，便残忍地将他杀死，从而换来孩子的复活，而罗摩的行径竟得到天神们的一致称赞。作者插进这个故事的意图很明显，目的在于维护种姓制度，使低种姓的人永远处于贱民地位。第一篇《童年篇》第六章更直接反映种姓制度的存在：

> 从来没有不事火的婆罗门，
> 没有婆罗门不祭祀布施好善，
> 在阿逾陀这一座城市里面，
> 从来没有因通婚而种姓混乱，
> ……
> 刹帝利服从婆罗门。
> 吠舍又把刹帝利服从，
> 首陀罗忠于自己职责，
> 他们服从前三个种姓。

总之，《罗摩衍那》通过罗摩流放、悉多遭劫、罗波那败亡、悉多得救和罗摩复国登位等主要情节，形象地反映了当时社会的政治风貌：宫廷内部争夺王位的阴谋，罗摩等英雄英勇的抗暴斗争，忠孝节悌义的伦理道德理念，以男性为中心的家长制，以及种姓制度的存在等。

（三）艺术特色

《罗摩衍那》在艺术上颇具特色。《摩诃婆罗多》虽然想象丰富、场面宏伟、气势磅礴，但古代印度只把它称为"历史传说"，只有《罗摩衍那》才被认为是"最初的诗"。

首先，《罗摩衍那》更接近古典文学，它为此后的长篇叙事诗开辟了道路。作品对政治（宫廷斗争或其他矛盾）、爱情（生离死别）、战斗（人与人之间、人神之间、人魔之间）、风景（各个季节的自然景色和山川、城堡、宫殿）等的描绘，其艺术手法都达到了相当高的水平。而政治、爱情、战斗、风景等在后世的古代印度长篇叙事诗中，则成了必不可少的4种因素。

其次，作者通过现实生活中各种尖锐、复杂的矛盾成功地塑造了各类不同的人物形象，主要人物和次要人物都描绘得栩栩如生。最突出的人物形象是罗摩和悉多。

作者在塑造罗摩这个形象时，主观愿望是想把他描绘成一个理想的君主、封建道德的典范，但由于作者不自觉地描述了当时统治者的真面目，结果使罗摩成了具有二重性的人物。如在对待流放这一问题上，罗摩表面上装成孝子，甚至劝妻子和弟弟留下，顺从婆罗多，但背后却议论父亲和婆罗多。又如在第二篇到第六篇中，从罗摩的处境和遭遇看来，其身份不像一个落难的王子，而像一个受迫害的普通人，但到第七篇，罗摩却成了一个遗弃忠实妻子的冷酷无情的丈夫，成了一个残杀无辜的低种姓老百姓的暴君。

悉多是一个贤淑、忠贞的女性典型。两千多年来她一直受到印度人民的尊敬和喜爱。悉多深明大义，遇事有自己的主见。当罗摩要她留下顺从婆罗多时，她严肃大胆地回答说："我不能接受我的主人轻易说出的意见"，她要丈夫"抛开这胆小的思想，像泼掉脏水一样"，把她带到森林中去，同他一起"经历命运的升沉"。悉多跟随罗摩流放森林后，以坚强的意志克服种种困难，在荒山野林中度过自己的生活。不久，一个吃人肉喝人血的罗刹把她抢走，并以金银财宝乃至王后的宝座引诱她，但她毫不动心，并严厉地斥责十首魔王是豺狗，警告他不准碰自己一下。悉多刚中有柔，柔中有刚，既坚强勇敢，又温柔多情。她坚持要到森林中去，满怀深情地对罗摩说，她要在新鲜、芬芳的树林里采摘珍爱的野果供他品尝；她要陪伴他在"鸣声悦耳的大雁洗濯毛羽的莲花湖上"和他一起"抚拍着清冷的波浪"。总之，她"不要王位和王国，不要天堂的欢乐"，甘愿同罗摩在荒林中共度时光。正如她向自己的婆母所表示的那样："除非月亮的光离开月亮，我才离开丈夫。"悉多对罗摩无比忠诚，在她被囚禁魔宫的那些日子里，仍然坚持斗争，不畏强暴，对罗摩一往情深，忠贞不渝。后来罗摩消灭了罗刹，派人把悉多接了回来，却对她的贞节产生怀疑。在这种情况下，她仍然表现得非常坚强。尽管她挚爱罗摩，但决不向他乞求爱情；她果敢地跳进火葬堆里，让烈火来证明自己的清白无瑕。罗摩返国即位若干年后，当听到人民对悉多住过魔宫表示怀疑和不满时，竟狠心地把怀孕的妻子遗弃在恒河边的森林里。十几年之后，尽管悉多被召了回来，但罗摩仍坚持要在大庭广众面前再一次考验她。悉多被逼得走投无路，便向大地母亲哭诉自己的不幸，要求回到地母的怀抱中去，以证实自己的清白。大地敞开了胸怀，把自己的女儿接了回去。悉多一生虽然也有过短暂的欢乐，但大半生是在苦难中度过的，既遭受过类似穷苦妇女遇到的不幸、被豪强劫走的灾难，也忍受过被丈夫遗弃的痛苦。如果说罗摩是统治阶级心目中的理想人物，那么悉多更多地体现了人民的思想感情，她是一个善良的受迫害的妇女典型。

《罗摩衍那》中除男女主人公外，罗什曼那和神猴哈奴曼的形象也塑造得很成功，一些次要人物也刻画得真切、生动。如第二篇《阿逾陀篇》写到老王听到小王妃提出流放罗摩、让婆罗多即位时，"他望着她，像吓昏了的小鹿望着母老虎"。寥寥数笔就逼真

地勾勒出老王的软弱无能和王妃的骄横无理。

再次,《罗摩衍那》通过自然景物衬托出人物的思想感情。当罗摩一行3人来到森林之后,罗摩自认已做到忠孝双全,悉多紧跟着丈夫,罗什曼忠于兄长,他们思想上没有什么杂念,心境比较平静。这时,展现在他们眼前的森林景色如画,"花朵沐浴着朝阳","树林里笼罩着爱与和平的甜蜜的静穆"。罗摩失去妻子后,作者着重写出他在雨季对妻子的思念。

最后,《罗摩衍那》语言生动流畅,比喻丰富多彩。如用"猎人的刀子"比喻要挟老王的王妃的"冷冷的声音",用"风暴里的大海"、"日食时的太阳"形容老王复杂的心情和忧虑的神情。形容罗刹国十首魔王和他弟弟的心思各不相同,就用"像雨点落在莲花瓣上,并不能水乳交融"来比喻。

总之,《罗摩衍那》在艺术上的成就是巨大的,它对印度文学文体的发展起到承前启后的作用,在文学史上的地位非常重要,对后世文学的影响极为深远。两千多年来,《罗摩衍那》一直被印度人民不断地广泛传诵,正如这部史诗第一篇第二章中的一节诗所预言的那样:

> 只要在这大地上,
> 青山常在水常流,
> 《罗摩衍那》这传奇,
> 流传人间永不休。

下编 亚非文学

# 第十三章 中古文学

亚非中古文学亦即亚非封建社会的文学。一般认为，欧洲的封建社会从公元5世纪西罗马帝国崩溃算起，亚洲很多国家则是在公元二、三世纪至七、八世纪之间先后确立封建制度。在世界封建社会阶段的早期和中期也即5世纪到14世纪时，东方一些国家的经济、文化走在世界的前列。亚非各国封建社会的发展很不平衡。中国大约在公元前5世纪进入封建社会，印度在公元前后开始封建化过程。东亚、西亚、中亚、北非的主要国家在公元2世纪至8世纪先后步入封建社会。南亚、东南亚很多国家到公元10世纪前后才产生封建王朝。非洲的大部分地区长期处于奴隶社会阶段。19世纪前后，随着西方资本主义殖民势力的入侵，东方各国才从封建社会甚或奴隶社会的形态中渐次走出来。

## 第一节 概述

### 一、中古亚非文学的产生背景和基本特征

亚非中古历史时期非常长，整体而言延续到了19世纪初。在这个历史时段里，北非和亚洲国家的社会历史形态具有代表性。政治上中古东方各国强调高度集权统治，严酷的封建专制制度极大地限制了社会各个方面的形态，土地国有制和土地私有制同时并存，农民不但受地主盘剥，还要直接向国家缴纳贡税，生活极为贫困，政治地位极其低下。在经济上，中古东方国家里自给自足的自然经济制度居于统治地位，商品经济发展缓慢。这时期里异族的入侵和统治对一些东方国家也有不同程度的影响，致使这一地区封建社会的发展起伏较大，其经济、文化在15—16世纪后逐渐落后于西方，到19世纪初中叶几乎全部东方国家都沦为西方国家的殖民地或半殖民地。在世界中古历史的早期和中期，东方文学涌现出一大批世界著名的作家，文学创作空前繁荣，对世界文学的发展做出了突出贡献，堪称当时世界文学的高峰。

中古时期东方文学的主要特征可以概括为如下几个方面。

第一，各民族文学相互交流，彼此影响，共同繁荣发展。在中古时期，东方各民族文化之间加强了交流和融合，形成了三大文化圈：以中国文化为中心的东亚文化圈，以印度文化为中心的南亚、东南亚文化圈，和以阿拉伯文化为中心的西亚、北非文化圈。

由于各文化圈文化的独立性和圈内各民族文化的统一性，中古亚非文学的发展也分为三大块，呈鼎立演进之势，同时也表现出一些共同的特征。除埃及、巴比伦、希伯来的古代文学中断了以外，印度文学在上古已经取得光辉成就的基础上继续向前发展。同时，朝鲜、日本、越南、印度尼西亚、伊朗、阿拉伯、土耳其等一系列新兴民族和国家登上历史舞台，产生了较高水平的文学作品。中古时期，经济的发展和交通的发达密切了东方各族人民的友好往来，促进了各族人民的文化与文学交流。如中国、阿拉伯、伊朗和印度对邻近各民族国家的文学、文化都产生过深远的影响。中国同朝鲜、日本、越南的交流最具有典型性，中古时期这些国家的著名作家多数都精通汉文，能够写作汉文、汉诗，即使是使用本民族语言进行创作，也可以明显看出接受了中国文学、文化的影响。印度文学则影响了泰国、缅甸、印度尼西亚等东南亚国家文学的发展，印度史诗和佛本生故事成为当地文学创作的主要题材来源。西亚的阿拉伯和波斯文学也取得了很大发展，并随着伊斯兰教的传播，影响了中亚、南亚和东南亚诸国。这种文学的交流促使东方各族人民共同创造了东方文学的辉煌局面，并对欧洲文学产生明显的影响。

第二，文学形式和体裁丰富多样，民间文学和文人创作齐头并进。中古东方文学已具备了现代概念中的各种文学体裁和形式，诗歌最为发达，几乎每一个东方国家都拥有本民族杰出的诗人、诗歌。波斯创造了优秀的民族史诗；抒情诗和叙事诗在印度、波斯、阿拉伯、日本以及其他许多国家蓬勃兴起；戏剧以印度的成就最为突出；阿拉伯则以民间故事闻名世界；日本的物语文学即长篇小说成就斐然；散文在许多东方国家都有引人注目的成就，伊斯兰教的《古兰经》就是阿拉伯散文的明珠。民间文学成为中古东方文学的重要组成部分：民歌、民谣、民间故事、民间戏剧多角度地反映了东方各民族政治、经济、文化诸方面的生活情景，《一千零一夜》成为"世界民间文学最壮丽的纪念碑"。这时期东方国家里的文人创作辉煌灿烂：印度有著名的诗人、戏剧家迦梨陀沙；波斯涌现出以菲尔多西、萨迪、哈菲兹为代表的七大诗人；日本出现极为活跃的女性作家群，其中紫式部写下世界文学史上最早的长篇小说《源氏物语》。

第三，宗教意识继续给文学以深重影响。东方是世界三大宗教的发源地，继佛教、基督教之后，伊斯兰教自公元7世纪初在阿拉伯半岛产生，8世纪中期，阿拉伯人在伊斯兰教的旗帜下建立一个横跨欧、亚、非三大洲的阿拉伯帝国。伊斯兰教法典《古兰经》同时也是阿拉伯文学史上第一部散文巨著，它包含历史、文学、风俗、习惯、教规、教理、教义等丰富的内容，对阿拉伯文学产生显著而深刻的影响，使阿拉伯人有了统一的语言和文化。阿拉伯民间文学巨著《一千零一夜》渗透了浓厚的伊斯兰教意识。《源氏物语》打上了苦海浮生、无常变幻、因果报应、往生净土等佛教观念的深深烙印。

## 二、中古亚非文学发展概况

在中古亚非三大文化圈里，除中国以外，阿拉伯、日本、印度、波斯、朝鲜、越南等国的文学，在这一时期取得了重大或较大的成就。

### （一）东亚文化圈的文学

东亚文化圈的文学以中国文学为中心，周边的日本、朝鲜和越南文学在中国文学的影响下逐步发展起自己的民族文学。中古时期，日本、朝鲜、越南三国在很长时期内以汉字作为文学表达工具，创作汉诗汉文。日本在9世纪初创制了假名文字，越南13世纪出现了字喃文，朝鲜到15世纪才有自己的文字。民族文字产生后，三国的民族文学迅速发展。中古东亚文学的主要成就在诗歌和小说两个领域。

日本民族诗歌的发展路线是：和歌—连歌—俳谐连歌—俳句。《万叶集》是最早的和歌集，8世纪中叶编定，收录4500余首和歌。作者来自社会各阶层，内容也斑驳庞杂。"万叶和歌"包括长歌、短歌和旋头歌。之后纪贯之奉诏编集《古今和歌集》（905）大多收录短歌。到13世纪，长歌和旋头歌基本消亡，和歌仍然盛行，但专指由5、7、5、7、7共31个音节构成的短歌。连歌是平安时期贵族文化娱乐游戏的产物，两人或多人围坐吟唱和歌，一人咏前句5、7、5，另一人咏第二句7、7，反复吟咏故称连歌。16世纪末时有人努力突破连歌严整的格律，采用通俗的日常口语，表达诙谐轻松的内容，于是出现俳谐连歌。17世纪的松永贞德（1571—1653）倡导把连歌的首句独立出来，成为最短的诗歌形式——俳谐。而后又有松尾芭蕉（1644—1694）提升了"俳谐"的艺术品位而成为"俳句"，松尾芭蕉因此获得"俳圣"之称。俳句只有17个音节，分三行排列。俳句的三行实为"两句半"。这里的半句有画龙点睛之效，前面两句似乎平淡无奇，后面的半句一出，便激活了前面的句子，或诙谐幽默，或韵味绵长，或意境高远。如松尾芭蕉的"古池塘呀，青蛙跳入，水声响"就有将刹那与永恒连接、引人进入邈远幽深境界的意味。俳句是世界上最为短小精悍的诗歌形式，对东西方诗歌都发生过广远深刻影响。

朝鲜民族诗歌的演进路线是：乡歌—景几何体—时调—歌辞—杂歌。乡歌是7世纪前后兴起的以汉字标记的朝鲜民谣，又称"新罗乡歌"。13世纪初，一些文人创作了"景几何体"诗，即把民谣与汉诗融合而形成的以三、四调为基本音节，有严格律数，分节排列的新体诗，因每首有附歌以"景几如何"结尾而得名。这类诗作抒写高丽王朝末期政局动荡下文人士大夫的忧伤之情。"时调"产生于14世纪末，是分三行排列、音节律数有严格要求的抒情短诗，因其自由灵活，备受文人喜爱，产生了尹善道（1587—1671）等时调大家。"训正民音"产生后，朝鲜民族语言获得发展，诗歌也突破前述诗体的篇幅和音律格式的限制，出现了以四音节为主，夹以四、三或四、五音节，不分节、段，长度不拘、自由活泼的"歌辞"。郑彻（1537—1594）、朴仁老（1561—1643）等是杰出的歌辞作者。在歌辞的基础上经一些说唱艺人的改进，形成了二、三调，四、三调，五、四调及五、五调交替、配合的"杂歌"，适应了说唱文学的发展。朝鲜汉诗代表是崔致远（857—?），他12岁时即到唐朝留学，接受了唐朝的先进文化，其文集《桂苑笔耕》20卷，曾收入我国《四库全书》中，其汉文诗中的优秀作品有七言诗《双女坟》，五言古诗《江南女》、《古意》、《寓兴》和《蜀葵花》等。他被公认为朝鲜汉文文学的奠基者，对后世产生了深远影响。

越南民族诗歌按韩律—六八体—双七六八体发展。"韩律"是陈朝的韩诠（生活于13世纪，本姓阮）所创，他第一个用字喃文写诗，模仿唐诗七律，七言八句，韵律要求颇为严格。15世纪的诗人在韩律的基础上吸取民歌精华，发挥越语语音多变的功能，创造了以六、八字句相间，每句第六字押韵的"六八体"。有诗人尝试将汉诗与六八体融合，前两句为七言，后两句为六、八字，第二句的第五字押第一句句末韵，形成韵律错落有致的"双七六八体"。阮嘉韶（1742—1798）的《宫怨吟曲》是双七六八体的代表作。中古越南诗人大都善作汉诗，其中同中国文学关系密切而又成就斐然的是邓陈琨（1710—1745）和阮攸（1765—1820）。邓陈琨著汉文长篇乐府诗《征妇吟曲》，谴责长年的封建混战，无论从内容还是形式看，都是非常地道而且成就很高的汉诗。阮攸曾出使中国，受当时中国流行的章回体才子佳人小说《金云翘传》的影响，将其改写为具有民族特色的六八体诗歌《金云翘传》，又称《翘传》或《断肠新声》。它描写女主人公翠翘和书生金重一见钟情，私订终身，后金重回乡奔丧，翠翘老父与幼弟遭奸商与贪官谋害入狱，翠翘卖身赎救，不幸沦为娼妓。她屡屡反抗，既嫁过纨绔子弟束生为妾，又做过英雄徐海的压寨夫人，但都未能摆脱悲剧命运，最后投江自尽遇救，落发为尼，15年后才得以和金重团圆。阮攸借这个悲欢离合的爱情故事影射越南黎朝末年阮朝初期黑暗的社会现实，反映当时广大妇女和被压迫人民的痛苦遭遇。

中古东亚小说成就最高的是日本。平安时期产生了富有民族特色的"物语"。"物语"意指叙述故事，实际是小说体裁。物语的开山之作是《竹取物语》。物语的代表作是紫式部的《源氏物语》。镰仓时期又产生以《平家物语》为代表的"军记物语"，主要描写武士的战争生活和侠义行为。《平家物语》叙述平、源两大武士集团的斗争，重点描写平家由盛及衰的过程，塑造了平清盛、源义经等武士形象。到江户时代（1603—1867），随着市民阶层的兴起，日本小说再度繁荣，出现了描写市民生活和迎合市民口味的"浮世草子"，其中曲亭马琴（1767—1848）的《南总理见八犬传》和十返舍一九（1765—1831）的《东海道徒步旅行记》是优秀之作。江户时代"浮世草子"的代表作家是井原西鹤（1642—1693）。他的小说题材有描写市民对肉欲生活的追求的"好色"题材和描写市民经济生活的"财富"题材，代表作有《好色五人女》、《好色一代男》和《日本永代藏》等。

朝鲜和越南的小说都始自史书。朝鲜的《三国史记》、《三国遗事》和越南的《大越史记》是这两国的史书，也是最早的散文文学名著，其中记述了各自民族的神话传说和历史人物，成为小说的滥觞。随后两国都在经历传奇短篇小说阶段之后出现比较成熟的写实小说。朝鲜金时习（1435—1493）的《金鳌新话》是朝鲜第一部传奇小说集，模仿中国明代的《剪灯新话》，搜集整理朝鲜的传说故事，以浪漫幻想描写仙界和冥界的交往，曲折地反映当时的社会现实。越南阮屿（16世纪）的《传奇漫录》是越南最早的传奇小说，收有20个短篇，通过虚构的脂粉灵怪故事和穿插其间的委婉动人诗句，扬善惩恶。17世纪以后，朝鲜小说创作繁荣，出现了以《壬辰录》为代表的历史小说，以许筠的《洪吉童传》为代表的社会改革小说，以金万重的《谢氏南征记》为代表的现实主义长篇小说和以南永鲁的《玉楼梦》为代表的言情小说。还有以民间传说为基础、经艺人加工的说唱脚本体小说——朝鲜三大古典小说：《春香传》、《沈清传》和《兴夫传》。其中《谢氏南征记》和《春香传》是朝鲜古典小说的"双璧"。前者以中国为舞台背景，叙述一个家庭的变故，宣扬劝善惩恶的主旨，情节曲折，形象丰满。后者叙述艺妓春香与李梦龙悲欢离合的爱情，歌颂春香坚贞不渝的爱，表现强烈的反封建思想。中古越南小说在阮屿的《传奇漫录》之后没有多少发展，小说地位被相对繁荣的叙事诗所取代。

中古东亚地区的戏剧在日本成就较高。日本最早的戏剧是"能"和"狂言"。"能"是在中国唐代散乐和宋元杂剧的影响下融合日本民间歌舞而发展起来的，形成于14世纪末的集舞蹈、歌唱、对白于一体的悲剧型歌舞剧。"能"的文学剧本称为"谣曲"。谣曲的代表作是世阿弥（1363—1443）的《熊野》。该剧作取材于《平家物语》中的一个小片断，剧情简单但动人心弦：贫穷的歌女熊野心中系念卧病在床的老母，却不得不应主人之召在赏花宴上献艺，轻歌曼舞间，一阵风吹落樱花满地，熊野触景伤情，无限凄切，其歌其舞却引得满座贵人更热烈的喝彩。该剧体现了日本式的因悲而美、因美而悲、愈悲愈美、愈美愈悲的"物哀"精神。"狂言"是插在"能"剧中表演的喜剧性短剧，以高度集中的戏剧冲突达到讽刺目的，追求滑稽的审美趣味。17世纪初，日本又出现"歌舞伎"和"净琉璃"两个剧种。近松门左卫门（1653—1724）是江户时代杰出的剧作家，创作100多部剧作，有"日本的莎士比亚"之誉。

（二）南亚、东南亚文化圈的文学

南亚、东南亚文化圈的文学以印度为中心。印度上古的史诗、佛本生故事等成为中古南亚、东南亚地区大多数国家文学的题材来源。印度自身的中古文学可以分为两大段：12世纪以前的古典梵语文学和此后的地方语文学。

古典梵语文学在笈多王朝相当兴盛，从戒日王朝至12世纪继续保持了繁荣。梵语诗歌、故事、戏剧、小说和文学理论都出现了一批重要成果。诗歌方面主要有伐致诃利和胜天两位抒情诗人。伐致诃利（约7世纪）的《三百咏》以自然朴素的诗歌语言，从中下层民众的立场抒发对社会和人生的看法，辛辣讽刺权贵，揭示世态炎凉；赞美青春爱情的甜蜜，警戒纵欲的祸患；奉劝世人寻求精神的解脱。胜天（约12世纪）的《牧童歌》抒写黑天与牧女罗陀之间的爱情，在颂神的名义下歌颂尘世男女之爱，把恋人间的各种情感体验表现得深入细腻、曲折动人，对后世"黑天题材"的创作产生了很大影响。迦梨陀娑之后的杰出梵语剧作家是薄婆菩提（约七、八世纪），他的剧作语言优美，想象丰富，风格雄健，代表作《后罗摩传》以罗摩与悉多的悲欢离合为题材，表现互相忠诚、互相信任、互相尊重的理想夫妻关系。在梵语叙事诗和民间故事的基础上，六、七世纪出现了梵语古典小说。重要作品有苏般度的爱情小说《仙赐传》（约6世纪）、波那的传记小说《戒日王传》（约7世纪）、檀丁的传奇小说《十王子传》（7世纪下半叶）。《十王子传》继承印度故事的框架结构，在对十王子传奇般的经历的叙述中广泛展示古代印度各地、各阶层的生活画面，反映了要求统一的愿望，人物形象生动，是世界文学史上最早的小说作品之一。这一时期印度文学最重要的名家是迦梨陀沙。

13世纪以后，印度不断遭受异族侵略，建立起各种异族统治的王朝。加上伊斯兰教势力的侵入，导致统一的梵语衰落，地方语言兴起。印地语、乌尔都语和波斯语的文学成就比较突出。入侵者带来的伊斯兰教与本土的印度教发生冲突与融合，中古后期印度出现一场旨在复兴传统印度教的全国性宗教运动，称为"虔诚运动"，运动深深地影响了文学创作。印地语文学中有"虔诚派"的四大诗人：格比尔（15世纪）、加耶西（1493—1542）、苏尔（15世纪末至16世纪初）、杜勒西（1532—1623）。其中以杜勒西的《罗摩功行录》成就最大，后世印度人视之为文学的典范、生活的百科全书。它是梵文《罗摩衍那》的印地语改写，通过诗人的增删取舍，不仅使《罗摩衍那》在印地语社会得到普及，更是为了针对当时的动乱纷争而倡导拥护罗摩王朝、振兴印度教。波斯语大诗人霍斯陆（1253—1325）创作了50多部诗集，将伊斯兰文化与印度文化交融渗透，独具特色。乌尔都语文学在18世纪获得很大发展，产生了以苏达（1713—1780）和密尔（1722—1810）为代表的"德里诗派"。

东南亚各国除越南外，都一度深受印度文化的影响。印度的两大史诗和《佛本生故事》是东南亚中古文学的重要题材来源。东南亚最早的书面文学是古爪哇语文学、柬埔寨与缅甸的碑铭文学。10世纪有古爪哇语改写的《罗摩衍那》，一些宫廷诗人也创作取材于印度史诗的诗歌作品。缅甸、柬埔寨的碑铭文学从内容到形式都与佛教活动有关，大多是对佛事功德、建寺筑塔、施善活动的记载。中古后期，东南亚文学主要有宗教文学、宫廷文学和民间文学等三种类型。宗教文学以弘扬佛教为宗旨，作者大多为僧侣，内容往往是对佛本生故事的铺陈衍化。《般若本生故事》在东南亚地区广为流传，佛教国家几乎家喻户晓。宫廷文学以服务封建统治者为目的，出自宫廷作家之手，内容大多描写国王、太子、公主的经历。宫廷作家中也有一批有才华的诗人。如缅甸的吴邦雅（1812—1866）被视为"国宝"，他的剧作、纪事诗、讲道故事诗、密达萨（诗文间杂的书柬）都代表当时的最高水平。民间文学在民族神话传说和民歌民谣的基础上发展起来，经过宫廷文人或民间艺人的整理而流行。比之宗教文学和宫廷文学，民间文学最富民族色彩，而且具有反封建的思想意义。著名的民间文学作品有爪哇的"班基故事"系统，泰国的《昆昌与昆平》，马来西亚的《杭·杜亚传》。后两种被视为各自民族的"民族史诗"。

### （三）西亚、北非文化圈的文学

西亚、北非文化圈的形成以阿拉伯帝国和伊斯兰教的兴起为契机，阿拉伯文学是西亚、北非文化圈文学的主力。9世纪初期，本来具有坚实文化传统的波斯文学获得发展。阿拔斯王朝后期，阿拉伯帝国衰落，奥斯曼土耳其帝国兴起，突厥文学一度兴盛。因而，该文化圈的中古文学由阿拉伯文学、波斯文学和土耳其突厥文学三块构成。

诗歌是西亚、北非中古文学的主体。三大块中都是诗人辈出，名作纷呈。阿拉伯诗歌最早的成果是一年一度的欧卡兹集市上赛诗获胜、流传下来的悬挂在神庙上的"悬诗"。现存有7位诗人的7篇悬诗，其中乌姆鲁勒·盖斯（500—540）诗才出众，被称为"众诗人的旗手"。伍麦叶王朝（622—750）有并称诗坛的"三诗雄"：艾赫泰勒（640—710）、法拉兹达格（641—732）和哲利尔（653—733）。他们以诗阐明政见，作诗参与辩驳，各有所长。阿拔斯王朝相继出现一系列大诗人：以讽刺见长的白沙尔（714—

784),有"酒诗魁首"称号的艾布·努瓦斯(762—813),以诗劝世、表达普通民众痛苦和愿望的艾布·阿塔希叶(748—826),以颂诗著称的穆泰奈比(916—965),以哲理诗驰名的麦阿里(973—1057)。中古阿拉伯最后一位大诗人是蒲绥里(1212—1296)。他以宗教诗闻名,其代表作《斗篷颂》赞颂先知穆罕默德的业绩,用语典雅、风格端庄,在伊斯兰世界广为流传。

波斯在10世纪至15世纪出现了7位世界著名的诗人:鲁达基(858—941)、菲尔多西(954—1020)、欧玛尔·海亚姆(1040—1123)、内扎米(1140—1202)、萨迪(1208—1291)、莫拉维(1207—1273)、哈菲兹(1320—1394)。鲁达基被称为波斯的"诗歌之父"。据说他的诗集多达100卷,共130多万行,可是流传下来的很少。他的诗作广泛地反映了当时的社会生活,艺术技巧也很高超。菲尔多西是著名长诗《王书》(又译《列王纪》)的作者。《王书》相传有12万行,现存10万行左右,作者为这部长诗献出了35年漫长岁月。因为书中抨击横征暴敛的君主,诗人惹怒了国王,多年流浪在外,受尽迫害。《王书》从波斯远古神话传说中的国王写起,一直写到萨珊王朝的末代国王为止,讲述了25代王朝50多个帝王的故事。《王书》是中古波斯文学的光辉巨著,表现了那一时代人民的理想和愿望,如谴责暴君苛政,反对异族侵略,向往"国泰民安"的盛世,歌颂捍卫疆土的爱国主义精神等。内扎米是著名的长篇叙事诗大师,在他流传下来的叙事诗中,有3部是描写爱情的。描写青年男女爱情悲剧的名作《蕾丽与马季侬》有"东方的《罗密欧与朱丽叶》"之称,也可以称为"波斯的《梁山伯与祝英台》"。

萨迪与菲尔多西、哈菲兹并称为中古波斯的三大诗人。萨迪的代表作是《果园》(1257)和《蔷薇园》(1258)。《果园》最初以《萨迪集》问世,所涉内容十分广泛,大至治国安邦的方针策略、道德修养的准则规范,小到待人接物的礼节及生活起居的经验,还涉及天文、鬼神、哲学、历史、伦理、医学、兵法等方面的问题,内容包罗万象。全书160个故事,多描写帝王、圣哲、教徒、云游者的生活,既有历史人物故事,又有诗人漫游生活中的亲身经历和见闻。在对这些事件的评判中,诗人表现了自己的理想、愿望和爱憎情感,充满对善良、纯洁、赤诚、正义、光明与真理的礼赞。《蔷薇园》用散文、韵文结合写成,包括记帝王言行、记僧侣言行、论知足常乐、论寡言、论青春与爱情、论老年昏愦、论教育的功效、论交往之道等8卷。全书运用娓娓动听的叙述与以事喻理的教谕,使人受到启发和教育。《蔷薇园》中的名言"亚当子孙皆兄弟"后来被联合国奉为阐述其宗旨的箴言。哈菲兹在波斯文学史上被誉为"加宰里"(一种抒情诗体)大师,哈菲兹是笔名,意思是"能熟背《古兰经》的人"。哈菲兹追求自由,在许多方面都是时代的叛逆者,一生都在逆境中度过。他的诗作赞美春天、鲜花和美酒、美女,抨击时政和虚伪宗教,向往自由美好的生活,也慨叹人世变幻,寓意深刻,情感热烈,充满浪漫主义精神,被认为是波斯抒情诗的高峰。海亚姆是著名哲理诗人,曾传世四百余首"柔巴依"体哲理诗。"柔巴依"意为四行诗,又译为"鲁拜体",是一种波斯传统的诗体,第一、二、四行押韵,与中国古典诗中的四言绝句相似,讲求四句的"起承转合"关系。海亚姆诗歌的主要内容是探讨自然、人生、社会、宗教等问题，抨击社会上的腐败现象，谴责权贵和上层宗教人士。

在土耳其突厥文学中，宗教文学的主要流派"教团文学"和宫廷文学的主要形式"迪万文学"都是以诗歌为主。托钵僧诗人尤努斯·埃姆莱（？—1320）和宫廷诗人巴基（1526—1600）是奥斯曼帝国时代的代表性诗人。尤其是巴基被称为"抒情诗之王"，他对诗歌形式美的追求与个人生活感受的表达受到后世推崇。

总之，西亚、北非中古文学的历史几乎就是诗歌发展史，诗歌的主题几乎包括中古文学所有的主题：赞颂、矜夸、讽刺、爱情、颂酒、悼亡、政治、宗教、哲理、教诲、修辞等，并创造了不少具有民族特色的诗歌形式。

散文体创作在中古西亚、北非文学中也取得了一定成就。首先是伊斯兰教经典《古兰经》，它是阿拉伯文明中第一部散文巨著，内容主要是记录先知穆罕默德宣谕的各种教法教义，包含不少历史故事和宗教传说，在语言、文风和题材等方面对阿拉伯文学乃至整个伊斯兰国家和地区的文学产生巨大的影响。其次是寓言故事集《卡里莱和笛木乃》。该故事集是印度《五卷书》的译作，6世纪萨珊王朝时被译为波斯古典语巴列维语，8世纪中期伊本·穆格法（724-759）再译成阿拉伯语。在译述过程中，伊本·穆格法大幅度地增删修改，实际上包含了译者的创作。该书以质朴优美的语言和生动有趣的寓言形式反映不同民族的哲理、宗教、价值观念和道德标准，在阿拉伯世界产生了广泛影响，并通过十字军骑士带到欧洲，在欧洲文学中留下痕迹。再次是一些文人的散文作品，如阿拉伯"百科全书式作家"贾希兹（775—868）的《吝人传》、麦阿里的《宽恕书》、阿玛里（1021—1101）的《卡希斯教诲录》、阿鲁兹依的《文苑精华》等，都是传世名作。其中麦阿里的《宽恕书》（1032）是游历天堂、地狱的幻想故事，借宗教观念表达对现实社会和统治者的不满，直接影响但丁《神曲》的创作。最后是兴盛于阿拉伯阿拔斯王朝的"玛卡梅"体创作。"玛卡梅"原意为"集会""聚会"，引申为聚会场所讲述的故事，是一种短篇散文故事，以市井流浪汉为主人公，叙述他们的行乞、诓骗和计谋，生动有趣。

西亚、北非中古文学的另一类型是民间文学。名作有阿拉伯大型故事集《一千零一夜》、长篇民间传奇故事《安塔拉传奇》，波斯民间故事《义士萨玛克》和《巴赫提亚尔故事》，土耳其的民族史诗《乌古斯史诗》和系列笑话《纳斯列丁·霍加笑话》等。《安塔拉传奇》在阿拉伯民间长期流传，被不断补充和丰富，14世纪定型，长达32卷。主人公安塔拉是"悬诗"作者之一，民间艺人赋予他骑士的品格和特征：不仅诗才横溢，而且武艺超群，在他身上体现了阿拉伯游牧民族的价值观念和理想色彩。

小说和戏剧是中古西亚、北非文学的缺类，虽然贾希兹的《吝人传》和"玛卡梅"体创作以及一些民间文学中有小说的因素，但没有成熟的小说。后期阿拉伯民间出现了一种"影戏"，可以算是阿拉伯戏剧的滥觞，但并未获得发展。这与伊斯兰教不提倡戏剧、反对妇女登台演出有关。

## 第二节　迦梨陀娑

迦梨陀娑是中古印度最杰出的宫廷诗人和剧作家，是 1956 年世界和平理事会号召纪念的 10 位世界文化名人之一，有"印度的莎士比亚"之称。他的诗歌和戏剧创作在世界文学史上具有永久的魅力，是世界文学中的瑰宝，不仅对印度文学，而且对亚洲和欧洲文学都产生了深远的影响。

### 一、生平与创作

迦梨陀娑的生卒年月和生平事迹没有确切的史料可查，因此历来众说纷纭。其名"迦梨陀娑"意为"迦梨女神的奴隶"。迦梨女神是印度神话中的智慧女神。有人推测说，他本是一个出身卑微的小人物，后来得到迦梨女神的点化而获得智慧，成为伟大的诗人和剧作家，于是感恩戴德，甘当迦梨女神的奴隶。根据以他的名字传下来的作品推断，一般认为他可能出生在印度北方的优禅尼城，大约生活在笈多王朝盛世时期，可能是当时一个颇有影响的宫廷诗人。这个时期印度正由奴隶社会向封建社会过渡。迦梨陀沙的作品为大多数人所确认的有 7 部：其中诗歌 4 部：《罗怙世系》、《鸠摩罗出世》（又译《仙童出世》）、《云使》、《时令之环》；戏剧 3 部：《优哩婆湿》（又译《妩尔娃希》）、《摩罗维迦和火友王》、《沙恭达罗》。

《罗怙世系》是一部长篇叙事诗，取材于史诗《罗摩衍那》，共 19 章，1579 节，主要写罗怙王族 29 代帝王的事迹，但诗章利用帝王故事表现了当时的现实生活和一般人的思想感情。长诗语言自然和谐，优美清丽，雅俗共赏，在印度一直被看作古典叙事诗的典范，被列为印度古代"六大名诗"之一。《鸠摩罗出世》也是长篇叙事诗，和《罗怙世系》同被归入"六大名诗"之列。跟《罗怙世系》相比，它有两点不同：其一，它的内容不是写人，而是写神；其二，它的叙事成分减弱，而抒情成分加强了。

《云使》是印度文学史上最早的抒情长诗，也被列入印度古代"六大名诗"之一。《云使》是世界文学史上最优秀的抒情长诗之一。所抒之情为恩爱夫妻之间的相思之情。它分为《前云》和《后云》两部分。原诗为 125 节，每节 4 行，共 500 行，形式规整，格律严谨。中心内容是叙述小神药叉托天空的云彩给爱妻传递思念之情的故事。药叉是财神俱毗罗的奴仆，因"怠忽职守"惹恼主人，被财神贬谪到远离家乡的罗摩山独居一年，被迫与新婚不久的爱妻分离。当雨季来临之时，雨云从山顶飘过，向着家乡阿罗迦城飘去，他眷恋妻子之情油然而生，于是含着眼泪，"意动神驰"地恳请雨云作为信使："云啊！你是焦灼者的救星，请为我带信，带给我那由俱毗罗发怒而分离的爱人。"在《前云》中，抒情主人公药叉向雨云指点了到达阿罗迦城的路线，赞美了沿途优美的自然风光和繁华的京城景象。通过对沿途山川景物的描述，表达了希望雨云能尽快见到他的妻子的迫切心情。在《后云》里，药叉深情地向雨云讲述了阿罗迦城优美的环境和他对妻子的思念。阿罗迦城"上触云霄，珠宝铺地"；他的家有"像彩虹一般美丽的大门"，门前是盛开着"金莲花"的池塘；他的妻子自他走后就"不剪指甲，穿旧衣，睡地上"，以前她是"一位多娇的女子"，而如今"已如霜打的荷花，姿色大非昔比"。诗人先写大环境，后写小庭院，咏物思人，情真意切。叙述到他妻子时，从外貌到内心，层层推进，字里行间洋溢着浓厚的情思。《云使》充分运用抒情诗的艺术手段，感情强烈，想象丰富，语言优美，韵律和谐，是印度古代抒情诗的典范。它抒写恩爱夫妻之间感人至深的伤别情怀。试看这样两节：

　　　　南来的风曾使松树上的芽蕾突然绽开，
　　　　它粘上了其中的津液而芳香扑鼻，
　　　　美丽贤德的妻呀，我拥抱这雪山上吹来的好风，
　　　　我想它大概曾经接触过你的身体。

　　这是《前云》卷中药叉因思念妻子而深情拥抱从家乡方向吹过来的风。

　　　　信度河缺水瘦成发辫，
　　　　岸上树木飘零衬托出她苍白的面影，
　　　　她那为相思而苦恼的神情指示了你的幸运，
　　　　唯有你能够使她由消瘦转为丰盈。

　　这是《后云》卷中药叉想象他托付的那片云见到他妻子的情景。诚如这样的评论：《云使》通过变幻飘逸的想象、清新典雅的语言，表达了人类心灵中最娇嫩的和最高尚的感情。

　　《时令之环》是一部抒情诗集，共144首，主要采用四行诗体，描写印度的6个季节，故又称《六季杂咏》。其中，写夏季的28首，写雨季的28首，写秋季的26首，写霜季的16首，写寒季的16首，写春季的28首（另有14首杂诗为后人拟作，不计在内）。全诗处处流露出诗人对大自然和现实生活的真挚而浓烈的感情。

　　迦梨陀娑的戏剧成就更高。《摩罗维迦和火友王》《优哩婆湿》两部戏剧都是反映当时社会最高统治者爱情生活的五幕剧。这两部剧作既反映印度奴隶主统治者的宫廷生活，又歌颂敢于冲破羁绊追求自由幸福、美好理想的精神。

　　总的看来，迦梨陀娑的创作有两大特点。第一，作品大都富有浓烈的理想色彩。他往往取材于古代传说，但又善于根据现实生活中的体验加以改造。取材于印度两大史诗的故事一经迦梨陀娑之手，原有的只粗具轮廓的形象和情节就显得光彩夺目而富有魅力。其作品中的人物大都生活在蓬莱仙境般的世界里，但反映的却是现实生活中人们的痛苦和欢乐、失败与追求。第二，作品富有诗情画意，内容形式完美统一。他的诗歌如行云流水，韵味无穷；他的戏剧构思巧妙，跌宕曲折，剧中有诗，诗中有情。从艺术技巧来

看，他的作品达到了思想内容和艺术表现的完美统一。他注重修辞手法的运用，擅长刻画人物的心理活动，尤其善于将人物放到矛盾冲突和曲折的情节发展中去描写。这在他的戏剧杰作《沙恭达罗》中有集中的表现。

### 二、《沙恭达罗》

《沙恭达罗》是一部 7 幕诗剧，是迦梨陀娑的戏剧代表作，是古代印度戏剧最高成就的代表，也是世界戏剧宝库中的一颗璀璨的明珠。

#### （一）情节结构与主题思想

《沙恭达罗》取材于史诗《摩诃婆罗多》和《莲花往世书》。迦梨陀娑对原材料进行艺术加工，赋予其与社会发展相适应的思想内容，使《沙恭达罗》成为一曲理想爱情的颂歌。

从剧情结构来看，《沙恭达罗》由序幕和 7 幕正剧组成，每幕均有标题。前面的序幕同故事本身并无直接联系，只起一种过渡作用，目的是将观众的注意力逐步引入剧情。该剧全名为《由于一件信物而重新找到沙恭达罗记》，这件信物是一只戒指。

第一幕《狩猎》，写国王豆扇陀在林中打猎，与净修女沙恭达罗相遇并一见钟情。第二幕《故事的隐藏》，写豆扇陀因爱慕沙恭达罗便借故留在净修林。第三幕《爱情的享受》，写豆扇陀与沙恭达罗以干闼婆方式结合，豆扇陀回京前以戒指为信物相赠。第四幕《沙恭达罗的别离》，写沙恭达罗离开净修林去京城寻找豆扇陀时，与女友、义父干婆及林中鸟兽花木依依惜别的情景，她因思念豆扇陀而得罪的仙人发了一道让沙恭达罗丢失戒指，从而使豆扇陀失去关于沙恭达罗的记忆的咒语。第五幕《沙恭达罗的被拒》，写沙恭达罗带着同豆扇陀生的孩子前往京城，途中在圣池边祭水时不慎将戒指落入水中，后来到宫中，豆扇陀因未见到信物而失去关于沙恭达罗的记忆，拒认沙恭达罗，她悲愤离宫。第六幕《沙恭达罗的遗弃》，写两渔夫打到一条鱼，鱼腹中有刻有国王豆扇陀名字的戒指，便献给国王，豆扇陀见到戒指顿时恢复关于沙恭达罗的记忆，于是无限思念并四处寻找沙恭达罗母子。第七幕《团聚》，写天神因陀罗命令豆扇陀讨伐妖魔，平妖以后，豆扇陀来到天神修身养性的苦行林里，与沙恭达罗母子不期而遇。历经患难之后，豆扇陀悔恨交加，沙恭达罗也尽释前嫌，于是合家团聚。最后全家乘着天车回归京城，全剧以大团圆结局。

诗剧构思出一个富有传奇色彩和神话气氛的故事，通过男女主人公的爱情纠葛及其同破坏美好爱情的两种思想与力量之间的矛盾斗争，歌颂青年男女纯朴、真挚的爱情和对自由、幸福生活的追求，也曲折地反映印度社会的若干不合理现象，诸如上层统治者的骄奢淫逸、下层穷苦大众的辛酸困苦，特别是妇女遭受欺凌的处境。

#### （二）人物形象

沙恭达罗是剧作者着力刻画的正面理想人物，是一个纯洁、善良、对爱情坚贞不渝，且富有斗争精神的美丽、动人的妇女典型。她集外在美和内在美于一身，是作者笔下最完美动人、最具有艺术魅力的人物形象，也是世界文学中最早出现的具有东方古典美的女性典型之一。究其出身，她是一个半人半神的人物，是王族仙人乔司迦和仙女弥诺迦所生，遭遗弃后被净修林中的苦修士干婆所收养。她从小就生活在远离凡尘、净洁安宁的净修林中，穿的是树皮衣，戴的是花须结成的饰品，整天与花草树木或幼鹿孔雀为伍。这种纯朴、自然、和谐的环境养成了她天真、纯洁的性格。她不羡慕都市的豪华，而以生活在大自然中为最大的乐趣；她热爱劳动，浇灌花木不辞劳苦；她待人和善，敬重义父，把女友视为亲姊妹。她身上处处显现出一种朴素无华的自然美。正像豆扇陀赞叹的那样："假如这个在后宫里也难得到的结晶在净修林间竟然可以找到，那么，野林中的花朵就以天生的丽质超过了花园里的花朵。"沙恭达罗最突出的性格特征是对纯真、美好爱情的追求。剧中用很多场景表现沙恭达罗对豆扇陀的爱情的高度专一，而它又完全是一种发自内心的自然感情。这种感情出自她的纯洁、优美和强烈、真挚的自然天性，没有什么功利的企图，更没有丝毫的虚情假意。然而沙恭达罗的性格也不是静止不变的。在前4幕里她性格的特点主要表现为温柔、痴情、纯朴、善良，从第五幕即遭到豆扇陀拒认时起，她的性格发生飞跃，表现出坚强、勇敢、刚毅、不屈服的反抗精神。从全剧来看，沙恭达罗的性格原有其柔弱的一面：她曾被蜜蜂所困，为爱情所扰而不能自拔，女友们也说"她柔弱得像新开的茉莉花"；而对净修林那凄苦的生活、繁重的劳动和义父的虐待，她都认命。但为了追求自己向往的美好爱情，她又敢于不顾一切与自己所爱的人自由结合。她的这种爱情自由观念和婚姻自主的行动是对婆罗门教的婚姻戒律和净修林清规的大胆挑战。特别是遭到豆扇陀"遗弃"时，她毫不畏惧，怒不可遏地斥责豆扇陀："卑鄙无耻的人！你以小人之心度君子之腹。谁能像你这样披上一件道德的外衣？你实在是一口盖着草的井。"这是她对荒淫无耻的最高统治者的抨击和控诉，也是她勇敢斗争精神的集中体现。通过她的形象，作者所向往的爱情理想、生活理想和审美理想得以体现。

豆扇陀也是剧作者按照自己的理想塑造出来的形象。这一形象虽不如沙恭达罗那么出色动人，但其复杂性恰恰是作者思想矛盾性的反映。在剧中，他是一位年轻有为、能征善战的国王。他仪表堂堂、风度翩翩，言谈举止中有一种迷人的魅力，这正是多年过着苦行僧生活、心灵闭塞的少女沙恭达罗对他一见倾心的原因。他"关心臣民像关心自己的儿女一样"，勤于国事，忠于职守。他对沙恭达罗一往情深，坚贞不移。他失去记忆和恢复记忆前后的内心情绪和举止行为的变化似乎表现他不是一个荒淫无耻的暴君，而是一位"位尊而不傲，权极而不横"、循规蹈矩、爱民如子的好国王。作为宫廷诗人的迦梨陀娑，对国王歌功颂德乃是他的天职。但令人叹服的是，剧作者又敢于以画龙点睛之笔含蓄地勾勒出豆扇陀这个最高人主的种种劣迹败行，如专横跋扈、玩物丧志、虚伪骄纵、喜欢奉承等。他对沙恭达罗尽管一往情深但也经历过先爱后弃的变化。他在追捕林中猎物时遇见美丽的净修女沙恭达罗，立即停止打猎而把目标转向后者——这才是他更热衷追捕的、对他更有吸引力的"新猎物"。得手后回了京城，从此便把沙恭达罗置之脑后；当沙恭达罗去宫中找他时，他拒不相认，这同他至高无上养尊处优的地位是有必然联系的。然而作者刻意把他对沙恭达罗的遗弃处理成仙人诅咒的结果——沙恭达罗丢失了定情的戒指——其中有作者为国王开脱的意图。最明显的是第五幕沙恭达罗被"遗弃"的情节。按照印度古典戏剧的惯例，故事到此该结束了。但剧作者笔锋一转，又特意加了两幕——让沙恭达罗被生母救到天上，与奉天神之命去征讨阿修罗并凯旋的豆扇陀再次相遇，让豆扇陀悔恨不已，好似"毒箭穿心"，而沙恭达罗深受感动并原谅了他，与之和好如初。这种凭借神的力量得到的美满婚姻表明作者思想中既有矛盾、苦衷，也有美好的理想。

### （三）艺术特色

《沙恭达罗》在艺术表现方面也有突出成就。

首先是情节线索既单纯又曲折，富有戏剧性。这出戏的情节从男女主人公的一见钟情展开，经过三次急剧转折（结合、婚变、重圆），有虚有实、波澜起伏，给人一种峰峦叠嶂、高深莫测之感。就每一幕来说，情节的发展也异常曲折，可以说幕幕有矛盾，处处有冲突。全剧各幕之间也都前后呼应。

其次是人物形象鲜明、生动、感人。作者不仅以优美、细腻的笔触刻画了沙恭达罗的无以比拟的美，而且剧中的其他角色甚至连一些穿插式的次要人物都有鲜明的个性。作者在塑造人物时，特别注意创造不同的环境去衬托和表现不同人物的性格特点。剧中比较典型的环境有3个，即净修林、宫廷和仙界。它们各有各的风格和特色。在这不同的环境中，各个人物与环境浑然一体，即使同一人物在这3个不同的环境中也有不同的表现，各有其趣，各尽其妙。

再次是语言丰富多彩，清新优美，富于抒情性。剧中人物的语言都是个性化的，鲜明地表现了人物的内心变化和性格特征。表现净修林生机勃勃而又和平宁静，形容奔马、蜜蜂及第四幕日落日出时的景色描写等都充满诗情画意，妙语连珠。在印度流传这样一首民谣："韵文最美的是英雄喜剧，在英雄喜剧中《沙恭达罗》要数第一；《沙恭达罗》第四幕又在全剧好得出奇，第四幕中有四首诗无与伦比。"

《沙恭达罗》在世界文坛享有盛誉。它曾被译为多种文字广为流传。18世纪《沙恭达罗》传入欧洲后，立即受到许多欧洲大作家的极力称赞。歌德和席勒对其尤为推崇。歌德读了《沙恭达罗》之后，立即赋诗赞美它"春华瑰丽，亦扬其芬"，说看了《沙恭达罗》以后，"不知道世界上还有什么更美的东西"，并从《沙恭达罗》的"序幕"中受到启示，在其《浮士德》中增添了一个"舞台序曲"。席勒甚至认为："在古代希腊竟没有一部诗剧能够在美妙的女性的温柔方面，或者美妙的爱情方面与《沙恭达罗》相比于万一。"

## 第三节　紫式部

紫式部（978—1016）是日本平安时期的女作家，其《源氏物语》代表了中古日本文学的最高成就，并被公认为世界文学史上第一部成熟的现实主义长篇小说。

## 一、生平与创作

紫式部本姓藤原,名字不详,紫式部只是其代称:"紫"是由于她在《源氏物语》中塑造了理想的女性形象紫姬,"式部"则来源于她父、兄所担任的"式部丞"的官职名。紫式部出身于中等贵族家庭,其曾祖父、祖父、伯父和兄长都是著名歌人,父亲兼长汉诗与和歌,对中国古典文学很有研究。紫式部自幼随父学习汉学,熟悉先秦以来的中国古代文献,特别对唐代白居易的诗歌有深厚造诣。她还精通音律、佛典,其思想观念深受儒学和佛教的熏陶。家道中落后,紫式部秉承父命,嫁给比自己年长20多岁的地方官藤原宣孝,当时藤原已有三个妻子。婚后不到三年,丈夫去世,紫式部只身带着幼女稚子过着凄凉的寡居生活。后来她应召入宫,做了一条天皇中宫彰子的侍从女官,给彰子皇后讲解《日本书纪》和《白氏文集》,其才华受到赏识。

紫式部生活于平安时代,这是日本历史上较为特殊的一个时期。公元794年,日本皇室迁至平安京后,社会曾有过百余年的稳定时期。后来天皇的实权落在大贵族藤原氏家族手中,于是出现持续两百余年的"摄政关白"时代,史称"摄关政治"时代。"摄政关白"的意思是:天皇年幼时,替天皇代政的最高职务称"摄政";天皇成年亲政后,作为天皇监护人而协助天皇执政的职务称"关白"。摄关政治实际上是外戚执掌大权的政治,所以取得外戚地位是平安朝历代贵族争得最高权力的手段。外戚藤原氏为巩固摄关地位,形成一种惯例:将自己家的少女举为皇后,一旦生下皇子,就迫使天皇退位,让皇子登基,以便扶持幼小的天皇来独揽朝纲。由于一夫多妻,藤原家族不断繁衍盈升,而摄关在一个时期内只能是一个,因此,藤原氏的各支派之间,为使自己的女儿获得天皇的宠爱以便生下皇子,竞相收罗名门才女担任自己女儿的侍从女官,辅导她们学习和歌,进修汉学,弹筝练琴,以获得贵族女子的高度教养,抬高身价。受这种形势的影响,日本历史上出现了一个特别重视妇女修养、教育的时代,才女辈出。与紫式部大约同时的才女还有和泉式部、清少纳言、道纲母等,她们分别写有《和泉式部日记》、《枕草子》、《蜻蛉日记》等。紫式部所生活的时代可以说是日本的女性文学时代。

寡居的生活使紫式部对一夫多妻制下日本妇女的可悲命运有着切身的体验,为她描绘妇女命运提供了充实的生活基础。侍从女官的身份又使她经常和上层贵族接触,对宫廷生活的各个方面都有着深刻的了解。紫式部的创作带有鲜明的个人经历色彩,同时也与当时的文学发展有关。在平安时代,散文文学尤其是物语文学十分流行,在紫式部之前,已经出现了一批初具规模的物语作品,这为紫式部的创作提供了借鉴。另外,日本民族假名文字的问世,特别是首先为妇女熟练运用,也为紫式部的创作提供了有效的表达工具。

紫式部的创作还与她进步的文艺观有关。在《源氏物语》中,紫式部多次谈到自己的美学观念。她认为《日本书纪》那样的作品"只不过表现了局部的真实"。她对神话一类远离人间现实生活、虚无缥缈的作品颇有微词,认为作品是作家有感而发,对"世间的真人真事","观之不足、听之不足,但觉此种情节不能笼闭一人心中,必须传告后世之人，于是执笔写作"，其效果，应给人感染，使人"动心"。

紫式部一生短促，流传至今的作品除《源氏物语》外还有《紫式部日记》、《紫式部家集》等，体裁涉及随笔、日记、小说、诗歌。《紫式部日记》为紫式部在宫廷供职期间所写，大约包括从1008年秋季到1010年春天的宫廷见闻和感受。日记中描述了宫中种种生活情景和事件，如对宫中庆典、饮宴以至彰子回娘家生孩子的经过等，都作了真实的反映。《紫式部日记》情感质朴，语言优美，是平安时代日记文学的代表作之一。《紫式部家集》则主要是她整理编订的自己家族的诗歌集。

## 二、《源氏物语》

《源氏物语》是紫式部的代表作，是日本文学史和世界文学史上最早的长篇写实小说。

### （一）情节结构

《源氏物语》大约成书于1007—1014年之间。"物语"是日本文学的一种体裁，有语说物事的意思，可解释为故事或杂谈。《源氏物语》全书共54帖（回），近100万字。小说故事涉及3代天皇，历时70余年，出场人物400余人，其中主要人物近40人。前44回以光源氏为主人公，写其情场角逐及宦海沉浮。光源氏先后追逐空蝉、六条妃子、夕颜、末摘花等女子，娶葵上、紫姬、三宫为妻，与继母藤壶私通，并曾受宫廷权贵排挤，谪居须磨，后来发现自己的侄儿柏木与自己的正夫人三宫（三公主）有私情。三宫生下薰君，酷似柏木，感到自己的乱伦终于受到报应，在紫姬死后，看破红尘，遁入空门。小说暗示，不久之后他也在无声无息中死去。后10回以其名义上的儿子薰君为主人公，主要写薰君的情场生活。由于后10回的故事主要发生在"宇治"地方，又称为"宇治十帖"。

《源氏物语》主要通过对光源氏及其周围女性生活的描写，反映了平安王朝宫廷生活的各个方面。作者透过高贵浮华的宫廷生活表面，看到了淫荡糜烂的生活方式给贵族自身带来的悲剧结局，深刻展示了贵族之间及宫廷内部的尖锐矛盾，揭示了贵族阶级精神颓丧的过程，客观反映了一夫多妻制下广大日本妇女的悲惨命运，奏响了日本平安时代大贵族专制统治必然衰亡的哀歌。

### （二）人物形象

光源氏是小说描写的中心。他相貌出众，降生时便有"人间少有，清秀如玉"的面容，相士也断定他"分明该做一国之君，宜登帝王之位"。他不仅容貌俊美，风度翩翩，而且才华横溢，琴棋书画无所不精，浅吟曼舞样样称绝，聪明颖悟，盖世无双，是一位人见人爱的风流才子。作者在理想与现实的矛盾中塑造光源氏这一形象。他追奇猎艳不分对象，上自高贵的皇妃下至低贱的贫民女子，这也正是当时贵族社会放纵、淫荡生活的真实写照。同时作者又希望他风流倜傥、温文尔雅、多情善感、有始有终，能够真正地关心妇女的命运。在花费大量笔墨描绘光源氏情场猎艳生活的同时，作者也写到他在官场上的浮沉起落。光源氏由于生母出身低贱，缺乏外戚后援，虽有帝王之相而不得不被降为臣籍，纵然满腹经纶也只能随着政治斗争的风浪起伏不定。在错综复杂、你死我活的宫廷斗争中，光源氏不重名位与权势，自动贬谪穷乡僻壤，表现出宽容忍让、与人为善的态度。一旦重新得势，光源氏又不计前嫌，并违背真正心愿，接受朱雀帝的请求，娶女三宫为妻，试图通过联姻化解政治冲突，结果却自取其辱。作者将更多的政治、道德、人格理想赋予光源氏，以寄托自己对理想贵族的向往。在光源氏身上，政治上的软弱无力与为人处世的圆滑、世故，情场上的放荡不羁与柔情蜜意，生活上的豪华奢侈与悲观厌世，都十分矛盾而集中地体现了出来。作者通过光源氏的一生，既表现了自己的人生理想，又揭示了贵族阶级从繁盛走向衰落以致精神崩溃的历史过程。

作者还用女性特有的细腻感触和视角塑造了一群栩栩如生的妇女形象，空蝉、夕颜、紫上、六条妃子、末摘花等一个个与光源氏的渔色生活发生关系的女子，都给读者留下了鲜明的印象。她们身份不同，性格各异，但是在一夫多妻的婚姻制度下，没有一个能够得到爱情的欢乐与家庭的幸福，无一例外地充当了贵族男子泄欲的工具。作品通过光源氏及其他贵族男子玩弄女性的描写，客观地揭示：一夫多妻制在剥夺了妇女所有权利的同时却给予了贵族男子可以随意对待女性的权利。他们可以毫无节制地另寻新欢，一娶再娶，而妇女要么被遗弃，要么只能靠拼命争宠来维持自己的地位，要么彻底丧失自我，完全迎合贵族男子的审美道德标准，甚至不能有自己的喜怒哀乐。就连出身皇族的藤壶也免不了出家为尼的下场；紫上这样备受宠爱、十全十美的理想贵夫人也因不堪妒恨而悲泪独弹，对光源氏所作所为只有忍气吞声，最后正值盛年而在抑郁中死去；六条妃子纵有如花似玉、出类拔萃的美貌也免不了被抛弃的命运。几乎所有女性的归宿都是要么出家，落发为尼；要么死亡，无声无迹。

《源氏物语》是一部日本平安时代贵族社会的兴衰史和妇女命运的悲惨史。小说中的人物，无论是贵族统治者，还是受迫害的妇女，他们的结局不是死亡便是出家。这种处理一方面固然反映了作者对现实的不满、厌弃和批判，另一方面也表现出作者因找不到出路而对现实和人生所产生的幻灭感和逃避心理。佛教的宿命论和因果报应、无常变幻、苦海浮生、往生净土的思想对作者的影响很深。

**（三）艺术特色**

第一，主干单纯，支脉清晰。《源氏物语》不仅形象生动地展现了平安王朝宫廷贵族的情欲画卷，塑造了一系列鲜明的人物形象，而且以丰富多彩的内容广泛展示了当时的贵族文化景象和上流社会的生活风情，作者的描述有着相当扎实的生活基础。作者没有着意安排某个情节或故事线索，而是采取时光更迭、光阴流转的自然顺序，一切均以主人公光源氏为中心展开，主干单纯而集中，支脉清晰而丰富。作为世界文学史上第一部长篇写实小说，《源氏物语》的结构手法具有开创意义。

第二，心理描写细致入微。作者擅长运用细致入微的心理描写来揭示人物复杂丰富的内心世界，塑造人物形象。比如光源氏一生风流，他对不同的女子所用的心思和手段都可以通过他的内心活动得到表现，而其最终的"云隐"结局也自然地与其内心认为

"出家入寺，勤修佛法，既可以为后世增福，又可使今生消灾延寿"紧密相连。女主人公紫上在作品中是一个少言寡语、没有很多行为的人物，作者几乎完全用心理描写来展示这一人物的精神世界。她的外表、动作，她做的每一件事都是那样雍容华贵、忍让顺从，而其心情的抑郁、精神的痛苦则在心理描写手法上得到真切的展示。尤其是紫上对夕雾与落叶公主偷情一事所发的"女人持身之难"的慨叹，堪称说出了平安朝众多日本妇女的心底话。还有藤壶女御与光源氏发生乱伦关系后，灵魂深处欲爱不能、欲罢不忍的矛盾心理和苦恼，六条妃子既想得到光源氏专宠又对其无能为力的凄苦心态，浮舟既爱薰君又因亲王的逼迫而绝望的情感活动，等等，都很精彩。《源氏物语》十分成功地写出了人物丰富而多层次的精神世界，堪称一部颇具规模的心理小说。

第三，景物描写出色，语言优美典雅。《源氏物语》的景物描写也是相当成功的。春、夏、秋、冬，清晨、正午、黄昏、夜半，花、鸟、虫、鱼，日、月、山、川，这些生动细致的景物与人物的性格表现、情感的流露、命运的变迁及社会环境的发展变化紧密相关，充分体现出日本文学追求优美、崇尚"物哀"与"幽玄"美学境界的民族特色。《源氏物语》的语言优美典雅，透露着一股缠绵的幽情。紫式部用当时新创造出来的日本假名文字进行创作，共使用了一万二千多个词汇，为后世作家树立了典范，为日本语言特别是文学语言的丰富和发展做出了重要贡献。

第四，大量化用白居易的诗文和中国文化典故。据不完全统计，小说引用白居易诗歌共100余处。开篇第一帖就引入了《长恨歌》的故事和情境，整部小说可以说是对《长恨歌》中"重色—钟情—别离—长恨"这支旋律的反复变奏。白居易的《李夫人》《陵园妾》《上阳白发人》等众多诗歌中的诗句、意象遍布于《源氏物语》之中。作品还引用了中国古代的《论语》《老子》《庄子》《韩非子》《战国策》《文选》《史记》《汉书》等书中的典故与语言。这显示了紫式部高深的汉诗文造诣，也说明中国古代文化、文学对日本文化、文学发生了巨大影响。

《源氏物语》是日本古典文学的高峰，对后世日本文学产生了深远影响。日本历代作家都把《源氏物语》奉为经典，日本文学中具有民族特征的唯美感伤风格即"物哀精神"，就是由《源氏物语》光大弘扬起来的。

# 第四节　《一千零一夜》

《一千零一夜》是中古阿拉伯民间故事总集，规模宏大，内容丰富，流传广远，被高尔基誉为世界民间文学史上"最壮丽的一座纪念碑"。

## 一、《一千零一夜》的形成与故事来源

《一千零一夜》的形成发展过程经历了漫长的8个世纪。《一千零一夜》的名称出自

这部故事集的第一个故事。相传在古代印度和中国之间的海上有一个岛国叫萨桑国。国王山鲁亚尔发现王后和妃子"不贞",杀死她们后,国王每夜都要新娶一个少女,翌晨杀掉。"百姓受此威胁,十分恐怖,都带着女儿逃走。可是国王照例追令宰相替他寻找女子,供他虐杀。当时的妇女,不是死于国王刀下,便是逃之夭夭。城中十室九空"。宰相的女儿山鲁佐德为了使无辜妇女免遭屠戮,自愿嫁给国王。她用讲故事的方法,引起国王兴趣而暂不杀她,这样夜复一夜直至连续讲了一千零一夜,大都是劝善惩恶的故事,最终国王被感化,与她白头偕老。《一千零一夜》实际上并没有一千零一个故事。按阿拉伯人的语言习惯,在一百或一千之后加一,旨在强调其多。据阿拉伯原文版统计,全书共有134个大故事,每个大故事又包含若干个中故事、小故事,以山鲁佐德讲故事作为发端,组成一个庞大的故事群。

《一千零一夜》实际上是由阿拉伯及其附近地区的各国人民集体创作而成。早在公元6世纪,印度、波斯等地的民间故事就流传到伊拉克、叙利亚一带。公元8世纪中叶到9世纪中叶是阿拉伯帝国的鼎盛时期。此时,阿拉伯民族固有的文化受到被其征服的叙利亚、埃及、两河流域和波斯等地文化的影响,又吸收希腊和印度的古代文化,创造出中世纪阿拉伯灿烂的新文化。《一千零一夜》于此间开始出现流传的手抄本,后来经过许多增补整理,大约到16世纪在埃及基本定型。

《一千零一夜》的故事,核心部分是波斯故事集《赫佐尔·艾夫萨乃》(即"一千个故事"),最初可能来源于印度,由梵文译为古波斯文再转译为阿拉伯文。第二部分,源于伊拉克,即以巴格达为中心、10—11世纪编写的阿拔斯王朝特别是哈伦·拉希德统治时期的故事。第三部分,源自埃及麦马立克王朝时期流传的故事。这些不同来源的故事都经过阿拉伯人的融化和再创作,成为阿拉伯民间文学的有机组成部分。

《一千零一夜》展示了中古时期阿拉伯社会生活真实而生动的图景,栩栩如生地描绘了各阶层人们的生活面貌、习俗风尚。其故事背景广阔,涉及亚、非、欧几大洲。它们体裁多样,包括神话传说、格言谚语、寓言童话、轶事掌故、战争历史、婚姻恋爱故事等,涉及上至帝王将相、下至童仆奴婢、三教九流各个阶层的人物,还有形形色色的神仙魔怪,堪称中古阿拉伯社会的百科全书。

## 二、《一千零一夜》的故事类型和思想内容

《一千零一夜》生动、忠实地反映了劳动群众对于美好生活的憧憬与追求。整个内容贯穿着真善美与假丑恶的斗争,揭露统治阶级贪婪丑恶的本性,赞颂人民在与邪恶势力斗争中表现的聪明才智。斗争的结局总是善与美战胜恶与丑,从而鲜明地表达了劳动人民的感情与倾向。

第一个故事《国王山鲁亚尔及其兄弟的故事》有联结所有故事的结构作用,也是全部故事内容的一个纲领。国王山鲁亚尔残暴荒淫,嗜杀成性。山鲁佐德挺身而出,最后正义善良战胜了邪恶。山鲁佐德的胜利显示出人民群众的是非观念和机智勇敢的品质。

代表正义的正面人物大多是朴实善良、机智勇敢、刚毅正直的普通劳动者。他们有高尚的品德，在与邪恶势力的斗争中表现出惊人的智慧和想象力。《渔翁的故事》里的渔翁、《阿拉丁和神灯的故事》里的阿拉丁、《女人和她的五个追求者的故事》中的聪明女人、《白侯图的故事》中的奴隶白侯图以及《阿里巴巴和四十个强盗的故事》中的女仆马尔基娜等形象，都给人留下生动深刻的印象。

《一千零一夜》中有大量关于婚姻恋爱的故事，从男女主人公对幸福爱情的执着追求中反映了他们对美好生活的热烈向往。作品中的爱情故事，有的写王子与公主之间的爱情，有的写穷人、奴仆与商人、贵族之间的爱情，有的写凡人和仙女之间的爱情。很多这类故事突破了国家、民族、阶级、宗教的界限，表现了进步的爱情理想，表达了有情人终成眷属的美好愿望。如《乌木马的故事》描写一个太子同一个公主间曲折的爱情。太子历尽千辛万苦寻找公主，而公主爱上太子后也经受了种种磨难，但始终坚守自己的誓言，最后幸福结合。在这类故事中，富有反抗行动和叛逆精神的女性形象十分动人。《尔辽温丁·艾彼·沙蒙特的故事》中的女奴亚瑟美娜，为了忠于爱情，拼命抵抗企图霸占她的省长的儿子，决心与他同归于尽。《努伦丁和玛丽亚的故事》热情赞扬玛丽亚的叛逆性格和对爱情的追求。玛丽亚原是希腊国王之女，不幸沦为奴隶，但她从主人那里争到了由她自己选择买主的权利。在奴隶市场上，她骂走了那些把她当玩物的商人，而对埃及商人之子努伦丁一见倾心，最后终于冲破重重阻挠，来到异乡，与努伦丁欢聚。《巴索拉银匠哈桑的故事》是这类故事中最出色的一篇。银匠哈桑爱上仙女买娜伦·瑟诺玉，思念成疾。后来他在义妹七公主的授意下，偷走了瑟诺玉的羽毛衣，使她不能飞翔而留在凡间同自己结为夫妻，并生下两个儿子。几年后，瑟诺玉思念家乡，趁哈桑远行，用计从婆母那里骗取到羽毛衣，化作飞鸟，驮着两个儿子飞回瓦格岛。哈桑悲痛欲绝。为了寻找爱妻和两个儿子，他跨过七道深谷，渡过七个大海，闯过七座高山，穿越飞禽地带、走兽境界和鬼神世界，来到瓦格岛的第七个岛上。在仙人帮助下，他得到了魔帽和仙杖，救出妻子和儿子。而瑟诺玉也无比忠于爱情，顽强地承受其父（神王）、其姐（女王）的万般折磨，毅然地抛弃神界的享乐生活，与哈桑重返人间。在一夫多妻制的中古阿拉伯社会里，妇女地位十分低下。《一千零一夜》对自由的爱情、自主婚姻的歌颂，具有反封建、反宗教的特殊意义。男女主人公对幸福和爱情的热烈追求，表现了人民摆脱封建束缚、争取美好生活的强烈愿望。

《一千零一夜》还真实地描绘了人民群众的现实处境与命运，诉说了他们的苦难与不幸。《三个苹果的故事》中的老渔翁生活极其穷困潦倒，他哀叹："如此惨淡生活，比睡在坟墓里还差得多。"《渔翁的故事》中的渔翁更是"衣食的来源已经断绝"。《辛伯达航海旅行的故事》中的脚夫辛伯达终日疲于奔命，压在肩上的担子却越来越重。《一千零一夜》没有仅仅停留在反映广大人民群众的疾苦和对现实生活的不满上，而是深刻地揭示了人民苦难的根源，批判的矛头直接指向统治阶级，尤其是最高统治者哈里发。哈里发、宰相和地方官勾结，夺人妻女（《一对牧民夫妇》），霸人财物（《商人艾尤布》）。

国王、宰相、省长、法官不约而同地要调戏一个向他们申冤的女子（《女人和她的五个追求者的故事》）。哈里发的儿子欲强娶美貌的民女（《第二个巴格达女人》）。哈里发的代理人用诡计骗走良家妇女，呈献给哈里发并谎称是花了一万金币买来的，既讨好主人，又赚了大钱（《聂尔曼和诺尔美的故事》）。大骗子受到哈里发的重用、晋升（《戴黎冬和载白玉乃母女的故事》），法庭昏聩残忍、草菅人命（《驼背的故事》）。在《死神的故事》中，翁顿大帝的小儿子尚多德异想天开，为建人间天堂，从搜刮金银矿石到最后"天堂"建成花费了几十年时间。高耸入云的堡垒周围全是巍峨壮丽的宫殿，城内楼阁、屋宇、街道都是用金砖银砖铺砌，屋宇的柱子是用橄榄石、钢玉石做成，装饰点缀着彩色珍珠、宝石、钢玉、橄榄石等，用番红花、龙涎香、麝香等香料制成球丸和着珍珠红玉当泥土铺满大地，用黄金铺砌水池，用白银铸造蜿蜒曲折的河床。正当城堡修成准备迁居之时，突然雷电轰鸣、山洪暴发，"横征暴敛、赫赫不可一世的尚多德大帝和他那些刚愎自用、无恶不作的僚属，以及他那骄奢淫荡的眷属们不被雷劈电触，便叫山洪吞没，都同归于尽，化为乌有"。那座辉煌的城堡作为尚多德罪恶的见证永远留了下来。

《一千零一夜》中有大量描写商人形象和商业生活的故事。中古阿拉伯帝国横跨亚、非、欧三洲，交通便利，城市繁华，商业发达，贸易繁荣。反映商人生活和海外冒险的故事成为《一千零一夜》的重要内容。中古阿拉伯商人冒险远航经商的精神反映了当时人们追求财富的普遍心理。海外贸易既促进了阿拉伯帝国的经济繁荣，也满足了统治阶层的物质享受需要，因而受到帝国的保护与支持。中古阿拉伯帝国商人受到社会的普遍尊重与羡慕，经商成为发财致富乃至谋取高位的捷径。《一千零一夜》的许多故事描写发达的商业城市，反映了当时的市场体制、规则和商人心态，展现繁荣的商业经济与形形色色的商人生活。《商人阿里·密斯里的故事》写富商的儿子阿里·密斯里把家产荡尽后外出流浪。有一天，他在巴格达的一个经常闹鬼的凶宅里过夜，得到大批黄金，全家享尽荣华富贵。

《辛伯达航海旅行的故事》是商人故事的代表。辛伯达是积极发展海外贸易的商人典型。他出生于富商之家，从小接受经商谋利、发财致富的教育。他将父亲的遗产挥霍殆尽之后，幡然醒悟，下决心去远方经商再创财富。他先后7次航海旅行，远涉重洋，最远到过印度、中国。虽然辛伯达每次远航都惊心动魄，每次都是死里逃生，但他每次都得到大量财宝，回家后就过起了奢华享乐的生活。他总有一种不畏艰险、不安于现状的强烈的致富冲动，对异地风光的向往也是促使他一次又一次地到海外去旅行冒险的思想动力。作为一个不知疲倦的冒险家，他具有顽强的毅力和超人的智慧，每一次面临巨大的灾难甚至身陷绝境，他都凭借智慧、力量和顽强的斗争化险为夷。无论遇到什么艰难险阻，他都坚信"任何灾难总有个尽头"；在濒临死亡的危急关头不灰心、不畏缩、不等待，而是积极行动。正如他所说，他的幸福与地位"是从千辛万难、惊险困苦的奋斗中得来的"。辛伯达身上所反映的不息的探索精神与顽强的进取精神体现了中古阿拉伯商人创业时期的性格特征。辛伯达在不断积累财富的同时，也如饥似渴地探索新知识，反映了中古阿拉伯商人探求新世界、开发新航路的精神和功绩。《辛伯达航海旅行的故事》在宣扬商人的唯利是图、损人利己和贪得无厌方面也是赤裸裸的。他在第四次航海经商归来后向人吹嘘："弟兄们，你们要知道，我第四次航海旅行归来，赚了许多钱财，因此尽量吃喝、享受，沉溺在嬉戏、寻乐的生活中，过去旅途中的各种惊险、颠危的遭遇忘得一干二净。后来时过境迁，经不起欲望怂恿，老想往海外去经营、游览。"伴随财富追求而形成了自私残忍的性格。他在一个岛国娶的妻子死了，他被扔进一个大坑作陪葬。当他快饿死的时候，恰好有一个陪葬的妇女也被扔进这个坑洞，于是他打死她，把她陪葬的饮食据为己有。从此辛伯达靠杀死陪葬的人、夺取他们的饮食维持自己的生命，并收集许多陪葬者穿戴的珍珠、宝石、金银等名贵首饰，最终设法逃出坑洞。这样的故事无疑暴露了原始积累时期的商人贪婪、自私、残忍、唯利是图的本质，为辛伯达自己所说的"人性是贪得无厌的"作了最形象的说明。《辛伯达航海旅行的故事》是通过两个辛伯达——航海家辛伯达和脚夫辛伯达的相遇展开的。他们两人的经历构成鲜明的对照：一个航海经商，结果每次都赚来惊人的财富；一个在陆上谋生，结果落得贫穷困顿，潦倒一生。这样的对比耐人寻味。

### 三、《一千零一夜》的艺术特色

《一千零一夜》是阿拉伯文学史上最早的也是最优秀的一部以刻画人物形象为主的民间故事集。《一千零一夜》具有很高的艺术性，其特点主要体现在如下几个方面。

第一，富有浓郁的东方情调和浪漫主义气息。它以绚丽多姿的笔触勾画出中古阿拉伯社会的面貌。举凡嫁娶、丧葬、宗教礼仪、生活习俗、风土人情都得到生动的描写，都充盈着浓郁的东方情调。蒙面纱的女郎、戴缠头的商人、珍珠翡翠、麝香龙涎、对安拉的敬畏崇拜等，把读者引入中古时期阿拉伯特有的背景气氛中。故事不仅反映了富于生活气息的现实社会，而且还构想出了一个充满浪漫色彩的神话世界，关于神灯、飞毯、魔戒、乌木马的奇思异想同真实的人情世态的描绘奇妙地结合在一起。

第二，大故事套小故事的包孕式结构。开篇第一个故事是一个总纲性的故事，后面是大故事套中故事，中故事套小故事，小故事底下还有分支故事。故事有的重叠，有的平行，每个故事既相对独立，又上下衔接、前后呼应，形成互相绾连的整体。如《国王太子和将相妃嫔的故事》连锁插入了七个大臣和太子、妃子所说的18个小故事。《驼背的故事》引出4个枝节横生的小故事，再由第四个小故事引出6个更小的故事。这种大故事套小故事的包孕式结构起源于印度的《摩诃婆罗多》、《五卷书》等作品，是东方古代文学特有的结构方式，后来被很多西方作家模仿，如薄伽丘的《十日谈》、乔叟的《坎特伯雷故事集》等。

第三，运用鲜明对比的手法突出人物性格的主要特征。真善美的形象总是同假恶丑的形象形成对照，互为反衬。如《阿里巴巴与四十个强盗》中勤劳、聪明、朴实的阿里巴巴与狠毒、贪婪、妒忌的哥哥的对比，阿里巴巴之妻与阿里巴巴之嫂的对比，女仆马

尔基娜与强盗的对比等。其他故事中还有统治者哈里发和渔夫哈里发、脚夫辛伯达和航海家辛伯达、睡着的人和醒着的人的对比等。这些对比中蕴含着民间说书艺人的情感倾向，对突出人物性格以及加强故事感染力起了很大作用。

第四，大量运用韵散交错、诗文并茂的表现手法。在叙事写景方面以通俗易懂的白话文为主，在一些情节的关键点或重要的场景中又夹杂人物的吟歌和吟诗，这些歌、诗大都有突出主题思想、宣示褒贬态度的意义。整体看来，《一千零一夜》的语言基本上都是经过加工提炼的人民群众的口头语言，优美流畅，通俗易懂，生活气息浓郁，穿插了很多体现民间智慧的谚语、俚语。

《一千零一夜》在世界各国广泛流传，产生了深远的影响。大约在十字军东征时期，《一千零一夜》的故事传到欧洲。欧洲的音乐和绘画里有《一千零一夜》的深深印迹。薄伽丘、乔叟、塞万提斯、莎士比亚、歌德等人的创作都直接或间接地受到它的影响。

下 编 亚非文学

# 第十四章 近现代文学

亚非中古文学史延伸到了19世纪初,所以近代文学的时间很短,仅半个多世纪。现代这一段如果看成两次世界大战之间的时期,就更短了,所以亚非文学史往往将近代、现代合并。亚非各国的近现代文学有着基本一致的价值取向:吸收消化西方的先进文化,弘扬民族的优秀传统,建立起具有各自民族特色、体现近现代精神的新文学。但亚非各国的民族文化和文学传统的差异使得它们在对待西方文化和民族传统上有不同的态度,文学的发展也有不同模式。

## 第一节 概述

### 一、亚非近现代文学的产生背景和基本特征

东方国家的近现代历史是被西方殖民主义者侵略、奴役和各国人民反侵略、反奴役的历史。殖民主义的入侵也加速了东方人研究西方、接受西方资本主义的价值观、吸收西方近现代思想文化成果的进程。除日本于1868年"明治维新"后走上了资本主义道路外,其他亚非国家和地区几乎全部沦为殖民地或半殖民地。因此,近现代亚非各国人民反对殖民主义、帝国主义和封建势力,争取民族独立和民主自由的斗争,便必然成为这一时期文学中所反映的基本主题。

这一历史时期中,西方思想文化给予东方文学多方面的影响。殖民统治者在进行政治奴役和经济掠夺的同时推行吞并东方传统的文化政策,宣传"欧洲中心主义",把西方殖民主义者对东方的侵略美化为白种人向未开化的野蛮世界传播文明。但同时,随着东方国家的大门被打开,西方各种文化成果纷纷传入东方,给东方国家带来政治、经济、文化等多方面的变化。各种社会思潮的纷纷涌入,扩大了东方各民族的思想视野。资产阶级自由、平等、博爱的思想对长期处于封建专制统治之下的东方民族产生了积极的启蒙作用,人性、人权意识和个性、自主精神不断增强,人的价值逐渐受到重视,个体的人在日常社会生活中占有越来越重要的地位。西方工业文明的传入也在很多地方改变了东方民族的生活形态。城市获得了发展,报纸开始兴起,文化的传播媒介增多。这时期不少东方作家都有过留学西方的经历,东西方文明的撞击震荡着他们的心灵,又通过他

-405-

们的创作反映在文学发展的进程中。在文学的思想渊源、表现方式及成就影响等方面，西方文明的传播为东方近现代文学的发展提供了特定的基础。

从社会心理来看，殖民主义的枪炮震醒了闭关锁国的东方人的头脑，使他们不再夜郎自大，意识到了自己的落后，进而产生了要求变革的社会心理。资本主义高度发达的经济以及帝国主义强大的国力促使东方国家反思，不同程度地激发东方国家的仁人志士开始探索民族的出路。旧的传统观念、陈规陋习受到严重冲击，东方国家普遍存在渴求发展、变革的社会愿望，文学在某种程度上充当了表达这种愿望的工具。

在上述社会历史条件下产生的亚非近现代文学表现出如下特征。

第一，具有鲜明的政治倾向性和社会鼓动作用。大多数进步作品的中心内容是反映东方各国人民同殖民主义、帝国主义和封建专制势力之间的矛盾，描写人民的苦难和不幸，揭露资本主义社会的虚伪和丑恶，表现人民群众的觉醒和斗争。

第二，在发展过程中受西方各种思潮的影响很大。很多东方国家在这段时期中文学社团林立，流派众多，变幻不定。尤其是在日本，这种现象十分突出。一些受西方文学影响形成的文艺思潮，如现实主义、浪漫主义、自然主义、唯美主义等，在短时间内很快流行起来，又很快消失。

第三，作家作品数量剧增，社会反响热烈。这在日本文学、印度文学、阿拉伯文学中都可以清楚地看出。职业作家成批出现，这个现象具有特殊的意义，一方面表明作家与文学在现实生活中取得了日益重要的地位，另一方面也表明作家们已具有独立的政治、经济地位，有了独立的人格及精神世界，成为传递时代进步声音的代言人，对东方民族的思想启蒙及社会革新运动起到了积极的舆论先导作用。

第四，文学的内容和形式都进行了重大的革新。东方近现代文学在亚洲各民族文学发展史上具有重大的转折意义。它突破了中古文学的某些陈规和传统，创造了很多新的文学样式，如日本的政治小说、私小说，朝鲜的新小说，印度的政治抒情诗等，开始从脱离实际的古老而陈旧的题材转向描写平民的现实生活，反映重大的斗争。

总而言之，东方近现代文学是在西方文化的影响下发展起来的，但它深深植根于本民族的文化传统之中，在东方文学发展史上具有承前启后、继往开来的作用。

## 二、亚非近现代文学发展概况

在亚非近现代文学中，日本、印度和埃及的文学很有代表性。特别值得关注的是，20 世纪前期，撒哈拉以南非洲文学在特殊的机遇和条件下突然崛起，成为东方文学史和世界文学史上前所未见的重要文学现象。

### （一）东亚近现代文学

日本是东方第一个自觉地大规模引进西方文化并走上资本主义道路的国家。1868 年明治维新以后，在西方文化的深刻影响下，经过近 20 年的思想启蒙，1885 年坪内逍遥（1859—1935）发表了日本近代第一部文学理论著作《小说神髓》，标志日本近代文学的诞生。此后，二叶亭四迷（1864—1909）和森鸥外（1862—1922）分别创作《浮云》（1887）和《舞姬》（1890），相继为日本近代的现实主义文学和浪漫主义文学的发展开拓了新路，但当时没有形成气候。到19世纪与20世纪之交的自然主义文学运动兴起时才真正在文学创作和理论上完成日本古典文学向新文学的过渡，在文学观念、表现手法、文体样式诸方面摆脱了传统文学的束缚，同时又从对西方文学的模仿中走向民族化，形成以写身边琐事见长的"私小说"这一现代日本文学的主体形式。"私小说"的代表作是田山花袋（1871—1930）的中篇小说《棉被》（1907）。作品直率地表达中年男子对年轻女性的爱慕和情欲，同时表现由此而引起的受世俗约束的烦恼、痛苦和悲哀，展示性苦闷之下的情感以至信仰危机。《棉被》被誉为"日本国民必读经典作品"。之后的三四十年间，日本文坛相继出现众多文学思潮流派，包括：以永井荷风（1879—1959）、谷崎润一郎（1886—1965）为代表的唯美主义；《白桦》同人武者小路实笃（1885—1959）、志贺直哉（1883—1971）、有岛武郎（1878—1923）形成的白桦派；以芥川龙之介（1892—1927）、菊池宽（1888—1948）为首的新思潮派；以小林多喜二（1903—1933）、德永直（1899—1958）、宫本百合子（1899—1951）为代表的无产阶级文学；以川端康成、横光利一（1898—1947）等为代表的新感觉派；以伊藤整（1905—1969）、堀辰雄（1904—1953）为代表的新心理主义。而代表日本近现代文学突出成就的是夏目漱石、岛崎藤村、芥川龙之介、谷崎润一郎等人。

岛崎藤村（1872—1943）是自然主义文学的代表作家。早期他以浪漫主义诗歌登上文坛。其早期诗集《嫩菜集》（1897）、《夏草》（1898）、《落梅集》（1901）等以清新典雅的语言和流畅的旋律抒发青春的苦闷和对理想的追求，表现青年觉醒和反抗封建束缚的主题，开创了日本近代抒情诗的传统。在自然主义文学运动中，岛崎创作了取材于自身或家庭、亲朋日常生活的《春》（1908）、《家》（1910）、《新生》（1919）等自然主义小说。代表他最高成就的是具有社会倾向的自然主义小说《破戒》（1905）。小说叙述出身贱民的小学教师濑川丑松严守父亲的临终告诫，隐瞒自己的贱民出身。但因受近代人权观念的鼓动和现实生活的刺激，他终于向社会挑战：公开自己的贱民身份。这是他自我意识的觉醒和对封建等级制度残余的反抗。小说具有深刻的社会内涵。小说采用自然主义常用的自我"告白"方式，抒写"觉醒者的悲哀"，体现了日本自然主义特有的纤弱和感伤风格。《破戒》既是日本近代文学成熟的标志，又是日本自然主义文学的奠基之作。

芥川龙之介是日本近现代短篇小说巨匠。在短暂的13年创作生涯中，他留下148篇中短篇小说。芥川主张理智地分析现实、艺术地反映现实，追求作品的深度和表现技巧的完美。他的作品以独特的视角探讨人生和人性主题。其成名作《罗生门》（1915）借古代京都罗生门下弱肉强食的一幕特写表明为求生而损人利己是人的本能，情节诡异奇特。"罗生门"后来成了诡谲事件的代称。其小说《鼻子》（1916）通过高僧禅智内供鼻子大小的变化引起人们不同的讨论及当事人内心的复杂感受，表现社会评价对个人心理的扭曲以及个人得不到社会认同的孤独与困惑。其后期代表作是《河童》（1927）。"河童"是日本民间传说中的一种两栖动物，面似虎，身上有鳞，形如几岁的儿童。小说借河童的动物世界表现人间生活的乌托邦想象。

谷崎润一郎是日本近现代具有国际声誉的作家之一，被认为是近代东方唯美主义的集大成者。他的创作受波德莱尔、爱伦·坡、王尔德等西方作家的深刻影响，追求超道德的官能美，尤其是女性的肉体美。成名作《文身》（1910）描写身怀绝技的文身师清吉在美女背上刺上一只大蜘蛛，完成一件艺术杰作后的陶醉与满足。名作《春琴抄》（1933）叙述佐助因倾慕盲女琴师春琴，甘愿受其虐待。当春琴被毁容时，他也将自己的双眼刺瞎，以便在心中永留春琴的美貌。其代表作是长篇小说《细雪》（1948）。小说细腻地描写没落富商4个女儿的日常生活和爱情经历。小说充分体现了谷崎对日本传统审美理想的追求，被誉为"现代《源氏物语》"。

朝鲜近现代文学的第一个高潮是20世纪初以"新小说"、"翻译政治小说"、"英雄传记"和"唱歌"为标志的启蒙文学，代表作家有李人植（1832—1916）和李海朝（1869—1927）。20世纪20年代以后，出现由"创造派""废墟派""白潮派"等组成的纯文学思潮和由"新倾向派""卡普"组成的无产阶级文学思潮的对立，在冲突中促进了朝鲜现代文学的发展。纯文学思潮受西欧现代主义文学的影响，主张文学超阶级、超道德，追求文学形式和艺术美，代表作家是金东仁（1900—1951）。无产阶级文学受苏联文学的影响，强调文学的阶级意识和政治方向，代表作家有崔曙海（1901—1932）、李箕永（1895—1985）、赵明熙（1892—1942）等。其中李箕永的《故乡》（1933）艺术地再现了20世纪30年代朝鲜反帝反封建的社会现实，是朝鲜现代文学的力作。

（二）南亚、东南亚近现代文学

近现代时期，南亚、东南亚国家大部分沦为西方列强的殖民地，印度更是英国实行东方殖民的据点。印度近代文学的发展步履维艰：一方面，西方近代文学中的人性意识、平等观念和反封建色彩以及富于表现力的文学形式与手段冲击着印度的传统文学；另一方面，反对殖民统治的现实政治需要使印度近代作家难以摆脱"民族情结"，复兴民族传统成为印度近代文学的基本色调。"复兴"民族传统与"借鉴"西方思潮成为印度近代文学矛盾统一的两个方面。印度近代文学的奠基人般吉姆·钱德拉·查特吉（1838—1894）是印度最早接触西方文化和文学的作家，他用英文创作了印度近代文学史上的第一部长篇小说《拉吉莫汉之妻》（1864），他又在代表作之一《毒树》（1873）中宣扬禁欲主义，把人性欲望视为"毒树"，追求印度教传统。其代表作《阿难陀寺院》（1882）表达了强烈的民族主义激情，又充满着印度教的宗教狂热。般吉姆之后确立起印度近代现实主义小说地位的作家是萨拉特·钱德拉·查特吉（1876—1938），他的思想也充满矛盾，既批判封建宗法制度和陈规陋习，又维护印度教的正统性和道德规范。代表作《斯里甘特》（1917—1933）是部4卷巨著，以自己青年时期与4位女性相识交往的经历为原型，展示20世纪初印度社会的广阔画面，也包含着作者的思想矛盾。近代印度戏剧的奠基人迪拉本图·米特拉（1830—1873），他以剧作《蓝靛园之镜》（1860）控诉种植园主和殖民统治者的惨无人道。该剧被称为"印度的《汤姆叔叔的小屋》"。近代印地语文坛领袖帕勒登杜（1850—1885）也是一位剧作家，其代表作《印度惨状》（1876）把印度的现实悲惨与过去的辉煌对照，表现出强烈的民族情感。近现代印度文学最伟大的作家是泰戈尔。

从 20 世纪 20 年代到 1947 年独立前，印度现代文学流派众多。有受甘地主义的影响、在民族文学土壤中生长的民族主义文学，有受西方非理性思潮影响、吸收西方现代主义表现手法的"实验文学"，有在马克思主义指导下受苏联文学影响的"左翼文学"，等等，但民族主义文学是主流，包括民族主义诗歌和进步文学运动。普列姆昌德是印度现代文学的奠基人。伊斯拉姆（1899—1976）是用孟加拉文创作的著名诗人，他以激情磅礴的气势，抒写对殖民统治和社会丑恶的仇恨，对美好未来的憧憬，其代表作《叛逆者》（1921）塑造了一个追求自由解放、充满斗志和勇气的抒情主人公形象。杰辛格尔·伯勒萨德（1889—1937）是以印地语创作的著名浪漫主义诗人，在印地语文坛上与普列姆昌德并列。他的代表作《迦马耶尼》（1935）取材于古代神话传说，以象征隐喻曲折地反映现实，表现民族精神，探索未来的出路。安纳德（1905—2004）是进步文学运动的发起者，1929 年在英国获得哲学博士学位，后定居英国，1945 年回归印度。他在印度独立前用英语创作了《苦力》（1936）、《两叶一芽》（1936）和《拉卢三部曲》（1939，1940，1942）等作品，深刻地揭露英国殖民统治的罪恶，展示人民的痛苦和觉醒。

东南亚近现代文学的代表作家是菲律宾的黎萨尔、缅甸的德钦哥都迈、印尼的慕依斯和泰国的西巫拉帕。

黎萨尔（1861—1896）是菲律宾新文学的创始人，也是民族解放运动的领导者。他在长篇小说《社会毒瘤》（1887）和《起义者》（1891）中生动地描写了西班牙殖民统治下菲律宾人民的苦难，以主人公伊瓦腊的思索与行动，探索民族解放的道路。

德钦哥都迈（1878—1964）原名吴龙，是缅甸新文化运动的旗手，1950 年获缅甸政府所授"文学艺术卓越者"称号。他以爱国主义诗歌唤醒沉醉的国民，声讨殖民主义，向往民族独立，主要作品有《洋大人注》（1914）、《孔雀注》（1919）、《猴子注》（1922）、《狗注》（1924）、《鲲鹏注》（1930）和《德钦注》（1934）等。

阿布杜尔·慕依斯（1883—1959）的著名长篇《错误的教育》（1928）通过土著青年汉纳菲与荷兰血统姑娘柯丽的恋爱悲剧，表现东西方文化冲突中应有的民族立场，也体现了作家回归民族的迫切愿望。

被誉为"泰国文学太空中的王鸟"的西巫拉帕（1905—1974）的创作具有强烈的反封建色彩。他的代表作《画中情思》（1937）表现封建传统对人性的摧残，也客观地表现现代意识在东方社会生长的艰难。

（三）阿拉伯地区近现代文学

埃及近现代文学的先声始于 19 世纪初的"翻译运动"，以法国文学为主体的西方文学被译介进来，刺激了停滞僵化的文坛。但近代埃及文学的发展是在世纪之交，首先表

现在诗歌领域。以巴鲁迪（1838—1904）为先驱，以易卜拉欣（1870—1932）、邵基（1869—1932）、穆特朗（1872—1949）为代表的"复兴派"，崇尚阿拔斯王朝时期古典诗歌质朴奔放的诗风和现实精神，创作了大量跳动着时代脉搏、传达人民呼声的诗作。其中邵基有"诗王"之称，他的诗作述史抒情，有着强烈的民族自尊和爱国热情。《尼罗河谷大事记》（1894）是其代表作。

20世纪二三十年代的"笛旺派"诗人反对"复兴派"的复古倾向，强调诗歌的现代感受和情感的真诚表达，要求表现人类普遍的美感，把握大自然和生命的本质。代表诗人是舒凯里（1886—1958）、阿卡德（1889—1964）和马齐尼（1889—1949）。该派因阿卡德、马齐尼合著《笛旺集》（1921）而得名。

埃及近现代小说的主要流派是"埃及现代派"。该派创作的思想和艺术表现不同于传统文学。主要代表作家是侯赛因·海卡尔（1888—1956）、塔哈·侯赛因（1889—1973）、陶菲格·哈基姆（1898—1987）和迈哈穆德·台木尔（1894—1973）。海卡尔是埃及近代小说的创始人，他的小说《泽娜布》（1912）是埃及第一部近代小说。塔哈·侯赛因被誉为"阿拉伯文学泰斗"，他的创作塑造了埃及文学史上追求知识和真理的知识分子形象。代表作《日子》（1926—1939）是3卷本自传体小说，把个人奋斗与民族复兴有机结合起来，既是个人的心路历程，又有着广阔的社会背景。哈基姆是埃及最具国际影响的现代作家，他的小说代表作《灵魂归来》（1933）通过对一个从乡村来到开罗不久的家庭的描写，呼唤民族精神，具有深厚的历史文化内涵。哈基姆还是埃及现代戏剧的开创者，创作了《洞中人》（1937）、《山鲁佐德》（1934）等富于哲理的现代剧作。台木尔被称为"尼罗河的莫泊桑"，创作了400余篇短篇小说。他的短篇小说大多在现实的描写中充满着人道主义精神，代表作有《沙良总督的姑妈》、《小耗子》和《纳德日雅》等。

### （四）撒哈拉以南非洲近现代文学

撒哈拉以南非洲地区指撒哈拉沙漠以南包括东非、西非、南部非洲的广大地区。该地区遭受西方殖民统治时间早，受害深。

撒哈拉以南非洲的近现代文学在反对西方殖民主义残酷统治的斗争中发展，19世纪末基本上结束口头文学阶段，经过20世纪上半期的觉醒探索过程，四五十年代获得较大发展。20世纪30年代，塞内加尔的莱奥波尔德·桑戈尔（1906—2001）与同人在巴黎创办《黑人大学生》杂志，倡导"黑人性"运动，发表"黑人性"文学，主张从非洲传统生活中吸取灵感和主题，展示黑人的光荣历史和精神力量，维护"黑皮肤"的尊严，反抗民族压迫和歧视，表达对祖国和家园的挚爱。桑戈尔本人是法语诗人，用法语创作了不少表现"黑人性"的诗歌。

"黑人性"运动对整个撒哈拉以南非洲地区的近现代文学产生了深刻影响。近现代撒哈拉以南非洲的著名作家是尼日利亚的钦努阿·阿契贝（1930—2013）、塞内加尔的桑贝内·乌斯曼（1923—2007）、喀麦隆的费丁南·奥约诺（1929—2010）。

## 第二节 泰戈尔

罗宾德拉纳特·泰戈尔（1861—1941）是印度近现代文学史上一位具有里程碑意义的作家。他既是杰出的诗人、小说家、戏剧家，又是著名的哲学家、音乐家、美术家，还是著名的社会活动家。泰戈尔立足于民族传统文化、现代生活土壤，并兼收现代西方文化精髓，创造出大量既具传统色彩、又具近现代意识的作品。他于1913年获诺贝尔文学奖，成为获此殊荣的第一位东方作家。

### 一、生平与创作

泰戈尔于1861年5月7日诞生在印度西孟加拉邦加尔各答市一个名门望族，属婆罗门种姓。祖父德瓦尔卡纳特·泰戈尔是一位著名的社会改良主义者，坚定地支持印度启蒙运动思想家罗姆·奠汗·罗易从事宗教和社会改革活动。父亲戴本德拉纳特·泰戈尔是哲学家、诗人和宗教改革家。泰戈尔的哥哥姐姐也多热心于社会改革与文学事业，他们当中有小说家、诗人、学者、社会活动家。整个家庭堪称加尔各答知识界的中心，经常高朋满座，讨论国家大事，举行朗诵会，上演戏剧。

泰戈尔自幼喜欢吟诵《吠陀》和《奥义书》中的诗歌，自己也醉心于诗歌创作。他进过东方学院、师范学校和孟加拉学院，但没有在学校里完成正规教育。1878年，他遵从父亲意愿随兄长到英国学习法律，但不久便依照自己的志趣攻读英国文学和西方音乐，1880年回国后专门从事文学创作。

泰戈尔生活的时代，印度在政治上受英国殖民者压迫，经济上受剥削，人民贫困愚昧。1880年他从英国返回故园后，一边从事创作，一边从事社会活动。1884年至1890年，他大部分时间住在父亲的庄园里，耳闻目睹了农民的苦难生活处境及妇女地位的低下和婚姻的不幸。他也了解到殖民当局的专横暴戾，激发了强烈的爱国意识。

1905年，印度掀起第一次民族解放运动的高潮，泰戈尔来到加尔各答，积极投身到反英斗争中。他参加游行，发表演说，并创作了大量歌曲，激发人民的爱国热情。但他既主张与殖民主义者进行斗争，又害怕暴力革命，幻想通过温和的宗教、哲学、教育和道德等手段来改造国民性，改造社会，实现民族自治。因此，当第一次民族解放运动转入低潮时，他思想中的矛盾便暴露出来。他开始脱离政治斗争，天真地去寻求一种人格的完善。20世纪二三十年代是印度内外政治形势发生急剧变化的时期，也是泰戈尔思想上的一个转折时期。俄国十月革命和亚洲其他各地的风暴对印度产生巨大的影响，印度国内的民族解放运动又掀起新的高潮。面对英国殖民主义者镇压爱国群众的野蛮行径，泰戈尔拍案而起，写信给英国总督表示强烈抗议，并拒绝接受英国政府给予他的爵位和特权。

1901年，泰戈尔在圣地尼巴坦创办学校，大力宣传印度民族文化，这所学校就是后来的国际大学。从1912年起，泰戈尔多次出国访问，先后到过英、法、美、荷、日和中国，发表《民族主义》、《在中国的谈话》、《俄罗斯书简》等演讲集。1930年他访问了苏联，苏联社会主义建设成就给他留下深刻印象。1941年泰戈尔在加尔各答祖宅去世。

1884年至1911年，泰戈尔一直担任梵社秘书。梵社是近代印度教改革团体之一，1828年由罗易在加尔各答创立。梵社将印度古代奥义书中的唯心主义一元论和伊斯兰教的一神论思想综合起来，宣称神是唯一、永恒、始终不变的实体，是宇宙万物的创造者和支持者；在社会改革方面，梵社反对印度教的种姓分离和烦琐的祭祀仪式，主张男女平等，与寡妇殉夫、童婚、多妻等歧视妇女现象进行坚决的斗争；提倡开设新型学校、传播科学知识。无论在文学创作还是社会活动中，泰戈尔都反对宗教偏见、种姓制度和腐朽落后的传统，重视科学和进步文明。

泰戈尔主张向西方学习，但并不盲目崇拜西方文明；他珍视印度文化和民族的优秀传统，但并不盲目怀古。在哲学思想上，泰戈尔想从旧的印度教神学中摆脱出来，建立一种新型的宗教原则。他着力宣传"泛神论"，曾在《诗人的宗教》中写道："诗与艺术所养成的是人的虔诚的信仰，这种信仰使人与万物化为一体，这种信仰的最后真理便是人格的真理，这种信仰是一种宗教而能使人直接理解的，而不是一种供分析论辩的玄学学说。"也就是说，他所信仰的神存在于万物之中，人与万物都是神的表现。泰戈尔宣传"泛神论"是对"一神教"的反对，表明对印度教派纷争及种姓制度的不满，有其合理的唯物主义因素。但他一味追求与神的融合与和谐，又流露出一种超自然的情绪。在宗教精神上寻求解脱与超然，在现实中就失去根基，势必脱离现实去追求神秘朦胧的臆想。从这个意义上说，他的"泛神论"思想又含有唯心主义色调。

泰戈尔在长达60多年的文学生涯中创作了50多部诗集、12部中长篇小说、近百篇短篇小说、20多个剧本，以及诸多回忆录、游记、随笔、书信和有关文学、语言、政治、教育、哲学、宗教和社会科学等方面的论文和专著，此外还有1500余幅画、2500多首歌曲。他的诗歌主要有《吉檀迦利》、《新月集》、《园丁集》、《飞鸟集》等四大诗集，戏剧主要有《邮局》（1912）、《摩克多塔拉》（1922）、《红夹竹桃》（1925）等，长篇小说代表作是《戈拉》和《沉船》，短篇小说名篇有《喀布尔人》《摩诃摩耶》等。

## 二、诗歌创作与《吉檀迦利》

泰戈尔是一位杰出的诗人，印度人把他奉作"诗祖"，世界上许多国家的人们都尊他为"诗圣""诗哲"。他的诗集用孟加拉语和英语写成，形式多样、风格清新、感情醇厚、意象生动、韵律优美、文字隽永。他不仅受到英国等欧洲诗歌的影响，还从印度古典梵文诗歌和孟加拉语诗歌中汲取营养，把飞动的情思与独创的音韵结合起来，创造出印度人民喜闻乐见的新形式。

### （一）创作分期

泰戈尔的诗歌创作，大致可分为3个时期。

早期（1875—1900）。泰戈尔从童年时代开始写诗，1875年第一次发表爱国诗篇《献给印度教庙会》，1878年发表长诗《诗人的故事》。这些起步之作为他日后的创作打下了基础。1880年到1890年是泰戈尔创作渐趋成熟的阶段。他相继出版抒情诗集《暮歌》(1882)、《晨歌》(1883)、《画与歌》(1884)。这些诗主要表达个人感受，歌颂生命和爱情。1886年，诗集《刚与柔》发表，该诗集容量很大，有宗教圣歌，有抒写爱情的诗歌，有艳情诗，有对童贞的礼赞，还收有雪莱、拜伦、白朗宁夫人等人诗歌作品的译文。1890年，泰戈尔发表诗集《心灵集》，该诗集在形式上突破了印度诗歌传统，并摆脱了英法浪漫主义诗歌的影响。19世纪90年代，泰戈尔按父亲意愿到谢里达农村管理祖传产业。通过接触农民，对现实认识有所深化，其创作已渐渐减少浪漫的幻想，增加了现实主义因素。他相继发表《金帆船》(1894)、《缤纷集》(1896)、《江河集》(1896)、《收获集》(1896)、《微思集》(1900)和《故事诗集》(1900)。诗人把日常生活引入近代孟加拉语诗歌创作，拓宽了诗歌的题材范围。

泰戈尔的早期创作主要有抒情诗和叙事诗两类。早期的抒情诗具有浪漫主义特色。它以奔放的热情、跳荡的思想、浓郁的抒情格调歌颂青春、生命、爱情，表达年轻诗人渴求爱与美的心声。在叙事诗中，《故事诗集》最为印度人民所喜爱，被称为"广大青年的爱国主义教科书"。其中一部分取自民间故事和宗教历史传奇，经过艺术加工，借古喻今；另一部分直接取自现实生活，揭露现实矛盾。从主题上看，这些诗可以分为两类。一类揭露封建压迫，赞美劳动者的优秀品质。这类作品具有强烈的反封建倾向，充满人道主义精神。其中最具代表意义的是叙事长诗《两亩地》(1894)。主人公巫宾是一位贫苦农民，只有祖传的两亩地，但地主王爷为使自家花园"长宽相等，四四方方"，把巫宾的土地夺走。巫宾在外流浪了16个春秋，"终于在渴望中回到了故乡的园地"，他坐在芒果树下，两只熟透的芒果掉落在他脚下，他以为这是大地母亲的赐予，而刚好来到此地的王爷则把他诬为盗贼。作者通过巫宾的遭遇，揭露封建主的罪行，对贫苦农民的遭遇寄予无限同情。另一类反映印度人民的民族自豪感和与殖民者斗争到底的决心，宣传爱国主义精神。代表作有《戈宾德·辛格》《被俘的英雄》《更多的给予》等。

中期，20世纪初期，泰戈尔发表英文诗集《吉檀迦利》(1912)、《新月集》(1913)、《园丁集》(1913)、《飞鸟集》(1916)等。这几部诗集的问世，标志着泰戈尔诗歌创作进入高峰。

《园丁集》收入85首诗，比较细腻地描绘了爱情的欢乐与苦恼，反映诗人对人生道路的探索与追求。《新月集》包括32首诗，主要歌颂母爱与童真，体现出诗人对孩子的厚爱及对美好生活的向往。《飞鸟集》包括325首短诗，以格言诗和哲理诗为主，诗句言简意赅，蕴含着深邃的哲理，其短小精悍的形式是对日本俳句的模仿。

后期，20世纪20年代初至1941年。此时，泰戈尔的思想发生了变化，不断地反省自身，怀疑自己"饶恕一切人，爱所有的人"的思想。他后期的作品现实性增强，政治性、战斗性突出。泰戈尔这时期创作了大量的政治抒情诗，分别收在《非洲集》

（1937）、《边沿集》（1938）、《天灯集》（1939）、《生辰集》（1941）和《新生集》（1946）等诗集中。在《生辰集》中，他对自己的创作进行总结，热切地期望能够走进劳动者的行列之中，并期望其他作家也要走入劳动者的生活。一些学者把《生辰集》第十首视为泰戈尔一生创作的纪念碑。诗人热情歌颂工人、农民、渔民，"他们形形色色的劳动散布在四方，是他们推动整个世界在前进"。

（二）《吉檀迦利》

最能代表泰戈尔创作成就的是获得诺贝尔文学奖的《吉檀迦利》。这是泰戈尔的一部英文诗集。全集共收103首诗，由诗人亲自从孟加拉语诗文集《吉檀迦利》（1910）、《奉献集》（1901）、《渡口集》（1906）和《儿童集》（1903）当中遴选出来并翻译成英文，采用的形式是散文诗。

诗集题目"吉檀迦利"是孟加拉语的音译，意思是"献歌"，即"献给那给他肉体、光明和诗才之神的"。从表面上看，诗歌中主要包括以下3个方面的思想。首先，诗人日夜盼望与神相会，与神结合，以达到合而为一的理想境界。诗人说："让我的一切感知都舒展在你的脚下，接触这个世界"；"让我的全副心灵在你的门前俯伏"。其次，表现诗人强烈追求却难以达到合而为一境界的痛苦。正如诗中所述："我在村路上沿门求乞的时候，你的金辇像一个华丽的梦从远处出现，我在猜想这位万王之王是谁！"最后，体现诗人经过不懈追求，终于达到与神合而为一的理想境界的欢乐。诗人写道："通过生和死，今生或来世，无论你带领我到哪里，都是你，仍是你，我的无穷生命中的唯一伴侣，永远用欢乐的系链，把我的心和陌生的人联系在一起"。因此，可以说，《吉檀迦利》的主题思想在于表达诗人对与神结合的理想境界的追求以及达到这种境界后的快乐。

人对神的崇拜与歌颂，印度文学自古有之，泰戈尔的这部诗集却不同于一般的宗教颂神诗。泰戈尔心目中的神存在于现实生活之中，"在最贫贱最失所的人群中歇足"。一旦神的意志实现，将为世人展现出一幅美好的蓝图。在众多诗行中，诗人通过对神的行踪、神的意志的描绘，通过对神的礼赞，表达出自己的人生理想。然而诗人对人生理想的追求本身也充满着矛盾。正如诗中所言："罗网是坚硬的，但是要撕破它的时候，我又心痛。"

泰戈尔还是一位哲学家。他曾这样说过："我觉得我不能说我自己是一个纯粹的诗人，这是显然的。诗人在我的中间变换了式样，同时取得了传道者的性格。我创立了一种人生哲学，而在哲学中间，又是含有强烈的情绪素质，所以我的哲学能歌咏，也能说教。我的哲学像天际的云，能化作一阵时雨，同时也能染五色彩霞，装点天上的筵宴。"在泰戈尔的诗歌中，时时会流露出一种宗教情绪。而常常被学者引据为宗教哲理诗的《吉檀迦利》则更为突出地反映出泰戈尔的哲学观与宗教观。诗人笔下的神十分神秘，究竟"他是谁"，诗人自己也"说不出来"，但是"他"的的确确足踏在地上，在人类社会中，在一切一切的场所。诗人笔下的神的表象极多，既是"上帝""我的主""诸天之王"，又是"国王""诗圣""父亲""母亲""弟兄""主人""朋友""情人""路人"

"婴儿",还是"光明""早晨""黄昏""生命的源泉"等。由此看来,"神"不是高高在上的一神教者供奉的神,而存在于万物之中。诗人正是借"泛神"的思想来表现生活的真理。但神毕竟是神,它既可求,又缥缈,既实际,又神秘。你中有我,我中有你。正是这种种特征糅合在一起,构成了《吉檀迦利》的神秘色彩,反映出作家进行理想探索的矛盾心理与一切必归和谐的哲学观念。

在艺术上,《吉檀迦利》也独具特色。首先,哲理性和抒情性紧密交织。诗集充满哲理,但抒情意味很浓。诗中有泰戈尔对大自然最精彩的描述,春天、雨季、月明如洗的夜晚、阳光灿烂的白昼,纯然一幅幅清晰的画面;作家在直抒胸臆时,却又千回百转,天马行空,似水中月,云中影,飘忽不定,可望而不可即,给人以朦胧之感。其次,散文诗的形式与优美而富于变化的韵律。诗人将哲学思想融化在优美的诗行之中,神秘而不枯燥。再次,质朴自然而超逸朦胧的美学风格。印度人民朴素的日常生活和印度秀丽的自然风光在诗人笔端表现出来,显露出特有的质朴自然的美感。同时,由于大量运用象征、比喻手法,使自然景物或抽象事物形象化、性灵化,又使诗集呈现出超逸朦胧的境界。

### 三、小说创作与《戈拉》

泰戈尔不仅是一位杰出的诗人,也是一位优秀的小说家。他既是印度近代短篇小说的开拓者,又为印度近代中长篇小说的发展奠定了基础。

#### (一)小说创作概况

泰戈尔的小说创作始于短篇小说。他发表第一篇短篇小说《女乞丐》(1877)时年仅16岁。泰戈尔的短篇小说题材广泛,富有时代特征和生活气息。泰戈尔不少短篇小说以反对殖民主义统治为主题,宣扬爱国主义思想。《太阳与乌云》(1894)愤怒地揭露出英国殖民主义者横行霸道、欺压良善的罪行。《加冕》(1898)批判洋奴思想,提出民族自尊问题。

泰戈尔的许多小说以女性为主人公,反映妇女们的悲惨遭遇,抨击不合理的封建婚姻制度和种姓制度,如《河边的台阶》(1884)、《弃绝》(1892)、《摩诃摩耶》(1892)等。《摩诃摩耶》中的女主人公摩诃摩耶集印度妇女的苦难于一身,作家在一种凄婉的气氛中描写了摩诃摩耶的悲剧命运,对被侮辱被损害的女性寄予无限同情。泰戈尔后期的短篇小说则着力表现妇女的自我觉醒与叛逆精神。如《陌生女人》(1914)中的科莱妮,从自身的经历中意识到封建礼教是"害人的陷阱",为了"做人的尊严"而采取反抗行动。

泰戈尔在对社会的黑暗现象进行抨击的同时,又对生活在底层的小人物寄予深切的同情和爱护,表现出浓厚的人道主义思想。在这类作品中,《喀布尔人》(1892)颇具典型性。小说通过国籍不同、社会地位悬殊的一老一小的交往,赞美了普通人身上的优良品德和真挚友谊。喀布尔山民拉曼为生活所迫到印度做小商贩,面对异乡的小姑娘,他油然升起思女之情，产生一种慈父般的爱。作家在这个人物身上寄予了仁爱思想。

在艺术手法上，泰戈尔的短篇小说也达到了很高水准。他的短篇小说往往以偶然事件作为情节发展的契机，常将情节发展的悬念性、传奇性和细节描写的真实性结合起来。如摩诃摩耶被迫嫁给老婆罗门，陪葬时巧遇大雨，死里逃生；她在大自然的垂怜中逃生，却无法克服心灵的障碍，最后终于与所爱之人分离，艺术感染力很强。此外，他还善于运用细节描写、心理描写、对比烘托、抒情与议论相结合等手法，其短篇小说创作技巧达到了炉火纯青的地步。

泰戈尔创作了8部长篇小说和《四个人》（1916）、《两姐妹》（1933）、《花圃》（1934）等中篇小说。《沉船》（1906）是泰戈尔长篇小说的代表作之一。小说描写青年大学生罗梅西曲折复杂的婚恋经历。尽管罗梅西与好友卓健德拉的妹妹汉纳丽妮相爱，但还是屈从父辈们的意志到家乡与一陌生女子完婚。婚后第二天，这对新婚夫妇乘船回家，一场风暴袭来，船沉了。醒后的罗梅西发现自己躺在河岸上，附近还有一位姑娘。他错将姑娘认作自己的妻子，把她带回家。这位姑娘叫卡玛娜，她从未见过自己新婚的丈夫，当意识到罗梅西不是自己的丈夫后，便毅然离去，几经周折，与丈夫重逢。小说以错认模式为依托展开情节，生动而富有悬念，文字明白晓畅，人物描写细腻传神，揭示出封建婚姻制度与争取婚姻自主的青年男女们的矛盾。

### （二）《戈拉》

《戈拉》是泰戈尔最优秀的一部长篇小说，作于1907年至1909年。小说最初在《侨民》杂志上连载，1910年正式出版。

小说描写19世纪七八十年代的孟加拉社会生活。当时民族意识已经觉醒，知识分子已意识到殖民制度的危害，反英情绪高涨。在印度社会，宗教教派之间的斗争比较突出。"梵社"一派信徒崇尚西方文明，轻视民族文化。而19世纪70年代成立的"新印度教"派则坚持民族传统，反对崇洋媚外，主张严格遵守印度教的一切古老传统，维护种姓制度。到泰戈尔的《戈拉》问世后的20世纪20年代，在印度的民族独立问题上宗教教派的斗争仍很激烈。即使较为进步的"极端派"，也主张用暴力推翻殖民主义统治的同时提出复古的纲领，把民族解放运动染上了教派色彩。作家把背景安排在19世纪，意在借助历史经验，回答当代社会中产生的新问题。

小说以新印度教教徒戈拉和梵社姑娘苏查丽达的两个家庭为场景，以戈拉和苏查丽达的爱情为主线，反映民族意识的觉醒，歌颂青年男女的爱国精神，批判宗教偏见，揭露殖民主义者的罪恶，号召印度人民团结一致，为三万万印度同胞的解放而奋斗。

小说中的中心人物戈拉是一位爱国知识分子。他是印度爱国者协会主席、印度教青年教徒的领袖，"无时无刻不在想着印度"，对祖国的自由解放充满信心："新的祖国不管受到什么创伤，不论伤得多厉害，都有治疗的办法——而且治疗的办法就操在自己手里。"他刚直不阿，痛恨以求官为荣、在英国主子面前摇尾乞怜、完全丧失民族尊严的所谓受过教育之人。在狱中，他一身正气，不去逢迎英国县长以求怜悯或饶恕。但另一方面，戈拉身上有着明显的宗教偏见。他严格遵守印度教一切清规戒律，认为祖国的一切都是好的，甚至为种姓制度辩护。他行触脚礼，不喝异教徒拿过的水，反对与异教姑娘谈恋爱。但是，他信仰印度教并非出于宗教情感，而是由于对殖民者深恶痛绝。他为印度辩护，千方百计证明印度完美无缺，目的是想"借自己表示敬意的方法，来唤醒我国人民"。一种高尚的爱国思想蒙上了狭隘民族情感的色彩。后来耳闻目睹的现实与他的宗教思想发生了矛盾。戈拉在农村旅行，看到教派纷争的危害，目睹劳动者冲破宗教偏见一致反对殖民统治者的事实，于是感到再也不能用自己的幻想来欺骗自己了。他曾经对梵社姑娘苏查丽达产生爱慕之情，由于教派有别，戈拉拼命压抑这种情感，但无济于事。他试图向苏查丽达表明心迹，不巧苏查丽达不在，戈拉又感到这是神的旨意，责备不该被情欲所左右。此时，他的内心十分矛盾。最后，他从养父母口中得知自己是爱尔兰人的后裔，并非印度人，一下子感到卸掉了包袱，成为自由人，可为三万万印度人谋利益了。此时，他已完全战胜了自我，从一个狭隘的民族主义者变成真正的爱国主义者。

在艺术上，小说《戈拉》也具有鲜明的特色。

第一，人物对话富于论辩性。由于作品中的人物分属各个宗教派别，思想见地不一，大家都争相表达自己的见解，即使教派相同的父女之间、母子之间、姐妹之间、情人之间和朋友之间，也有种种论争。这些论辩性的对话有助于揭示人物性格，刻画人物形象，反映人物的思想倾向及内心世界。

第二，人物形象对比鲜明。小说中正面人物之间、正面人物与反面人物之间均互为映衬，互为对比。如戈拉的母亲与洛丽塔的母亲、戈拉的父亲与洛丽塔的父亲、苏查丽达与洛丽塔、戈拉与毕诺耶、戈拉与哈伦等都构成对比等。作品在层层对比之中勾勒出一个个栩栩如生的人物形象。

第三，小说具有优美的抒情格调。作家在写景、状物、叙事和人物刻画中，往往伴随着强烈的抒情，动人心弦。

## 第三节 夏目漱石

夏目漱石（1867—1916）是日本近代文学史上最优秀的现实主义作家。他的小说已经成为日本文学中的宝贵财富。

### 一、生平与创作

夏目漱石原名夏目金之助，漱石是他的号。他的父亲是东京一位没落的世袭名主（地方小官吏），家中子女较多。由于家境困难，金之助出生后被送给别人家做养子，9岁时才被接回，从小没有体会到家庭的温暖。上小学、中学以后，他逐渐接受汉诗文的熏陶，对文学产生了浓厚的兴趣，酷爱中国古典文学。少年时代他曾写作了不少汉诗文，

后来收进诗集《木屑集》中。1893年，夏目漱石从东京帝国大学英文科毕业，开始从事教育工作，并积极参加好友正冈子规发起的"俳句革新运动"，写了一些俳句。

1900年，他被文部省派往英国伦敦官费留学。由于经济困难，人地生疏，夏目漱石备受冷落和歧视。在冷漠、虚伪、无聊的英国社会里，他感到自己像"一匹与狼群为伍的长毛犬"，深深体会到以金钱为主宰的"西方文明社会"的虚伪庸俗、尔虞我诈。他到英国后没进大学，只是在公寓里用读书和钻研英国文学送走孤独的日子。这期间对世界文学名著的广泛涉猎对他日后走上作家道路产生直接的影响。他喜好英国现实主义文学，尤其倾心斯威夫特、奥斯汀等作家的作品。同时，还从心理学、社会学的角度探讨了关于文学和科学、内容和形式之关系等问题。这些研究成果后来被编成《文学论》（1907）和《文学评论》（1909）两部专著出版。在伦敦"不愉快的两年"生活对夏目漱石的世界观和文艺观的形成起了重要的作用，并在其日后的创作中留下深深的烙印。

1903年，夏目漱石回国，在东京第一高等学校任教授并兼任帝国大学英文科讲师，并进行创作。1905年，夏目漱石发表第一部长篇小说《我是猫》，立即轰动文学界。1906年，他又发表中篇小说《哥儿》。该作通过青年知识分子哥儿半年不愉快的教学经历批判日本社会的黑暗和教育界的腐败。主人公哥儿单纯质朴，具有正义感，但对险恶社会缺乏了解。参加工作后，突然发现"世上大部分人好像都奖励做坏事，好像深信不做坏事在社会上就不会成功"。由于不肯同流合污，他发现不仅上司欺负他，而且连本该最纯洁的中学生都捉弄他。最后，他发泄了自己的愤恨，离开了那个地方。哥儿的反抗虽然带有盲目、幼稚的特点，但仍鲜明地表现了小资产阶级知识分子敢于同腐败现象斗争、敢于反抗黑暗现实的精神。夏目漱石后来的小说《一百二十天》《疾水》的批判精神也十分强烈。前者借人物之口明确提出"打倒文明野兽，消灭金钱势力"的主张；后者把明治时期的文学斥为"不见血的地狱"，发出改革呼声。

1907年4月，夏目漱石辞去大学教授职务，做了《朝日新闻》社的特约撰稿人，从而走上职业作家的道路。不久后，长篇小说《虞美人草》（1907）发表。小说反映在日本社会拜金主义盛行的浪潮中，利己主义所造成的严重恶果。女主人公是一个极端利己主义者，她爱慕虚荣、抛弃义理、追求个人享受，结果失去了爱情，以自杀而终。从1908年起，夏目漱石的"前三部曲"——《三四郎》（1908）、《其后》（1909）、《门》（1910）陆续发表。这三部作品的思想是一脉相承的。天真、幼稚、纯洁的青年三四郎到京城上大学，以新奇的目光注视着现代社会，并立下追求"故乡世界"、"学者世界"及"享乐世界"3个理想的决心。他曾意气风发，也曾积极行动，切实努力，但最终却失败了。现实社会没有给三四郎这样单纯、贫穷的青年平民知识分子提供个人奋斗的天地，也不能引起富家子弟代助（《其后》）的兴趣。身为资本家的阔少，代助不用为经济发愁，但在现代的日本社会中他常常惊恐不安，跟什么人都谈不来，和大学好友平冈的友谊从亲密到疏远以至到不信任的结局毁掉了他对人世的热情。与三四郎相比，代助各方面条件更好，思想也更成熟。他聪明，有头脑，有批判力，并追求道德的自我完善。但现实处处令人失望，代助只感到"整个日本不管走到哪里都看不见一寸光明，眼前只是一片黑暗"。虽然他和千代子有真诚的爱情，但这种关系将如何发展，他们将怎样生活下去，他没有信心。代助，表现出无可奈何的灰暗色调，这是一种染上时代色彩的悲哀。如果说《其后》最后一段描写的旋转、躁动、杂乱的红色象征着这种悲哀，那么《门》在篇首即对此进行了描述。主人公宗助虽然有工作，有温柔可爱的妻子，没有任何怪癖，并在努力适应这个社会，但他依然不能解除那不堪忍受的精神苦闷，只能成为"伫立门外等待落日的不幸的人"。这是20世纪初日本知识分子在不同的人生阶段痛苦命运的共同写照。他们在道德上有善良、正直的一面，原则上并不损人利己，并曾努力追求理想；他们境遇不幸，生活凄凉，压力重重，前途暗淡，看不到自身的价值，对现实不满而无从反抗。在"前三部曲"中，夏目漱石对知识分子内心活动作了细腻、深刻的描写，表现了他们复杂、矛盾的心理状态，显示出精于心理刻画的艺术才能。

1910年，日本政府制造惊人的"大逆事件"，对先进的知识分子进行残酷镇压，整个日本一片黑暗。同时，夏目漱石身体状况急剧恶化，个人生活屡遭不幸，加剧了悲观绝望情绪。1910年他拒绝接受政府授予的文学博士称号，表现出一个正直作家的骨气。1911年他发表重要演说《现代日本的开化》，尖锐地揭露近代日本文明畸形发展的状况，说它是受外界刺激诱发而成的"外发"，而不是深植在日本土壤之中自然生成的"内发"。

1911年以后，夏目漱石陆续发表"后三部曲"：《过了春分时节》（又译《春分过后》，1912）、《行人》（又译《使者》，1912）、《心》（1914）。这三部长篇小说与以后的作品都着意从知识分子个人道德和心理状况等方面去展示人生，刻画了一群自私自利者的形象。作者通过对迷恋彷徨于个人主义、利己主义死胡同中的知识分子内心世界的剖析，表现他们孤独悲凉的心境以及对社会的绝望感。《心》是夏目漱石晚期创作的代表。作品通过"我"——一个青年学生的观察和对主人公"先生"——一位孤寂、痛苦、悲哀的知识分子的遗书的全文照录，追述"先生"由对人性自私、残酷的认识而自感负罪，到难以排解的自我责咎，最后用自杀超脱的人生旅程，痛切地声诉世人不可信、人间充满恶，恳切期望人们责罚自我、净化灵魂。"先生"的自杀不仅是沉重人生的最终解脱，而且是对自己罪恶人生的严酷宣判。

《明暗》（又译《明与暗》）是其未完之作。作品只写了"暗"的部分，描写公司职员津田与妻子阿延、情人清子之间复杂的爱情纠葛，揭示了隐藏在人们内心深处阴暗的利己主义思想，并提出"则天去私"，宣扬一种律己责人的宗教和道德净化主张。作品以戏剧手法一幕幕地展现人们灵魂的丑恶，被誉为日本近代心理小说的典范。

1916年12月9日，夏目漱石因胃溃疡突然恶化而逝世。

夏目漱石具有多方面的文学才能，在诗歌、小说、散文和评论等方面都创作了不少优秀的作品。其中以小说成就最佳。他的作品广泛、形象、尖锐地再现了日本明治维新后文明社会的丑恶，精心描绘了日本近代知识分子困窘无奈的人生历程，细致地剖析了资产阶级知识分子卑劣的利己主义思想，倾吐了对现实的强烈不满和深沉悲愤之情。他的创作倾向总体是现实主义的，尤其在描写知识分子形象、剖析人性自私性等方面表现了较强的功力。他将东方古典文化的传统、西方现代文明的精华融为一体，将强烈的批判精神、真挚的内省态度、卓越的艺术才能集于一身，目光犀利敏锐，观察细腻生动。在文学观念上，夏目漱石主张文学应该尊重伦理，超越世俗；作家应以悠闲和旁观的态度进行创作，使作品能产生独特的或联想的兴味，即所谓"余裕"，因而他也被日本文学界视为"余裕派"的代表。

## 二、《我是猫》

《我是猫》是夏目漱石的代表作。它创作于1904年11月至1906年9月。此时日本正逐渐成为军事封建帝国主义，阶级矛盾与社会矛盾都十分尖锐。

### （一）思想内容

小说以中学教员苦沙弥家的一只猫的眼光为视点，细致描写了小资产阶级知识分子的日常生活，以诙谐幽默的笔调、尖刻的语言、特别的视野、生动地反映了小资产阶级知识分子的正直、善良、迂腐、清高，揭示他们既不满现实又懦弱无能、既时时与现实社会相抵触、又缺乏积极抗争行动的这种可怜可悲的处境和精神面貌，尖锐地嘲讽、批判了明治资本主义社会的丑恶与黑暗。

作品塑造了苦沙弥、迷亭、寒月、东风等一系列小资产阶级知识分子的形象。苦沙弥其貌不扬，平庸无奇，但为人正直、善良，蔑视权贵，甘居清贫。他对现实不满，认为世上的人都是疯子，"大疯子滥用金钱和权力，迫使许多小疯子为非作歹，还被推崇作什么伟人"。他厌恶资本家，在背后骂金田老爷"算什么东西"，尤其蔑视资本家的走狗，一接到趋炎附势的老同学铃木的名片，便马上借去厕所的机会把它扔在茅坑里，"在那个臭地方判处了无期徒刑"。但由于没有地位，无力捍卫自我尊严，因得罪了金田老爷而遭到迫害。金田老爷买通落云馆的学生来捣乱，苦沙弥气得发疯却无力反击。苦沙弥的弱点还表现在他为人心胸狭窄、目光短浅、消极混世、得过且过，精神十分空虚，夸夸其谈，不学无术，庸俗无聊。

作者对以苦沙弥为代表的这群小资产阶级知识分子既有同情、可怜之心，又感到他们可悲，饱含讽刺与批判。这群压抑、灰暗的人物形象反映了明治时代知识分子的心态轨迹，他们的懦弱、无能正是日本近代社会的产物。在封建主义与资本主义因素大量并存的明治社会，知识分子被抛进传统与变革的漩涡。一方面，他们接受了比较新式的教育，思维开阔、活跃；另一方面，刚刚起步的近代教育还无力全面、健康地培养他们，他们并没有掌握扎实的本领，在现实面前往往心有余而力不足。迷亭、东风等只会漫无边际地夸夸其谈。虽然受过高等教育，但苦沙弥等人写出的文章错误百出。在明治社会后期，他们既失掉了传统封建儒士的优雅生活，又不具备西方资本主义自由发展时期知识分子的那种勇于探索、积极进取的精神，他们是一群失落者。他们既针砭时弊、不满现状，又缺乏高度的社会责任感、无力把握时代的潮流，同时丧失了人生目标，找不到人生的意义，是一群无所适从的弱者。

《我是猫》还以直率的语言、精辟的议论对当时的社会现实进行了广泛的揭露和批判。作品借猫之口，抨击侦探、特务、警察是和"小偷、强盗一个种类的东西，其臭无比"，指出官吏"凭借了别人给他的职权""耀武扬威"，而"人民丝毫没有置喙的余地"。小说尖锐指出资本家是靠"三缺"起家的："要想赚钱，就得精通三缺，就是缺义理，缺人情，缺廉耻。"金钱统治是造成社会种种罪恶的根源，道德沦丧，缺乏正义，人与人之间只有"诱骗、欺诈、恫吓、诬陷"。在艺术上那些"虚伪得最巧妙的人被看作最富有艺术良心的人，是最受社会尊敬的人"，而那些正直、清醒的人却被当成"孤臣孽子"或"罪人"加以迫害。这种认识是何等的深刻。

### （二）艺术特色

《我是猫》不仅有丰富的思想内容，而且有高超的艺术技巧。首先，作品没有曲折的故事情节，缺乏整体的结构、框架，通篇以猫的见闻和感受为主线，以苦沙弥及其周围人物的活动为中心，无论是人物、故事，还是思想、观念，表达起来都比较灵活、自由。夏目漱石在小说的初版序言中曾说："《我是猫》像海参一样，不易分辨哪是它的头，哪是它的尾，因此随时随地都可以把它截断，进行结束。"

其次，小说以猫为叙述者，可以见人之所未见，言人之所不能言，随心所欲地表达作者对客观事物的认识和态度。猫是作品中有着特别重要意义的独立形象，既有动物的特性，又被赋予了人的感情，是作者的代言人。这只猫也同人一样，在丑恶的现实社会中产生了苦恼和悲观情绪，最后因偷喝主人的啤酒，昏迷中掉进水缸淹死了。

再次，小说中出色的幽默和讽刺艺术既继承了日本古典文学中的讽刺传统，又吸收了英国18世纪文学中的幽默讽刺手法。或通过人物间的插科逗趣，或穿插荒诞奇妙的逸闻，或借用猫态猫语等，富有情趣，引人发笑。这种幽默讽刺精神不仅表现在对资本主义社会现象的揭露和批判上，也表现在对人物形象的描绘与塑造上。如对苦沙弥的外貌及生活习性的描写，对研究所谓"吊颈力学"的理学士寒月的介绍，对自封为"新诗人"东风的歪诗的展示等。作品的幽默讽刺手法与作品的思想内容紧密相关，并随作品主题的深化而有所发展。

最后，作品的语言既有生活气息，又充分体现了日本古典文学的风味，同时恰当地借用了英国文学及汉诗文的语言，展现出生动活泼、简洁凝练、含蓄幽默、饶有趣味的语言特色，被评论家誉为"滑稽而不流于庸俗，诙谐中含有苦涩的余味"。其语言运用技巧充分展示了夏目漱石作为语言大师的才华。

外国文学史

# 第四节　普列姆昌德

普列姆昌德（1880—1936）是印度现代文学最重要的奠基人，乌尔都语文学最杰出的代表。作为一位农村题材作家，他不仅关注印度农民的命运，而且为改善他们的悲惨境遇而奔走呼号。

## 一、生平与创作

普列姆昌德1880年出生于印度贝拿勒斯近郊的农民家庭。父亲是一个收入微薄的邮局小职员，母亲在他7岁时就离开了人世。他17岁时，父亲和继母以包办的方式替他娶了妻子，婚后夫妻感情不和。次年父亲去世。当时他还只是一个中学生，却一边上学一边做家庭教师，别无选择地肩负起维持家庭生计的重担。中学毕业后，没有考取免费大学。1902年，他获得去一家师范学院进修的机会，在此，他开始文学创作，发表处女作中篇小说《圣地的奥秘》（1903—1905）。尽管生活十分艰苦，但他却始终好学上进，锲而不舍，自修大学课程。1919年，他通过自学考试，取得了英语、波斯语和历史的学士学位。

1921年，普列姆昌德响应甘地不合作运动的号召，辞去已经从事近20年的教师公职。此后，他把主要精力放到创作上面。他同时编辑出版了几种文学刊物，在文坛和社会上有重大的影响。他创办的《天鹅》杂志被认为是印度进步文学的一面光辉旗帜，有力地配合了印度的民族独立运动。1936年10月8日，普列姆昌德病逝，终年56岁。

普列姆昌德从1903年走上文坛，直到生命的最后一息，始终笔耕不辍。最初他是用乌尔都语创作，后来改用印地语。在30多年的写作活动中共发表了15部中、长篇小说和300多个短篇小说，此外还有大量的文艺评论、翻译作品、电影剧本以及儿童文学作品，为印度人民留下了丰富而宝贵的文学遗产。

普列姆昌德出版过20多部短篇小说集，有代表性的是《祖国的痛楚》（1908）、《进军及其他》（1933）等。这些作品思想和艺术上的高度成就给他带来了"短篇小说之王"的美誉。

普列姆昌德熟悉农村生活，他的很多短篇以农村生活为题材。在作品中，他首先满怀感情地描写农村的风光景色和日常生活，亲切自然，很能打动人。在《教训》中他写道："在那芒果树下堆着农民们历尽千辛万苦换来的金黄色的麦垛。麦糠的碎末像烟雾一样在四周弥漫，牛在踏压着麦场；牛想吃时，就把嘴往麦秸里一扎便吃上一口麦粒。农村的木匠和鞋匠，洗衣的和烧窑的都为收一年一度的工钱而聚齐了。善于跳舞的在一边敲着鼓跳起舞来。"这样的叙述使我们看到秋季农村的景致、丰收后农民的兴奋心情以及印度农村的习俗，使人有身临其境的感觉。当然，普列姆昌德并没有粉饰农村现实，没

有把农村写成世外桃源。相反，他在小说中深刻地揭露社会上人对人的剥削和压迫，反映了农民低下的地位和悲惨的命运。《半斤小麦》描写一个心地淳朴的穷苦农民向地主借了半斤小麦。7年以后，地主竟要他还5倍于半斤的小麦。农民无力偿还，只得去地主家做工，20年后仍没还清，他的儿子又被抓去还债。作者最后强调："不要以为这是一个杜撰的故事，这是活生生的现实。"

普列姆昌德是积极的民主战士，始终站在反对殖民统治、争取祖国独立民族解放斗争的前线。优秀短篇《沙伦塔夫人》歌颂民族主义精神。女主人公沙伦塔具有强烈的民族自尊心。她的丈夫——一个独立小王朝的君主，曾两次臣服于异族皇帝，沙伦塔为了民族的尊严，激励丈夫回到自己的小王朝过独立自由的生活。当皇帝大兵讨伐，他们身陷绝境之际，沙伦塔为使丈夫不作皇帝的阶下囚，应丈夫的请求，刺死了他，然后又把剑刺向自己的胸膛。在作者笔下，沙伦塔不仅是崩德拉人的英雄，而且也是印度独立自由的象征。

种姓制度是印度长期存在的社会问题，是印度封建社会的精神支柱。普列姆昌德深刻认识到这个社会问题，在《残酷无情》《可番布》《解脱》等作品中，批判了种姓制度给低种姓人民带来的无穷灾难，对被人称为不可接触的"贱民"表示出深切的同情。普列姆昌德还十分关心妇女的命运，在《失望》《有儿女的寡妇》《老婶娘》等作品中展示了妇女的处境和悲惨遭遇。

普列姆昌德的长篇创作影响巨大。1918年出版的《服务院》是他的成名作。此后，他一发而不可收，出版了15部中长篇小说。除给他带来世界声誉的《戈丹》（1936）之外，其他名作还有《仁爱道院》（又译《博爱新村》，1918）、《战场》（又译《舞台》，1922）、《妮摩拉》（1925）等。

《服务院》标志着普列姆昌德长篇小说的成熟。女主人公苏曼因没有嫁妆，被迫嫁给一个不要嫁妆的中年人，最终被抛弃，沦落为妓女。苏曼的遭遇真实地反映了当时印度妇女普遍的悲惨命运。《妮摩拉》也以妇女问题为题材。主人公妮摩拉15岁时便嫁给一个有3个孩子、体弱多病的律师，婚后毫无幸福可言，最终在凄惨的生活中离开人世，死时还不满20岁。妮摩拉与苏曼一样是不合理的婚姻制度的牺牲品。她们的挣扎与毁灭是对印度社会男女不平等现象和恶劣的妆奁制度的有力控诉。

《仁爱道院》为读者描绘出一幅濒于崩溃的封建主义社会的画面，揭示了农村中尖锐的阶级对立和阶级斗争。主人公葛衍那·辛格尔是个大地主，他有野心，贪婪而又极端自私。他勾结官府，横行乡里，为追求财富，对自己的亲人玩弄种种阴谋。他的哥哥普列姆接受改良主义思想，放弃自己的产业，多方帮助穷苦农民。普列姆与侄子一起建立了一座仁爱道院（博爱新村），农民成了土地的主人。小说指出农民受苦受难的主要根源是封建的土地制度。不过作品提出的解决问题的方法是理想主义的，所谓博爱新村，只不过是作者凭借善良和同情心为人们建造的一座乌托邦而已。

## 二、《戈丹》

《戈丹》是普列姆昌德最优秀的也是印地语最优秀的长篇小说。"戈丹"一词为印地语的中文音译，意译为"献牛"或"牺牲"。

### （一）思想内容

《戈丹》创作于1932年，发表于1936年。20世纪30年代，印度民族解放运动高潮刚刚过去，英国殖民当局勾结印度的封建势力和大资产阶级残酷地压榨广大人民群众，下层人民在死亡线上挣扎。普列姆昌德以其敏锐的洞察力创作了这部反映这一时期印度农村生活的不朽史诗。

《戈丹》主要描写农民何利的遭遇，可以看作何利一家的苦难史。何利是一个贫苦的农民，他一生最大的愿望便是拥有一头奶牛，因为这被认为是家门吉祥致富的象征。后来，何利从牧人薄拉那里赊来一头奶牛，全家兴高采烈。但已与何利分家的弟弟却怀着嫉妒之心把奶牛毒死了，何利因此吃了一场官司。此后，灾难接踵而来：他的儿子戈巴尔与寡妇裘妮娅相爱，裘妮娅怀孕，何利与妻子丹妮娅出于怜悯和同情收留了裘妮娅，何利因此被开除教籍，被罚款罚粮。薄拉来讨还牛钱，逼得何利倾家荡产，沦为雇工。为了让女儿体面地出嫁，何利只好借高利贷备办嫁妆。由于何利欠的地租太多，村里的管账人要收回他的田地，在走投无路的情况下，何利只好变相出卖女儿，以保住仅有的一点土地。尽管生活极端困苦，何利仍然梦想要买一头奶牛。最后，何利在做苦力时累倒了。按照印度教习俗，教徒临死时要行"戈丹"仪式，即以一头牛作祭礼，请婆罗门祭司来净化灵魂。这样，何利卖命挣来的几个工钱又被祭司抢走了。

小说通过何利的命运展现了当时印度农村的悲惨世界：在不公正的社会制度下，官僚地主、高利贷者、婆罗门、祭司联起手来结成一张密不透风的罗网，用不同的方法、不同的名目冷酷无情、贪得无厌地盘剥、掠夺、欺凌、压迫着农民。而不合理的种姓制度也始终折磨着低种姓的尤其是被认为不可接触的贱民。在生动真实叙述的同时，作者深刻指出，殖民主义者与农村封建势力的勾结是造成农民日益贫困的社会总根源。

### （二）人物形象

何利是印度贫苦农民的典型。他身上既有许多农民的优秀品质，如善良、勤劳、宽容，又有农民的贪心和自私。同时何利性格中还有懦弱、愚昧、不觉醒等特点。而正是这种种性格特征决定了他的悲惨命运。

何利出场时，已是有3个孩子的中年人了。小说描写他"是一个性情温和的人，走起路来总是低着头，对什么事也能容忍"。他家里不富裕，但在村里是个体面人。他的善良忠厚表现着农民特有的质朴。他对妻子丹妮娅怀着真挚的情感，由衷地赞美她的美，尽管她的脸上过早地刻上了艰难生活的痕迹。当儿子将裘妮娅放在家里而自己逃之夭夭时，他收留了可怜的裘妮娅，代价是交出全年的收成。在何利的性格中与他的善良、忠厚同时并存并交错出现的还有种种农民特有的贪小利、自私的想法。比如，为了得到奶牛，他曾想欺骗牧人薄拉；出于自私的打算，他对有钱人大献殷勤等等。但这并没有损害何利形象的价值，反而使何利形象显得更为真实可信。小说写何利受封建思想的控制，有条件地承认规定的社会秩序，对生活中的一切都能心平气和、逆来顺受。为了生计，他可以帮助地主老爷收节礼；村里的长老们敲诈勒索，他甘愿受罚。何利承受着一次次打击、一场场灾难，一直到死。

何利的形象具有深刻的典型意义。印度第三次民族解放运动高潮过后，整个社会特别是农村依然黑暗，而印度长期的封建思想的禁锢也麻痹了许多农民的头脑，使他们对统治阶级俯首帖耳、唯命是从。何利就是这个特定时代的农民典型。

**（三）艺术特色**

《戈丹》在艺术上取得了较高的成就。一是注重情节的真实性。普列姆昌德一向强调文学作品要具有真实的品质。正是基于这种观点，《戈丹》将自己最熟悉的农村生活、农民形象作为描写的对象，使这部小说闪耀着现实主义的艺术光辉。小说抓住农村特点，对农村进行真实生动的描写。

二是注重人物的典型性。小说对农民形象的刻画惟妙惟肖，何利的善良与懦弱，丹妮娅的忠厚与泼辣，戈巴尔的大胆与反抗，裘妮娅的勇敢与软弱，无不显示着作者对农村生活的熟悉和对农民真挚的热爱之情。普列姆昌德在塑造人物时，善于将人物放在集中尖锐的矛盾冲突中表现其性格。何利的胆小怕事、丹妮娅的泼辣大胆是通过奶牛被杀、收留裘妮娅等事件表现出来的。这些事件在小说中又是占有重要位置、矛盾冲突激烈、戏剧效果强烈的情节，人物性格也就体现得更加鲜明生动。

三是注重语言的丰富性。普列姆昌德的语言很受人称道，朴实无华，自然流畅，习惯用语极其丰富，充满光彩和活力。

# 第五节 纪伯伦

纪伯伦·哈利勒·纪伯伦（1883—1931）是阿拉伯旅美派的代表作家，黎巴嫩现代文学史上最具世界影响的作家和诗人。

## 一、生平与创作

纪伯伦出生于黎巴嫩北部风光秀丽的山村。当时黎巴嫩作为叙利亚的行省被并入土耳其奥斯曼的版图，黎巴嫩人不堪异族压迫，纷纷移民美洲。纪伯伦一家在1895年经埃及、法国，定居美国波士顿。两年后，他又只身前往祖国学习民族语言文化，直到中学毕业后返回美国。在此期间，他探访名胜古迹，游历黎巴嫩各地。1908年至1910年年底，他在巴黎学习绘画，游历欧洲历史文化名城，广泛涉猎西方艺术文化。从1911年起他一直活跃在美国纽约文艺界，成为具有世界影响的作家和诗人。

纪伯伦从1903年开始公开发表作品，先后用阿拉伯语和英语创作小说与散文诗，尤以散文诗令人瞩目。他的主要作品有小说集《草原新娘》（1906）、《叛逆的灵魂》（1907），中篇小说《折断的翅膀》（1911），散文诗集《泪与笑》（1913）、《疯人》（1918）、《先驱者》（1920）、《暴风集》（1920）、《珍趣篇》（1923）、《先知》（1923）、《沙与沫》（1926）、《人子耶稣》（1928）、《流浪者》（1932）、《先知园》（1933）。

早期的两部小说集共收录7个短篇小说。这些作品表现了两类题材：恋爱婚姻与社会批判。《世纪的灰与永恒的火》以丰富浪漫的幻想，在世事沧桑的辽阔时空背景中，歌颂青年男女纯真、永恒的爱。《瓦尔黛·哈妮》刻画一个冲破传统封建藩篱勇敢追求真情实爱的叛逆女性，倡导按照自然法则生活，"并从这法则中吸取自由的荣誉和欢乐"。《新婚的床》描述一对恋人双双殉情的悲剧，赞美为爱而死的壮烈。《疯子约翰》叙述在教权和政权压迫下弱小者的悲惨。《玛尔塔·巴妮娅》表现妓女生活的痛苦和哀怨。《墓地的呼声》控诉惨无人道的法律与法官。《叛教者哈利勒》通过对青年修道士哈利勒的塑造，集中体现纪伯伦早期对社会、宗教和人生的思考，鞭挞坐享其成、压迫人民的统治者和虚伪贪婪、对人民施行精神奴役的宗教僧侣，赞美主人公的自由意志和独立品格。

《折断的翅膀》是纪伯伦小说的代表作。该小说具有多重思想，表层情节叙述女主人公萨勒玛高尚圣洁的爱与她欲爱不能、屈从强权、最后惨死的悲剧。另一层意义是把萨勒玛的个人悲剧与民族的悲剧命运融合起来，把女主人公当做"受尽统治者和祭司们折磨的民族"的象征。更深一层的内涵，是在哲理层次上对人生、爱情、幸福、美等进行艺术的思考。

纪伯伦的10部散文诗集有不同的风格。《泪与笑》是他早期散文诗的汇集，诗集中充满着青春的伤感，以哀叹、倾诉和优美的笔调探讨美、爱、孤独等人生体验。诗集开头写道："我不想用人们的欢乐将我心中的忧伤换掉；也不愿让我那发自肺腑、怆然而下的泪水变成欢笑。"诗集中也有对社会不公的愤懑和对人生理想的追求，但总体上是轻歌曼舞式的。《暴风集》和《珍趣篇》以疾风暴雨般的气势和力度表现爱国主义和民族主义思想，对封闭落后的民族传统加以深刻的反省。诗人以"掘墓人"自诩，针对阿拉伯世界甚至整个东方民族的现实问题，指陈东方病入膏肓的顽症，抨击无处不在的种种"奴性"，呼唤"暴风雨"的来临，"用风暴武装，以现在战胜过去，以新的压倒旧的，以强大征服软弱"（《致大地》），以极大的热情迎接"新时代"的到来，号召同胞做"属于明日的自由人"。《疯人》《先驱者》《流浪者》主要是一些含意深刻的短小寓言。这三集作品寓含深邃的哲理，往往以超现实的寓言故事来讽刺人类现实的荒诞：抛下面具、追求真实被视为"疯子"，断肢残臂倒是正常，种种人为的框范束缚人生的自由；战争残杀无辜，虚伪戴上真实的王冠，无知以各种面目充斥社会等。《沙与沫》是格言体散文诗集，辑录诗人关于人生和艺术的佳言妙句，凝练简约，隽永深刻，闪耀着思想智慧的火花。《人子耶稣》以众人对耶稣的议论，塑造一个富于人性、勇敢乐观的耶稣形象，与基督教中忍让软弱的耶稣不一样，在耶稣形象中寄寓了诗人的人生道德理想。《先知》和《先知园》是纪伯伦构思的"先知"三部曲中的两部，另一部《先知之死》因诗人早逝而未完成。《先知园》和《先知》的主题一脉相承，都是表达一种生命哲学，但《先知园》侧重于表现人与自然的关系，强调人和自然的同一性依存。

此外，纪伯伦还创作了长诗《行列》和剧本《国王与牧人》《大地之神》，以及大量富有文学色彩的书信。

纪伯伦近30年的创作大体上可以分成前后两个时期，前后两期的发展变化明显体现在如下几个方面。第一，在创作形式和语言运用上，前期以小说为主，也写散文诗；后期以散文诗为主，也写戏剧。前期主要用阿拉伯文写作，后期主要用英语写作。第二，在创作内容与主旨上，前期着眼于现实问题，表现出暴风雨式的抨击，"破坏"是其中心意念；后期侧重于表现理想，精心构筑"爱"与"美"的世界，"建设"是其中心思想。第三，在文化观念上，前期立足于阿拉伯民族的立场，批判西方的物质文明，也进行深刻的民族反省；后期则试图超越东西文化之辨，站在"人类一体"的立场思考人类的普遍问题：人的完善，生命的升华，人与自然、精神与物质、生与死的关系，等等。

在艺术表现上，纪伯伦的作品具有清新、隽永、深邃的风格。这种风格首先表现为鲜明的哲理化倾向。纪伯伦的作品不是就事论事，往往是透析现象背后的本质。无论是早期的民族立场和社会批判，还是后期对普遍人性的思索，都不是满足于事实的铺陈，而是最大限度地拓展理性思维空间，在辽阔的精神世界里自由驰骋。其次是丰富的想象力和激越的情感。纪伯伦的创作"视通万里"，古往今来的事件，远方异域的风光，大到宇宙，小到沙粒，都能成为他作品中的题材。这些材料经他的情感激活，便能凝成一个个富有鲜活生命的艺术画面。新颖的象征意象、灵活多样不受成规框范的艺术形式和富于音乐性的语言，增添了他的作品的魅力。

## 二、《先知》

《先知》是纪伯伦的代表作，也是阿拉伯文学乃至东方文学的一座丰碑。纪伯伦以他的全部心血、热情和智慧来创作《先知》。《先知》的创作前后达20余年。纪伯伦18岁在黎巴嫩求学时就写下第一稿，但自觉稚嫩而搁置。两年后曾为母亲朗诵其中的片断，受到母亲的赞扬，但母亲告诫他"还没到发表的时候"。10年后，纪伯伦已成为阿拉伯文学界的著名作家，他又以英文进一步创作《先知》。

### （一）思想内容

诗集塑造一个名叫亚墨斯塔法的东方智者形象。他在西方城市阿法利斯滞留了12年，预备离开城市回归他"出生的岛屿"。在与当地居民依依惜别之时，他应民众要求而作临别赠言。他从"爱"说起，讲到饮食起居、生老病死、悲欢离合、交往处世、信仰追求、伦常礼仪、情感行为等各个方面，对"关于生和死中间的一切"提出自己的见解。说完后，老人登上故乡前来迎接他的船只，扬帆东行。

　　《先知》的基本主题是人的精神世界的充实和提高，是"生命在宇宙的大生命中寻求扩大"。在诗人看来，人生充满了矛盾和冲突，也显得异常缤纷多彩，在人身上存在3种特性：兽性、人性和神性。"神性"是人类的未来，"人性"是人类的今天，"兽性"是人类的过去。"神性"是"真我""巨人"，是生命的升腾，是完美，是至善。因而，摆脱动物性，发扬人性，走向神性，获得自由，这就是纪伯伦在《先知》中为人类"升腾"规划的光明大道。

　　为此，诗人要人们听从"爱"的"召唤"，以"美"为"向导"，把"理性"与"热情"当成"航行的灵魂的舵与帆"；仁慈为怀，带着"仁爱"劳作，"以身布施"；彼此相爱，"寻求心灵的加深"；不受人为戒律的束缚，"勇敢地走向自己的目标"；遵循自然的法则，以赤裸的生命"迎接太阳与风"，回归自然，"在白杨的凉荫下，享受那田园与原野的宁静与和平"。在《先知》中，纪伯伦以平静的心情探索人类应该怎样生活，并展示其社会理想，集中突出对爱与美的探求。纪伯伦通过亚墨斯塔法的口这样表述"爱"：

　　　　爱除自身外无施与，除自身外无接受，
　　　　爱不占有，也不被占有，
　　　　因为爱在爱中满足了。
　　　　……
　　　　溶化了你自己，像溪流般对清夜吟唱着歌，
　　　　要知道过度温存的痛苦，
　　　　让你对爱的了解毁伤了你自己，
　　　　而且甘愿地喜乐地流血。

　　这爱的实质是人与人之间的相互平等和尊重，是一种忘我奉献的精神。爱不只是欢乐和享受，也是一种痛苦，但在爱的痛苦中，人性获得净化和提升：

　　　　他舂打你使你赤裸，
　　　　他筛分你使你脱去皮壳，
　　　　他磨碾你直至洁白，
　　　　他揉搓你直至柔韧；
　　　　然后他送你到他的圣火上去，
　　　　使你成为上帝圣筵上的圣饼。

　　这种爱贯穿《先知》全集，成为每个话题的前提。谈到"工作"，他说"一切工作都是空虚的，除非是有了'爱'"；"友谊"是"你用爱播种，用感谢收获的田地"；"婚姻"就是"彼此相爱，但不要做成爱的系链"。可以说，爱是无限，爱无处不在，爱不仅是一种感情，它是自然和人生的一种属性。

"美"也是纪伯伦一生不断思索和追求的价值。美是什么？人们往往从满足某种欲望出发来理解它。这不是美的本质，这只是一种"未曾满足的需要"。在《先知》中，纪伯伦谈到另一层次的"美"：

> 美不是一种需要，只是一种欢乐。
> 它不是干渴的口，也不是伸出的空虚的手，
> 却是火焰的心，陶醉的灵魂。

换言之，美是一种由审美带来的精神愉悦，它无须借助外在审美对象，而是因人的内心世界的观照而达到的审美境界，"她不是那你能看到的形象，能听到的歌声，却是你虽闭目时也能看到的形象，虽掩耳时也能听见的歌声"。

纪伯伦特别强调美与生命的关系。"在生命揭示圣洁的面容的时候的美，就是生命。但你就是生命，你也是美，美是永生揽镜自照，但你就是永生，你也是镜子。"生命是美的，生命的美在于生活本身。当人们全身心投入生活、体味生活的酸甜苦辣、追求自己的人生理想、实现生命的价值时，生活中的一切都会变得美丽。生活的美根本上来源于对生活的爱。实际上，纪伯伦提出了美的又一层次：美与爱的统一。"美是一种你为之倾心的魅力。你见到它时，甘愿为之献身，而不愿向它索取。"爱与美的统一既是美的最高层次，也是生命的最高境界。这也是纪伯伦探讨的"人生"向"神性"飞升、"超腾"的具体内容。

纪伯伦在《先知》中不是一味作脱离现实社会的幻想。在经历前期创作的基础上，他看到了现实中的种种问题和危机，从而提出了建设性的设想。从《先知》中的"罪与罚""法律""自由"等篇章中，我们不难看到诗人对社会的缜密观察、对人生的深刻理解、对社会丑恶现象的无情鞭挞和对弱小者的深切同情。他借先知之口谴责那些"喜欢立法，却也更喜欢犯法"的统治者，揭露"忠诚其表而盗窃其中"的伪善者，怒斥"用言语换取他人劳动"的剥削者。

### （二）艺术特色

首先，《先知》充满着辩证精神，体现出深刻的哲理意蕴。诗人睿智地看到事物的两面：恶中有善，善恶相依；理性和热情在心中决战，它们又互相依赖，热情需要理性的引导，理性要热情来升腾；"爱虽给你加冕，他也要钉你在十字架上。他虽栽培你，他也刈剪你"；欢乐是"失去了面具的悲哀"，悲哀也包含着欢乐，"悲哀的刨痕在你身上刻得越深，你越能容受更多的欢乐"，"当你喜乐的时候，深深地内顾你心中，你就知道只不过是那曾使你悲哀的，又在使你喜乐"。

其次，《先知》想象丰富。诗人创造性地打破抒情诗单纯议论抒情的传统，以先知

赠言的形式统摄26篇各自分散独立的作品，使之形成有机整体，给抒情、议论的散文诗一个叙事的框架。诗人在诗集中的想象不受任何时空的限制，为了表达思想，宇宙、自然、社会、过去、现在、未来都广泛涉笔，既可以探究无限和永生，也可以运笔于人的神经末梢，天马行空，自由驰骋。同时，诗人化抽象为具体，以丰富多彩、贴切生动的喻体表达思想。诗人往往把思想凝聚起来，投影在某个意象鲜明的喻体上，思想和喻体的结合又紧密自然。如写到"逸乐中的善与不善"的问题，诗人写道：

> 到你的田野和花园里去。
> 你就知道在花中采蜜是蜜蜂的娱乐；
> 但是，将蜜汁送给蜜蜂也是花的娱乐，
> 因为对于蜜蜂，花是它生命的泉源，
> 对于花，蜜蜂是它恋爱的使者，
> 对于蜂和花，两下里，
> 娱乐的接受是一种需要与欢乐。

最后，激情与理智高度融合。《先知》是一部智者的训诫录，继承了东方智慧文学的传统，是理性思考的产物。诗集中有不少凝聚着纪伯伦对人生、世界甚至宇宙的深入探察和富于真知灼见的格言警句。如"工作是眼睛能看见的爱"；"再不以自由为标杆、为成就的时候，你们才是自由了"；"懊恨只是心灵的蒙蔽，而不是心灵的惩罚"。但智者的训诫、作者的思想不是枯燥刻板的说教，诗行中渗进诗人激越的情感。诗人以拳拳之心告诫世人，告诫中奔涌着激情，"你""你们"这种直呼辞格的运用强化了诗人的情真意切。纪伯伦曾说："诗是神圣的灵魂的体现。是微笑——像春风吹醒心田；是悲叹——催人涕泪涟涟；是幻景——住在心中，供它营养的是灵魂，供它饮用的是感情。"《先知》就是这一理论的实践。

# 第十五章 当代文学

亚非当代文学指亚非各国第二次世界大战结束以后的文学。当代东方各国的社会、历史进程各具特色，文学现象、文学发展及文学成就在不同国家与地区有不同的反映。在创造性地继承与发展东方文学优良传统的基础上，当代东方文学积极接受西方文化与文学的影响，努力形成独具特色的新的民族文学，成为当代世界文学的重要组成部分。

## 第一节 概述

### 一、亚非当代文学的产生背景和基本特征

当代东方是世界各种矛盾的集中地区，也是民族独立与解放运动风起云涌的时期。第二次世界大战的胜利为东方各国人民进行民族解放斗争、推翻帝国主义在殖民地半殖民地国家的统治开辟了广阔道路。中华人民共和国、朝鲜民主主义人民共和国、越南民主共和国（今越南社会主义共和国）等一批社会主义国家宣告成立，东南亚、南亚、西亚以及非洲一大批国家纷纷推翻殖民统治，赢得了民族独立。当代东方国家已经成为国际舞台上一支举足轻重的政治力量。1955年在万隆召开的有29个国家参加的亚非会议是东方历史上第一次没有欧洲国家参加的国际会议。反对殖民主义、帝国主义，争取和保障民族独立，是万隆会议的基本主题。

政治上的独立带来了经济繁荣与文化发展。虽然大多数亚非国家属于经济不发达的"第三世界"，但对经济建设的探索与追求日益影响到文学，尤其是随着大众传播方式的不断革新和现代化文化消费设施的日益推广，文学的表现形式已显示出多样化风格。另外，随着国际对话增多，文化交流加深，各国文学间的隔膜正在逐渐消除，西方世界看待东方文学的眼光也在逐步改变。近年来，获得诺贝尔文学奖提名及荣获诺贝尔文学奖的东方作家不断出现，从某种意义上可以看出西方世界已更多地接纳并欣赏东方文学。东方文学对世界文学的影响正不断增强。

总体而言，当代亚非文学表现出如下几个特征。

第一，有鲜明的政治倾向。当代东方文学诞生在东方各国民族解放运动的风雨之中。在它产生之初，无论是无产阶级文学，还是民族资产阶级文学，都具有鲜明的政治倾向，

即反对帝国主义与殖民主义，赞颂人民反帝反殖的英勇斗争。由于东方各国政治、经济、文化发展不平衡，东方各国的文学也出现多元化态势。战后日本出现许多凭吊战争、揭示战争给人民心灵造成创伤的作品，而后又出现现代主义小说、私小说、通俗小说等，或反映现实生活，或描写人的心灵，表现在工业化社会高度发展时期人们的生活状态。在非洲许多国家，由于民族独立与种族歧视始终是一个重要问题，进步作家将推翻帝国主义殖民统治、为民族解放与国家繁荣而斗争作为创作的基本主题。许多作家同时也是反殖民主义的战士，如尼日利亚作家沃尔·索因卡曾因参加民族解放运动而被捕入狱。

第二，与西方文学交流频繁。当代东方各国的作家经常进行文化交流、考察访问等多项活动。当代东方文学也受到西方文化的多方面影响，特别是西方现代主义文学的影响更加明显。日本战后文学有许多现代主义作品，如野间宏的《阴暗的图画》采用意识流手法，椎名麟三是公认的日本存在主义代表作家之一，安部公房的代表作《墙壁》和《砂女》也反映了西方现代派的表现技巧和卡夫卡的影响。当代印度出现的新小说派明显接受了西方存在主义文学的影响。在当代阿拉伯文学中，埃及著名作家陶菲格·哈基姆（1898—1987）的戏剧深受西方荒诞派戏剧的影响。尼日利亚戏剧家索因卡的有些作品也被称为贝克特式的荒诞剧。

第三，注意表现东方文学的气派和风格。当代东方文学在积极向世界靠拢的同时，又注意保持本民族文化与文学的特点。无论作品取材、人物塑造、艺术手法的运用，还是文学的审美情趣、思想哲学观念，都表现出浓郁的民族特性。川端康成、三岛由纪夫之所以享誉世界，与其创作中着力展现日本文学审美世界密切相关。塞内加尔女作家阿·索·法尔虽然用法语创作，曾荣获法国最高文学奖"龚古尔文学奖"，但作品中展示的是一个地地道道的撒哈拉以南非洲世界。

## 二、亚非当代文学发展概况

当代亚非文学除中国外，以日本、印度、埃及、撒哈拉以南非洲等国家和地区的文学最有代表性。

### （一）日本文学

当代日本文学大致可划分为3个时期：1945年至1950年为战后恢复期，1951年至1960年为战后过渡期，1961年至今为新文学展开期。

战后恢复期的文学。1945年8月，日本宣布无条件投降。战后日本文学揭露战争的罪恶，真切反映战后现实社会的混乱与艰难，并呈现出多种流派并立的现象。

1945年12月，新日本文学会成立，发起人几乎都是战前的左翼作家。它一面继承战前无产阶级文学运动的传统，一面适应新的形势，努力扩大战线，成为一个民主的文学统一战线组织，口号也由无产阶级文学改为民主主义文学。在日本共产党的领导下，该会成为战后日本最大的文学组织，拥有两万会员，其机关杂志《新日本文学》创刊于1946年。宫本百合子（1899—1951）的《播州平野》（1946—1947）、德永直（1899—1958）的《妻啊，安息吧》（1946）等作品均发表在这个刊物上。

战后在杂志上发表作品的有一批老作家。影响较大的作品有：志贺直哉（1883—1971）的《灰色的月亮》（1946），正宗白鸟（1879—1962）的《战争受害者的悲哀》（1946），永井荷风（1879—1959）的《舞女》（1946）、《勋章》（1946），谷崎润一郎（1886—1965）的《细雪》上卷（1946）等。

战后才登上文坛的第一批新作家被称为"战后派"。"战后派"以 1946 年创刊的《近代文学》杂志为中心，以尊重个性、艺术至上为基本精神，提倡文学独立于政治之外，主张作家不受政治党派和理论束缚。野间宏（1915—1991）的《阴暗的图画》（1946）被公认为"战后派"的先声。继之有梅崎春生（1915—1965）的《樱岛》（1946）、椎名麟三（1911—1973）的《深夜的酒宴》（1947）、武田泰淳（1912—1976）的《审判》（1947）、埴谷雄高（1910—1997）的《亡魂》（1946—1949）、大冈升平（1909—1988）的《俘虏记》（1948）、三岛由纪夫（1925—1970）的《假面的自白》（1949）和安部公房（1924—1993）的《墙壁》（1951）等相继发表，引起较大反响。

"战后派"中三岛由纪夫影响很大。他是一个极端民族主义的作家，他的作品不断宣扬对毁灭、流血、死亡与自杀的沉迷。其《忧国》（1960）、《明日黄花》（1961）和《英灵之声》（1966）等作品美化法西斯军人。他主张"必须复兴日本的传统，尚武和武士的传统"，还宣称剖腹自杀是"死的美学的极点"。三岛由纪夫一生著有 21 部长篇小说、80 余个短篇、33 个剧本，以及大量散文，其中有不少曾被译成欧美多种文字，作品中有 10 部被改编成电影，36 部被搬上舞台。他曾两次被提名为诺贝尔文学奖候选人。日本文艺评论家松本鹤雄说，三岛的文学特征是"日本浪漫派精神、贵族情趣和对王朝文化的憧憬的结合，转化为天皇神格化"，可谓将艺术的卓越与政治的保守聚于一身。《假面的自白》（1949）是一部半自传体的长篇小说，叙述一个具有特异性格的人从幼年到青年时代的生活经历和大胆自白。《金阁寺》（1956）被誉为日本战后文学的杰作，它以一位口吃的青年和尚放火烧毁美丽的金阁寺的事实为素材，生动地描绘"丑"对"美"进行报复的复杂心路历程。1970 年他完成了历时近六年的鸿篇巨制《丰饶之海》（包括《春雪》《奔马》《晓寺》《天人五衰》），该作品被评论界视为三岛创作的顶峰。

战后过渡期文学。20 世纪 50 年代，日本经济开始复苏，文学发生新的转变，"第三新人"派登场。他们以纤细的感觉和小市民的意识取代了"战后派"雄心勃勃的风格。从嫌恶政治性的意识形态、以日常生活的感觉构成自己的世界这点来说，他们与私小说传统一脉相承。他们的创作常以朝鲜战争和日本军需经济为背景，也被称作"相对安定期的作家"、"军需文学"。代表作家作品有：安冈章太郎（1920—2013）的《阴郁的乐趣》（1953）、《坏伙伴》（1953）、《海滨的光景》（1959），吉行淳之介（1924—1994）的《骤雨》（1954）、《砂上的植物群》（1963）等。

从 1955 年起，日本社会进入安定时期，经济开始高速发展，人民生活水平迅速提高，不少青年耽于享乐，丧失理想。石原慎太郎（1932—2022）的小说《太阳的季节》（1955）轰动一时。作品以当时的不良男女为主人公，他们没有生活目标，内心浮躁，充满反抗意识却又不知反抗什么才好。作品以"性"为中心问题，试图否定传统的道德观念，确定某种新的道德观念。该作于1956年获得芥川奖，在日本引起强烈反响。

井上靖（1907—1991）的创作被有些评论家称为"中间小说"，即所谓处于纯文学与大众文学之间的作品。他的创作题材很广，取材于现代的《斗牛》（1949）、《猎枪》（1949）、《冰壁》（1957）、《化石》（1967）等描写了当代生活的风貌；历史题材的《天平之甍》（1957）、《楼兰》（1958）、《敦煌》（1958）等都与中国有关，通过对历史的描写，表达对中国人民的友好情意。

新文学展开期文学。1961年之后，日本经济高度现代化，给人们生活带来了多方面的影响。从内在生活根底看，"性"价值发生变化，人们追求"性"解放，传统的家庭意识变质解体；人与人之间的关系表现出冷漠和不安特征；社会政治运动的影响在消失，个人日常生活占据越来越重要的地位。"第三新人"派作家们继续活跃。他们写小世界，写日常生活，描写时代变化引起的种种现象，如安冈章太郎的《花祭》（1962）描写少年时代的生活和性欲的觉醒；吉行淳之介的《阴暗的节日》（1961）描写已婚的小说家和女演员的恋情。

"第三新人"之后登上文坛的一些更新的新人作家才代表一个新时代的到来。这些新一代作家主要以石原慎太郎、开高健、大江健三郎、村上春树为代表。开高健（1930—1989）以短篇小说《恐慌》（1957）成名，同年发表《裸体皇帝》并获芥川奖。其他重要作品还有《越南战记》（1965）、《闪光的黑暗》（1971）等。其作品多以非现实情节表现对当代社会黑暗的抗争。

大江健三郎（1935—　）由于对社会的深刻探索和检讨态度以及作品中的创新精神，1994年获得诺贝尔文学奖。他生于日本四国爱媛县，在东京大学法文系读书时喜读萨特的作品，并开始创作。剧本《兽声》（1957）获好评，短篇小说《饲育》（1958）获得芥川奖。这些早期作品的基本主题是"表现处于被监禁状态和被封闭墙壁之中的生活方式"，流露出对社会现实不满的情绪。1958年大学毕业后，大江踏上专业作家之路。他在1959年至1963年的创作中开始涉及"性"和"政治"的主题。中篇小说《性的人》（1963）和《政治少年之死》（1961）都在社会上引起较大反响。1963年对大江是个重要的年份，发生了两件事：其长子成为残疾儿，他本人调查广岛原子弹爆炸后生发无限感触——这两件事使他承受了个人和人类的双重不幸。从此他的作品就紧紧围绕这两件事而展开。著名作品有《个人的体验》（1964）和《核时代的想象》（1970）等。1983年出版的短篇小说集《新人啊，醒来吧》通过残疾儿的生活涉及核状态下人类命运的大课题。大江虽然对残酷的现实表示出种种忧虑与不满，但又未能找到摆脱之路，于是创作了一系列描写乌托邦理想国的作品，如随笔《乌托邦的想象力》（1966）、小说《同时代的游戏》（1979）和长篇小说《致令人怀念年代的信》（1986）等。

长篇小说《万延元年的足球队》（1967）是大江健三郎的代表作之一，也是获诺贝尔文学奖的主要作品之一。小说主人公密三郎是大学讲师，有一个患脑疾的儿子和一个参加反安保斗争失败的弟弟鹰四。密三郎一家和鹰四回归故乡山村去寻根。鹰四组织一支足球队，想效仿曾祖父之弟、万延元年（即1860年）起义的领袖做一次现代壮举。但是鹰四策划和领导的暴动失败，足球队员也离他而去，鹰四自杀。密三郎想改变对现实的态度，重建新生活。小说发表后，因其紧密结合现实的丰富想象力、错综复杂的独特构思和深刻鲜明的哲理性而荣获谷崎润一郎奖。小说中所探索的"个人与社会、思考与行动、过去与现在"等严肃课题是人类共同面对的。该小说被译成十几种主要语言，蜚声海内外。

村上春树（1949— ）是日本小说家、美国文学翻译家，多次获得诺贝尔文学奖提名。他的第一部作品《且听风吟》（1979）获得日本群像新人奖。1987年第五部长篇小说《挪威的森林》在日本畅销四百万册，引发"村上现象"。村上春树的写作基调轻盈，少有日本战后阴郁沉重的文字气息，被称作第一个纯正的"二战后时期作家"，被誉为日本20世纪80年代的文学旗手。名作还有长篇小说《舞！舞！舞！》（1988）、《国境之南太阳以西》（1992）、《海边的卡夫卡》（2002）、《1Q84》（2009）、《没有色彩的多崎造和他的巡礼之年》（2013）、《刺杀骑士团长》（2017）。

### （二）印度文学

1947年，印巴（印度与巴基斯坦）分治，印度获得独立，印度开始进入当代文学发展时期。当代印度文学思潮繁多，派别林立，各民族文学均有发展，较广泛地表现出强烈的民族意识和民主思想。印度独立后的20世纪五六十年代除了以进步作家的现实主义创作为主流的文学外，还有以达拉巽格尔·班纳吉（1898—1971）为代表的"区域文学派"和以阿葛叶（1911—1987）为领袖的现代主义文学。不少作家以印巴分治、宗教纠纷、城乡生活为题材，成就显著。杰南德尔·古马尔（1905—1988）是当代印地语著名的小说家，被誉为"继普列姆昌德后的第二位重要小说家"。他采用现实主义手法进行创作，擅长心理刻画，堪称印地语心理小说的创始人。1953年，他发表长篇小说《苏克达》、《旋转》。耶谢巴尔（1903—1976）是全印进步作家协会的代表作家，曾因积极参加反英斗争而两次被捕入狱，长篇小说《不真实的故事》（1960）为其代表作。小说上卷为《故土和国家》，下卷为《国家的前途》，生动反映了印巴分治给印度人民带来的深重灾难，他也因此被称为"印地语最优秀的现实主义小说家"。泰米尔语作家阿基兰（1922—1988）迄今已创作了40余部作品，其长篇小说《画中女》（1968）获1975年度全印涅那比达文学大奖。其他主要作品有长篇小说《万卡之子》（1961）、《丹凤眼》（1965）、《向何处去》（1973）等。阿基兰自称是甘地主义者，不满印度社会的不合理现实，作品多带批判锋芒，反映印度社会现实。

### （三）埃及文学

当代埃及是北非地区文学成就最高的国家。第二次世界大战以后，不仅老作家有新作问世，而且涌现出一批青年作家。战后埃及掀起了"新诗运动"，这是一场不要任何格律的自由诗创作运动，源自20世纪40年代末的伊拉克，很快波及埃及诗坛，并形成很大的声势。代表诗人萨拉哈·阿卜杜·沙布尔（1931—1981）写有《祖国的人们》（1957）、《老骑士之梦》（1964）、《夜行》（1970）、《在记忆之海中航行》（1979）等15部诗集，博得"现代苏菲诗人"之称。他的诗作长于以新鲜的意象描写其感觉的流变。

当代埃及文学仍以小说占主流地位。阿朴杜·拉赫曼·谢尔卡维（1920—1987）的《土地》（1954）、《坦荡的心》（1956）、《农民》（1968）反映不同时代农村的悲剧。尤素福·伊德里斯（1927—1991）被认为是埃及当代第一流作家，代表作是中篇小说《罪孽》（1959）、短篇小说集《风情院》（1978）等。真正为埃及文学带来世界声誉的是被誉为埃及小说界"金字塔"的著名作家、1988年诺贝尔文学奖获得者纳吉布·马哈福兹。

（四）撒哈拉以南非洲文学

撒哈拉以南非洲有着古老而丰富的口头文学传统。口头文学种类繁多，有谚语、格言、寓言、诗歌和各种叙事故事等。20世纪初叶，教会和撒哈拉以南非洲的知识分子开始对口头文学做搜集整理工作，先后出版一些神话传说故事集，如塞内加尔的《阿马杜·库姆巴的故事》、象牙海岸（今科特迪瓦）的《非洲的传说》、喀麦隆的《在美丽的星空下》、乍得的《在乍得的星空下》、加蓬的《加蓬故事集》、尼日尔的《尼日尔的故事和传说》等。1960年，几内亚历史学家、文学家吉布里尔·塔姆希尔·尼亚奈（1932—  ）整理出版的《松迪亚塔》是撒哈拉以南非洲口头文学的优秀作品之一，是一部既具有神话色彩又具有文献价值的长篇英雄史诗。作品共18章，歌颂13世纪西非马里帝国的"国父"松迪亚塔一生的业绩。传说松迪亚塔是古代曼丁国凯塔王朝的继承人，非王后所生。因先知有言他将为王，遂遭王后迫害，经历了疾病和贫寒等苦难。国王去世后，太后篡权，松迪亚塔与其母被迫流亡国外。其后王国遭外敌侵犯，太后和新国王不敢抵抗，弃国而逃。年轻的松迪亚塔联合一些国家和部落举兵进击，经过几次大的战役，终于消灭敌人，收复国土，开创延续两百余年的马里帝国。这部史诗塑造了不畏强暴、敢于斗争的民族英雄松迪亚塔的形象，描述了撒哈拉以南非洲人民光荣的历史传统。史诗的人物形象鲜明，结构完整，文笔活泼，语言隽永，具有浓厚的乡土气息；史诗中史实与神话相交织，具有鲜明的浪漫主义色彩，表现了撒哈拉以南非洲民间艺人丰富的想象力和杰出的艺术才华。

撒哈拉以南非洲大多数国家或民族的书面文学产生较晚，一般是在19世纪以后。撒哈拉以南非洲书面文学的全面繁荣开始于20世纪初，到第二次世界大战结束后达到高潮。仅《20世纪世界文学百科全书》载入的撒哈拉以南非洲作家就有将近40位。其中桑戈尔、乌斯曼、奥约诺、阿契贝、索因卡、戈迪默和库切等人是重要代表。撒哈拉以南非洲文学的崛起具有重要的意义。它形象地展示了撒哈拉以南非洲社会的历史和现实，反映了撒哈拉以南非洲人民的心声和愿望。摆脱了殖民统治的撒哈拉以南非洲人民尽管还面临不少困难和矛盾，但他们正在用自己的勤劳和智慧谱写历史的新篇章，撒哈拉以南非洲文学也必将为世界文学宝库奉献出更加丰富多彩的艺术珍品。

列奥波尔德·塞达·桑戈尔（1906—2001）是塞内加尔的诗人、文艺理论家和政治活动家，1960年被选为塞内加尔共和国第一任总统，直至1980年退休。桑戈尔用法语写作，被誉为非洲现代诗歌的奠基人之一，是"黑人性"文艺的主要倡导者。第一部诗集《阴影之歌》于1945年在巴黎出版。诗集表达了作者对撒哈拉以南非洲大地尤其是祖国塞内加尔的热爱。第二部诗集《黑色的祭品》发表于1948年。诗集中不少作品谴责法西斯主义，揭露西方文明将非洲士兵作为祭品的罪恶，表达对殖民主义的强烈不满。同年还编辑出版《黑人和马尔加什法语新诗选》，存在主义哲学大师萨特为此书写序，给以盛赞。这部诗集在现代非洲诗歌发展史上占有重要地位。《埃塞俄比亚诗集》（1956）和《夜歌集》（1961）也是桑戈尔的著名诗集。前者以重大的社会政治事件为题材，洋溢着浓郁的民族感情，表达诗人的自信。后者收录诗人发表过的一些爱情诗，以描绘塞内加尔美丽的自然风光为主调，抒发诗人对生活的热爱和对幸福的向往。其他诗集还有《热带雨季的信札》（1972）和《主要哀歌》（1979）等。他的诗歌具有浪漫主义的色彩和浓郁的乡土气息，内容丰富，情感炽热，充满爱国主义精神。

桑贝内·乌斯曼（1923—2007）是塞内加尔著名的小说家。第二次世界大战期间作为"自由法国部队"的一名汽车司机，他参加过在意大利和德国境内的战役，1945年复员后回到塞内加尔，参加过达喀尔—尼日尔铁路大罢工。几年后去巴黎雷诺汽车厂当技工，后又到马赛作码头工人，并成为码头工会的领导人。1956年发表第一部长篇小说《黑人码头工》，以后又相继发表《祖国，我可爱的人民》（1957）、《神的儿女》（1957—1959）等长篇小说以及一些中、短篇小说，如《公民投票》（1964）、《汇票》（1965）和《哈拉》（1973）等。其作品都以法语写成。乌斯曼还被誉为"非洲电影之父"，编导过多部故事片。1963年他编导的影片《四轮马车夫》在法国图尔电影节上获最佳作品奖，标志着撒哈拉以南非洲电影开始步入世界影坛。他根据自己的小说《汇票》改编的影片在1968年威尼斯电影节上获特别奖。乌斯曼的成名作《祖国，我可爱的人民》成功地塑造了一个有觉悟的非洲青年知识分子乌马尔·法伊的典型。小说反映了非洲人民的屈辱和痛苦的生活，同时也展现了主人公和广大群众的觉醒，预示着大规模的反抗殖民主义的斗争即将兴起。《神的儿女》被认为是乌斯曼的代表作。这部小说反映铁路工人为反对种族歧视、争取平等待遇进行的一次罢工斗争。这场罢工是在民族解放运动不断高涨的背景下展开的。作品细致地展现了广大工人在工会领导下经过艰苦、曲折的斗争，终于取得罢工胜利的过程，成功地塑造了杰出的工人领袖巴格尤戈的形象。

费丁南·奥约诺（1929—2010）是喀麦隆小说家。1950年到法国普罗凡公立中学进修，并入巴黎大学研究法律和政治经济学。奥约诺的主要创作是3部长篇小说，即《家僮的一生》（1956）、《老黑人和奖章》（1956）和《欧洲的道路》（1960）。它们的主题都是表现黑人对殖民者的曲折认识过程，揭露殖民主义的罪恶。《老黑人和奖章》是奥约诺的代表作。小说表现受殖民主义蒙蔽最深的老一代农民的觉醒过程。主人公麦卡一生饱受殖民主义的折磨，两个儿子也被征入伍死于战争，他不怨恨；天主教会骗走他视为至宝的土地，他没有牢骚；殖民当局授予他一枚荣誉奖章，他感激涕零。然而，就在得到奖章的当晚，他由于不辨方向误入白人住宅区而竟然被捕入狱，并且受尽凌辱和鞭打。这个严酷的事实深刻地教育了麦卡本人，也教育了他的同胞。奥约诺把揭露殖民主义的罪恶当作自己的使命，试图用一种既幽默又哀婉的故事唤醒读者，从一个特殊的角度激起民族的觉醒意识。奥约诺的作品笔法细腻，情节动人，具有较强的艺术感染力。

钦努阿·阿契贝（1930—2013）是尼日利亚著名作家。他1953年毕业于伊巴丹大学，1972年后曾在多所大学任教。他用英语写作，在国内外获得过多种文学奖，曾被列入诺贝尔文学奖候选人名单。阿契贝为尼日利亚乃至撒哈拉以南非洲文学的发展做出了重要贡献。他的主要作品有以尼日利亚独立前后伊博族人民的生活为题材的、被称为"尼日利亚四部曲"的长篇小说《瓦解》（1958）、《动荡》（1960）、《神箭》（1964）和《人民公仆》（1966）。《瓦解》描写20世纪初第一批殖民主义的欧洲传教士和行政官员进入非洲大陆内部，使传统的伊博社会——乌姆奥菲亚村的生活发生激烈的变化。作品通过主人公奥贡喀沃一生荣辱浮沉的变化，表现早期殖民地人民的命运和斗争。主人公的自杀象征着旧的秩序已成为过去。《动荡》的社会背景转向现代城市，描写一个颇有抱负的青年在国外接受了高等教育、带着改变尼日利亚现状的雄心返回家园，到头来却屈服于金钱的诱惑，终于成为贿赂的俘虏；又因为爱上一个族人不能接受的青年女子，导致众叛亲离；最终被送交法庭审判而身败名裂，成了非洲内部两种文化冲突的牺牲品。《神箭》描写英国殖民者在尼日利亚站稳脚跟之后的伊博氏族社会生活，讲述伊博族一个老祭司的故事。他试图采取灵活的方式来应付变化不定的时代。他送儿子去教会学校读书以求得同新宗教的妥协，在土地争端中反对自己的人民以证明同英国行政当局的合作。结果损坏了他在村社的权威，百姓逐渐离他而去。作品反映了尼日利亚社会矛盾的日益激化和氏族上层日益背离氏族成员的利益，表达了作者的民族意识和民主思想。《人民公仆》是一部具有批判现实主义倾向的杰出小说，形象地反映了尼日利亚独立后的各种社会矛盾，揭露了社会政治的腐败现象，辛辣地嘲讽了自称为"人民公仆"的政客官僚的贪污腐化，营私舞弊，表明作者对社会和历史发展规律的认识日益深刻。除"四部曲"外，阿契贝还发表过诗集《当心啊，心灵的兄弟及其他》（1971）和《比夫拉的圣诞节及其他》（1973），短篇小说集《祭祖的蛋及其他》（1962）和《战火中的姑娘及其他》（1971）等。

尼日利亚的剧作家、诗人和小说家沃尔·索因卡1986年获诺贝尔文学奖，成为首次获此殊荣的非洲作家。

纳丁·戈迪默（1923—2014）是南非著名的白人女作家，用英语写作，1991年获得诺贝尔文学奖。瑞典科学院在"授奖词"中对她的评价是："在一个对书籍和作家进行审查和迫害的警察国家，戈迪默在文学界争取言论自由方面长期的先驱作用，使她成为南非文坛的耆宿"。她出生在南非，先在特兰士瓦受教育，后到约翰内斯堡的威特瓦特斯兰德大学就读。戈迪默15岁时发表第一篇短篇小说，26岁时在美国杂志上发表短篇小说集《毒蛇温柔的声音》，一举成名。30岁时被誉为"南非的凯瑟琳·曼斯菲尔德"。20世纪50年代以来，她先后发表了10部长篇小说和200多篇短篇小说。戈迪默的作品以种族隔离下的南非社会为背景，全面真实地描绘南非的政治格局和动荡的社会以及南非人民的觉醒与抗议，表达了南非人民要求自由、幸福与和平的愿望，因此被许多南非黑人亲切地称为"我们的妈妈"。她因触犯南非执政的白人少数派的利益，作品屡遭查禁。戈迪默的长篇小说有《说谎的日子》（1953）、《陌生人的世界》（1958）、《爱的时节》（1963）、《已故的资产阶级世界》（1966）、《尊贵的客人》（1970）、《自然资源保护论者》(1974)、《伯格的女儿》(1979)、《朱利一家》(1981)、《大自然的运动》(1987)和《无人伴随我》(1994)等。《陌生人的世界》以一个英国人的眼光观察南非社会的情况。通过调查了解,他发现约翰内斯堡郊区的白人世界富有、奢侈而且自私,并与外部隔绝;黑人棚户区,贫穷、简陋,人们的生活艰难、困苦。"黑""白"两个居住区是互不了解的"陌生世界"。《已故的资产阶级世界》生动地描写了南非种族制度对人性的摧残。小说的中心人物是一个年轻的离了婚的白人女子,一天早上她收到一份电报,通知她的前夫麦克斯已投水自尽。麦克斯是个聪明、正直、敏锐又带点神经质的人,他希望有尊严地生活在这个世界上,但现实令他进退维谷,心中充满矛盾。他背弃自己所受的白人教育,不愿在伪善和谎言中去拓展自己的事业,又没有勇气成为被压迫者——黑人和苦役犯中的一员。因此在受到警察审讯时,他被迫出卖自己的白人和黑人同志,完全失去自尊,最终只有自杀一条路。《大自然的运动》以一位出生在南非但从小离开南非、在非洲和欧美许多国家生活过的白人女性为主人公。通过她的生活经历,小说描绘新南非的发展模式。她成了一位黑人将军的夫人,其夫后被推选为国家元首。南非废除种族隔离制度后,他们一起回到南非,参加了宣布南非新秩序建立的庆典仪式。她丈夫主持、管理的国家生产资料国有化,土地重新分配,人民生活富足。这部作品表明作者对南非未来和前途的关注与思考。戈迪默还发表了《搭便车》(2001)、《过活儿》(2005)和《贝多芬是1/16黑人》(2007)等短篇小说。她的评论文集有《基本姿态:创作、政治及地域》(1988)、《写作与存在》(1995)。

南非白人作家约翰·马克思韦尔·库切的作品大都以南非殖民地生活和各种冲突为背景,描述种族隔离制度造成的悲惨后果,他于2003年获诺贝尔文学奖。

# 第二节 川端康成

川端康成(1899—1972)是20世纪影响最大的日本文坛泰斗,1968年获得诺贝尔文学奖。

## 一、生平与创作

川端康成1899年出生于日本大阪市。他的父亲是个医生,喜欢汉诗和绘画。川端康成两岁那年,父亲因肺结核死去,他便随母亲迁到外婆家,第二年母亲也离开了人间。父母早亡对川端康成产生很大影响,他日后在《致父母的信》里写道:"深深刻入我幼小心灵里的,便是对疾病和夭折的恐惧。"川端15岁时,他唯一的亲人——祖父也与世长辞。这时,川端感到极端的孤单寂寞。孤独的生活和不幸的遭遇对于川端形成孤僻性格及作品的悲凉格调产生了深远的影响。

川端康成自幼喜欢读书,入初中后,热衷于阅读文学作品,并将自作的新诗、文章和书信编为《谷堂集》。1917年9月川端考入东京第一高等学校英文科,就读期间他读得最多的是陀思妥耶夫斯基、契诃夫等俄国作家和志贺直哉、芥川龙之介等日本作家的作品。1920年9月，川端进入东京大学英文科，第二年转入国文科。这期间，他积极参加编辑出版东大文科系统的同人杂志《新思潮》，在这个刊物上，他发表过一些短篇小说，其中《招魂节一景》获得意外好评。

1924年春，川端从东京大学毕业，决心成为专业作家。同年10月，他和横光利一、片冈铁兵等人一起创办同人杂志《文艺时代》。《文艺时代》于1927年5月停刊。其后，川端又先后参加《近代生活》杂志、"十三人俱乐部"和《文学》杂志的工作，其中《文学》对他的影响最大。

进入20世纪30年代以后，日本军国主义势力疯狂推行战争政策。在战争期间，川端大部分时间过着半隐居的生活，继续写作几乎与战争无关的作品，没有鼓吹"圣战"，也没有投身到战争风潮中去，对战争胜负采取一种超然的态度。1945年8月15日，日本战败投降，这对川端也是一个巨大冲击。他对日本战后的现实感到不满。无论是在实际生活中还是在创作实践上，他都不是积极参加者和干预者。正如他自己所说："以战败为分水岭，我从此仿佛只有脚离开现实，遨游于天空了。也许由于我本来就没有深入到现实中去，所以脱离现实也很容易，无非是舍弃世界隐遁山林而已。"川端在战后获得了多种荣誉头衔和奖励，1968年10月获得诺贝尔文学奖。1972年4月16日，川端康成在他的工作室里口含煤气管自杀，终年72岁。

川端康成一生写了400余个长篇、中篇和短篇小说，其中以中短篇为主。此外还写了许多散文、随笔、讲演、评论、诗歌、书信和日记等。

川端康成的创作从思想倾向来说是相当复杂的，并且经历了一个颇为曲折的发展过程。他战前和战时的创作可以归纳为两类。第一类作品描写他的孤儿生活和孤独感情，描写他失恋的过程和痛苦的感受。《精通葬礼的人》（1923）、《十六岁日记》（1925）和《致父母的信》（1923）等即是这类作品的代表。这类作品接近于日本人所喜欢的私小说。由于所写的是他本人的经历和体验，所以描写细腻，感情真挚，具有激动人心的艺术效果；但也由于仅仅写他本人的经历和体验，并且自始至终充满低沉、感伤的情调，所以思想高度和社会意义受到一定局限。第二类作品描写处于社会下层的人物，尤其是下层女性（如艺伎、女艺人、女侍者等）的艰难生活和悲惨境遇，表现她们对爱情和艺术的追求。《招魂节一景》（1921）、《伊豆的舞女》（1926）、《温泉旅馆》（1929）、《花的圆舞曲》（1936）等是这类作品的代表。这类作品不但比较真实地再现出被侮辱与被损害者的不幸，充分地表达他们的痛苦，而且还洋溢着作者对他们的同情和怜悯，不过很少见到他对问题的深入挖掘和对社会的尖锐批评。

战后，川端康成的创作发生了相当大的变化。一方面，他继续写作表现人们正常生活和感情的作品，或反映社会存在的某些问题，或表达对普通人的同情态度，或流露对侵略战争的不满情绪，其中包括像《舞姬》（1951）、《名人》（1954）和《古都》（1962）等颇为成功的作品。另一方面，他又写出一批以表现官能刺激、色情享受和变态性爱为主要内容的作品，描写人们内心深处无聊、阴暗的活动，甚至颂扬违背人伦道德的思想和行为，充满颓废的情调。如写儿子与亡父情妇发生关系的《千只鹤》（1952），写公公与儿媳谈情说爱的《山之音》（1954），写年迈力衰的老头子与赤身裸体的睡美人同床共枕的《睡美人》（1962），以及写思想空虚的独身男人玩弄从姑娘身上摘下的一只胳膊的《一只胳膊》（1964）。尽管这些作品要表现内心的痛苦和郁闷，如美的理想难以实现，对爱的追求不能得到满足，面对年老和死亡感到不安和恐惧等，但是选用这类题材毕竟降低了作品的格调，也使他在艺术上陷入困境。尽管川端康成生活在一个剧烈动荡和重大转折的时代，但由于他不大关心社会和政治，所以他的创作一般不表现重大的社会主题，不描写尖锐的社会题材，也不深入开掘题材的社会意义，这在很大程度上限制了他的作品的思想深度。

川端康成创作的艺术表现也相当复杂，也经历了一个颇为曲折的发展过程。川端在20世纪20年代中期参与创办《文艺时代》、发起新感觉派运动时，曾经一度单纯模仿表现主义和达达主义等西方现代派手法，极力强调主观感觉，热心追求新颖的形式，《感情装饰》（1926）便是这种倾向的产物，因而被认为是新感觉派的代表作品。但与此同时，他又发表《十六岁日记》和《伊豆的舞女》等很少具有新感觉派特色的作品。30年代初期，他又被乔伊斯等人的新心理主义和意识流所吸引，再度写出两篇纯属模仿式的作品——《针与玻璃与雾》（1930）和《水晶幻想》（1931）。后者未完而辍笔，可见他已感到此路不通，决心另辟蹊径。这"蹊径"就是将日本文学传统与新心理主义以及意识流结合起来；再扩大一点说，就是将日本文学传统与包括表现主义、达达主义、新心理主义以及意识流在内的西方现代派手法结合起来。经过长期探索，他在这条路上取得了成功。从《禽兽》（1933）开始，中经《花的圆舞曲》，最后到《雪国》问世，标志着他在一步一步前进。战后，他基本上仍然沿着这个方向前进。用他自己的话说就是，"我受过西方现代文学的洗礼，也曾试图加以模仿，但我在根底上是东方人，从15年前起就不曾迷失过自己的方向"。正因为如此，他的作品形成了自己的风格，即人物描写细腻入微，结构安排自由灵活，作品情调既美且悲。

## 二、《雪国》

川端康成的代表作是中篇小说《雪国》。它是川端康成写作时间跨度最长的作品（1935—1947），先单独以《暮色之境》等题名分载于《文艺春秋》等杂志，1937年6月创元社出版了第一个《雪国》单行本（未完本），1948年12月同社出版《雪国》的完结本。

### （一）思想内容

《雪国》写男主人公岛村3次从东京到雪国和艺伎驹子交往的故事。岛村第一次到雪国是在满山一片新绿的登山季节，当时驹子给他的突出印象是难以想象的洁净。第二次到雪国是在下过初雪之后的冬季，与驹子的来往更频繁。第三次到雪国是在又一年的秋天，即蛾子产卵、萤草茂盛的季节。这次岛村在雪国逗留了很久。他一面习惯性地等着驹子前来会面，一面又被另一位姑娘——叶子所吸引。但当岛村下定决心离开雪国的前夕，当地发生一场火灾，叶子被烧死，驹子则发疯似的把叶子的身体抱在怀里。

外国文学史

岛村住在东京的工商业区，依靠父母的遗产过活，无所事事，游手好闲。他有时也写一些有关舞蹈方面的文章，不过并非认真踏实的研究，只是随心所欲地想象，无非借此捞个文人的虚名而已。除此之外，就只有游山玩水、同女性逢场作戏了。其思想感情世界里充满虚无的色彩和感伤的情调。但小说的重点不在男主人公岛村身上，而在女主人公驹子身上。

驹子出生在雪国农村，由于生活所迫，被人卖到东京当过陪酒侍女，以后被一个男人赎了出来，打算做个舞蹈师傅生活下去。可是一年半后，那个男人死了。驹子无奈，只得住到三弦师傅家里学艺，有时也到宴会上表演助兴，最后当了一名艺伎。小说主要从日常生活和爱情态度两个方面描写驹子的性格。

日常生活方面，着重写她坚持记日记、喜欢读小说、刻苦练三弦等几个细节。驹子的日记从到东京当侍女之前不久记起，一直坚持下来。刚开始时，手头钱不多，买不起日记本，就写在两三分钱的杂记本上，"用尺量着，画出细格子，把铅笔削得尖尖的，画出整整齐齐的曲线。"每日陪酒回家，换上睡衣就写起来。对于这些日记，她自己看得很重，不肯轻易拿给别人看，甚至表示要把它毁掉再写。从这些描写看来，尽管她的日记在内容上未必有什么闪光的思想和高深的意义，只是"不管什么事都毫不隐瞒地照原样写下来"的生活记录，所以自己看着也会害羞，但她记日记的态度是认真的，并且表现出一种坚持到底的毅力。驹子十五六岁时就喜欢看小说，而且把看过的书都记下来，"这样的杂记本已经积累到十本了"。她所读的无非是些妇女杂志或在旅馆客厅里摆着的小说、杂志之类，其中未必有多少高尚的文学作品，她所记的也无非是些题目、作者、人物名字以及人物关系等，但这足以说明，她有求知的欲望和顽强的毅力，并不像一般艺伎那样随波逐流。驹子弹三弦的技巧比当地一般艺伎高出一等，这是她平日刻苦练习的结果。她不但用普通琴书练习，还钻研比较高深的乐谱。正如小说里所写的，"虽说她多少有些基础，而用曲谱独自学习复杂的曲子，直到能离开曲谱弹得自如，这一定和她那坚强意志的努力是分不开的"。驹子苦练三弦自然是职业的需要，但是贯穿于其中的顽强毅力也是不能忽略的。总而言之，从日常生活表现来看，驹子是一个生活态度认真、意志顽强、有进取心的女子。

驹子对待爱情也比较执着。作为一个艺伎，她虽然也到宴会上陪客人，但生活态度并不是随便的。她之所以爱上岛村，并且主动委身于岛村，是她觉得岛村跟一般毫无教养、没有感情的游客对自己的态度不同。比如，岛村开始时并没有把驹子当成艺伎看待，希望跟她清清白白地交朋友，谈谈话，不为难她；而且在岛村来说，这种态度并非全是假的。小说写道："他对于女人的欲望，不想在这个女人身上去追求，只望不留下什么罪孽淡然地相处下去。她是过于洁净了。从一开头他看见她的时候，就对她另眼看待了。"正因为如此，岛村托驹子给他找艺伎，没有直接把驹子当成艺伎。这使驹子感到，岛村对自己的态度要比一般游客真诚一些。又如，岛村关于歌舞的一番议论也使驹子感兴趣，岛村的这些知识和教养使驹子敬佩，使她的求知欲望得到一定的满足。她想从岛村那里得到有真情实意的爱情，哪怕只有一点儿也好，哪怕只能维持一段时间也好。驹子对岛村的爱情是她执着、纯真性格的表现。不过，她把岛村这样一个极不可靠的人当成恋爱对象是异乎寻常的。她明明知道岛村是有家室的人，明明知道岛村对自己并不像自己对他那样全神贯注，明明知道自己和岛村的关系不能维持长久，可是仍然不顾一切地在岛村身上倾注自己的全部感情。这恰恰表明驹子的爱是一种只顾自己爱对方、不求对方爱自己的，所谓的"无偿的爱"，而这种"无偿的爱"正是女性美的最高表现。她很快就委身于岛村，这种表达爱情的方式也是异乎寻常的，这是由于她所处的特殊环境造成的，她的境遇、身份扭曲了她。总之，她的爱情既有纯真的色彩，也有畸变的形态。从上述日常生活表现和对待爱情的态度两个方面来看，驹子既不是积极的反抗者的形象，也不是庸俗的堕落者的形象，而是身份虽然低下却有纯真执着的内心世界、努力追求人格尊严和人生意义的普通女子形象。

### （二）艺术特色

《雪国》在创作方法和艺术表现方面比较充分地体现了川端康成文学创作的特色。

首先，《雪国》在创作方法上的特点是东西结合，自成一格。所谓东西结合，即将日本的古典文学传统与西方的现代派方法结合起来。具体表现为，既有一定数量具体的、客观的描绘，又在不少地方通过岛村的自由联想和意识流动状物写人；在总体上基本按照事物发展的自然顺序来写，即岛村前后3次从东京到雪国，3次见到驹子，一次接一次地写下来（只有第一次例外，采用插叙方法）。在某些局部又通过岛村的意识流动和自由联想展开故事情节，适当冲破事物发展的时间界限和空间界限，形成内容上的一定跳跃。作品运用自由联想、意识流动方法的例子很多，最为人称道的是它的一头一尾。开头一段描写岛村坐在开往雪国的火车上，凭窗眺望窗外景色。这时，由于暮色降临大地，车外一片苍茫，车内亮起电灯，所以车窗玻璃变成一面似透明非透明的镜子。在这个镜面上，车外的苍茫暮色和车内叶子的美丽面影奇妙地重合在一起，前者成为背景，后者浮现在它的上面，构成一幅美妙无比的图画，引起岛村的遐想。这样的描写使叶子的美貌罩上一层神秘的色彩，为作品增添了许多诗意。

其次，《雪国》在人物描写上的特点是重视感觉，刻画细微。作者虽然不像现实主义作家那样塑造典型人物和典型性格，却很重视表现人物的主观感觉，表现人物纤细的感情和瞬间的感受。在《雪国》里，不仅岛村的纤细感情和瞬间感受被表现得细腻入微，驹子的心理矛盾和感情变化也被表现得无微不至。如有一次岛村夸驹子是个好女人，驹子不解其意，怀疑岛村耻笑自己，于是"瞪眼看着岛村"，"一阵激烈的愤怒使驹子的肩膀都在发抖，脸色刷的一下变得苍白，眼泪簌簌地落下来"；当她哭得疲倦了，"就拿着银簪子卟哧卟哧地戳着铺席"。小说随后写道："怎么也想不出这个女人会把岛村偶然说出的一句话误解到那种情形，这反而使人觉得她心中有难于压制的悲哀。"这段描写使读者具体地感受到驹子的内心痛苦和好强性格。她被迫沦为艺伎，心里藏着无限悲哀；她最怕别人蔑视自己和耻笑自己。所以，她对岛村偶然说出的一句话产生那么大的误解，并且有那么强烈的反应。

最后，《雪国》在结构安排上自由灵活，活而不乱。川端的中长篇小说往往近似于

若干"短篇"的连缀,其中的第一个"短篇"已经写出一个可以独立存在的世界,其后的"短篇"乃是对于第一个"短篇"的不断补充和丰富。所以作为整体来看仿佛缺乏统一的构思和立体的框架,各个"短篇"之间的联系显得有些松散。不过仔细读来仍然能够发现其内在的筋理脉络。《雪国》也是如此。这篇不算很长的小说分为10多个"短篇",断断续续在几个刊物上发表,前后长达十几年之久。作者起初没有写成中篇的既定计划,没有关于全局的完整构思。前一个"短篇"成为写后一个"短篇"的动机,这样连缀起来,最后使《雪国》显示出自如灵活、不落窠臼的结构特点。

## 第三节　马哈福兹

纳吉布·马哈福兹(1911—2006)是当代埃及乃至整个阿拉伯世界最伟大最著名的作家,也是迄今唯一获得诺贝尔文学奖的阿拉伯文学家。瑞典科学院的颁奖词指出:"纳吉布·马哈福兹作为阿拉伯散文一代宗师的地位无可争议。由于他在所属的文化领域的耕耘,中长篇小说和短篇小说的艺术技巧已达到国际优秀标准,这是他融会贯通阿拉伯古典文学传统、欧洲文学的灵感和个人艺术才能的结果。"

### 一、生平与创作

纳吉布·马哈福兹于1911年12月出生在埃及开罗,父亲是个职员,母亲是家庭主妇。1934年他考入开罗大学文学院哲学系,毕业后,他先后在国家宗教基金部、文化部工作,1970年退休。他的文学创作都是在业余时间进行的。马哈福兹喜欢在咖啡馆里与人攀谈,善于结交各个阶层的朋友,这使他更容易捕捉各类人物形象的典型,搜集丰富的写作素材。他熟悉开罗的人情地貌、民俗民风,作品洋溢着浓厚的民族特色。马哈福兹从埃及社会中获取材料和灵感,继承和发扬阿拉伯古典文学的精华,并不断学习和借鉴西方新的文学流派的表现手法。他一生创作中长篇小说30部,短篇小说集、评论集等其他作品约20部,创作、改编电影剧本30余部。

1933年,马哈福兹在大学期间就发表了译著《古埃及史》和第一部小说《青春时节》。从1936年起,他经过认真的考虑,决定放弃哲学专业和足球爱好,把全部业余时间投身于小说创作。他认为:"其他任何一种艺术形式,都有艺术家不能超越的限定范围,而小说是无法限定的。因此,它是一种无与伦比的艺术。"马哈福兹的小说创作大致可以分为3个阶段:历史小说阶段、社会现实主义小说阶段和现代主义或新现实主义小说阶段。

20世纪30年代,马哈福兹在发表了部分短篇小说和文学评论后,接连发表了3部以埃及历史故事为题材的小说,即《命运的嘲弄》《拉杜贝斯》《底比斯之战》,并拟定了一个庞大的计划,决心像司各特写英国历史那样把整个埃及历史用长篇小说的形式写下来。他想用自己的笔在世界人民的心里重新树立起埃及这个古老文明国家的伟大形象,表达人民自古以来对自由幸福生活的追求,并且借古喻今,对帝国主义、殖民主义的侵略和占领,对封建主义的黑暗统治进行揭露和抨击。

20世纪30年代末至40年代初,埃及人民争取社会民主的斗争风起云涌,马哈福兹对祖国和民族命运的关注使他产生不可遏制的激情。他感到在参与社会的变革、促进社会的发展方面,直接表现现实的社会题材比借古喻今更为有力,于是毅然转向写现实主义小说。《新开罗》(1945)是他文学创作的一个转折点。这部小说以埃及法鲁克王朝为背景,描写了3个大学生不同的命运。主人公马哈朱卜在政治黑暗、官场腐败的现实面前屈从退让,终于堕落,最后走向毁灭;他的同学艾哈麦德对一切漠不关心,麻木不仁,最终一事无成;另一个同学阿里则立志献身社会改革,辞去公职,放弃攻读硕士的机会,冒着坐牢和杀头的危险,坚持走自己的路。小说以主人公的悲剧暗示旧社会的必然灭亡。此后他的小说创作一发而不可收,以现实为题材的小说《哈利市场》(1946)、《梅达格胡同》(1947)、《始末记》(1949)、《宫间街》、《思宫街》、《甘露街》(1956—1957)接连问世。

1952年以纳赛尔为首的"自由军官组织"推翻法鲁克王朝的统治,建立埃及共和国。从那时直到1959年,马哈福兹搁笔7年。因为革命后的社会现实没有像他想象的那样发生根本性的变化,他又陷入新的彷徨之中。他在搁笔期间没有停止探索和思考,一方面要重新辨明自己在新的历史条件下所应担负的历史责任,另一方面要寻找新的表现内容和创作手法。

《我们街区的孩子们》(1959)标志着马哈福兹进入新现实主义小说的尝试阶段。传统的现实主义来源于现实,反映现实,指导现实的发展方向,生活先于思想,新现实主义则是从思想和情感出发,以现实作为形式和外壳。《我们街区的孩子们》想要表达宗教与世俗的矛盾。马哈福兹用象征主义手法塑造了一个深居简出、谁也不曾看见却又了解一切掌管一切的老祖父形象。人人崇拜他,敬畏他,但是当街区里的百姓们遭受苦难的时候,他却从来不闻不问,漠不关心。久而久之,人们感到怨愤和寒心,乃至对他绝望了。马哈福兹借助老祖父的口告诉人们:人,只有靠自己才能获得幸福,"年轻人要求年迈的祖父干事,多丢人?好孩子要自己干"。这部小说寓意十分清楚,它不仅通过其中人物的名字与纠葛暗示几大宗教的发展过程及其相互间的关系,表明人们对宗教的态度,而且还通过故事的结局强烈地暗示科学与宗教的矛盾,指出前者可能最终消灭后者。小说在《金字塔报》连载后,引起广泛的争议,遭到宗教界人士的强烈反对,直到1967年才在黎巴嫩出版单行本。

20世纪60年代,马哈福兹又写出一系列中长篇小说。这些作品比以前的作品更关注人在社会中所处的位置和人的生存价值,注重表达人的内心世界,在艺术表现上更趋向于现代主义,频繁使用象征、意识流、心理描写和内心独白等手法,故事叙述更简洁。《小偷与狗》(1961)、《乞丐》(1965)、《尼罗河絮语》(1966)、《米拉玛尔公寓》(1967)等小说,有的批判借社会主义的口号以达到个人目的的投机者,有的批判物质生活富有而精神生活贫乏的新式乞丐,有的表现知识分子在社会变革过程中的无所作为,还有的揭露革命后当权者的堕落与腐败，等。

马哈福兹的小说有以下几个特点。第一，善于塑造典型人物。他通过面貌、服饰、神态、语气的描写将不同人物的个性特征栩栩如生地展现在读者面前。他作品中的主人公一般都是社会危机的体现者，富于叛逆精神和反抗性格，从而引发一系列矛盾与冲突。作者用各种艺术手法调动读者对他们的同情，有时不惜把一连串的打击加在他们的身上：不公正、背弃、误解等，把矛盾推向顶点，引出悲剧的结果。他喜欢用人物的行动展现性格，有时甚至采用慢镜头的表现手法，使形象详尽细腻，具有内在的说服力。

第二，情节结构严密紧凑。他的许多小说都以埃及社会革命为背景，思想内容丰富，人物关系复杂，社会事件纷繁。他的小说经常有两个以至更多的情节交叉在一起，有主有从，相互映衬。这些情节线索最终汇合在一起，使小说进入高潮。作者善于把握作品的主线，对于许多零散的素材进行巧妙的编织，使之成为一个有机的艺术整体。

第三，善于刻画人物心理。他善于用细致入微的笔法描写人物的心理活动，例如大段的内心独白，大段的梦幻与联想。有时，主人公在思索某一件事时，周围环境变化与他的各种感受交织在一起，使他万千思绪同时涌现，此起彼伏。小说中，自然界的一切形象，如冬去春来、行云飞渡、大海的咆哮、森林的幽邃，无不与主人公的内心世界变化紧密相连。

第四，语言朴实而富于表现力。马哈福兹善于通过对人物、环境、事件的细节描写巧妙地构筑情节，连接紧密，章法工整，逻辑性强。他叙说心情的手段也很高明，许多大段的独白和激烈的对白都表达着作者热烈的渴望，能深深地打动读者感染读者。

马哈福兹是一个不断开拓新的艺术境界的作家。20世纪60年代，他已年过半百、功成名就，然而却抛弃传统的写作手法，积极借鉴西方象征主义、抽象派、意识流、荒诞派等流派的表现方法，一度引起非议。他的探索和创新不仅使自己的作品面貌异彩纷呈，而且带动和影响了整个阿拉伯文学的发展。

## 二、开罗三部曲

马哈福兹在1956—1957年间接连发表开罗三部曲，即《两宫间》（又译《宫间街》）、《思慕宫》（又译《思宫街》）和《怡心园》（又译《甘露街》）。这是马哈福兹的代表作，是埃及第一部广泛反映一个时代伟大风貌的现实主义作品。

### （一）思想主题

马哈福兹用细腻生动的笔法反映埃及从1917年到1944年各种社会力量的对比变化，反映埃及人民反对帝国主义的斗争经历，反映受新思想影响的新一代反对封建传统和保守势力的斗争过程。作品在广阔的背景上集中描写埃及一个中产阶级家庭3代人的遭遇、变迁和对理想的追求。

作品的时间跨度安排在埃及1919年革命前夕至1952年革命爆发之前。这是埃及现代史上最重要的一段时期，国内民族独立斗争不断发展，政治局面动荡不定，政权更迭频繁，全国人民在为民族出路上下求索，并已开始意识到反封建斗争具有与反帝斗争同等的重要性；同时，国际形势风云变幻，两次大战先后爆发。在这一历史背景下，三部曲显示了博大精深的思想内容。

马哈福兹以恢宏的气势和高超的写作技巧记述了这个非凡的时代，生动描写了埃及商人艾哈迈德一家人的日常生活，以他们一家三代生活的发展演变为线索，形象地表现这一历史时期发生的各类重要历史事件及整个时代概貌。三部曲展示了广阔、丰富的社会画面，从爆发反帝游行示威的沸腾大街到策划党派斗争的政治家沙龙，再到革命者聚会的场所；从家庭生活的狭小世界到推动历史进程的现实社会，再到普通人丰富多彩的内心深处，从各个角度，以多样手法为我们提供了一幅五光十色、纷繁复杂的社会风情画卷。三部曲情节连贯，人物活动的舞台基本没有大的变更，各卷的中心人物完全按自然规律承接、安排。随着时间流逝，旧人衰老、死亡，新人出生、成长；旧的家庭以及与旧家庭有关的一切在衰亡，在消失，新的生活则在酝酿与建立，从而自然地展示了历史前进的步伐。

### （二）人物形象

三部曲的人物形象斑斓多姿，写到的人物有六七十个。在这些各具特色的人物中，艾米娜、艾哈迈德和凯马勒的形象塑造最为成功。

艾米娜温和、善良、宽厚、勤勉、贤惠、慈爱，具有埃及妇女的传统美德，是家中的支柱。"顺从"和"忍让"在她生活信条中占着重要的地位。她从14岁嫁给艾哈迈德起，便完全成为家庭的奴仆和丈夫的附庸，被剥夺了一切权利，连行动都没有自由，她生活的意义只在操持家务和服侍丈夫。她是世界上最疼爱孩子的母亲，也是孩子们心中最敬重的人。作品写出严酷生活对知命、安命的好人的无情打击，并继续通过她女儿们的命运描述，以相当客观、冷静的笔触写出在封建专制下妇女命运的不幸与悲哀。

艾哈迈德是个具有双重人格的商人形象。他一方面精明能干，善于理财经商，另一方面讲求享乐，穷奢极欲；一方面威严正派，不苟言笑，一方面纵欲无度，放荡不羁；另一方面害怕政治风浪影响自己的安乐生活，另一方面又具有一定的政治热情和爱国意识。他十分清楚自己封建家长的专制地位，对妻儿严加管束，在家中说一不二，同时又自然地顺应时代的发展，在晚年退出在家中的统治地位。作者并不着意倾注什么特定的思想在艾哈迈德身上，而是完全以生活化的视角展示其性格逻辑及面貌，在普普通通的商人中，在难以计数的父亲中栩栩如生地塑造了这样一个真实可信的人物。

凯马勒在小说中经历了童年、少年、青年、壮年、老年等人生的全部阶段，每一阶段都表现出明显的特点，留下清晰的印迹。凯马勒是一个从旧时代转到新时代的变革型人物，既受到封建教化的熏陶和管制，又目睹了现实生活在政治、经济各方面的发展和变化；既想稳定、安宁，又不想因循守旧；既对生活失意、不满，又绝不放弃对理想的追求和探索。他敢于冲破旧的秩序，革除传统的旧观念，追求身心自由发展，同时对下一代的成长尤其是在政治方面的成长，起到了表率和引导作用。

### （三）艺术特色

在艺术风格上，三部曲总体而言没有集中描述气势磅礴的历史事件，缺乏扣人心弦的精彩故事，在某种程度上可谓情节发展缓慢，事件描述琐碎。作品看似风格凝滞，实际上则讲求严整的结构安排，追求缜密的细节描写，着意于生动的人物形象塑造，擅长传达浓郁的生活气息，文笔精细，出神入化。三部作品浑然一体，具有较强的哲理思辨色彩，作品对日常生活的描写十分凝练、传神，家中的每一次相聚场面都能传达出丰富多彩的内容。

三部曲的艺术手法灵活多样。作者基本忠实于传统的现实主义创作手法，人物多用白描，注重环境烘托，注重人物心理描写，较多地运用对比、对照等表现方法，同时也积极借鉴了其他文学派别的写作手法，如对亚辛性欲冲动的几次描写都是跳跃而杂乱的意识流手法，对亚辛、玛丽姬等人的性格描写带有明显的自然主义色彩等。

开罗三部曲展示了马哈福兹小说创作的天赋和才华，充分体现出马哈福兹洞察社会的深邃目光，善于描摹人物心理世界的高超技艺，以及组织与编排素材的深厚功底。小说一发表就引起巨大反响，并获得了埃及国家文学荣誉奖。

## 第四节　索因卡

沃尔·索因卡（1934—　）是尼日利亚用英语创作的黑人剧作家、诗人和小说家，被誉为"英语非洲现代戏剧之父"。1986年，索因卡因为"是英语剧作家中最富有诗意的作家之一，以其广阔的文化视野和诗意般的联想影响当代戏剧"而成为第一位荣获诺贝尔文学奖的非洲作家。

### 一、生平与创作

沃尔·索因卡1934年出生于尼日利亚西部阿贝奥库塔约鲁巴族一个学校督学的家庭。他的父亲是一位教师，母亲是一个社会福利工作者，都是基督教徒。索因卡先在尼日利亚的伊巴丹大学接受教育，1954年进入英国利兹大学专攻英语语言文学。留学英国期间，他学习和研究莎士比亚、萧伯纳、奥凯西等人的戏剧，获得英国文学硕士学位。毕业后，他先当了一段时间的教师，1958年后任英国皇家宫廷剧院的校对员、剧作者、演员和导演。50年代末，他开始创作一些短剧、诗歌、歌曲。1960年即尼日利亚独立之年，索因卡作为一位戏剧研究人员回到祖国。他力图把西方戏剧艺术和非洲传统的音乐、舞蹈和戏剧结合起来，创造用英语演出的西非现代戏剧。1961年，他帮助创办了尼日利亚作家和艺术家团体姆巴里俱乐部，对尼日利亚文学艺术的发展起了很大的推动作用。尼日利亚内战期间，索因卡因为反对暴力和恐怖而投入争取自由的斗争。1967年他被粗暴地非法关押，直到1970年才获释。这一经历极大地影响了索因卡的人生观和文学事业。获释后，他先后流亡欧洲和加纳近6年，期间曾经主编著名杂志《转型》。1976年，索因卡又回到尼日利亚，先后在伊巴丹大学、拉各斯大学、伊费大学执教或从事戏剧研究。作为英国剑桥大学和谢菲尔德大学的英语客座教授，他还定期前往欧洲讲学。同时，他还是美国耶鲁大学和康奈尔大学的客座教授。1986年获得诺贝尔文学奖后,为表彰他的文学业绩,尼日利亚政府授予他民族勋章。之后随国内形势的变化,索因卡常常旅居国外。2023年12月,他荣获第八届上海国际诗歌节"金玉兰"诗歌大奖。

索因卡最突出的文学成就在戏剧。它们既是创造出来以便在舞台上演出的,以舞蹈、音乐、假面剧和笑剧作为基本的构成成分,也可以作为文学作品来阅读。索因卡的戏剧创作大致可以分为两个阶段,1970年之前为第一个高潮期,1975年之后为第二个高潮期。前期,他的作品主要有《沼泽地居民》(1958)、《雄狮与宝石》(1959)、《森林舞蹈》(1960)、《良种》(1964)、《路》(1965)、《疯子与专家》(1971);后期,他的作品主要有《死神与国王的马夫》(1975) 《回家做窝》(1978)、《失去控制的大米》(1981)、《重点工程》(1983)和《巨头们》(1984)等。而他为人广泛称道的是荒诞剧《路》。早期戏剧中特别值得一提的是被称为"非洲的《仲夏夜之梦》"的《森林舞蹈》。这个两幕剧是索因卡为了庆祝1960年10月1日尼日利亚民族独立日而作,由他创办的伊巴丹大学剧团公演。剧情围绕人类为庆祝民族团聚而举行的宴会而展开。人们为了欢庆民族大团结,请求森林之神准许他们死去的祖先作为"民族杰出的象征"来参加盛会,不料与会者竟是些不受欢迎的人。作者企图告诉观众,历史并不伟大,只有正视现实,面向未来,才能找到真正的出路。作品中有树精、鬼魂、幽灵、神或半神半人。作品描写创造和牺牲,约鲁巴部落崇拜的神或英雄奥根是这些业绩的一位完成者。他有着普罗米修斯一样的外貌,是一个意志坚强且又擅长艺术的半神半人,但又精于战术和战斗,是一个兼有创造和破坏的双重人物的形象。后期剧作中特别值得一提的是《死神与国王的马夫》。剧情围绕一个典礼或祭礼中人的献祭而展开。表面上写西方道德、习俗同非洲文化、传统之间的冲突,实际上极其深刻地探究了人的状况和神的状况。索因卡自己把它看成是一部描写命运的神秘剧、宗教剧。它涉及人的自我实现、生与死的神话式契约以及未来的前景等问题。

索因卡多才多艺,除戏剧之外,他的小说、诗歌和文学评论也很著名。他的小说和戏剧一样,也往往采用象征和寓意的手法反映现实。他的第一部长篇小说《解释者》(1965,另译《痴心与浊水》)主要描写包括工程师、新闻记者、艺术家、教师和律师等在内的一群知识分子,面临尼日利亚的社会现实,在选择历史传统与现代文化两种生存方式时所表现出的困惑心境,同时也揭露了现实中的种种不合理现象。第二部长篇小说《混乱的年月》(1973)以20世纪60年代尼日利亚内战为背景,以金钱权势的罪恶和平民百姓的遭遇相对照,表达作家的观点和理想。另外,他还有两部自传小说《那人死了:狱中纪实》(1972)和《阿凯的童年》(1981)。索因卡的主要诗歌有诗集《伊丹纳及其他》(1967)、《狱中纪诗》(1969)、《地穴之梭》(1972)和长诗《阿比比曼大神》(1976)。《狱中纪诗》是诗人被拘押狱中写在草纸上、后来深受读者欢迎的诗歌,主要描写他失去自由后的遭遇与种种感受,表达对自由和光明的渴望之情。《阿比比曼大神》是为欢呼莫桑比克对白人统治的罗德西宣战而写的颂词。索因卡的诗歌想象丰富,饱含哲理,具有道义感和使命感。此外,文学评论集《神话、文学与非洲世界》(1975)比较全面地反映了索因卡对戏剧和文学的独特认识。

索因卡的创作总体上表现出如下几个特点。第一，深深植根于非洲文化和非洲文学的土壤之中，又融合、吸收西方文化与文学的精华，形成一种独特的风格。索因卡的戏剧深深植根于非洲世界和非洲文化之中，他也通晓西方文学，从希腊悲剧到贝克特、布莱希特和詹姆斯·乔伊斯，他都了如指掌。他的戏剧使用了许多属于非洲文化和艺术的独特手法——舞蹈、典礼、假面戏、哑剧、节奏和音乐、演说词、戏中戏等。

第二，荒诞剧的形式。他把神话用作自己创作的"艺术母体"。神话、传统和仪式结合成一体，成为他创作的营养。索因卡的戏剧常常以讽喻或讽刺的形式，采用神话题材进行创作。人物对话尖锐深刻，经常夸大到滑稽的程度，融讽刺、幽默、怪诞和喜剧性于一体。

第三，为独立、自由而奋斗的思想主题。索因卡说自己的"永久信仰是人的自由"。文学家索因卡还是社会活动家，他崇尚自由，反对各种奴役人的行为，始终关注国家的现状和民族的未来，表达对自由的追求。瑞典文学院在诺贝尔文学奖授奖词中评价他"以精练的笔触鞭挞社会的丑恶现象，鼓舞人民的斗志，为非洲人民指出方向"。

第四，内在的迷惘与悲观。索因卡在尼日利亚内战期间被关进监狱之后，写作呈现出越来越强烈的悲剧性。在他的作品中，精神的、道德的和社会的冲突显得越来越复杂、越来越险恶，对善与恶的记录、对破坏力和建设力的记录也越来越含糊不清。索因卡在创作中常常流露出对出路和未来的迷惘与悲观，而他对非洲国家和民族重返传统文化道路的立场也不是很坚定。如戏剧《路》中连接历史、通向未来的路扑朔迷离、吉凶难料，小说《解释者》则充满迷路者和失路者的困惑等。

## 二、《路》

两幕剧《路》寓意深刻，是索因卡的代表作之一，也是他获得诺贝尔文学奖的主要作品。

### （一）情节梗概

《路》主要叙述一个发生在"车祸商店"周围的荒诞故事。教堂的晨钟惊醒了昏睡中的客车售票员沙姆逊、司机科托努与萨鲁比，以及一个名叫穆拉诺的仆人。他们像往常一样又开始一天的谋生活动。"车祸商店"的老板是一个被称为"教授"的神秘长者。他曾经当过主日学校的教师、祈祷仪式的主持人等，现在则经营常常导致车毁人亡的汽车配件和伪造的驾驶执照。无票可售的沙姆逊和无驾驶执照的萨鲁比以恶作剧的方式搞乱"车祸商店"的秩序，使得从车祸现场归来的"教授"误以为是别人的处所而离开自己的居所。不久，镇长来这里秘密雇佣以"东京油子"为首的流氓为他的党派效力，而"东京油子"也立刻用从镇长手中得到的海洛因贿赂警察。"教授"在这里继续从事寻找和发掘《圣经》的工作。在科托努的询问下，"教授"讲述了仆人穆拉诺的故事。原来穆拉诺是个被肇事车辆撞伤后弃之不管的人，"教授"发现后，救助并照料他，使他恢复了健康。穆拉诺虽然肢体伤残，但在"教授"心目中却是个道德高尚的圣徒和永恒真理的卫士，也是可以帮助自己寻找和发掘《圣经》的助手和桥梁。科托努不顾"教授"的劝说，不愿意再开车，原因在于他对车祸极度恐惧。原来他的父亲死于车祸，他的好友、一个缅甸中士也在车祸中丧生，前不久他又目睹一起惨痛的车祸，自己差点翻下桥头。此外，他心里还隐藏着一桩心事：司机节那天，他驾车遇到一个戴面具的车祸遇难者，为了避免嫌疑，他将对方藏在自己卡车的挡板下，然后逃之夭夭。当警察搜查时，遇难者不知去向，只留下一个奥根神的假面具。后来，警察"爱找碴的乔"在调查司机节那天的汽车肇事案时，在"车祸商店"发现了受害者所戴的假面具，众人赶忙将它藏起来。仆人穆拉诺看出被藏在"教授"座椅下的假面具，竟拿起来若有所思地端详。"教授"告诉大家，穆拉诺这个呆子身上附有了神灵。

假面舞会又跳了起来。"教授"依然用他对《圣经》及其教义的理解进行说教。舞会的参加者着魔似的越跳越疯狂。与会的"东京油子"看到手下的流氓也加入了跳舞者的行列，便大声喝止，而"教授"则鼓励人们尽情跳舞，于是发生冲突。扭打之中，得到萨鲁比帮助的"东京油子"用匕首刺中"教授"，但他本人也被头戴奥根神的假面具的人摔倒在地。"教授"弥留之际向众人说了如下一番话：像路一样呼吸吧，变成路吧！你们成天做梦，平躺在背信弃义和欺骗榨取上，别人信任你们时，你们把头抬得高高的，打击信任你们的乘客，把他们全部吞掉，或是把他们打死在路上。你们之间为死亡铺开一条宽阔的床单，它的长度和它经历的岁月犹如太阳光一样变成许多张脸，直到所有死者投射成一条黑影为止。像路一样欢呼吧，但愿能够像大路一样……最后，"教授"在挽歌中死去，四周一片黑暗。

（二）思想主题

索因卡创作戏剧《路》的直接动因是有感于尼日利亚公路上频繁发生交通事故，但是剧中却透露出作者对许多现实问题的哲理性思考。

第一，《路》表面上写尼日利亚道路崎岖、车祸横生，实际上暗示这个非洲国家社会动荡，政治生活险峻无常，从而表现作者对国家前途与民族命运的一种深刻思索和内心焦虑。无论是剧情的衍变赓续，还是人物的对话和动作，都流露出作者从人性、人道主义立场出发对社会所进行的尖锐有力的批评。

《路》上演时，尼日利亚已经独立了5年。祖国独立之初，索因卡急切回国，渴望投身于祖国的建设事业之中，但他很快发现刚刚独立的民族国家并未能走上健康发展的道路，国家没有出现欣欣向荣的局面，反而暴露出各种深刻的社会危机。执政者营私舞弊、肆意妄为，政党和部落之间纷争不断，广大人民贫困潦倒、怨声载道，重新面临分崩离析的危险。因此，《路》中展示的不再是索因卡在独立初期创作的《森林舞蹈》中象征着民族独立、团结和蓬勃向上的狂欢歌舞，而代之以破烂的卡车、崎岖的道路、不断的车祸等客观物象。《路》一开始，出现在观众面前的是"车身歪斜，轮子短缺""车身后部朝向观众的四轮卡车"。随后，这些卡车的破败不堪进一步展示出来，有的部件残缺、车身破损，有的用不配套的零件拼凑而成，有的则是用旧车重新喷漆而成，等等。这些开起来吱嘎作响的破车常常被用来"运穷光蛋"、"运麻风病人"以及运其他乱七八糟的东西。它们行驶在高低不平、曲折狭窄的道路上,不仅"散发着腐烂食品和各种垃圾的臭味",而且前途未卜。这一景象形象地表现了尼日利亚人民不知去向何方的愚钝与困惑。作为主要象征物的"路"更是不堪入目。它崎岖险恶,桥梁糟朽因而无法承受车载,车辆根本无法在它上面安全地行驶,因此车祸不断,人人心有余悸。而且,在如此破败的公路上还寄生着流浪汉、毒品贩子和巡警宪兵等,这正是尼日利亚社会的真实写照。那些驾车的司机常常置车毁人亡于不顾,他们不是无法胜任工作,就是贪杯醉酒,或者干脆就是没有执照的司机、交通事故的逃逸者。这些毫无责任心、草菅人命的司机正是当时尼日利亚执政者的象征。

第二,《路》剧更深刻的探索精神体现在对生存与死亡的意义的理解上。剧中的怪老头"教授"经常实地勘察车祸现场,想从血肉模糊的尸体和支离破碎的残车上寻找到人生真谛的"启示"。为探求死亡的奥秘,他甚至丧尽天良地故意挪动路标,以制造车祸。司机科托努的父亲一方面在路上和女人做爱从而赋予科托努以生命,另一方面又死于车祸从而使科托努迫切想离开"路"这一死亡的陷阱。科托努无论是主动求生存,还是被动逃离死亡,都不得不挣扎在一种绝望的困境之中。剧中约鲁巴族信奉的奥根神不时出现,他手执利斧开辟了连接神界与人世的通道,沟通了生存与死亡的两极,实际上是"路"的主宰。剧的最后,作者以"教授"作为自己的代言人,说出了"路"作为生死循环的象征意义,表现作者面对现实所产生的一种绝望心理。当人们在现实中无所依存又生死未定的时候,当他们不想成为政客的牺牲品又不想让神主宰自己命运的时候,尽管"路"通向未知境界,但还是想变成"路",从而"把生死命运掌握在自己手里"。这是作者悲观情绪和矛盾思想的集中反映。

(三)艺术特点

索因卡曾经说过:"虽然我受过西方教育,但是我把自己植根于非洲人民,注重反映他们的现实,特别是他们蒙受的苦难和对未来的理想。但是我也接受西方文学、东方文学对我的影响,只要是有益的我都接受。"因此,从总体上看,《路》剧反映了传统的非洲戏剧艺术和现代欧洲戏剧艺术的双重影响,是西非约鲁巴部落的文化基因与西方现代戏剧艺术有机融合的结晶。

首先,它缺乏贯穿始终的情节线索,既没有明确的戏剧冲突,也没有高潮和余波。它不注重塑造常规式、程式化的人物形象,而以一种深沉的哲理性思辨对历史和现实进行反思。全剧袭用西方荒诞派戏剧的表现手法,打破了写实戏剧因果逻辑的结构,并杂糅了非洲文化艺术中诸如图腾、舞蹈等意象,剧情显得扑朔迷离、朦胧神秘。可以说,索因卡借用盛行于欧洲的荒诞派戏剧手法,以远离现实的方式来处理贴近现实的社会政治问题,取得了传统现实主义手法难以达到的强烈的效果。

其次,它打破传统戏剧的时空关系,将人物内在意识流的心理时间同外在事物进展的物理时间相互融合,将不变的客观世界的时空同可变的主观感受的时空交叉表现,从而形成戏剧时空的高度凝聚。《路》剧只表现一个上午发生在一个名叫"车祸商店"的小棚屋里的情节,作者却从容地表现了许多角色对漫长生活经历的多方位、多层次的追忆。

最后，它以相对独立的情节单元结构全剧。《路》剧中的"教授"、"东京油子"、沙姆逊、科托努、穆拉诺以及早已死去的缅甸中士等，都以各自关联的事件构成相对独立的情节单元，在分属他们的狭小时空里，或者追忆以往的经历，或者求索人生真谛，或者以隐喻性事物揭示具体的现实内容，极大地丰富了戏剧的内涵。

总之，索因卡的戏剧从内容到表现手法能够被不同文化心理素质的各区域人们所接受，能够在全世界范围内找到知音，确实难能可贵。

## 第五节　库切

约翰·马克斯韦尔·库切（1940—　）是南非当代白人作家。他善于以隐喻象征的方式表现当代人的生存境遇，探索当代人类灵魂凄凉的状况。2003年，库切因"在探究软弱与失败之中，捕捉到人性的神圣火花"和"精致的结构、意义深长的对话，以及精彩绝伦的分析"荣获诺贝尔文学奖。

### 一、生平与创作

库切1940年出生于南非开普敦一个荷兰裔移民后代家庭。身为农场主的父亲曾供职于政府，因与种族主义当局政见分歧而离职。1960年，20岁的库切获得开普敦大学英语学士学位，次年，他又获得数学学士学位。1963年又获得了数学和英语的硕士学位。之后，他移居英国伦敦，作为一个计算机程序员为美国国际商用机械公司工作，业余时间在大英图书馆研究英国作家福特的著作，从事诗歌创作，思考人生的意义。

1965年，库切离英赴美求学，1969年获得克萨斯大学语言学博士学位。在美国，他参加反对越南战争和南非种族隔离制度的斗争，被美国当局看作是一个"问题分子"。毕业后他在纽约州立大学当教授，但由于未能获得绿卡，他被迫回到南非。1971年起在开普敦大学英文系任教。

1972年，库切开始写作。他的第一部长篇小说《幽暗之地》于1974年出版，显露出创作才华和深厚的潜力。之后他每隔几年就出版一部作品，先后有《内陆深处》（1977）、《等待野蛮人》（1980）、《迈克尔·K的生平和时代》（1983）、《福》（1986）、《铁器时代》（1990）、《分裂的土地》（1992）、《彼得堡的大师》（1994）、《少年：乡村生活场景之一》（1997）、《耻》（1999）、《青春：乡村生活场景之二》（2002）、《伊丽莎白·科斯特洛：八堂课》（2003）、《慢人》（2005）、《凶年纪事》（2007）、《耶稣的童年》（2013）、《耶稣的学生时代》（2019）、《耶稣之死》（2021）等长篇小说陆续问世。

库切的小说频频赢得大奖。《幽暗之地》获南非默夫洛—波洛墨奖；《内陆深处》获南非最高荣誉CAN奖；《等待野蛮人》摘取费柏纪念奖、布莱克纪念奖等荣誉，为库切赢得广泛的国际声誉，英国企鹅出版社将此书选入"20世纪经典"系列；《迈克尔·K

的生活和时代》赢得英语文学界最高荣誉——英国布克奖，并入选当年《纽约时报书评》编辑推荐书目；《耻》在1999年再度获布克奖，使库切成为唯一两次获该奖项的作家；《彼得堡的大师》获得爱尔兰时报国际小说奖。除了以上提到的奖项，他还获得过法国费米那奖、美国普利策奖、以色列最高文学奖"耶路撒冷奖"、英联邦作家奖等。

除小说外，库切还著有《白色写作》（1988）、《双重视野》（1992）、《冒犯：论审查制度》（1996）、《动物生命》（1998）、《陌生海岸》（2001）等随笔和散文集。

库切是一位以教师为职业的业余作家。在美国获取博士学位后，他回开普敦大学执教英语，前后20余载。其间，他曾担任美国纽约州立大学教授、哈佛大学客座教授。2001年库切辞去开普敦大学英语系主任一职，2002年移居澳大利亚，在阿德莱德大学担任英语教授，经常在美国一些有名的大学做访问学者。他还是美国芝加哥大学"社会思想委员会"成员，并在该校执教。

库切的创作有如下突出的特点。第一，直面现实，描述种族隔离制度造成的悲惨后果。作为一个南非人和无限同情黑人的白人作家，库切经历了愈演愈烈的种族隔离制度的衍生发展过程，这对他造成不可估量的影响。他目睹种族制度的罪恶，对这种罪恶的描写贯穿他整个的创作。然而，同情黑人的库切受的却是白人教育。英语是他的母语，他和非洲当地黑人之间有着难以打破的隔膜。这种双重身份带给他尴尬。因而，他在对种族隔离制度造成的悲惨后果的描述中充溢着深刻的"自我反省"和人道主义情怀。

第二，"反英雄"人物形象。库切绝大多数作品描写的都不是引领时代潮流的英雄人物，而恰恰是一些"反英雄"，即社会主流之外的边缘人物。他善于表现他们在逆境中获得精神的拯救。作品主人公往往遭受沉重的打击，被剥夺外在的尊严，但他们总是能从失败中获得力量。他细致入微地剖析这些边缘人，并成功地引领读者关心他们的命运。读者从对这些个人命运的关切中感受到历史潮流的涌动，从而对历史与个人命运的关系产生深入的联想和深刻的理解。

第三，人类生存境遇的思考与隐喻的运用。库切在创作中透彻地剖析了当代人类生存的社会环境，他用自己智慧的光芒和慈悲心描绘死亡和暴力给这个世界带来的凄凉与冷漠，探索当代人类灵魂的凄凉状况。但在艺术表现上，他往往有意识地淡化时空背景，从而获得超越具体时空的隐喻效果。正因为如此，有人称他为卡夫卡的继承者。但与卡夫卡不同的是，他运用的都是直逼真实的隐喻，而非卡夫卡那种变形、荒诞的隐喻。

第四，简洁、精致的表现风格。库切的创作深受法国"新小说"精简、纯净、拼贴的技法影响，故事流畅可读，构思精巧，对话隽永，分析透彻。他的长篇小说篇幅都不大，一般在20万字以内。库切小说的语言平实而犀利，简洁、细腻，但又准确、尖锐，冷隽中不乏温润，雄辩中又有嘲讽，字里行间留有许多耐人寻味的空白。库切具有诗人的禀赋，语言节奏感强，富有诗意。

## 二、《耻》

《耻》是库切的代表作，比较集中地体现了库切的创作特点。

### (一) 情节与人物

小说情节简单。上半部写52岁的南非白人教授戴维·卢里在开普敦城里的生活。他引诱了年仅20岁的女大学生，被女生的男朋友和她的父母发现，引起一场轩然大波。最后卢里因为不愿发表公开道歉信而失去教授职位。小说下半部写卢里来到女儿露茜居住的偏僻农场。一天，3个流浪的黑人袭击他女儿的小屋，强奸了他的女儿，把卢里痛打了一顿，抢夺了他们的东西。卢里为女儿感到羞耻，希望女儿能够正视自己面临的危险，劝女儿离开农村回到城市，或者移民欧洲。但是女儿想得更多的则是怎么把这件事情忘到脑后，想办法在农场里继续生活下去，并且将遭强暴而怀孕的胎儿保留。她接受抢劫强奸案的幕后操控者、黑人邻居佩特鲁斯的提婚，以自己的农庄作嫁妆，做他的第三房妻子，以换取他的保护。卢里离开女儿回到开普敦，重新开始写作一部他早就计划写作的关于拜伦的歌剧，但一直没有写作的心情。卢里最后厌倦城市生活，重返农村，认同女儿的态度和选择，他认可自己的命运，不再进行任何形式的怀疑与抗争。

小说的主人公是卢里父女两人。戴维·卢里是一个经历过殖民者的罪恶的"过去"的人。他的专业是英语文学，他酷爱英国浪漫主义诗人华兹华斯、拜伦。小说中一直贯穿着一个细节：卢里想创作一部关于拜伦的歌剧。他的两次婚姻均告失败，事业上也十分失意。他望着自己即将消逝的英俊容貌，想起生活的失意和事业的挫折，竟在异常的痛苦和空虚中引诱自己的女学生，因此被校方解聘。无奈之中，他在女儿露茜的农场当起了农场工人和动物保护者。他是一个人生失败者的形象，也是一个怀抱着殖民者的文明遗产、在后殖民现实中处处碰壁的寓意化的形象。

露茜是"遗忘"过去、反叛传统、追求独立个性的人。她出自破碎家庭，自幼跟母亲在荷兰生活，对父亲本来就没有很深的感情基础。露茜回南非后，很自然地走上了反叛道路。她在一个普遍信教的社会里公开自己是同性恋；她离开父亲居住的城市下乡务农，回归自然；她在同伴都离开后孤身坚持；她在一个种族隔离制度废除不久的国家与黑人佩特鲁斯平等合股经营农庄；她对保守的白人农场主极度蔑视，听见他们称黑人为"小子"就愤怒斥责。露茜虽然和卢里难以沟通，却继承了卢里不肯认错的倔强脾气。遭到黑人强暴后，她留下来嫁给佩特鲁斯，即使会被黑人当作"下贱的白母狗"也在所不惜。她既是一个追求独立自我的生命个体，又象征着后殖民社会里殖民者后裔为弥合父辈与土著的矛盾、重建新的社会所作的努力。

### (二) 思想内容

《耻》是一部内涵和寓意非常丰富的作品，其思想内容可以从几个方面理解。

第一，从作品的表层叙述，可以看到南非种族隔离制度被废除后的社会现实。小说标题"耻"充满对南非现实的深刻"隐喻"：《耻》中之耻，有大学教授诱奸女学生进而丢掉教职之耻；有教授女儿"自甘堕落"地在偏僻农场里当农民之耻；有白人女子遭黑人强奸之耻；有昔日农场的白人女主人如今却要接受昔日黑人帮工的保护并做他的第三个老婆之耻，等。透过字里行间，还有一种作者一直不愿直接描写但得到象征性表达的国家之耻——种族隔离制度。书中之"耻"，不仅仅是一个家庭或者个体之"耻"，同时更是南非白人的种族之"耻"。这也意味着，尽管《耻》只字未提"种族隔离"这个词，但库切关注的是南非种族隔离的现实及后果。小说中的许多问题正是南非社会现状的真实写照，如土改引起的土地所有权变更、居高不下的犯罪率、公民缺乏警力保护、新旧社会观念的碰撞与融合、国家的重建与种族的和解，以及社会变革时期的磨难与阵痛，等。当殖民主义和种族主义在南非造成难以抹去的历史痕迹后，《耻》中表现的舍弃过去、创造新生以及白人心灵中隐隐的赎罪感，似乎为社会的重构与重建提供了一种方式。

第二，《耻》又具有超越南非社会现实的普遍意义，是一个后殖民世界中人类种族关系的寓言。殖民统治虽然结束，其危害却仍在继续。小说中没有直接描述昔日的殖民统治，但从黑人对眼下白人后代的仇恨中便可知道当年黑人曾遭受白人殖民者何等残酷的蹂躏。3个黑人强奸露茜，既非为满足生理欲望，也非出于露茜个人的原因，而仅仅因为露茜是白人。他们三人当中有一个还是小孩。强奸过程是对黑人孩子如何对白人发泄仇恨的一种言传身教。露茜的命运表明白人殖民统治在南非的受害者不仅仅是黑人，还有白人的后代。露茜被黑人强暴后，她选择"耻辱"地继续生活在乡村，表现库切对后殖民时代种族关系的一种认识：发生在她身上的一切只是一种异乎寻常的赔偿形式，这笔债务是她作为一名白人不得不偿还的，因为她与数十年压迫黑人的种族隔离制度之间有着一种同谋关系，她要直面过去的罪恶，寻找新的生活模式和新的希望。

第三，《耻》还有一种超越时代与社会的抽象哲理意义，即传达出作者无奈的人生观。作为一本有着多重象征寓意的小说，说它是对南非现实的解剖也好，是后殖民时代人类种族关系的隐喻也好，但最终看来，这本小说还传达出了作者无奈的人生观——人与动物的生存或许并无太大区别，当面对某种强大的势力和习俗时，个人的抗争是无效和无用的，只有屈从于适应才是维系生命的唯一选择；生活中并无诗意和浪漫可言，幸福只是覆盖在欲望之恶上面的假象，现实是无法理解的，人与人是无法依赖和信任的，人与人之间冷漠、猜疑，难以相互交流和理解，以致互相设防、互相封闭。卢里教授与前妻因无法相互交流和理解而离婚；他和一度似乎令他心满意足的妓女索拉娅之间只有性，而无思想情感上的理解、交流；他诱奸了学生梅拉妮后曾一度想认真补偿和忏悔，但她男友的出现、梅拉妮对他的控告、他受到的审判使这种努力变成不可能；他想与女儿沟通与理解的种种努力都归于失败；他女儿所生活的社会里充满了新的复杂的种族状况，他想与之和睦相处的努力因3个黑人强奸她女儿而中止，他的所有信念都因此而动摇。一个人能够选择的道路就是尽可能地在耻辱和肮脏中活下去——哪怕最后像小说里的那条狗一样，在无人救助时死去。就此而言，《耻》同贝克特的荒诞派戏剧《等待戈多》有根本上相通的思考：再无奈也要守护生命，在守护生命中显示力量和尊严。正是在这样的意义上，瑞典文学院在诺贝尔文学奖授奖词中评述这部作品："在小说《耻》中，库切让我们领略了一个名誉扫地的大学教师的挣扎。当南非白人至上的传统崩溃后，这名教师在全新的环境中苦苦维护自己和女儿的尊严。这部小说探究了他所有作品的中心议题：人能否逃避历史？"

（三）艺术特色

在艺术表现上，《耻》很有特色。首先，小说采用"并非全知全能的第三人称"这一特殊视角。其特点是：表面上看，小说是第三人称，而就其本质来看，却是第一人称。小说几乎全部是卢里教授一个人的心理活动，多方位地表现他的抗拒、他的陌生感、他的忍耐、他的屈辱和绝望。这让读者在读小说时总感觉有些地方是模糊的、未知的，这也就开拓了故事的空间，增强了故事的象征效果。

其次，结构朴实紧凑，语言凝练。整部小说的语言表面平实，实质犀利，字里行间留有许多耐人寻味的空白。小说的对话富于特色，不管是教授卢里和被他引诱的女学生梅拉妮的对白，还是他和女儿露茜关于被轮奸事件的真相的追述，小说里都写得气氛紧张、扣人心弦。

最后，不动声色却动人心魄的抒情性。特别是在作者描绘那些被人丢弃的动物时，思想感情非常深邃复杂，一切都是隐含多义的，一切都需读者慢慢体会。作者并没有直接描写露茜受到的攻击，但读者却清楚地知道发生了什么。小说中也没有一个字涉及南非种族主义问题，但只要读完这部小说，谁都能强烈地感觉到这一问题的存在。小说所要揭示的不仅是个人的耻辱，更是整个国家、整个白人种族和种族歧视制度的耻辱，甚至还可以从中窥见人性中的缺陷和耻辱。

# 参考文献

皮埃尔·布吕奈尔，等.19世纪法国文学史［M］.郑克鲁，等译.上海：上海人民出版社，1997.

程爱民.20世纪英美文学论稿［M］.上海：上海外语教育出版社，2002.

程陵.欧美文学作品选［M］.北京：中央广播电视大学出版社，2007.

冯宪光.当代西方文学思潮评析［M］.2版.北京：高等教育出版社，2018.

吉田精一.现代日本文学史［M］.齐干，译.上海：上海人民出版社，1976.

季羡林.简明东方文学史［M］.北京：北京大学出版社，1987.

匡兴.欧美文学简史［M］.北京：中央广播电视大学出版社，2006.

李赋宁.欧洲文学史：第1卷［M］.北京：商务印书馆，1999.

李赋宁.欧洲文学史：第2卷［M］.北京：商务印书馆，2001.

李赋宁.欧洲文学史：第3卷［M］.北京：商务印书馆，2001.

李赋宁.欧洲文学史：第4卷［M］.北京：商务印书馆，2001.

刘建军.20世纪西方文学［M］.北京：高等教育出版社，2000.

刘建军.20世纪西方文学作品选［M］.北京：高等教育出版社，2000.

刘建军.外国文学作品选［M］.北京：高等教育出版社，2013.

孟昭毅.外国文学史［M］.北京：北京大学出版社，2009.

聂珍钊.外国文学史［M］.武汉：华中师范大学出版社，2010.

聂珍钊.外国文学史［M］.2版.北京：高等教育出版社，2018.

阮炜.二十世纪英国小说评论［M］.北京：中国社会科学出版社，2001.

王立新.外国文学史：西方卷［M］.北京：高等教育出版社，2013.

王田葵.浪漫派导论［M］.武汉：武汉大学出版社，1993.

王向远.东方文学史通论［M］.上海：上海文艺出版社，2005.

韦旭升.朝鲜文学史［M］.北京：北京大学出版社，1986.

谢南斗.自然派研究［M］.长沙：湖南师范大学出版社，2001.

郁龙余，孟昭毅.东方文学史［M］.北京：北京大学出版社，2001.

曾艳兵.20世纪外国文学史［M］.北京：中国人民大学出版社，2014.

赵德明，赵振江，孙成敖.拉丁美洲文学史［M］.北京：北京大学出版社，1989.

郑克鲁.外国文学史［M］.修订版.北京：高等教育出版社，2006.

郑克鲁.法国文学史教程［M］.北京：北京大学出版社，2008.

# 后 记

本教材（修订本）根据教育部相关部门制定的外国文学史教学大纲编写，力求系统介绍欧美文学和亚非文学数千年的发展历程。本教材的适用对象是高等院校中文系和外文系的本科生。

本教材（修订本）的编写遵循了科学性、规范性和实用性三原则。科学性是指以辩证唯物主义和历史唯物主义为指导原则分析和评价外国文学，实事求是地分析和评价各种文学现象，在论及作家作品时，注意联系当时的社会文化背景、文学思潮及作家的世界观、艺术风格进行探讨；同时，尽可能做到材料翔实，持论公允，观点鲜明。在此基础上，本教材（修订本）特别注意追踪学术界研究的最新进展，注意吸收国内外最新的研究成果。

规范性是指力求全面系统、体例得当，而又简明扼要。外国文学上下几千年，纵横五大洲，作家作品浩如烟海。作为教材，它不可能铺展过宽，面面俱到，只能选择各个时期若干主要文学现象和有代表性的作家作品，阐明外国文学发展的一般过程和基本规律。本教材（修订本）对欧美文学和亚非文学两部分的安排，总体上均以时间为序，按文学发展的历史时期分章。各章涉及的时间段的划分都是按照目前公认的惯例。需要说明的是，因为19世纪文学分成了3章，20世纪文学分成两章，有些作家的创作跨越了两个甚至三个阶段，本教材（修订本）就以相关作家代表作所在的时段为标准进行确定。如雨果的创作跨越了19世纪前期、中期和后期3个阶段，本教材（修订本）就以其浪漫主义小说《巴黎圣母院》创作的1830年为标准而将他放在19世纪前期一章进行介绍。另外，惠特曼和波德莱尔两位作家都出现了"错位"现象，两人的代表作《草叶集》和《恶之花》分别出版于1855年和1857年，但前者被归在19世纪前期文学一章，是为了将浪漫主义文学集中在一章里进行介绍，便于讲授和掌握，而后者被归在19世纪后期文学一章，是因为象征主义文学形成潮流是在19世纪七八十年代。每章第一节概述这一时期文学发展的背景和状况，介绍一般性的作家及其作品，以后各节则分别介绍该时期的代表性作家作品。大部分作家专节包括生平创作和代表作品分析两部分，根据每个作家的具体情况确定篇幅。这种体例便于展现每个历史阶段的重要文学现象，理清文学发展的线索，体现文学史知识的完整性，并在"史"的发展中突出主要作家作品的贡献。

实用性指力求能够适应教学内容的更新和课程体系改革的要求。本教材（修订本）史论结合，体例清晰，重点突出，有利于学生在把握宏观文学流变的基础上，进而深入

了解重要作家作品的特色。需要指出的是，本教材（修订本）略为有厚"今"薄"古"的倾向。"今"指19世纪及其以后的文学，特别是指20世纪乃至21世纪的文学。厚"今"的主要原因是让学生更多地关注当下的社会和当下的文学现象。本教材（修订本）的实用性还有一个表现，就是为了方便教师课堂教学和学生学习，对重要的名词术语都有明确而简洁的归纳，对重要而复杂的问题都作了条分缕析。

本教材（修订本）是在2015年版的基础上加以修订而成的。原教材由湖南师范大学以及湖南第一师范学院、长沙医学院长期从事外国文学研究与教学工作的教师与学者集体编写，不仅确保了教材的质量，而且能够很好地切合教师教学和学生学习的需要。本次修订在章节方面一个最大的变动，就是将原来的欧美文学部分的第十章20世纪后期文学、21世纪前期文学拆分为两章，即将21世纪前期文学单列为一章。根据本次参与修订工作的教师和学者的分工情况，各章节的执笔者（按所写章节顺序为序）是：黄怀军：引论，欧美文学第八章、第十章，亚非文学第十四章第四节；侯赛军、徐超：欧美文学第一章、第二章、第三章；谢淼：欧美文学第四章、第五章、第六章；王小璜、徐超：欧美文学第七章；王小林：欧美文学第九章；谢力哲：欧美文学第十一章；詹志和、黄怀军：亚非文学。

本教材（修订本）的编写参考了全国多种已经出版的有关教材以及一些专著、论文，对于前辈和同行的劳动成果给予的帮助和启迪，我们致以诚挚的谢意！同时，限于我们的水平和能力，本教材（修订本）一定还有这样那样的不足，恳请同行及读者批评指正。

**黄怀军**
2025年5月于湖南师范大学文学院